6
35
32
26
34

CLAUDIA ZIEGLER

Die Favoritin des Königs

Roman

Diana Verlag

FSC
Mix
Produktgruppe aus vorbildlich bewirtschafteten Wäldern und anderen kontrollierten Herkünften
Zert.-Nr. SGS-COC-1940
www.fsc.org
© 1996 Forest Stewardship Council

Verlagsgruppe Random House FSC-DEU-0100.
Das für dieses Buch verwendete
FSC-zertifizierte Papier *EOS*
liefert Salzer, St. Pölten.

Quelle Zitat S. 6: Nancy Mitford, *Madame de Pompadour.* Hamburg 1954, S. 29

Redaktion | Heiko Arntz
Herstellung | Helga Schörnig
Satz | C. Schaber Datentechnik, Wels
Druck und Bindung | GGP Media GmbH, Pößneck

Printed in Germany

ISBN 978-3-453-29023-5

http://www.diana-verlag.de

Für Michael

»Wohl das schönste Geschöpf, das mir je im Leben begegnet ist, glitzernd wie ein Fels aus lauter Diamanten.«

The Honorable Augustus Hervey

Prolog

Die Bilder, von denen sie nicht einmal mehr sagen konnte, ob sie Erinnerungen waren oder sich nur in ihren immer wiederkehrenden Träumen in ihr Gedächtnis gebrannt hatten, waren stets die gleichen. Sie war vielleicht acht oder neun und rannte mit wehendem weißem Kleid in den Wald hinein, der vor dem Kloster lag. Tränen liefen über ihre Wangen, während sie an den rotgelben Blättern von Bäumen und Sträuchern vorbeihastete und das Laub an ihren Füßen hochwirbelte, ohne dass sie auf die Rufe der Nonnen achtete, die hinter ihr immer leiser wurden.

Sie lief und lief. Zweige und Äste schlugen ihr entgegen und zerkratzten ihr Gesicht und ihre Arme, doch sie merkte nichts davon, sondern stolperte über moosbedeckte Steine, abgebrochene Äste und Baumwurzeln immer weiter, vorbei an dichtem Gestrüpp und knorrigen alten Eichen, denen man die Jahrhunderte ansah und deren ausgehöhlte Astlöcher sie wie finstere gespenstische Augen anstarrten.

Eine Ewigkeit schien sie so gerannt zu sein, da blieb ihr Kleid auf einmal im Laufen an einem dornigen Strauch hängen, und sie wäre fast gefallen. Sie blieb stehen und versuchte sich zu befreien. Verzweifelt zerrte und riss sie an dem Stoff, der sich jäh löste, sodass sie taumelte. Zu spät merkte sie, dass es hinter ihr bergab ging. Sie rutschte, und während sie vergeblich versuchte, einen Halt an den Zweigen zu finden, stürzte sie rauschend durch ein Meer von Blättern, Ästen und Gestrüpp in die Tiefe und überschlug sich, bis sie am Fuße eines Abhangs liegen blieb.

Benommen wollte sie sich aufrichten – als sie plötzlich auf ein Paar alte, abgetragene Schuhe blickte und mit klopfendem Herzen sah, dass sie nicht allein war.

Im nächsten Moment wurde sie von einer braun gebrannten schmutzigen Hand unsanft auf die Füße gezogen, und sie schaute in zwei tiefschwarze Augen. Vor ihr stand eine Zigeunerin, die um die Hüften ein Tuch gebunden hatte, das ihr als Beutel diente und aus dem frisch gepflückte Kräuter herausragten. Ein sichelförmiges Messer steckte in ihrem Rockbund.

Die Frau musterte sie durchdringend. Ihr faltiges, wettergegerbtes Gesicht hatte etwas Furcht Einflößendes, und sie wollte fortlaufen, doch die Zigeunerin hielt sie mit eisernem Griff fest. Sie lachte heiser, als sie die Angst in ihrem Gesicht sah.

»Wohin so schnell, *ma belle?* Willst du nicht wissen, was dir die Zukunft bringt?«

Sie drehte ihre Hand grob zu sich – und noch heute konnte sie die schwieligen Finger spüren, wie sie über ihre Handflächen glitten –, als auf einmal ein merkwürdiger Ausdruck auf das Gesicht der Alten trat.

Sie schaute die Zigeunerin zaghaft an. »Wird die Oberin mich bestrafen, weil ich mich mit der Comtesse gestritten habe?«

Aber die Alte schien sie nicht zu hören. Sie sah durch sie hindurch, als erblickte sie etwas in der Ferne, bis sie schließlich laut und rau lachte. »Glaub mir«, sprach sie, »eines Tages wird sich die Comtesse – und nicht nur sie – vor dir verbeugen!« Und mit diesen Worten streckte sie ihre Hand aus und griff mit einer schnellen Bewegung nach ihrer Kette mit dem silbernen Kreuz. Mit einem Ruck riss sie sie ihr vom Hals.

»Ein kleines Pfand, damit Sie nicht vergessen, wer ich bin, Mademoiselle, wenn wir uns eines Tages wiedersehen!« Sie deutete eine übertriebene Verbeugung an, bevor sie erneut in ihr heiseres Lachen ausbrach, das gespenstisch durch den Wald hallte und später noch lange in ihren Ohren klang, als man sie schon längst wieder aufgegriffen und ins Kloster zurückgebracht hatte, wo sie für ihren Ungehorsam und ihren Streit mit der Comtesse mit zehn Stockhieben bestraft wurde.

»Es hätte dir nicht einmal zugestanden, die Tochter der Duchesse auch nur anzusprechen, und wenn, dann hättest du es als ungewöhnliche Ehre ansehen müssen, dass sie überhaupt mit dir spielt«, sagte die Äbtissin, die mit teilnahmsloser Miene zusah, wie der Stock der Mutter Oberin auf ihre Finger niedersauste.

Sie weinte nicht, aber vor Schmerz traten ihr die Tränen in die Augen. Ihre angeschwollenen Hände brannten, als man schließlich die Duchesse und ihre Tochter, die Comtesse, hereinbat. Seidenröcke raschelten, Absätze klapperten. Die Nonnen verbeugten sich tief.

Hoch erhobenen Hauptes legte die Duchesse ihren Arm, an dem mit einem leisen Klirren mehrere Armbänder herunterrutschten, um die Schulter der Comtesse und musterte sie mit gelangweilter Herablassung.

Sie schlug vor Scham die Augen nieder.

»Mademoiselle Poisson möchte untertänigst um Verzeihung für ihr Verhalten bitten«, erklärte die Äbtissin.

Sie sah zur Comtesse – hochmütiger Triumph blitzte ihr aus dem Gesicht des anderen Mädchens entgegen.

Sie zögerte – ein letzter Rest von Stolz bäumte sich in ihr auf –, doch der drohende Ausdruck in dem Gesicht der Äbtissin ließ sie schließlich den Kopf beugen.

»Verzeihung«, murmelte sie leise, und dieses eine Wort auszusprechen, obwohl nicht sie, sondern die Comtesse mit dem Streit angefangen hatte, war erniedrigender und schmerzhafter als jeder einzelne Hieb mit dem Stock.

»Haben Sie nicht etwas vergessen, Mademoiselle Poisson?«, fragte die Äbtissin schneidend.

Sie brauchte einen Augenblick, bis sie verstanden hatte, was die Äbtissin meinte, dann deutete sie eine Verbeugung an, doch als sie schnell wieder hochkommen wollte, spürte sie plötzlich den Stock der Mutter Oberin im Nacken, der sie zwang, den Kopf zu senken und sich tief nach unten zu beugen, bis sie den spitzenbesetzten Rocksaum der kleinen Comtesse vor Augen hatte – und ihr wurde bewusst, wie sich die Prophezeiung der alten Zigeunerin so auf demütigende Weise ins Gegenteil verkehrt hatte …

Januar 1730 …

1

Ein unerträglicher Lärm und Gestank weckte Jeanne. Benommen schreckte das Mädchen aus dem Schlaf. Sie war – den Kopf an das Fenster der Kutsche gelehnt – eingeschlafen, und es dauerte einen Moment, bis sie wieder wusste, wo sie war. Müde strich die Achtjährige sich eine Strähne ihres kastanienbraunen Haars, die sich unter ihrem weißen Häubchen gelöst hatte, aus dem Gesicht und blickte dann mit großen Augen nach draußen.

Sie hatten bereits die Faubourgs von Paris erreicht. Der Wagen, der sich zwischen Menschen, Fuhrwagen und Droschken seinen Weg durch die Vorstadt bahnte, kam nur noch langsam vorwärts. Eine undefinierbare schlammige Schicht, Dreck, der von den Rädern bis zu den Fenstern hochspritzte, bedeckte den Boden. Armselige, halb verfallene Häuser und notdürftig zusammengezimmerte Schuppen säumten die engen Gassen, in denen ein ohrenbetäubendes Durcheinander von schrillen Rufen, Peitschenknallen und laut ausgetragenen Streitereien zu hören war. Es roch so stark nach Urin, Kot und verdorbenen Abfällen, dass Jeanne übel wurde.

Das Mädchen lehnte den Kopf gegen die Scheibe und spürte, wie sie dennoch eine Welle der Erleichterung ergriff. Sie hatten Paris erreicht, und das Kloster lag weit hinter ihnen! Noch immer konnte sie es nicht glauben, dass sie nach Hause zurückkehren durfte. Trotz der bangen Ungewissheit, was sie dort wohl erwartete, war sie unendlich glücklich, dass sie die Klosterschule von Poissy, in der sie drei lange Jahre verbracht hatte, verlassen konnte.

Eine Bewegung neben ihr ließ sie einen Blick zu ihrer Mutter werfen, die bis eben mit geschlossenen Augen vor sich hin gedöst hatte und nun aufgewacht war und mit einem leichten Seufzen nach ihrem Täschchen griff. Sie rümpfte aufgrund des Gestanks ungehalten die Nase.

»Hier, nimm das«, sagte sie und reichte Jeanne ein mit Parfüm getränktes Taschentuch. Doch selbst der starke Duft konnte den Geruch kaum überdecken.

Verstohlen sah sie über das Tuch hinweg zu ihrer Mutter. Als sie vor dem Kloster an der Kutsche stand, hatte sie sie im ersten Moment kaum wiedererkannt. In den letzten Jahren hatten sie sich nicht mehr als zwei-, dreimal zu den Feiertagen gesehen, und nun erschien sie ihr plötzlich wie eine Fremde. Im Gegensatz zu früher trug sie Rouge und Puder auf den Wangen, roch nach Parfüm und hatte ein elegantes Kleid aus einem seidigen Stoff an, in dessen tiefem Dekolleté ein winziges künstliches Blumenbouquet prangte.

Jeanne sah an sich selbst herunter und zog unauffällig an dem Rockansatz des verblichenen gelben Kleides, das sie unter ihrem verschlissenen Reiseumhang trug. Es war viel zu kurz geworden und spannte, sodass sie das Gefühl hatte, die Nähte müssten jeden Augenblick platzen, aber es war das einzige Kleid, das sie außer den zwei weißen, die sie in der Klosterschule getragen hatte, überhaupt noch besaß.

Die Kutsche passierte eine Kreuzung, und Jeanne blickte erneut nach draußen. Zwischen zwei Häusern brannte ein kleines Feuer, an dem sich zwei halb nackte Kinder und eine krumme Alte mit strähnigen Haaren wärmten. Auf den Straßen waren Bettler zu sehen und Menschen mit pockennarbigen blassen Gesichtern in zerlumpter Kleidung und Holzschuhen – einige von ihnen waren sogar barfuß. An einer Ecke drängte sich eine Gruppe von Frauen und Männern zeternd um einen Fuhrwagen, von dem aus ein wohlgenährter Händler aus Paris Lebensmittelreste verkaufte. Seine mit

Degen bewaffneten Gehilfen mussten die Menge rigoros zurückhalten, damit sie nicht über den Wagen herfielen, während der Händler den hungrigen Leuten ihre letzten Deniers für ein Stückchen fast verdorbenen Fisch und steinhartes Brot abknöpfte.

Madame Poisson fächelte entnervt ihr Taschentuch. »*Mon Dieu,* wie ich es hasse, durch die Faubourgs zu fahren!«

Jeanne blickte sie scheu an. Ein unangenehmes Kratzen machte sich plötzlich in ihren Luftwegen bemerkbar, und im gleichen Moment wurde sie von einem der trockenen Hustenanfälle geschüttelt, die sie seit Wochen quälten und anschließend ein schmerzhaftes Brennen in der Brust hinterließen. Erschöpft lehnte sie sich zurück.

Eine Hand legte sich sanft auf ihre Schulter.

»Höchste Zeit, dass ich dich aus diesem feuchten Gemäuer dort weggeholt habe«, sagte Madame Poisson. »Zu Hause päppeln wir dich erst einmal wieder auf, und dann wird dein Husten von ganz allein verschwinden.«

Sie strich Jeanne liebevoll übers Haar und musterte zufrieden die noch kindlichen, aber bereits vielversprechenden Gesichtszüge ihrer Tochter, die – trotz der blassen hohlen Wangen – allen Grund zu der Annahme gaben, dass aus ihr in einigen Jahren eine ansprechende attraktive Frau werden würde. Schöne Haare und gesunde Zähne hatte die Kleine Gott sei Dank auch. Etwas mager war sie, gut, aber das würde man schon hinbekommen.

Draußen knallte der Kutscher mit der Peitsche, damit sie schneller vorwärtskamen, doch eine andere Droschke versperrte ihnen den Weg.

Der Gestank wurde plötzlich unerträglich, etwas anderes, noch viel Beißenderes, Penetranteres kam hinzu. Jeanne spürte, wie ihr erneut entsetzlich übel wurde, und blickte ihre Mutter fragend an. »Was ist das?«

»Der Armenfriedhof! Sie beerdigen sie nicht immer sofort ...«, erklärte Madame Poisson und verzog das Gesicht, während sie ein kleines Fläschchen Parfüm aus ihrer Tasche zog und hastig begann, ihr Taschentuch damit zu beträufeln und es Jeanne reichte. Das Mädchen schauderte.

»Atme durch das Tuch, das reinigt die Luft etwas«, sagte ihre Mutter.

Sie fuhren weiter, langsam ließ der süßlich-beißende Geruch nach, und sie kamen nach Paris hinein. Noch immer waren die Straßen schmutzig, doch die Häuser um sie herum wurden größer und imposanter. Von Weitem konnte man die Türme von Notre-Dame und die Silhouette des Palais du Louvre sehen.

Ihre Mutter legte lächelnd den Arm um sie. »Und bist du froh, von den Nonnen wegzukommen?«

Jeanne nickte stumm. Wie oft hatte sie sich abends, wenn sie auf der harten Liege unter der pieksenden Strohdecke lag, in den Schlaf geweint und sich nichts sehnlicher gewünscht, als endlich wieder nach Hause zu dürfen. Sie schämte sich zwar etwas dafür, aber im Grunde war sie froh und hatte alles dafür getan, dass der hartnäckige Husten immer schlimmer geworden war, bis die Nonnen ihrer Mutter schließlich rieten, sie nach Hause zu holen.

Jeanne drehte sich zu ihrer Mutter. Als sie ihr lächelndes Gesicht sah, traute sie sich endlich, die Frage zu stellen, die ihr auf den Lippen brannte, seitdem sie sich vor dem Kloster wiedergesehen hatten.

»Haben Sie etwas von Vater gehört?«, fragte sie leise. »Wird er zurückkommen?«

Madame Poisson zögerte einen Moment, bevor sie schließlich den Kopf schüttelte. »Nein, das Gnadengesuch, das Onkel Jean und Onkel Joseph eingereicht haben – es ist abgelehnt worden!« Sie seufzte und strich ihrer Tochter nachdenklich über den Kopf.

1727, also vor drei Jahren, war ihr Ehemann, der Lagerverwalter und Lebensmittellieferant François Poisson, der Veruntreuung von Staatsgeldern beschuldigt worden. Es waren Zeiten, an die sich Louise Poisson nur ungern erinnerte. Verschuldet, weil der französische Staat von ihr das angeblich veruntreute Geld – eine astronomische Summe von 232 430 Livre – zurückverlangte, hatte sie sich mit ihren beiden Kindern allein durchschlagen müssen. Sie hatte die Gütertrennung erwirkt, Jeanne war auf Geheiß des Vaters ins Kloster gekommen, und nur der kleine Abel durfte bei ihr bleiben.

»Sei nicht traurig, es geht ihm gut in Hamburg. Er kann dort für die Brüder Pâris arbeiten«, tröstete sie Jeanne, als sie ihr bedrücktes Gesicht sah. Was sollte sie dem Mädchen auch sagen? Dass ihr Vater zwar vielleicht irgendwann wieder nach Frankreich, aber nicht mehr zurück zu ihnen kommen würde? Das Leben hatte sich verändert.

Jeanne schwieg. Sie vermisste ihren Vater, und gleichgültig, was alle sagten, sie wusste, dass er unschuldig war.

Wortlos blickte sie aus dem kleinen Fenster der Kutsche und betrachtete die herrschaftlichen Villen und prachtvoll verzierten Palais.

Menschen, Kutschen und Sänften drängten sich durch die Gassen, je weiter sie in die Innenstadt kamen. Jeder schien es eilig zu haben. Ein wildes, buntes Gemisch von Kaufleuten, Handwerkern, eleganten Damen, Gauklern, Geistlichen, Marktweibern mit ihren Waren, königlichen Soldaten und Adligen, die von livrierten Dienern begleitet wurden oder hoheitsvoll aus ihren Sechsspännern stiegen, füllte die Straßen. Jeanne sog begierig jede Einzelheit dieses pulsierenden Lebens in sich auf.

Schließlich bog die Kutsche in eine Straße mit vornehmen Stadthäusern, und Madame Poisson wandte sich an ihre Tochter. Sie zupfte Jeannes Umhang gerade und schnippte einen imaginären Fussel fort. »Übrigens«, begann sie beiläufig, »das Haus, in dem wir wohnen, gehört Monsieur Le Normant de Tournehem. Sei nett zu ihm! Er hat uns sehr geholfen in der schweren Zeit ohne deinen Vater.«

Der Wagen hielt, und der Kutscher öffnete den Verschlag. Jeanne sah staunend zu der imposanten Villa.

»Hier wohnen wir?«, fragte sie ungläubig. Sie erinnerte

sich noch gut an ihr früheres Zuhause – eine ganz normale große Wohnung.

»Ja, habe ich dir nicht geschrieben, dass das Haus wunderschön ist?«, fragte Madame Poisson.

Das hatte sie nicht. Aber Jeanne hielt es für unhöflich, sie darauf aufmerksam zu machen, dass sie überhaupt nur selten einen Brief von ihr erhalten hatte. Sie folgte ihrer Mutter die Stufen zum Eingang hinauf, wo ihnen ein Diener mit einer Verbeugung die Tür öffnete und ihnen die Sachen abnahm.

Eine große, breite Wendeltreppe führte in einem eleganten Schwung in das obere Stockwerk.

Jeanne starrte fasziniert zu der Wand, wo ein Maler auf halber Höhe zur Decke auf einer Schaukel saß, die in einem Gerüst befestigt war, und an einem Wandgemälde malte. Es zeigte mehrere griechische Götter, die auf den Wolken des Olymps schwebten. So etwas Schönes hatte sie noch nie gesehen.

»Ich brauche ein anderes Blau, heller, strahlender!«, rief der Maler seinem Gehilfen, der unten stand, ungehalten zu und ließ die Schaukel dann mit einem quietschenden Ruck nach unten gleiten.

»*Bonjour,* Monsieur Boucher!«, rief Madame Poisson lächelnd. François Boucher drehte sich unwirsch um, verbeugte sich jedoch sofort mit vollendeter Höflichkeit, als er sie erkannte. »Ah, Madame Poisson! *Bonjour!*«

Madame Poisson deutete auf Jeanne. »Meine Tochter Jeanne!«

»*Enchanté,* Mademoiselle!«

Jeanne blickte noch immer zu dem Wandgemälde. Der Maler sah sie fragend an.

»Die Farben, sie sind so schön«, sagte sie schließlich schüchtern. Boucher musterte sie verblüfft. »*Merci,* Mademoiselle!« Ein Lächeln glitt über sein Gesicht, und er sah ihr nach, wie sie mit Madame Poisson die Treppe nach oben stieg.

Jeanne folgte ihrer Mutter durch einen langen Flur und betrachtete staunend und verwirrt zugleich die goldgerahmten Gemälde an den Wänden, die wertvollen Vasen und vornehmen weißen Marmorstatuen, die in Nischen oder auf kleinen Tischen standen. Ein Dienstmädchen kam ihnen entgegen und machte einen Knicks, bevor sie an ihnen vorübereilte.

Charles Le Normant de Tournehem hatte Besuch – lebhafte Stimmen erfüllten den grünen Salon des Hauses, in dem der Generalsteuerpächter in einer Sesselgruppe mit vier Männern zusammensaß. Zwischen den buschigen Augenbrauen von Le Normant de Tournehem zeichneten sich zwei steile Falten ab, als er sich mit seinem Glas Cognac in der Hand zu dem Hofbankier Jean Pâris de Montmartel wandte, dessen Erscheinung in dem blaugrauen Rock wie immer wie aus dem Ei gepellt wirkte.

»Und Sie meinen, man sollte die Zinsen wirklich nicht senken?«, fragte der Generalsteuerpächter zweifelnd.

Bei seiner Frage unterbrachen die drei anderen Männer – der Staatssekretär Armand Le Blanc, der Bankier Samuel Bernard und Pâris de Montmartels Bruder, der Armeelieferant Joseph Pâris-Duverney – ihr Gespräch und warteten gespannt auf die Antwort des Hofbankiers.

Pâris de Montmartel, der einem verzierten Döschen etwas Schnupftabak entnommen hatte, zog in Seelenruhe seine Prise hoch. Dann schüttelte der Hofbankier, der nach langen Monaten der Ungnade gerade erst wieder in sein Amt berufen werden sollte, entschieden den Kopf. »Nein, wir bleiben dabei«, sagte er mit der ihm eigenen unaufdringlichen Autorität, »sie werden nicht gesenkt.«

Sein Bruder, dessen kräftige Statur den eleganten Sessel, auf dem er saß, wie einen zerbrechlichen Puppenstuhl wirken ließ, nickte. »Peyrenc und die anderen werden es sich nicht leisten können, die Anleihen weiter so hoch zu verzinsen wie wir. Ihre Mittel reichen dafür einfach nicht«, ein maliziöses Lächeln spielte um seine Lippen, »und damit werden sie ihre Kapitalgeber über kurz oder lang an uns verlieren.«

»Nun gut«, sagte Le Normant de Tournehem mit einem ergebenen Lächeln – durchaus nicht unzufrieden bei diesen Aussichten – und stellte sein Glas auf einem zierlich geschwungenen Tischchen ab. Er vertraute den Brüdern, in deren Unternehmungen er seit Jahren sein Geld investierte. Der Erfolg hatte diesen Männern, zu denen außer Montmartel und Duverney noch zwei weitere Brüder gehörten, bislang immer recht gegeben. Ein beispielloser Aufstieg lag hinter ihnen. Mit nichts als kaltblütiger Risikobereitschaft und ihrem Einfallsreichtum hatten die Söhne eines einfachen Wirtshausbesitzers aus der Dauphiné ihre Unternehmungen einst begonnen. In einer waghalsigen Aktion hatte Antoine, der Älteste, als Zwanzigjähriger sechstausend Sack Getreide über die Alpen zu der vom Verhungern bedrohten französischen Armee gebracht und damit den Grundstein ihres Vermögens gelegt. Seitdem waren die Brüder Pâris zu den großen Lebensmittellieferanten des Landes geworden, auf die die Minister und Generäle zählen konnten, und weiter zu mächtigen Finanziers aufgestiegen, die es bis nach Versailles geschafft hatten.

Vor vier Jahren hatten sie durch den Sturz des Duc de Bourbon, der ihr Gönner gewesen war, zwar vorübergehend alle ihre Ämter und Positionen verloren – und ihre Feinde frohlockten bereits über ihren Untergang, doch so weit war es nicht gekommen. Zu groß war ihr Einfluss, zu bedeutend ihre quer durch Europa reichenden Verbindungen und Beziehungen, die ihnen ermöglichten, innerhalb kürzester Frist Kredite in schwindelerregender Höhe zu beschaffen. Heute schienen sie mächtiger denn je und hatten in jedem großen Geldgeschäft und Handelsunternehmen des Landes wieder ihre Finger im Spiel.

»Man erzählt sich übrigens, dass der Duc d'Amboise tatsächlich bankrott sein soll!«, wechselte Le Blanc das Thema.

Pâris de Montmartel nickte. »Ja, nach seinem Landgut soll jetzt auch sein Pariser Palais gepfändet werden.«

Hinter ihnen erklang ein Geräusch. Die schweren Flügeltüren des Salons wurden geöffnet. »Oh, ich wusste gar nicht, dass wir Besuch haben – und noch dazu von so vielen guten alten Bekannten«, flötete die helle Stimme von Madame Poisson, die mit Jeanne den Raum betrat, und in der Art, wie sie reihum mit fröhlicher Miene die Männer begrüße, die sich erhoben hatten und ihr mit einem Lächeln galant die Hand küssten, hatte sie etwas von einem bunten Schmetterling, der von einer Blüte zur nächsten flog.

Jeanne war verunsichert hinter ihr stehen geblieben. Sie kannte nur die beiden Brüder Pâris, denn sie waren die Arbeitgeber ihres Vaters gewesen, und Monsieur Pâris de Montmartel war sogar ihr Pate. Die anderen Männer aber hatte sie noch nie gesehen. Mit ihren gebauschten Spitzenhemden, ihren Schuhen mit den glänzenden Silberschnallen und den grau gepuderten Perücken hatten sie jedoch alle fünf etwas Einschüchterndes. Ihr Vater hatte nie eine Perücke getragen. Zu besonderen Anlässen war er manchmal zum Perückenmacher gegangen, bei dem die Leute Schlange standen, um sich ihre eigenen Haare pudern zu lassen, damit sie so aussahen wie die begehrte künstliche Pracht. Er hatte sie einmal mitgenommen, und sie hatte kaum atmen können in dem feinen Stärkenebel, der noch bis auf die Straße hinausgeweht war.

Louise Poisson trat auf ihren Geliebten zu, und Le Normant de Tournehem küsste sie. »Wie schön, dass Sie schon zurück sind«, begrüßte er sie erfreut.

Madame Poisson lächelte. »Und das ist Jeanne«, sagte sie und zog ihre Tochter sanft zu sich heran.

Le Normant tätschelte dem Mädchen gönnerhaft die Wange.

Jeanne machte einen Knicks und versuchte ihre Verwirrung zu verbergen.

Pâris de Montmartel sah das magere Mädchen mit dem

hübschen Gesicht verblüfft an. »Die kleine Jeanne! Mein Gott, als ich dich das letzte Mal gesehen habe, da warst du erst …«

»Sechs, Monsieur Pâris«, erwiderte sie vorschnell und wich seinem Blick nicht aus, als er sie durchdringend und eine Spur amüsiert musterte. Der erwachsene Ernst in ihrem Blick überraschte ihn.

»Beim Leibhaftigen – was bist du hübsch geworden, Kleine!«, dröhnte Pâris-Duverney begeistert.

»Ganz die Schönheit der Mutter«, warf der Staatssekretär Le Blanc mit einem Blick auf Madame Poisson ein, die kokett lächelte.

Ein jubelnder Schrei hinter ihnen ließ sie plötzlich alle herumfahren.

»Jeanne?« Ein fünfjähriger Knabe war mit erwartungsvollem Blick in der Tür aufgetaucht. Trotz seiner etwas dunkleren Haare und Augenbrauen war die Ähnlichkeit zwischen den beiden Geschwistern unübersehbar.

»Abel?«

»Jeanne! Du bist es wirklich«, jauchzte er.

Die Kinder rannten aufeinander zu und fielen sich lachend in die Arme. Fast zwei Jahre hatten sie sich nicht gesehen. Jeanne strahlte.

Pâris de Montmartel, der sich gerade eine weitere Prise Schnupftabak genehmigen wollte, musterte das Mädchen erneut. Sie war plötzlich wie verwandelt, jede Befangenheit war von ihr gewichen, und ihre Augen leuchteten, während sie, vor Freude lachend, ihren Kopf in den Nacken warf.

Nachdenklich, ohne den Blick von Jeanne zu nehmen, zog Pâris de Montmartel seinen Tabak hoch.

»Messieurs, Sie bleiben doch zum Diner heute Abend, nicht wahr?«, unterbrach Madame Poisson seine Gedanken mit einem charmanten Blick in die Runde.

Jeanne schaute mit großen Augen ungläubig auf den langen, mit glänzendem Silber und zartem weißem Porzellan gedeckten Tisch, der in dem sogenannten Speisezimmer des Hauses stand.

Das Kerzenlicht zweier großer Kronleuchter tauchte den Raum in ein warmes, goldenes Licht, und die aufgetischten Köstlichkeiten verbreiteten einen Duft, der einen ganz schwindlig werden ließ. Es gab knusprige Täubchen, Forelle in Weißwein, zartes Rebhuhnfilet in Honigsoße und Eier in Kalbsbrühe mit verschiedenen Gemüsesorten.

Jeanne sah verstohlen zu den Männern. Wie Monsieur Pâris de Montmartel sie vorhin gemustert hatte! Als wenn er jeden ihrer Gedanken lesen könnte.

Sie blickte zu ihrem Bruder Abel, der ihr gegenübersaß. Vor Freude, dass sie wieder da war, stieß er sie so heftig unter dem Tisch an, dass sie fast vom Stuhl gerutscht wäre. Er grinste und rollte heimlich mit den Augen, als von den Männern am anderen Ende des Tisches Worte wie »Anleihen« und »Dividenden« zu ihnen herüberdrangen. Jeanne musste lächeln. Wenigstens er war ihr noch so vertraut wie früher. Sie bemerkte, dass ihre Serviette auf den Boden geglitten war, und bückte sich.

»Um noch einmal auf den Duc d'Amboise zurückzukommen, ich denke, man sollte ihm aus seiner misslichen Lage helfen«, ertönte jetzt Pâris de Montmartels Stimme am anderen Ende des Tisches.

Pâris-Duverney, der innerhalb kürzester Zeit mehrere Tauben, zwei Portionen Eier und große Stücke Rebhuhnfilet verputzt hatte, sah ihn zweifelnd an. »Wir müssten ihm mit über zweihunderttausend Livre aushelfen.«

Le Normant de Tournehems Blick streifte seine Geliebte. Louise Poisson lächelte.

Jeanne schaute mit rotem Kopf von den beiden zu Le Blanc. Als sie eben ihre Serviette vom Boden aufgehoben hatte, konnte sie beobachten, wie Le Blanc unter dem Tisch mit seinem Fuß zärtlich am Knöchel ihrer Mutter entlangfuhr, während Le Normant gleichzeitig ihren Oberschenkel streichelte. Ihre Mutter aber hatte die Berührungen der beiden nicht nur geschehen lassen, sondern sogar erwidert, indem sie ihrerseits mit dem Fuß am Knöchel von Le Blanc entlangstrich und mit der Hand die Finger von Le Normant auf ihrem Oberschenkel liebkoste.

Verwirrt blickte Jeanne auf ihren Teller.

Pâris de Montmartel hatte einen Schluck von seinem Wein genommen und wandte sich zu seinem Bruder. »Zweihunderttausend Livre sind eine lächerliche Summe dafür, dass uns jemand in Versailles einen großen Gefallen schuldet.«

»Da haben Sie wiederum recht«, gab Pâris-Duverney zu. »Sie fahren morgen an den Hof?«

Pâris de Montmartel nickte.

»Haben Sie in Versailles schon mal den König gesehen?«, platzte Abel neugierig heraus.

Pâris de Montmartel schmunzelte. »Einige Male, ja.«

»Er hat richtig mit Ihnen gesprochen?«, fragte Abel ehrfürchtig.

»Nun, ehrlich gesagt, nur einige Worte«, gab der Hofbankier zurück. »Normalerweise spricht er mit seinen Ministern, und die sprechen mit mir.«

Einige Worte. Abel stand die Enttäuschung ins Gesicht geschrieben.

Le Blanc kam Pâris de Montmartel zu Hilfe. Er beugte sich zu den Kindern. »Wisst ihr, nur den höchsten Adligen ist es erlaubt, ihm zu dienen und mit ihm zu reden«, sagte er in väterlichem Tonfall. »Wenn der König tatsächlich mit einem Bürgerlichen spricht, dann ist das eine sehr, sehr hohe Auszeichnung.«

Jeanne schaute ihren Patenonkel an. »Und *wofür* wurden Sie ausgezeichnet, Onkel Jean?«

Ihre Augen trafen sich. Pâris de Montmartel wirkte belustigt. »Sagen wir einmal so – die Krone benötigte Geld und das hat sie bekommen.«

Jeanne blickte ihn neugierig an, doch bevor sie weiterfragen konnte, schritt Madame Poisson mit strenger Miene ein. »Kinder, was fällt euch ein, das ziemt sich nicht!«

Pâris de Montmartel betrachtete das Mädchen erneut nachdenklich und wandte sich unauffällig zu Le Normant de Tournehem. »Ich sage Ihnen, die Kleine hat etwas«, sagte er leise zu dem Generalsteuerpächter. »Sie verspricht hübsch zu werden – und sie ist intelligent! Man sollte sie im Auge behalten, wenn Sie verstehen, was ich meine.«

Die Blicke der beiden Männer verweilten einen Moment auf ihr.

2

Leichtfüßig wie eine Elfe hüpfte Monsieur Guibaudet in eleganten Schritten zu den Cembaloklängen durch den Übungsraum, wobei er mit beneidenswerter Grazie bald nach rechts, bald nach links die dazu passenden Armbewegungen vollführte und so demonstrierte, wie man ein vollendetes Menuett tanzte.

Jeanne, die neben dem Cembalo stand, bemühte sich nervös, sich jede seiner Bewegungen genauestens einzuprägen, um ja keine zu vergessen, denn so herausragend Monsieur Guibaudets Talent war, so berüchtigt waren sein schwieriger Charakter und seine unerbittliche Strenge.

Er war ein begnadeter Tänzer, ganz Paris riss sich um ihn, und er hatte selbst schon vor dem König und seiner Familie getanzt. Diese Auszeichnung hatte den exzentrischen Künstler indessen nicht davor bewahrt, an bestimmten Vormittagen der Woche, wie auch an diesem Montag, Unterrichtsstunden geben zu müssen, und er hasste nichts mehr, als wenn dabei seine Zeit verschwendet wurde.

Mit einer Mischung aus Faszination und Angst sah Jeanne daher, wie er in einer eleganten Drehung seine Vorführung auf der anderen Seite des Raumes beendete und sich nun zu ihr wandte.

Der Unterricht bei ihm war Teil ihrer Ausbildung, die Charles Le Normant de Tournehem großzügig finanzierte.

»*Et voilà,* und nun du«, sagte Monsieur Guibaudet streng.

Jeanne spürte, wie ihr heiß wurde. Jacques, der Cembalist,

setzte erneut ein, und sie begann, während sie im Geiste verzweifelt versuchte mitzuzählen, die vorgeschriebenen Schritte zu tanzen. Kaum hatte sie jedoch die Hälfte des Raums durchmessen, schlug Monsieur Guibaudet aufgebracht seinen Taktstock auf das Cembalo. Jacques hörte abrupt auf zu spielen, und Jeanne fuhr erschrocken zusammen.

»Non, non, non!«, schrie er außer sich und raufte sich in einer Geste der Verzweiflung seine Perücke. »Was machst du da? Deine Haltung! Deine Bewegungen! Du tanzt wie eine kranke Gans!«

Jeanne starrte ihn entgeistert an. Seine Haare standen ihm im wahrsten Sinne des Wortes zu Berge. Ihr ging in diesem Moment auf, dass seine Perücke nicht absichtlich so frisiert war, sondern die vordere Partie so merkwürdig hochstand, weil er sie sich ständig raufte.

»Das ist ein Menuett!«, fuhr er sie an. »Sieh her!«

Er vollführte erneut einige Schritte, so bewundernswert leicht und mühelos, dass Jeanne ihn neiderfüllt ansah. Was würde sie darum geben, so tanzen zu können.

»Hast du gesehen?«, fragte er streng.

Sie nickte betrübt. Die Cembalomusik setzte erneut ein, und Jeanne bemühte sich, die Schritte dieses Mal besser auszuführen. Doch wieder kam sie nicht weiter als bis zur Mitte des Raumes. Die aufgebrachte Stimme von Monsieur Guibaudet unterbrach sie erneut. »*Mais non!* Entsetzlich!«

Entmutigt blieb Jeanne stehen und drehte sich um. Er sah sie an, als wenn er sie für einen ganz besonders hoffnungslosen Fall hielte. Dreimal in der Woche ging sie zu ihm in den Unterricht, jedes Mal voller Angst, dass Monsieur Guibaudet sie diesmal endgültig hinauswerfen würde, wie er es mit den meisten seiner Schüler über kurz oder lang getan hatte.

Wie liebte sie dagegen den Unterricht bei Monsieur de Crébillon, dem Dramatiker und Dichter, der sie in Literatur und Philosophie unterrichtete. Vom ersten Moment an, als er mit einem großen Stapel Bücher unter dem Arm schnaufend die Treppe hochgekommen war, sich auf einen Stuhl fallen ließ und tief Luft holte, um sie dann freundlich anzulächeln, hatte sie ihn gemocht.

»Erzähl! Was hast du bisher gelesen?«, fragte er sie, und seine wachen, intelligenten Augen hatten sie aus seinem von Falten zerfurchten Gesicht neugierig angesehen.

»Bisher?«

Sie zögerte, bevor sie schließlich kleinlaut antwortete. »Nur die Bibel, Monsieur de Crébillon. Etwas anderes durften wir im Kloster nicht lesen.«

Crébillon blickte sie ungläubig an. »Die griechischen Tragödien … die Philosophen … Racine, Corneille, Molière …? Nichts?«

Sie schüttelte verlegen den Kopf. »N-nein, Monsieur de Crébillon.«

Er seufzte. »Nun, dann haben wir eine Menge, Menge Arbeit vor uns.«

Sie fingen mit einfachen Theaterstücken an, tasteten sich über die alten Griechen weiter zu den Klassikern der neueren Literatur vor. Crébillon animierte sie nicht nur zum Lesen, sondern schulte behutsam ihren Verstand, indem er sie immer wieder zum Fragen und Nachdenken animierte. Der Wissensdurst des Mädchens, dem er eigentlich nur etwas Allgemeinbildung beibringen sollte, damit es sich auf dem gesellschaftlichen Parkett bewegen konnte, erfreute ihn.

Und Jeanne liebte das Lesen, den Geruch der in Leder gebundenen Bücher, das Rascheln, wenn sie Seite für Seite behutsam umblätterte. Es kam ihr wie ein Wunder vor, dass diese gedruckten Buchstaben so viele Dinge und Geschichten erzählen konnten. Infiziert von dieser neuen Welt, die Erfahrungen und Weisheiten schenkte, die kein Mensch in einem einzigen Leben allein sammeln konnte, verschlang sie alles, was ihr in die Hände kam.

Sie lachte, weinte und durchlebte die Gefühle der Figuren aus Romanen und Theaterstücken, nahm gleichermaßen Anteil an dem Leben von Königen und Fürsten wie dem von Zofen, Bauern und Lakaien.

»Wenn man liest, ist es egal, wer und wo man ist. Man erhält Zutritt zu Welten, die man im wirklichen Leben nur von Weitem oder gar nicht sehen kann, nicht wahr, Monsieur de Crébillon?«, sagte sie eines Tages begeistert in plapperndem Ton, und der alte Dichter, der sie mit einem merkwürdigen weisen Blick bedachte, nickte.

Dienstag und Donnerstag wurden ihre Lieblingstage. Vormittags hatte sie Unterrichtsstunden bei Crébillon, und am Nachmittag ging sie zu Monsieur Jélyotte, dem jungen Opernsänger, dessen Stern gerade am Pariser Opernhimmel aufgegangen war. Er unterrichtete sie in Gesang und Theaterspiel. Die Begeisterung und Leidenschaft, mit der sie spielte, brachte den Sänger mit den auffallend schönen, androgynen Gesichtszügen zum Lächeln.

Ihr wahres Talent aber war ihre Stimme, und Jélyotte erkannte das Potenzial, das in ihr lag. Um sie nicht zu verderben, verbot er Jeanne zu ihrer Enttäuschung zunächst, etwas anderes als nur Tonleitern und ganz einfache Kinderlieder zu singen. Als sie ihm daraufhin in einer der nächsten Unterrichtsstunden gelangweilt ein Wiegenlied vortrug, sah der Opernsänger sie ungehalten an. »Du musst fühlen, was du singst – nur dann bist du gut! Ob es ein Kinderlied oder eine Arie ist, ist von keinerlei Bedeutung! Nicht *das,* was du singst, sondern *wie* du es tust, entscheidet, ob etwas vollendet ist«, fügte er so eindringlich und voller Ernst hinzu, dass Jeanne beschämt zu Boden schaute.

Ihre Tage waren ausgefüllt mit Lesen und Lernen. Manchmal jedoch streunte Jeanne mit Abel nach dem Unterricht auch heimlich durch die Straßen von Paris. Am Ufer der Seine beobachteten sie dann die Wäscherinnen, die auf den weit in den Fluss gebauten Flößen und Stegen knieten und die Wäsche in dem dunkelgrünen Strom hin und her zogen, oder die Wasserträger, die ihre Eimer neu auffüllten, die sie an einem Holz auf ihrem gebeugten Rücken trugen.

Es war eine aufregende Welt. Marktfrauen boten laut

rufend ihre Ware feil, Boote – beladen mit Fässern und Kisten – wurden am Quai festgemacht oder legten wieder ab. Einmal sahen sie sogar, wie die Leiche eines Ertrunkenen an Land gezogen wurde.

Weiter oben in den Straßen standen Ausbesserinnen, die für ein, zwei Deniers Strümpfe und Hemden von Passanten stopften, und Straßenverkäufer verkauften Tee und Melissenwasser. Hin und wieder sahen Jeanne und Abel auch den prunkvollen Beerdigungszug eines hohen Adligen, dem Offiziere, Garden und Chorknaben in langen weißen Hemden mit Fackeln zum Mausoleum folgten.

Es gab so unendlich viel in der Stadt zu sehen, und Jeanne liebte es, sich mit Abel durch die vollen, lärmenden Straßen zu drängen, immer nah genug an den Häuserwänden entlang, damit sie nicht versehentlich den Inhalt eines Nachttopfes abbekamen, den die Leute oft im hohen Bogen einfach aus dem Fenster schütteten – oder um nicht gar von einer der vielen Kutschen umgefahren zu werden.

Bisweilen stahlen sie sich bis zu den Tuilerien davon. Zwischen den sorgfältig beschnittenen Bäumen und Sträuchern hatten sie einen Durchgang entdeckt, wo man von den Schweizer Garden, die hier niemanden aus dem einfachen Volk hereinließen, nicht entdeckt wurde. Versteckt zwischen den Büschen, beobachteten sie, wie vornehme Damen mit zierlichen Sonnenschirmen und Herren mit Hut und Degen, gefolgt von ihren Lakaien und Zofen, im duftenden Grün spazieren gingen.

Ihre Ausflüge waren immer nur kurz, denn natürlich war es ihnen verboten, sich in der Stadt herumzutreiben, und auf dem Rückweg rannten sie so schnell, wie sie nur konnten, um die verlorene Zeit wieder aufzuholen.

Gelegentlich spielte Jeanne auch mit Françoise, der jüngsten Schwester der Köchin. Sie trafen sich auf dem Dachboden, wo Françoise ihr half, für einige Momente das marternde Korsett abzulegen, das Jeanne neuerdings anziehen musste. Gleich nach ihrer Rückkehr aus dem Kloster hatte ihre Mutter – entsetzt darüber, dass sie bisher keinen Schnürleib getragen hatte – sie mit in den Laden eines Korsettmachers genommen. Mit Grauen erinnerte sich Jeanne daran, wie ihr der Schneider, ein buckliges Männchen mit spärlichem Haarwuchs, den neuen Schnürleib das erste Mal angelegt hatte.

Sie hatte sich vor ihm an der Stuhllehne abstützen müssen, um von den ruckartigen Bewegungen, mit denen er die Bänder festzerrte, nicht nach hinten gerissen zu werden. Ihre Rippen waren brutal zusammengequetscht worden, und sie hatte das sichere Gefühl gehabt, dass ihr Oberkörper gleich zerspringen würde. »Aber ... aber ich kann gar nicht mehr atmen!«, stieß sie japsend hervor.

Ohne ihren Einwand zu beachten, hatte der Korsettmacher mit einem letzten kräftigen Ruck die Bänder, so fest er konnte, zusammengezogen und geschickt die Enden verschnürt.

»Enger geht es leider nicht«, meinte er bedauernd zu ihrer Mutter. »Erstaunlich, wo sie doch sonst so mager ist«, fügte er ungnädig hinzu und bedachte ihre Leibesmitte mit einem Blick, als wenn sie den Umfang eines Fasses hätte.

»Sie war im Kloster. Die Nonnen haben nicht darauf geachtet«, seufzte Madame Poisson.

»Unverantwortlich!« Er schüttelte entsetzt den Kopf. »Nun, der Schnürleib wird schon seine Dienste tun. Sie ist noch jung! Aber Sie müssen sie dreimal am Tag nachschnüren, und nachts muss sie ihn auf jeden Fall anbehalten!«

Jeanne, die immer noch verzweifelt nach Luft schnappte, sah ihn fassungslos an und hoffte inständig, dass sie sich gerade verhört hatte. Doch außer zum Waschen durfte Jeanne das grauenvolle Kleidungsstück, das aus einer unnachgiebigen, gut einen Finger breiten und ein Viertel Zoll starken Eisenschiene bestand, tatsächlich nicht mehr ausziehen. Ihre Mutter, die sonst nicht viel von strengen Prinzipien hielt, zeigte, was diesen Punkt anging, eine unbekannte Härte. »Nur der Anfang ist so schmerzhaft. Sieh, wenn du erwachsen bist, wirst du dafür auch so eine schmale Taille haben wie ich«, hatte sie gesagt und sich dabei anmutig über ihre eigene zarte Leibesmitte gestrichen, die den Männern so den Kopf verdrehte.

Angesichts ihres wund gescheuerten Oberkörpers tröstete Jeanne diese Aussicht zurzeit jedoch wenig. Seufzend betrachtete sie auf dem Dachboden die unschönen blauvioletten Flecken, die ihre Haut zierten, während Françoise sich ihr Korsett probeweise vor einem alten Spiegel an die Brust hielt.

»Ach, ich wünschte, ich hätte auch eines!«, stieß sie sehnsüchtig hervor.

»Wenn ich dürfte, ich würde es dir nur zu gerne geben«, meinte Jeanne mit düsterer Miene. Mit Freuden hätte sie ihr dieses Folterinstrument sofort geschenkt.

Bedauernd wandte sich Françoise vom Spiegel ab. »Ich hab Kuchen mitgebracht«, sagte sie schließlich und holte eine zugebundene Serviette aus ihrer Rocktasche, in der zwei zerquetschte Stücke Apfeltarte eingewickelt waren, die sie heimlich aus der Küche stibitzt hatte.

Jeanne griff sich ein Stück. Neugierig und erwartungsvoll zugleich sah sie Françoise an, denn sie hatte immer irgendeine schöne schaurige Geschichte zu erzählen – wer zum Beispiel am Place de Grève an den Pranger gestellt oder gerade öffentlich gehenkt worden war. Die Leute seien in Scharen gekommen, hatte Françoise, die dort oft am Sonntag mit ihrer älteren Schwester hinging, erst neulich berichtet, und Jeanne hatte fasziniert zugehört, wie sie in allen Details die Kleidung des Henkers beschrieb.

Noch besser aber war der herrliche Tratsch, den sie jedes Mal von den anderen Dienstboten erzählte.

»Stell dir vor, Marie hat ein Verhältnis mit Antoine und mit Lemartin! Die beiden wissen selbstverständlich nichts voneinander«, verkündete sie jetzt, als sie sich neben Jeanne auf dem Boden niederließ und auch ein Stück Kuchen nahm.

Marie war die Dienstmagd mit den rosigen Wangen. »Mit dem Sekretär und mit dem Kutscher?«, fragte Jeanne ungläubig.

»Ja, mit beiden!« Françoise sah Jeannes verblüfften Gesichtsausdruck und musste kichern.

»Warum wundert ausgerechnet dich das? Deine Mutter hat doch auch mehrere Liebhaber – und das, obwohl sie verheiratet ist«, fügte sie missbilligend hinzu. »Das ist übrigens eine echte Todsünde, sagt meine Schwester.«

»Meine Mutter hat nicht mehrere Liebhaber«, entgegnete Jeanne würdevoll, auch wenn sie natürlich wusste, dass Françoise recht hatte.

»Hat sie doch«, sagte Françoise lapidar und beugte sich dann mit geheimnisvoller Miene zu ihr herüber. »Und weißt du was?« Ihre Augen hatten einen verschwörerischen Ausdruck angenommen. »Meine Schwester sagt, dein Vater ist überhaupt nicht ...«, sie hielt inne. »Ach nein, ich erzähl es dir lieber erst gar nicht«, meinte sie und lehnte sich in dem genussvollen Wissen um die brennende Neugierde in Jeannes Blick zurück.

»Nun sag schon! Was ist mein Vater überhaupt nicht ...?«, fragte Jeanne ungeduldig.

»Willst du es wirklich wissen?« Françoise sah sie zweifelnd an und biss herzhaft in ihren Kuchen.

Jeanne nickte.

Françoise ließ eine wohlkalkulierte Pause verstreichen und beugte sich dann erneut zu ihr. »Also gut! Meine Schwester sagt, dein Vater ist gar nicht dein richtiger Vater, sondern Monsieur Le Normant de Tournehem ist das!«, verkündete sie triumphierend.

Jeanne sah sie entgeistert an. »Das stimmt nicht!«, rief sie.

»Doch«, plapperte Françoise weiter. »Du hast im Dezember Geburtstag, und Antoine, der Kutscher, hat erzählt, dass deine Mutter in dem Jahr vor deiner Geburt schon manchmal hier war. Und deshalb bezahlt Monsieur auch deinen ganzen Unterricht.«

Jeanne funkelte sie aufgebracht an. »Du lügst!«, stieß sie hervor. Sie griff ihr Korsett, sprang auf und rannte mit Tränen in den Augen weg.

Sie war sich sicher, dass sich Françoise nur aufspielen wollte, aber insgeheim ließ ihr der Gedanke keine Ruhe. War Abel dann gar nicht ihr richtiger Bruder?

Fortan ertappte sie sich dabei, wie sie Charles Le Normant ansah und sich mit ihm verglich. Sie konnte keine Ähnlichkeit feststellen, aber es stimmte, dass es auffallend war, wie sehr er sich um ihr Wohlergehen und ihre Ausbildung kümmerte. Andererseits tat er das auch für Abel, versuchte sie sich zu beruhigen und verdrängte jeden weiteren Gedanken daran, dass Françoise vielleicht doch die Wahrheit gesagt haben könnte. Aber es blieb das schale Gefühl, dass man sie nun auch noch ihrer letzten Wurzeln beraubt hatte.

3

Jacques, der Mann am Cembalo, musste sich bemühen, den Blick von dem Mädchen loszureißen. Als sie vor sechs Jahren hier angefangen hatte, Unterricht zu nehmen, war sie nur eine der vielen mehr oder weniger talentierten Schülerinnen gewesen, der Monsieur Guibaudet verzweifelt versucht hatte, eine anständige Haltung und einige Menuettschritte beizubringen – vielleicht etwas musikalischer, aber ansonsten ebenso mager und ungelenk wie die anderen. Sie hatte etwas Rührendes gehabt, wie sie verbissen versuchte, die komplizierten Schrittfolgen auszuführen, mit so ernster Miene, als wenn sie den Kampf eines Duells gewinnen müsste. Mit gesenktem Haupt stand sie da, wenn die vernichtende, unbarmherzige Kritik von Guibaudet auf sie niederging und sie die Schläge seines Stockes zu spüren bekam, ohne dass sie ahnte, wie viel härter und strenger er zu ihr als zu den anderen war.

Am Anfang hatte Jacques geglaubt, dass diese – selbst für Guibaudets Verhältnisse – strenge Behandlung die versteckte Rache dafür war, dass er die *»Tochter der hergelaufenen Hure eines Steuerpächters«*, wie er sie nannte, unterrichten musste. Er, der schon vor dem König und dem Hof von Versailles getanzt hatte. Getobt hatte er und wollte sich weigern, doch der Sekretär des Generalsteuerpächters hatte ihm wirkungsvoll zu drohen gewusst. Daraufhin hatte der Tänzer einfach das Doppelte für seinen ohnehin schon überteuerten Unterricht verlangt, in der Hoffnung, damit würde die Angelegenheit für ihn erledigt sein. Der Sekretär aber hatte ihm, ohne mit der Wimper zu zucken, das Dreifache gezahlt. Mit den besten Empfehlungen seines Herrn! Selbst Guibaudet war beeindruckt gewesen. Es war ihm wohl noch gut in Erinnerung geblieben, dass er, als er vor dem König getanzt hatte, als Lohn nicht mehr als dessen Anerkennung bekommen hatte.

Was die Strenge des Tänzers gegen das Mädchen anging, hatte sich Jacques jedoch getäuscht. Nicht Rache, sondern das frühzeitige Erkennen ihrer Begabung war der Grund gewesen, weshalb Guibaudet sie so hart und fordernd unterrichtet hatte.

Und bei Gott, es hatte sich gelohnt, dachte Jacques. Über die Jahre waren ihre Bewegungen fließend und anmutig geworden, und wenn sie jetzt tanzte, glaubte man, sie hätte in ihrem Leben nie etwas anderes getan. Man konnte nicht anders, als ihr fasziniert zuzusehen.

Jacques blickte zu ihr hinüber, wie sie Guibaudet, der ihr gerade die Schritte einer Pirouette vorführte, konzentriert zusah, und betrachtete die weiche Linie ihres Profils. Wie alt mochte sie jetzt wohl sein? Vierzehn, fünfzehn vielleicht? Sie war schön geworden, aber in dem Alter waren die meisten Mädchen hübsch, jedenfalls für jemanden, der wie er fast ihr Großvater hätte sein können. Nein, es war noch etwas anderes an ihr. Er konnte es nicht erklären, aber wenn sie einen anlächelte und man ihr in die Augen sah, war man einfach verzaubert, ja fast verloren, und man hätte alles, wirklich alles getan, damit einem ihr Lächeln erhalten blieb. Gott, was gäbe er dafür, noch einmal zwanzig Jahre jünger zu sein, dachte er und seufzte.

»Monsieur Cassent, wenn Sie mit dem Träumen fertig sind, könnten wir dann vielleicht endlich wieder?«, unterbrach die schneidende Stimme von Monsieur Guibaudet seine schwärmerischen Anwandlungen. Schon zweimal hatte der Tänzer vergeblich mit dem Stock das Zeichen für den Musikeinsatz gegeben.

Jacques fuhr erschrocken zusammen, und seine Gesichtsfarbe nahm einen zartrosa Ton an. »Selbstverständlich«, gab er verlegen von sich, und Jeanne musste lächeln.

»Gut«, entgegnete Guibaudet kalt. »Fünf, sechs, sieben, acht ...«

Die Musik setzte ein, und Jeanne begann zu tanzen. Es war eine schwierige Passage, die sie jeden Tag zu Hause geübt hatte, ohne dass sie ihr jemals fehlerfrei gelungen war, doch jetzt, zu den Klängen des Cembalos, spürte sie plötzlich, wie die Musik sie trug und sich mit ihren Schritten verband. Die schwierigen Pirouetten drehten sich auf einmal wie von selbst, und schließlich beendete sie mit einer eleganten Verbeugung den Tanz.

Guibaudet sah sie verblüfft an.

»Nicht schlecht! Nicht schlecht«, sagte er gedehnt, aber etwas argwöhnisch, als wenn er nicht recht glauben könnte, was er eben gesehen hatte.

Jeannes Gesicht wurde vor Freude flammenrot. Das hatte er noch nie zu ihr gesagt.

»Nur der Kopf. Gerade und noch ein winziges Stück nach hinten geneigt. Nur eine Nuance«, fügte der Tänzer hinzu, während er seinen Stock unter ihr Kinn hielt und ihren Kopf genau in die gewünschte Position schob. Die Andeutung eines Lächelns huschte über sein Gesicht.

Es war kurz vor Ostern, und der Pariser Frühlingshimmel war launisch. Der strahlende Sonnenschein, der eben noch die sandsteinfarbenen Gebäude hatte hell und licht schimmern lassen, war jetzt einer grauen, dunklen Wolkendecke gewichen.

Abel sah ungeduldig zu der Fassade des Opernhauses, zu einem Fenster des Seitenflügels, dorthin, wo Jeanne wahrscheinlich immer noch bei Monsieur Guibaudet ihre Pirouetten drehte, obwohl die Glocke des Kirchenturms schon längst vier geschlagen hatte. So war es jedes Mal, Abel konnte sich nicht erinnern, dass Jeanne je pünktlich aus ihrem Tanzunterricht entlassen worden war.

Er strich sich eine Strähne seines glänzenden schwarzen Haares aus dem Gesicht und betrachtete die silbernen Schnallen an seinen neuen Schuhen, während er sich seinen kleinen Violinenkoffer fest unter den Arm klemmte.

Über ihm zog sich der Himmel immer mehr zu. Vermutlich würde es gleich regnen, und sie würden klitschnass sein, bevor sie zu Hause waren. Er seufzte, als plötzlich die breite Tür des Opernhauses aufgestoßen wurde und Jeanne in ihrem hellblauen Kleid die Treppe heruntergesprungen kam.

»Na endlich«, sagte Abel vorwurfsvoll.

Jeanne ignorierte seinen Blick und fasste ihn, eine Melodie trällernd, übermütig am Arm.

»Komm, lass uns tanzen!« Sie lachte und vollführte vor Abels entgeistertem Gesicht einige Menuettschritte. Sie hüpfte nach rechts und links und riss ihn mit sich in eine Drehung, bei der ihr Rock nach oben stob.

Ein vorbeilaufender Händler mit einem Gemüsekarren drehte sich neugierig nach ihnen um.

»Bist du von Sinnen?«, fragte Abel. »Was ist denn mit dir los?«

Jeanne wirbelte ihn weiter mit sich herum. Schließlich blieb sie stehen und sah Abel triumphierend an.

»Ich kann's!«

Abel blickte sie verständnislos an.

»Das erste Mal seit sechs Jahren, dass Monsieur Guibaudet mich nicht angeschrien hat! Ich kann wirklich Menuett tanzen!«

»Ich wünschte, ich könnte dasselbe vom Violinespielen sagen«, sagte Abel neiderfüllt.

Auf der anderen Straßenseite waren zwei Männer stehen geblieben und sahen interessiert zu dem augenfällig hübschen Geschwisterpaar herüber.

Abel zog Jeanne mit sich.

»Los, komm, lass uns sehen, dass wir nach Hause kommen, eh es zu regnen beginnt«, meinte er mit Blick auf den düster werdenden Himmel.

Einige Straßen weiter reihten sich Häuser mit kleinen Läden und Geschäften dicht an dicht. Die Gasse führte zu einem Marktplatz, auf dem reges Treiben herrschte. Das laute Geschrei der Marktverkäufer und Händler hallte Jeanne und Abel entgegen, als sie um die Ecke bogen.

Die bunten Stände bogen sich unter der Last von frischen Salat- und Kohlköpfen, von saftigen Melonen, Orangen, Zitronen und Bergen von Mohrrüben, Kohlrabi und Radieschen. In übereinandergestapelten Holzkäfigen wurden gackernde Hühner und schneeweiße Gänse zum Verkauf angeboten, und nur ein Stückchen weiter pries jemand geräucherte Makrelen und frischen Fisch aus der Seine an.

In diesem Moment kam auf der anderen Seite des Platzes eine alte, in Lumpen gekleidete Frau mit Krückstock aufgeregt um die Ecke gehumpelt. Sie war völlig außer sich, schrie, zerrte den Melonenhändler aufgelöst am Ärmel und stammelte etwas, das Jeanne und Abel durch den Lärm der Marktverkäufer hindurch nicht verstehen konnten.

Der Melonenverkäufer, ein dickbäuchiger Mann, der gerade mit hochrotem Kopf eine Ladung der schweren Früchte auf seinen Stand lud, hielt in seiner Arbeit inne und sah die Alte mit ungläubigem Blick an. Zwei Melonen kullerten ihm vom Arm, aber er kümmerte sich nicht darum, sondern wandte sich zu dem Händler am Stand neben sich, fasste ihn am Ärmel und rief ebenfalls etwas.

Die Menschen, die um die beiden Männer herumstanden, redeten wild gestikulierend miteinander.

Auf einmal begann eine Frau hysterisch zu kreischen und rannte wie von Sinnen in die Richtung, aus der die Alte gekommen war.

Bewegung kam in die Menge, und die Menschen rannten der Frau in Scharen hinterher. Ein Tumult entstand. Einige der Händler und Verkäufer ließen ihre Waren einfach stehen und liefen ebenfalls los. Stände wurden umgerissen, Obst und Gemüse ergossen sich über die Erde, Eier gingen entzwei. Die Holzkäfige mit den Hühnern und Gänsen gerieten, trotz der verzweifelten Bemühungen ihres Besitzers, gefährlich ins Wanken, kippten schließlich um, und in dem großen Durcheinander auf dem Boden, gelang es einigen der empört gackernden Tieren, sich aus ihren Gefängnissen zu befreien.

Abel rannte einige Schritte auf einen Gewürzhändler zu, der gerade dabei war, seine Sachen zusammenzuraffen, und sie sich samt seinem Tisch auf den Rücken schnallte. Er zupfte den Mann am Rockärmel.

»Was ist denn los? Wohin laufen die Menschen alle?«

Der Mann drehte sich im Weglaufen zu den Geschwistern herum.

»Der König!«, stieß er hervor. »Eine Prozession mit dem König …!«

»Der König?«, fragte Jeanne ungläubig und blieb stehen, doch der Mann war schon fort.

»Los, komm!«, rief Abel und zog Jeanne aufgeregt mit sich.

Sie folgten der Menge die Straße hinunter. Schon von Weitem konnten sie die Banner mit dem Zeichen der königlichen Lilie der Bourbonen sehen, die im Wind flatterten. Laute Trompeten- und Trommelklänge waren zu hören.

Jeanne und Abel drängelten sich aufgeregt zwischen den Menschen nach vorn. Für einen kurzen Moment gelang es ihnen, einen Blick auf den Prozessionszug zu werfen.

Es war ein atemberaubender Anblick. Herolde und Pagen, die mit Trompeten und Banner dem Zug vorausgingen; die Regimenter des Königs, die sich in ihren prächtigen Uniformen und mit glänzenden Degen präsentierten; kirchliche Würdenträger, die Kreuze vor sich hertrugen; und hoch zu Pferd, in kostbaren Roben, die Höflinge, die die königlichen Ämter bekleideten.

»Da vorn, da vorn, das muss der König sein!«, brüllte Abel Jeanne zu. Und tatsächlich, von Weitem konnte man sehen, wie sich die üppig mit Gold verzierte Sänfte von Louis XV. näherte.

Die Menge drängte raunend weiter nach vorne. Schultern und Ellbogen rammten sich in die Seiten von Jeanne und Abel, und die Leute, die größer waren als sie, versperrten ihnen wieder die Sicht.

Die Garden des Königs, die den Prozessionszug wie eine Schutzmauer umgaben, zogen Schwert und Degen, um das tosende Volk zurückzuhalten. Ihrem Hauptmann stand der Schweiß auf der Stirn.

Überall erschallten Rufe und Schreie.

»Louis! Louis!«

»Es lebe der König! Es lebe der König!«

Verzückt und hingerissen sahen die Leute zu der königlichen Sänfte. Einigen rannen Tränen über die Wangen, andere begannen hysterisch zu schreien.

»Kannst du was sehen?«, rief Jeanne außer Atem. Sie stellte sich auf die Zehenspitzen und hüpfte, um einen Blick zu erhaschen.

»Gar nichts!«, schrie Abel zurück.

Die beiden versuchten sich in die vorderste Reihe vorzukämpfen, doch der Strudel der wogenden Menge drängte sie immer wieder zurück. Eingeklemmt zwischen ihrem Vorder- und Hintermann, versuchte Jeanne sich verzweifelt an ihrem Bruder festzuhalten – doch vergeblich, denn im selben Moment wurden sie auseinandergerissen.

»Abel! Abel!« Sie sah seinen blauen Rock in der Menge verschwinden. Der grobe Stoff eines Mantels drückte sich gegen ihr Gesicht, und sie griff panisch nach einem Arm neben sich, um nicht zu Boden zu stürzen. Von der Seite presste sich der üppige Busen eines Marktweibes, die nach Schweiß und Fisch stank, gegen sie, und auf einmal fühlte sie, wie ihr fremde Männerfinger von hinten an den Rock, zwischen ihre Oberschenkel griffen. Der unangenehme Geruch einer Schnapsfahne drang zu ihr. Aufgebracht versuchte sie sich wegzuwinden, doch sie konnte sich weder vorwärts noch rückwärts bewegen und wurde mit der Welle der Menge weiter fortgerissen. So fest sie konnte, rammte sie ihren Ellbogen nach hinten und spürte erleichtert, wie die Finger von ihrem Rock abließen.

Einige Meter weiter lichteten sich die Reihen etwas, und es gelang Jeanne außer Atem, sich an einem Baum festzuhalten. Hinter ihr tauchte ein rotwangiger, pockennarbiger Kerl auf und grinste sie anzüglich an.

Jeanne blickte ihn angeekelt an. Gott sei Dank ging er weiter.

»Abel!«, rief sie laut. Sie hielt nach ihrem Bruder Ausschau, doch sie konnte ihn nirgends entdecken. Der Himmel hatte sich weiter verdunkelt, und sie spürte einen ersten Regentropfen auf der Wange. Der Prozessionszug war fast vorüber, und sie hatte nichts vom König gesehen!

Enttäuscht ließ sie ihren Blick weiter über die Menge schweifen und stutzte, als sie bemerkte, dass eine alte Frau mit einem roten, schmutzigen Kopftuch sie von der anderen Straßenseite her fixierte. Die Haut ihres Gesichts war wettergegerbt. Mit einem breiten Grinsen, das eine Zahnlücke entblößte, schaute sie über die Menschen hinweg zu ihr herüber.

Jeanne glaubte ihren Augen nicht zu trauen. Das konnte einfach nicht sein! Ganz sicher täuschte sie sich.

Doch gerade als sie ihren Blick abwenden wollte, sah sie, wie die Alte in ihr Dekolleté griff und eine silberne Kette mit einem Kreuz hervorzog, die sie spielerisch hin und her pendeln ließ.

Jeanne sah sie entgeistert an.

Im selben Moment deutete die Alte eine Verbeugung an, wandte sich ab und schickte sich an, in der Menge zu verschwinden.

»Nein!«, rief Jeanne. Die beiden Frauen, die neben ihr standen, sahen sie verdutzt an.

Jeanne kämpfte sich aufgebracht zwischen den eilig auseinander laufenden Menschen, die Schutz vor dem Regen suchten, auf die andere Straßenseite. Für einen Moment verlor sie die Zigeunerin aus dem Blick, dann sah sie einige

Meter weiter vor sich das rote Kopftuch. Sie rannte, doch plötzlich war der rote Farbtupfer wieder verschwunden. Heftig atmend blieb sie stehen und sah sich um. Nichts! Sie schien sich in Luft aufgelöst zu haben.

Hatte sie sich doch alles nur eingebildet? Um sie herum leerte sich die Straße. Ihr war kalt. Erst jetzt merkte sie, dass es in Strömen regnete und sie klitschnass war.

»Jeanne! Jeanne!«

Sie drehte sich langsam um. Vom anderen Ende der Straße kam Abel auf sie zugerannt.

»Gott sei Dank! Ich habe dich schon überall gesucht!«

Er holte tief Luft und blickte sie strahlend an.

»Ich habe ihn gesehen!«, stieß er jubelnd hervor.

»Wen?«, fragte sie abwesend.

»Na, den König«, erwiderte Abel triumphierend.

Madame Poisson sah Doktor Giuseppe besorgt an, als er aus dem Zimmer ihrer Tochter trat und leise die Tür hinter sich schloss.

»Der Husten ist diesmal nicht schlimm! Nur eine kleine Erkältung. Mit der Medizin wird sie sich schnell wieder erholen. Es wird wohl nicht zu sehr auf ihre Atemwege übergreifen«, sagte er und strich dabei mit seiner rechten Hand die überlangen spitzen Enden seines grauen Schnurrbartes nach unten.

Madame Poisson atmete erleichtert auf. Unmittelbar nachdem die beiden Kinder gestern völlig durchnässt nach Hause gekommen waren, hatte Jeanne heftig zu niesen und wenig später zu husten begonnen. Und als Madame Poisson heute Morgen den glasigen Blick ihrer Tochter sah, hatte sie sofort einen Boten zu Doktor Giuseppe schicken lassen.

Die Miene des Arztes war nachdenklich, als er sich jetzt erneut zu ihr wandte und dabei versuchte, ihr einladendes Dekolleté zu übersehen. »Dennoch, Madame Poisson, muss ich Ihnen sagen, dass ihre Tochter aufpassen muss! Ihre Bronchien sind schwach! Sie sollten dafür sorgen, dass das

Mädchen vor Kälte und Zug geschützt ist und sich nicht überanstrengt. Sonst könnten ihre Lungen eines Tages ernsthaft in Mitleidenschaft gezogen werden.«

»Natürlich!« Madame Poisson nickte besorgt. »Die beiden Kinder sind gestern leider in den Tumult des Prozessionszugs gekommen und dabei völlig durchnässt worden.«

»Die Prozession? Ah, wegen der königlichen Handauflegung, richtig!« Doktor Giuseppe nickte. »Ja, die Stadt ist voll von den Skrofulosekranken! Sie sind von überall her nach Paris gekommen – alle in der Hoffnung, dass ihnen die Gnade zuteilwird, dass der König sie an Ostern berühren und heilen wird«, sagte er mitleidig, während sie den Flur entlanggingen.

»Eine Aufgabe, um die man Seine Majestät wahrlich nicht beneidet«, erwiderte Madame Poisson mit leichtem Grauen.

»Da haben sie recht, Madame. Diese Hautveränderungen sind kein besonders schöner Anblick. Aber darin ähneln sie den meisten Krankheiten, nur wenige haben ein schönes Antlitz«, sagte Doktor Giuseppe auf seine eigentümlich philosophische Weise.

Das Gebräu hatte einfach grauenhaft geschmeckt. Bei dem Gedanken an den bitteren Geschmack der Medizin verzog Jeanne angewidert den Mund, bevor sie erneut niesen musste. Sie griff nach ihrem Taschentuch. Ihre Nase fühlte sich bereits ganz wund an und war bestimmt schon auf das Doppelte ihrer eigentlichen Größe angeschwollen. Sie musste noch immer an die alte Zigeunerin denken. Die ganze Nacht hatte sie von ihr geträumt. Nachdenklich sah sie aus dem Fenster. In all den Jahren hatte Jeanne die Alte nie vergessen.

Die Tür öffnete sich, und Abel steckte mit einem schüchternen Lächeln den Kopf durch die Tür.

»Geht's dir besser?«

Sie nickte, und er betrachtete nachdenklich ihre rote Nase und ihre vom Niesen geäderten Augen, die ihr blasses Gesicht unvorteilhaft zierten.

»Na ja, du siehst wirklich grässlich aus«, meinte er mit herzloser Aufrichtigkeit, »aber Doktor Giuseppe sagt, mit der Medizin wird in ein paar Tagen alles überstanden sein.«

Abel ließ sich auf ihre Bettkante nieder.

»Maman hat mir eine furchtbare Strafpredigt gehalten, dass wir uns die Prozession angeguckt haben, anstatt direkt nach Hause zu kommen«, berichtete er kleinlaut. Er kramte in seiner Rocktasche und holte etwas hervor. »Ich habe dir was mitgebracht.«

Er reichte ihr mit feierlichem Gesicht ein kleines, in grobes Tuch gewickeltes Päckchen.

Jeanne löste neugierig das Band und entfernte den Stoff. Erstaunt erblickte sie den Miniaturkupferstich, der darin lag. Er war kaum größer als zwei Münzen. Der Abdruck eines Männerkopfes prangte darauf.

»Der König«, erklärte Abel eifrig, »weil du ihn doch nicht selbst gesehen hast.«

»Wo hast du das denn her?«

»Von einem Straßenverkäufer. Sie verkaufen die Stiche überall in der Stadt, wegen der Handauflegung des Königs.«

»Sieht er wirklich so aus?«, fragte sie ungläubig.

Abel nickte stolz – und ein bisschen so, als wenn der König dieses Aussehen ihm zu verdanken hätte.

Jeanne hielt den Stich ein Stück von sich weg und betrachtete fasziniert die markanten Linien des Männerkopfes, die sich reliefartig von dem Papier abzuheben schienen.

4

Es war Anfang Dezember, und der Winter war mit unerwarteter Heftigkeit über Paris hereingebrochen. Die Temperaturen lagen seit Tagen unter dem Gefrierpunkt, die Teiche, Bäche und Kanäle waren zugefroren, selbst auf der Seine begannen bereits Eisschollen zu treiben, und eine puderige Schneeschicht hatte sich in einem sanften Weiß über die Straßen und Dächer der ganzen Stadt gelegt. Paris bot einen märchenhaften Anblick, doch so ungewöhnlich schön das Ganze anzusehen war, die Menschen litten unter der Kälte. Es fehlte an Brennholz und Nahrung, und auf den Straßen, vor allem in den Faubourgs der Armen, in Saint-Antoine und Saint-Marcel, waren viele Menschen erfroren, so wurde berichtet.

Jeanne schauderte bei dem Gedanken an die Unglücklichen, die nicht einmal ein Dach über dem Kopf hatten, und als sie sich wieder dem Spiegel zuwandte, war sie dankbar für das Feuer, das hinter ihr im Kamin prasselte und sie – obwohl sie nur mit Mieder und Unterrock bekleidet war – angenehm wärmte. Sie schlang ihre langen Haare im Nacken zu einem Knoten zusammen und lockerte mit einigen geschickten Handgriffen ein paar Strähnen an den Seiten, sodass sie ihr Gesicht in den gewünschten weichen Wellen einrahmten. Zum Schluss befestigte sie ein glänzendes Band mit einer kleinen weißen Kunstblüte in ihrer Frisur und griff nach dem hellen Kleid, das sie sich bereits auf einem Stuhl für den Abend bereitgelegt hatte. Leise raschelnd glitt der

Stoff über ihr Mieder und den Unterrock. Sie zog und strich alles zurecht und schloss die Knöpfe an der Seite.

Das Kleid war dekolletiert, nicht zu tief, das wäre für den Salonabend bei Madame de Tencin zu übertrieben gewesen, aber dennoch so, dass man die Wölbung ihrer Brüste erahnen konnte, die durch das Korsett und das Mieder nach oben gehoben wurden. Der Stoff schmiegte sich eng an ihren Körper, betonte ihre Taille, die dank der sieben leidvollen Jahre, in denen sie das unnachgiebige Korsett hatte ertragen müssen, inzwischen ungewöhnlich schlank und grazil geworden war, und ergoss sich nach unten zum Rock hin in einem ausladenden Faltenwurf.

Sie betrachtete prüfend ihr Spiegelbild. Im nächsten Jahr würde sie sechzehn werden. Für ihren Geschmack hätten gewisse Stellen an ihr durchaus etwas üppiger ausfallen können, aber sonst ...

In einer spielerischen Anwandlung hob sie den Rock an den Seiten hoch und drehte sich übermütig um ihre eigene Achse, dann ließ sie den Stoff wieder fallen und sank auf ihren Schemel. Sie stäubte sich einen Hauch Puder auf ihr Gesicht und betrachtete nachdenklich ihre grauen Augen mit den dunklen Wimpern. Sie musste an das Buch denken, das Monsieur de Crébillon ihr vor einigen Tagen gegeben hatte. *Manon Lescaut* – der Roman war eigentlich verboten, aber glücklicherweise vertrat Monsieur de Crébillon die Ansicht, dass es zu einer umfassenden Bildung gehörte, gerade auch diese von der Zensur untersagten Werke zu studieren.

»Aber verstößt man damit nicht gegen das Gesetz?«, hatte sie voller Naivität gefragt, als sie das erste Mal – nicht ohne einen gewissen Kitzel – solch ein Buch in den Händen gehalten hatte. Die Lektüre konnte einen unter Umständen in die Bastille bringen.

»Nun, wenn der Titel des Werkes oder der Name des Autors nicht darauf schließen lässt, dass das Buch verboten ist, kann es auch nicht gegen das Gesetz sein, oder?«, hatte der alte Lehrer mit einem spitzbübischen Augenzwinkern erwidert und so darauf angespielt, dass die meisten von der Zensur verbotenen Bücher nur wenig später, unter falschem Namen und mit neuem Titel versehen, im Ausland erneut gedruckt und dafür bald umso erfolgreicher wieder in Frankreich verkauft wurden.

Jeanne ließ den Puderpinsel sinken und sann erneut über die Liebe des Helden Des Grieux nach. Ob man wirklich derart von einer Leidenschaft ergriffen werden konnte?

Sie zumindest hatte so etwas noch nie erlebt. Es gab einige junge Herren, die ihr den Hof machten und sie mit Komplimenten überschütteten, aber Jeanne hatte bei diesen Avancen immer nur das Gefühl von einem Spiel. Es schmeichelte ihrer Eitelkeit und amüsierte sie, aber sie nahm es nicht ernst. Und ganz sicher war es keine Leidenschaft.

Ein Klopfen an der Tür riss sie aus ihren Gedanken. Die Dienstmagd stand in der Tür. »Mademoiselle, Ihre Mutter wartet unten auf Sie.«

Die Straßen waren vereist und glatt, und sie kamen nur langsam vorwärts. Jeanne fror unter ihrem wollenen Umhang und zog die Decke, die ihre Mutter ihnen beiden über die Knie gelegt hatte, enger an sich.

Louise Poisson lächelte ihr flüchtig zu. Unter ihrem stark gepuderten Gesicht zeichneten sich deutlich die Falten ab. Wie gewöhnlich trug sie einen Hauch zu viel Parfüm und ein tief ausgeschnittenes Kleid. Sie hatte noch immer etwas Strahlendes, aber sie wirkte müde. Zum ersten Mal sah man deutlich, dass die letzten Jahre nicht spurlos an ihr vorübergegangen waren. Selbst ihr verschwenderisch aufgetragenes Blanc d'Étain, eine weißende abdeckende Paste, und ihr heller Puder konnten die dunklen Ringe unter ihren Augen nicht länger verstecken.

Sie war heute ungewöhnlich nachdenklich, denn sie konnte die Neuigkeit, die sie vor zwei Tagen erhalten hatte, noch immer nicht recht glauben: Ihr Mann, François Poisson, würde tatsächlich zurückkommen! Nach jahrelangen Bemühungen, nachdem Beweise gesammelt, Leute bestochen und ungünstige Indizien vernichtet worden waren und Louise Poisson mithilfe der Brüder Pâris und ihres Geliebten Le Normant de Tournehem alle Hebel in Bewegung gesetzt hatte, war es endlich so weit – ihr Mann durfte zurück nach Frankreich. Vorerst nur gegen eine Kaution von vierhunderttausend Livre, denn das Gericht musste seine Unschuld erst noch in einem Verfahren offiziell bestätigen, doch dabei würde es sich, wie man ihr versichert hatte, nur um eine reine Formsache handeln.

Sie betrachtete nachdenklich ihren Handschuh. Wie François wohl jetzt sein würde? Sie freute sich für ihn. Er hatte es bestimmt auch nicht leicht gehabt in Deutschland. Dennoch hatte sie nicht aus einem Akt übermäßiger Liebe heraus für seine Begnadigung gekämpft. Solche Sentimentalitäten – die sie im Übrigen auch für reine Kindereien hielt – hatte sie sich noch nie leisten können. Nein, es war eher ein Gefühl aufrichtiger Freundschaft, das sie für ihn empfand. Er war der Vater ihrer Kinder – soweit sie das angesichts der turbulenten Zeiten damals denn beurteilen konnte –, und der gesellschaftliche Makel seiner Flucht und Verurteilung, der mit seiner Begnadigung hoffentlich ausgelöscht werden würde, lastete auf ihnen allen.

Sie strich fahrig mit der Hand über ihren Rock. Außerdem, sie gab es ungern zu, lagen ihre besten Jahre inzwischen hinter ihr. Der Gedanke ans Älterwerden löste eine angstvolle Unruhe in ihr aus. Bei aller Zuneigung, die Le Normant de Tournehem für sie empfand, sie konnte sich nicht sicher sein, dass er sie nicht doch in ein paar Jahren fallen ließ. François Poisson dagegen war und blieb ihr Ehemann, daran konnte nichts etwas ändern. Eine Absicherung fürs Alter, auf die sie keinesfalls zu verzichten gedachte.

Madame Poisson stieß einen tiefen Seufzer aus. Nichtsdestotrotz musste dies alles zunächst einmal unter einen Hut gebracht werden, und die neue Situation barg einige Probleme. Sie versuchte, die aufkommende Nervosität zu unterdrücken, die sie überfiel, wenn sie über diese Dinge nachdachte. Trotz der kleinen Erbschaft, die sie gemacht hatte, lebte sie mit den Kindern in einem der Stadthäuser ihres Geliebten, und Le Normant finanzierte ihr komplettes Leben und die Ausbildung von Jeanne und Abel. Ihr Mann konnte unmöglich zu ihnen ziehen. Sie würden zunächst zwei Haushalte führen müssen. Eine andere Möglichkeit gab es nicht. Bei dem Gedanken fasste sie wieder etwas Mut. Ja, genau das würden sie tun. Sie richtete sich entschlossen auf.

Ihr Blick fiel auf Jeanne, und ein weicher Ausdruck trat auf ihr Gesicht. Die Kleine hatte sich hervorragend gemacht, dachte sie mit mütterlichem Stolz. Sehr viel mehr noch als ihr Geliebter und ihr Ehemann war sie es, Jeanne, die Louise Poisson zuversichtlich auf ihr Alter blicken ließ. Sie sann über die Zukunft ihrer Tochter nach und spürte, wie diese Gedanken sie in wohltuender Weise entspannten.

Lebhaftes Stimmengewirr erfüllte die Salonräume bei Madame de Tencin. Trotz des ungemütlichen Wetters waren die Gäste zahlreich erschienen. Dicht gedrängt saßen sie auf den zierlichen Sofas und den elegant geschwungenen Stühlen, ins Gespräch vertieft, zusammen. Ein knisterndes Kaminfeuer verbreitete eine angenehme Wärme in dem großen Raum, dessen Wände eine Reihe von Gemälden und übergroßen Spiegeln zierten.

Jeanne betrat den Salon. Sie hatte ihre Mutter im Vorzimmer zurückgelassen, wo diese mit einem Ausruf des Entzückens auf einen ihr bekannten Herrn gestoßen war.

Sie liebte die Abende bei Madame de Tencin. Eine illustre Mischung der Pariser Gesellschaft von etwa achtzig Leuten war hier wie immer versammelt. Einflussreiche, wohlhabende Bürger, Staatssekretäre, Finanziers, Künstler, Philosophen, ausländische Gäste, Kirchenmänner und sogar einige Adlige des Hofes kamen regelmäßig bei der Marquise zusammen, um hier Konversation zu betreiben und zu debattierten, ohne dass ihre unterschiedliche Herkunft sie daran gehindert hätte.

»In diesem Salon entscheiden allein Geist und Esprit über den Rang und die Bedeutung, die einem jeden zusteht«, pflegte Madame de Tencin zu sagen.

Heute, am Mittwoch, war der Abend der Schriftsteller und Philosophen. Dementsprechend zahlreich waren diese gekommen. Jeanne hatte bereits den alten Fontenelle gesehen und auch Vauvenargues, Hélvetius, den Marquis de Montesquieu und Voltaire.

Sie spürte, wie jemand sie beobachtete. Auf der anderen Seite des Raumes stand ein gut aussehender Mann, dessen Perücke und aufwendig silberbestickter Rock ihn als ranghohen Höfling auswiesen. Er lehnte lässig am Türrahmen und musterte Jeanne in unverschämter Weise von oben bis unten. Als er ihren Blick bemerkte, deutete er mit spöttischer Miene eine übertriebene Verbeugung an.

Wie unverfroren! Jeanne nickte kühl und drehte ihm den Rücken zu. Eine ergraute Dame von stattlicher Leibesfülle, die Gastgeberin Madame de Tencin, kam auf sie zu.

»Mademoiselle Poisson. Wie schön, dass Sie hier sind«, rief sie aus. Sie hauchte Jeanne zwei imaginäre Küsse auf die Wangen. Trotz ihres matronenhaften Aussehens hatten ihre Bewegungen etwas Elegantes. Ihr Gesicht mit den fleischigen Wangen wurde von einem biederen weißen Spitzenhäubchen umrahmt, das dessen ohnehin schon runde Form zusätzlich betonte. Der Blick ihrer Augen jedoch war wach und intelligent.

»Ach, und Ihre Mutter ist auch hier, wie reizend«, sagte Madame de Tencin, doch ihr merklich kühler gewordener Tonfall und der wenig begeisterte Ausdruck ihres Gesichtes straften ihre Worte Lügen, als sie zu der großen Flügeltür sah, wo Louise Poisson gerade eine Spur zu laut über die Anekdote eines Herrn lachte.

»Wir haben Ihnen sehr zu danken, dass Sie uns erlauben, in den Genuss dieser Abende zu kommen, Madame«, erwiderte Jeanne, die ihre Reaktion sehr wohl mitbekommen hatte, und neigte höflich den Kopf.

Mit einem wohlwollenden Blick musterte Madame de Tencin das junge Mädchen. »Meine Liebe, unterschätzen Sie sich nicht! Ihre Schönheit und Jugend, gepaart mit ihrem frischen Geist, schmücken diesen Abend aufs Vortrefflichste – womit Sie wiederum ganz allein meiner Eitelkeit als Gastgeberin dienen«, fügte sie trocken hinzu und ließ bei diesen Worten wie von Zauberhand einen Fächer aus ihrem Ärmel herausgleiten, den sie geschickt aufschlug. Jeanne konnte nicht umhin, von der Grazie dieser Bewegung beeindruckt zu sein. Sie schwor sich, das Ganze vor dem Spiegel auszuprobieren. Ihr Blick fiel auf die Hände der Marquise, die ungewöhnlich schmal und anmutig waren. Sie ließen etwas von der einstigen Schönheit der Marquise erahnen, von der man sagte, dass sie früher einmal genauso beeindruckend gewesen sei, wie es der ungewöhnlich scharfe Geist dieser Frau noch heute war.

Jeanne erinnerte sich, was Monsieur Le Normant ihr von dem bewegten Leben der Marquise erzählt hatte. Sie war als junges Mädchen aus dem Kloster ausgerissen, hatte zahlreiche Liebhaber und Affären gehabt – unter anderem mit dem Duc d'Orléans und dem berühmten schottischen Bankier John Law – und war in diverse Skandale verwickelt gewesen. Der pikanteste war der Selbstmord ihres Liebhabers Fresnaye, der sich vor gut zehn Jahren in ihrem Palais das Leben genommen hatte. Ein Umstand, der die Marquise damals sogar für kurze Zeit ins Gefängnis gebracht hatte.

Jetzt, wo ihr das Alter ein ruhigeres Leben aufzwang, konzentrierte sich Madame de Tencin neben ihrem Salonleben hauptsächlich auf die Karriere ihres Bruders, des Abbé de Tencin, der ehrgeizige Ambitionen am Hofe hegte.

»Madame erweisen mir zu viel der Ehre«, sagte Jeanne, die über das Kompliment erfreut gelächelt hatte.

»Aber nein«, widersprach die Marquise. »Zumindest die Schönheit ist leider eine vergängliche Angelegenheit. Wissen Sie nicht, was mein werter Freund Voltaire über mich und die anderen Damen, die in der Stadt ihre Salons betreiben, sagt?«

Sie beugte sich hinter ihrem Fächer zu Jeanne und imitierte dabei gekonnt die tiefe melodische Stimme des Dichters. »Einem Salon steht stets eine Dame vor, deren Schönheit schon ein wenig verblasst ist und die stattdessen die Morgenröte ihres Geistes aufleuchten lässt.« Sie kicherte und tippte Jeanne mit dem Fächer im Weggehen auf die Schulter. »Genießen Sie es, noch im Besitz von beidem zu sein, Mademoiselle«

Jeanne sah ihr lächelnd hinterher und begrüßte eine weitere Frau, Madame de Saissac, eine der wenigen hochadligen Damen, mit der die Familie Poisson durch die Brüder Pâris bekannt war und die sich durch ihre ausnehmende Freundlichkeit auszeichnete.

»*Ma chère,* wie reizend, Sie hier anzutreffen! Ich komme gerade aus der Oper. Sie dürfen auf keinen Fall versäumen, das neue Stück von Rameau zu sehen«, berichtete Madame de Saissac begeistert.

»Er soll überaus talentiert sein«, sagte Jeanne.

Madame de Saissac nickte. »Ein Genie! Auch wenn die Pariser manchmal zu borniert sind, das zu erkennen.«

Ein junger Mann im blauen Rock und mit sorgfältig gepuderten Haaren – Monsieur Lavierre –, der sie erfreut erblickt hatte, unterbrach sie. »Ah, Mademoiselle Poisson!« Er griff sich mit einer übertriebenen Geste an die Brust. »Wahrhaftig, Sie werden mit jedem Tag schöner.«

Jeanne schüttelte belustigt den Kopf, während sich Madame de Saissac mit einem Schmunzeln diskret abwandte.

»Und Sie, Monsieur Lavierre, Sie sind ein wahrer Schwerenöter!«, erwiderte Jeanne.

»Verzeihung, Mademoiselle Poisson, aber ich muss dem jungen Mann mit seinem Urteil recht geben«, mischte sich der Maler Boucher, der neben ihnen stand, ins Gespräch. Er verbeugte sich galant. »Sie müssen mir unbedingt einmal erlauben, Sie zu porträtieren!«

Jeanne lächelte erfreut und ging einige Schritte weiter, wo Voltaire gerade mit einem Abbé und einem Naturwissenschaftler lebhaft diskutierte. »Nein, Zivilisation bedeutet Fortschritt! Nur Ratio und logisches Denken kann uns von dem finsteren Aberglauben der letzten Jahrhunderte befreien, meine Herren«, sagte der Naturwissenschaftler entschieden.

Der Abbé sah ihn entrüstet an. Er wollte etwas erwidern, doch Voltaire kam ihm zuvor. »Ich stimme Ihnen zu, mein Freund. Nehmen wir nur einmal die physikalischen Gesetze, die Newton entdeckt hat. Wie viele dieser Naturphänomene wurden früher als Zeichen Gottes angesehen oder durch irgendwelche abergläubische Zeichen erklärt? Heute wissen wir, dass diese Phänomene ganz logisch durch die Gesetze der Mechanik zu erklären sind.«

Er blickte in die Runde, entdeckte Jeanne und nickte ihr charmant zu. Seitdem er sie im Herbst bei einer privaten Theateraufführung gesehen hatte und daraufhin gefragt hatte, ob sie nicht einmal in seinem Stück *Zaïre* mitwirken wolle, verband sie fast so etwas wie Freundschaft.

»Mademoiselle Poisson, wie schön, dass Sie uns mit Ihrer Gegenwart beehren.«

Der Abbé beachtete Jeanne nicht, sondern sah den Dichter aufgebracht an. Er war außer sich. »Was Sie da von sich geben, ist übelste Ketzerei, Monsieur Voltaire. Gott allein hat den Menschen und die Natur geschaffen. Sie wollen doch nicht behaupten, dass man seine Wunder durch irgendwelche physikalischen Gesetze erklären könne?«

Über Voltaires Gesicht glitt ein amüsierter Ausdruck. Er liebte solche Wortgefechte. »Nun, Abbé …« Er sah zu Jeanne. »Lassen Sie uns doch einfach Mademoiselle Poisson dazu befragen.«

Jeanne überlegte einen Augenblick, während sich die Blicke auf sie hefteten. Sie erinnerte sich daran, wie aufgeregt sie noch vor einem Jahr an ihren ersten Abenden bei Madame de Tencin gewesen war, wenn man das Wort auf diese Weise an sie gerichtet hatte. Inzwischen aber genoss sie die geistreichen Debatten. Sie lächelte charmant, bevor sie antwortete.

»Ich denke, Messieurs, Gott hätte uns nicht den Verstand gegeben, wenn er nicht gewollt hätte, dass wir die Welt erklären können.« Sie machte eine kurze Pause, bevor sie bescheiden fortfuhr. »Sie zu verstehen heißt meines Erachtens jedoch noch lange nicht, zu wissen, wie sie erschaffen wurde.«

Voltaire und der Naturwissenschaftler sahen sie begeistert an.

»Bravo, eine wahrhaft geistreiche Replik, Mademoiselle!« Der Dichter neigte respektvoll den Kopf.

Auch der Abbé musste lächeln. Doch dann wandte er sich wieder den beiden anderen Männern zu. »Und trotzdem! Es bleibt Ketzerei, was Sie und Ihr Monsieur Newton behaupten«, sagte er mit finsterem Gesicht.

Le Normant de Tournehem und Louise Poisson gesellten sich zu Jeanne. Sie hatten den Wortwechsel mit angehört. »Ich muss Monsieur Voltaire zustimmen – eine wirklich kluge Antwort, die du da gegeben hast«, sagte Le Normant de Tournehem, und in seiner Stimme schwang dabei ein Hauch von väterlichem Stolz.

Jeanne sah, wie sich Madame de Tencin in der Tür mit dem Mann unterhielt, der sie kurz zuvor so unverschämt gemustert hatte. »Sagen Sie, Oheim, wissen Sie, wer der Herr dort drüben ist?«, fragte sie leise. Le Normant folgte ihrem Blick.

»Oh, du meinst den Duc de Richelieu? Hat er Interesse an dir bekundet?«, fragte er. Ohne Jeannes entgeistertes Gesicht zu beachten, schüttelte er den Kopf. »Geh auf keinen Fall darauf ein. Er ist ein überaus einflussreicher Höfling, der für uns sehr wichtig ist, vor allem aber ist er ein notorischer Frauenheld, der seine Geliebte nie länger als einige Tage hat! Die einzige Garantie, die dir ein Verhältnis mit ihm gäbe, wäre die, deinen guten Ruf zu verlieren!«

»Ich wollte nur wissen, wer er ist«, erwiderte Jeanne steif. Doch Le Normant hörte ihr gar nicht zu, sondern winkte einen jungen Mann zu sich heran. »Darf ich dir meinen

Neffen Charles vorstellen? Er hilft mir zurzeit bei meinen Geschäften.«

Charles, der trotz seines jugendlichen Alters bereits Ansätze zur Leibesfülle zeigte, beugte ungelenk den Kopf. »Sehr erfreut«, sagte er wenig begeistert.

»Ganz meinerseits.« Jeanne lächelte charmant. »Ich glaube, wir hatten einmal als Kinder das Vergnügen, wenn ich mich recht entsinne. Sie leben jetzt in Paris?«

»Ja.«

»Und, gefällt es Ihnen?« Sie blickte ihn freundlich an.

»Ja«, erwiderte er einsilbig.

Sie sah ihn fragend an, doch zu mehr Worten war er offensichtlich nicht bereit. Er starrte auf seine Schuhspitzen. Kaum zu glauben, dass er tatsächlich der Neffe des wortgewandten Le Normant sein sollte.

Mit Erleichterung hörte sie hinter sich die Stimme von Madame de Tencin, die ihren Namen rief. Jeanne wandte sich um.

»Ah, Mademoiselle Poisson! Da sind Sie ja!« Sie strahlte. »Wollen Sie uns nicht die Ehre erweisen und etwas für uns singen? Man schwärmt so von Ihrer Stimme! Monsieur Jélyotte sagt, sie sei einfach zauberhaft.«

»Oh, Monsieur Jélyotte ist zu freundlich! Sie werden enttäuscht sein«, erwiderte Jeanne und errötete.

»Ich dulde keinen Widerspruch«, sagte die Marquise mit gespielter Strenge und zog Jeanne mit sich zu dem angrenzenden Musiksalon.

Nur die Mitte des Raumes, in der ein Cembalo stand, war durch Kerzen erhellt. Die Zuhörer saßen wie verborgen im Halbdunkel.

Am Cembalo hatte ein Mann gerade eine Sonate beendet.

»Wenn Sie wünschen, kann ich Sie begleiten«, wandte er sich schüchtern an Jeanne.

»Wundervoll, Monsieur Milot!« Madame de Tencin applaudierte.

»Kennen Sie *L'orgueil de rose?*«, fragte Jeanne.

Milot nickte.

Jeanne schenkte ihm ein Lächeln und trat an das Cembalo. Das Getuschel und die Gespräche verstummten.

Die ersten Takte erklangen, und Jeanne begann zu singen. In anmutiger Haltung stand sie mitten im Raum. Das Licht der Kerzen reflektierte sich in ihrem Kleid, ihr Haar schimmerte. Jeder im Raum lauschte wie hypnotisiert ihrem Gesang, dessen gefühlvollem Ausdruck sich keiner entziehen konnte.

Monsieur Lavierre lehnte an der Wand und sah Jeanne mit glühendem Blick an. Die Leute waren hingerissen von ihrer Darbietung. Als Jeanne das Lied beendet hatte, klatschten sie begeistert. Eine ältere Dame hatte Tränen in den Augen.

Monsieur Le Normant de Tournehem und Monsieur Pâris de Montmartel wechselten einen kurzen triumphierenden Blick. Ihr Schützling machte sich hervorragend.

Jeanne verbeugte sich mit rosigen Wangen. Ihr war heiß.

Sie trat auf den Gang nach draußen, als sie hinter sich Schritte hörte.

»Verzeihung!«

Sie drehte sich um. Vor ihr stand der Duc de Richelieu und lächelte sie herausfordernd an. Sie bemerkte, dass sie allein waren. Unsicher blickte sie ihn an. Seine markanten Gesichtszüge hatten ohne Zweifel etwas Attraktives, obwohl er wesentlich älter war als sie.

»Welch zauberhafte Stimme«, sagte er. »Gestatten Sie mir, mich vorzustellen, da wir leider noch nicht das Vergnügen hatten – Louis-François Armand de Vignerod du Plessis, Duc de Richelieu«, sagte er herablassend und deutete eine Verbeugung an, wobei sein Blick an ihrem Dekolleté hängen blieb.

»Mademoiselle Poisson«, erwiderte sie verlegen und verbeugte sich so respektvoll, wie sie hoffte, dass es seinem Titel entsprach.

»Oh, noch Mademoiselle? Kein Ehemann?«

Sein enttäuschter Unterton ließ sie erstaunt aufblicken. »Pardon?«, fragte sie.

»Aber bei Ihrer Schönheit doch sicherlich einen Geliebten, nehme ich an?«

Jeanne spürte, wie ihre Wangen heiß wurden. »Wie bitte?«

Er lächelte spöttisch, als er die Röte in ihrem Gesicht sah. »Nun, offensichtlich nicht! Wenn Sie mir die Offenheit verzeihen, *Mademoiselle,* Sie sind überaus reizvoll, aber ich ziehe es vor, dass eine Frau bereits gewisse Erfahrungen mitbringt. Die Vorliebe für Jungfrauen überlasse ich den einfältigen Ehemännern.«

Jeanne sah ihn sprachlos an. Noch nie hatte jemand gewagt, so mit ihr zu reden. Sie wollte sich auf dem Absatz umdrehen, doch der Duc hielt sie mit einer schnellen Bewegung am Handgelenk fest.

»Seien Sie nicht enttäuscht.« Er lachte leise und fuhr ihr mit dem Zeigefinger sanft über ihre Wange. »Sobald man einen braven Ehemann für Sie gefunden hat, werde ich mich an Sie erinnern.«

Jeanne schaute ihn wutentbrannt an. Für einen Moment war sie versucht, ihm ins Gesicht zu schlagen, aber sie erinnerte sich, was Le Normant über die wichtigen Geschäftsbeziehungen zu ihm gesagt hatte.

»Nun, in diesem Fall bleibt mir nur zu hoffen, dass ich niemals einen Gatten finden werde, Monsieur!«, stieß sie schließlich kalt hervor und riss sich mit dem letzten bisschen Würde, das sie noch aufzubringen vermochte, von ihm los.

Sein lautes, schallendes Gelächter hallte ihr auf dem Gang hinterher, und sie floh durch eine angelehnte Tür auf einen Balkon nach draußen.

Aber selbst die eisige Luft vermochte ihr keine Abkühlung zu verschaffen. Es war nicht so sehr das, was der Duc gesagt hatte, sondern die herablassende Art und Weise, in der er mit ihr gesprochen hatte, die sie so verletzte.

Endlich spürte sie, dass sie fröstelte, und wollte den Balkon wieder verlassen, doch dann sah sie, dass Madame de Tencin in Begleitung einer anderen Dame, Madame Geoffrin, plaudernd den Gang entlanggeschlendert kam, und sie versteckte sich schnell hinter einer Säule. Sie war zu aufgewühlt, um den beiden jetzt zu begegnen.

»Sie ist wirklich hinreißend, die kleine Poisson. Diese Stimme«, hörte sie Madame Geoffrin sagen. Sie war die Ehefrau des wohlhabenden Verwalters der königlichen Spiegelglasmanufaktur und betrieb selbst einen kleinen Salon.

Madame de Tencin nickte. »Monsieur Jélyotte hat nicht übertrieben. Sie singt in der Tat zauberhaft.«

Die beiden Frauen blieben vor der Balkontür stehen.

»Ja, und es ist nicht nur ihre Stimme, es ist die ganze Art und Weise, wie sie es vorträgt. Sie würde wirklich Entgegenkommen verdienen«, sagte Madame Geoffrin geziert, schüttelte dann aber bedauernd den Kopf. »Aber in meinem kleinen Salon? Sie werden mir die Bemerkung verzeihen, liebe Madame de Tencin, aber dort ist man einfach konservativer. Undenkbar – dass ich sie empfange. Nicht bei der Mutter. Ganz zu schweigen von dieser Geschichte mit dem Vater«, fügte sie in schockiertem Unterton hinzu. »Angeblich soll ihm sogar der Strang drohen.«

Die beiden Frauen schlenderten langsam weiter. Madame de Tencin beugte sich verständnisvoll zu Madame Geoffrin. »Ich verstehe Sie vollkommen, meine Liebe! Und unter uns, würden es meine Beziehungen zu den Brüdern Pâris nicht erforderlich machen, ich würde selbstverständlich auch zögern, sie zu empfangen.«

Die Stimmen der beiden entfernten sich, als sie um die Ecke des Ganges bogen, und Jeanne trat hinter der Säule hervor. Erstarrt sah sie den beiden Frauen, die durch die Flügeltür in den Salon verschwunden waren, hinterher.

5

Das aufgepeitschte Stimmengewirr in dem überfüllten Sitzungssaal des Parlaments auf der *Île de la Cité* verstummte mit einem Schlag. Die Magistraten, die in ihren roten Roben als leuchtende Farbpunkte aus der Menge hervorstachen, hatten aufgehört zu tuscheln und sich gespannt nach vorne gewandt. Selbst auf der Zuschauertribüne, wo sich die Leute bis zu den Fensterbänken drängten, war es plötzlich so still, dass man eine Stecknadel hätte zu Boden fallen hören können, als der Präsident des Parlaments die Kanzel bestieg.

Gebannt verfolgten alle im Saal, wie er mit würdevoller Miene das königliche Bulletin entrollte, auf dem das Siegel der Bourbonenlilie prangte.

Pâris de Montmartel, der sich mit seinem Bruder Pâris-Duverney und dem Comte de Saxe in einer seitlichen Loge der Zuschauertribüne befand, hielt für einen Moment den Atem an. Gewöhnlich wurden in dem Parlamentsgebäude vor allem juristische Angelegenheiten abgewickelt, denn es war Sitz des Obersten Gerichtshofs und der Kammern, doch die ehrwürdigen Mauern gehörten auch zu den Orten, an denen Proklamationen des Königs verlesen wurden – und der heutigen Bekanntmachung galt das ganz besondere Interesse der Brüder Pâris.

Sollte das Gerücht bestätigt werden, das vom Hof zu ihnen gedrungen war? Seit dem frühen Morgen warteten sie auf die Nachricht, die das Schicksal Europas unweigerlich verändern würde. »Meine Herren«, unterbrach die laute Stimme des Parlamentspräsidenten, der seinen Blick über den Saal gleiten ließ, in diesem Moment die zum Zerreißen gespannte Stille: »Seine Majestät Louis XV. gibt hiermit bekannt, dass der preußische König Friedrich II. Maria Theresias Ansprüche auf den Thron Österreichs nicht anerkennt und die preußische Armee deshalb vor fünf Tagen, am 16. Dezember 1740, in Schlesien eingefallen ist und sich damit – im Krieg mit Österreich befindet!« Seine letzten Worte wurden von den entgeisterten und fassungslosen Ausrufen der Menge übertönt. Ein allgemeiner Tumult brach im Saal aus.

»Unglaublich!«

»Aber das ist gegen jedes Recht und jede Moral!«

»Na und! Die Habsburger haben es doch auch nicht anders gemacht!«

Pâris de Montmartel und seine Begleiter kämpften sich vor der Loge mühevoll durch das Gedränge und Durcheinander der amtsadligen Magistraten und der zahlreichen Zuschauer nach draußen.

»Es stimmt also wirklich. Friedrich II. hat es tatsächlich gewagt«, sagte Pâris-Duverney ungläubig, als sie endlich den Flur erreicht hatten und sich wieder einigermaßen frei bewegen konnten. Pâris de Montmartel zog seinen Rock zurecht und nickte nachdenklich.

Im Oktober war der österreichische Kaiser Karl VI. gestorben. Der alte Habsburger, der keinen Sohn hinterließ, war in der Illusion verschieden, dass die Verträge um die Pragmatische Sanktion und die damit verbundenen Zugeständnisse an die Fürsten und Königshäuser der Nachbarländer reichen würden, um seine Tochter Maria Theresia als Thronfolgerin zu legitimieren. Doch mit seinem Ableben hatten sich seine Maßnahmen und Verträge als hinfällig und nutzlos erwiesen. Zu verheißungsvoll war für die anderen Mächte die plötzliche Möglichkeit gewesen, sich einen Teil des geschwächten österreichischen Reiches aneignen zu können. Nicht nur die Kurfürsten von Bayern und Sachsen, sondern auch die Könige von Sardinien und Spanien hatten nach dem Tod Karls VI. sofort Anspruch auf das Erbe des österreichischen Kaisers erhoben.

Angesichts seiner alten Erzfeindschaft mit Österreich und seiner Verwandtschaft mit dem spanischen Königshaus hatte Frankreich diese Geschehnisse zunächst mit gemischten Gefühlen beobachtet. Niemand allerdings hatte damit gerechnet, dass nun ausgerechnet das kleine Preußen als Erstes zur Tat schreiten und Europa vor vollendete Tatsachen stellen würde.

Pâris de Montmartel wandte sich dem Comte de Saxe zu, einem breitschultrigem Mann mit leuchtend blauen Augen. Der gebürtige Sachse, ein unehelicher Sohn Augusts des Starken, war gleichermaßen bekannt für seine militärische Brillanz, die er in den Dienst der französischen Armee gestellt hatte, wie für seine Schwäche für schöne Frauen.

»Und wie schätzen Sie die Lage ein, Major? Frankreich wird in diese Auseinandersetzungen um die Erbfolge Österreichs mit hineingezogen werden, nicht wahr?«

Maurice de Saxe nickte. »Ja, ich denke, davon müssen wir ausgehen! Es ist nur eine Frage der Zeit, bis England ein Bündnis mit Österreich schließen wird, und dann kann Frankreich sich nicht länger heraushalten. Es wird Preußen und die deutschen Kurfürsten unterstützen müssen«, erklärte er unumwunden.

»Nun, solange nur Sie dabei sind, machen wir uns keine Sorgen«, warf Pâris-Duverney ein. Die Brüder Pâris pflegten schon seit Jahren engen Kontakt zu dem Comte de Saxe, der ein wichtiger Verbündeter für ihre Geschäfte war. Der Armeelieferant wechselte einen kurzen einvernehmlichen Blick mit seinem Bruder. Ein Krieg wäre für ihre aller Unternehmungen mehr als nützlich.

Innerhalb von Stunden hatte sich die Nachricht von Preußens Angriff wie ein Lauffeuer in der ganzen Stadt verbreitet. Selbst in der Oper sprach man an diesem Abend über nichts anderes.

»Der preußische König hat den Zeitpunkt wirklich günstig gewählt«, sagte Le Normant de Tournehem, als sie sich nach der Vorstellung von den Sitzen erhoben. Er war mit Louise Poisson Gast in der Loge der Brüder Pâris. Auf der Bühne verbeugte sich gerade Jélyotte als weiß geschminkter Dardanus unter dem tosenden Beifall des Publikums.

»Ja, es hätte kaum einen besseren Moment geben können. Österreichs Finanzen sind erschöpft, und seine Armee liegt danieder«, pflichtete ihm Pâris de Montmartel bei.

Er wandte sich zu Louise Poisson. »Und wie geht es Ihnen, meine Liebe? Sie sehen wie immer zauberhaft aus.«

Madame Poisson lächelte erfreut, obwohl sie wusste, dass der Hofbankier log. Seit einiger Zeit fühlte sie sich öfter unpässlich, und man sah ihr an, dass sie geschwächt war. Sie nickte Jeanne und Abel zu, die unter ihnen im ersten Rang saßen, und noch immer begeistert applaudierten.

Jeanne, die bewundernd zur Bühne sah, drehte sich in ihrem champagnerfarbenen Kleid mit leuchtenden Augen zu ihrem Bruder.

»Ist Jélyotte nicht grandios?«

Abel nickte. »Er hat wirklich eine göttliche Stimme!«

Sie grüßten einige Bekannte, die vorbeigingen. In einer der Logen über ihnen erblickten sie Madame de Tencin, die sich mit Madame Geoffrin unterhielt.

Jeanne neigte mit einem Lächeln höflich den Kopf, ohne sich ihre Reserviertheit anmerken zu lassen. Sie hatte nicht vergessen, was sie vor vier Jahren unfreiwillig auf dem Balkon des Salons mitgehört hatte. Wie einer dieser winzigen Stachel, die man nicht sieht, aber doch die ganze Zeit spürt, war das Gefühl über den Makel ihrer Herkunft, die zu verändern nicht in ihrer Macht lag, seitdem geblieben.

Und die Situation hatte sich durch die Tatsache, dass ihr Vater inzwischen nach Frankreich zurückgekehrt war, nicht gerade verbessert. Er lebte getrennt von ihnen, während sie mit ihrer Mutter nach wie vor im Haus von Charles Le Normant de Tournehem wohnten.

Es war merkwürdig gewesen, ihn nach all den Jahren wiederzusehen. Solange sie zurückdenken konnte, hatte sie ihren Vater vermisst und sich sehnlichst gewünscht, dass er endlich zu ihnen zurückkommen und alles wieder so wie früher sein würde. Doch als er ihr dann gegenübergestanden hatte, war er ihr und Abel wie ein Fremder erschienen. Fast zehn Jahre war er fort gewesen, und Jeanne hatte ihn nicht wiedererkannt. Im Laufe der Zeit waren die Konturen seines Bildes verblasst.

Sie wusste nicht, was sie sagen sollte, und hatte ihm mit einem artigen Lächeln einen Kuss gegeben, als er sie fest in seine kräftigen Arme schloss. »Was bist du hübsch geworden, meine *Reinette!*«

»Meine kleine Königin« – so hatte er sie früher in ihren Kindertagen immer genannt – auch das hatte sie fast vergessen.

In seinen Augen standen Tränen, und Jeanne fühlte sich schlecht, weil sie nicht genauso wie er empfinden konnte. Stattdessen nahm sie in aller Deutlichkeit den Unterschied zwischen ihm und Monsieur Le Normant de Tournehem wahr – den einfachen braunen Tuchrock, den er trug, die ungepuderten Haare und seine rauen, rissigen Hände.

»Wenn ihr ihn ein paarmal gesehen habt, wird es wieder ganz wie früher sein«, sagte ihre Mutter tröstend, die ihre Gedanken zu erraten schien, als sie später mit Jeanne und Abel wieder nach Hause fuhr.

Jeanne nickte stumm. Abel und sie besuchten ihren Vater regelmäßig und gaben sich Mühe, eine Beziehung zu ihm aufzubauen. Sie erzählten ihm von ihrem Unterricht, den sie bekamen, von den Büchern, die sie lasen, vom Theater und der Oper, aber er schien nicht viel damit anfangen zu können und nickte nur. »Das ist fein, dass ihr so viel lernt«, sagte er. Die Fremdheit zwischen ihnen blieb.

Für Abel waren die Besuche bei ihrem Vater nicht mehr als höfliche Pflichterfüllung – doch Jeanne wünschte, sie hätte anders empfunden. Außerdem war es ihr unangenehm, wie die Leute hinter ihrem Rücken über ihre merkwürdigen Familienverhältnisse redeten. Sie konnte in ihren Augen lesen, was sie dachten.

»Mademoiselle und Monsieur Poisson.« Die Stimme von Monsieur Lavierre riss Jeanne aus ihren Gedanken.

»Eine großartige Vorstellung, nicht wahr?« Er deutete mit einer Verbeugung auf seinen Begleiter. »Darf ich Ihnen den Comte de Briges vorstellen? Rittmeister und Capitaine der königlichen Gestüte in Versailles ... Mademoiselle Poisson und ihr Bruder, Monsieur Poisson.«

Der Comte küsste Jeanne formvollendet die Hand. »Es ist mir eine Ehre. Monsieur Lavierre hat wahrlich nicht übertrieben, als er von Ihnen sprach«, sagte er, und die unverhohlene Bewunderung in seiner Stimme entlockte Jeanne ein Lächeln.

Oben in der Loge warf Pâris-Duverney einen Blick durch das Opernglas. »Sie ist wirklich hinreißend geworden!«

Der Blick der beiden anderen Männer folgte dem seinen nach unten in den ersten Rang, wo sich um ihren Schützling ein Kreis von jungen Männern gebildet hatte, die um ihre Gunst wetteiferten, und Pâris de Montmartel musste ihm insgeheim zustimmen. Die Kleine war wirklich entzückend. Fast neunzehn war sie inzwischen. Er gratulierte sich für sein gutes Gespür, dass er das Potenzial des Mädchens so früh erkannt hatte und dem Generalsteuerpächter damals, als sie aus dem Kloster kam, dazu geraten hatte, ihr eine gute Ausbildung zukommen zu lassen. Er hatte das nicht nur aus Eigennutz getan, sondern auch weil er sich François Poisson, dem Vater des Mädchens, der für sie als Lebensmittellieferant gearbeitet hatte und der nicht ganz ohne ihre Schuld nach Deutschland fliehen musste, verpflichtet gefühlt hatte.

Pâris de Montmartel glaubte an die Macht von Netzwerken und Beziehungen. Alles, was er und seine Brüder aufgebaut hatten, hatten sie erreicht, indem sie den Menschen zu irgendeinem Zeitpunkt einen Gefallen erwiesen – und sie sich auf diese Weise zeitlebens verpflichteten. Manche Leute empfanden das als Erpressung, doch er sah in ihnen eher eine große weitverzweigte Familie, die sich gegenseitig half.

Fasziniert beobachtete er, wie Jeanne gerade gekonnt den Fächer aufschlug und etwas sagte, das den Kreis der Verehrer um sie herum zum Lachen brachte.

Er war inzwischen überzeugt, dass sie ihnen eines Tages nützlich sein würde. Nichts konnte einen der Macht so nah bringen wie eine schöne Frau, das hatte er im Laufe der Jahre auch gelernt – vorausgesetzt, sie besaß die Intelligenz, ihre Waffen richtig einzusetzen. Und über diese Fähigkeit schien Jeanne zu verfügen. Im Gegensatz zu ihrer Mutter war sie nicht nur schön, sondern besaß auch Talent und Esprit.

»Ja, aus dem Mädchen ist mehr geworden, als wir je zu hoffen wagten«, stimmte der Hofbankier seinem Bruder zu.

Le Normant de Tournehem nickte mit Besitzerstolz. »Der Traum eines jeden Comte oder Duc«, sagte er, als wenn er die Gedanken von Pâris de Montmartel erraten hätte.

Pâris de Montmartel stellte zufrieden fest, dass sie nicht die Einzigen waren, die Jeanne beobachteten. In einer der Logen, die dem Hofadel vorbehalten waren, hatte man ebenfalls das Opernglas auf sie gerichtet. Pâris de Montmartel neigte grüßend den Kopf. Der alte Duc d'Amboise, fast schon ein Greis, aber dennoch bekannt für seine niemals gesättigte Vorliebe für junge Mädchen, nahm regelmäßig ihre Wechsel in Anspruch. Mit einem knappen Nicken erwiderte der Alte den Gruß des Bankiers.

Le Normant de Tournehem hatte recht, dachte der Hofbankier. Wenn das Mädchen nur den richtigen Liebhaber hatte, konnten sie durch sie wichtigen Einfluss auf den Hof gewinnen. Er wandte sich wieder den beiden Männern zu. »Ich denke, wir sollten langsam an eine … sagen wir einmal, etwas vorteilhaftere Ausgangsposition für das Mädchen denken.«

Die Lippen des Generalsteuerpächters umspielte ein feines Lächeln, als er Pâris de Montmartel und seinen Bruder anblickte. »Genau darüber habe ich auch schon nachgedacht!«

Durch das Fenster fiel in völlig unpassender Weise der strahlendste Sonnenschein und tauchte den gelben Salon in ein so helles, freundliches Licht, als wollte er sie verhöhnen.

Jeanne starrte fassungslos auf die langen Vorhänge, auf denen die weißen Lichtpunkte unschuldig hin und her tanzten, und spürte, wie ihr die Tränen in die Augen schossen.

»Niemals!«, schrie sie aufgebracht, sprang von ihrem Stuhl auf und rannte aus dem Salon. Die Tür schlug mit einem lauten Knall hinter ihr zu und ließ Louise Poisson und Le Normant de Tournehem erschrocken zusammenfahren.

Louise Poisson stand eilig auf. »Verzeih. Sie weiß nicht, was sie spricht«, sagte sie und eilte ihrer Tochter hinterher – wobei sie sich fragte, was sie um Gottes willen in den letzten Jahren in der Erziehung falsch gemacht hatte, dass Jeanne es wagte, sich in solch peinlicher Weise aufzuführen.

Jeanne stand in ihrem Zimmer am Fenster und sah hinaus.

»Wie kannst du es wagen, dich so zu benehmen?«, fuhr ihre Mutter sie empört an.

Jeanne drehte sich um, Tränen rannen über ihre Wangen.

»Ich werde ihn nicht heiraten«, stieß sie hervor.

»Selbstverständlich wirst du das. Du solltest unendlich glücklich und dankbar sein, dass man dir solch einen Antrag macht.«

»Er ist linkisch und ungebildet!«, rief Jeanne aufgebracht.

»Du wirst ihn heiraten!«

»Nein!« Sie fing an zu weinen.

»Jeanne«, sagte ihre Mutter in einem so scharfen Tonfall, dass sie zusammenfuhr.

»Lass mich mit ihr reden«, unterbrach sie die Stimme von Le Normant de Tournehem, der hinter ihnen in den Raum getreten war. »Allein«, fügte er hinzu und fasste Louise beruhigend an den Arm.

Er schob sie sanft aus dem Raum und schloss leise die Tür hinter ihr. Dann wandte er sich zu Jeanne, die hastig versuchte, ihre Tränen wegzuwischen.

»Hör zu, Jeanne, du bist wie eine eigene Tochter für mich …«

Sie sah ihn kalt an. »Böse Zungen behaupten, ich wäre es!«

Er ignorierte ihre Bemerkung mit undurchdringlicher Miene.

»Mein Neffe Charles ist ein netter, lieber Junge. Er strotzt nicht gerade vor Esprit, aber er wird dir ein guter Ehemann sein. Dafür werde ich sorgen«, versprach er leise und sah sie an. Er zog ein Tuch aus seiner Weste und tupfte ihr die Tränen von der Wange, während er weitersprach: »Die Ehe mit ihm wird dir einen Platz in der Gesellschaft geben – einen Platz, den du sonst nie einnehmen könntest. Du bist intelligent genug, das zu begreifen. Sieh …« Er legte seine Hand väterlich auf ihre Schulter. »Ich habe keine Nachkommen, und Charles und du, ihr würdet später mein gesamtes Vermögen erben. Außerdem könntet ihr mit mir das Stadtpalais in Paris und mein Gut Étiolles teilen, und Charles wird später einmal mein Amt als Generalsteuerpächter übernehmen.«

Jeanne sah ihn wie versteinert an.

»Überleg dir gut, welche Möglichkeiten du sonst hättest. Vielleicht hilft es dir, wenn du das Leben deiner Mutter betrachtest«, fügte er leise hinzu und verließ den Raum.

Die Aussichten, die Le Normant de Tournehem ihr angeboten hatte, waren zugegebenermaßen verlockend: Ein Stadtpalais, ein Gutshaus, Diener, eigene Kutschen, sie wäre finanziell unabhängig, genösse den Status einer ehrbaren Ehefrau, und schließlich würde sie als *Madame d'Étiolles* einen wenn auch nicht bedeutenden, so doch kleinen Adelstitel tragen! Alles wäre wunderbar – selbst ihr Traum, einen eigenen Salon ins Leben zu rufen, in dem man vor einem privaten Publikum Theater spielen könnte, würde in greifbare Nähe rücken. Aber Charles Le Normant als ihr Ehemann?

Mit diesem dicklichen, ständig etwas mürrisch dreinblickenden Mann, dem jeder Geist und Charme zu fehlen schien, nicht nur den Rest ihres Lebens, sondern auch jede Nacht verbringen? Sie erinnerte sich an seine weiße teigige Haut und seine schlaffen Gesichtskonturen – das Übrige wollte sie sich lieber gar nicht erst vorstellen – und wusste, dass sie ihn einfach nicht heiraten konnte.

Ihre Mutter, die zu erraten schien, was in ihr vorging, nahm sie schließlich bei einer Tasse Zimtschokolade zur Seite und versuchte es mit liebevollem Zureden. »Siehst du, Jeanne, ich verstehe ja, dass du ihn nicht gerade anziehend findest, aber niemand sagt, dass er der einzige Mann in deinem Leben bleiben muss. Für das Vergnügen nimmt man sich einen Liebhaber. Natürlich sollte Charles das nicht unbedingt mitbekommen …«

Jeanne verschluckte sich an ihrer Schokolade und sah ihre Mutter entgeistert an.

Louise Poisson klopfte ihr beruhigend auf den Rücken. »Ich hätte wahrscheinlich schon viel früher mit dir über diese Dinge sprechen sollen«, sagte sie lächelnd und strich ihr sanft über den Kopf. Jeanne schwieg.

Doch sie weigerte sich weiter standhaft. Bis schließlich völlig unerwartet ihr Vater im Haus von Le Normant de Tournehem auftauchte. Er trug seinen besten, schon ein wenig aus der Mode gekommenen Rock und ein weißes Hemd unter der zu engen Weste, als er mit schweren Schritten Jeannes Zimmer betrat und plötzlich vor ihr stand.

Sie sprang erschrocken hoch. Es war eine stillschweigende Vereinbarung, dass sie und Abel immer zu *ihm* kamen. Er war noch nie hier gewesen. »Papa, Sie?!«

»Ja, ich«, erwiderte er kühl. Einen kurzen Moment sah er sich irritiert in dem mit einer Seidentapete ausgekleideten Raum um, der mehr über ihr Leben aussagte als alle ihre Erzählungen. Die eleganten Möbel, die Bücher und Noten, die auf einem geschwungenen Tischchen lagen, die über einem Sessel ausgebreiteten Stoffe, die sie, wie es schien, gerade für ein neues Kleid auswählte – und an der Wand ein Porträt, das Boucher zu ihrem letzten Geburtstag von ihr gemalt hatte. Er erinnerte sich, dass sie davon erzählt hatte.

François Poisson riss sich vom Anblick all dessen los und wandte sich mit energischem Blick seiner aufsässigen Tochter zu. »Monsieur Le Normant de Tournehem und deine Mutter haben mich darüber informiert, dass du dich weigerst, den Antrag seines Neffen anzunehmen. Wie kannst du es wagen, nach all dem, was man für dich getan hat, dich derart ungehorsam und respektlos zu verhalten?«, fragte er so streng und drohend, dass Jeanne sich wieder wie ein kleines Mädchen vorkam und eingeschüchtert zu Boden schaute.

»Ich wollte nicht undankbar sein, aber ich kann Charles nicht heiraten«, stieß sie leise hervor.

François Poisson ging ungehalten einige Schritte im Raum auf und ab, bevor er stehen blieb und wieder seine Tochter ansah.

»All die schweren Jahre meiner Flucht war ich immer voller Dankbarkeit, zu wissen, dass Monsieur Le Normant de Tournehem sich in so generöser Weise um dein und Abels Wohl kümmert. Und nun bildest *du* dir ein, dass sein Neffe – ein junger Mann, der weit über deinem Stand steht – nicht gut genug für dich ist? Wie kannst du uns das antun?«, fuhr er in seiner strengen Rede fort.

Jeanne blickte ihn an – seine gebeugte Haltung, seine aufgesprungenen Wangen, die zu eng gewordene Weste, die über seinem Bauch spannte und in der er wie verkleidet wirkte. Sie sah plötzlich den müden, erschöpften Ausdruck, den die Jahre in sein Gesicht gezeichnet hatten. Jahre, in denen sie sich immer nach ihm gesehnt hatte, doch jetzt, wo er zurück war, schaffte sie es nicht, wieder eine Verbindung zu ihm aufzubauen. Seine Bewegungen, seine Sprache und seine Manieren waren die eines einfachen Kleinbürgers. Unvorstellbar, dass er sich jemals in einem Salon wie dem von Madame de Tencin bewegen könnte. Sie liebte ihn, aber sie wusste, dass sie in einer anderen Welt lebte als er. Mit einem

Mal begriff sie, dass ihr Vater mit seiner Flucht mehr als nur seinen Ruf verloren hatte.

»Als dein Vater sage ich dir, dass du diesen Antrag annehmen wirst!«, befahl er mit aller Bestimmtheit, die er aufzubringen vermochte. »Hast du mich verstanden?!«

Jeanne sah ihn an. Sie konnte sich gegen Monsieur Le Normant de Tournehem und ihre Mutter auflehnen, aber sie würde es nicht schaffen, sich auch noch den Wünschen ihres Vaters zu widersetzen – nicht nach allem, was er durchgemacht und verloren hatte. Sie schuldete es ihm.

Sie unterdrückte das Schluchzen, das in ihrer Kehle aufsteigen wollte, und nickte – steif wie eine Marionette.

»Wenn Sie es wünschen, werde ich seinen Antrag annehmen, Papa«, sagte sie schließlich leise.

6

Ihr Kleid war aus glänzendem weißem Atlasstoff. Das eng anliegende Oberteil mit dem gerundeten Dekolleté schmiegte sich an ihren Rumpf und ging in einen Rock über, der mit weißen Orangenblüten aus Seide bestickt war und sich in einem weiten, üppigen Bogen über ein Panier nach außen bauschte. Ihre hochgesteckten Haare zierte ein Brillantenband, hier und da von einer Blüte ergänzt, und ein hauchdünner Spitzenschleier fiel vom Hinterkopf kunstvoll drapiert über ihren Rücken bis hinunter zu ihrem Rocksaum.

Ihre Mutter brach in Tränen aus, als sie Jeanne sah. »Ach mein Kind, wie schön du bist!«, stieß sie mit erstickter Stimme hervor und zog eilig ein Taschentuch hervor, um ihr dick gepudertes Gesicht vor der Tränenflut zu retten.

Die Trauung fand in der Kirche Saint-Eustache statt. Es war der 9. März 1741. Betäubt lauschte Jeanne dem Geläut der Kirchenglocken, das alles übertönte. Wie versteinert stand sie da und weigerte sich mit der ganzen Kraft ihrer neunzehn Jahre zu glauben, dass sie gerade dabei war, diesen Mann, der dort im blauseidenen Rock mit geröteten Wangen neben ihr stand, zu heiraten.

Die wenigen Male, die sie sich bis jetzt gesehen hatten, war Charles ihr mit stoischer Gleichgültigkeit begegnet. Er hatte nicht einmal versucht, sie zu küssen, was Jeannes Vermutung bestärkt hatte, dass sich seine Begeisterung über diese Heirat ebenfalls in Grenzen hielt. In den Augen seines

Vaters, Hervé-Guillaume Le Normant, war jedenfalls deutlich zu lesen gewesen, was er von dieser unstandesgemäßen Verbindung seines Sohnes hielt. Es jagte Jeanne noch immer einen Schauer über den Rücken, wenn sie an den kalten, verächtlichen Blick dachte, mit dem er sie bedacht hatte.

Sie versuchte sich auf die Worte des Priesters zu konzentrieren. Er hatte mit ernster Miene angefangen, von der Heiligkeit der Ehe, vom Willen Gottes und von seinen Geboten und der Gehorsamkeit, die eine Frau ihrem Ehemann schuldete, zu sprechen, doch seine Worte drangen kaum zu ihr. Jeanne versuchte, das Gefühl der Panik zu unterdrücken, das in ihr aufstieg. Am liebsten wäre sie auf der Stelle weggerannt.

Plötzlich war es still. Sie spürte den Blick des Priesters auf sich. Fragend sah er sie an. Auch Charles hatte sich zu ihr umgewandt. Ihre Kehle war wie zugeschnürt.

»Ja«, hörte sie sich selbst schließlich mit tonloser Stimme in die Stille hinein sagen, obwohl sie Nein meinte.

Wie in Trance hörte sie Charles ebenfalls antworten und spürte, wie er ihr den kalten Ring über ihren Finger streifte.

»… erkläre ich euch hiermit vor Gott und allen Anwesenden zu Mann und Frau, bis dass der Tod euch scheidet!«, hallte die laute Stimme des Priesters durch die Kirche, bevor er ihnen den Segen erteilte.

Die Gäste waren bereits im Salon – Charles' weitverzweigte Verwandtschaft, seine zahlreichen Bekannten und Freunde und nur die allerengsten Angehörigen der Poissons, um die etwas prekäre Tatsache des Standesunterschiedes zwischen den beiden Familien nicht allzu offensichtlich werden zu lassen.

Für Anfang März war es ungewöhnlich warm. Jeanne fächelte sich Luft zu. Ihr war schwindlig, und sie wusste nicht, ob es von dem eng geschnürten Mieder und der stickigen Luft herrührte oder von der unerträglichen Tatsache, dass sie jetzt wirklich mit diesem Mann verheiratet war.

Mit einem innerlichen Seufzen verlagerte sie das Gewicht

von ihrem linken Schuh, der entsetzlich drückte, auf den rechten und lächelte höflich, während sie mit Charles die Gratulationen der Gäste entgegennahm.

Die Marquise de Tencin begrüßte sie überschwänglich. »Was für eine entzückende Braut Sie sind, meine Liebe«, flötete sie, zwinkerte ihr zu, und schon tauchte das nächste Gesicht hinter ihr auf. Ein Cousin von Charles. Er küsste Jeanne die Hand, und sie ignorierte geflissentlich den anzüglichen Blick, mit dem er ihrem Gemahl anschließend auf die Schulter klopfte.

Eine junge Frau mit einem hübschen, fein gezeichneten Gesicht stand vor ihnen.

»Meine Schwester Charlotte Victoire, Comtesse de Baschi, und ihr Gemahl François de Baschi, Comte de Saint-Estève«, sagte Charles.

»Meine Glückwünsche!« Charlotte strahlte.

»Danke«, Jeanne lächelte. Die Comtesse schien ein Lichtblick an Warmherzigkeit in dieser Familie zu sein. Sie wünschte, Charles hätte etwas von ihr gehabt.

»Und meine Cousine, Elisabeth Huguet de Sémonville, Comtesse d'Estrades«, stellte Charles eine junge Frau vor, die Jeanne bereits aus dem Salon der Marquise kannte und die sie erfreut begrüßte.

Von der anderen Seite des Raumes beobachtete Le Normant de Tournehem zufrieden das Brautpaar. Mit seinem Glas Champagner in der Hand beugte er sich zu seinem Bruder Hervé-Guillaume herüber, der mit missmutiger Miene auf den blank polierten Parkettboden starrte. »Eine hinreißende Schwiegertochter, die Sie da bekommen haben, lieber Bruder«, sagte Le Normant de Tournehem.

Hervé-Guillaume sah hoch und warf ihm einen finsteren Blick zu. »Sie werden entschuldigen, wenn ich Ihre Meinung nicht teilen kann …«, stieß er hervor. Die unterdrückte Wut war seinen Worten deutlich anzuhören. »Schließlich haben Sie mich und Charles gezwungen, dieser Verbindung zuzustimmen.«

Le Normant de Tournehem quittierte seine Äußerung mit einem Seufzen. Es war einer der kleinen Wermutstropfen dieser Hochzeit, dass sein Bruder diese Verbindung als einen persönlichen Affront ansah. Eine Bürgerliche, die nicht nur kein Geld, sondern überdies den schlechten Ruf ihrer Eltern mit in die Ehe einbrachte! Hervé-Guillaume war außer sich gewesen. Zwar hatte der Adelstitel der Le Normants keine besonders große Bedeutung, da er gerade einmal zwei Generationen alt und käuflich mit einem Amt erworben worden war, aber immerhin hatte es eine geschickte Heiratspolitik der Familie geschafft, Verbindungen mit einigen alten Namen der Noblesse einzugehen, die das Prestige und den Rang der Le Normants um einiges aufgewertet hatten. Beides sah Hervé-Guillaume nun durch seine unstandesgemäße Schwiegertochter arg in Mitleidenschaft gezogen.

Le Normant de Tournehem lockerte unauffällig ein wenig den Spitzenkragen an seinem Hals. »Gezwungen scheint mir doch etwas übertrieben«, sagte er schließlich mit einem Lächeln. »Charles hatte schließlich die freie Wahl.«

Hervé-Guillaume lachte ächzend auf. »Die freie Wahl? Sie wollten ihn enterben!«

Le Normant de Tournehem zuckte die Achseln. Er schlug seinem Bruder freundschaftlich auf die Schulter. »Ach kommen Sie! Charles wird dankbar sein, so entzückend wie sie ist.«

Die Feier ging bis spät in die Nacht. Es wurde gegessen, getrunken, getanzt, und die zahllosen Reden drohten unter dem Gelächter der Gäste mit fortschreitender Stunde immer anzüglicher zu werden. Unzählige Male stieß man auf das Wohl des Brautpaares an.

Irgendwann legte Charles den Arm um Jeanne und blickte sie mit glasigen Augen an. Seine Perücke saß schief, auf seinen Wangen begann sich der Puder zu verflüchtigen, und es zeichneten sich hektische rote Flecken ab. Linkisch kam er ihr näher. Aus seinen Augen war auf einmal die Kälte und

Gleichgültigkeit verschwunden, und er sah sie stattdessen mit einer Mischung aus tollpatschiger Bewunderung und gierigem Verlangen an. »Nun gehörst du mir«, sagte er betrunken. Jeanne lächelte gequält, als er ihr einen nassen Kuss auf die Wange drückte.

Marie, ihre neue Zofe, ein junges, schüchternes Ding von höchstens sechzehn Jahren, half ihr mit hochrotem Gesicht beim Auskleiden. Sie nahm Jeanne den Schleier ab, öffnete die Haken ihres Kleides, zog ihr das steife Panier und den Unterrock aus und löste die Bänder ihres Korsetts. Ihre Verlegenheit angesichts dessen, was Jeanne bevorstand, war nicht zu übersehen.

Als Marie nach den Nadeln in ihrer Frisur greifen wollte, schüttelte Jeanne den Kopf. »Danke, das reicht! Du kannst jetzt gehen!«

Doch Marie blieb zögernd in der Tür stehen. »Soll ich Monsieur jetzt Bescheid geben, Madame?«, fragte sie leise.

»Gleich ... in ein paar Minuten ...«

Jeanne wollte allein sein. Nur für einen Moment an diesem Tag. Sie schlüpfte aus ihren Strümpfen und dem gelösten Korsett, und ließ sich nackt auf den Schemel vor ihrem Toilettentisch sinken. Langsam zog sie Nadel für Nadel aus ihrem Haar, bis es ihr in langen weichen Wellen bis zur Taille hinunterfiel. Sie betrachtete sich nachdenklich in dem großen Spiegel, als wenn sie das Bild einer Fremden ansehen würde – die weiche Linie ihrer Brüste, den glatten Bauch mit der schmalen Taille und die sanft gerundeten Hüften. Seufzend griff sie nach dem Negligémantel aus Spitzen – einem durchsichtigen Etwas, mit dem sie sich nackter fühlte als zuvor. Sie versuchte, das nervöse Gefühl, das sich zunehmend in ihrer Magengrube ausbreitete, zu verdrängen.

Ihre Mutter hatte ihr einiges darüber erzählt, was in der Hochzeitsnacht passierte, aber ihre merkwürdigen blumigen Beschreibungen hatten Jeanne mehr verwirrt, als dass sie wirklich zu ihrem Verständnis beigetragen hätten. Hoffentlich ging es schnell. Man sagte, dass es beim ersten Mal wehtat.

Ein Poltern hinter ihr ließ sie herumfahren.

Charles stand mit einem Leuchter in der Hand in seinem Hausmantel in der Tür und starrte sie an. Als sie seinen Blick sah, fürchtete sie für einen Moment, er würde sofort über sie herfallen.

Wankend kam er auf sie zu. Er stellte den Leuchter achtlos auf ein Tischchen, sodass das heiße Wachs danebentropfte, und blieb vor ihr stehen. Eine Fahne aus Wein, Essen und Schnupftabak schlug ihr mit seinem Atem entgegen, und – sie konnte es nicht glauben – er stieß tatsächlich auf!

»Nun, Madame d'Étiolles, heute Abend hat mich anscheinend jeder Mann beneidet, dass ich von nun ab das Bett mit Ihnen teilen darf«, stieß er mit einem wilden Blick hervor und schwankte etwas nach hinten. »Dann lassen Sie uns sehen, ob dieser Neid begründet ist …«

Sie sah ihn sprachlos an. Ihre ängstliche Nervosität hatte sich auf einmal in Luft aufgelöst und war einem Gefühl tiefer Verachtung gewichen.

»Sie sind betrunken«, stellte sie kühl fest.

»Da haben Sie recht«, erwiderte er und grinste. Offensichtlich fand er, dass damit genug der Worte gewechselt worden waren, denn er zog sie besitzergreifend an sich und drückte ihr einen feuchten, übel riechenden Kuss auf den Mund. Ungeschickt versuchte er mit beiden Händen, ihr den Negligémantel über die Schultern zu streifen. Doch der Mantel gab nicht nach. Er zerrte ungehalten daran.

»Der Gürtel, Sie müssen ihn öffnen«, sagte sie leise.

Er brauchte einen Moment, bis er verstand, was sie meinte.

»Muss ich nicht!«, erwiderte er dann herrisch, griff mit beiden Händen an ihren Kragen und riss den feinen Stoff mit einer einzigen Bewegungen entzwei. Der Mantel fiel zu Boden. Sie war nackt.

Wie von Sinnen drängte er sie zum Bett und öffnete seinen Hausmantel. Sein Körper war weiß und schlaff, bis auf sein

Glied, das sich gegen alle Schwerkraft steil nach oben aufgerichtet hatte.

Sie sah ihn entsetzt an, als er sich über sie warf. Ein stechender Schmerz durchzuckte sie, als er in sie eindrang. Schwitzend, mit hochrotem Kopf bewegte sich Charles in ruckartigen Stößen vor und zurück. Es tat weh. Sie presste die Lippen zusammen und betete, dass es schnell vorübergehen würde. Bei jedem neuen Stoß wurde sie mit dem Kopf unsanft gegen das Kopfteil des Bettes gedrückt.

Eine quälende Ewigkeit schien zu vergehen, in der sie nur seinen keuchenden Atem über sich hörte, bis seine Stöße schließlich immer schneller und heftiger wurden und er stöhnend wie ein Sack Mehl auf ihr zusammensank.

Erst viel später, als er schnarchend mit offenem Mund neben ihr eingeschlafen war und sie sich am äußersten Rand des Bettes wie früher als kleines Mädchen mit ihrer Decke zusammengerollt hatte, ließ sie ihren Tränen endlich freien Lauf.

7

Die Männer der kleinen Soupergesellschaft hatten sich gut gelaunt vom Tisch erhoben. Der Comte de Saxe war ein vollendeter Gastgeber und hatte es wie immer an nichts fehlen lassen.

Der Duc de Noailles wandte sich zu den Brüdern Pâris.

»Messieurs, lassen Sie uns noch ein Glas trinken, bevor wir uns zu den anderen gesellen und unsere letzten Livres verspielen«, sagte der alte Marschall humorvoll mit Blick auf die anderen Gäste, die dabei waren, sich nach nebenan zum Spiel zu begeben. Er deutete mit dem Kopf diskret in Richtung eines angrenzenden Separees.

»Mit Vergnügen, Monsieur le Maréchal«, erwiderte Pâris de Montmartel. Er wusste, dass es Neuigkeiten aus Versailles gab.

Sie betraten einen kleinen Raum, dessen Wände mit dunkelrotem Tuch bespannt waren. Der Marschall vergewisserte sich, dass die Tür hinter ihnen wirklich verschlossen war, bevor er sich zu den beiden Männern wandte. Er trat zu einem Tisch, auf dem ein Silbertablett mit einer Weinkaraffe und Gläsern stand. »Belle-Isle hat seine Verhandlungen abgeschlossen«, sagte er, während er ihnen Wein einschenkte. »Frankreich wird mit Preußen ein Bündnis schließen.« Er reichte ihnen ein Glas.

»Dann hat Preußen sich also Gott sei Dank für uns und gegen England entschieden. Das sind gute Nachrichten«, bemerkte Pâris de Montmartel erfreut.

»Allerdings.« Der Duc de Noailles nickte. Der silberne Knauf seiner Degenspitze blitzte auf, als er seinen Rock zur Seite schlug, und sich auf einen samtbezogenen Armlehnstuhl niederließ. In den letzten Jahren waren seine Bewegungen etwas bedächtiger geworden, aber dennoch erfreute sich der Dreiundsechzigjährige, der neben dem Kardinal de Fleury zurzeit einer der einflussreichsten Männer bei Hofe war, noch immer einer bemerkenswerten Agilität.

Die beiden Brüder, die aus Respekt vor dem Rang von Noailles stehen geblieben waren, hatten einen kurzen Blick gewechselt.

Im Mai hatte Frankreich bereits eine Allianz mit Spanien und Bayern geschlossen, aber mit dem Bündnis mit Preußen war der Krieg nun endgültig beschlossene Sache. Wie der Comte de Saxe es vorausgesagt hatte, hatte Frankreich sich aus dem Mächtekampf, der in Europa tobte, nicht auf Dauer heraushalten können, und die Höflinge brannten darauf, im Kampf mit den französischen Erzfeinden Österreich und England Ruhm und Ehre zu erlangen. Die Brüder Pâris hingegen interessierte allein der finanzielle Gewinn, den der Krieg ihnen versprach. Wenn sie es nur einigermaßen intelligent anstellten, würden sie ihr Vermögen verdreifachen, wenn nicht sogar vervierfachen.

»Ich nehme an, Belle-Isle wird danach trachten, die französischen Truppen mit denen des bayerischen Kurfürsten zu vereinen«, überlegte Pâris-Duverney, der im Geiste bereits über die Armeeversorgung nachdachte.

»Davon gehe ich aus«, bestätigte Noailles. Er betrachtete das Kristallglas in seinen Händen, bevor er einen Schluck trank. Aus dem Salon nebenan drangen Gelächter und helle Frauenstimmen zu ihnen – zur Freude seiner Gäste pflegte Monsieur de Saxe zu seinen Herrensoupers gerne einige hübsche Opernmädchen einzuladen.

Der Duc de Noailles blickte Pâris de Montmartel prüfend an. »Für die Feldzüge werden große finanzielle Summen benötigt werden«, sagte er schließlich.

Pâris de Montmartel hatte nur darauf gewartet, dass der Marschall auf diesen Punkt zu sprechen kommen würde. Er nickte. »Das wird keine Schwierigkeit bereiten, Monsieur le Maréchal!« Er beglückwünschte sich insgeheim dazu, dass er in vorausschauender Weise mit seinen Brüdern in den letzten Monaten daran gearbeitet hatte, ihr Netz von Kapitalgebern in ganz Europa zu aktivieren, um die potenziellen Gelder, die der König vermutlich für den Krieg brauchen würde, wirklich verauslagen zu können.

»Nun, das zu hören wird nicht nur mich freuen«, erwiderte der Marschall bedeutungsvoll. Er legte eine kurze Pause ein. »Seine Majestät wird sich auf Sie verlassen.«

»Wir fühlen uns geehrt.« Der Hofbankier senkte höflich den Kopf.

Ein Lächeln glitt über Noailles Gesicht. Er hob sein Glas. »Trinken wir auf Frankreichs neue Bündnispartner.«

»Auf die Koalition und auf den Sieg«, ergänzte Pâris-Duverney. Ein helles Klirren ertönte, als sie feierlich ihre Gläser erhoben und miteinander anstießen.

Es waren genau die Farben, die sie liebte. Ein zartes Hellblau wie ein Wolkenhimmel, durch den gerade der erste schüchterne Sonnenstrahl brach, ein Rosa, das sie an die ersten Blütenblätter der Pfingstrosen im Jardin Royal erinnerte, und ein Hauch von einem Pastellgrün. Sie ließ ihre Finger sanft über den glänzenden Stoff gleiten und genoss das Gefühl, das die kühle, glatte Seide auf ihrer Haut hinterließ, bevor sie sich entschlossen zu der Modistin umdrehte, die sie unter ihrem Spitzenhäubchen abwartend ansah.

»Diese Stoffe möchte ich haben. Und dazu noch die weiße Pekingseide und den champagnerfarbenen Samt.«

Madame Bonnaire sah sie ungläubig an und schüttelte den Kopf. »Aber Madame, das geht nicht. Das sind höchstens Sommerfarben.«

»Ich weiß. Trotzdem.«

»Aber Ihrem Teint würden ein paar kräftige Töne bestimmt

besser stehen.« Madame Bonnaire wagte damit einen weiteren Vorstoß angesichts dieser eigensinnigen Kundin, die sie vorher schon zur Verzweiflung gebracht hatte, weil sie ihre Häubchen so klein geschneidert haben wollte, dass sie kaum das Haar bedeckten. Wo doch jeder wusste, dass eine schickliche Kopfbedeckung an den Seiten einige Fingerbreit überstehen musste.

»Diese Farben wünsche ich«, beharrte Jeanne, die seit ihrer Hochzeit zu einem neuen Selbstbewusstsein gefunden hatte. Ihre anfängliche Unsicherheit angesichts der Tatsache, dass sie nun über eigenes Geld verfügte, das sie nach ihren Wünschen und Vorstellungen ausgeben konnte und sollte – denn wie ihr Le Normant de Tournehem noch einmal eindringlich gesagt hatte, verlangte ihr neuer Stand als verheiratete Frau eines Steuerpächters, dass sie ihren Wohlstand zeigte –, war schnell einer genauen Vorstellung ihrer Wünsche gewichen, an denen sie nun unbeirrt festhielt.

Ihr jahrelanger Unterricht, die Leidenschaft für das Theater, die Oper und ihre Besuche in dem Salon der Marquise hatten ihren Geschmack geschult und ihr ein instinktives Gespür für die Kunst der Inszenierung gegeben. Jeanne liebte das wie zufällig Scheinende, dem in seinem Ausdruck nichts Gewolltes, nichts Anstrengendes mehr anzumerken war. Es war dieselbe Leichtigkeit, die ihre Lehrer ihr im Tanz, Gesang, beim Theaterspielen und in der Kunst der Konversation beigebracht hatten, die sie nun auch in den materiellen Dingen, in den Möbeln und dem Dekor, in der Atmosphäre der Räume und der Wahl ihrer Garderobe suchte.

»Ich werde einen Boten schicken, sobald die Sachen fertig sind, Madame.«

Jeanne nickte.

Das helle Sonnenlicht blendete sie, als sie wenig später, zufrieden über die Bestellungen, die sie aufgegeben hatte, aus dem Halbdunkel des Ateliers auf die Straße trat. Sie hielt schützend ihre Hand vor die Augen und spannte ihren Sonnenschirm auf.

Die Kirchturmuhr zeigte, dass es fast eins war. Sie musste sich beeilen. Abel würde schon warten.

Sie lief weiter zur Rue Saint-Honoré und drängte sich eilig zwischen Menschen, Sänften und an vorbeifahrenden Kutschen vorbei. Cafés, Läden und Ateliers reihten sich in den Häuserzeilen zwischen den eleganten Stadtpalais aneinander. Jeanne ignorierte die Blicke der männlichen Passanten, die die auffallend hübsche junge Frau, die zu Fuß und ganz allein unterwegs war, neugierig musterten.

Sie sah Abel schon von Weitem an der neuen Bronzestatue von Louis XIV. warten. Noch nie war ihr so bewusst gewesen, wie sehr ihr Bruder sich in der letzten Zeit verändert hatte – er war in die Höhe geschossen, kräftiger geworden, und sein Gesicht, dessen Schönheit von beinah femininer Natur war, hatte nun einen markanten Ausdruck bekommen. Eine merkwürdige Regung überkam sie, als sie ihn dort stehen sah. Er war siebzehn und erwachsen geworden. Mit einem leisen Schreck stellte sie es fest, als sie zwischen den Passanten auf ihn zulief. Die tiefschwarzen Haare umrahmten das Gesicht eines jungen Mannes, der sich mit ungeduldigem Ausdruck suchend nach ihr umblickte. Als er sie zwischen den Leuten entdeckte, hellte sich seine Miene auf.

»Jeanne!«

Mit zwei großen Schritten war er bei ihr, und sie umarmten sich. Ihre Beziehung war noch immer genauso eng wie früher, auch wenn sie sich seltener sahen, seitdem Jeanne verheiratet war und er das Collège Louis Le Grand besuchte.

Abel warf einem dickbäuchigen Mann, der stehen geblieben war und Jeanne ungeniert musterte, einen finsteren Blick zu und zog seine Schwester mit sich. »Du solltest nicht alleine zu Fuß unterwegs sein«, sagte er missbilligend.

Sie klappte ihren Sonnenschirm zu und lachte über seinen strengen Gesichtsausdruck. »Aber wir sind hier im Quartier Saint-Honoré. Und es sind nicht einmal zwanzig Meter vom Atelier *Bonnaire* bis hierher.«

»Trotzdem.«

»Du hörst dich schon an wie Charles.«

Abel musste grinsen und reichte ihr den Arm. Sie hatten sich zu einem Besuch bei dem Luxusmöbelhändler Lazare Duvaux verabredet. Jeanne hatte bereits etliche Stoffe, Tapeten und Möbel in seinem Laden *Au Chagrin de Turquie* erstanden, denn sie hatte auch angefangen, die Inneneinrichtung von Étiolles und dem Haus in Paris umzugestalten. Die Vorhänge mit den schweren Mustern, die dunklen Möbel und der düstere Protz des zur Schau gestellten Reichtums beklemmten sie, und sie hatte damit begonnen, neue Möbel und Stoffe auszusuchen, um eine hellere, leichtere Atmosphäre zu schaffen.

Nirgendwo konnte man sich für ein solches Anliegen besser umsehen als bei Duvaux, bei dem es raffinierte Möbel aus Palisander, Rosen- und Amarantholz mit vergoldeten Bronzebeschlägen, Marmorstatuen, kostbar verzierte Kronleuchter, exotische Waren wie hauchdünnes chinesisches Porzellan, glänzende japanische Lacktafeln oder bemalte Seiden- und Papiertapeten aus Indien zu bewundern und zu kaufen gab.

Ein großes gerahmtes Schild, auf dem in goldenen Lettern der Name des Ladens prangte, hing über den Flügeln der Eingangstür, die ihnen ein Lakai mit einer Verbeugung öffnete.

»Und wie geht es mit Charles?«, fragte Abel, nachdem sie den Laden betreten hatten. Ein sanftes Aroma von Orangen- und Jasminblüten lag in der Luft. Sie schritten an einem Tisch mit chinesischem Seladonporzellan entlang.

»Er ist für zwei Wochen in der Normandie.« Jeanne nahm vorsichtig eine kleine Vase mit einer craquelierten Glasur hoch und betrachtete sie, bevor sie sich zu ihrem Bruder drehte. »Ich kann mich nicht beschweren. Er gibt sich Mühe und lässt mir in allem freie Hand«, sagte sie und lächelte pflichtschuldig. Es stimmte, was sie sagte. Die meisten Frauen hätten sie beneidet. Sie verfügte über Geld und Besitz, und im Großen und Ganzen ließ Charles sie in Ruhe. In der Woche widmete er sich seiner Tätigkeit als Steuerpächter, und die wenige Zeit, die sie sich sahen, begegneten sie sich mit höflicher Distanz und sprachen nie über mehr als die notwendigsten Dinge ihres gemeinsamen Alltags.

Sie lächelte zaghaft unter Abels prüfendem Blick und bemühte sich, das Thema zu wechseln. »Diese Vase wäre wunderschön für den Salon, nicht wahr? Ich denke, ich werde sie nehmen.«

Das Problem war nicht, dass Charles langweilig und voller Gleichgültigkeit für alle Dinge war, die sie interessierten. Das hatte sie gewusst und nicht anders erwartet. Das Problem war, dass sie seine körperliche Nähe nur mit Widerwillen ertragen konnte. Am Anfang hatte sie gedacht, dass sie sich daran gewöhnen würde, aber das tat sie nicht. Die Gier, mit der er sie keuchend und stöhnend nahm, stieß sie zutiefst ab. Sie war glücklich über jeden Abend, den er außer Haus war und nicht seine ehelichen Rechte in Anspruch nahm. Das jedoch konnte sie weder Abel noch irgendjemand sonst erzählen.

Zumindest in den nächsten zwei Wochen, wenn er in der Normandie war, würde sie ihre Ruhe haben, dachte sie und seufzte.

Mit ihrer Hochzeit hatte sich das Verhalten der Leute Jeanne gegenüber schlagartig geändert. Menschen, die sie vorher kaum eines Kopfnickens für würdig befunden hatten, luden sie zum Souper, machten ihr mit honigsüßer Stimme Komplimente, und sogar Madame Geoffrin empfing sie nun in ihrem privaten Salon, in dem die Prominenz Europas ein und aus ging.

»Wie schön, dass Sie es endlich auch einmal schaffen«, begrüßte sie Jeanne mit einem so strahlenden Lächeln, dass diese, überrumpelt von der scheinbaren Herzlichkeit, im ersten Moment vergaß, warum sie ihr bisher noch nie einen Besuch in der Rue Saint-Honoré abgestattet hatte.

Sie genoss diese Hofierungen, sie schmeichelten ihr und waren Balsam für die einst zugefügten Verletzungen, die dennoch nicht ganz heilen wollten. Denn nicht alles hatte sich verändert. Jeanne war empfindsam genug, um zu spüren, dass eine unsichtbare Schranke zwischen ihr und den Leuten höheren Ranges bestehen blieb. Man empfing sie jetzt, schmückte sich in den Salons mit ihrem Talent, ihrem Esprit und ihrer Schönheit, aber damit war der Ehre dann auch Genüge getan. Undenkbar, sie als eine der Ihren anzusehen und ihr einen Gegenbesuch in Paris oder auf Étiolles abzustatten.

Jeanne nahm es mit Trotz zur Kenntnis und schloss umso inniger Menschen wie die Comtesse d'Estrades in ihr Herz, die sie ihre Herkunft nie spüren ließ. Sie lud Jeanne nicht nur regelmäßig in ihr Palais an der Place Royal ein, wo sogar die Hofaristokratie verkehrte, sondern besuchte sie auch ihrerseits gern, ähnlich wie Jeannes Freunde, die freigeistigen Philosophen, die sie schon vor ihrer Heirat geschätzt hatten und nun ebenfalls mit Freuden nach Étiolles kamen. Ihre Lehrer Crébillon und Jélyotte, aber auch Voltaire, Montesquieu, Fontenelle und Boucher wurden regelmäßige Gäste. Man stellte neue Werke und Stücke bei ihr vor, debattierte und stritt bis tief in die Nacht, musizierte oder spielte Theater.

Le Normant de Tournehem, der sich leidenschaftlich für Architektur interessierte, hatte ihr bei den Plänen für den Bau eines kleinen Theaters, das mit der Maschinerie für eine komplizierte Drehbühne ausgestattet wurde, geholfen, und im Herbst war die Bühne fertiggestellt worden. Nach aufwendigen Proben gab man im Frühling und Sommer die ersten Vorstellungen, deren Erfolg Jeanne so viel Komplimente einbrachte, dass man in den Pariser Salons bald in gleichem Maße über den Krieg gegen Österreich wie über die talentierte, bezaubernde Madame d'Étiolles sprach.

Sie hatte erreicht, wovon sie immer geträumt hatte, doch ein anderes Ereignis brachte es mit sich, dass ihr dieser gesellschaftliche Erfolg auf einmal unwichtig und unbedeutend erschien.

Es war ein milder Tag, und Jeanne promenierte schweigend neben der Comtesse d'Estrades, die sich alle Mühe gab, sie aufzuheitern, durch den Park von Étiolles.

»Und stellen Sie sich vor, nachdem Monsieur Hénault so von Ihnen geschwärmt hat, soll Madame du Deffand doch allen Ernstes getönt haben: *Oh, werden Sie uns bloß nicht alle untreu mit Madame d'Étiolles.*« Die Comtesse d'Estrades kicherte und ließ vergnügt die Spitze ihres Sonnenschirmchens hin und her wippen.

»Ach ja?«, fragte Jeanne und lächelte matt. Madame du Deffand betrieb wie Madame du Tencin und Madame Geoffrin einen Salon – in den eingeladen zu werden Jeanne allerdings noch nicht die Ehre gehabt hatte.

Ihr Blick fiel auf die Blätter der Bäume, deren leuchtendes Grün den Sommer ankündigte, doch statt Freude darüber zu empfinden, fühlte sie sich wie so oft in den letzten Monaten von einer tiefen Melancholie erfasst.

Der Blick der Comtesse ruhte forschend auf ihrem blassen Gesicht. »Sie hören mir ja gar nicht zu. Sie denken wieder an das Kind, nicht wahr?« Die Comtesse d'Estrades blieb stehen und fasste sie am Arm.

Jeanne sah sie unglücklich an.

»Sie werden ein neues Kind bekommen«, sagte die Comtesse d'Estrades sanft.

Jeanne nickte, doch in Gedanken sah sie das winzige Köpfchen vor sich. Das Kind war im Dezember – wenige Tage vor ihrem zwanzigsten Geburtstag – zur Welt gekommen. Ein Junge, der nach einer schweren, über Stunden andauernden Geburt so schwach gewesen war, dass er nur einige Monate überlebt hatte. Sie war vor Trauer außer sich gewesen. Weder ihre Mutter noch Abel oder die Comtesse hatten sie trösten können.

»Mein Liebling, du darfst dir das nicht so zu Herzen nehmen. Viele Kinder sterben, wenn sie so klein sind. Manche sind einfach nicht stark genug zum Leben«, hatte ihre Mutter gesagt. Doch ihre Worte schafften es nicht, Jeannes Leid zu lindern. Sie wusste selbst, dass der Kindstod im Wochenbett nichts Ungewöhnliches war. Die Sterblichkeit von Kindern war hoch – kaum jedes zweite erreichte sein zehntes Lebensjahr, sagte man –, doch wie sollte sie das trösten? Ihr Verlust erschien ihr deshalb nicht weniger schlimm. Es war ihr erstes Kind gewesen. Neun Monate hatte sie es unter dem Herzen getragen, gespürt, wie es gewachsen war und seine Bewegungen in ihrem Bauch immer lebhafter geworden waren. Die Schmerzen, unter denen sie es geboren hatte, waren unvorstellbar gewesen – sie glaubte, sterben zu müssen –, aber als sie dann seinen ersten Schrei hörte und ihren Sohn kurz darauf in den Armen hielt, hatte sie vor Glück still geweint … Doch Gott hatte ihn ihr wieder genommen. Manchmal wachte sie nachts noch auf, weil sie im Traum die Wärme seines kleinen Körpers auf ihrer Haut spürte.

Die beiden Frauen gingen schweigend an dem Springbrunnen des Parks vorbei, in dem sich die Fontäne eines Fisches zu Füßen einer Neptunfigur in hohem Bogen sprudelnd in ein Bassin ergoss. Jeanne nahm den sanften Druck, mit dem die Comtesse d'Estrades ihren Arm untergehakt hatte, wahr. Sie fühlte mit ihr. Eine Allee aus Orangenbäumchen führte auf der anderen Seite weiter, und nach einigen Schritten erreichten sie eine weiße Bank, auf die sie sich niederließen.

Jeanne zwang sich zu einem Lächeln. Es war unhöflich, die Comtesse, die eigens nach Étiolles gekommen war, so mit ihrem privaten Unglück zu belästigen. Noch dazu jetzt, wo ihr eigener Mann, der Comte, an der Front war.

»Und, haben Sie Neuigkeiten von Ihrem Gatten?«, fragte Jeanne.

Die Comtesse schüttelte den Kopf. »In letzter Zeit nicht. Es heißt, dass es eine Nachrichtensperre gibt. Ich weiß nicht einmal, wo er jetzt ist. Man sagt, dass die Truppen sich aus Böhmen und Prag wieder zurückziehen werden.«

Jeanne nickte. Seit letztem Jahr befand sich Frankreich im Krieg gegen Österreich. Im Verbund mit Spanien, Sardinien, Bayern und Preußen kämpften sie gegen die Österreicher und nun wohl bald auch gegen die Engländer. Zunächst hatte alles sehr vielversprechend ausgesehen – man war in Böhmen eingefallen, hatte Prag eingenommen und die Wahl des bayerischen Kurfürsten zum Kaiser durchgesetzt. Doch jetzt mehrten sich die schlechten Nachrichten. Maria Theresia hatte es geschafft, die antiösterreichische Koalition zu spalten, indem sie dem preußischen König Schlesien überlassen und Friedrich II. dadurch zum Frieden mit Österreich bewegt hatte.

»Es ist rückgratlos, was Preußen dort getan hat. Ohne jedes Gefühl für Loyalität«, sagte Jeanne nachdenklich.

Die Comtesse nickte gleichgültig. »Gewiss haben Sie recht, aber ich muss Ihnen gestehen, dass mich dieser ganze Krieg einfach nur entsetzlich langweilt …«, erwiderte sie.

Sie schlenderten durch den Park zurück zu ihrer Kutsche. Die Comtesse hauchte Jeanne zum Abschied zwei Küsse auf die Wange und blickte sie streng an. »Meine Liebe, Sie müssen mir versprechen, so schnell wie möglich wieder nach Paris zu kommen!«

8

Fast ein Jahr war vergangen. Die ersten zarten Knospen zeigten sich an den Sträuchern und Bäumen, die Vögel zwitscherten, und im Park von Étiolles hatten die Blumen begonnen, sich nach oben zu recken und ihre weißen und roten Blütenkronen schüchtern gen Himmel zu öffnen. Ohne Zweifel – es war endlich wieder Frühling geworden, dachte Jeanne glücklich beim Anblick des strahlend blauen Himmels.

Sie ging noch einmal die letzten Einzelheiten für das Souper am Abend durch. Die Speisefolge und Sitzordnung waren geklärt, die Köchin und die Mägde hatten ihre Anweisungen bekommen, und im Übrigen konnte sie sich ganz auf Margarète, die Haushälterin, verlassen.

Sie schaute erneut nach draußen in den Park. Die Sonnenstrahlen reflektierten sich spielerisch in der glitzernden Fontäne des Springbrunnens. Man konnte die milde klare Luft förmlich spüren, und auf einmal sehnte sie sich danach auszufahren.

»Margarète?« Sie wandte sich zu der Haushälterin, die frische Blumen in einer Vase arrangierte.

»Ja, Madame?« Die braunen Knopfaugen unter dem Häubchen sahen sie fragend an.

»Sagen Sie Victor Bescheid, dass ich ausfahren möchte.«

»Ja, Madame.« Mit einem Knicks verschwand Margarète aus dem Salon.

Ausgestattet mit einer Wollstola, Hut und Handschuhen, verließ Jeanne wenig später das Haus.

Victor, der alte Kutscher, reichte ihr ehrerbietig seine schwielige Hand, um ihr beim Einsteigen in die dunkelblaue Kalesche zu helfen, und gab ihr eine Decke.

»Danke, Victor!«

Er senkte den Blick. Ein Hauch von verlegenem Rot überzog seine faltigen Wangen. Er verehrte sie auf seine alten Tage. Nicht so sehr wegen ihrer Schönheit, sondern wegen ihrer warmen, freundlichen Art, mit der sie unterschiedslos alle und jeden behandelte.

»Haben Madame einen besonderen Wunsch, wohin Sie fahren möchten?«, fragte er, als er auf den Kutschbock stieg, was ihm längst nicht mehr so leichtfiel wie noch vor einigen Jahren.

Sie schüttelte den Kopf. »Nein, einfach durch die Wälder. Ich möchte ein bisschen die frische Luft genießen.«

Victor nickte, und die Kalesche setzte sich in Bewegung.

Jeanne lehnte sich zurück. Die Luft war herrlich klar und mild zugleich.

Der Wald von Sénart bot in seinen zarten Grüntönen einen wundervollen Anblick – unwirklich, fast wie ein Gemälde, mit seinen dicken alten Eichen und Kastanien, über deren kräftige Wurzeln sich ein weicher Teppich aus hellgrünem Moos ausgebreitet hatte.

Von irgendwoher war ein Schuss zu hören. Wahrscheinlich eine Jagd auf einer der benachbarten Ländereien von Étiolles, dachte Jeanne. Sie lauschte, doch dann war es wieder still. Nur der gleichmäßige, gedämpfte Hufschlag ihrer Pferde war zu hören. Ein Greifvogel schwebte majestätisch über sie hinweg.

Sie fuhren an einem Flusslauf entlang, und Victor ließ die Zügel locker, um die Pferde langsam traben zu lassen. Jeanne schloss die Augen und sog den frühlingshaften Geruch des Waldes in sich auf. Sie spürte, wie die Sonnenstrahlen ihre Wangen wärmten und ein leichter Fahrtwind über ihr Gesicht strich.

Jäh und unvermittelt wurde die friedliche Stille von einem

gellenden Quieken und einem lauten Knacken und Krachen im Unterholz unterbrochen.

Die Pferde schnaubten nervös. Als Jeanne sich zur Seite drehte, sah sie gerade noch, wie etwas Großes, Dunkelbraunes aus dem Gebüsch hervorbrach und an ihnen vorbeischoss – ein Wildschwein. Es streifte schrill quiekend die Pferde der Kalesche und raste wie von Sinnen weiter.

Victor sprang geistesgegenwärtig vom Kutschbock hoch, um die Zügel der Pferde zu greifen, die sich wiehernd aufbäumten. Doch im nächsten Moment hatten die in Panik geratenen Tiere schon einen unerwarteten Satz nach vorne gemacht, sodass der Kutscher das Gleichgewicht verlor und mit einem Schrei vom Bock fiel.

Jeannes Augen weiteten sich vor Schreck.

»Victor!«, rief sie.

Das Letzte, was sie sah, bevor sie in der Kalesche nach hinten gerissen wurde, war, wie der alte Kutscher beim Versuch, sich aufzurichten, schmerzverzerrt zurück auf den Boden sank.

Währenddessen galoppierten die durchgehenden Pferde mit dem führerlosen Wagen weiter. Jeanne wurde unsanft hin und her geworfen, schrie auf und sah voller Entsetzen, dass die Pferde direkt auf einen Weiher zurasten, in den der Fluss mündete.

»O nein!«

Wasser spritzte an den Rädern hoch, als das Fahrzeug in das flache Gewässer rauschte. Dann stoppte die Kalesche mit einem jähen Ruck unvermittelt ab – eines der Räder saß in einem Schlammloch fest. Der plötzliche Halt ließ die Pferde taumeln. Die Kutsche gab ein unschönes, ächzendes Geräusch von sich, neigte sich nach rechts – und kippte um.

Mit einem Aufschrei landete Jeanne im Weiher. Für einen Moment raubte ihr das kalte Wasser den Atem, und sie schnappte nach Luft. Sie war von oben bis unten durchnässt – ihr Hut und ihre Stola schwammen neben ihr, und ihre Haare hatten sich gelöst. Ungläubig sah sie von der halb im Wasser liegenden Kalesche zu den empört schnaubenden Pferden.

Vom Ufer her hörte sie das Quieken des Wildschweins. Jeanne drehte sich herum. Das blutende Tier, das einige Meter entfernt an der Uferböschung lag und anscheinend nicht mehr die Kraft gefunden hatte, den Abhang hinaufzukommen, war kein Eber, sondern eine trächtige Wildsau. Ihr praller, dicker Bauch und die Zitzen zeigten deutlich, dass sie kurz davor gestanden hatte, zu werfen. Jetzt allerdings gab die Wildsau furchtbare Laute von sich und war dabei, qualvoll zu verenden, wie Jeanne voller Mitleid erkannte. Wer konnte nur auf ein Tier in diesem Zustand schießen?

In diesem Augenblick sprang auf der anderen Seite des Ufers ein Reiter von seinem Pferd herunter und eilte zu ihr. Er trug die Jagdkleidung eines Adligen – rote Kniehosen, hohe schwarze Stiefel, einen dunkelblauen, an den Ärmeln und dem Revers silberbestickten Rock. Jeanne sah, als er jetzt durch das Wasser auf sie zuwatete, dass er mit Flinte und Pistole ausgerüstet war.

»Sie erlauben, dass ich Ihnen helfe?«, sagte er, lüftete manieriert seinen Dreispitz und vollführte dabei tatsächlich die Andeutung einer eleganten Verbeugung, was unter anderen Umständen höchst kultiviert gewirkt hätte, in Anbetracht der gegenwärtigen Situation, sie beide standen bis zu den Waden im Wasser, aber etwas Groteskes hatte – zumal die Wildsau hinter ihnen noch immer die ganze Zeit gellend schrie.

Höflich hielt er ihr die Hand hin, doch Jeanne ignorierte seine Geste. Ihre Augen sprühten wütende Funken.

»Kümmern Sie sich um Gottes willen nicht um mich, sondern erledigen Sie endlich das arme Tier«, stieß sie hervor.

Angesichts dieser wenig charmanten Erwiderung schnellten die Augenbrauen des Mannes für einen Moment ungläubig nach oben. Er ließ seine Hand wieder nach unten sinken und sah sie von oben herab an.

»*Das* zu tun gebührt nicht mir«, erklärte er hochmütig, »wir waren schon den ganzen Vormittag hinter dem Eber her!«

Jeanne blickte ihn sprachlos an. Immerhin war dies ihr Land, und egal wer dieser Unbekannte war, er hatte kein Recht, hier ohne Erlaubnis zu jagen, und schon gar nicht ein trächtiges Tier. Die Blasiertheit, mit der der Unbekannte sie ansah, und die Tatsache, dass die Wildsau im Hintergrund nach wie vor aus Leibeskräften quiekte, zerrten an Jeannes Nerven. Sie spürte, dass sie langsam, aber sicher die Beherrschung verlor. Ihr Blick fiel auf die Pistole des Mannes.

»Monsieur vergessen sich! Dieses Stück Wald und der Bach gehören zu unserem Grund und Boden … Und außerdem sind Sie ganz offensichtlich nicht in der Lage, eine trächtige Wildsau von einem Eber zu unterscheiden«, fuhr sie ihn wütend an, riss ihm die Pistole aus seinem Gurt und feuerte unter seinen entgeisterten Blicken einen Schuss auf die Wildsau ab. Das Quieken des Tieres verstummte. Jeanne atmete erleichtert auf.

Der Mann sah sie fassungslos an.

»Wie konnten Sie es wagen? Diese Ehre gebührt einzig und allein Seiner Majestät«, zischte er. Sein schmaler Mund war nur noch ein Strich in seinem Gesicht.

Jeannes Gewissen, das sehr wohl die hellblaue Ordensschärpe, den kostbaren Ledergurt seiner Waffe und die Abzeichen an seinem Revers registriert hatte, meldete sich bei seinen Worten warnend zurück, doch angesichts seiner Arroganz konnte sie nicht anders, als ihm nun ihrerseits mit einer gewissen Genugtuung einfach einen hochmütigen Blick zuzuwerfen. Sie legte die Pistole vorsichtig auf den Rand der Kalesche, strich sich eine nasse Haarlocke aus dem Gesicht und watete so würdevoll, wie es unter diesen Umständen möglich war, aus dem Wasser.

»Soweit mir bekannt ist, muss selbst der König um Erlaubnis bitten, wenn er auf fremdem Grund und Boden jagt«, rief sie, ohne sich zu ihm umzudrehen.

»Damit haben Madame in der Tat recht«, ließ sich in diesem Moment eine tiefe Stimme hinter ihr vernehmen.

Jeanne, die noch nicht das Ufer erreicht hatte, drehte sich herum.

Auf der Anhöhe der gegenüberliegenden Uferseite saß in souveräner Haltung ein Reiter auf einem Schimmel. Die dunklen Augen in seinem markanten Gesicht funkelten belustigt.

Jeanne erstarrte. Sie sah den Mann entsetzt an. Das Blut rauschte in ihren Ohren, und ein Schwindel erfasste sie, als ihr klar wurde, wen sie da vor sich hatte. Für einen kurzen Moment hoffte sie inständig, dass sie sich täuschte. Doch die Ähnlichkeit mit den zahlreichen Porträts von ihm, die überall im Land hingen, war einfach zu groß, und seine ganze Haltung und das Zeichen der Bourbonenlilie, das auf seinem Sattel und dem Zaumzeug prangte, all das ließ gar keinen Zweifel daran aufkommen, um wen es sich handelte.

Der Mann neben ihr hatte sich so tief verneigt, dass seine Nasenspitze fast das Wasser berührte. »Euer Majestät«, murmelte er untertänig.

Jeanne sah den König entgeistert an. Er musterte sie durchdringend, streng und neugierig zugleich. Für einen Moment trafen sich ihre Blicke.

Die Röte schoss ihr in die Wangen, als ihr bewusst wurde, in was für einem Zustand sie in ihrem durchnässten Kleid vor ihm stand. Als wenn er ihre Gedanken erraten hätte, glitt auf einmal ein leichtes Lächeln über sein Gesicht.

Das Gebell von Hunden und das Geräusch heranrollender Kaleschen riss Jeanne zurück in die Wirklichkeit. Reiter tauchten hinter dem König auf, und Jeanne senkte verlegen den Kopf.

»Wir hoffen doch, dass Madame uns verzeihen wird, dass wir auf Ihrem Land gejagt haben«, hörte sie Louis' spöttische Stimme, während er sie weiter betrachtete. Augenscheinlich schien ihn zu amüsieren, was er sah.

Jeanne hatte Mühe, ein Wort herauszubekommen. »Selbstverständlich, Euer Majestät«, murmelte sie. Ungeschickt verbeugte sie sich in dem seichten Wasser.

Hinter dem Pferd des Königs tauchte eine Reiterin auf einer hanfbraunen Stute auf – die Duchesse de Châteauroux.

Jeanne kannte ihr Gesicht. Die derzeitige Mätresse des Königs war gelegentlich in ihrer Loge in der Pariser Oper zu sehen.

Die stolze, aufrechte Haltung, in der sie im Damensitz auf ihrem Pferd saß, eine pelzbesetzte Stola, unter der die nackte Haut ihres weißen Dekolletés hervorblitzte, lasziv um die Schultern geschlungen, war unzweifelhaft beeindruckend.

Sie musterte Jeanne mit einem eisigen Blick und lenkte ihr Pferd dann geschickt so nah an das des Königs heran, dass dieser nicht umhinkonnte, sie zu bemerken.

»Nun, wir werden uns sicher an Sie erinnern, Madame«, sagte Louis mit einem Nicken zu Jeanne, »und Sie, verehrter Comte de Maurepas«, wandte er sich an den Mann neben ihr, »Sie sollten in der Tat Ihre Kenntnisse der Biologie etwas vertiefen.« Die Höflinge um sie herum brachen in ein verhaltenes Gelächter aus.

Maurepas? Der Name sagte Jeanne irgendetwas, doch sie kam nicht darauf, was es war.

Lakaien und Garden waren inzwischen ins Wasser gesprungen, um ihre Kalesche wieder aus dem Weiher zu befördern, doch wie sich herausstellte, war die Achse gebrochen. Man beriet, was am besten zu tun wäre, und der Wald wimmelte auf einmal von Menschen, die alle zum Jagdtross des Königs zu gehören schienen.

Ein Gentilhomme neigte kaum merklich mit einem anzüglichen Lächeln den Kopf in Richtung Jeanne. Der Duc de Richelieu! Sie ignorierte ihn – wie auch den unguten Blick, den der Comte de Maurepas ihr mit eisiger Miene zuwarf, als er zurück zu seinem Pferd watete. Sie wandte sich ab.

Ein Mann in der Uniform eines Rittmeisters lenkte sein Pferd zu Jeanne. Erst als er schon neben ihr stand, erkannte sie die hochgewachsene Gestalt des Comte de Briges. Sie sah ihn erfreut an, und er schenkte ihr ein warmes Lächeln.

»Madame d'Étiolles? Wenn Sie erlauben, werden wir

Ihnen eine Kalesche zur Verfügung stellen, damit man Sie wieder zu Ihrem Anwesen bringen kann.«

»Und mein Kutscher?«, fragte sie besorgt. »Er hat sich verletzt – nicht weit von hier.«

Der Comte de Briges nickte. »Ich werde veranlassen, dass man sich um ihn kümmert.«

Der Jagdtross war schon ein gutes Stück weitergezogen, als die Hofgesellschaft noch immer über den Vorfall am Weiher redete – sehr zum Ärger der Duchesse de Châteauroux, die sich insgeheim fragte, ob der ganze Zwischenfall nicht von einem ihrer Gegenspieler inszeniert worden war. Sie zog ihre Pelzstola enger um die Schultern. Es wäre nicht das erste Mal. Seitdem sie *Maîtresse en titre* geworden war, hatte man alles Mögliche unternommen, um sie zu stürzen. Erfolglos zwar, denn sie hatte sehr wohl gelernt, mithilfe ihrer Verbündeten ihre Macht zu festigen, aber die Duchesse wusste aus Erfahrung, dass sie stets auf der Hut sein musste. Und die junge Frau am Weiher war ohne Frage sehr hübsch gewesen – etwas gewöhnlich zwar –, aber die Art, wie sie dort im Wasser neben der umgekippten Kalesche gestanden hatte, rührend hilflos und gleichzeitig so aufrichtig empört, hatte etwas gehabt, das der Duchesse überhaupt nicht gefiel.

Doch wer am Hof konnte dahinterstecken? Unwillkürlich fasste sie ihre Zügel etwas fester. Sie musste zugeben, dass sie keine Ahnung hatte. Vielleicht hatte Richelieu eine Vermutung, wer für den Vorfall verantwortlich sein könnte.

Der Comte de Maurepas war es diesmal zumindest nicht – so viel stand fest. Ein feines Lächeln umspielte ihre Lippen. Niemand würde sich freiwillig derart vor dem ganzen Hof der Lächerlichkeit preisgeben. Seit Monaten arbeitete sie daran, beim König die Verbannung des Comte de Maurepas zu erreichen, aber zurzeit brauchte sie bloß zuzusehen, wie Maurepas ganz allein dafür sorgte, sein Schicksal zu besiegeln.

Sie zügelte ihr Pferd und drehte sich mit einem spöttischen Lächeln zu dem Minister für Marineangelegenheiten herum. »Die arme Wildsau. Man könnte wirklich meinen, dass Sie etwas gegen das weibliche Geschlecht haben, Monsieur de Maurepas.«

»Nur gegen den schlangenhaften Charakter von manchen weiblichen Exemplaren, Duchesse!«, erwiderte der Comte mit gefährlicher Kälte in der Stimme.

Die Duchesse de Brancas, eine rundliche Frau mit lebhaften braunen Augen, lächelte. »Was für eine entzückende Person, diese junge Frau dort am Weiher. Wirklich von außergewöhnlicher Schönheit. Finden Sie nicht auch, Duchesse?«, fragte sie unschuldig und erntete einen tödlichen Blick der Châteauroux.

Der König hielt sein Pferd etwas zurück, bis er auf einer Höhe mit seinem Rittmeister war. »Sagen Sie, Monsieur de Briges, kannten Sie Madame?«

Der Rittmeister nickte. »Ja, Euer Majestät. Madame lebt mit ihrem Gatten auf dem Anwesen Étiolles.«

Der König sah ihn interessiert an. »Madame ist uns bekannt?«

»O nein, Euer Majestät. Sie verkehrt nicht bei Hofe.«

»Ah. Wie schade.«

Die Duchesse de Châteauroux beugte sich zum Duc de Richelieu. »Es ist mir egal, *wie,* Monsieur de Richelieu …«, zischte sie voller Zorn, »aber sorgen Sie dafür, dass diese Frau hier nie wieder auftaucht, während der König jagt!«

»Das dürfte schwierig werden, wenn es sich wirklich um ihren Grund und Boden handelt«, entgegnete er leise.

Sie sah ihn herrisch an. »Enttäuschen Sie mich nicht, Monsieur le Duc«, stieß sie hervor und gab ihrem Pferd mit einer Leidenschaft die Sporen, dass Richelieu nicht umhinkonnte, mit einer gewissen Wehmut an die Zeiten zu denken, als sie noch seine und nicht des Königs Geliebte gewesen war. Ihre Kälte zum Schmelzen zu bringen, war weiß Gott eine echte Herausforderung gewesen.

Charles stand mit hochrotem Kopf vor Jeanne. Er hatte nicht einmal seinen staubigen Reisemantel ausgezogen, sondern war direkt zu ihr in den Salon gestürmt, wo sie mit ihrer Mutter, Abel, Le Normant de Tournehem und Pâris de Montmartel am nächsten Tag beim Diner saß.

»Wie konnten Sie es wagen? *Vor dem König!* Wissen Sie, was ich mir im Büro des Comte de Maurepas vorhin anhören musste?«, bellte er.

Verwundert darüber, wie schnell die Nachricht von den Ereignissen des gestrigen Tages bis nach Paris gelangt war, sah sie ihn an. »Es tut mir leid, wenn ich Ihnen Unannehmlichkeiten bereitet haben sollte ...«, sagte sie höflich. Ihre Haltung straffte sich etwas. »Aber das arme Tier hat einfach unerträglich gelitten.«

Charles öffnete den Mund. Er sah sie an, als wenn sie nicht ganz bei Trost wäre. »Das Tier hat gelitten? Sind Sie von Sinnen?«, fuhr er sie an. »Der Comte de Maurepas ist königlicher Minister und Leiter der Pariser Polizeibehörde ...«

Für jemanden, dessen hervorstechendste Charaktereigenschaft eigentlich eine phlegmatische Gleichgültigkeit war, bewies er ein erstaunliches Temperament, dachte Jeanne bei sich.

»Nun, so schlimm wird es schon nicht sein, Charles«, mischte sich Le Normant de Tournehem ins Gespräch.

Charles blickte seinen Oheim ungläubig an. »Nicht *so schlimm?* Verzeihen Sie, Oheim, aber das sehe ich anders.«

Er wandte sich erneut zu Jeanne. »Wir werden uns in aller Form beim Comte de Maurepas für Ihr Benehmen entschuldigen.«

Jeanne sah ihn kühl an. »Ich werde mich bei niemandem entschuldigen.«

Charles schnappte nach Luft. Doch bevor er etwas erwidern konnte, betrat Magarète den Salon.

»Pardon, Madame«, sagte sie verlegen. Aufgeregt schaute sie ihre Herrin an.

»Monsieur de Briges ... der Rittmeister des Königs,

möchte Ihnen im Namen Seiner Majestät seine Aufwartung machen.«

»Monsieur de Briges?«, rief Jeanne erstaunt. Sie ignorierte Charles' verwirrten Blick. »Bitten Sie ihn herein.«

Gefolgt von einem Pagen, der einen Korb trug, betrat der Rittmeister in Uniform den Salon. Er nickte der kleinen Gesellschaft höflich zu und verbeugte sich dann vor Jeanne.

»Monsieur de Briges. Was verschafft mir die Ehre?«, fragte Jeanne lächelnd.

Der Comte räusperte sich. »Madame, Seine Majestät hat mich beauftragt, Ihnen dieses Wildbret zu überbringen. Er bittet Sie noch einmal um Nachsicht, dass er auf Ihrem Land gejagt hat.«

Der Page trat mit ernstem Gesicht einen Schritt vor und präsentierte mit einer Verbeugung den Korb, in dem sich das Wildbret befand.

Charles riss die Augen auf.

Jeanne sah den Rittmeister ungläubig an. *Vom König persönlich!* Sie spürte, wie ihr heiß wurde. Dann hatte sie sich vielleicht doch nicht so schlimm blamiert, wie sie geglaubt hatte! »Wie reizend von Seiner Majestät«, sagte sie charmant und neigte den Kopf.

Der Comte de Briges verbeugte sich erneut. »Madame. Es ist mir stets eine Ehre.«

Charles starrte dem Comte und dem Pagen sprachlos hinterher, als sie durch die Tür verschwanden. Sein Hals und Kopf hatten einen ungesunden dunkelroten Farbton angenommen, als er sich zu Jeanne wandte. »Vom König …?«, platzte er heraus. »In Zukunft werden Sie nicht mehr alleine ausfahren oder ausreiten, haben Sie mich verstanden?«

Le Normant de Tournehem sah seinen Neffen ungläubig an.

»Charles …«, setzte er vorsichtig an, »man könnte das durchaus als eine Auszeichnung verstehen, dass der König ihr Wildbret schicken lässt.«

»Als sehr große Auszeichnung sogar«, mischte sich nun

auch Pâris de Montmartel, der den Auftritt des Comte de Briges mit großem Interesse verfolgt hatte, ein.

»Auszeichnung? Dass der König sich erlaubt, meiner Frau Geschenke zu machen? Seien Sie sicher, dass ich das ganz bestimmt nicht dulden werde«, erwiderte Charles aufgebracht.

Pâris de Montmartel sah ihn nachdenklich an, bevor er sich mit einem trockenen Lächeln zu Le Normant de Tournehem beugte. »Ganz offensichtlich scheint Ihr Neffe nicht der Intelligenteste zu sein«, sagte der Hofbankier leise.

9

Am Ende des zweiten Akts hatte sie sein Gesicht im Publikum entdeckt. Ihre Augen trafen sich, und für einen Augenblick war sie sich nicht sicher, ob er sie überhaupt erkannte. Doch im selben Moment neigte er spöttisch den Kopf zum Zeichen, dass er sich durchaus an sie erinnerte. Seine dunklen Augen funkelten belustigt unter seiner gepuderten Perücke.

Der Duc de Richelieu! Ausgerechnet! Sein silberbestickter Samtrock mit den funkelnden Knöpfen demonstrierte eindrucksvoll wie immer, *wer* und *was* er war – ein einflussreicher, überaus mächtiger Höfling! Jeanne hatte das zu ihrem Leidwesen am eigenen Leib erfahren müssen, denn wenige Tage nach ihrer Begegnung mit dem König war ihr per Befehl durch den Duc de Richelieu untersagt worden, sich fortan während der königlichen Jagd in den Wäldern von Sénart aufzuhalten. Sie war vor Wut außer sich gewesen, als Pâris de Montmartel und Le Normant ihr von dem Verbot berichtet hatten.

Das Blut schoss ihr in die Wangen, als sie daran dachte, und sie hatte das Gefühl, dass man ihre Röte noch durch den weißen Puder sehen konnte. Sie musste aufpassen, nicht in ihrem Text zu stolpern. Doch es dauerte nur eine Sekunde, dann hatte sie sich wieder gefangen und wandte sich voller Konzentration dem Duc de Nivernais und dem Duc de Duras zu, die, als Griechen verkleidet, auf der anderen Seite der Bühne standen.

Alles konnte sie sich leisten, nur nicht, an diesem Abend nicht zu glänzen. Zu groß war die Ehre, hier in Chantemerle zu spielen. Madame de Villemur, die Gastgeberin, die wie Jeanne ein kleines Liebhabertheater auf ihrem Anwesen pflegte, hatte von ihren Schauspielkünsten gehört und sie eingeladen, bei ihr aufzutreten.

Es war ein hochkarätiges Publikum, das auf den roten Samtstühlen im Zuschauerraum saß. Die meisten von ihnen gehörten der Noblesse, viele sogar, wie der Duc de Richelieu, dem Hofadel von Versailles an.

Jeanne beendete ihren Dialog, und wenige Augenblicke später verbeugte sie sich zusammen mit den anderen Schauspielern unter dem Applaus des Publikums, bis der Vorhang fiel.

Der Duc de Nivernais wandte sich beeindruckt zu ihr. »Es war ein Vergnügen und eine Ehre zugleich, mit Ihnen spielen zu dürfen.«

Der Duc de Duras nickte begeistert. »Ich kann Monsieur de Nivernais nur zustimmen! Wir müssen Ihnen wahrhaftig für diese großartige Darbietung danken.«

»Aber nein, Messieurs, es ist an mir – Ihnen zu danken, denn es war *Ihr* Talent, das dem meinen überhaupt ermöglichte, zum Vorschein zu kommen«, widersprach Jeanne und senkte mit einem bescheidenen Lächeln den Kopf.

»Talentiert – und geistreich dazu.« Der Duc de Nivernais blickte sie entzückt an.

Das Rascheln eines Reifrocks war zu hören, und im selben Moment bog Madame de Villemur um die Ecke. Sie nickte den beiden Männern zu. »Messieurs, ganz exzellent, wie immer.« Dann wandte sie sich zu Jeanne. »Und Sie, Madame d'Étiolles, einfach hinreißend!«

Sie hakte Jeanne unter und zog sie am Arm mit sich in den Saal. »Was für eine Darbietung von Ihnen! Und jeder weiß doch, dass eine Komödie wahrlich die schwierigste Kunst des Schauspiels ist. Sie müssen mir unbedingt versprechen, öfter bei mir zu spielen.«

»Mit Vergnügen«, erwiderte Jeanne, während sie einen

weitläufigen Salon betraten, in dem die Zuschauer in Grüppchen zusammenstanden oder -saßen und von den Lakaien Speisen und Getränke gereicht bekamen.

Pâris de Montmartel – in seinem taubenblauen Rock und den weißen Seidenstrümpfen wie immer eine vollendet elegante Erscheinung – kam auf Jeanne zu und küsste ihr die Hand. »Wundervoll, ganz wundervoll!«, rief er angetan.

Jeanne lächelte. Sie pflegten ein engeres Verhältnis als jemals zuvor, denn Schloss Brunoy, in dem ihr Patenonkel lebte, wenn er nicht in Paris weilte, lag nicht weit von Étiolles entfernt.

Jeanne begrüßte Madame de Tencin und den Comte de Briges und wechselte einige Worte mit der Comtesse d'Estrades.

Als sie gerade einen Schluck von dem Zitronenwasser nahm, das ihr ein Lakai gereicht hatte, stand er plötzlich vor ihr.

Sein Blick war genauso unverschämt wie damals.

»Schön und begabt. Was für eine reizende Darbietung von Ihnen«, sagte der Duc de Richelieu und fügte mit einem amüsierten Lächeln hinzu: »Ich bin entzückt, Sie hier wieder zu treffen.«

»Tatsächlich?« Sie neigte mit kühler Höflichkeit den Kopf, während sie sich Hilfe suchend nach einem bekannten Gesicht umsah. Sich einfach abzuwenden wäre eine Geste der Unhöflichkeit gewesen, die sie sich ihm gegenüber nicht erlauben konnte. Leider! Im letzten Winter war der alte Kardinal de Fleury gestorben, und Louis XV. hatte sich noch immer nicht entschieden, wer dessen Nachfolger als Premierminister werden sollte. Der Duc de Richelieu, ein Großneffe des berühmten Kardinals Richelieu unter Louis XIII. und enger Vertrauter des Königs, galt als einer der möglichen Kandidaten. »Solange die Möglichkeit besteht, dass er Premierminister wird und die Châteauroux weiter in der Gunst Seiner Majestät steht, können wir es nicht wagen, uns den beiden zu widersetzen«, hatte Pâris de Montmartel ihr erklärt, als Jeanne ihn fassungslos gefragt hatte, ob man ihr tatsächlich verbieten könne, sich in ihren eigenen Wäldern aufzuhalten.

Richelieu bemerkte ihren reservierten Gesichtsausdruck und lachte auf.

»Oh, Madame, Sie hegen doch nicht etwa einen Groll gegen mich wegen meiner kleinen Bitte? Ich versichere Ihnen, ich entsprach damit nur dem Wunsch der Duchesse de Châteauroux.«

Jeanne schaute ihn unverwandt an. »Ich fühle mich überaus geschmeichelt, Monsieur, dass Sie meine Person für wichtig und würdig genug erachten, um solche Maßnahmen zu ergreifen«, antwortete sie spitz und schluckte einige andere Dinge, die ihr ebenfalls auf der Zunge lagen, herunter.

Richelieu beugte sich zu ihr. Er strömte einen herben parfümierten Duft aus. »Sie sind entzückend, wenn Sie wütend sind, Madame«, raunte er. »Und Sie sind noch sehr viel schöner als bei unserem Treffen vor einigen Jahren. Damals waren Sie leider noch Mademoiselle, was ich sehr bedauert habe«, fügte er samtig hinzu.

Jeanne hätte ihm am liebsten ihr Zitronenwasser ins Gesicht geschüttet. »Sie erwähnten Ihren Geschmack diesbezüglich«, sagte sie kalt. Der Duc de Richelieu war ohne Zweifel eine anziehende Erscheinung, doch seine überhebliche, anmaßende Art – als wenn es eine Gnade wäre, in sein Bett zu dürfen – war einfach unerträglich. Diesmal würde sie sich nicht von ihm aus der Bahn werfen lassen.

Er lachte leise und musterte sie dann nachdenklich. »Ich glaube, es ist an der Zeit, dass ich mir erlaube, Sie zu einem kleinen privaten Souper einzuladen.«

Sie lächelte gespielt. »Ich bitte um Verzeihung, Monsieur, aber da ich verheiratet bin und Ihnen ein gewisser Ruf vorauseilt, werde ich eine solche Einladung leider nicht annehmen können. Abgesehen davon, würde es mir mein Gatte auch nicht gestatten.«

Er beugte sich zu ihr und sah ihr direkt in die Augen. »Glauben Sie allen Ernstes, Madame, dass – wenn ich es wünsche – Sie sich dem widersetzen könnten?«, fragte er, und in seiner Stimme schwang dabei eine leichte Drohung.

»Oh, selbstverständlich nicht, Monsieur le Duc, aber ich denke, es würde doch Ihren Ruf sehr schädigen, wenn bekannt würde, dass ausgerechnet Sie eine Frau hätten zwingen müssen«, entgegnete sie mit einem unschuldigen Lächeln und schlug elegant ihren Fächer auf. Himmel, dieses Gespräch musste endlich ein Ende finden. Sie sah, dass einige der Anwesenden im Salon sie bereits beobachteten, aber niemand schien es zu wagen, sie zu stören. Sie hielt nach Pâris de Montmartel und seinem Bruder Ausschau, doch sie konnte die beiden nirgends sehen.

Richelieu lachte auf. Er musterte sie abschätzend.

»Seien Sie versichert, Madame, dass ich noch nie eine Frau habe zwingen müssen, und auch Sie würden mir das, was Sie so überaus bürgerlich behüten, mit Freuden geben.«

Jeannes graue Augen verdunkelten sich vor Zorn, als sie sich so gerade wie möglich aufrichtete und zu ihm – er war ein ganzes Stück größer als sie – hochblickte. »Dazu scheint mir dann doch selbst Ihr Rang nicht hoch genug, Monsieur!«, stieß sie hervor, verbeugte sich und ließ ihn stehen. Der Höflichkeit war ein für alle Mal Genüge getan. Sie konnte nur hoffen, mit diesem Menschen nie wieder ein Wort wechseln zu müssen.

Es war eine unauffällige, ganz normale Droschke, die man an jeder Ecke in Paris für ein paar Livre mieten konnte, die zu früher Morgenstunde mit donnerndem Hufschlag in die noble Rue de Varennes einfuhr. Prunkvolle Stadtpalais aus hellem Sandstein, umgeben von privaten Gärten und Parkanlagen, lagen zu beiden Seiten der Straße.

Die Kutsche kam vor einer imposanten Villa mit einem Säulenvorbau zum Stehen, und ein Mann in einem dunklen Umhang, der seine Kapuze über den Kopf gezogen hatte, entstieg dem Gefährt. Einem witternden Hund gleich streckte der Erste Kammerdiener Seiner Majestät, Monsieur Le Bel, seine spitze Nase in die kühle Herbstluft und warf einen schnellen, abschätzenden Blick nach rechts und links, da er nicht das geringste Interesse hatte, dass irgendwer von seinem Besuch hier erfuhr. Doch bis auf zwei Wasserträger, die unter der schweren Last ihrer Eimer keuchend die Straße entlangliefen, und einem vorbeieilenden Barbier war niemand zu sehen.

Mit zügigen Schritten überquerte Le Bel das Trottoir und stieg die geschwungene Treppe hoch. Neben der Tür prangte ein protziger goldener Löwenkopf, und er betätigte den Türklopfer, der darunter angebracht war. Ein Lakai öffnete ihm die Tür.

»Guten Morgen, Monsieur Le Bel. Monsieur erwartet Sie schon«, sagte der Diener mit einer Verbeugung und nahm ihm seinen schweren Umhang ab.

Sie durchquerten gemeinsam eine große Eingangshalle mit Marmorböden und vergoldeten Spiegeln und liefen einen langen Gang entlang, vorbei an Gemälden, Skulpturen und wertvollen chinesischen Vasen aus Seladonporzellan. Prächtiger als die meisten Adelshäuser, dachte Monsieur Le Bel bei sich; und es überspielte geschickt die fehlende Ahnengalerie, die die Besitzer trotz ihres Reichtums nicht vorweisen konnten.

Sie erreichten das *Antichambre* – das Vorzimmer, einen lang gezogenen, mit kostbaren Teppichen und Sesseln ausgestatteten Salon, den sie ebenfalls durchquerten.

Ein weiterer Lakai öffnete ihnen die große Flügeltür, und Monsieur Le Bel betrat das Allerheiligste, das Arbeitskabinett, das mit seinen hohen, bis unter die Decke reichenden Regalen voller Bücher und übereinandergestapelter Pergamentrollen an eine Bibliothek erinnerte. Hinter einem imposanten Schreibtisch thronte Monsieur Pâris de Montmartel und diktierte seinem Sekretär trotz der noch frühen Stunde bereits einen ersten Bericht. Man konnte den Brüder Pâris viel vorwerfen, aber nicht, dass sie sich ihren Reichtum nicht hart erarbeitet hätten.

Bei Le Bels Eintreten erhob sich Pâris de Montmartel. Auf eine Handbewegung hin verließ der Sekretär den Raum.

»Wie geht es Ihnen, Monsieur Le Bel?«, fragte der Hofbankier. Ein gewinnendes Lächeln breitete sich auf seinem markanten Gesicht mit der hohen Stirn aus.

Nachdem er seinem Gast einen Stuhl angeboten hatte, nahm er wieder hinter seinem Schreibtisch Platz.

»Ich kann nicht klagen, ich kann nicht klagen, Monsieur Pâris de Montmartel«, antwortete Le Bel und schlug elegant seine Beine mit den etwas zu dünnen Waden übereinander.

»Nun, das freut einen zu hören! Eine Tasse *Bavaroise?*«

»Sehr gerne«, erwiderte Le Bel und sah angetan auf das schaumige Getränk, das ein Diener lautlos neben ihn gestellt hatte. Obwohl er wusste, dass Pâris de Montmartel selten etwas ohne Berechnung tat, fühlte er sich doch geschmeichelt, dass der Hofbankier sich seine Vorliebe für dieses Getränk – eine Mischung aus starkem Tee, Rohrzucker, Eigelb, Milch und Kirschwasser – gemerkt hatte.

Genüsslich nahm er einen Schluck. Sein Blick fiel auf das große Gemälde zu seiner Rechten, das die vier Brüder Pâris – Antoine, Claude, Joseph und Jean – zeigte. Selbstbewusst, in der Haltung adliger Herren, hatten sie sich porträtieren lassen, dabei war ihr Vater nur ein einfacher Wirtshausbesitzer, aber ihr Aufstieg hatte sie zu den mächtigsten Finanziers Frankreichs werden lassen. Man warf ihnen Machtgier und Skrupellosigkeit und den Inzest ihrer Beziehungen vor, und das nicht ganz zu Unrecht, denn Pâris de Montmartel hatte nicht einmal davor zurückgeschreckt, seine eigene Nichte, die Tochter seines älteren Bruders, zu heiraten, damit das Amt des *Garde du Trésor* in der Familie blieb.

In Versailles hasste man sie jedenfalls in dem gleichen Maße, wie man ihr Geld brauchte. Doch Le Bel beglückwünschte sich dazu, dass er schon so früh erkannte hatte, wie einflussreich die vier Brüder einmal werden würden.

»Und Seine Majestät erfreut sich bester Gesundheit, hoffe ich?«, riss ihn Pâris de Montmartels tiefe Stimme aus seinen Gedanken.

Le Bel sah ihn an. Trotz seines Lächelns lag etwas Lauerndes in seiner Haltung und seinem Blick, wie bei einer Raubkatze, die ihre Beute beobachtete und nur darauf wartete, zuzuschlagen. Es war sicherlich keine Freude, Monsieur Pâris de Montmartel zum Feind zu haben.

Er nickte. »O ja, bestens!«, gab er Auskunft und stellte seine Tasse ab, wobei er anmutig den kleinen Finger von der Hand abspreizte.

»Das freut mich zu hören.« Pâris de Montmartel lehnte sich in seinem Stuhl zurück. »Sehen Sie, wie Sie sich denken können, gibt es einen bestimmten Grund, weshalb ich Sie hierher gebeten habe.«

Le Bel nickte, und der Hofbankier fuhr fort:

»Nun, niemand steht Seiner Majestät so nah wie Sie, Monsieur Le Bel, und da dachten wir uns, es wäre doch ein Weniges für Sie, ihm von Zeit zu Zeit den Namen einer gewissen Person in Erinnerung zu bringen.«

Le Bel blickte ihn verblüfft an. »Sie meinen Madame d'Étiolles, Ihre Patentochter?« Der ganze Hof hatte von der Begegnung zwischen ihr und dem König bei der Jagd gesprochen.

»Genau.«

Der Kammerdiener versuchte in Sekundenschnelle, seine Möglichkeiten abzuschätzen. »Natürlich könnte ich das tun. Und niemand würde Ihnen lieber zu Diensten stehen als ich«, beeilte er sich zu erklären. »Allerdings würde ich dabei riskieren, mir die Ungunst der Madame de Châteauroux zuzuziehen«, seufzte er.

Pâris de Montmartels Blick fixierte ihn einen Moment lang, dann nickte er. Wortlos zog er eine Schublade auf, entnahm ihr einen Beutel mit Münzen und schob diesen über den Tisch.

Le Bel machte eine entsetzt abwehrende Handbewegung. »Aber nein! Nicht doch! Das lag nicht im Entferntesten in meiner Absicht!«

Nun lächelte der Hofbankier. »Natürlich nicht, Monsieur Le Bel«, sagte er mit samtweicher Stimme. »Betrachten Sie es dennoch als kleine Entschädigung für Ihre Mühen.«

10

Die Augustsonne hatte das Grün der Bäume und Wiesen verbrannt und Blumen und Sträucher verdorren lassen. Nur der Park von Étiolles, in den die Gärtner jeden Morgen im Schweiße ihres Angesichts unzählige Kannen und Eimer mit Wasser schleppten, erhob sich wie eine blühende Oase in der sonst ausgetrockneten Landschaft.

Seit Wochen hatte es nicht geregnet, und jede noch so kleine Tätigkeit schien zu anstrengend zu sein in dieser Hitze, die Mensch wie Tier gleichermaßen zu einer apathischen Langsamkeit verdammte. Selbst die Vögel waren an diesem Mittag kaum noch eines Zwitscherns fähig und saßen im Schutz der Blätter ermattet auf den Zweigen, als die lähmende Stille jäh von einem lauten Türenknallen unterbrochen wurde.

Thérèse, die Magd, kam mit wehenden Röcken aus dem Haus gerannt. Ihre Holzschuhe schlugen laut auf die Pflastersteine auf, während sie zu den Ställen rannte, ihr rundes Gesicht rot vor Aufregung.

»Victor! Victor!«, schrie sie gellend.

Trotz ihrer Leibesfülle rannte sie mit einer beachtlichen Geschwindigkeit über den Hof. Da ihre Röcke sie behinderten, raffte sie sie kurz entschlossen hoch, sodass man die weißen Waden ihrer kräftigen Beine sehen konnte.

»Victor!«

Der verschwitzte Kopf des Kutschers tauchte, missmutig

darüber, dass man ihn bei seinem Mittagsschläfchen störte, in der Stalltür auf.

»Schnell, schnell! Spann die Pferde an! Du musst den Doktor holen«, stieß Thérèse außer Atem hervor. »Madame kommt nieder.«

Nur für einen kurzen Augenblick sah der alte Victor sie entgeistert an, dann war er mit einem Satz wieder im Stall, während sich Thérèse am Türrahmen abstützte und schweißgebadet die Seiten hielt. Sie schickte ein Stoßgebet zum Himmel, dass diese Geburt gut verlaufen würde.

Verzweifelt starrte Jeanne an das Deckenrelief mit den zwei Engeln, während sie wieder eine Welle des Schmerzes überrollte, die ihr den Atem raubte und sie erneut an den Rand einer Ohnmacht zu tragen drohte.

Sie versuchte sich daran zu erinnern, wer um Gottes willen ihr erzählt hatte, dass nach dem ersten Kind jede weitere Geburt nur noch halb so schlimm sei.

Die Hebamme, eine Frau mit Armen, so kräftig wie die eines Mannes, tätschelte ihr die Wange. »Schön ruhig durchatmen«, sagte sie ungerührt.

Die Wehe ebbte ab, und Jeanne versuchte ihrer Aufforderung Folge zu leisten, aber das war einfacher gesagt als getan. Es war unerträglich heiß und stickig in dem Zimmer. Nicht einmal die zugezogenen Vorhänge schafften es, etwas Kühle in den Raum zu bringen.

Marie, ihre Zofe, die mit blassem Gesicht neben ihr stand, tupfte ihr mit einem feuchten Tuch besorgt den Schweiß von der Stirn und gab ihr etwas zu trinken. Dankbar nahm Jeanne einen Schluck Wasser und lehnte sich ermattet in die Kissen zurück, als sie spürte, wie sich schon die nächste Wehe aufzubauen begann, sich heftiger noch als die vorherige durch ihren Körper kämpfte. Es fühlte sich an, als wenn es sie zerreißen würde. Entsetzt stöhnte sie auf.

Bitte, lass das Kind diesmal stark genug sein, flehte sie innerlich. Für einen Moment sah sie wieder ihren kleinen

Sohn vor sich, dem sie vor zwei Jahren das Leben geschenkt hatte – dieses winzige Wesen, das nur wenige Tage gelebt hatte. Sie versuchte, die Erinnerung und das Gefühl der Angst, das in ihr aufstieg, zu verdrängen. Diesmal musste das Kind leben!

Sie keuchte unter einer neuen Wehe und krampfte ihre Hand in das Seidenlaken, mit dem man sie zugedeckt hatte. Die Schmerzen ließen sie immer mehr in eine Benommenheit sinken, in der die Außenwelt von ihr wegzugleiten schien. Sie nahm nur noch wie durch einen Nebel wahr, dass Menschen das Zimmer betraten und miteinander tuschelten, dass man Schüsseln mit gekochtem Wasser an ihr Bett trug und der Arzt, den Charles gerufen hatte, sich mit der Hebamme einen kurzen Kompetenzstreit lieferte, bevor er sie untersuchte, während Marie ihr immer wieder die Stirn abtupfte.

Irgendjemand sagte etwas zu ihr, aber sie war nicht fähig zu antworten, sondern fühlte nur hilflos, wie sich die immer stärker werdenden Wehen eine nach der anderen erbarmungslos weiter den Weg durch ihren Körper bahnten. Sie keuchte und hatte das Gefühl, keine Luft mehr zu bekommen. Voller Entsetzen spürte sie, dass der Arzt ihren Arm gegriffen hatte und einen Aderlass vornahm. Blut tropfte. Ihr wurde schwarz vor Augen, und für einen Augenblick sank sie in eine gnädige Bewusstlosigkeit – doch nur kurz, dann spritzte man ihr sofort kaltes Wasser ins Gesicht und klatschte ihr nasse Tücher auf die Stirn, bis sie wieder zu sich kam. Obwohl sie nicht geglaubt hätte, dass ihr Leiden noch zu steigern wäre, wurden die Wehen noch heftiger und reißender und kamen nun eine nach der anderen ohne eine Pause. Sie wand sich vor Schmerzen wie ein Tier.

In einem kurzen klaren Moment war sie sich auf einmal sicher, dass sie diese Nacht nicht überleben würde. Das würde ihr Leben gewesen sein – ohne jede große Bedeutung, im Wochenbett mit zweiundzwanzig Jahren gestorben … Aber selbst das war ihr egal, wenn es nur endlich, endlich vorbei wäre. O Gott, bitte, flehte sie.

Plötzlich sah die Hebamme sie mit einem breiten Lächeln an. »Nun dauert's nicht mehr lange, Madame. Man sieht schon das Köpfchen.« Sie tätschelte erneut Jeannes Wange und schob den Arzt mit einem grimmigen, resoluten Ausdruck zur Seite, um zur Tat zu schreiten.

Charles lief mit unruhigen Schritten auf und ab und wischte sich mit einem Taschentuch den Schweiß von der Stirn. Seine Perücke lag neben ihm auf einem Tisch.

In den letzten Stunden, als er sah, wie immer mehr Menschen mit angespanntem Gesicht ins Schlafzimmer seiner Frau eilten, war er nervös geworden.

Das erste Kind hatte er für so selbstverständlich genommen, und nachdem es so schnell verstorben war, hatte sich sein Mitleid für dieses Wesen, das er kaum kannte, in Grenzen gehalten. Man hatte ihm versichert, dass seine Frau gesund sei und noch vielen Kindern das Leben schenken werde, aber nun, da es so weit war, hoffte er inständig, dass es wieder ein Junge sein würde und dass er diesmal überleben würde. Sein Sohn!

Ein schrilles empörtes Säuglingsschreien riss ihn aus seinen Gedanken. Erleichtert sah er zur Tür. Gott sei Dank! Das Kind war da.

Wenige Augenblicke später huschte Thérèse mit einer Schüssel blutigen Wassers und rot befleckten Tüchern aus der Tür und lief eilig an ihm vorbei, den Blick auf den Boden geheftet. Hinter ihr tauchte Doktor Lenoir auf. Charles sah ihn erwartungsvoll an.

»Ich gratuliere, Monsieur d'Étiolles. Ihre Frau hat ein gesundes Kind geboren«, sagte der Arzt und kratzte sich verlegen am Kopf.

Charles sah ihn an. »Ein Mädchen?«, fragte er tonlos.

Lenoir nickte bedauernd.

Jeanne lag totenbleich auf den hochgebetteten Kissen. Man hatte sie gewaschen und das Bett frisch bezogen, doch der Geruch von Blut lag noch immer in der Luft, wie Charles angeekelt feststellte. Er musste sich zusammenreißen, um sich nicht sein Taschentuch vor die Nase zu halten.

Er warf einen kurzen Blick auf seine Tochter und beugte sich zu seiner Frau, die er auf die Stirn küsste. »Es ist nicht schlimm, dass es nur ein Mädchen ist, beim nächsten Mal wird es gewiss wieder ein Junge«, sagte Charles großzügig. Der Arzt unterbrach ihn höflich. »Erst einmal muss Madame wieder zu Kräften kommen. Die Geburt war sehr anstrengend. Sie braucht jetzt viel Ruhe.«

Sie nannten sie Alexandrine. Sie hatte winzige Fingerchen und Zehchen, und auf ihrem Kopf wuchs ein blonder, zarter Flaum wie bei einem Engel.

»Mein süßer kleiner Schatz«, rief Jeanne lachend und schwang Alexandrine hoch, was der Kleinen ein glückliches Glucksen entlockte.

Wenn Jeanne ihrer Tochter in die Augen sah, wurde ihr warm ums Herz, und sie hatte das Gefühl, dass sie sich schon ewig kannten. Sie war hinreißend, und die Tatsache, dass Charles der Kleinen ein nur mäßiges Interesse entgegenbrachte, ließ Jeanne sie nur noch mehr lieben. Im Grunde konnte sie sowieso nicht verstehen, was dieses wundervolle winzige Geschöpf mit einem Mann wie Charles gemein haben sollte.

In den drei Jahren ihrer Ehe waren sie sich kaum nähergekommen. Inzwischen war sie froh, dass er weder an ihrem Theater noch an dem Salonleben sonderliches Interesse zeigte. Er hätte dort nur schwerlich zu brillieren gewusst.

Immerhin musste sie ihm aber zugutehalten, dass er keinen schlechten Charakter hatte. Er war von gutmütiger, wenn auch ein wenig schwerfälliger Natur. Sie hätte es schlechter treffen können. So wie die meisten Ehepaare lebten sie höflich distanziert nebeneinander her. Nur in den Nächten forderte Charles weiter mit stoischer Regelmäßigkeit sein Recht. Auch da ging es ihr nicht anders als den meisten Ehefrauen. Man heiratete nicht zum Vergnügen, sondern um versorgt zu sein und einen möglichst vorteilhaften Platz in der Gesellschaft zu erringen – so war es nun einmal. Die ehelichen Pflichten waren leider Gottes der Preis, den sie für das Leben, das sie nun führen konnte, zahlen musste.

Aber der Anblick von Alexandrine, die sie jetzt in den Armen hielt und die ihr wie ein Geschenk des Himmels erschien, versöhnte sie etwas damit. Selbstvergessen wiegte sie die Kleine. Die Amme stand lächelnd daneben. Jeanne sah sie an. »Sie trinkt wirklich genug?«, fragte sie.

»Aber ja, Madame«, sagte die Amme, deren üppige Oberweite keinen Zweifel an ihrer beruflichen Tätigkeit ließ. »Regelmäßig, alle drei Stunden.«

Jeanne drückte Alexandrine einen sanften Kuss auf die Wange und reichte die Kleine widerstrebend zurück.

»Bringen Sie sie mir nach dem Mittagsschlaf!«

Die Amme nickte und verschwand, den Säugling an ihren dicken Busen gedrückt, an dem die kleine Alexandrine noch winziger und verletzlicher wirkte als ohnehin schon.

11

Am Eingang des prächtigen Pariser Stadtpalais in der Rue du Bac brannten große Fackeln. Lodernd schlugen die hellen Flammen in der eisigen Luft nach oben und ließen über der Eingangstür das glänzende Wappen sichtbar werden.

Unwillkürlich bekreuzigte sich der Priester, bevor er die breite Treppe nach oben stieg.

Ein Lakai öffnete ihm die Tür, und als er wenig später das Schlafgemach der Duchesse betrat, sah der Priester, dass die Gerüchte, die seit gestern Nacht in Paris kursierten, der Wahrheit entsprachen. Die Duchesse de Châteauroux war schwer krank. Das ehemals so schöne Gesicht der königlichen Mätresse war wächsern und ausgezehrt. Unter ihren Augen lagen tiefe, dunkle Schatten, die hohen Wangen waren eingefallen, und auf ihrer schneeweißen Stirn standen kalte Schweißperlen.

Der Priester war erfahren genug, um an ihrem flachen unregelmäßigen Atem zu erkennen, dass das Ende kurz bevorstand. Er schickte die Ärzte und Zofen aus dem Raum und trat an ihr Bett.

Der fiebrige Blick der Duchesse ging unruhig hin und her, und als sie den Priester schließlich mit einem stummen Flehen fragend anblickte, war in ihren glasigen Augen deutlich die Angst zu lesen.

Sie hat noch nicht verstanden, dass es zu Ende geht, dachte er mitleidig – so wie die meisten Menschen das Unabänderliche, wenn es dann so weit war, einfach nicht wahrhaben wollten.

Das Fieber, das gestern eingesetzt hatte, war schnell und unerwartet gekommen. Die plötzliche Erkrankung der königlichen Mätresse hatte alle in Schrecken versetzt. Boten waren stündlich von dem Pariser Palais nach Versailles geeilt, um den verzweifelten König über den Gesundheitszustand seiner Geliebten zu informieren. Seine Majestät hatte Messen für die Duchesse lesen lassen und seine besten Ärzte geschickt. Vergeblich – Gott hatte anders entschieden.

Der Priester schlug ein Kreuz auf der Stirn der Sterbenden, versprengte etwas Weihwasser und sprach murmelnd ein Gebet. Seine regelmäßigen, monotonen Worte beruhigten die Duchesse ein wenig, ihr Atem wurde langsamer, und er begann ihr die letzte Beichte abzunehmen.

Erschöpft schloss sie danach die Augen, und er nahm ihre Hand. Nur der Allmächtige konnte ihr jetzt noch beistehen.

Der Mann, der auf dem Weg zum Château de la Muette war, peitschte sein Pferd ohne Erbarmen durch die Nacht. Sein Mantel flatterte im Wind, während der heiße Atem seines Hengstes in hellen Schwaden in der eisigen Dezembernacht verdampfte. Der Reiter preschte an Bäumen, Hügeln und kargen Lichtungen vorbei, die sich in der Dunkelheit nur schemenhaft abhoben. Der Weg wurde vom Licht des Mondes gerade hell genug beschienen, dass man sich nicht den Hals brach.

Die lichter werdende Bewaldung kündigte den Rand des Bois de Boulogne an. Als der Duc d'Ayen in einiger Entfernung die Umrisse des Schlosses erkannte, verlangsamte er das Tempo seines Pferdes.

La Muette! Er seufzte. Gestern Abend, nachdem sich der Zustand der Duchesse zunehmend verschlechtert hatte, hatte sich Seine Majestät aus Versailles hierher zurückgezogen, weg von dem rigiden Zeremoniell, der strengen Etikette und den zahllosen Menschen, die ihn dort ständig umgaben – um dem Unfassbaren ins Auge zu sehen.

Einen kurzen Moment versuchte sich der Duc d'Ayen, dessen Vater kein anderer als der Maréchal de Noailles war, zu sammeln und für die schwere Aufgabe zu wappnen, die ihm bevorstand. Sein sonst so unbekümmertes, jungenhaftes Gesicht war besorgt und angespannt. Er atmete tief durch, dann gab er seinem Pferd noch einmal die Sporen. Im gestreckten Galopp erreichte er kurz darauf das Schloss. Die Wachen, die den Capitaine der Garden sofort erkannten, salutierten, als der Duc d'Ayen von seinem Pferd sprang und einem herbeigeeilten Stallknecht die Zügel zuwarf.

Der König erwartete ihn bereits. Er stand am Fenster und starrte hinaus in die düstere Nacht.

Als er hörte, wie die schweren Stiefel seines Capitaines der Garden durch das *Antichambre* hallten, drehte er sich langsam herum.

»Euer Majestät«, stieß der Duc d'Ayen mit brüchiger Stimme hervor und fiel in seinem staubigen Reisemantel vor ihm auf die Knie.

Als Louis seinen zu Boden gesenkten Kopf sah, wusste er Bescheid. Nein, dachte er, nicht noch eine von denen, die ich geliebt habe. Er spürte, wie eine eisige Hand nach ihm griff und alles in ihm zu Kälte erstarrte. Hatte Gott sie tatsächlich für ihre Sünden gestraft? Seine Stimme war tonlos, als er schließlich sprach.

»Sie … sie ist tot?«

Der Duc d'Ayen hob den Kopf und blickte ihn an – er nickte verzweifelt.

Die Strahlen der Sonne stießen nur zögerlich durch die dichte Wolkendecke. Obwohl die Pagen die ganze Nacht darüber gewacht hatten, dass das Feuer der Öfen und Kamine in den zugigen Fluren und Sälen des Schlosses nicht erlosch, war es unangenehm kühl. Die Königin schickte ihre Kammerfrauen, um ihr einen pelzgefütterten Umhang für die Messe zu bringen.

Am Hof grassierte eine Influenza, und zwei ihrer Hofdamen lagen bereits mit Fieber danieder. Eine Anfälligkeit, die Marie Leszczynska selbst glücklicherweise nicht kannte. Trotz ihrer einundvierzig Jahre und der zehn Kinder, die sie dem König geboren hatte, erfreute sie sich vitaler Gesundheit. Weder Kälte noch Krankheit hatten der gebürtigen Polin jemals etwas anhaben können. Dennoch lagen heute Morgen Schatten unter ihren Augen, und ein Blick in den Spiegel hatte ihr gezeigt, dass sich ihre feinen Fältchen über Nacht als deutlich sichtbare Linien in ihr Gesicht gegraben hatten. Sie war angespannt und hatte kaum geschlafen. Ihre Kammerfrauen kehrten zurück, und Marie Leszczynska wartete, bis sie ihr den Umhang umgelegt hatten, dann befahl sie, dass man Monsignore Boyer, den Bischof de Mirepoix, zu ihr lassen solle.

Der grauhaarige Geistliche betrat das kleine Privatkabinett und verneigte sich mit einer für sein hohes Alter erstaunlichen Geschmeidigkeit vor der Königin.

»Euer Majestät«, sagte er.

»Ich danke Ihnen, Monsignore, dass Sie so früh die Zeit gefunden haben, zu mir zu kommen.«

Boyers schmale Lippen verzogen sich zu einem höflichen Lächeln, während er den Kopf neigte. Er kannte die Königin, die eine tiefgläubige Frau war, gut genug, um zu wissen, was in ihr vorging, doch er schwieg und beobachtete stattdessen, wie Marie Leszczynska auf einen Stuhl sank und nervös die Hände rang.

»Monsignore Boyer«, stieß sie schließlich hervor, »ich bange und hoffe wahrhaftig, dass Gott meinem Gemahl seine Sünden verzeiht, aber ich muss gestehen – so schrecklich ich mich dabei auch fühle –, dass ich bei aller christlichen Nächstenliebe nicht imstande bin, den Tod dieser Frau zu bedauern. Zu sehr hat sie mich in den letzten Jahren gedemütigt.«

Boyer schenkte ihr einen salbungsvollen Blick. »Der Allmächtige wird diese Frau auch für *diese* Sünde richten«, versicherte er, und seine Augen funkelten düster. »Und was Euren

Gemahl angeht – Gott wird dem König verzeihen, wenn er seine Sünden bereut und Besserung gelobt.« Seine Stimme war milder geworden. »Dafür solltet Ihr beten, Euer Majestät.«

Die Königin nickte. Ihre runden Finger glitten fahrig über den Buchrücken einer Bibel, die neben ihr lag. Ja, sie würde beten, doch war sie sich nicht sicher, ob Louis wirklich fähig sein würde, von seinen Sünden zu lassen. Es stimmte, dass der König Gott fürchtete – schließlich hatte er es ja auch selbst abgelehnt, die Sakramente zu empfangen, seit er eine Mätresse hatte, und auch die Skrofulosekranken berührte er nicht mehr zu Ostern. Das schien doch immerhin zu zeigen, dass er sich seiner Schuld bewusst war – aber dieser gottlose Einfluss einiger Höflinge, die er zu seinen Freunden zählte, war dennoch nicht zu unterschätzen.

Als Marie Leszczynska wenig später in der morgendlichen Messe neben ihrem Gemahl auf der königlichen Empore der Kapelle Platz genommen hatte, schöpfte sie jedoch Hoffnung. Selten hatte sie ihren Gemahl so erschüttert, so ernst gesehen. Der Schmerz war deutlich in seinen Augen zu lesen. Fast tat er ihr leid. Ganz sicher musste er Reue empfinden. Schon zum zweiten Mal verlor er seine Geliebte. Die andere – Madame de Vintimille – war, kurz nachdem sie ihm ein Kind geschenkt hatte, im Wochenbett gestorben. Vielleicht war der Tod seiner Mätresse diesmal ja ein Zeichen, das er endlich verstand!

Sie faltete ihre Hände und blickte zur Kanzel, wo der Kardinal de Rohan mit seiner Predigt begonnen hatte.

Füßescharren und Gehüstel war unter den Höflingen zu hören. Marie Leszczynska sah empört, dass der Duc de Richelieu, der gelangweilt mit seinem Ring am Finger spielte, sich nicht scheute zu gähnen.

»Denn egal wer wir hier auf Erden sind«, tönte die Stimme des Kardinals, während sein strenger Blick zu der königlichen Empore hochglitt, »Gottes Schwert wird die richten, die sündigen und wider ihres besseren Wissens gegen seine Gebote verstoßen.«

12

Die bernsteinfarbene Flüssigkeit hielt, was sie versprach. Der Marquis de Puysieulx nahm genussvoll einen weiteren Schluck von dem Cognac. Die Wärme des Alkohols hatte seine aufgeschwemmten Gesichtszüge bereits eine rosige Farbe annehmen lassen. Zufrieden stellte er sein Glas wieder ab und nahm den Wechsel, den sein Gastgeber, Pâris de Montmartel, in dem blauen Salon von Schloss Brunoy über den Tisch reichte, entgegen.

»Die Princesse de Conti wird Ihnen zu Dank verpflichtet sein!« Der Marquis schenkte dem Hofbankier und seinem Bruder, Pâris-Duverney, ein freundliches Lächeln. »Natürlich geht sie davon aus, dass diese Angelegenheit streng vertraulich behandelt wird.«

»Selbstverständlich, Marquis«, versicherte Pâris de Montmartel.

»Und, wie geht es in Versailles nach dem Tod der Duchesse de Châteauroux?«, fragte Pâris-Duverney beiläufig.

Der Marquis machte eine abwehrende Handbewegung.

»Ach, trist. Dieser furchtbare Klerus hat dem König eingeredet, dass seine Mätresse für ihre gemeinsamen Sünden sterben musste, und Seine Majestät ist nun wieder von seinen alten Depressionen heimgesucht worden.«

Er nahm einen weiteren Schluck und seufzte mitleiderregend. »Alle Vergnügungen sind gestrichen worden! Man kann nur hoffen, dass die Hochzeit des Thronfolgers den König wieder ins Leben zurückbringt.«

»Oh, die Bälle zur Hochzeit des Dauphins werden sicherlich eine gute Gelegenheit sein, den König von den Kümmernissen der letzten Wochen abzulenken«, sagte Pâris de Montmartel.

Puysieulx stellte sein Cognacglas zur Seite. »Sie spielen auf eine Einladung für den Maskenball an? Das dürfte schwierig werden«, fuhr er fort, denn es war nicht schwer, zu erraten, worauf der Hofbankier hinauswollte.

Pâris de Montmartel lächelte. »Oh, wir verlassen uns ganz auf Sie, werter Marquis. Ich bin sicher, Sie werden Ihr Möglichstes tun.« Der Marquis würde ihnen schon die Einladung besorgen. Er wusste, was er ihnen schuldig war. »Noch ein Schlückchen Cognac vielleicht?«

Jeanne kniete auf dem Boden und verfolgte mit einem Lachen, wie ihre Tochter wild entschlossen versuchte, sich mit ihren Ärmchen aufzustützen, um ihre Brust und ihren Kopf zu heben.

»Das machst du fein, mein Schatz!«

Alexandrine gluckste glücklich.

Die Kleine war jetzt fast sechs Monate alt und konnte sich bereits allein vom Bauch auf den Rücken drehen.

»Nicht mehr lange, dann wird sie zu krabbeln anfangen«, sagte die Amme fachmännisch.

Jeanne nickte. Sie liebte die Stunden, die sie mit Alexandrine verbrachte. Das Mädchen, das mit jedem Tag entzückender aussah, war ihr ganzer Stolz.

Jeanne hatte sich gut von der Geburt erholt, und das Leben hatte in den letzten Wochen wieder angefangen, seinen ganz normalen Gang zu nehmen. Sie spielte Theater, lud zu Salonabenden auf Étiolles ein, gab Soupers und kleine Feste und fuhr stets einige Tage in der Woche nach Paris, um dort einzukaufen, zu ihrer Modistin zu gehen und sich in das gesellschaftliche Leben zu stürzen. Trotz aller Abwechslungen hatte ihr Leben einen gewissen Rhythmus, den Jeanne schätzte.

Sie hatte mitbekommen, dass im Dezember die Duchesse de

Châteauroux gestorben war. Ganz Paris hatte von dem Tod der kühlen schönen Mätresse gesprochen, und auch Jeanne hatte wieder an ihre Begegnung mit dem König gedacht.

Dennoch traf es sie gänzlich unvorbereitet, als ihr Oheim und ihr Patenonkel sie aufsuchten, um ihr eine Einladung für den Maskenball in Versailles zu überreichen.

Sie konnte ihr Glück kaum fassen. Jeder in Paris träumte davon, dort hinzugehen – denn der Ball war eine der wenigen Vergnügungen, an denen nicht nur der Hochadel, sondern auch Angehörige der Bourgeoisie teilnehmen durften.

Voller Freude sah sie auf das Billett in ihren Händen. »Eine Einladung nach Versailles? Zum Maskenball?« Sie strahlte. »Wirklich für mich?«

Le Normant de Tournehem und Pâris de Montmartel nickten lächelnd.

Doch plötzlich erlosch das Lächeln auf Jeannes Gesicht. Ihre Hand mit der Karte sank nach unten. Sie dachte an ihren Mann. »Aber Charles, er wird mich niemals gehen lassen«, sagte sie zögernd.

»Oh, er wird gar nicht hier sein. Er wird noch heute in die Provence aufbrechen – um dort einige wichtige geschäftliche Dinge zu erledigen«, erwiderte Le Normant de Tournehem eine Spur zu schnell.

Jeanne schaute ihn irritiert an. Charles war gerade erst vor zwei Tagen zurückgekommen. Sie sah von Le Normant de Tournehem zu ihrem Patenonkel. »Wie komme ich eigentlich zu der Ehre dieser Einladung?«, fragte sie.

Die beiden Männer wechselten einen schnellen Blick. Schließlich stand Pâris de Montmartel auf, um die Tür des Salons zu schließen, drehte sich dann mit einem Räuspern zu Jeanne um und legte ihr in einer väterlichen Geste den Arm um die Schulter. »Ich denke, es ist an der Zeit, dass wir uns einmal in Ruhe unterhalten, mein Kind! ... Sehen Sie, Sie sind jetzt dreiundzwanzig, und es ist uns nicht verborgen geblieben, dass Sie nicht übermäßig glücklich mit Ihrem Ehemann sind ...«

Jeanne sah ihn erstaunt an. Sie wusste mit ziemlicher Sicherheit, dass ihn ihr persönliches Glück bisher noch nie interessiert hatte.

»Nun«, fuhr Pâris de Montmartel fort, »auf dem Maskenball könnte sich die Gelegenheit ergeben, dass Sie den König wiedersehen. Angesichts Ihrer nicht zu übersehenden Vorzüge wäre es nur zu normal, wenn er Gefallen an Ihnen fände«, schloss er mit einem gewinnenden Lächeln.

»Womit Sie unseren Interessen nicht gerade im Wege stehen würden. Im Gegenteil«, ergänzte Le Normant de Tournehem beflissen.

Jeanne blickte die beiden entgeistert an. Sie sank auf einen der blauen Samtstühle. Sie spekulierten tatsächlich darauf, dass der König sich für sie interessieren könnte? Jeanne hatte plötzlich einen schalen Geschmack im Mund.

Sie starrte auf den Spitzensaum ihres Kleides, bevor sie ihren Kopf hob und ihrem Ziehvater ungläubig in die Augen sah. »Sie wollen tatsächlich, dass ich meinen Ehemann betrüge? Ihren eigenen Neffen? Und zur Hure des Königs werde?«

»Tz, tz …«, machte Pâris de Montmartel und schüttelte den Kopf. »Zur Hure würden Sie, wenn Sie nicht mehr als das Bett zu bieten hätten. In Ihrem Fall würden wir eher von einer Geliebten oder Mätresse sprechen …«

Le Normant de Tournehem nickte. »Eine Position, zu der Ihre Erziehung und Ausbildung – die wir all die Jahre gefördert und finanziert haben – Sie geradezu prädestiniert.«

Er lächelte zufrieden. »Wir hatten allerdings immer nur an einen hochrangigen Höfling gedacht, dass selbst der König auf Sie aufmerksam werden würde, hätten wir nie zu hoffen gewagt.«

Es verschlug ihr die Sprache, als sie verstand, was er meinte.

Eine ohnmächtige Wut stieg in ihr auf. Sie hatten in sie investiert und auf sie gesetzt wie bei einem ihrer riskanten Aktiengeschäfte. Seit Jahren hatten sie diese Pläne mit ihr gehabt – und sie hatte nichts geahnt. Ihr Unterricht, ihre ganze Erziehung und wahrscheinlich sogar ihre Hochzeit mit Charles waren nur darauf ausgerichtet gewesen, dass sie die Geliebte irgendeines hohen, einflussreichen Herrn werden sollte, der ihren Geschäften diente?

Sie stand auf. Ihre grauen Augen hatten sich verdunkelt.

»Ohne Zweifel ist der König ein attraktiver, anziehender Mann«, sagte sie kalt. »Aber selbst wenn ich ihm gefallen sollte, ich wäre doch nie mehr als eine unbedeutende Geliebte, die im Verborgenen bleiben müsste, denn Sie wissen besser als ich – dass man ohne einen alten Adelstitel keinen Zutritt am Hofe erhält! Und jetzt wollen Sie mich bitte entschuldigen«, fügte sie hinzu und verließ, ohne die beiden eines weiteren Blickes zu würdigen, den Raum.

Le Normant de Tournehem sah ihr hinterher. »Sie wird sich wieder beruhigen.«

Pâris de Montmartel nickte. »Und doch hat sie nicht unrecht mit dem, was sie sagt«, sagte er nachdenklich. »Noch nie hat der König eine bürgerliche Mätresse gehabt!«

Jeanne saß mit angezogenen Knien in ihrem Bett und sah nach draußen, wo sich der Mond in einer hellen Sichel an dem schwarzen Nachthimmel zeigte. Sie seufzte leise. Natürlich würde sie zu dem Ball gehen. Schon um einmal den Glanz und Prunk des Hofes von Versailles gesehen zu haben. Außerdem hätte sie es nie gewagt, sich den Wünschen von Le Normant de Tournehem und Pâris de Montmartel zu widersetzen.

Doch es war die Art, mit der die beiden Männer darauf gesetzt hatten, Jeanne eines Tages für ihre Ziele benutzen zu können, die sie so traf und verletzte. Dabei hatten die beiden durchaus recht – sie war alles andere als glücklich mit Charles. Bei der Aussicht, nicht nur die nächsten Jahre, sondern sogar den Rest ihres Lebens mit ihm verbringen zu müssen, fühlte sie sich grauenhaft.

Sie stand auf und warf sich ihren Morgenmantel über. Selten hatte sie sich so einsam gefühlt. Sie musste an ihre Mutter denken, der es in den letzten Wochen immer schlechter ging. Eine wachsende Geschwulst, sagten die Ärzte, die angesichts dieser Krankheit hilflos waren und nichts mehr für sie tun konnten.

Tränen traten ihr bei dem Gedanken in die Augen, und sie goss sich ein Glas Wasser aus der silberverzierten Karaffe ein, die auf dem Nachttisch stand. Nachdenklich trank Jeanne einen Schluck.

Das Bild des Königs tauchte wieder vor ihren Augen auf, die kurze Begegnung mit ihm am Weiher, die Art, wie er sie angesehen hatte. Bei dem Gedanken, ihn auf dem Ball wiederzusehen, verspürte sie eine merkwürdige Aufgeregtheit. Doch wahrscheinlich würde er sich gar nicht an sie erinnern. Aber wenn doch ... Für einen kurzen Moment geriet sie ins Träumen und stellte sich vor, mit ihm zu tanzen. Nein, sie schüttelte den Kopf und zwang sich, nüchtern zu bleiben. Sie war sich sicher, dass Pâris de Montmartel und Le Normant de Tournehem ihre Möglichkeiten überschätzten. Und doch, wer konnte schon wissen, was an einem solchen Abend wirklich geschah?

Pâris de Montmartel und Le Normant de Tournehem ließen eigens einen Schneider aus Versailles kommen, der Jeanne diverse Kostümvorschläge für den Ball unterbreitete.

»Waldnymphen und Schäferinnen sind gerade Mode am Hof«, erklärte Monsieur Fichu ihr in näselndem Tonfall, während er ihr verschiedene Zeichnungen zeigte.

Wahrscheinlich würden gerade deshalb mindestens dreißig andere Damen ebenfalls als Waldnymphen und Schäferinnen auf diesen Ball gehen, dachte Jeanne, während sie sich die Skizzen genau ansah. Nein, wenn sie eine Chance haben wollte, dass der König sie wahrnahm, musste sie auffallen. »Ich werde auf keinen Fall eines dieser Kostüme nehmen«, erklärte sie schließlich entschieden und legte die Blätter zur Seite.

Monsieur Fichu riss überrascht die Augen auf. »Aber die

Wahl dieser Kostüme würde zeigen, dass Madame Geschmack haben und wissen, wie man in der *grand monde* verkehrt.«

Sie bemühte sich geflissentlich, die versteckte Beleidigung in seinen Worten zu überhören. »Nun, ich werde trotzdem als Diana, als Göttin der Jagd, gehen.«

Tage später, als der Abend des Balls gekommen war, betrachtete sich Jeanne zufrieden im Spiegel und gratulierte sich zu ihrer Entscheidung. Ihr Blick glitt an ihrem champagnerfarbenen, mit Gold durchwirkten Kleid entlang, dessen glänzender, mit Perlen bestickter Seidenstoff ihr tiefes Dekolleté umrahmte und sich eng um ihren Oberkörper schmiegte. Über der linken Schulter trug sie einen zierlichen goldenen Bogen mit einem Köcher und Pfeilen. Ihr Haar, durch das sich Perlenbänder mit einer kleinen mondförmigen Sichel auf der Stirn schlangen, war mit goldenem Puder bestäubt, und eine halbe Dominomaske verdeckte kokett ihre Augenpartie.

Marie reichte ihr mit stummer Bewunderung ihren Umhang. Die Kutsche wartete schon. Als sie die breit geschwungene Treppe nach unten schritt, schauten ihr Le Normant de Tournehem und Pâris de Montmartel sprachlos entgegen. Ein Blick in ihre Gesichter zeigte Jeanne, dass sie der Eindruck ihres Spiegelbildes nicht getrogen hatte. Den beiden Männern stockte der Atem.

Es war einer der Augenblicke, an die sie sich später immer erinnern würde. Pâris de Montmartel, der sich voller Ehrfurcht vor ihr verneigte und ihr die Hand küsste, und Le Normant de Tournehem, der sie mit dem Stolz eines Vaters umarmte. »Deine Mutter wünscht dir Glück«, sagte er leise und duzte sie wie früher – vor ihrer Hochzeit. Als sie seinen Gesichtsausdruck sah, in dem der Schmerz über die Krankheit ihrer Mutter deutlich zu lesen war, verzieh sie ihm plötzlich seine kalte Berechung.

»Danke«, erwiderte sie ebenso leise.

13

Versailles, dessen Pracht und Größe in ganz Europa gleichermaßen bewundert wie beneidet wurde, erstrahlte an diesem Abend in all seinem Glanz. Unzählige Kerzen und Fackeln beleuchteten das Schloss, sodass der helle goldene Schein schon von Weitem in der Dunkelheit von der Avenue de Paris zu sehen war.

In einem Fluss tanzender Lichter bewegten sich die Kutschen auf den Palast zu. Die ganze Stadt schien sich auf den Weg nach Versailles gemacht zu haben. Vor den Toren drängten sich die Schaulustigen, die seit dem Nachmittag hierher strömten, um einen Blick auf die hohen Gäste in ihren Kostümen zu werfen. Die Menschentrauben pressten sie sich aufgeregt gegen die Tore und Kutschen, sodass es den königlichen Garden kaum noch gelang, sie zurückzudrängen.

»Da! Da … in dem Sechsspänner! Der Zeus, das ist der Duc d'Orléans!« Ein pockennarbiger Mann in Holzschuhen reckte sich in seinem verschlissenen Hemd und Rock aufgeregt nach vorne. Er stieß seinen Nachbarn an und zeigte mit seiner vor Kälte geröteten Hand auf eine Kutsche mit edlen schwarzen Hengsten, die in der Wagenschlange stand und weder vor noch zurück konnte.

Die Frau, die neben ihm stand, schüttelte – ihre Hände in die fülligen Hüften gestemmt – ihr rundes Gesicht. »Nein, nein, das ist nicht der Duc d'Orléans, das ist der Prince de Conti. Das Wappen habe ich schon mal gesehen!«, rief sie und versuchte im selben Augenblick, mit einem empörten Aufschrei ihre Haube festzuhalten, die ihr in dem Gemenge vom Kopf gerissen zu werden drohte.

»Und da! Ist das nicht der Prince de Soubise?«

Dem Kutscher riss der Geduldsfaden. Wütend sprang er von seinem Bock hoch.

»Aus dem Weg! Aus dem Weg, sag ich!«, rief er und knallte erbost mit seiner Peitsche nach rechts und links, um sich den Weg freizukämpfen. Einige Leute schrien auf, doch die Menge wich erst zurück, als die königlichen Garden, die herbeigeeilt kamen, ihre Degen zogen und sie mit Gewalt zurückdrängten. Mit einem langsamen Ruck kam die Wagenschlange wieder in Fahrt.

Sie passierten die goldenen Tore, und Jeanne sah ehrfurchtsvoll aus dem Fenster, als sie den großen, mit Fackeln beleuchteten *Avant-Cour,* den Ehrenhof, überquerten, den links und rechts zwei lange majestätische Flügelbauten flankierten. Schließlich fuhr die Kutsche durch ein weiteres goldenes Tor in den königlichen Hof ein und kam an dessen Ende vor den Stufen des glänzenden Marmorhofs zum Stehen.

Ein Lakai öffnete mit einer tiefen Verbeugung die Tür. Jeanne atmete tief durch. Sie hob den Saum ihres Rockes und stieg aus.

Warmes Kerzenlicht und Streicherklänge empfingen die Besucher beim Eintritt in die Staatsgemächer. Es wimmelte von kostümierten Menschen in der langen Flucht der festlich geschmückten Salons, die man einen nach dem anderen durchqueren musste, um zum Spiegelsaal zu gelangen, wo der Ball um Mitternacht eröffnet würde. Jeanne hatte Mühe, sich durch die Scharen bunt gekleideter Menschen hindurchzudrängen. Sie spürte die Blicke, die sie auf sich zog, und war dankbar für ihre Maske, die es ihr erlaubte, den Anflug von Unsicherheit zu verbergen, der sie auf einmal überkam.

Es war schwer, von den prunkvollen Gemächern nicht beeindruckt zu sein. Die Wände waren eigens für den Ball mit rotem Damast ausgekleidet worden – glänzende Marmorstelen, prachtvolle Kamine, Spiegel, silberne Skulpturen mit großen Leuchtern, gläserne Lüster und gewaltige Gemälde, die von kostbarem goldenem Stuck eingerahmt wurden, zierten die großen Salons. Das hier waren die Gemächer, in denen der König herrschte – Zeichen seiner Größe und Macht –, nichts ließ daran einen Zweifel.

Vor dem Eingang des Spiegelsaals hatte sich eine Schlange gebildet. Die Türgarden verlangten die Einladungsbilletts der Gäste zu sehen.

Jeanne, die sich zwischen die Wartenden eingereiht hatte, sah, als sie näher kam, voller Schreck, dass keineswegs jeder Besucher eingelassen wurde.

Sollte sie zwar eine Einladung für den Maskenball besitzen, aber dennoch keinen Zutritt zum Spiegelsaal erhalten, wo der König um Mitternacht den Ball eröffnen würde? Das konnte einfach nicht sein!

Der entgeisterte Herr im Dominokostüm, der gerade vor der Garde stand, konnte es offenbar auch nicht glauben. »Aber ich habe doch eine Einladung«, beharrte er.

»Tut mir leid, Monsieur, aber die berechtigt Sie nicht, an der Eröffnung des Balls im Spiegelsaal teilzunehmen! Treten Sie bitte zurück«, belehrte ihn die Türgarde mit herablassender Strenge.

Der venezianische Kaufmann nach ihm hatte mehr Glück und wurde durchgelassen, doch Jeanne konnte leider nicht erkennen, wodurch er sich diese bevorzugte Behandlung verdient hatte.

Sie rückte angespannt weiter vor. Nur noch wenige Schritte – sie war fast an der Reihe. Das Paar vor ihr, ein Schäfer und eine Nymphe, wurde abgewiesen.

Die Garde blickte Jeanne fragend an.

»Madame d'Étiolles«, nannte sie ihm ihren Namen und bemühte sich, einen möglichst gleichgültigen Gesichtsausdruck aufzusetzen, während sie ihm aufgeregt ihr Billett reichte. Der Mann ließ seinen Blick von der Liste in seiner Hand zu ihrer Einladung gleiten, dann hatte er offensichtlich gefunden, was er gesucht hatte, und nickte. Mit einem Schritt trat er zur Seite, um sie durchzulassen. »Bitte sehr, Madame.«

Sie ging erleichtert an ihm vorbei. Ein dezenter Blick auf das Billett des Schäfers, der vor ihr zurückgewiesen worden war, hatte ihr verraten, dass es anscheinend das kleine Abzeichen der Bourbonenlilie oben rechts am Rand ihrer Einladungskarte war, das den so bedeutungsvollen Unterschied ausmachte.

Sie trat in den von unzähligen Kerzen erhellten Spiegelsaal und blieb – geblendet von dem märchenhaft funkelnden Lichtermeer, das vor ihr lag – stehen. Der Glanz des Goldes und des Silbers, das Kristall der Kronleuchter, der glatte Marmor und die blitzenden Juwelen der Ballgäste reflektierten sich in den großen Spiegeln des hohen Saals und schienen alles und jeden in einen warmen goldenen Schimmer zu hüllen. Von den zartrosa Blütenblättern, die den Boden zu ihren Füßen bedeckten, stieg ein betörender Rosenduft auf, und Jeanne fühlte sich wie verzaubert.

Sie blickte auf das farbenfrohe Durcheinander von griechischen Göttern, orientalischen Sultanen, von Nymphen, Geistern, Kurtisanen, Chinesen, Schäfern, Gärtnern und romantischen Blumenmädchen, die plaudernd herumstanden. Ein orientalischer Edelmann, der sie interessiert angesehen hatte, neigte galant den Kopf in ihre Richtung. Jeanne nickte lächelnd zurück.

Die Duchesse de Brancas, die ihre Haare kunstvoll in der Art einer Schäferin zu Ringellöckchen aufgedreht hatte, lehnte in ihrem mit sternförmigen Diamanten bestickten Kleid an der Balustrade des Podests und musterte durch ihre Lorgnette interessiert das Treiben im Saal. Ihr Blick blieb an einer rundlichen Sultanin hängen. »Nun, die Duchesse de Lauraguais erkennt man jedenfalls immer mühelos«, sagte sie boshaft zu dem Duc de Richelieu, der als Zeus kostümiert neben ihr stand. »Und glauben Sie den Gerüchten, dass sie an ihrem mütterlichen Busen zurzeit den König tröstet?«

Richelieu lächelte. »Es entspräche wahrscheinlich der eigentümlichen Treue Seiner Majestät. Er hätte dann alle Schwestern der Familie Nesle als Mätressen gehabt! Trotzdem, ich würde nicht auf sie setzen.« Er blickte durch seine eigene Lorgnette und betrachtete angetan die wohlgeformten Kurven eines weiblichen Musketiers. Mehrere Herren scharten sich um die attraktive Amazone, unter deren Kostüm sich nur die Princesse de Rohan verbergen konnte.

»Eher auf diesen reizenden Musketier dort!« Er drehte sich herausfordernd zu der Duchesse. »Was halten Sie von einer kleinen Wette? Hundert Louisdor, dass sich der König heute Abend für sie interessieren wird?«

Der Blick der Duchesse de Brancas war dem seinen gefolgt. Ein gelangweilter Ausdruck trat auf ihr Gesicht. »Die *Rohan?* Nein, mein Lieber, viel zu offensichtlich. Sie wird ganz bestimmt nicht die neue Mätresse! Aber ich nehme Ihre Wette dennoch an. Ich setze nicht nur dagegen, Monsieur de Richelieu, sondern erhöhe um weitere hundert Louisdor, dass die Wahl Seiner Majestät …«, ihre Augen irrten suchend über die Ballgäste, bis sie eine aparte junge Frau im himmelblauen Kleid entdeckte, die in diesem Moment zu dem Kreis mit dem weiblichen Musketier getreten war, »… auf jene Wassernymphe dort fallen wird.«

»Die Comtesse de Chevreuse?! Wenn Ihr wirklich zweihundert Louisdor auf sie setzt, verehrte Madame de Brancas, dann wisst Ihr mehr als wir«, mischte sich eine tiefe Stimme belustigt in ihr Gespräch ein. Als sie sich umdrehten, verbeugte sich der Marquis de Puysieulx vor ihnen.

»Marquis! Wie reizend, Sie zu sehen.« Die Diamanten auf dem Kleid der Duchesse funkelten mit ihren Augen um die Wette, als sie ihm die Hand reichte, die Puysieulx galant küsste. »Oh, wollen Sie sich nicht an unserem kleinen Spiel beteiligen?«

Der Marquis neigte lächelnd seinen turbangeschmückten Kopf. »Nur zu gerne, Duchesse. Wenn Sie erlauben ...«

Er nahm ihre Lorgnette und ließ seinen Blick durch den Spiegelsaal schweifen. Eingehend unterzog er erst die Wassernymphe und dann den weiblichen Musketier, um die sich eine Traube von Männern gebildet hatte, einer eingehenden Betrachtung. Er beobachtete, wie die Princesse de Rohan geziert über etwas lachte, das ihr ein Kavalier im Harlekinkostüm erzählte, woraufhin die Wassernymphe wie zufällig ihren Handschuh fallen ließ. Der Harlekin bückte sich galant, um ihn aufzuheben, doch plötzlich wurde seine Aufmerksamkeit abgelenkt. Auch die anderen Herren neben ihm wandten sich mit einem Mal zur anderen Seite des Saals. Der Marquis folgte neugierig ihrem Blick, um den Auslöser für ihr plötzliches Interesse ausfindig zu machen – und sah ihn. Auf der anderen Seite der Galerie stand eine atemberaubende weibliche Erscheinung in Gestalt der Göttin Diana. Gekonnt ließ sie ihren Fächer aufklappen.

Ein Lächeln umspielte die Lippen des Marquis, denn er verstand auf einmal, warum sich der Hofbankier Pâris de Montmartel die Einladung für den Ball so viel hatte kosten lassen. Nur ein Blinder konnte dieses Geschöpf übersehen!

Puysieulx ließ die Lorgnette sinken. »Nun, ich werde nicht nur gegen die Princesse de Rohan wetten, sondern, Sie werden mir verzeihen, werte Duchesse«, er verbeugte sich leicht in ihre Richtung, »... auch gegen die Comtesse und auf dreihundert Louisdor erhöhen, um auf diese Dame dort im Kostüm der Diana zu setzen.«

In einem kleinen Geheimraum, der direkt an das Spiegelkabinett angrenzte, stand der König vor einem goldumrahmten Spiegel und betrachtete kritisch sein Kostüm.

Le Bel, sein Kammerdiener, der den vasenförmigen Kopf seines Eibenkostüms, das nur die Augen und den Mund unverdeckt ließ, in den Händen hielt, hatte respektvoll den Kopf geneigt.

Louis zog seine grünen Handschuhe mit den hohen Stulpen, die eine Reihe funkelnder Smaragde zierte, über und wandte sich zu Le Bel. »So, und die junge Madame d'Étiolles, die wir damals im Wald trafen, ist also heute auch hier, sagen Sie?«

Le Bel nickte und verbeugte sich übereifrig.

»Ja, Euer Majestät! Und mit Verlaub, sie sieht bezaubernd aus in ihrem Dianakostüm.«

Der König, der sich gerade zu dem Spion in der Wand hinabbeugen wollte, einer geheimen Öffnung, durch die man in den Spiegelsaal sehen konnte, hielt inne. Er lachte amüsiert auf.

»Sie ist als Diana gekommen?«

»Ja, Euer Majestät.«

Louis schob interessiert die Abdeckung zur Seite und betrachtete die Menge im Spiegelsaal. Die meisten Höflinge erkannte er trotz ihres Kostüms. Nicht nur weil Le Bel ihn schon vorher genauestens über die Wahl ihrer Verkleidung unterrichtet hatte, sondern auch weil ihm die Bewegungen und Körpersilhouetten dieser Menschen, die ihn jeden Tag umgaben, viel zu vertraut waren, als dass eine Maske oder ein Kostüm ihre Anonymität hätte wahren können. Die zierliche Wassernymphe zum Beispiel war ohne Zweifel die Comtesse de Chevreuse, und der Mann im Harlekinkostüm konnte nur der Comte de Stainville sein. Sein Blick fiel auf das einladende Dekolleté eines weiblichen Musketiers, das der Princesse de Rohan gehörte, und streifte dann die Duchesse de Brancas mit ihrer Lorgnette, deren spöttisch boshafte Kommentare über die Anwesenden er sich lebhaft vorstellen konnte. Suchend glitt sein Blick weiter durch den Spiegelsaal, und dann entdeckte er sie. Le Bel hatte nicht übertrieben – sie sah hinreißend aus.

Er lächelte, denn er hatte die Szene am Weiher nicht vergessen, wie sie dort in ihrem durchnässten Kleid voller Wut dem Comte de Maurepas gegenübergestanden und ihm die Pistole entrissen hatte. Ein beeindruckender Auftritt!

Ein diskretes Räuspern hinter ihm riss ihn aus seinen Gedanken. »Euer Majestät, ich bitte um Vergebung, aber die Zeit drängt.«

Der König nickte.

Der Stab des Zeremonienmeisters schlug laut und hallend auf den Boden. Jeanne, die noch immer wie gefangen von der berauschenden Atmosphäre um sich herum war, hielt den Atem an. Die Musik und die Gespräche im Spiegelsaal verstummten abrupt.

»Ihre Majestät Marie Leszczynska, Königin von Frankreich!«, verkündete der Zeremonienmeister laut und trat mit einer tiefen Verneigung zur Seite.

Jeanne sank mit den anderen Gästen in einen tiefen Hofknicks. Es war das erste Mal, dass sie Marie Leszczynska sah, und sie versuchte über ihren Fächer hinweg einen neugierigen Blick auf sie zu erhaschen.

Die Gesichtszüge der Königin waren starr wie eine Maske, als sie, gefolgt von ihren Hofdamen, durch den goldenen Türbogen trat und an den Anwesenden vorbeischritt. Sie war nicht mehr jung – eine Frau in mittleren Jahren –, das war das Erste, was Jeanne wahrnahm, doch Marie Leszczynska strahlte eine Würde und Reife aus, von der sie sich beeindruckt fühlte. Im Gegensatz zu allen anderen trug sie kein Kostüm, was ihre majestätische Erscheinung noch unterstrich, sondern ein mit Perlenschnüren verziertes Ballkleid. Ihr Gesicht war unverdeckt, und in ihren Haaren funkelten zwei taubeneigroße Diamanten.

Das war die Königin von Frankreich! Für einige Sekunden beschlich Jeanne ein schlechtes Gewissen, als sie daran dachte, mit welcher Absicht und Hoffnung sie zu diesem Ball gekommen war. Sie blickte Marie Leszczynskas Schleppe nach und hatte kaum Zeit, sich wieder aus ihrer Verbeugung zu erheben, als der Zeremonienmeister erneut mit seinem Stab auf den Boden aufschlug.

»Seine Hoheit, der Dauphin Louis-Stanislas von Frankreich,

seine Gemahlin, die Dauphine Marie-Thérèse-Raphaëlle von Frankreich!«

Ein fülliger junger Mann, der sechzehnjährige Thronfolger, der seiner drei Jahre älteren Gemahlin den Arm gereicht hatte, tauchte auf der Schwelle auf und blieb kurz stehen. Mit verlegener Miene sah er über die Anwesenden hinweg.

Jeanne konnte seine unscheinbare Erscheinung nur schwer mit seinem charismatischen Vater in Verbindung bringen.

Der Saal sank wie zuvor in eine tiefe Verbeugung, als das jungvermählte Paar, das als Gärtner und Blumenmädchen kostümiert war, an der Menge vorbeischritt. Die Ballgäste versuchten unter ihren halb gesenkten Lidern, einen Blick auf die spanische Prinzessin zu erhaschen, die einmal die Königin von Frankreich werden sollte. Sie wirkte ein wenig eingeschüchtert, was angesichts der unverhohlen neugierigen und abschätzenden Blicke nur zu verständlich war, dachte Jeanne.

»Mein Gott, sie trägt ja nicht mal Rouge!«, hörte sie vor sich eine Hofdame ihrem Begleiter hinter ihrem Fächer zuflüstern. Der Zeremonienstab, der zum dritten Mal donnernd auf den Boden aufschlug, ließ sie verstummen.

»Seine Majestät, Louis XV., König von Frankreich!«

Jeanne schaute gebannt zur Tür. Plötzlich war ihr heiß.

Eine Eibe, das Kostüm glich genau der Form der beschnittenen Bäume im Park des Schlosses, tauchte in Begleitung von vier Leibgarden in dem Türbogen auf – den maskierten Kopf eine Spur erhoben, blickte die dunkelgrüne Gestalt auf die versammelte Menge hinab.

Der König! Würde er sie wiedererkennen?

Die Gäste sanken in eine Verbeugung, tiefer und ehrfürchtiger als vorher gingen sie in die Knie, die Damen schlossen ihre Fächer, und alle senkten den Kopf. Jeannes Herz klopfte, während sie sich verneigte.

Ein plötzliches Raunen brachte sie dazu, wieder hochzublicken, und für einen Moment glaubte sie verblüfft, einer optischen Täuschung zu erliegen, denn in dem Türbogen standen auf einmal nicht mehr nur eine, sondern acht Eiben!

»Oh, wie amüsant von Seiner Majestät!«, hörte man irgendwo eine helle Frauenstimme begeistert ausrufen. Verhaltenes Gelächter und beifälliges Gemurmel ertönten in den Reihen der Höflinge, als die Eiben in Formation zusammen mit dem König durch den Saal schritten.

An der Tanzfläche blieben die grünen Gestalten stehen, und nur der König lief weiter.

Mit gespanntem Blick verfolgte Jeanne, wie er sich vor dem Podest der königlichen Familie vor der Dauphine verbeugte – die angesichts des ungewöhnlichen Auftritts der Eiben einen Moment brauchte, um sich zu fassen. Dann sank die spanische Prinzessin in einen steifen Hofknicks, stieg die Stufen des Podestes hinunter und ließ sich am Arm der Eibe zur Mitte der Tanzfläche führen, wo das Paar mit einem Menuett den Ball eröffnete.

Der König tanzte gut, und die Blicke aller waren auf ihn gerichtet. Seine Bewegungen waren elegant und harmonisch, seine Haltung war aufrecht und stolz.

Jeanne schaute zu, wie sich nach dem ersten Tanz auch die anderen grünen Gestalten, die inzwischen die Töchter des Königs und die ranghöchsten Hofdamen aufgefordert hatten, zu ihnen aufs Parkett begaben. Sie versuchte sich unauffällig zwischen den Menschen hindurchzudrängen, um die Tanzfläche besser sehen zu können und auch selbst wahrgenommen zu werden.

Die acht tanzenden Eiben boten ein faszinierendes Bild, und nach einigen Drehungen und Partnerwechseln wäre es selbst dem aufmerksamsten Betrachter nicht mehr möglich gewesen, zu sagen, in welchem der Eibenkostüme nun der König steckte. Der Streich war gelungen!

Einen Augenblick glaubte Jeanne, dass eine der Eiben kurz den Blick zu ihr wandte – ihr Herz klopfte –, doch dann mischten sich immer mehr Ballgäste unter die Tanzenden, und die grünen Gestalten verschwanden in der Menge.

Jeanne, die schließlich von einem orientalischen Edelmann zum Tanz gebeten wurde, sah jedenfalls keine mehr von ihnen. Sie war enttäuscht.

»Ich bin mir sicher, Sie noch nie bei Hofe gesehen zu haben, die Grazie ihrer Bewegungen wäre mir in Erinnerung geblieben«, sagte der Edelmann schmeichelnd.

»Tatsächlich?«

Er nickte und drängte sich so dicht an sie, dass ihr der Duft seines aufdringlichen Veilchenparfüms in die Nase stieg.

»Verraten Sie mir Ihren Namen, schöne Diana. Ihr Geheimnis ist bei mir sicher.«

»Aber hieße das nicht, den Reiz dieses Abends zu verneinen?«, fragte sie gewandt, dankbar, dass die Figur des Tanzes es erforderte, dass sie ein paar Schritte von ihm zurückweichen musste.

»Aber ganz und gar nicht«, erwiderte er feurig, während er sie wieder zu sich zog.

»Monsieur. Wenn Sie erlauben ...«, ertönte in diesem Moment eine tiefe Stimme neben ihnen. Die Eibe, die vor ihnen stand, war plötzlich wie aus dem Nichts aufgetaucht. Auffordernd hielt sie Jeanne die Hand hin.

Der orientalische Edelmann blickte irritiert zu der grünen Gestalt, bevor er schließlich mit einer betretenen Verbeugung zur Seite wich.

Ohne ihn eines weiteren Blickes zu würdigen, wandte sich die Eibe zu Jeanne.

»Madame?« Seine Stimme war rau, als er sie ansah und sein Blick langsam an ihr entlangglitt und dabei jedes Detail von ihr wahrzunehmen schien – von dem kleinen goldenen Köcher, der Mondsichel in ihrem Haar, über ihr Dekolleté und ihre schmale Taille, bis hin zu dem perlenverzierten Kleid.

Auf einmal kam sie sich trotz ihrer Maske und ihres Kostüms wie nackt vor. Sie neigte den Kopf. »Euer Majestät«, sagte sie leise.

Die Smaragde seiner Handschuhe glitzerten im Licht der Kerzen und Spiegel, als er ihre Hand ergriff. Sie fühlte durch das weiche Leder seiner Handschuhe die Wärme seiner Finger, und dann begannen sie zu tanzen.

»Und, Madame, dürfen wir Ihr Kostüm als Anspielung verstehen?«, fragte der König, als er sie in der Drehung auf einmal einen Moment länger als erforderlich festhielt. Der Druck seiner Hände ließ sie schneller atmen. Sein Gesicht war nur wenige Zentimeter von ihrem entfernt, und sie konnte hinter der Maske deutlich seine Augen sehen, die dunkel glitzerten.

»Das, Euer Majestät, überlasse ich ganz dem Auge des Betrachters.«

Sie glaubte ein leises Lachen hinter seiner Maske zu vernehmen, dann tanzten sie weiter. Den Blick unverwandt aufeinander gerichtet, überließen sie sich wortlos der Musik. Ihre Hände berührten sich im Spiel des Menuetts, zogen sich zueinander, lösten sich und wichen erneut auseinander, nur um sich mit der nächsten Drehung wieder wie unabsichtlich zu streifen.

Sie spürte seinen warmen Atem an ihrem Hals und Ohr. »Madame verzeihen mir die Einfallslosigkeit meiner Worte, aber Ihre Schönheit und Anmut überstrahlen alles andere an diesem heutigen Abend«, sagte er mit dunkler Stimme.

»Was nur an der Gegenwart Eurer Majestät liegt!«

Er deutete eine Verbeugung an und fixierte weiter ihren Blick.

Sie sah ihm gebannt in die Augen, während sie weitertanzten – völlig vergessend, wo sie waren und wer *er* war –, bis die Musik jäh abbrach und das Ende des Menuetts sie zurück in die Wirklichkeit holte.

Der Tanz war vorbei. Er neigte den Kopf zu ihr und führte ihre Hand zu einem imaginären Kuss an die Lippen. »Ich danke Ihnen für den Tanz, Madame! Sie …«

»Sire! Sire!«

Entgeistert sah Jeanne, wie aus dem Meer der Kostümierten mit beachtlicher Geschwindigkeit eine rundliche Dame im Sultanskostüm auf sie zuschoss. Sie strahlte den König an. »Sire, ich weiß, dass Ihr es seid.«

Sie wandte ihr rundes Mondgesicht zu Jeanne, warf ihr einen kurzen, abschätzigen Blick zu, bevor sie ihre füllige Gestalt geschickt zwischen sie und den König schob, sodass ihr mit gelben Edelsteinen besticktes Gewand Jeanne jede Sicht versperrte. »Ach, Euer Majestät, mich könnt Ihr nicht täuschen, und wenn es zwanzig Eiben gäbe, ich würde Euch immer erkennen«, hörte Jeanne sie überschwänglich säuseln.

Die Eibe neigte höflich den Kopf.

Die Sultanin klimperte mit den Augen. »Ich flehe Euch an, Euer Majestät, Ihr müsst mir den nächsten Tanz schenken!« Sie legte ihm ihre Hand auf den Arm, und Jeanne sah fassungslos, wie der König von ihr mitgezogen wurde und, ohne sich noch einmal umzudrehen, mit ihr in der Menge verschwand.

Auf der anderen Seite des Saals wandte sich die Duchesse de Brancas mit einem unverhohlen schadenfrohen Lächeln zum Marquis de Puysieulx.

»Nun, ich fürchte, werter Marquis, Sie sind dabei, Ihre Wette zu verlieren. Man hat Ihre Diana gerade schmählich im Stich gelassen.«

»Tatsächlich?« Er lächelte distinguiert. »Sie erlauben?« Er ergriff die Lorgnette der Duchesse. Tatsächlich, die Eibe, von der sie sich sicher waren, dass es sich um den König handelte, tanzte nun mit der Sultanin. Sein Blick schweifte zurück zu der Diana, die allein am Rande der Tanzfläche stand, und er ließ die Lorgnette sinken.

Ein als Waldgeist kostümierter Mann stand vor Jeanne und bat sie um den Tanz. Sie nickte höflich und reichte ihm ihre Hand, doch während sie sich mit ihm über die Tanzfläche bewegte, kehrten ihre Gedanken immer wieder zu dem König zurück. Sie konnte nicht glauben, dass er sie einfach so stehen gelassen hatte. Ob er sie ein zweites Mal auffordern würde? Sie ertappte sich dabei, dass sie die ganze Zeit weiter suchend nach den Eiben Ausschau hielt.

Der Waldgeist beobachtete sie belustigt. »Was für ein trauriger Abend, die Damen haben heute nur Augen für die Eiben«, klagte er und zwinkerte ihr verschwörerisch zu.

Sie lächelte abwesend und versank wieder in ihre Gedanken.

Hatte sie sich das, was beim Tanzen zwischen ihr und dem König geschehen war, am Ende nur eingebildet?

Plötzlich merkte Jeanne, dass sie sich dem Rand der Tanzfläche näherten. Irritiert blickte sie den Waldgeist an.

Er beugte sich vertraulich zu ihr. »Madame, ein gemeinsamer Freund, auf den zurzeit gar zu viele Augen gerichtet sind, möchte Sie sehen«, sagte er eindringlich.

»Mich sehen?« Jeanne sah ihn verständnislos an.

Im gleichen Moment hatte der Waldgeist sie mit einer Drehung von der Tanzfläche weg zu einer verspiegelten Seitentür gewirbelt.

»Aber ...?

»Schnell, schnell, kommen Sie!« Bevor Jeanne reagieren konnte, hatte er sie durch die Tür gezogen. Ein schmaler, mit Seidentapeten ausgekleideter Flur lag dahinter, und der Waldgeist griff Jeanne, die zu verblüfft war, um protestieren zu können, am Arm und lief eilig mit ihr eine schmale Treppe hinauf. Sie bogen um eine Ecke, wo er nach einigen Schritten eine Tür öffnete und Jeanne mit einer Verbeugung hineinschob.

»Aber was soll das denn?« Sie drehte sich zu ihm herum, doch er war schon wieder verschwunden und hatte die Tür hinter sich geschlossen.

Sie sah sich um. Der Raum, in dem sie sich befand, war nicht besonders groß. Es war ein luxuriös eingerichteter, intimer kleiner Salon, in dem sich einige elegante Sessel und ein Kanapee befanden. Auf dem Boden lagen wertvolle Teppiche, und im Kamin brannte ein Feuer. Sie trat an das Fenster. Ihre Maske drückte, und sie streifte ihren rechten Handschuh ab, um sie abzunehmen.

Fasziniert sah sie nach draußen. Bis zum Horizont konnte

man von hier aus den großen erleuchteten Park des Schlosses überblicken, dessen lange gerade Alleen von Fackeln erhellt wurden. Es war überwältigend.

»Gefällt Ihnen der Ausblick?«

Jeanne fuhr herum.

Er war lautlos durch eine in der Wandtapete verborgene Tür getreten. Langsam zog der König seine Maske vom Kopf.

Jeanne blickte ihn gebannt an. Er stand nur wenige Meter vor ihr, und zum ersten Mal sah sie sein Gesicht in aller Deutlichkeit – die dunklen Augen unter den hohen Brauen, die markanten Wangenknochen und den Mund, dessen schmal geschwungene Oberlippe ihm einen spöttischen, ein wenig hochmütigen Zug verlieh. Er war Mitte dreißig und ohne Frage ein gut aussehender Mann. Zu gut aussehend, dachte sie in einem Anflug von Nervosität, als sie seine aufrechte Haltung und die breiten Schultern wahrnahm. Jede Frau hätte sich unweigerlich zu ihm hingezogen gefühlt, selbst wenn er nicht der König gewesen wäre.

Langsam kam er auf sie zu. Eine beängstigende Präsenz ging von ihm aus. In seinem Blick, seiner Haltung, seinen Gesten lag eine unabdingbare Autorität. Gleichzeitig jedoch entdeckte sie in seinen Augen einen Ausdruck der Nachdenklichkeit, der ihm etwas unerwartet Verletzliches gab, das sie erstaunte.

Er blieb dicht vor ihr stehen.

»Bei Gott, Madame, ohne Maske sind Sie noch schöner«, murmelte er und zog ihre rechte Hand, dessen Handschuh sie ausgezogen hatte, zu seinem Mund. Seine Lippen berührten die Innenseite ihres Handgelenks und streiften sanft die Haut ihres Unterarms entlang. Ein Schauer überlief Jeanne, und ihr Atem ging unwillkürlich schneller.

Ohne ihr Handgelenk loszulassen, zog er sie an sich.

Überrascht von der Erregung, die sie auf einmal ergriff, und dem Wunsch, von ihm geküsst zu werden, schloss sie die Augen. Sie wusste, dass sie in dieser Nacht alle Vorsicht und Ratschläge in den Wind schlagen würde.

Langsam näherte er sein Gesicht dem ihren, und sie glaubte seinen Mund schon auf ihren Lippen zu spüren, als er sie auf einmal völlig unerwartet wieder losließ und einen Schritt von ihr zurücktrat.

Verwirrt sah sie ihn an.

Sein Gesichtsausdruck hatte sich mit einem Schlag verändert. Mit kaltem Spott musterte er sie. »Nun, Madame, wollen Sie mir nicht verraten, warum Sie heute Abend gekommen sind? Hoffen Sie auch, wie alle anderen Damen im Saal, die neue Mätresse des Königs von Frankreich zu werden?«

Die abschätzige Arroganz in seinem Tonfall traf Jeanne wie eine Ohrfeige. Für den Bruchteil einer Sekunde zuckte sie zusammen, doch dann gewann sie ihre Beherrschung zurück.

»Euer Majestät vergessen sich«, erwiderte sie kühl. Sie griff hastig nach ihrem Handschuh und ihrer Maske und wollte an ihm vorbei, doch er stellte sich ihr in den Weg.

»Ich hab Ihnen nicht erlaubt, zu gehen!«

Sie blickte ihn aufgebracht an. Ihre Augen verdunkelten sich.

»Euer Majestät haben mich genug beleidigt!«, antwortete sie wutentbrannt, wich ihm aus und rauschte hocherhobenen Hauptes an ihm vorbei aus dem Salon. Sollte er sie doch in die Bastille werfen!

Verblüfft sah er ihr hinterher.

Ohne sich umzublicken, eilte Jeanne durch den Gang. Sie spürte, wie ihr die Tränen in die Augen stiegen, und streifte eilig ihre Maske über.

Sie fühlte sich verletzt und gedemütigt. Als sie mit dem König getanzt und ihm später gegenübergestanden hatte, hatte sie gemeint, eine Anziehungskraft, eine Art Zauber zwischen ihnen zu spüren. Die Weise, wie sie beide sich zusammen bewegt, wie er sie berührt und angesehen hatte – noch nie hatte ein Mann solche Gefühle in ihr ausgelöst. Und sie hatte tatsächlich geglaubt, dass es ihm ebenso ergangen wäre. Wie dumm, wie naiv sie doch war, dachte sie voller Bitterkeit.

Sie hörte Stimmen, die ihr von unterhalb der Treppe, die sie hinunterstürzte, entgegenkamen, und wischte sich hastig die Tränen, die unter ihrer Maske hervorrannen, aus dem Gesicht.

Zwei junge Frauen – eine Wassernymphe und ein weiblicher Musketier – liefen kichernd an ihr vorbei. Sie musterten sie neugierig. Jeanne floh weiter einen endlosen Gang entlang. Sie befürchtete schon, sich verlaufen zu haben, als sie am Ende endlich eine Tür entdeckte, durch die sie zurück in die Staatsgemächer und von dort aus zu der großen Treppe gelangte. Sie drängte sich zwischen den fröhlich feiernden Leuten hindurch, die ihr neugierig hinterhersahen, und hastete zum Schlosshof hinunter, wo nach wie vor ein reger Betrieb herrschte und sich noch immer Menschen, Garden und Kutschen drängten.

Mit einiger Mühe gelang es Jeanne, sich von einem Pagen einen Wagen herbeiwinken zu lassen. Erleichtert stieg sie in die Kutsche und ließ sich in den Sitz zurücksinken. Die Rufe und der Gesang des Volkes, das noch immer neugierig vor den Toren des Palastes ausharrte und dort inzwischen ausgelassen sein eigenes Fest zu feiern begonnen hatte, drangen zu ihr in den Wagen, als wollten sie sie verhöhnen. Jeanne starrte auf ihre Handschuhe. Wenn sie nur etwas schneller vorankommen würden, aber sie hatten noch nicht einmal den Hof durchquert!

Plötzlich blieb die Kutsche abrupt stehen. Der Verschlag wurde aufgerissen. In der Tür tauchte der Kopf eines Mannes auf, der sich im gleichen Moment mit einem eleganten Sprung zu ihr in den Wagen schwang und formvollendet verbeugte.

Sie sah ihn entgeistert an. Er war noch jung, vielleicht Ende zwanzig, und sie erkannte ihn an seinem Kostüm, obwohl er jetzt seine Maske abgelegt hatte und einen Degen trug. Es war der Waldgeist, der sie zum König gebracht hatte. Ihre Gesichtszüge gefroren.

»Madame, darf ich mich vorzustellen, ich bin Louis de

Noailles, Duc d'Ayen, Capitaine der Garden Seiner Majestät. Ich bin im Auftrag des Königs …«

»Ich glaube nicht, dass wir unsere Bekanntschaft vertiefen sollten, Monsieur!«, unterbrach Jeanne ihn kühl.

Er sah sie an. »Madame, Sie sind mit Recht empört, und deshalb bin ich hier, um Sie im Namen des Königs um Verzeihung zu bitten.«

Jeanne schwieg.

Der Duc d'Ayen griff in seine Rocktasche und überreichte ihr einen Umschlag. »Seine Majestät würde sich freuen, Sie auf dem Ball der Stadt Paris begrüßen zu dürfen.« Er neigte den Kopf zum Abschied, bevor er mit einem Sprung wieder nach draußen verschwunden war.

Langsam setzte sich die Kutsche wieder in Bewegung.

14

Le Normant de Tournehem tauschte einen kurzen enervierten Blick mit Pâris de Montmartel. Es war zum Verzweifeln. Mehr als ein paar einsilbige Antworten waren aus ihr einfach nicht herauszubekommen.

»Und Sie sagen, Sie haben mit ihm getanzt?«, versuchte er es noch einmal.

»Ja«, antwortete Jeanne kurz angebunden.

»Wie oft?«

»Einmal.«

»Und?«

»Er ist ein ausgezeichneter Tänzer.«

»Ich meine, hat er irgendetwas Persönliches zu Ihnen gesagt?«, fragte Le Normant de Tournehem ungeduldig.

»Er hat mir ein unverfängliches Kompliment über mein Aussehen gemacht.«

»Das war alles?«, insistierte nun auch Pâris de Montmartel ungläubig.

»Einer seiner Höflinge hat mir später in seinem Namen eine Einladung für den Ball der Stadt Paris übergeben«, gab Jeanne, die nicht die Absicht hatte, den beiden etwas über ihre Begegnung mit dem König in dem Separee zu berichten, knapp Auskunft. Sie spürte die fragenden Blicke der beiden auf sich und dachte einen Moment an das Paket, das sie am Vormittag durch einen Kurier erhalten hatte und in dem sich zu ihrem Erstaunen eine Rose und das schwarz-weiße Kostüm eines Dominos befunden hatte, doch sie schwieg.

Le Normant de Tournehem und Pâris de Montmartel bemühten sich, sich ihre Enttäuschung nicht anmerken zu lassen.

»Sie macht mir nicht den Eindruck, als wenn das Ganze gestern Abend besonders gut gelaufen wäre«, meinte Le Normant de Tournehem, als er mit dem Hofbankier wieder allein war.

»Nein«, stimmte ihm Pâris de Montmartel zu, der instinktiv spürte, dass Jeanne ihnen etwas verheimlichte. Er genehmigte sich eine Prise Schnupftabak. »Aber noch ist nichts verloren. Immerhin hat sie wenigstens eine Einladung für den Ball bekommen.«

Jeanne betrachtete nachdenklich den schwarz-weiß gewürfelten Stoff des Dominokostüms, das zusammen mit der Rose noch immer in dem geöffneten Karton neben ihrem Toilettentisch ruhte. Sie hatte ihre Zofe weggeschickt und war allein in ihrem Schlafgemach.

Sie fühlte sich noch immer aufgewühlt und durcheinander von ihrer Begegnung mit dem König. Eine schlaflose Nacht lag hinter ihr.

Noch nie war sie einem Mann begegnet, der sie so widersprüchlich behandelt hatte. Wie hatte sein Charme, seine Bewunderung für sie so schnell in diese verletzende Hochmütigkeit umschlagen können? Und dann kurz danach die Entschuldigung und das Billett für den Rathausball. Obwohl sie es ungern zugab, freute sie sich über die Einladung, doch gleichzeitig hatte sie Angst.

Warum wollte der König sie erneut sehen – weil ihm nach einem Abenteuer mit ihr war? Konnte eine Frau wie sie überhaupt mehr als nur ein unbedeutendes Verhältnis für ihn sein? Sie sah den König in Gedanken vor sich, und es verstärkte ihre Angst nur, als ihr bewusst wurde, wie sehr sie sich von ihm angezogen fühlte. So hatte sie noch nie empfunden.

Sie nahm nervös die Rose in die Hand und strich mit dem Zeigefinger vorsichtig über die spitzen Dornen.

Sie dachte an Charles. Er würde mindestens vier Wochen in der Provence bleiben, hatte Le Normant de Tournehem gesagt. Jeanne verspürte ihm gegenüber kein schlechtes Gewissen, doch sie wusste, dass er ihr bei all seiner schwerfälligen Gutmütigkeit niemals verzeihen würde, wenn sie ihn betrügen würde. Man musste nur an seine Reaktion denken, als der König ihr das Wildbret hatte schicken lassen! Sie seufzte, als ihr klar wurde, wie gefährlich – bei aller Unterstützung, die sie von ihrem Oheim und Pâris de Montmartel erhielt – das Spiel war, das sie da angefangen hatte zu spielen.

Als sie jedoch am nächsten Abend von der Kutsche abgeholt wurde, die sie zum Rathaus brachte, waren all ihre Ängste und Bedenken vergessen. Sie war aufgeregt wie ein junges Mädchen bei seinem ersten Ball. Sie, Jeanne-Antoinette d'Étiolles, hatte eine Verabredung mit dem König! Welche Frau konnte das schon von sich sagen?

Auf dem Platz des *Hôtel de Ville* drängten sich die Menschen. Auf der Treppe der Eingangshalle war es so voll, dass man den Eindruck hatte, halb Paris hätte sich hier versammelt. So weit man blicken konnte, reihten sich die Köpfe der bunt kostümierten Menschen aneinander.

»Verzeihung!« Zum wiederholten Male hatte sich Jeannes Rock verfangen. Beinah wäre sie gestolpert. Mit einem Ruck zerrte sie den ausladenden schwarz-weißen Stoff ihres Dominokostüms frei und kämpfte sich, eingekeilt zwischen den Schultern der Menschen, die nächste Stufe nach oben. Es war stickig und heiß, und sie konnte geradezu fühlen, wie sich die Frisur ihrer sorgfältig hochgesteckten und gepuderten Haare langsam, aber sicher aufzulösen begann.

Der Duc d'Ayen, der sie in der Kutsche abgeholt hatte und nun in seinem Harlekinskostüm neben ihr die Treppe hochstieg, versuchte immer wieder, mit seinem rechten Arm den Weg für sie freizukämpfen, doch gegen die Masse der Menschen war nichts auszurichten.

Jeanne atmete erleichtert auf, als sie nach den letzten Stufen endlich den Eingang des Ballsaals erreicht hatten. Laute Musik klang ihnen entgegen. Der Saal war zum Bersten voll, und mit Ausnahme einiger besonders angesehener Bürger und des Stadtherrn von Paris, die auf einer gesonderten Tribüne Platz genommen hatten, feierten die Gäste so ungezwungen und ausgelassen, dass Jeanne ungläubig stehen blieb.

Der gesunden Wangenfärbung nach zu urteilen, hatten sich die meisten Besucher ganz offensichtlich bereits einen ordentlichen Rausch angetrunken. Lautes Lachen und fröhliche Schreie durchbrachen die Musik, einige Leute plünderten hemmungslos die Büfetts und Weinschläuche, und die Tanzenden fassten sich statt an den Händen ganz ungeniert um die Taille. Einige Herren hatten sich in der Hitze zudem einfach ohne jeden Anstand ihrer Kopfbedeckungen und Perücken entledigt, die verwaist auf den Tischen herumlagen.

Entgeistert sah Jeanne auf das Treiben. Größer hätte der Unterschied zu dem Ball in Versailles nicht sein können – es ging zu wie auf einem lärmenden Volksfest. Sie wandte sich zum Duc d'Ayen. »Aber Seine Majestät kann doch unmöglich *hierher* kommen!«

Der Duc d'Ayen wollte gerade zu einer Antwort ansetzen, als sich hinter ihnen eine amüsierte Stimme zu Wort meldete.

»Und warum nicht? Man sagt, dass der König solche Feste liebt.«

Jeanne fuhr herum. Er stand direkt vor ihr, genauso groß und beeindruckend, wie sie ihn in den zwei schlaflosen Nächten, die hinter ihr lagen, vor sich gesehen hatte. Er trug einen schwarzen Dominoumhang. Sein breitkrempiger Hut mit der Feder beschattete geschickt einen Teil seines Gesichtes, ließ aber doch noch gut die dunkel glitzernden Augen hinter der schmalen Maske erkennen.

Sprachlos sah Jeanne ihn an. Er war tatsächlich gekommen. Sie sah, dass ihn nur ein einziger Mann begleitete – er war als orientalischer Krieger maskiert.

Ein leichtes Lächeln lag auf Louis' Lippen. Er ergriff Jeannes

Hand und zog sie mit sich hinter eine Säule. »Und, haben Madame mir verziehen?«, fragte er leise und sah sie an.

Zögernd nickte sie. Ohne den Blick von ihr abzuwenden, küsste er ihre Hand, und obwohl sie die Kühle der Säulenwand an ihrem Rücken spürte, wurde ihr plötzlich heiß, als er sich zu ihr herunterbeugte und sein Oberkörper sie streifte.

»Ich freue mich, dass Sie gekommen sind«, murmelte er rau. Sanft strich er ihr über die Wange. Sein Gesicht berührte sie fast, als eine Gruppe übermütiger Ballgäste an ihnen vorbeitanzte. Ein rotwangiger Räuberhauptmann aus ihrer Mitte versetzte dem König einen plumpen, unsanften Schlag auf die Schulter. »Geknutscht wird später, jetzt wird getanzt!«, schrie er ausgelassen. Er griff Louis am Ärmel und wollte ihn mit sich ziehen. Jeanne erstarrte.

Für einen kurzen Moment glitt ein finsterer, ungehaltener Ausdruck über das konsternierte Gesicht des Königs, doch dann hellte sich seine Miene genauso schnell wieder auf. Er schmunzelte. »Der gute Mann hat recht.« Er ergriff ihre Hand. »Wenn Sie erlauben, Madame …«

Der Duc d'Ayen wandte sich zu dem orientalischen Krieger, hinter dessen Maske sich niemand anderes als der Duc de Richelieu persönlich verbarg. »Ich sage Ihnen, diese Leidenschaft Seiner Majestät, sich inkognito unters Volk zu mischen, wird mich noch ins Grab bringen!« Er seufzte, während er wachsam die Tanzfläche mit dem König und Jeanne im Blickfeld behielt.

Richelieu nickte, ohne sich seine Überraschung anmerken zu lassen. Er hatte nicht gewusst, dass der König hier auf dem Ball verabredet war. Nachdenklich beobachtete er ihn und seine unbekannte Begleiterin beim Tanzen. Sie waren beide als Domino kostümiert, was hieß, dass es eine Absprache zwischen den beiden gegeben haben musste, überlegte er. Er betrachtete die Bewegungen der Frau. Genau wie der König hatte sie sich bewundernswert gut an die schwungvolle einfache Art der anderen Tanzenden angepasst. Trotz ihrer Anmut sah man jedoch, dass sie nicht vom Hof kam. Ihren Bewegungen fehlten die edle Stilisierung und das Artifizielle, das die Damen in Versailles auszeichnete. Irgendetwas an ihr kam ihm dennoch bekannt vor. Ein Verdacht keimte in ihm auf. Er wandte sich zu dem Duc d'Ayen. »Und, wer ist sie?«, fragte er beiläufig mit einer Kopfbewegung zur Tanzfläche.

Der Duc d'Ayen zuckte die Achseln. »Madame d'Étiolles, die Gattin irgendeines Steuerpächters!«

Der Duc de Richelieu blickte ihn verblüfft an. »*D'Étiolles?* Die Kleine, die den Comte de Maurepas bei der Jagd so bloßgestellt hat?«

Der Duc d'Ayen nickte.

»Sieh einmal an!«, rief Richelieu aus und lachte.

Der Mund des Duc d'Ayen verzog sich ironisch. »Ich bitte Sie, Monsieur de Richelieu! Ich hoffe doch, dass Sie dieses eine Mal noch nicht vor dem König das Vergnügen hatten!«

Der schnelle Rhythmus der Musik hatte etwas Berauschendes, und Jeanne genoss es, wie der Rock ihres Kleides bei jeder Drehung um sie herumwirbelte. Der König war ein ausgezeichneter Tänzer. Dem Beispiel der anderen folgend, hatte er seine Hand einfach um ihre Taille gelegt und führte sie gekonnt über das Parkett, auf dem es so voll war, dass sie immer wieder gegen andere Paare stießen.

»Oh!« Ein helles Lachen entschlüpfte Jeannes Kehle, als sie in dem allgemeinen Durcheinander gegen eine der Statuen im Saal gedrängt wurden und sie sah, dass das in Marmor gemeißelte Gesicht, welches dort mit hoheitsvoller Miene leicht wankend auf sie herabschaute, das Abbild des Königs war.

Der Griff um ihre Taille verstärkte sich. Louis blickte sie mit gespielter Strenge an. »Wagen Sie es etwa, sich über Seine Majestät lustig zu machen, Madame?«

»Nichts läge mir ferner. Seid versichert, dass ich seine ergebenste Untertanin bin«, erwiderte Jeanne ernst, doch ihre Augen funkelten übermütig.

Louis lachte und zog sie dann wieder auf die Tanzfläche. Sie bemerkte, dass sein Blick die ganze Zeit unverwandt auf sie gerichtet war, und lächelte ihn an. Er neigte sich zu ihr, bis sein Mund beinah ihr Ohr berührte. »Sie sind überaus bezaubernd, Madame«, sagte er mit dunkler Stimme, und ihr Herz klopfte, als sie ihm in die Augen blickte und sie sich wieder der fast unerträglichen Spannung bewusst wurde, die zwischen ihnen herrschte. Aufgewühlt nahm sie jede Berührung von ihm wahr.

Sie hatten einige Drehungen gemacht, als sie in der Menge gegen einen als Sonne kostümierten Herrn gedrängt wurden, der sich schwungvoll über die Tanzfläche bewegte. Eh sie sich versahen, verfing sich die ausladende mit Strahlen geschmückte Kopfbedeckung des Mannes in der Hutkrempe des Königs und riss ihn mit sich. Louis, der gerade noch seine Perücke festhalten konnte, blieb verblüfft stehen, ohne zu merken, dass sich bei diesem Manöver auch seine Augenmaske gelöst hatte.

»O Pardon!« Der Mann, der sah, was er da mit sich gewirbelt hatte, war stehen geblieben, um den Hut wieder freizugeben. Seine Tanzpartnerin, ein dickes, in rosa Tüll gehülltes Burgfräulein, kicherte.

Der Mann wollte Louis die Kopfbedeckung zurückreichen – und stutzte, als er dessen Gesicht sah. Verwirrt kratzte er sich am Kopf.

Das Burgfräulein war schneller. Fassungslos sah sie von Louis zu der Marmorstatue, die ihm wie aus dem Gesicht geschnitten war – und dann wieder zu Louis. Sie schnappte nach Luft. Ihr spitzer Hut wankte. »Aber, das ist ja – der König!« Ihre schrille Stimme überschlug sich fast.

Die Menschen drehten sich ungläubig herum.

Wie aus dem Nichts tauchten der Duc d'Ayen und der Duc de Richelieu neben dem König auf. »Eine frappierende Ähnlichkeit, nicht wahr? Aber Sie glauben doch nicht im Ernst, dass Seine Majestät hier tanzen würde?«, meinte der Duc d'Ayen vorwitzig und stieß ein gekonnt ungläubiges Lachen aus, das keinen Zweifel daran ließ, wie unsinnig eine solche Annahme war. Doch das Burgfräulein, das einer Ohnmacht nahe war, beachtete ihn gar nicht. Wie alle Umstehenden starrte sie den König in seinem Dominokostüm an, unfähig zu entscheiden, ob sie wirklich glauben sollte, was sie dort sah.

Der Duc d'Ayen wechselte einen schnellen Blick mit Richelieu. Unauffällig öffneten die beiden Männer ihre Umhänge.

Die Musik des Orchesters war verstummt, und es war plötzlich still.

Eine schlagartige Verwandlung ging mit Louis vor, als er die Blicke so auf sich gerichtet spürte. Mit hocherhobenem Kinn blickte er stolz und hochmütig zu der Menge. Wenn es noch irgendeinen Zweifel gegeben hatte, *wer* er war – in diesem Moment war er endgültig beseitigt.

Ein Mann wankte mit bleichem Gesicht auf den König zu und fiel vor ihm auf die Knie. »Euer Majestät«, stammelte er und wollte ihm die Füße küssen, doch da berührte ihn schon die glänzende Spitze eines Degens.

»Keinen Schritt weiter, Monsieur«, sagte der Duc d'Ayen kalt und ehrfurchtgebietend. Der Mann wich entgeistert zurück.

»Macht Platz für den König!« D'Ayen ließ seinen Degen mit einer schnellen Bewegung in einem weiten Halbkreis um den König herumschwirren, sodass die Menschen raunend zurückwichen.

»Schnell, bringen Sie ihn hier raus, ich halte die Leute in Schach!«, zischte er Richelieu leise zu. »Platz für den König, habe ich gesagt!«, rief er erneut laut und trat einen weiteren Schritt nach vorne, um die Menge zurückzudrängen.

»Euer Majestät … bitte!« Richelieus Tonfall war die Besorgnis deutlich anzuhören. Er hatte Jeanne am Arm hinter sich gezogen. Louis nickte ungerührt und schritt hocherhobenen Hauptes durch die Menschenmenge, die vor ihm in einem Spalier zurückwich wie vor einem Gespenst.

Vorbei an ungläubig geweiteten Augen und offenen Mündern liefen sie zum Ausgang. Einer alten Frau rannen die Tränen über die Wangen. Alle schienen wie betäubt zu sein, doch es war nur eine Frage der Zeit, bis sie begreifen würden, dass es wirklich der König war, der dort vor ihnen stand, dachte Jeanne voller Angst. Sie erinnerte sich plötzlich an die Osterprozession, die sie als Kind mit Abel gesehen hatte – an die entrückten Gesichter, die schreienden Menschen und die Welle der Hysterie, die die Menge beim Anblick ihres Herrschers ergriffen hatte.

Sie hatten schon fast die Tür erreicht, als Jeanne spürte, wie eine unmerkliche Bewegung durch den Saal ging. Schreie wurden hörbar.

»Louis!«

»*Vive le Roi!* Es lebe der König!«

»Euer Majestät, schnell!«, stieß Richelieu atemlos hervor.

Einige Garden hatten es geschafft, sich zu ihnen durchzukämpfen, und kamen ihnen zu Hilfe, um die Menschen aufzuhalten, die sich auf sie zubewegen wollten.

Endlich hatten sie die Treppe erreicht. Sie liefen die Stufen hinunter. Jeanne spürte Louis' Arm um ihre Schulter und sah zu ihrem Erstaunen, dass der König keineswegs besorgt war, sondern eher amüsiert, ja beinahe erheitert wirkte.

Sie raffte ihren Rock, um schneller laufen zu können, als sie über den mit Menschen und Kutschen gefüllten Rathausplatz eilten. Die Leute starrten sie an.

Der Duc de Richelieu riss den Verschlag einer Mietdroschke auf. »Losfahren! Sofort!«, befahl er dem Kutscher.

Eine Hand zog Jeanne in den Wagen.

Mit einem jungenhaften Lachen ließ sich der König ihr gegenüber auf den Sitz fallen. »Bei Gott, was habe ich mich lange nicht mehr so amüsiert!«, rief er aus und sah Jeanne an. Fasziniert musterte er die weiße Haut ihres Dekolletés, das vom schnellen Laufen noch bebte, und ihre erhitzten Wangen.

Das Rot auf ihrem Gesicht vertiefte sich, als sie seinen Blick spürte.

Richelieu, der neben dem König saß, beobachtete sie. Jeanne ignorierte seinen anzüglichen Gesichtsausdruck. In der Aufregung hatte sie ihren Schreck darüber, dass sich ausgerechnet Richelieu hinter der Maske des orientalischen Kriegers verbarg, fast vergessen. Wusste der Himmel, warum gerade er den König heute Nacht begleiten musste.

In diesem Moment wurde der Verschlag der Kutsche aufgerissen, und der Duc d'Ayen schwang sich in das fahrende Gefährt.

Er schenkte dem König einen vorwurfsvollen Blick, während er sich erschöpft in die Polster sinken ließ. »Bei meiner Seele, als Capitaine Eurer Garden ist das Risiko Eurer Unternehmungen wirklich nicht mehr länger zu verantworten, Euer Majestät. Die Leute waren ja völlig von Sinnen.«

In den Straßen von Paris tobte das Leben. Überall waren die Musik, das Lachen, die Schreie und der Gesang von feiernden und angetrunkenen Menschen zu hören. In den von Fackeln und Laternen erleuchteten Straßen und Gassen drängten sich Fiaker, Droschken, mehrspännige Equipagen und Sänften.

Die Kutsche des Königs, die in eine schmale Gasse gebogen war, kam nur noch im Schritttempo vorwärts. Der Duc d'Ayen blickte kopfschüttelnd nach draußen. »Die ganze Stadt ist verstopft.«

Auf dem Gesicht des Königs machte sich ein gelangweilter Ausdruck breit. »Bei Gott, gebt dem Kutscher einen Louisdor, dann wird es schon schneller gehen.«

»Verzeiht, Euer Majestät, aber wenn wir ihm einen Louisdor gäben, wüsste er sofort, wer Ihr seid – denn das wäre ungefähr sein Jahresverdienst«, bemerkte der Duc de Richelieu trocken.

Plötzlich hörte man draußen – einige Meter vor ihnen – ein entsetzliches Krachen, gefolgt von Peitschenknallen, Pferdewiehern und aufgebrachten Schreien.

Der Duc d'Ayen zerrte an dem Fenster der Droschke, das

sich schließlich mit einem Quietschen nach oben schieben ließ, und steckte seinen Kopf hinaus.

»Ein Unfall?«, fragte Richelieu.

»Ja, zwei Droschken, die zusammengestoßen sind«, erwiderte der Duc d'Ayen. »Und die Gasse ist so eng, dass man weder vor noch zurück kommt – es wird eine Weile dauern, bis wir weiterkommen.«

Richelieu seufzte. »Das hat uns gerade noch gefehlt.«

»Dann werden wir eben aussteigen und eine andere Kutsche nehmen«, verkündete der König.

»Aber in der ganzen Stadt ist kein Durchkommen, Euer Majestät! Wir können schließlich nicht zu Fuß gehen«, gab der Duc d'Ayen zu bedenken. »Ich fürchte, uns bleibt keine andere Wahl, als zu warten. Vor Morgengrauen werden wir nicht nach Versailles zurückkommen.«

Louis' Gesicht nahm einen zunehmend verärgerten Ausdruck an. Er war es nicht gewohnt, zu warten. »Nun, ich gedenke jedenfalls nicht, in dieser Kutsche sitzen zu bleiben.«

»Aber Euer Majestät!«

»Monsieur d'Ayen hat recht«, kam der Duc de Richelieu dem Capitaine der Garden zu Hilfe. »Wir müssen warten. Wenn das Hindernis hier aus dem Weg geräumt ist, könnten wir versuchen, zum Tuilerienschloss durchzukommen, und dort bis zum Morgengrauen bleiben, bis wir nach Versailles zurückfahren. Aber Euer Majestät kann jetzt nicht einfach zu Fuß durch die Stadt gehen, das wäre viel zu gefährlich.«

»Selbstverständlich kann ich!«, widersprach Louis herablassend. »Außerdem nehme ich doch an, dass Paris groß genug ist, um an irgendeinem angenehmeren Ort als dieser Droschke die Zeit bis zum Morgen zu verbringen!«

Der Duc d'Ayen blickte ihn beschwörend an. »Euer Majestät, ich bitte Euch …«

Jeanne, die aus dem Fenster gesehen hatte, wandte sich auf einmal unsicher an den König. »Verzeiht, Euer Majestät, auch wenn es Eurer sicher nicht würdig ist, aber das Stadthaus meines Onkels befindet sich ganz in der Nähe …«

D'Ayen und Richelieu sahen sie ungläubig an. »Sehr freundlich von Ihnen«, fiel ihr der Duc d'Ayen ins Wort, »aber Sie werden sicherlich verstehen, dass Seine Majestät nicht einfach in *irgendein Haus* einkehren kann!«

Eine Handbewegung des Königs brachte ihn zum Schweigen. »Warum nicht? Das scheint mir eine weitaus vernünftigere Idee, als hier weiter in dieser Kutsche zu verharren«, entgegnete er in einem Tonfall, der keinen Widerspruch duldete. Er streckte die Hand aus. »Ihre Maske bitte, Monsieur de Richelieu!«

Der Duc reichte sie ihm eilig, während der König schon Anstalten machte, auszusteigen.

Im nächsten Augenblick standen sie draußen auf dem Pflaster und liefen zwischen den feiernden Menschen die Straße entlang.

Arnaud, der Diener, öffnete ihnen im Hausmantel mit verschlafenem Gesicht die Tür. Verwirrt sah er von Jeanne zu ihren drei kostümierten Begleitern.

»Oh, guten Abend, Madame d'Étiolles. Monsieur Le Normant de Tournehem ist zurzeit nicht in Paris«, erklärte er, als sie in die Eingangshalle getreten waren.

»Ich weiß«, nickte sie und öffnete ihren schwarz-weißen Umhang. »Wir werden heute Nacht hierbleiben. In der Stadt ist kein Durchkommen mehr.« Sie wies auf den Duc de Richelieu und den Duc d'Ayen. »Richten Sie für die Herren bitte die Gästegemächer für heute Nacht her und für … Monsieur die Gemächer meines Onkels.«

Arnaud nickte höflich. Ein anderer Lakai tauchte auf, um ihnen die Umhänge abzunehmen.

Der Duc d'Ayen trennte sich nur zögernd von seinem Mantel. Er beugte sich zu Richelieu. »Unglaublich! Ins Haus eines Bourgeois? Das kann er doch nicht wirklich im Ernst meinen?«, stieß er leise hervor.

Richelieu lächelte süffisant. »Für die Zeit, die es kosten wird, schon! Oder glauben Sie vielleicht, er wird dieses Haus verlassen, ohne ihre Unterröcke gesehen zu haben? Mein Gott, dann kennen Sie ihn aber schlecht!«

Arnaud kam mit einer höflichen Verbeugung auf sie zu. »Wenn die Herren mir bitte folgen würden!«

Die Gemächer von Le Normant de Tournehem waren die schönsten und luxuriösesten im Haus – ein großzügiger Schlafraum, ein *Antichambre* und eine kleine Bibliothek –, alles mit kostbarem Inventar und teuren Stoffen eingerichtet. Die goldbeschlagenen Möbel mit ihren Intarsienarbeiten hatte Jeanne immer besonders elegant und stilvoll gefunden, doch in Gegenwart des Königs kam ihr das alles auf einmal armselig und unwürdig vor.

Louis, der noch immer seinen Umhang und die Maske trug, ließ seinen Blick neugierig durch das *Antichambre* streifen, während ein Lakai ein Tablett mit Früchten und Wein abstellte.

Jeanne fühlte sich nervös und befangen. Sie musste es irgendwie zustande bringen, so schnell wie möglich wieder aus dem Raum zu kommen. Auf keinen Fall durfte es so wirken, als wenn sie sich dem König anbot. Sie schalt sich selbst, dass sie überhaupt in diese Lage geraten war. Auch wenn es ihr niemand glauben würde, aber als sie in der Kutsche saßen, hatte sie tatsächlich nur an die drohende Gefahr gedacht, dass der König noch einmal erkannt werden könnte. Wie eindeutig die Einladung in das Haus ihres Onkels wirkte, war ihr erst bewusst geworden, als sie schon hier gewesen waren.

Jeanne wartete nervös, bis der Lakai wieder den Raum verlassen hatte, und verbeugte sich. »Wenn Euer Majestät mich dann entschuldigen …«

Louis, der seinen Umhang und seine Maske abgelegt hatte, drehte sich zu ihr und sah sie an. Sein durchdringender Blick ließ sie zurückweichen.

»Nein, kommen Sie her«, sagte er leise.

Ihr Herz schlug schneller. Sie blickte ihn wie gebannt an

und blieb stehen, obwohl sie wusste, dass es ein Fehler war. Sie erinnerte sich auf einmal an die Worte von Pâris de Montmartel: »*Es gibt viele Frauen, mit denen der König eine Nacht verbracht hat und an deren Namen er sich wahrscheinlich schon am nächsten Morgen nicht mehr erinnern konnte. Wenn Sie mehr als das wollen, müssen Sie ihn hinhalten. Geben Sie seinem Drängen auf keinen Fall zu früh nach – sonst verspielen Sie den einzigen Trumpf, den Sie haben.*« Überflüssige Worte, hatte sie gedacht, denn sie hatte keineswegs die Absicht, es ihm leicht zu machen. Doch das war gewesen, bevor sie Louis persönlich gegenübergestanden hatte, bevor seine Blicke und seine eigentümlich raue Stimme eine Unsicherheit in ihr auslösten, wie sie sie noch nie erlebt hatte – und das nicht, weil er der König von Frankreich war.

Mit einem Schritt war er bei ihr und zog sie an sich. Sie wollte sich losmachen, doch er hielt sie einfach fest. »Verzeihen Sie mir, dass ich Ihre Gastfreundschaft so missbrauche, aber seit dem Maskenball denke ich nur noch an Sie.«

»Sire, ich …« Aber im selben Moment suchten seine Lippen schon die ihren und erstickten jeden Einwand. Es lag etwas Leidenschaftliches und Forderndes in seinem Kuss, das ihr den Atem raubte und jeden Widerstand von ihr zum Schmelzen brachte. Vergeblich versuchte sie sich gegen die Gefühle zu wehren, die seine Berührungen in ihr auslösten. Gegen jede Vernunft schlang sie schließlich die Arme um ihn und erwiderte seinen Kuss.

Seine Lippen lösten sich von ihrem Mund, küssten ihren Hals und streiften sanft die Linie ihrer nackten Schultern entlang, hinunter bis zu der kleinen Mulde zwischen ihren Schlüsselbeinen. Ein brennendes Verlangen durchzog sie, als sein warmer Atem über ihr Dekolleté strich und er begann, die Bänder ihrer Korsage zu öffnen.

Sie spürte seinen Körper, der sich erregt an den ihren presste, und bog mit einem leisen Stöhnen den Kopf nach hinten. Seine Hand glitt zu ihrem Nacken, und er zog mit einem Griff die Elfenbeinnadeln aus ihrer Frisur, sodass ihr langes kastanienbraunes Haar in weichen Wellen über ihre nackte Haut nach unten fiel.

Wortlos sah er sie für einen kurzen Augenblick mit seinen dunklen Augen an. Dann hob er sie ohne jede Mühe hoch und trug sie zum Bett, wo er die Schnüre ihres Rockes löste und dann selbst sein Hemd abstreifte.

Der Schein der Kerzen verlieh seiner ebenmäßigen Haut einen bronzefarbenen Schimmer. Anders als Charles war sein Körper fest und muskulös – man sah ihm an, dass er die Bewegung liebte. Eine unbändige Lebenskraft, eine pulsierende Energie ging von ihm aus, von der sie sich, mehr noch als von seiner Attraktivität, unwiderstehlich angezogen fühlte.

Sie strich über das Spiel seiner Muskeln und Sehnen, über seine warme Haut und erschauerte, als er sich über ihr abstützte und sein Mund von ihren Brüsten zu ihrem Bauch und weiter nach unten zu ihrem Schoß glitt, seine Hände über die Innenseite ihrer Oberschenkel strichen. Als er endlich in sie eindrang, stöhnte sie vor Lust auf.

Sanft, fast quälend langsam begann Louis sich zu bewegen, sodass sie glaubte, die Erregung kaum aushalten zu können, und die Augen schloss.

»Nein, schauen Sie mich an, schauen Sie mich an, Jeanne!«

Sein Atem ging schnell. Sie sah ihn an. Schweiß perlte auf seiner Haut, während seine Bewegungen immer leidenschaftlicher wurden und sich ihre Körper schließlich in einem fiebrigen erregten Rausch aneinanderklammerten, in die Haut des anderen eintauchten, ihren Geschmack kosteten und eins wurden – bis die Zeit für einen Moment stillzustehen schien und alles in einem Meer lustvoller Empfindungen explodierte.

Das Feuer im Ofen war fast heruntergebrannt, nur ein ziegelsteingroßer Rest der verkohlten Scheite glomm im rötlichen Schein mit leisem Knistern vor sich hin. Draußen war es noch dunkel.

Ermattet öffnete sie die Augen. Ihre Lippen brannten, und ihr Körper schien noch immer zu glühen. Für einen Moment wusste sie nicht, wo sie war. Dann fiel ihr alles wieder ein. Der König. Mit einem Lächeln drehte sie sich um – doch das zerwühlte Bett neben ihr war leer. Sie war allein. Jeanne verspürte einen Stich. Nein, das konnte nicht sein!

Voller Angst suchte sie das halbdunkle Zimmer nach irgendeinem Anzeichen ab, dass sie sich täuschte, dass er nicht gegangen war, diese eine Nacht nicht alles war, was er gewollt hatte. Da erst bemerkte sie, dass die Tür zur Bibliothek nur angelehnt war. Sie atmete auf.

Sie griff nach dem seidenen Morgenmantel ihres Oheims, der neben dem Bett lag, und warf ihn über. Der Saum schleifte auf dem Boden, als sie mit nackten Füßen zur Bibliothek ging.

Louis stand an dem hohen Erkerfenster und starrte nach draußen, von wo man noch immer das Lachen und den Gesang der feiernden Menschen hörte.

Es war etwas in seiner Haltung, wie er dort mit nacktem Oberkörper am Fenster stand, das sie unwillkürlich innehalten ließ. *Einsamkeit* – schoss es ihr durch den Kopf, und sie verspürte den drängenden Wunsch, ihn einfach in die Arme zu nehmen, doch sie blieb stehen.

Eine Bewegung seines Kopfes zeigte, dass er sie bemerkt hatte. »Manchmal beneide ich diese Menschen …«, sagte er mit entrückter Stimme, ohne sich zu Jeanne zu drehen. Sein Blick ging zu der Kapelle, die auf der anderen Straßenseite lag. Die dunklen Schatten der Kreuze eines Friedhofs waren dahinter zu sehen.

»Denken Sie manchmal an den Tod?«, fragte er sie unvermittelt. Sie trat zu ihm.

Der morbide Ausdruck, der auf seinem Gesicht lag, erschreckte sie. Zögernd sah sie ihn an.

Sie musste an ihre kranke Mutter denken, an die Momente, in denen ihr manchmal selbst alles so sinnlos erschien angesichts der Endgültigkeit von allem.

»Ja«, antwortete sie schließlich leise.

Louis betrachtete mit versteinertem Gesichtsausdruck die Kreuze des Friedhofs.

»Wir sind dazu verdammt, dass wir immer nur verlieren können«, sagte er mit düsterer, prophetischer Stimme.

»Nein, nicht nur …«

Er sah sie erstaunt an, als sie mit ernstem Ausdruck die Arme um ihn schlang. »Mich, mich habt Ihr gerade erst gewonnen«, flüsterte sie.

Sein Blick glitt von ihrem Gesicht zu dem viel zu großen Morgenmantel. Ein dunkles Brennen lag in seinen Augen, als er sie fast verzweifelt an sich riss und das Kleidungsstück mit einem Ruck von ihren Schultern zog.

15

Der Spiegelsaal füllte sich langsam mit Höflingen. Draußen war gerade erst die Sonne aufgegangen, doch die Zeremonie des königlichen Aufstehens, das *Lever*, war für neun Uhr angesetzt, und so befand sich der ganze Hofstaat schon seit Stunden auf den Beinen. Wolken von Parfüm schwebten durch die Galerie, Absätze klackerten über das Parkett, und Roben raschelten, während die ersten Sonnenstrahlen durch den Himmel brachen.

Ein wisperndes Flüstern und Tuscheln war zwischen den Höflingen zu hören. Sie alle beschäftigte zu dieser frühen Stunde nur eine Frage. Wer würde heute wohl die Ehre haben, zum *Lever* des Königs zugelassen zu werden? Nichts gab so viel Aufschluss darüber, wessen Stern in Versailles gerade am Auf- oder Untergehen war, um wessen Freundschaft und Bekanntschaft man sich bemühen und wessen Nähe man künftig lieber meiden sollte. Die Zulassung zu der morgendlichen Zeremonie war ein ungeheures Privileg, ein Gunstbeweis Seiner Majestät, der zeigte, wer gerade Macht und Einfluss am Hof besaß. Umgekehrt war selbst der höchste Rang und Titel zur vernichtenden Bedeutungslosigkeit verdammt, wenn der König die Anwesenheit eines Höflings hierbei nicht mehr wünschte.

Zumindest darum musste sich der Comte de Maurepas jedoch keine Gedanken machen. Ihn quälten andere Sorgen, als er jetzt mit schnellen Schritten durch die Galerie in Richtung der königlichen Gemächer strebte. Auf seinen feinen, scharf geschnittenen Gesichtszügen lag ein ungewöhnlich nachdenklicher Ausdruck. Er sann darüber nach, was ihm der Polizeioberleutnant aus Paris soeben bei seiner Morgentoilette berichtet hatte: Der König sei inkognito auf dem Ball im *Hôtel de Ville* gewesen – zusammen mit d'Ayen und Richelieu. Im Grunde nichts Ungewöhnliches – Louis pflegte sich des Öfteren unerkannt unter das Volk zu mischen –, das Besondere jedoch war die Begleitung Seiner Majestät gewesen, eine junge Frau, die nicht vom Hof stammte und mit der er die ganze Nacht getanzt hatte. Zu Maurepas' Ärger hatten die Agenten leider nicht ihren Namen feststellen können.

Er verlangsamte seinen Schritt, denn vor dem *Antichambre* der königlichen Gemächer drängte sich eine Ansammlung von Höflingen. Ein Gehilfe des Zeremonienmeisters trat mit einer Liste vor die Tür. »Monsieur de Broglie, Monsieur de Machault d'Arnouville, Monsieur de Croÿ – Seine Majestät hat Sie zur *Seconde Entrée* zugelassen … Monsieur de Stainville, Monsieur de Tavanne – Seine Majestät bittet Sie zur *Troisième Entrée!*«

Neidvolle Blicke folgten den Glücklichen, die die Tür zum Vorzimmer der königlichen Gemächer passierten. Der Comte de Maurepas schob sich durch die Menschenmenge durch und folgte ihnen.

Die Höflinge wichen zur Seite, als sie den Minister erkannten. Auch wenn er nur den Titel eines Comte trug – seine jahrelange Tätigkeit im Staatsrat des Königs ließ ihn einen weitaus höheren Rang einnehmen. Auch die Wachen gaben augenblicklich den Weg frei. Im Gegensatz zu vielen anderen musste der Comte de Maurepas keinen Passierschein vorzeigen.

Im *Antichambre* war es kaum weniger voll als im Spiegelsaal. Ein weiterer Gehilfe des Zeremonienmeisters ordnete die Leute leise nach ihrem Rang.

Maurepas begrüßte mit einem Nicken die anderen Höflinge. Während er auf den Beginn des *Lever* wartete, ging ihm noch immer nicht das nächtliche Abenteuer des Königs aus dem Kopf. Er musterte die goldenen Verzierungen der weißen Wandtäfelungen. Wahrscheinlich handelte es sich bei dem nächtlichen Ausflug nur um eine der belanglosen Vergnügungen, die sich Seine Majestät immer wieder gönnte. Sonst hätte er sich wohl kaum mit dieser Frau auf dem Ball im Rathaus getroffen. Dennoch – er wollte, dass man den Namen von ihr in Erfahrung brachte. Die langen Jahre, die er jetzt schon im Dienst des Königs stand, hatten ihn schmerzhaft gelehrt, wie wichtig es sein konnte, selbst über noch so unbedeutende Details im Leben des Herrschers informiert zu sein.

Er zog seine Taschenuhr hervor. Bereits ein Viertel nach neun! Seine Majestät ließ heute wahrlich auf sich warten.

Im königlichen Schlafgemach öffnete sich währenddessen eine hinter einem purpurgoldenen Vorhang versteckte Seitentür, und der König schlüpfte in seinem Dominokostüm hastig in den Raum.

Le Bel blickte ihn erleichtert an. »Euer Majestät! Gott sei Dank!«, rief er und verbeugte sich tief.

»Schon gut«, der König winkte ab. Für Respektsbekundungen war jetzt keine Zeit.

Eilig entledigte er sich seiner Schuhe und stieg in das Himmelbett. Le Bel zog geschwind die goldbestickten Brokatvorhänge hinter ihm zu.

Die Hand des Königs tauchte noch einmal zwischen den schweren Stoffbahnen auf und ließ das Dominokostüm auf den Boden fallen, das Le Bel samt den Schuhen rasch aufsammelte und einem herbeigeeilten Pagen in die Arme drückte.

»Wir können dann beginnen.« Louis' Stimme klang dumpf durch die Vorhänge.

»Sehr wohl, Euer Majestät.«

Der König sank in die Kissen zurück, während Le Bel einen umsichtigen Blick durch das prunkvolle Schlafgemach mit seinen vergoldeten Pilastern und dem üppigen goldenen Stuck schweifen ließ, ob alles in Ordnung wäre. Dann atmete der Kammerdiener tief durch, zog seinen Rock noch einmal glatt und öffnete mit würdevollem Gesicht die Flügeltür, vor der sich schon die Leute drängten. Die Garden traten zur Seite.

Louis konnte von seinem Bett aus hören, wie die ersten Höflinge den Raum betraten. Auch ohne sie zu sehen, kannte er jeden Schritt, den sie nun taten, denn das *Lever* spielte sich noch immer nach dem gleichen strengen Protokoll wie zu Zeiten seines Urgroßvaters, des Sonnenkönigs, ab. Louis, der seine Kindheit in den Tuilerien in Paris verbracht hatte, hatte nichts daran verändert, als er als junger König nach Versailles zurückgekehrt war.

Wie jeden Morgen traten der Dauphin, der Erste Arzt, der Erste Chirurg und einige weitere auserwählte Höflinge in das Gemach und stellten sich ihrem Rang entsprechend hinter der kniehohen vergoldeten Balustrade auf.

Louis konnte erneut Schritte hören. Sein Erster Kammerherr näherte sich dem Bett, und die schweren Vorhänge wurden aufgezogen.

»Guten Morgen, Euer Majestät«, sagte der Duc de Richelieu mit einer tiefen untertänigen Verbeugung.

Louis nickte ihm hoheitsvoll zu, und nichts deutete darauf hin, dass sie beide gemeinsam mit dem Duc d'Ayen soeben erst aus Paris zurückgekehrt waren.

Richelieu kehrte rückwärtsgewandt hinter die Balustrade in die Reihe der Anwesenden zurück, die sich ebenfalls verneigt hatten. Das *Lever* hatte begonnen.

Der Erste Arzt trat nach vorn. »Euer Majestät haben gut geruht?«

Der König nickte gut gelaunt. »Ausgezeichnet! Ausgezeichnet, Messieurs!«, antwortete er und täuschte ein Gähnen vor, obwohl es offensichtlich war, dass er nicht erst jetzt aus dem Schlaf erwacht war. Wer nicht gerade neu am Hof war, wusste das ohnehin. Seitdem Louis vor einigen Jahren in dem zugigen, kalten Gemach eine schwere Grippe ereilt hatte, hatte er entschieden, die Nächte fortan nicht mehr hier, sondern stattdessen in einem komfortableren, besser beheizbaren Raum zu verbringen. Doch die Zeremonien des *Lever* und *Coucher* wurden weiterhin im offiziellen Staatsgemach abgehalten.

Eine kurze Andacht und ein Gebet wurden von dem Kardinal de Rohan gesprochen, dann stellte ihm ein Page mit einer tiefen Verbeugung die seidenen Pantoffeln vors Bett. Schwungvoll richtete sich der König auf und schlüpfte in die Schuhe. Seine Gedanken kehrten zu der vergangenen Nacht zurück, und einen Moment sah er das Bild der entzückenden Madame d'Étiolles vor sich, wie sie im Morgengrauen nackt in seinen Armen gelegen hatte. Ein leises Lächeln glitt über seine Lippen.

In der Zwischenzeit hatte man im Hintergrund die Türen zur *Seconde Entrée* geöffnet. Weitere Höflinge traten hinten in den Raum. Es wurde langsam voll.

Zwei Lakaien brachten einen kleinen Tisch, auf den eine Waschschüssel mit warmem parfümiertem Wasser gestellt wurde, und der Barbier betrat den Raum.

Louis spürte, wie sich alle Augen auf ihn richteten, als er sich erneut streckte. Er war daran gewöhnt und musterte die Höflinge, die untertänig ihren Kopf senkten. Sein Blick fiel auf seinen Ersten Kammerherrn und seinen Capitaine der Garden. Sie sahen ein wenig mitgenommen aus, die beiden!

»Ah, Monsieur de Richelieu und Monsieur d'Ayen! Sie haben einen angenehmen Abend verbracht, hoffe ich?«

Die Gesichter im Schlafgemach fuhren zu den beiden Angesprochenen herum.

Richelieu und d'Ayen lächelten, während sie beide zustimmend den Kopf neigten.

»Überaus angenehm, Euer Majestät«, sagte der Duc d'Ayen.

»Ja – und recht amüsant …«, bekräftigte Richelieu.

Louis nickte mit einem kaum wahrnehmbaren Schmunzeln und ließ sich von dem Ersten Garderobenmeister und dem Ersten Diener beim Ausziehen seines Nachthemdes helfen.

Ein Lakai reichte ihm einen feuchten, noch dampfenden Waschlappen. Louis wandte sich mit nacktem Oberkörper der goldenen Waschschüssel zu. Auf seinem Rücken waren mehrere rote Kratzer zu sehen.

Einen kurzen Moment, eine Sekunde lang hätte man eine Stecknadel auf den Boden fallen hören können, so still war es plötzlich, dann hatten sich die Anwesenden sofort wieder gefangen.

Einzig ein kleiner Page starrte mit offenem Mund weiter auf den Rücken des Königs, bis Le Bel ihm einen unsanften Stoß versetzte. Mangelnde Contenance war ein Zeichen schlechter Erziehung!

Louis ignorierte den Ausdruck auf den Gesichtern der Höflinge. Der Dauphin legte ihm eilig sein Taghemd hin, und die Zeremonie nahm ihren Fortgang.

Eine gute Stunde später schritt der König in Begleitung seiner vier Leibgarden und gefolgt von den Höflingen, die am *Lever* teilgenommen hatten, durch den Spiegelsaal.

Gut gelaunt winkte er den Duc d'Ayen zu sich heran.

»Euer Majestät?«

»Monsieur d'Ayen, ich erlaube Ihnen heute, der Messe fernzubleiben, denn Sie müssen einen kleinen Auftrag für mich erledigen.« Er nickte im Vorbeigehen freundlich nach rechts und links und wandte sich dann wieder zu seinem Capitaine der Garden. »Ich möchte, dass Sie sie aus Paris hierher bringen«, erklärte er leise.

Als der Duc d'Ayen begriff, was er meinte, sah er den König fassungslos an. »Aber Euer Majestät, Ihr könnt doch nicht – das gäbe einen unglaublichen Skandal.« Die Worte waren ihm leise, voller Entsetzen schon herausgerutscht, als ihm bewusst wurde, was er da gesagt hatte.

Der König blickte ihn streng an. »Wollen Sie es etwa wagen, mich zu belehren, Monsieur d'Ayen?«

D'Ayen schüttelte eilig den Kopf. »Selbstverständlich nicht, Sire. Verzeiht!«, beeilte er sich mit einer Verbeugung zu versichern.

»Gut, dann tun Sie, was ich Ihnen aufgetragen habe. Sie dürfen gehen.«

16

Der Anblick des Schlosses war auch bei Tage mehr als beeindruckend. Ein unablässiger Strom von Leuten kam und ging. Schon von Weitem sah man das Gewimmel von Reitern, Kutschen, Equipagen und Sänften.

Der Wagen passierte den weitläufigen Vorhof, auf dem königliche Garden exerzierten und Händler lautstark ihre Waren feilboten, und fuhr in einen zweiten quadratischen Hof ein und hielt schließlich am rechten Seitenflügel.

Der Duc d'Ayen, der die Fahrt über geschwiegen hatte, wandte sich zu Jeanne. »Ich würde Ihnen empfehlen, den Schleier vors Gesicht zu nehmen! Es wäre sicherlich nicht im Interesse Seiner Majestät, dass man Sie erkennt.«

Jeanne nickte und überhörte die überzogene Höflichkeit seines Tonfalls, der unzweifelhaft etwas Beleidigendes hatte. Sie ließ den dicht gewobenen Spitzenstoff von ihrem Hut herunter.

Ein Lakai riss die Kutschentür auf, und wenige Augenblicke später standen sie draußen, und der Duc d'Ayen führte Jeanne zu einem Seiteneingang des Schlosses.

Keiner der beiden sah den Mann, der unauffällig auf der anderen Seite des Marmorhofes stand und aufmerksam beobachtet hatte, wie sie aus der Kutsche gestiegen waren. Nachdenklich sah er dem Duc d'Ayen und seiner Begleiterin hinterher und winkte mit einer herrischen Geste einen Pagen herbei.

»Lauf und frag, wo die Kutsche des Duc d'Ayen gerade

hergekommen ist«, sagte er und drückte ihm eine Münze in die Hand, und der Junge flitzte los.

Im *Cabinet du Conseil* tagte der Staatsrat. In respektvoller Haltung standen die Minister und Staatssekretäre um den großen ovalen Konferenztisch vor dem König.

Der Maréchal de Noailles warf einen kurzen sehnsüchtigen Blick zu den Schemeln, die vor ihnen um den Tisch standen, und schickte ein stummes Stoßgebet zum Himmel, dass der König ein Einsehen haben würde. Mit fünfundsechzig Jahren war sein Geist rege wie eh und je, aber das lange Stehen bei Hof strengte ihn zunehmend an, vor allem, wenn er wie jetzt etwas vorzutragen hatte. »Nun«, fuhr er in seinem Bericht fort, ohne sich seine Ermüdung anmerken zu lassen, denn Seine Majestät schien heute nicht die Absicht zu haben, sie zum Sitzen aufzufordern. »Es steht jedenfalls fest, dass Bayern nach dem Tod von Karl VII. auf den Thron verzichten wird. Sein Sohn Maximilian III. wird die Nachfolge von Maria Theresia indirekt anerkennen.«

Der König lehnte sich nachdenklich in seinem gepolsterten Lehnstuhl zurück und faltete die Hände. »Sie meinen, er wird die Wahl von Maria Theresias Ehemann zum römischdeutschen Kaiser unterstützen?«

»Ja, Euer Majestät!«

Louis wandte sich zu seinem Kriegsminister. »Was empfehlen Sie, wie wir weiter vorgehen sollten, Monsieur le Comte?«

Der Comte, der eine Kartenrolle in der Hand hielt, trat nach vorn. Höflich neigte er sein schmales Gesicht. »Wenn Ihr erlaubt, Euer Majestät …?«

Er entrollte die Karte auf dem Tisch. Eine Vielzahl von kleinen aufgezeichneten Fähnchen in unterschiedlichen Farben markierte die derzeitigen Kriegsschauplätze und Machtverhältnisse in Europa.

D'Argenson deutete nach Westen. »Sire, ich denke, wir sollten die Auseinandersetzungen in die Niederlande verlegen, nach Flandern – wo wir unsere wahren Feinde, die Engländer, empfindlich treffen könnten.«

Louis nickte. Über vier Jahre dauerte der Österreichische Erbfolgekrieg nun schon an, und noch immer war kein Ende absehbar, im Gegenteil. Der König sah auf die Karte, die eindrucksvoll zeigte, wie sich der Krieg inzwischen zu einer Auseinandersetzung an unzählig vielen Nebenschauplätzen entwickelt hatte …

Im Hintergrund war Le Bel in den Raum getreten und gab ihm mit einem kurzen Kopfnicken ein unauffälliges Zeichen.

Nachdenklich stand der König auf und ging durch den Raum auf und ab. Es stimmte, was der Comte d'Argenson sagte: Der wahre Feind Frankreichs war nicht Österreich, sondern England. Er betrachtete die antike Büste von Alexander dem Großen, die vor dem zimmerhohen Spiegel stand. Sein Blick glitt zu der weißen Holztäfelung. Schließlich siegte seine Neugier. Er schob die kleine, kaum sichtbare Klappe zur Seite und blickte durch den Spion. Da war sie. Sie hatte ihm den Rücken zugewandt und stand vor dem Spiegel, wo sie langsam die Nadel ihres Hutes löste. Er lächelte zufrieden.

»Aber Flandern würde bedeuten, dass wir Preußen in Schlesien unsere Unterstützung gegen Österreich entziehen würden«, riss ihn die aufgebrachte Stimme des Marquis d'Argenson zurück in die Wirklichkeit.

Louis ließ die Klappe mit einem klickenden Geräusch herunterfallen und drehte sich zu ihm herum. Es war ein offenes Geheimnis am Hof, dass der Marquis, der sein Minister für Auswärtige Angelegenheiten war, nicht die politische Einstellung seines Bruders, des Comte d'Argenson, teilte.

»Ja. Aber Maria Theresias Ehemann wird so oder so der neue Kaiser werden. Deshalb wäre es sinnlos, unsere Truppen und Kräfte in Preußen und Schlesien zu vergeuden«, versuchte der Comte d'Argenson seinen Bruder zu beschwichtigen.

Der Marquis sah ihn wütend an. »Sie wollen tatsächlich Preußen den Österreichern überlassen?«

Dieses Benehmen ging eindeutig zu weit. Der König schaute den Marquis kalt an. »Mäßigen Sie Ihren Tonfall in meiner Gegenwart, Monsieur!«

»Verzeiht, Euer Majestät.« Der Marquis senkte mit blasser Nasenspitze den Kopf.

Louis fragte sich nicht zum ersten Mal, wie zwei Brüder nur so unterschiedlich sein konnten. Er schätzte den Comte d'Argenson und hatte nicht zuletzt deshalb seinen Bruder zum Minister für Auswärtige Angelegenheiten gemacht. Doch inzwischen fragte er sich immer öfter, ob das nicht ein Fehler gewesen war.

Er trat hinter den Tisch und blickte erneut auf die Karte. Schließlich sah er hoch. Er hatte seine Entscheidung getroffen. »Dann also die Niederlande, meine Herren.«

Jeanne hatte ihren Hut und Umhang abgelegt und betrachtete zögernd die Einrichtung des Separees, in das der Duc d'Ayen sie gebracht hatte – die geschwungenen Sessel, die Chaiselongue, die wertvollen Wandteppiche, der chinesische Paravent und der kleine Kamin. Es war ein kleiner, aber mit Raffinement und Geschmack ausgestatteter Raum, in dem alles getan worden war, um eine private intime Atmosphäre zu schaffen. Ein leises Zwitschern, das hinter ihr ertönte, ließ sie sich umdrehen. In einer großen goldenen, filigran gearbeiteten Voliere, die neben dem Fenster von der Decke hing, flogen fünf kleine Singvögel umher. Mit einem Lächeln trat Jeanne an den Käfig und betrachtete die exotisch bunt gefiederten Vögel, die so klein waren, dass sie ein Einzelnes in ihrer Hand hätte verstecken können. Eines der Tierchen flog vertraulich zu ihr heran, setzte sich auf die höchste Stange des Käfigs und blickte sie mit schräg gehaltenem Köpfchen an. Jeanne beugte sich vorsichtig zu dem Vogel. Auf einmal verstummte das Zwitschern. Ein Schatten spiegelte sich in den goldenen Verblendungen des Käfigs.

Sie wandte sich um.

Louis lehnte mit unergründbarem Gesichtsausdruck an der Wand und beobachtete sie.

Jeanne spürte, wie aufgeregt sie war. Dreimal hatte sie Louis bis jetzt gesehen. Doch dieses war das erste Mal, dass er ihr als König gekleidet gegenüberstand. Angesichts seines goldbestickten blauen Rocks, an dessen Ärmelaufschlägen die Bourbonenlilie prangte, der Schärpe und Orden und seines glänzenden Degens fühlte sie sich unsicher, ja fast eingeschüchtert. Seine ganze Haltung, die Art, wie er gebieterisch die Arme übereinandergeschlagen hatte und sie ansah, ließen ihn ihr auf einmal fremd erscheinen. Es schien ihr gänzlich unglaubwürdig, dass sie mit diesem Mann die letzte Nacht verbracht haben sollte.

Verlegen sank sie in die Knie. »Euer Majestät.«

Er kam langsam einen Schritt auf sie zu und streckte seine Hand aus, damit sie sich aus der Verbeugung erheben konnte.

»Madame.« Er neigte den Kopf. Einen Augenblick sahen sie sich schweigend an.

»Ich habe mir erlaubt, ein kleines *Dîner* vorbereiten zu lassen. Wenn Sie gestatten?«, fragte er. Louis reichte ihr den Arm und führte sie durch eine Tür in einen angrenzenden Salon.

Kleines Dîner war deutlich untertrieben. Unzählige Teller und Schüsseln, gefüllt mit kulinarischen Köstlichkeiten, die ein verführerisches Aroma verbreiteten, bedeckten den Tisch, neben dem in untertäniger Haltung zwei Lakaien und zwei Pagen zum Servieren bereitstanden.

»Wein?«

Jeanne nickte.

Der König wartete, bis ein Lakai ihnen zwei Gläser eingeschenkt hatte, dann gab er den Dienern ein Zeichen, sich zurückzuziehen. Rückwärtsgehend verließen sie den Raum.

Leise Violinenmusik erklang auf einmal von draußen.

Louis stand dicht vor Jeanne. Er sah sie begehrlich an, und sie spürte, wie ihr unter seinem Blick die Röte in die Wangen schoss, als vor ihrem Auge wieder die Bilder der letzten Nacht auftauchten.

Louis erhob sein Glas. »Auf Sie, Madame.«

»Euer Majestät.«

Ohne den Blick voneinander abzuwenden, tranken sie einen Schluck. Jeanne stand mit dem Rücken zum Tisch gewandt. Der König betrachtete ihre halb geöffneten Lippen und stellte sein Glas neben ihr ab. Sein Finger fuhr sanft über ihren Mund, auf dem noch ein winziger roter Tropfen perlte. Dann beugte er sich zu ihrem Ohr.

»Und, Madame, haben Sie keinen Hunger?«, flüsterte er.

Jeanne schüttelte atemlos den Kopf. »Nein ...«

Er blickte sie durchdringend an. »Nun, ich schon.«

Er zog sie mit dem einen Arm an sich und küsste sie leidenschaftlich, während er mit dem anderen mit einer einzigen großen, ungeduldigen Bewegung hinter ihr alles vom Tisch fegte. Teller, Gläser und Schüsseln flogen klirrend und spritzend zu Boden, während Louis sich über sie beugte und sie nach hinten auf den Tisch sanken. Mit einem schnellen ungeduldigen Ruck riss er ihre Korsage auf, bis sie halb nackt vor ihm auf der Tischplatte lag. Jeannes Atem raste vor Schreck und Erregung zugleich, als sie ihn ansah. Er beugte sich wieder über sie und küsste sanft ihre Brüste. Seine Hände fuhren über ihre nackte Haut, und sie fühlte, wie seine rechte Hand ihren Rock über dem Oberschenkel streifte und ihren Strumpf löste.

Die Bibliothek des Königs war Teil eines Labyrinths von kleinen Gemächern und Salons, den *Petits Appartements,* in den oberen Geschossen im nördlichen Schlosstrakt, die Louis allein für seinen Privatgebrauch nutzte. Von Zeit zu Zeit huschte ein Page oder Kammerdiener vorbei, aber ansonsten drang der übliche Lärm des Palastbetriebes nur gedämpft bis hierher.

Verwirrt und durcheinander vom Aufruhr ihrer eigenen Gefühle, stand Jeanne am Fenster und blickte nach draußen.

Der König war im Staatsrat, doch er hatte sie gebeten zu bleiben. »Es wäre mir ein Vergnügen, später am Abend mit Ihnen speisen zu dürfen«, hatte er erklärt.

Nachdenklich betrachtete sie die verzierten Dachgiebel auf der anderen Seite des kleinen Zwischenhofes. War die Tatsache, dass Louis sie hatte nach Versailles kommen lassen, ein Zeichen, dass er sich wirklich für sie interessierte, dass sie mehr als nur eine kurze Laune für ihn war? Jeanne wusste es nicht.

Sie wandte sich vom Fenster ab. Ihr Blick fiel auf einen goldverzierten Spiegel, der in einer der Nischen an der Wand hing, und sie betrachtete sich. Etwas Nachdenkliches und gleichzeitig Laszives, das ihr selbst fremd war, lag in dem Ausdruck ihres Gesichtes. Sie musterte ihr weißes Dekolleté, das von dem Bustier des hellen silberbestickten Seidenkleides eingerahmt wurde, das der König ihr taktvollerweise durch einen Kammerdiener hatte bringen lassen, da ihr anderes kaum mehr in einem tragbaren Zustand gewesen war. Es passte erstaunlich gut, und für einen kurzen Moment hatte sie sich irritiert gefragt, wie wohl der Haushalt eines Königs beschaffen war, dass man ihr so schnell ein passendes Kleid hatte besorgen können.

Jeanne riss sich aufgewühlt von ihrem Spiegelbild los und wandte sich dem Raum mit den hohen weißen Regalen zu. Der Anblick der vielen Bücher hatte etwas Beruhigendes, fast Vertrautes. Sie widerstand dem Impuls, mit dem Handrücken über die weichen Einbände aus Kalbsleder zu fahren, während sie beeindruckt und gebannt zugleich den Bestand inspizierte. Unschätzbare Raritäten waren hier versammelt – wertvolle, alte Ausgaben, die nur in wenigen Stückzahlen gedruckt worden waren und die Jeanne nur vom Hörensagen kannte, weil sie sonst in kaum einer Bibliothek zu finden waren. Es mussten weit über dreitausend Bücher sein, die hier standen.

Sie wusste von Le Normant de Tournehem und Pâris de Montmartel, die sich bemüht hatten, Jeanne bis ins kleinste

Detail über die Persönlichkeit des Königs zu instruieren, dass Louis XV. seit seiner Kindheit von den besten Gelehrten des Landes unterrichtet worden war und über eine ungewöhnlich vielseitige Bildung verfügte.

Jeanne schritt langsam an den Regalen entlang, die das beeindruckend dokumentierten. Werke der Mathematik, Geografie und Astronomie, der Geschichte und kirchlichen Rechtsprechung fanden sich hier genauso wie Bücher der Medizin und Botanik und der Philosophie. Fasziniert vergaß Jeanne zwischen diesen gedruckten Schätzen die Zeit.

»Eure Bibliothek ist überaus beeindruckend. Die meisten Gelehrten würden davon träumen, einige Stunden darin verbringen zu dürfen«, sagte sie am Abend zu Louis. Sie befanden sich in einer Kalesche in Begleitung von zwei Garden auf dem Weg zu einem der Pavillons im Park des Schlosses, um ungestört zu soupieren.

Der König nickte höflich, und ihr wurde bewusst, dass er diese Bemerkung wahrscheinlich schon unzählige Male gehört hatte.

»Wenn Ihr mir eine Frage erlaubt, ich war erstaunt eine Reihe von Büchern zu entdecken, die von der Zensur verboten wurden«, fügte sie mit einem Lächeln an.

Er blickte sie erst verblüfft, dann zunehmend befremdet an. »Es verwundert mich, dass Ihnen bekannt ist, dass diese Werke verboten sind, Madame. Darf ich Ihren Worten etwa entnehmen, dass Sie zu denjenigen gehören, die die gesetzwidrigen Neudrucke dieser Bücher aus dem Ausland lesen?«

Mit dieser Reaktion hatte Jeanne nicht gerechnet. Sie suchte nach den richtigen Worten.

»Nun …?« Sein fragender Blick ruhte streng auf ihr.

»Eine Schwäche meines Geschlechts, fürchte ich«, sagte sie, ohne sich anmerken zu lassen, wie eingeschüchtert sie sich auf einmal fühlte. Sie bemühte sich, ihm ihren bezauberndsten Augenaufschlag zu schenken. »Der Reiz des Verbotenen übt einfach eine unwiderstehliche Anziehungskraft auf uns Frauen aus. Vor allem, wenn es sich um etwas im Grunde so Unschuldiges wie ein Buch handelt.«

Der finstere Zug auf Louis' Gesicht milderte sich etwas.

»Tatsächlich, Madame?«

Sie nickte. »Gestattet mir allerdings die Bemerkung, Sire, dass ich mich manchmal frage, ob viele dieser Publikationen wirklich den gleichen Erfolg hätten, wenn sie erst gar nicht verboten worden wären«, sagte sie und lächelte charmant.

Er sah sie entgeistert an. Einen Moment glaubte Jeanne, doch zu weit gegangen zu sein – aber dann brach Louis in ein herzhaftes Lachen aus. »Ihren Worten nach sollte man sich also Gedanken machen, ob man die Zensur nicht einfach abschafft?«

Die Kutsche war vor dem Pavillon zum Stehen gekommen.

»Nein, Sire, das würde ich mir niemals anmaßen, ich meinte lediglich, dass dieses Verbot oft erst dazu führt, diese Bücher überhaupt so interessant erscheinen zu lassen!«

Ein Lakai öffnete mit einer Verbeugung den Verschlag. Louis reichte ihr den Arm. »Wahrscheinlich haben Sie recht, Madame. Doch ich fürchte, dass weder der Adel noch die Kirche von dieser zwingenden Logik begeistert wäre«, sagte er, während sie den Pavillon betraten.

Er führte sie in einen eleganten, in Grün- und Goldtönen gehaltenen Salon. Die großen, bis zum Boden reichenden Fenster gaben den Blick auf ein Bassin frei, das von Fackeln beleuchtet wurde. In seiner Mitte ergoss sich aus einer goldenen Brunnenschale eine fächerförmig sprudelnde Wasserfontäne.

Zwei Lakaien nahmen ihnen die Umhänge ab. Ein Tisch am Fenster war festlich für zwei Personen gedeckt.

Louis' Blick glitt mit wohlwollendem Interesse an Jeanne herunter. »Sie sehen hinreißend aus. Sie könnten mich in Versuchung führen, das Essen heute ein zweites Mal ausfallen zu lassen«, sagte er mit dunkler Stimme und küsste ihre Hand.

17

Eine verstaubte Reisekutsche, deren übermüdete Pferde nicht einmal mehr die knallende Peitsche dazu bewegen vermochte, ein schnelleres Tempo anzuschlagen, holperte über die unebene Landstraße.

Die großen stämmigen Eichen und Kastanienbäume, die den dicht gewachsenen Waldrand von Sénart säumten, glitten an dem Fenster des Wagens vorbei. Es war nicht mehr weit. Gott sei Dank, dachte Charles, der aus seinem Dämmerschlaf hochgeschreckt war. Jeder Knochen tat ihm weh, sein Hemd und Rock starrten vor Dreck, und er konnte den feuchten muffigen Geruch, der in den Sitzen der Kutsche hing, kaum noch ertragen. Er hatte es abgelehnt, in einer der verlausten und verwanzten Wirtschaften, an denen sie vorbeigekommen waren, zu übernachten, um so schnell wie möglich wieder zurück nach Étiolles zu kommen.

Die Geschäfte in der Provence waren gut gelaufen. Wesentlich leichter und unkomplizierter, als es nach den Erzählungen von Le Normant de Tournehem zu erwarten gewesen wäre. Bis auf die kleinen Betrügereien eines Tuchhändlers hatten keinerlei Anzeichen auf irgendwelche illegalen Geschäfte oder andere Steuerunterschlagungen hingedeutet. Im Grunde hätte er sich die Strapazen dieser Reise gänzlich ersparen können, und er fragte sich insgeheim, ob die Fehleinschätzung seines Oheims nicht doch langsam ein Indiz dafür war, dass Le Normant de Tournehem alt wurde. Er lehnte sich in seinem Sitz zurück, und ein zufriedener Ausdruck trat auf sein rundes Gesicht, als er vor seinem geistigen Auge die Bilder der Zukunft aufsteigen ließ und sich ausmalte, wie es erst sein würde, wenn er Generalsteuerpächter wäre und dann nicht nur das Amt, sondern auch das Vermögen seines Onkels geerbt hatte.

Die Kutsche passierte eine Weggabelung und bog in eine lange Allee, an deren Ende das Gutshaus von Étiolles sichtbar wurde, das mit seinen Ecktürmchen beinah an ein kleines Schloss erinnerte.

Als wenn die Pferde das Ende ihrer Strapazen erahnt hätten, beschleunigten sie mit letzter Kraft noch einmal ihr Tempo, und wenig später fuhr die Kutsche durch die großen schmiedeeisernen Gittertore in den Hof ein.

Erleichtert stieg Charles aus. Ein Diener half dem Kutscher beim Abladen des Reisegepäcks, während er die Stufen zum Haus hochstieg.

Margarète, die Haushälterin, die die Tür öffnete, sah ihn erschrocken an. »Oh, Monsieur d'Étiolles.« Verlegen machte sie einen Knicks.

Er nickte ihr zu. Trotz der Erschöpfung freute er sich, wieder zu Hause zu sein.

Le Normant de Tournehem kam ihm aus der Halle entgegengelaufen. »Charles? Sie sind schon zurück? Wir hatten Sie frühestens nächsten Monat erwartet.«

»Ja, ich weiß, aber die Angelegenheiten waren schneller zu regeln, als wir gedacht haben. Zu Ihrer besten Zufriedenheit übrigens, Oheim, Sie brauchen sich keine Sorgen zu machen«, fügte Charles hinzu, der den wenig erfreuten Gesichtsausdruck seines Onkels missverstand.

Müde drückte er dem Diener seinen verstaubten Reisemantel in die Hand und blickte sich suchend um. »Wo sind Jeanne und Alexandrine?«

»Nun ... Ihrer Frage entnehme ich, dass Sie der Bote mit meinem Brief gar nicht mehr in der Provence erreicht hat?«

Charles schüttelte den Kopf. »Ein Brief, nein, wieso?« Er

schaute seinen Onkel verständnislos an – ein Ausdruck, der ihn ein wenig dümmlich wirken ließ, wie Le Normant de Tournehem fand.

»Ist etwas passiert?«

Le Normant de Tournehem legte in einer väterlichen Geste den Arm um seine Schulter. »Kommen Sie, mein Junge, ich denke, es ist an der Zeit, dass wir uns einmal ernsthaft unterhalten.« Er führte ihn mit sich in den Salon, und die Tür schloss sich hinter ihnen.

»Und Monsieur weiß wirklich noch gar nichts?«, wisperte Marie, die sich mit der Haushälterin hinter einem Vorsprung verborgen hatte, von wo aus sie gebannt zu der Salontür spähten. Margarète schüttelte den Kopf.

Ein Aufschrei aus dem Salon, gefolgt von einem dumpfen Aufprall, ließ die beiden Frauen zusammenfahren. Marie hielt sich entsetzt die Hand vor den Mund.

»Nun, ich denke, jetzt weiß er es«, sagte Margarète leise.

Sie verharrten bewegungslos auf ihrem Platz. Ein Diener eilte mit schnellen Schritten in den Salon und kam einen kurzen Augenblick später wieder herausgestürzt. »Schnell!«, stieß er hervor, als er die beiden Frauen entdeckte. »Kaltes Wasser und Riechsalz! Monsieur ist in Ohnmacht gefallen.«

Das Licht der Fackeln spiegelte sich in dem Gold und Marmor des Schlosses. Der Duc de Richelieu warf einen nachdenklichen Blick auf seine Taschenuhr, deren Ziffernblatt ein Kranz glitzernder Saphire umrandete. Es war bereits fast neun Uhr, doch die Türwache war noch immer nicht erschienen. Richelieu ließ seine Taschenuhr zurück in seine Rocktasche gleiten und musterte die anwesenden Höflinge – den Duc de Noailles; den Prince de Conti; den Duc d'Ayen; den Comte d'Argenson; die Duchesse de Brancas; die Princesse de Rohan; den Dauphin; seine Schwestern und einige weitere der Damen und Herren, die sich wie er des Privilegs rühmen durften, zum engsten Kreis des Königs zu gehören. Verteilt in kleinen Grüppchen, standen sie, plaudernd und betont heiter scherzend, im Spiegelsaal vor dem *Antichambre* des Königs zusammen.

Keiner von ihnen hätte sich die Blöße gegeben, sich etwas anmerken zu lassen, doch wer sie so gut kannte wie Richelieu, spürte den Hauch von Unruhe, der sich ihrer aller bemächtigt hatte. Die Duchesse de Brancas lachte eine Spur zu oft, die Scherze des Comte de Maurepas waren ein wenig zu bissig, und die gelangweilte Miene des Prince de Conti passte nicht recht zu seiner übrigen angespannten Haltung. Seit fast einer Woche ging es nun schon, dass der König am Abend unter dem Vorwand der Unpässlichkeit niemanden zu sehen wünschte, obwohl er sich tagsüber allem Anschein nach allerbester Gesundheit erfreut hatte. Die Erklärung hierfür lag auf der Hand. Seine Majestät hatte ein heimliches Verhältnis. Mit Ausnahme der devoten Kleriker gab es wohl auch niemanden bei Hofe, der angenommen hatte, dass Seine Majestät nach dem Tod der Châteauroux tatsächlich abstinent leben würde, doch was sie alle gleichermaßen verunsicherte, war die Heimlichkeit, mit der der König diese neue Liebschaft pflegte. Der Name von Madame d'Étiolles geisterte durch die hohen Flure und Gemächer von Versailles. Angeblich sollte sie es sein, mit der sich Louis Abend für Abend zurückzog. Die meisten Höflinge bezweifelten das. Eine Bürgerliche hier im Schloss – unvorstellbar, doch Richelieu wusste, dass es der Wahrheit entsprach.

Er registrierte mit einem schadenfrohen Seitenblick, wie sich der Comte de Maurepas bereits zum dritten Mal einen imaginären Fussel von seinem Rockärmel schnippte. Er war angespannt, ja fast nervös. Darüber konnte auch nicht sein bemüht gleichgültiger Gesichtsausdruck hinwegtäuschen. Der Duc konnte sich lebhaft vorstellen, welche Reaktion der Gedanke in ihm hervorrief, dass Seine Majestät ausgerechnet mit der kleinen Étiolles eine Affäre unterhielt, die ihn, den Comte, im Wald von Sénart so bloßgestellt hatte.

Die Wache, die in diesem Moment vor die Tür trat, riss Richelieu aus seinen Überlegungen. Die Gespräche der Anwesenden verstummten. Erwartungsvoll wandten sie ihre Köpfe um.

»Mesdames et Messieurs, Seine Majestät wünscht heute nicht zu soupieren.«

Ein Raunen ertönte aus den Reihen der Höflinge. Der Dauphin, gefolgt von seinem Erzieher, Monsignore Boyer, trat entschlossen nach vorne und wollte an der Türwache vorbei, doch die Garde verwehrte ihm den Durchgang.

»Sie wagen es, mir den Weg zu meinem Vater zu verwehren?«, fragte Louis-Stanislas, das Kinn hochmütig gereckt.

Die Garde blieb ungerührt. »Verzeiht, Hoheit, aber der König betonte ausdrücklich, dass er niemanden zu sehen wünscht. Seine Majestät fühlt sich unpässlich und verlangt absolute Ruhe!«

Louis sah Jeanne außer Atem an. Ihre Lippen waren leicht geöffnet, und die Augen, deren Pupillen sich in der Erregung geweitet hatten, glänzten dunkel im Schein der Kerzen. Sie lagen auf dem Boden, ein Seidenlaken, das sie vom Bett mit sich gezogen hatten, halb unter sich.

Jeannes Puls raste, während sie sich stöhnend unter Louis' Hüften wand. Ihre Hand fasste nach hinten, um Halt zu finden, und warf einen Schemel um, während eine strudelnde Spirale aus Verlangen und Lust sie mit sich riss und alles um sie herum aufzulösen schien.

Als sie sich später ermattet gegen das Bett lehnte, legte Louis seinen Kopf auf ihren Bauch und schloss die Augen.

Das Ausmaß ihrer Leidenschaft erschrak Jeanne – als wenn die Flut einen Damm eingerissen hätte, schien sich die Lust in geradezu beängstigendem Maße immer mehr zwischen ihnen zu steigern. Seit fast einer Woche befand sie sich nun heimlich in Versailles und verbrachte mit dem König die Nächte und wann immer er tagsüber eine Stunde seiner knapp bemessenen Zeit erübrigen konnte.

Zweimal war sie am Nachmittag, während Louis mit seinen Ministern arbeitete, zurück nach Étiolles gefahren, um nach ihrer Tochter zu sehen. Glücklicherweise wusste sie Alexandrine in der Obhut der Amme, und ihre Mutter und Le Normant de Tournehem, die auf dem Gut weilten, kümmerten sich ebenfalls um sie.

Bis gestern war alles ganz unproblematisch gewesen – niemand außer ihrer Familie hatte Kenntnis davon, dass sie hier war –, doch dann hatte sie am Abend durch einen Kurier von ihrem Oheim die unerfreuliche Nachricht bekommen, dass Charles früher als vorgesehen aus der Provence zurückgekehrt sei. Le Normant de Tournehem hatte ihm alles erzählt. Wie zu erwarten war Charles, der angeblich sogar für einen Augenblick die Besinnung verloren hatte, außer sich vor Eifersucht gewesen. Man hatte ihn nur mit Mühe beruhigen können.

Einen Moment hatte Jeanne befürchtet, dass er vielleicht im Überschwang seiner Emotionen nach Versailles kommen könnte, um sie nach Hause zu holen, doch dann verwarf sie den Gedanken wieder. Er würde es nicht wagen. Außerdem hatte ihr Le Normant de Tournehem geschrieben, dass er sich vorläufig in ihre Wohnung nach Paris begeben wollte.

Jeanne strich Louis durch das dunkle volle Haar. Sie verspürte Charles gegenüber kein schlechtes Gewissen, ja nicht einmal den Ansatz eines Schuldgefühls, denn das, was sie gerade erlebte, sprengte jede Erfahrung, die sie jemals gemacht hatte, und ließ alles andere unwichtig und unbedeutend erscheinen. Sie befand sich in einem Rausch, und ihre einzige Angst war die, dass dieser Zustand plötzlich wieder enden könnte.

Ihr ging durch den Kopf, dass Louis sie nie nach ihrem Ehemann gefragt hatte. Sie sprachen nicht darüber, wer oder was sie waren, als wenn sie ahnten, dass die Erwähnung der Realität den Zauber ihrer Begegnung unweigerlich zerstören würde. Selten dachte Jeanne daran, dass Louis der König von Frankreich war. Eine plötzliche Scheu überfiel sie dann, doch Louis bemühte sich stets auf charmante Weise, ihre Zurückhaltung wieder zu überwinden. Er verwickelte sie in Gespräche, stellte ihr Fragen – Jeannes Meinung interessierte ihn –, und sie war gleichermaßen verblüfft und beeindruckt von der Vielseitigkeit seiner Bildung wie von der Neugier, mit der er sich nach dem Leben in Paris erkundigte. Es waren die ganz normalen alltäglichen Dinge, die ihm fremd waren und die ihn faszinierten, und so berichtete sie offen über Sitten und Gebräuche der Pariser, über die Gepflogenheiten der Salonabende bei Madame de Tencin oder Madame Geoffrin und gab Anekdoten und Bonmots wieder, die ihn amüsierten und erheiterten.

Manchmal, wenn sie etwas erzählte, sah er sie jedoch an, prüfend, fast abschätzig, den Kopf in unnachahmlicher Weise zur Seite geneigt und das Kinn ein winziges Stück vorgereckt, und sie fühlte zögernd, dass es etwas an der Art gab, wie sie sprach, das ihm fremd war. Sie ließ sich ihre Unsicherheit nicht anmerken, denn instinktiv begriff sie, dass gerade ihre Andersartigkeit ein Teil dessen war, was ihn an ihr zu faszinieren schien.

Nachdenklich schaute sie auf seinen Kopf, der in ihrem Schoß ruhte, und strich mit ihren Fingern zärtlich die Linie seiner hohen Stirn, den Schwung seiner markanten Wangenknochen entlang übers Kinn, das ihm seinen unverwechselbaren stolzen Ausdruck gab. Fast verlegen glitt ihr Blick über die Spuren ihres ungeduldigen Verlangens – die heruntergerissenen Laken, die verstreute Kleidung, den Schemel – und blieb schließlich auf einem Gemälde an der Wand hängen. Drei anmutige Nymphen am Ufer eines Weihers waren darauf zu sehen. Die Farben waren so zart und der Pinselstrich so fein, dass man im Kerzenlicht den Eindruck hatte, durch einen feinen Nebelschleier zu blicken, und sich in eine fremde Wirklichkeit gezogen fühlte.

»Gefällt Ihnen das Bild? Es lädt zum Träumen ein, nicht wahr? Lancret hat es eigens für diesen Salon gemalt«, sagte Louis, der die Augen geöffnet hatte.

»Es ist wunderschön«, erwiderte Jeanne ehrlich berührt, ohne den Blick von dem Bild zu nehmen.

Louis strich sanft über ihre Haut. »Wissen Sie, dass Sie in Ihrer Anmut und Schönheit etwas von diesen Nymphen haben?«

Jeanne betrachtete die Szenerie am Ufer des Weihers. Unwillkürlich musste sie an ihre erste Begegnung mit dem König denken, als sie triefnass und starr vor Entsetzen im Wald vor ihm gestanden hatte. Ein leises Lachen entschlüpfte ihr, und ihre Augen funkelten. »Nun, zwar habt Ihr mich das erste Mal tatsächlich am Ufer eines Weihers erblickt – doch leider habe ich dabei nicht die Grazie dieser elfenhaften Wesen bewiesen.«

»Sie irren sich. Sie waren überaus reizvoll, Madame. Der Hof hat tagelang nur von Ihnen gesprochen.« Er hatte sich belustigt aufgestützt. »Allerdings schätze ich mich überaus glücklich darüber, Madame, dass Sie im Gegensatz zu diesen aparten Nymphen so hinreißend irdisch aus Fleisch und Blut sind.«

Sie lachte, als er sie küsste.

Unvermittelt richtete er sich auf. »Ich würde Ihnen gerne etwas zeigen. Ich möchte wissen, was Sie davon halten.« Mit einem Satz war er aufgesprungen. »Kommen Sie.«

Sie sah ihn erstaunt an. Sie war jedes Mal erneut überrascht, wie rasch seine Stimmungen wechseln konnten. Von einem Moment zum anderen schien er ein völlig anderer Mensch zu sein. Ehe sie sich jetzt versah, hatte er sie hochgezogen, und wenig später liefen sie, nur mit ihren Morgenmänteln bekleidet, hinter zwei verschlafenen Pagen her, die ihnen mit ihren Fackeln den Weg durch die Gänge des Schlosses leuchteten. Am Ende eines schmalen Flurs stiegen sie eine Treppe bis ins oberste Geschoss hoch und blieben vor einer Tür stehen.

»Schließen Sie die Augen.«

Verwundert leistete sie seiner Aufforderung Folge.

Das laute Quietschen einer schweren Tür war zu hören, und dann wurde Jeanne von Louis in einen Raum gezogen. Eine zugige Kälte empfing sie. Der Geruch von Staub und

Farbe schlug ihr entgegen, und einen Moment war sie versucht, heimlich durch ihre Lider zu spähen.

»Nicht öffnen«, sagte Louis streng.

»Nein.« Sie lachte, denn sie fühlte sich auf einmal an früher, an die Kinderspiele mit Abel erinnert.

Sie hörte, wie die Pagen die Kerzen anzündeten und sich dann entfernten.

Louis hatte sie stehen gelassen. Er schritt durch den Raum und verrückte etwas auf dem Boden. Stoff raschelte.

»Jetzt …«

Jeanne öffnete die Augen. Das Licht eines großen Kronleuchters hatte den Raum in ein helles warmes Licht getaucht. Einen Moment lang war sie ganz geblendet. Sie standen in einem Atelier mit großen Fenstern. Auf der einen Seite war ein Podest aufgebaut, ein Stück Samt war darüber gebreitet – augenscheinlich nahm der König dort bei seinen Porträtsitzungen Platz –, auf der anderen Seite des Raumes wimmelte es von Farben, Paletten, Pinseln und befleckten Tüchern. Direkt daneben stand eine Staffelei, auf der ein Porträt des Königs zu sehen war. Der Glanz der leuchtenden Farben verriet, dass es noch nicht durchgetrocknet war.

Die Augenbrauen von Louis hatten sich leicht zusammengezogen. Unschlüssig betrachtete er das Gemälde. »Das Bild ist heute fertig geworden. Es soll an den spanischen Hof geschickt werden. Ich möchte Ihre ehrliche Meinung – wie finden Sie es?«

Sie betrachtete das Porträt, das ihn in Uniform mit strenger hoheitsvoller Miene zeigte.

»Trifft es mich?«

Seine Frage war leicht zu beantworten, doch sie zögerte.

»Nun?«, insistierte Louis ungeduldig.

Jeanne blickte ihn an. Aus unerfindlichen Gründen hatte sie auf einmal das Gefühl, dass von ihrer Antwort mehr abhing als nur die Beurteilung eines Bildes. Sie bemühte sich, ihre Worte mit Bedacht zu wählen. »Sire, der Künstler hat sich sicherlich jede Mühe gegeben, Euch in aller Vollkommenheit darzustellen«, sie zögerte, denn sie fand es nicht einfach, die richtige Formulierung zu finden, »doch genau deshalb scheint mir, dass dem Bild eine gewisse Lebendigkeit fehlt. Da Ihr mich nach meiner ehrlichen Meinung fragt, ich finde nicht, dass es Euch wirklich gerecht wird.«

Er sah sie sprachlos an. Auf seiner Stirn war eine ungehaltene Falte aufgetaucht. »Habe ich Sie richtig verstanden? Sie finden, dass ein Bild, das vollkommen ist, mir nicht entspricht?«

Jeanne schluckte. Sie hatte auf einmal das Gefühl, in eine Falle geraten zu sein. »Aber nein, ich wollte sagen, dass das Bild danach trachtet, Euch vor allem jung darzustellen – darüber wirkt Ihr anziehend, fast überirdisch schön, aber auch weniger entschlossen. Seht zum Beispiel Euer Kinn, es ist das eines Jünglings, rund und weich, in Wirklichkeit aber ist es markanter, und Ihr wirkt männlicher.«

Sie verstummte, als sie den entgeisterten, ungläubigen Blick von Louis sah. Was redete sie da bloß? Sie musste wahnsinnig geworden sein, so mit ihm zu sprechen.

»Verzeiht!«, stieß sie hervor.

»Was? Dass Sie in mir nicht mehr die überirdische Schönheit eines Jünglings sehen?« Beißender Spott schlug ihr aus seinen Augen entgegen. Er war einen Schritt auf sie zugekommen. Die Autorität, die mit einem Mal in seinem Blick lag, ließ sie einen Schritt zurückweichen. Plötzlich war jede Nähe und Vertrautheit zwischen ihnen verschwunden.

Louis wandte sich erneut seinem Porträt zu. Ein ungnädiger Ausdruck machte sich auf seinem Gesicht breit, bevor er sich drohend zu ihr wandte. »Und am schlimmsten ist, dass ich auch noch fürchten muss, dass Sie mit Ihrem Urteil recht haben.«

Als er Jeannes entgeisterten Gesichtsausdruck sah, lachte er jungenhaft. »Ich danke Ihnen für Ihre Ehrlichkeit, Madame. Ich bin umgeben von Menschen, die nur danach trachten, mir zu schmeicheln, und mir selten die Wahrheit sagen … auch wenn Sie mich mit ihren Worten auf charmante Weise zum Greis gemacht haben …«

Sie lächelte. »Für einen solchen habt Ihr vorhin ein erstaunliches Feuer bewiesen, Sire …«

Ein Glitzern glomm in seinen Augen auf, und er küsste sie.

»Kommen Sie!«, sagte er dann. »Hier oben ist es zu kühl.«

Er legte den Arm um sie und ergriff selbst den Leuchter, um ihnen den Weg zurück zu seinen Gemächern zu leuchten.

18

Selbst durch die geschlossenen Fenster drang der Lärm der Kutschen, die unablässig hielten und abfuhren, das Hufgetrampel der Pferde und die lauten Rufe der Sänftenträger und exerzierenden Garden des Hofs in den Ministertrakt des Schlosses.

Ohne sich von dieser hektischen Geräuschkulisse stören zu lassen, an die der Comte de Maurepas seit Jahren gewöhnt war, erteilte der Minister seine Anweisungen.

Der Polizeioberleutnant Feydeau de Marville, der währenddessen in untertäniger Verbeugung vor dem Schreibtisch des Comte stand, wartete geduldig, bis der Sekretär und die beiden Kopisten das Arbeitskabinett wieder verlassen hatten.

Kratzend glitt die lange Gänsefeder des Ministers über das Papier. Schließlich legte Maurepas das Schreibgerät zur Seite und blickte hoch. Er gab Marville ein Zeichen, sich aus seiner Verbeugung zu erheben. »Und, was haben Sie herausgefunden?«

Feydeau de Marville verbeugte sich erneut eilfertig, bevor er mit den Ergebnissen seiner Nachforschungen herausrückte. »Monsieur le Comte, unser Verdacht hat sich bestätigt. Seine Majestät hat tatsächlich ein Verhältnis mit Madame d'Étiolles angefangen … er verbringt die Nächte mit ihr in seinen Privatgemächern.«

Maurepas' Lippen verdünnten sich zu einem schmalen Strich. Er sah Feydeau de Marville ungehalten an, als er die

Gerüchte, die in den letzten Tagen im Palast kursierten, tatsächlich von ihm bestätigt fand. Ein Verhältnis mit Madame d'Étiolles – ausgerechnet!

Nachdenklich drehte Maurepas die Feder zwischen seinen Händen. »Seit wann genau?«

Marville kannte den Minister gut genug, um trotz seines undurchdringlichen Gesichtsausdrucks den missmutigen Unterton aus seiner Stimme herauszuhören. »Allem Anschein nach hat er sie an dem Tag nach dem Ball im Rathaus nach Versailles bringen lassen.«

Die Augenbrauen des Comte schnellten nach oben. »Sie hält sich seitdem ununterbrochen in den Privatgemächern Seiner Majestät auf?«

»Hm, ja. Mit Ausnahme von einigen Nachmittagen, die sie genutzt hat, um nach Étiolles zu fahren und ihre Tochter zu sehen.«

Der Comte blickte ihn ungläubig an. Damit hatte er nicht gerechnet. Dieses bürgerliche Flittchen musste über bemerkenswerte Qualitäten verfügen, wenn der König es über eine so lange Zeit im Schloss behielt.

Der Polizeioberleutnant war schon längst wieder gegangen, als Maurepas noch immer gegen die innere Unruhe, die ihn ergriffen hatte, ankämpfte. Diese Frau würde und konnte nie etwas anderes als ein Abenteuer für den König sein, versuchte er sich zu beruhigen. Spätestens in ein paar Wochen, wenn der König wieder in den Krieg nach Flandern aufbrach, würde sich dieses Verhältnis ganz sicher erledigt haben. Doch das ungute Gefühl, das sich seiner bemächtigt hatte, blieb.

Die Sonne hatte in den letzten beiden Wochen immer mehr an Kraft gewonnen, und die Natur war zu neuem Leben erwacht. Ein zartes Grün spross an den Bäumen, in deren Zweigen die Vögel um die Wette zwitscherten.

Ausgelassen ritten Jeanne und der König über die einsamen Felder. Zwei Leibgarden folgten ihnen in diskretem Abstand.

Louis hatte sich an diesem Nachmittag von all seinen Verpflichtungen befreit, um mit ihr zusammen zu sein. In den letzten Tagen hatte er auch tagsüber mehr Zeit als jemals zuvor mit ihr verbracht, und Jeanne ahnte, warum. Der hereinbrechende Frühling kündigte die nahende Wiederaufnahme der Kriegshandlungen an. Der König würde an der Seite seiner Truppen ins Feld ziehen. Jeanne fürchtete den Tag, an dem es so weit sein würde, denn sie hatte Angst, dass damit auch das Ende ihres Verhältnisses gekommen sein könnte.

Würde Louis sie zurück auf ihr Gut nach Étiolles schicken?

Sie erinnerte sich nur ungern an eine Begebenheit, die einige Tage zurücklag. Sie hatte einen Brief von Charles erhalten. Darin hatte ihr sonst so phlegmatischer Gatte sie in erstaunlich leidenschaftlichen Worten angefleht, ihr Verhältnis mit Louis aufzugeben und zu ihm zurückzukehren. Nach reiflicher Überlegung hatte sie sich entschlossen, den Brief dem König zu zeigen. Nicht ohne Hintergedanken, denn Louis hatte nie auch nur ein einziges Wort darüber verloren, dass sie eine verheiratete Frau war, deren unstandesgemäße Herkunft schon allein die Anwesenheit bei Hof verbot.

Erstaunt hatte Louis den Brief von ihr entgegengenommen. Doch dann war seine Miene beim Lesen zunehmend kühler geworden. »Ein rechtschaffener Mann, Ihr Gatte«, erklärte er schließlich, als er ihr das Schreiben zurückreichte. In den folgenden zwei Stunden benahm er sich ihr gegenüber jedoch so distanziert, dass Jeanne den Eindruck hatte, eine grobe Unhöflichkeit begangen und ihn verärgert zu haben. Sie hütete sich davor, das Gespräch jemals wieder auf Charles oder den Brief zu bringen, doch ihre Unsicherheit, was sie Louis wirklich bedeutete, war seitdem gewachsen.

Hinzu kam, dass ihre Anwesenheit am Hofe nicht unentdeckt geblieben war. Gerüchte kursierten. Sie hatte erfahren, dass Monsignore Boyer, der Erzieher des Dauphins und Kopf der *devoten* Hofpartei, wie der strenggläubige Kreis der Höflinge und des Klerus um die Königin herum genannt wurde, den Kammerdiener Le Bel unter Druck gesetzt hatte, um zu erfahren, mit wem der König ein heimliches Verhältnis hatte.

Sie versuchte, ihre Gedanken an die ungewisse Zukunft zu verdrängen, und gab ihrem Pferd die Sporen. Die frische Luft, die ihr ins Gesicht wehte, hatte etwas Berauschendes, und für einen Moment vergaß sie alles um sich herum und spürte nur, wie die gewaltige Kraft des Lebens sie durchdrang.

Sie wechselte einen Blick mit Louis, und in einem Anflug von überschäumender Energie trieb sie ihr Pferd an, um als Erste den steilen Hügel, der vor ihr lag, zu erklimmen. Einige Meter gelang es ihr, den König hinter sich zu lassen, doch dann hatte Louis sie auch schon wieder eingeholt.

Gemeinsam erreichten sie die Hügelkuppe. Lachend und außer Atem blieben sie nebeneinander stehen. Louis zog sie über ihr Pferd in seine Arme und küsste sie. Als sie schließlich die Lippen voneinander lösten, waren sie beide ernst.

Sie lehnte sich an ihn und betrachtete wortlos das beeindruckende Panorama, das einem Gemälde glich. Grüne Felder, die durchsetzt waren von kleinen Wäldern und Wiesen, zwischen denen sich ein Flusslauf schlängelte. Etwas Friedvolles ging von der Landschaft aus.

»Wie schön es hier ist«, sagte Jeanne leise. Ihr Atem ging noch immer schnell. »Seht nur, dort drüben – das entzückende kleine Schloss.«

Er unterbrach sie. »Ich werde nächste Woche an der Seite meiner Truppen nach Flandern ziehen. Und Sie werden auf Ihr Gut nach Étiolles zurückkehren!«

Sie erstarrte.

Louis blickte an ihr vorbei in die Landschaft.

Das war der Moment, den sie so gefürchtet hatte. Sie fühlte, wie sich ihr Herz zusammenkrampfte. Nun war es so weit. Eine eisige Kälte kroch ihr den Rücken hoch. Wie hatte sie jemals glauben oder hoffen können, dass er sie nicht zurückschicken würde?

Er wandte sich gebieterisch zu ihr. »Im Herbst, wenn ich wiederkomme, wünsche ich Sie an meiner Seite – hier in Versailles.«

Für einen Moment glaubte sie, sich verhört zu haben. Ein Strudel widersprüchlichster Gedanken tobte durch ihren Kopf. Sie schaute ihn ungläubig an. Machte er sich lustig über sie? Doch sein Blick ruhte warm und voller Ernst auf ihr.

»Aber Sire, wie …?«, fragte sie schließlich leise, doch dann verstummte sie. Auf einmal schien ihr das alles zu viel.

Er legte lächelnd den Finger unter ihr Kinn und hob ihr Gesicht sanft nach oben. »Wir werden eine Lösung finden.«

19

Die Kleine tapste mit wackligen Beinchen, vor Freude jauchzend, auf sie zu. Die großen blauen Augen in dem herzförmigen Gesichtchen leuchteten glücklich, als sie zu ihrer Mutter sah, die ein Stück vor ihr auf dem Boden kniete und die Arme nach ihr ausgestreckt hatte.

Mit einem Lachen zog Jeanne ihre Tochter an sich. Sie gab Alexandrine einen Kuss und strich ihr zärtlich über den flachsblonden Haarschopf. »Das hast du fein gemacht, meine Kleine«, sagte sie liebevoll. Die Kleine schmiegte sich strahlend an sie.

»Sie ist entzückend«, bemerkte Abel, der auf dem Sofa saß und von dem Buch, das er gerade las, aufgeblickt hatte.

»Ja, das ist sie«, bestätigte Jeanne mit mütterlichem Stolz, während sie die Kleine hochhob und sich mit ihr lachend im Kreis drehte. Ganz außer Atem blieb sie schließlich stehen. »Jetzt schläfst du etwas, und danach spielen wir beide wieder.« Sie gab Alexandrine einen Kuss auf die Nasenspitze und übergab sie der Amme, die bereits auf der Türschwelle wartete.

Jeanne sah den beiden hinterher, bis sie ihrem Blick entschwunden waren, dann wurde sie wieder ernst. Mit zerstreuter, nachdenklicher Miene wanderte sie durch den Salon und starrte nach draußen in den bewölkten, grauen Himmel. Seit bald zwei Monaten war sie jetzt wieder zurück in Étiolles. In den ersten Wochen hatte sie mehrere Briefe von Louis erhalten, doch nun hatte sie seit fast einem Monat nichts mehr von ihm gehört. Mit jedem weiteren Tag, der jetzt verstrich, wuchs ihre Angst, dass sein Wunsch, sie an seiner Seite zu haben, doch nur einer kurzen Laune entsprungen war und er es sich längst anders überlegt hatte.

Abel bemerkte ihren grübelnden Blick. »Du machst dir unnötig Gedanken, Jeanne. Es wird an den Kurieren liegen – sie werden Schwierigkeiten haben, durch die Kriegsgebiete durchzukommen.«

»Seit über drei Wochen habe ich nichts mehr von ihm gehört.«

Abel, der eine Seite umblätterte, schaute sie belustigt an. »Was ist denn mit dir los, Jeanne? Man könnte meinen, dass du dich verliebt hättest!«

Sie drehte sich zu ihm. Als Abel den Ausdruck in ihrem Gesicht sah, klappte er bestürzt sein Buch zu. »Mein Gott, Jeanne«, entfuhr es ihm leise. »Er ist der König von Frankreich! Weißt du, wie viele Mätressen er schon vor dir gehabt hat?«

»Ich weiß«, erwiderte sie verzweifelt.

Der Himmel hatte sich weiter zugezogen und entlud sich am Abend schließlich in einem heftigen Wolkenbruch. Sie saßen im kleinen Kreis beim Souper zusammen. Lustlos blickte Jeanne auf die hübsch gedeckte Tafel.

»Ach, Jeanne, wie wundervoll, wenn du erst bei Hofe sein wirst«, sagte ihre Mutter. Louise Poissons Augen glänzten unnatürlich über den hohlen blassen Wangen. Sie lehnte mit einem stützenden Kissen im Rücken in ihrem Stuhl. In den letzten Monaten war sie zusehends abgemagert. Die Krankheit hatte sie gezeichnet.

Ein gezwungenes Lächeln erschien auf Jeannes Lippen. »Sie sollten sich nicht zu früh freuen, Maman«, erwiderte sie, während sie ein Stück von ihrer Pastete abschnitt, dann aber, ohne den Bissen in den Mund zu schieben, ihre Gabel wieder hinlegte. »Bis jetzt habe ich noch nichts von Seiner Majestät gehört.«

»Ach was, der Krieg wird seine Sehnsucht nach Ihnen eher noch verstärken«, sagte Le Normant de Tournehem gut gelaunt. »Er wird Tag und Nacht nur an Sie denken.«

Jeanne schwieg. Sicher hatten er und die Brüder Pâris sich im Geiste schon genau ausgemalt, welche Vorteile es für sie alle mit sich brachte, falls sie tatsächlich die neue Mätresse des Königs würde. Die berechnende Loyalität, mit der Le Normant de Tournehem an ihrer Seite stand und sie unterstützte, erstaunte sie immer wieder. Als sie im Mai zurück nach Étiolles gekommen war und bei Gericht die Gütertrennung von Charles einreichen wollte, hatte Le Normant ihr mit einer Kaltblütigkeit zu diesem Schritt zugeraten, dass sie kaum glauben mochte, dass das derselbe Mann sein sollte, der so darauf gedrungen hatte, sie mit seinem Neffen zu verheiraten.

Ein Donnerschlag ließ die Anwesenden am Tisch zusammenzucken. Seit Stunden tobte draußen das Unwetter. Jeanne schob nervös ihren Teller von sich.

»Du siehst blass aus«, sagte Le Normant de Tournehem und sah Jeanne prüfend an.

Draußen, von der Eingangshalle, erklangen ein lautes Pochen und Schritte. Das Dienstmädchen erschien in der Tür zum Salon. Es machte einen hastigen Knicks. »Madame, ein Bote für Sie ... vom König«, stieß es hervor.

Am Tisch war es still geworden.

Jeanne erhob sich von ihrem Stuhl.

Ein Musketier in durchnässtem Umhang, den aufgeweichten Hut mit der langen Feder unter den Arm geklemmt, betrat mit großen Schritten den Salon. Es blieb vor Jeanne stehen. »Madame d'Étiolles?«

Sie nickte stumm. Der Mann machte einen Kniefall vor ihr. Jeanne spürte, wie sich ihre Kehle zusammenschnürte. Sie bemühte sich, Haltung zu bewahren, während auf einmal Angst und Hoffnung in ihr kämpften. Welche Botschaft würde der König ihr überbringen?

»Madame d'Étiolles – ich bin damit betraut, Ihnen persönlich dieses Schreiben von Seiner Majestät Louis XV., dem König von Frankreich, zu überreichen.«

Er schlug seinen Umhang zurück und zog aus einer Tasche einen Umschlag, der mit dem Wappen der Bourbonenlilie versiegelt war, und überreichte ihn ihr.

»Danke«, sagte Jeanne mit belegter Stimme.

»Madame.« Der Musketier verbeugte sich erneut tief, drehte sich auf dem Absatz herum und verließ mit großen Schritten den Salon.

Jeanne schaute ihm hinterher, dann blickte sie auf den Umschlag in ihren Händen. Sie zitterte, als sie das Siegel aufbrach und das Papier entfaltete. Le Normant de Tournehem, ihre Mutter und Abel beobachteten sie gebannt, als sie zu lesen begann.

Ungläubig starrte Jeanne auf die Zeilen vor sich, es dauerte einen Moment, bis sie deren Inhalt wirklich erfasst hatte. Die Buchstaben drohten vor ihren Augen zu verschwimmen. Ihre Hand sank mit dem Schreiben nach unten, und sie sah wortlos wie unter Schock aus dem Fenster.

»Um Gottes willen, Jeanne«, stieß Le Normant de Tournehem schließlich hervor. »Kind, so sag doch endlich etwas!« Er zog ihr das Schreiben aus der kraftlosen Hand. *»Madame, wir haben die Ehre, Ihnen mitzuteilen …«* – Le Normant de Tournehems Stimme stockte kurz, sprachlos blickte er Jeanne an. Seine Augen leuchteten, als er weiterlas: *»… dass Ihnen als persönliche Auszeichnung von uns, Louis XV. von Frankreich, mit sofortiger Wirkung das Marquisat de Pompadour mit sämtlichen dazugehörigen Titeln und Ländereien vermacht wird.«*

20

Eine voll beladene Kutsche rumpelte mittags langsam durch das Tor auf den Hof von Étiolles und hielt direkt vor dem Gutshaus.

»Was um Gottes willen ist das?«, fragte Abel, der, herbeigelockt durch den Lärm, zum Fenster gerannt war und verwundert nach draußen starrte, wo ein Lakai und zwei Pagen begonnen hatten, mehrere gut verschnürte Kisten, einen Globus und zig in Lederhüllen verpackte Pergamentpapierrollen auszuladen.

»Ich habe nicht die geringste Ahnung«, entgegnete Jeanne und lief in die Halle.

Entgeistert sah sie, dass Margarète, kaum weniger verwirrt als sie und Abel, die Tür geöffnet hatte und der Lakai und die Pagen mit einem grüßenden Kopfnicken an ihr vorbeistolzierten und die Sachen einfach ins Haus trugen.

»Aber was hat denn das zu bedeuten?«, fragte Jeanne.

»Verzeihung, Madame …«

Sie fuhr herum. Ein Mann in dem schwarzen Gewand eines Hofgeistlichen stand vor ihr und lüftete mit einer eleganten Verbeugung seine Kappe. Er war noch jung, höchstens dreißig, und seine Augen blitzten humorvoll, als er sich zu ihr wandte. Sie erkannte in ihm den Abbé Philippe-Charles-François de Pierre, Marquis de Bernis, den sie bereits auf einigen Festen bei der Comtesse d'Estrades kennengelernt hatte. »O Abbé, ich freue mich, Sie zu sehen …«

Er hielt seine Kappe noch in der Hand. »Madame, ich bin heute als Gesandter Seiner Majestät hier. Der König hat mich beauftragt, Sie auf das Hofzeremoniell in Versailles vorzubereiten.«

Die Bücher und Rollen türmten sich überall, auf dem Tisch, den Stühlen, dem Fenstersims und sogar auf dem Boden.

»Ihr Leben wird von nun an durch die Hofetikette bestimmt sein«, erklärte der Abbé, der, seine sorgfältig manikürten Hände auf dem Rücken verschränkt, vor Jeanne auf und ab lief. »Das heißt, Sie werden *alles* neu lernen müssen – wie man einen Raum betritt, sich setzt, sich verbeugt, isst, trinkt, tanzt, *wann* man sprechen darf und vor allem, *was* man sprechen darf.« Er holte Luft und sah sie an. »Offen gesagt – in ein paar Wochen ist es nahezu unmöglich, das alles zu lernen, aber da es nun einmal der Wunsch Seiner Majestät ist, werden wir unser Möglichstes tun.«

Er zog ein spitzenbesetztes Tüchlein aus seinem Gewand und tupfte sich damit elegant über die Stirn, bevor er an die große Tafel trat, die die Pagen aufgebaut hatten, und ein Stück Kreide ergriff. »Das Erste und Wichtigste, was Sie sich deutlich machen müssen, ist, dass die Hofetikette nicht irgendein vornehmes Benehmen ist, sondern ein Verhaltenskodex, in dem sich die Hierarchie des Hofes und Staates ausdrückt. Je höher der Rang einer Familie und der offizielle Titel einer Person, desto mehr Vorrechte genießt sie.«

Er zeichnete ein großes Dreieck, in das er mehrere horizontale Linien zog. »An der Spitze steht der König, der Herr und Herrscher über alle – dann folgt die königliche Familie, darauf die Prinzen von Geblüt, die Ducs und Pairs und dann die Marquis, Comtes etc. Nun, ein Prinz darf mehr als ein Duc und ein Duc wiederum mehr als ein Marquis oder Comte. Andererseits ist ein Prinz aber natürlich nicht gleich einem Prinzen und ein Duc nicht gleich einem Duc – zwischen ihnen gibt es ebenfalls Abstufungen im Rang, die beachtet werden müssen«, schnurrte er seine Lektion ab. »Können Sie mir folgen?«

Sie nickte.

»Gut.« Die dunklen Augen des Abbés musterten sie prüfend. »Dann denken Sie stets daran – egal wer Ihnen am Hof gegenüberstehen wird, Sie müssen immer seinen Rang und die damit verbundenen Vorrechte beachten. Eine Missachtung der Etikette bedeutet nicht nur eine grobe Unhöflichkeit und Beleidigung, sondern einen Verstoß gegenüber dem, was diese Menschen im Land und vor dem König darstellen.« Er griff nach einer großen, gut drei Ellen breiten Pergamentrolle, die er an einen Kartenständer hängte. »Wie Sie wissen, leben und arbeiten in Versailles zehntausend Menschen.«

Jeanne nickte erneut – Versailles war nicht nur die Residenz des Königs und des Hofs, sondern auch Sitz der Regierung und des gesamten Staatsapparats.

»In Frankreich gehören dreitausend Adlige zu den sogenannten *Présentées,* das heißt, dass sie einen Stammbaum vorweisen können, der mindestens bis ins Jahr 1400 zurückreicht. Sie haben damit das Recht, am Hofleben teilzunehmen. Allerdings verfügen nur tausend von ihnen wirklich über das Privileg, in Versailles wohnen zu dürfen.«

Selbst ein einziges Zimmer dort zu haben galt schon als hohe Auszeichnung, erfuhr Jeanne. Diejenigen Höflinge, die diese Gunst nicht genossen, mussten außerhalb des Schlosses übernachten. Man nannte sie ein wenig abfällig *Galopins,* weil sie ständig auf dem Weg zwischen dem Schloss und ihrem Domizil in der Stadt waren.

Mit einem Ruck entrollte Bernis vor ihren Augen die große Karte. Ein Meer von winzig klein geschriebenen Namen, Titeln, Wappen und untereinander verflochtenen Stammbäumen wurde sichtbar. Er griff nach einem langen, glatt polierten Zeigestock mit einer vergoldeten Spitze. »Der Hochadel von Versailles. Die mächtigsten und einflussreichsten Familien des Landes – in ihren Adern fließt das edelste und erhabenste Blut Frankreichs.« Seine Stimme hatte unmerklich einen ehrfurchtsvollen Ton angenommen. »Einige von ihnen sind mit dem Königshaus verwandt, viele von ihnen stehen seit Generationen im Dienste der Krone und ihrer Regierung. Sie und ihre Ahnen haben ihre Noblesse aber vor allem durch militärische Verdienste bewiesen, durch den Einsatz ihres Lebens für dieses Land und den König.«

Jeanne blickte auf die Karte. Ihr fiel auf einmal ein Satz ein, den sie von dem Comte de Briges im Salon der Marquise de Tencin gehört hatte: *Nichts ist nobler und edler, als sein Blut für das der anderen zu vergießen.* Das war der Ehrbegriff des Schwertadels. Deshalb sah er hochmütig auf die erkauften Titel des Amtsadels und mit so abfälliger Geringschätzung auf die Emporkömmlinge aus dem Bürgertum herab.

Der goldene Stab des Abbés wanderte in einem Bogen weiter über die Namen und Titel. »Die *Contis,* die *Condés,* die *Noailles,* die *Rohans,* die *Lorraines* ...« Der Zeigestab schwebte einen Moment in der Luft, als sich der Abbé zu ihr wandte. Er tippte auf zwei dicke schwere Bücher, die auf dem Tisch lagen.

»Wenn Sie in Versailles bestehen wollen, müssen Sie die Regeln der Etikette befolgen – und dafür müssen Sie genau wissen, *wen* Sie vor sich haben. Deshalb werden Sie den Titel, den Rang und die Verbindungen eines jeden Einzelnen dieser Höflinge auswendig lernen!«

Vor Schreck hätte Jeanne fast den Fächer fallen lassen. »Von allen tausend?«

»Für den Anfang muss das reichen. Später selbstverständlich auch von den anderen zweitausend«, fügte Bernis, ungerührt, ohne Jeannes entgeisterten Blick zu beachten, hinzu.

Es war eine Wissenschaft für sich. Wenn Jeanne anfangs noch geglaubt hatte, dass die Worte des Abbé übertrieben gewesen waren, als er sagte, dass man das alles unmöglich in ein paar Wochen lernen konnte, wurde sie jetzt eines Besseren belehrt. Natürlich hatte sie auch vorher gewusst, dass man einem hohen Höfling mit mehr Ehrerbietung begegnete als einem kleinen Baron aus der Provinz, doch es war ihr neu, dass es zwischen den adligen Rängen noch Hunderte zusätzlicher kleiner Abstufungen gab. Nicht nur der Titel und Rang, die Ämter und militärischen Verdienste waren von Bedeutung, sondern auch wie weit der Familienstammbaum zurückreichte, welche Verbindungen man im Laufe der Zeit eingegangen war – ob es etwa Vermählungen mit Adligen niedrigerer Geburt gegeben hatte oder man eine der verpönten *Mesalliances* eingegangen war – wie man die unter finanzieller Bedrängnis geschlossenen Verbindungen mit dem Amtsadel oder dem Finanzbürgertum nannte – das alles waren Tatbestände, die den Rang eines Hauses bestimmten.

Bis spät in die Nacht saß Jeanne voller Ehrgeiz über den Büchern und versuchte das, was der Abbé de Bernis ihr erklärt und beigebracht hatte, zu behalten. Sie wollte sich ihrer Rolle als zukünftige Mätresse würdig erweisen, aber selbst wenn es ihr gelingen würde, sich die unzähligen Namen und Titel und die Hunderte und Aberhunderte von Vorschriften einzuprägen – wie sollte sie es schaffen, diese auch gewandt und elegant in die Praxis umzusetzen? Die Hofetikette machte das ganze Leben zu einer einzigen komplizierten Choreografie. Sie verstand auf einmal, warum Versailles von denjenigen, die dort lebten als *ce pays-ci,* als »dieses Land«, bezeichnet wurde, denn tatsächlich schien das Leben dort wie in einem anderen fremden Teil der Welt zu sein.

Doch während sie beim Schein der Kerze die vielen Details der Familiengeschichten nachlas, unermüdlich Namen und Titel auswendig lernte und verzweifelt versuchte, die vielen Querverbindungen zwischen den Stammbäumen im Kopf zu behalten, begriff sie, dass der Abbé ihr durch dieses Studium der mächtigsten Adelsgeschlechter Frankreichs auch noch etwas anderes deutlich machen wollte, auf das sie vorbereitet sein musste. Niemals würde man eine Frau, die nicht aus einer alten adligen Familie stammte, sondern nur durch die Zuneigung des Königs einen Titel erhalten hatte, einfach in Versailles akzeptieren. Jeanne wusste das – doch es schreckte sie nicht. Von jeher schien es eine merkwürdige Laune des Schicksals, dass der Platz, der ihr durch ihre Geburt bestimmt war, nicht der gleiche war, den das Leben für sie auserkoren hatte.

Sie erinnerte sich noch gut, wie betroffen sie gewesen war, als sie vor Jahren das Gespräch zwischen Madame Geoffrin und Madame de Tencin belauscht hatte. Nicht standesgemäß zu sein – nicht empfangen zu werden –, wie gedemütigt und gebrandmarkt sie sich durch diese Worte einst gefühlt hatte. Ein Lächeln umspielte Jeannes Lippen, als sie daran dachte, wie sich die Dinge inzwischen verändert hatten. Seitdem die Aussicht bestand, dass sie tatsächlich die neue *Maîtresse en titre* werden könnte, besuchte Madame de Tencin Jeanne regelmäßig, überschüttete sie mit Komplimenten und Geschenken und erzählte ihr unentwegt von ihrem Bruder, dem Kardinal de Tencin, für den sie sich das Amt des verstorbenen Premierministers Fleury erträumte.

Warum sollte es am Hof anders sein? Man würde ihr zunächst mit Ressentiments und Skepsis begegnen, doch sie würde den Menschen mit Freundlichkeit und Zuvorkommenheit begegnen – so wie sie es immer getan hatte – und den alten Adel mit der respektvollen Ehrerbietung behandeln, die ihm gebührte.

Ihr Blick fiel auf den kleinen Stapel Briefe auf ihrem Sekretär, die sie in den letzten Wochen von dem König erhalten hatte. Kein Höfling, sondern er allein würde über ihr Schicksal entscheiden. Sie griff nach dem Schreiben, das ihr erst heute Morgen ein königlicher Kurier gebracht hatte: *»Für Madame la Marquise de Pompadour«* stand darauf. Sie hatte sich noch immer nicht an diesen Titel, dessen Klang sie bereits liebte, gewöhnt. Sie war jetzt tatsächlich Marquise! Auch ein echtes altes Wappen gehörte zu ihrem neuen Namen – drei silberne Türme auf blauem Grund. Der Adelstitel der de Pompadours, einer alten ehrwürdigen Familie, die im Limousin verwurzelt war und keine Nachkommen mehr gehabt hatte, war erst vor Kurzem an den König zurückgefallen.

Louis hatte Jeanne aber nicht nur den Titel vermacht, sondern ihr auch die dazugehörige Seigneurie im Limousin gekauft.

Sie entfaltete den Brief. Die französische Armee hatte sich in Flandern erfolgreich geschlagen. Nach dem glorreichen Sieg von Fontenoy waren nun auch Tournai, Gent, Brügge und Audenarde eingenommen worden. Mit klopfendem Herzen las Jeanne die letzten Zeilen von Louis' Brief noch einmal.

»... die Freuden des Ruhmes, die wir Gott und dem Marschall von Sachsen zu verdanken haben, werden nur durch die Sehnsucht nach Ihnen geschmälert. Sie endlich wieder in die Arme zu schließen wird meine größte Belohnung für unsere Siege sein. LOUIS.«

Die Terrasse von Étiolles glich einer Ausstellungsfläche – unter einem großen Baldachin aus weißem Tuchstoff war nahezu jede Form von Sitzmöglichkeit aufgestellt worden, die in dem Haus zu finden war – gepolsterte Stühle mit und ohne Armlehnen, samtbezogene Schemel, einfache Hocker, zierliche Sessel, eine Bank und sogar ein Sofa.

»Nun? *Wer* dürfte *wo* sitzen?« Die Augen des Abbés sahen sie unter der schwarzen Kappe fragend an.

Prüfend betrachtete Jeanne, die ein zartgrünes Kleid aus einem leichten Seidenstoff trug und ihren Sonnenschirm aufgespannt hatte, um ihren Teint zu schützen, die verschiedenen Möbel. Schließlich wandte sie sich zu Bernis. »In der Gegenwart des Königs wäre es nur der Königin, den königlichen Prinzen und Prinzessinnen und deren Kindern erlaubt, zu sitzen – und zwar auf einem Schemel. Die Ducs müssten dagegen stehen. Ebenso die Marquis, Comtes und übrigen Höflinge.«

Der Abbé nickte zufrieden. »Sehr gut. Und nehmen wir an, es wäre nur ein Prinz oder eine Prinzessin von Geblüt anwesend, wo dürften dann eine Duchesse und ein Marquis oder Comte Platz nehmen?«

Jeanne dachte kurz nach. »Die Duchesse auf einem Sessel, der Marquis oder Comte auf einem Schemel.«

»Exakt.«

»Nur eines ist mir nicht klar.« Auf Jeannes Stirn zeigten sich zwei nachdenkliche Falten. »Wenn Seine Majestät einen Comte zum Sitzen auffordert, wie verhält es sich dann mit dem Duc? Dürfte er ebenfalls Platz nehmen?«

»Auf keinen Fall«, erklärte der Abbé kategorisch.

»Aber er steht im Rang doch über dem Comte.«

»Ja, aber es ist das Recht des Königs, einem Höfling jederzeit Vorrechte gegenüber einem anderen zuzugestehen.«

Jeanne blickte ihn verwirrt an. »Aber dann gilt ja auf einmal nichts mehr, was vorher galt?«

»Das stimmt – denn die Gunst des Königs zählt mehr als alles andere und erhöht deshalb auch den Rang des Comte über den des Herzogs.«

Jeanne seufzte. Sie konnte sich nicht vorstellen, wie sie sich auch noch diese unzähligen Ausnahmeregeln merken sollte. Plötzlich wurde ihre Aufmerksamkeit von einer Gestalt abgelenkt, die im Park mit einem Spazierstock auf sie zugeschritten kam und grüßend den Kopf neigte. Selbst auf die Entfernung erkannte sie das ihr vertraute Gesicht mit der markanten Nase. »Monsieur Voltaire!«

Sie nickte dem Abbé entschuldigend zu und eilte schon, den Rock mit der einen Hand ein wenig raffend, den Sonnenschirm in der anderen, leichtfüßig die Stufen der Terrasse hinunter, dem Dichter entgegen.

»Monsieur Voltaire, wie schön, Sie zu sehen.«

Der Dichter hob seinen Hut vom Kopf und verbeugte sich galant. Er küsste ihr die Hand. »Marquise.« Seine lebhaften braunen Augen, die ein Netz von Lachfältchen umgaben, musterten angetan ihre junge strahlende Gestalt. »Wahrhaftig, Madame, Sie sind noch schöner geworden als beim letzten Mal. Die Götter werden dem König sein Glück neiden, Sie lieben zu dürfen.«

Sie lächelte. Mit den Jahren, die sie sich kannten, war aus

ihrer Bekanntschaft eine Freundschaft geworden, die der unstillbare Durst nach Geist und die Liebe zur Kunst verband. Vor ihrer Hochzeit hatte Jeanne Voltaire vor allem in dem Salon von Madame de Tencin und bei einigen Soupers oder Festen in Paris getroffen. Der Dichter hatte ihr in ihren Gesprächen stets ein neues Buch oder ein Theaterstück ans Herz zu legen gewusst. Später war er ein häufiger und gern gesehener Gast auf Étiolles geworden. Sie hatte seine Stücke in ihrem Theater aufgeführt und mit ihm und anderen Dichtern und Philosophen häufig bis tief in die Nacht über Gott und die Welt diskutiert.

Jeanne hakte sich bei ihm unter. Ein leichter Windhauch ließ den Spitzenvolant ihres Sonnenschirms zur Seite wehen. »Ach, Monsieur Voltaire – unter uns, ich hätte niemals gedacht, dass es so schwer sein würde, den König zu lieben. Ich weiß nicht, ob ich diese unzähligen Regeln und Vorschriften, die der werte Abbé de Bernis mir versucht beizubringen, jemals lernen werde«, seufzte sie, während sie durch eine schattige Allee des Parks spazierten.

Voltaire, der sich aufrichtig gefreut hatte, als er von ihrer Liaison mit dem König erfahren hatte, blieb stehen und blickte sie ernst an. »Eine unbegründete Sorge, Madame, denn Sie sind nicht nur schöner und anmutiger, sondern auch weitaus geistreicher als die meisten anderen Damen in Versailles.«

Jeanne schwieg. Sie wusste, dass Voltaire seine eigenen Erfahrungen mit dem Hof gemacht hatte. Seine schlagfertige Zunge und seine kritischen Werke hatten ihn schon mehrere Male fast in die Bastille gebracht und zu vorübergehenden Aufenthalten im Ausland gezwungen. Vor allem die Kirche schätzte ihn nicht besonders. Erst im letzten Jahr war er wieder ganz nach Paris zurückgekehrt und erfreute sich seitdem zunehmend der Gunst des Königs.

Sie drehte sich zu ihm. »Ich hatte noch gar keine Gelegenheit, Ihnen zu Ihrem neuen Amt als königlicher Historiograf zu gratulieren. Ihr Gedicht über den Sieg Seiner Majestät in

Fontenoy hat mir sehr gefallen. Dem König übrigens auch, wie er mir schrieb.«

Der Dichter neigte den Kopf. »Vielen Dank. Erlauben Sie mir, es als ein glückliches Zeichen zu werten, dass uns das Schicksal zur gleichen Zeit an den Hof führt.«

»Das tue ich in der Tat, Monsieur Voltaire, und ich hoffe auf Ihre häufigen Besuche dort bei mir.« Ihr Blick glitt nach oben zu der Terrasse, wo die Objekte ihres praktischen Unterrichts aufgereiht standen. »Bis es so weit ist, werde ich mich allerdings wohl noch ein wenig mit der Kunst des höfischen Benehmens beschäftigen müssen, fürchte ich.« Sie seufzte wieder.

Ein schelmisches Lächeln ließ Voltaires Augen funkeln. »Nun ja, wenn nicht am Hof, wo sonst soll die Höflichkeit ihr Zuhause haben, nicht wahr?«

Jeanne lachte. »Ein schönes Bonmot.«

Sie schlenderten noch ein wenig durch den Park und unterhielten sich über die neuesten Geschehnisse in Paris. Jeanne genoss die Abwechslung und freute sich, als Voltaire ihre Einladung, doch zum Souper am Abend zu bleiben, annahm.

Die Erscheinung des Marquis de Puysieulx hatte unter der Hitze etwas gelitten. Sein gepudertes Gesicht glänzte rot, und am Rand seines weißen gebauschten Halstuchs zeigte sich ein wenig appetitlicher Schweißfilm. Bedauernd sah er die beiden Brüder Pâris an. »Ich bin untröstlich, meine Herren, aber die Angelegenheit, mit der Sie mich betraut haben, erweist sich leider als weitaus schwieriger als angenommen.«

»Wie dürfen wir Ihre Worte verstehen, Marquis?«

»Was die Suche nach einer Patin für Ihren Zögling angeht«, der Marquis griff auf der Suche nach einem Taschentuch erst in seine linke, dann in seine rechte Rocktasche, ohne in einer der beiden fündig zu werden. Wortlos reichte ihm Pâris de Montmartel sein eigenes blütenweißes Taschentuch über den Tisch. Puysieulx nickte dankend und tupfte sich den Schweiß von der Stirn und den Wangen. Achtlos warf er das Tuch anschließend auf den Boden. »Ich bin mir nicht sicher, ob sich jemand dafür finden wird.«

»Nun, ich bin es schon«, erwiderte Pâris de Montmartel mit einer gefährlichen Geschmeidigkeit in der Stimme. Der Marquis hatte eine beachtliche Summe dafür bekommen, am Hof eine Patin zu finden, die – wie es die Sitte erforderte – Jeanne dem König und der königlichen Familie vorstellen sollte.

»Verstehen Sie mich nicht falsch – ich habe mir wirklich jede erdenkliche Mühe gegeben und alle meine Überredungskünste angewandt, aber niemand will sich der Gefahr …«, der Marquis, der sich sichtlich unwohl in seiner Haut fühlte, stockte erneut, bevor er fortfuhr, »… und der damit verbundenen Blamage aussetzen, eine nicht standesgemäße Frau bei Hofe vorzustellen.«

»Aber der Titel, der ihr vom König verliehen wurde, ist von alter edler Herkunft. Sie gehört damit zum Hochadel wie jede andere Dame in Versailles«, wandte Pâris-Duverney, der bis dahin geschwiegen hatte, ein.

Der Marquis zuckte blasiert die Schultern. »Nun ja, heute tut sie das vielleicht, aber gestern tat sie das eben noch nicht.«

Pâris de Montmartel, der einen kurzen Blick aus dem Fenster geworfen hatte, musterte ihn. »Sagen Sie, Marquis, spielt die Princesse de Conti eigentlich noch mit der gleichen Leidenschaft wie früher?«

Eine Verbeugung war eine Welt für sich. Es gab Hunderte von verschiedenen Formen, sich zu verneigen – man konnte nur ein wenig oder tief in die Knie sinken, den Rücken dabei aufrecht halten oder auch einen Hauch nach vorne neigen; bei hohen Respektspersonen hieß es, den Oberkörper fast bis zum Boden zu beugen, bei Leuten niederen Ranges brachte man dagegen höchstens andeutungsweise die Schulterpartie nach vorne – was mehr einem Achselzucken als einer Verbeugung glich –, und manchmal nickte man auch nur knapp. Der Kopf schließlich konnte ebenso wie der Blick, die Hände – deren Finger man dezent spreizte – und die Arme in unzähligen Varianten geneigt, gesenkt und gehoben werden; der Fächer wurde in einigen Situationen zur Seite gehalten und in anderen halb oder ganz geschlossen.

In einer Verbeugung drückte sich alles aus – welche Erziehung eine Person genossen hatte, wie kultiviert, gebildet und von welchem Stand jemand war und ob er nur gelegentlich oder regelmäßig am Hof verkehrte. Jede Bewegung musste im letzteren Fall dabei stets mit vollendeter Eleganz, graziös und spielerisch leicht ausgeführt werden.

Zumindest hierbei profitierte Jeanne, die schon den ganzen Vormittag mit dem Abbé diese schwindelerregend vielen Verneigungsformen übte, von dem jahrelangen harten Unterricht bei Guibaudet. Mit konzentrierter Miene schritt sie bis zur Mitte des Raumes und griff den Rock ihres Kleides, um vor der imaginären Person, die ihr entgegenkam, in eine anmutige tiefe Verbeugung zu sinken – genau so, wie sie es ihrer Meinung nach gelernt hatte.

Doch der Abbé schüttelte den Kopf. »Nein, nein, Marquise! Wenn die Königin und der Dauphin an Ihnen vorbeigehen, sollten Sie den Blick auf jeden Fall gesenkt halten. Nur bei den Prinzessinnen dürfen Sie ihn heben, und zwar ganz leicht.« Gekonnt machte er es ihr vor.

Jeanne holte Luft. Ein kokettes Lächeln glitt plötzlich über ihre Lippen. »Und wie halte ich es beim König?«

Bernis, der längst ihrem Charme erlegen war, schmunzelte. »Nun, ich denke aufgrund Ihrer besonderen Beziehung sollten Sie den Blick leicht heben. Außer es handelt sich um eine staatliche zeremonielle Situation, dann verbleiben Sie mit gesenktem Blick in der Verbeugung.«

Jeanne blickte ihn an. In den Wochen, die der Abbé sie jetzt unterrichtete, war er ihr ans Herz gewachsen. Sie schätzte seine besonnene, humorvolle Art. »Wissen Sie, Abbé, mit jedem Tag, an dem ich mehr über die Etikette lerne, wächst meine Angst, weil ich merke, dass ich eigentlich noch gar nichts kann und weiß.«

»Nichts zu wissen ist die Erkenntnis, die am Anfang jedes wahren Wissens steht, nicht wahr?«

Ihre grauen Augen musterten ihn anerkennend. »Wie geistreich, Abbé«, sagte sie und schlug mit einem leichten, kaum hörbaren Schlag ihren Fächer auf.

»Jeanne! Jeanne!«

Man hörte Schritte. Le Normant de Tournehem und Pâris de Montmartel kamen zu ihnen in den Salon geeilt. Sie schaute die beiden Männer erstaunt an.

»Jeanne! Wir haben es gerade von einem Kurier gehört«, stieß Le Normant de Tournehem aufgeregt hervor. »Unsere Truppen haben gesiegt und auch Ostende eingenommen. Der König … er wird vorerst aus Flandern zurückkehren. Am 7. September wird er zurück in Paris erwartet.«

Jeanne sah die beiden Männer, ungläubig vor Freude, an. »Am 7. September, wirklich?« Sie strahlte und spürte plötzlich, wie ihr heiß wurde. Dann blieben ihr nur noch gut zwei Wochen. Alarmiert blickte sie in die Runde. »Aber ich habe doch noch immer keine Patin, die mich vorstellen wird.«

Pâris de Montmartel lächelte breit. »Doch, und eine der Ranghöchsten dazu – die Princesse de Conti!«

Le Normant de Tournehem nickte. »Und die Comtesse d'Estrades wird Sie auch begleiten.«

21

Die Menschen von Paris jubelten. Auch wenn der Krieg, der ganz Europa entflammt hatte, noch lange nicht entschieden war – die Reihe glorreicher Siege, die die französische Armee in dieser Saison im Beisein des Königs errungen hatte, ließ es so aussehen, als wenn es keinen Zweifel mehr über seinen Ausgang geben könnte. Fahnen, Banner und breite Banderolen schmückten die Straßen. Vom Stadttor Saint Martin, wo der König am späten Nachmittag von dem Gouverneur und einer Abordnung von Repräsentanten der Stadt auf Knien die Schlüssel von Paris überreicht bekommen hatte, bis zu den Tuilerien waren die Fassaden mit Wandteppichen behängt und an den Häusern Laternen und Fackeln entzündet worden. Dicht gedrängt standen die Menschen an den Straßen und stießen Hochrufe auf ihren König aus, der sich mit seinem Begleitzug seinen Weg durch die Stadt zum Schloss bahnte.

»*Vive le Roi!* Lang lebe der König!«

»Louis!«

»*Vive le bien-aimé!* Es lebe der Vielgeliebte!«

Ein Meer von Blumen regnete vor dem königlichen Zug herab. Immer wieder vermischten sich die Rufe und die Fanfaren der Herolde mit Lobgesängen. In seiner goldbeschlagenen militärischen Prunkrüstung, den nerzbesetzten königlichen Umhang über die rechte Schulter geworfen, strahlte Louis eine heldenhafte Kraft und Stärke aus. Das Volk war entzückt.

Mit einem wohlwollenden Lächeln neigte Louis den Kopf vor der taumelnden Menge. Selten hatte er sich so mit seinem Volk verbunden gefühlt wie an diesem Tag. Die Bewunderung und Begeisterung, die die Menschen ihm entgegenbrachten, hatte ganz Paris in einen Zustand des Rausches versetzt. Barrikaden und Absperrungen waren niedergerissen worden, und die Garden, die den Zug in einem Spalier begleiteten, hatten Mühe, die Menschen zurückzuhalten, die zu allem bereit waren, nur um einen Blick auf ihren siegreichen Herrscher werfen zu können.

Fast zwei Stunden brauchte der Zug, bis er die Tuilerien erreicht hatte.

Auf den Stufen des Schlosses standen die Königin, die Prinzessinnen von Frankreich und die Dauphine – umringt von ihren Hofdamen und einem Heer von Lakaien und Pagen – und erwarteten die Heimkehrenden.

Unter den jubelnden Rufen der Menschen saßen Louis und der Dauphin von ihren Pferden ab und stiegen die Stufen empor. Einen kurzen, kaum wahrnehmbaren Augenblick irrte der Blick des Königs suchend die Fenster der Schlossfassade entlang, doch dann besann er sich und trat auf seine Gemahlin zu.

Sie hatte sich für seine Rückkehr festlich gekleidet und sogar geschminkt, doch trotz des Puders auf ihrer Haut und des Schmucks in ihrem Haar strahlte sie eine bigotte Tugendhaftigkeit aus. Er versuchte sich daran zu erinnern, ob sie früher auch so gewirkt hatte. Nein, in den ersten Jahren nach ihrer Hochzeit hatte sie etwas Natürliches und ungemein Frisches gehabt. Er hatte sie reizend gefunden, obwohl ihr schon damals alles Raffinierte und Sinnliche fremd gewesen war. Doch in ihrer Jugend war ihr Altersunterschied weniger aufgefallen. Inzwischen schien sie beinah eine alte Frau geworden zu sein. Er ehrte und achtete sie – sie hatte seine Kinder geboren und war die Königin von Frankreich –, doch seine Leidenschaft für sie war schon lange erloschen.

Louis küsste ihr die Hand. Die Königin schenkte ihm ein warmes Lächeln. »Ich danke Gott, dass er meine Gebete erhört hat und Euch gesund und siegreich nach Frankreich und zu uns zurückkehren ließ.«

Louis neigte den Kopf, bevor er ihr den Arm reichte und sie unter dem anschwellenden Jubel des Volkes zusammen ins Schloss schritten.

Es war fast Mitternacht. Schnelle Schritte hallten durch den langen Flur des Seitentrakts des Tuilerienschlosses, und die Lakaien, die, an die Wand gelehnt, vor sich hin gedöst hatten, schreckten benommen hoch, als eine große Gestalt um die Ecke bog. Bevor die Diener noch im Halbdunkel das Gesicht erkannt hatten und entgeistert in eine tiefe Verbeugung sinken konnten, war der König schon an ihnen vorbeigeeilt.

Louis lief bis zum Ende des Flurs, an dem die Wachen eilig die doppelte Flügeltür aufrissen, und durchquerte ein Vorzimmer. Zwei Kammerfrauen sahen ihn erschrocken an, als er die Tür zu dem dahinter liegenden Gemach öffnete. Jeanne saß an ihrem Toilettentisch und fuhr, eine Puderquaste in der Hand, zu ihm herum.

Wortlos sah er sie an. Durch ihren spitzenverzierten Negligémantel schimmerte ihre weiße Haut. Ihre Augen strahlten vor Freude. »Sire.«

»Madame.« Er neigte den Kopf, und ein Lächeln glitt über sein Gesicht. Mit einem glücklichen Lachen lief sie auf ihn zu, und er riss sie in seine Arme.

Der Mond warf seinen hellen Schein auf ihre nackten Körper. Ermattet lagen sie eng umschlungen nebeneinander. Louis zeichnete sanft die Linie ihrer Taille bis zu ihrer Hüfte nach.

»Ihr habt einen wundervollen Namen und Titel für mich gefunden«, sagte sie leise.

»Marquise de Pompadour … Ja, der Name passt zu

Ihnen, als wenn Sie schon immer so geheißen hätten.« Er küsste sie. Dann sah er sie an. »Ich habe Ihre Vorstellung bei Hofe auf die nächste Woche, auf den 14. September festlegen lassen.«

In dem Pariser Palais in der Rue de Granelle verspürte der Comte de Maurepas, der an einem Schreibtisch mit modisch geschwungenen goldenen Beinen saß, ein jähes Stechen in seiner Magengrube, als er Marvilles Worte hörte.

Er hatte sich fälschlicherweise in dem Glauben gewogen, dass die ganze Angelegenheit erledigt sei. Sein Polizeioberleutnant hatte ihm im Mai, als der König nach Flandern abgereist war, versichert, dass dieser sein Verhältnis mit Madame d'Étiolles vorher beendet habe. Vielleicht hätte er stutzig werden sollen, dass die Auskünfte über den Verbleib dieser Frau – erst wähnte man sie in der Normandie, dann im Kloster und schließlich auf ihrem Gut in Étiolles – so unterschiedlich ausgefallen waren, aber es hatte keinen Grund gegeben, weshalb er den grundsätzlichen Tatbestand, dass der König sein kleines Abenteuer mit ihr beendet hatte, hätte in Zweifel ziehen sollen. Und nun das!

Um Maurepas' Mund zeigte sich ein scharfer Zug. Er hatte das Siegelwachs, mit dem er gerade einen Brief verschließen wollte, zur Seite gelegt und hoffte noch immer, sich verhört zu haben.

»Sie ist *was?*«

Marville, der vor seinem Schreibtisch stand, rang nervös die Hände. Er wusste, dass ihn das, was er dem Minister jetzt berichten musste, unter Umständen sein Amt als Polizeioberleutnant von Paris kosten konnte.

»Seine Majestät hat sie zur Marquise erhoben.«

»Zur *Marquise?*«, rief der Comte aus. Sein Gesicht hatte einen ungesunden aschfahlen Ton angenommen.

Marville nickte mit gesenktem Blick. »Zur Marquise de Pompadour, genauer gesagt, Monsieur le Comte.«

Für einen Moment rang der Minister angesichts dieser

Ungeheuerlichkeit um Fassung. Zu dem Stechen in seiner Magengrube gesellte sich ein höchst unangenehmer Geschmack auf der Zunge. Er starrte einen Moment lang wortlos auf das Ahnenporträt seines Großvaters Louis Phélypeaux de Pontchartrain, der schon, wie er, als Staatsminister dem König gedient hatte und dafür von Louis XIV. mit der Grafschaft und dem damit verbundenen Titel eines Comte ausgezeichnet worden war.

Maurepas beugte sich vor. Seine wasserblauen Augen hatten sich zu schmalen Schlitzen verengt, als er den Polizeioberleutnant vernichtend anblickte.

»Klären Sie mich bitte auf, Monsieur de Marville. Zuerst hieß es, Madame d'Étiolles sei vom König verstoßen worden und in die Normandie abgereist, dann, dass sie sich auf ihr Gut nach Étiolles zurückgezogen habe und vor Kummer so außer sich sei, dass sie den Rest ihrer Tage im Kloster fristen wolle, und jetzt, jetzt erklären Sie mir, dass nichts davon stimmt, sondern im Gegenteil Seine Majestät nach wie vor ein Verhältnis mit ihr unterhält – und sie geadelt hat?«

Die Kälte in seiner Stimme ließ Marville das Blut in den Adern gefrieren. Er spielte seinen einzigen Trumpf aus, den er hatte, und konnte nur hoffen, dass der Minister ihm glauben würde.

»Es tut mir leid, Monsieur le Comte, aber wir haben Grund zu der Annahme, dass unsere Agenten bewusst mit falschen Informationen versorgt wurden.«

Der Minister verzog verächtlich die Mundwinkel. »Wenn Sie glauben, mit dieser Ausrede Ihren Kopf retten zu können, dann irren Sie sich.«

Marville holte tief Luft. »Monsieur le Comte, es ist die Wahrheit! Wir haben Beweise dafür, dass unsere Informanten von den Brüdern Pâris bestochen wurden!«

»Warum sollten sie das getan haben?«

»Damit niemand den König beeinflusst, bevor …« Der Polizeioberleutnant stockte angesichts der weiteren Ungeheuerlichkeit, die er dem Minister beizubringen hatte. Er blickte den Comte an. »Madame d'Étiolles wurde in den letzten Wochen auf Wunsch des Königs in allem Notwendigen unterrichtet, um am Hof vorgestellt zu werden.«

Maurepas sah ihn schweigend an. Eine Ewigkeit schien zu vergehen, bevor er schließlich sprach. »Sie sind absolut sicher?«

Marville nickte.

Pâris de Montmartel verbeugte sich in ungewöhnlich formeller Art, als Jeanne sein Arbeitskabinett betrat.

»Guten Tag, Marquise.«

Jeanne fand es noch immer merkwürdig, so von ihm angeredet zu werden. Doch Jean Pâris de Montmartel war ein Mann von Prinzipien. Seitdem sie vom König geadelt worden war, hatte er peinlichst darauf geachtet, ihr gegenüber den Respekt und die Form zu wahren, die ihrem Titel zukam.

Er sah sie an, und für einen kurzen Moment flammte in seinem Blick ehrliche Bewunderung auf, als er beobachtete, wie sie sich anmutig in ihrem hellblauen Kleid auf den Stuhl setzte und ihren Seidenfächer vor sich auf den Tisch legte. Während der Wochen, in denen der Abbé sie in der Hofetikette unterrichtete, hatte Pâris de Montmartel sie regelmäßig in Étiolles besucht. Bei einem kurzen Spaziergang im Park oder abends beim Souper versuchte er, ihr ein Bild von den Menschen, die sie in Versailles treffen würde, zu vermitteln – und sie gleichzeitig vor den Höflingen und dem Klerus zu warnen. »Begehen Sie nicht den Fehler, am Hof jemals einem Lächeln oder einer Freundlichkeit zu trauen, denn in Versailles kennt jeder nur ein Ziel – die Gunst des Königs zu erlangen und auf diese Weise Macht und Einfluss zu gewinnen.« Die Fülle und die Details der Informationen, die er selbst über Leute, denen er persönlich nie begegnet war, besaß, verblüfften sie. Zum ersten Mal begriff Jeanne, dass die Macht der Brüder Pâris nicht nur von ihren unerschöpflichen finanziellen Mitteln herrührte.

»Ich freue mich, dass Sie die Zeit gefunden haben, noch einmal zu mir zu kommen«, sagte er jetzt zu ihr.

»Die Auszeichnung des Königs wird mich nicht vergessen lassen, wer die Meinen sind. Ohne Sie wäre ich zweifellos nicht da, wo ich heute bin. Wofür ich Ihnen immer zutiefst verbunden sein werde.« Sie sprach mit großer Wärme. Längst hatte sie Pâris de Montmartel und Le Normant de Tournehem das Kalkül, mit dem sie ihr Leben für ihre Zwecke gesteuert und geplant hatten, verziehen.

Der Hofbankier lächelte. »Als Sie ein Kind waren, sah ich, dass Ihr Potenzial die Möglichkeiten Ihrer Geburt überstieg, und nun werden Sie morgen am Hof von Versailles vorgestellt werden.« Für einen Moment glaubte sie, so etwas wie väterlichen Stolz aus seiner Stimme herauszuhören, als er aufstand und zu einem Sekretär ging, aus dessen lackiertem Schränkchen er eine Schatulle nahm. Als er zurückkam und wieder vor ihr stand, hielt er ein goldenes Medaillon in der Hand.

»Sehen Sie dieses Medaillon? Vor vielen Jahren hat meine Mutter es mir geschenkt und mir gesagt, dass ich mich bei seinem Anblick stets daran erinnern solle, dass ich alles im Leben erreichen könnte, was ich wirklich wollte … Nun, sie hat recht behalten.« Er schaute sie an. »Ich möchte Ihnen dieses Medaillon schenken, damit *Sie* es sind, die sich von nun an immer an diese Worte erinnern.«

Jeanne war sprachlos. Pâris de Montmartel war hinter sie getreten und legte ihr das Schmuckstück um, dann setzte er sich wieder. Einen Moment schwiegen sie beide.

Das Gesicht des Hofbankiers war ungewöhnlich ernst, als er schließlich sagte: »Wenn Sie morgen bei Hofe vorgestellt worden sind, werden Sie offiziell die *Maîtresse en titre* von einem der mächtigsten Männer der Welt sein. Hunderte von Menschen werden Sie von nun an ständig beobachten. Sie werden umgeben sein von Neid, Missgunst und Intrigen. Die Liebe des Königs wird Sie schützen, doch gleichzeitig wird man Sie gerade deswegen hassen. Wie lange Sie die Position der *Maîtresse en titre* halten werden, wird deshalb vor allem davon abhängen, ob Sie es schaffen, nicht im Intrigenkampf des Hofes unterzugehen.«

Pâris de Montmartel blickte sie eindringlich an. »Vergessen Sie deshalb nie, was dieser höchste Adel am Hofe vor allem ist: stolz auf sein Blut und besessen von seiner Ehre. Beides bedeutet diesen Menschen weit mehr als ihr Leben.«

22

Es war sechs Uhr nachmittags, und in den Fluren, *Antichambres* und königlichen Gemächern drängten sich die erwartungsvollen Höflinge. Tuschelnd fuhren die Köpfe herum, als die Türen des Spiegelsaals endlich geöffnet wurden.

Jeanne atmete tief durch, als sie das Spalier der Leute sah. Hoch aufgerichtet trat sie zwischen der Princesse de Conti und der Comtesse d'Estrades – gefolgt von einer weiteren Hofdame – über die Schwelle und bemühte sich, gemessenen Schritts an den Menschen entlangzugehen, obwohl sie am liebsten auf der Stelle kehrtgemacht hätte und weggelaufen wäre. Doch selbst wenn sie gewollt hätte, das schwere bestickte Atlaskleid über dem gewaltigen Panier und die Hofschleppe hätten ihr kaum eine schnelle Bewegung erlaubt.

Jeannes Hände, die in zarten Spitzenhandschuhen steckten, waren feucht. Normalerweise liebte sie es, ein Publikum zu haben – ob sie Theater spielte, sang oder einfach einen Salon betrat und dort die Blicke auf sich zog –, doch das hier war etwas anderes. Die unerbittliche Kälte, die ihr von dem Meer der Gesichter um sie herum entgegenschlug, ließ ein Gefühl der Beklemmung in ihr aufsteigen.

Der Weg durch die Galerie bis zum Ratssaal erschien ihr mit einem Mal endlos. Endlich hatte sie den Eingang zum Cabinet du Conseil erreicht. Auch dort drängten sich die Höflinge. Als Jeanne auf der Schwelle stehen blieb, erkannte sie einige von ihnen wieder. Richelieu, wie immer ein spöttisches Lächeln auf den Lippen; neben ihm der Duc d'Ayen und eine junge, über und über mit Juwelen geschmückte Frau, die Princesse de Rohan, die auch bei der königlichen Jagd dabei gewesen war und Jeanne nun abschätzig musterte; der Maréchal de Noailles; das eisige Gesicht des Comte de Maurepas; die beiden Brüder d'Argenson ...

Zwischen ihnen stand, den Arm auf dem Kaminsims abgestützt, der König. Er hatte mit dem Prince de Conti geplaudert – und drehte sich nun zu ihr. Es war still geworden.

»Euer Majestät, die Marquise de Pompadour«, stellte die Princesse de Conti sie mit erhobener Stimme vor.

Louis sah sie an.

Jeanne sank in der Tür anmutig in eine tiefe Verbeugung.

Wie es das Protokoll vorschrieb, ging sie einige Schritte weiter nach vorn, verbeugte sich ein zweites Mal tief, trat weiter nach vorn, bis sie vor dem König stand, und sank dort erneut in eine dritte Verbeugung.

Louis lächelte. »Wir freuen uns ganz besonders, Sie in Versailles begrüßen zu dürfen, Madame.«

Sie neigte, unter ihrem Puder leicht errötend, den Kopf. »Es ist mir eine große Ehre, Euer Majestät.«

Er nickte ihr zu, als Zeichen, dass dem Zeremoniell damit Genüge getan war und sie sich wieder zurückziehen dürfte.

Jeanne verbeugte sich. Nun hieß es, den Raum genauso wieder zu verlassen, wie sie gekommen war – rückwärtsgewandt, ohne auf ihre Schleppe zu treten. Sie hatte das schwierige Manöver sorgfältig geübt und konnte nur beten, dass es jetzt, wo alle Blicke auf sie gerichtet waren, gut ging.

Mit so viel Eleganz wie möglich führte sie vorsichtig ihren Fuß nach hinten, mit dem sie den Stoff der Schleppe von sich wegstieß, bevor sie ihn wieder auf den Boden aufsetzte. Dann ließ sie den anderen Fuß auf genau die gleiche Weise folgen. Schritt für Schritt näherte sie sich so rückwärts der Tür. Erleichtert erreichte sie schließlich die Schwelle, an der sie sich ein letztes Mal tief vor Louis verbeugte.

Die Comtesse d'Estrades, die nur zwei Tage vor ihr am Hof vorgestellt worden war, blickte sie anerkennend an. »Man könnte glauben, Sie hätten ihr Leben lang nichts anderes getan, als mit der Schleppe rückwärts durchs Leben zu schreiten«, flüsterte sie Jeanne vergnügt zu, nachdem sie das Cabinet verlassen hatten und nun zurück durch das Spalier der Höflinge durch den Spiegelsaal schritten. Ein Lächeln huschte bei ihren Worten über Jeannes Gesicht.

Das Protokoll sah vor, dass sie nacheinander jedem Mitglied der königlichen Familie vorgestellt wurde. Doch die nächste Begegnung war die, die sie am meisten fürchtete – sie würde der Königin präsentiert werden.

Das Gemach von Marie Leszczynska war noch voller als das Cabinet du Conseil. Keiner wollte sich die Begegnung zwischen der gedemütigten Königin und ihrer unstandesgemäßen jugendlichen Nebenbuhlerin entgehen lassen.

Marie Leszczynska saß, einem Bild würdevoller Tugend gleich, umringt von ihren Hofdamen in einem Armlehnstuhl und stickte.

Sie schaute auf. Zu ihrer rechten Seite stand eine Gruppe von Hofgeistlichen, die Jeanne mit offener Feindseligkeit musterten, als sie das Gemach mit den gleichen Verbeugungen wie soeben beim König betrat.

Einer der Kirchenmänner bekreuzigte sich mit finsterem Gesicht. Monsignore Boyer! Sie erkannte ihn. Pâris de Montmartel hatte ihr einige Porträts von den Höflingen gezeigt. Der Mann neben ihm musste der Kardinal de Rohan sein.

Jeanne sank vor der Königin in eine Verbeugung.

»Euer Majestät, die Marquise de Pompadour«, sagte die Princesse de Conti – sichtlich verlegen.

Jeanne neigte sich, wie es vorgeschrieben war, tief nach unten und senkte dabei den Kopf zum Boden, um den Rocksaum der Königin zu küssen, den diese jedoch, wie es das Zeremoniell erforderte, rechtzeitig wegzog. Sie gab Jeanne mit einer Handbewegung die Erlaubnis, sich wieder zu erheben.

Die braunen Augen in dem reifen, fast ungeschminkten Gesicht, das von einer weißen, altjüngferlichen Haube umrandet wurde, musterten sie kühl und streiften kurz ihre tief dekolletierte Hofrobe.

Jeanne spürte, dass die Blicke der Höflinge um sie herum mit begieriger Spannung auf sie und die Königin gerichtet waren, als verfolgten sie ein Duell. Sie fühlte sich furchtbar und verstand mit einem Mal, welch ein Affront ihre Vorstellung für die Gemahlin von Louis bedeuten musste.

Mit einem um Verzeihung bittenden Ausdruck senkte sie in einer respektvollen Geste erneut den Kopf. Der eisige Blick der Königin milderte sich etwas.

»Es freut mich, Sie am Hof zu begrüßen, Marquise«, sagte Marie Leszczynska schließlich.

Alles im Raum hielt den Atem an.

»Wie ich hörte, sind Sie mit Madame de Saissac bekannt?«

Jeanne und mit ihr alle im Gemach blickten die Königin erstaunt, beinah entgeistert an. Jeder im Raum hatte damit gerechnet, dass Marie Leszczynska sie mit ein, zwei knappen Sätzen abfertigen würde. Dass sie sich jedoch auf Madame de Saissac, eine der wenigen adligen Bekannten bezog, die Jeanne schon seit ihrer Kindheit hatte, war ein außergewöhnliches, fast schon an Wohlwollen grenzendes Entgegenkommen.

Jeanne blickte die Königin erleichtert und erfreut zugleich an. »Ja, Euer Majestät. Ich schätze mich glücklich, mich zu ihren Freunden zählen zu dürfen.«

Die Königin nickte. »Ich hatte kürzlich das Vergnügen, ihre Bekanntschaft in Paris zu machen. Eine reizende Person. Ich hoffe, es geht ihr gut?«

»Sie erfreut sich Gott sei Dank bester Gesundheit und wird überaus glücklich über Eure Nachfrage sein, Euer Majestät«, erwiderte Jeanne liebenswürdig.

»Das ist schön zu hören.« Die Königin ignorierte die Blicke der Höflinge, die ungläubig der Konversation zwischen den beiden Frauen gefolgt waren.

Eine Sekunde lang trafen sich die Augen der beiden Frauen. Jeanne war voller Hochachtung für Marie Leszczynska.

»Nun, Madame, ich hoffe, das Leben in diesem Land hier wird Ihnen gefallen«, sagte die Königin und gab ihr mit einem Kopfnicken zu verstehen, dass die Konversation damit beendet war.

»Danke, Euer Hoheit! Ich versichere Euch meinen tiefsten Respekt und dass ich den großen Wunsch habe, Euch zu gefallen«, sagte Jeanne, die sich schwor, die Größe, die die Königin ihr gegenüber gezeigt hatte, nie zu vergessen. Sie verneigte sich tief. Dabei glitt ihr rechter Handschuh, den sie ausgezogen hatte, aus ihrer Hand und fiel zu Boden. Eilig hob die Princesse de Conti ihn auf, während Jeanne rückwärts den Raum verließ.

Als sie sich auf der Schwelle umdrehte und zurück durch das Vorzimmer zum Spiegelsaal ging, setzte ein Raunen und Tuscheln ein …

»Das waren mindestens acht Sätze, die sie mit dieser Person gewechselt hat.«

»Nun, selbst wenn, es ist dennoch nicht zu übersehen, dass sie eine Bürgerliche und gewöhnlich bis ins Blut ist und bleiben wird«, erwiderte eine Stimme laut genug, damit Jeanne es hören konnte.

Eine Ewigkeit verging, bis sie am Abend endlich allein waren. Louis zog sie in seine Arme. »Eine überaus beeindruckende Vorstellung, Madame.«

Sie lächelte, doch dann sah sie ihn nachdenklich an. »Die Königin … sie war sehr entgegenkommend«, sagte sie zögernd.

»Tatsächlich?«, entgegnete Louis gleichgültig. Sein Blick glitt an ihrem Negligémantel hinunter.

Sie wollte noch etwas sagen, doch er kam ihr zuvor, indem er ihr sanft den Finger auf den Mund legte. »Schließen Sie die Augen!«

Sie tat es, und er streifte ihr den Negligémantel langsam von den Schultern, bis sie nackt vor ihm stand. Sie spürte, wie er sie ansah. Ihr Atem ging schneller, als seine Hände über ihre Haut glitten. Etwas kühles Schweres legte sich auf einmal auf ihr Dekolleté.

Instinktiv griff sie mit der Hand danach und öffnete die Augen. Ein glitzerndes, filigran gearbeitetes Gebilde aus Saphiren und Diamanten schmiegte sich um ihren Hals. »O Sire, es ist wunderschön«, stieß sie bewundernd hervor, als sie in den Spiegel sah.

Er war lächelnd hinter sie getreten und legte die Arme um sie.

»Deshalb passt es zu Ihnen.« Zärtlich küsste er sie auf den Nacken.

23

Ein rauer ungemütlicher Wind fegte über die Pflastersteine im Hof des Palais de Rohan und trieb in der Dunkelheit der Nacht wirbelnd die ersten Herbstblätter vor sich her. Die züngelnden Flammen der Fackeln, die neben den schweren eisenbeschlagenen Eingangstüren des prächtigen Pariser Stadthauses brannten, ließen für einen kurzen Moment die Umrisse mehrerer wappen- und kreuzverzierter Kutschen erkennen.

Oben im zweiten Stock, in dem von Kerzenlicht erleuchteten Arbeitskabinett des Großalmoseniers Kardinal de Rohan, saßen um einen langen dunklen Eichentisch herum sechs Geistliche versammelt.

Monsignore de Vintimille, der alte Erzbischof von Paris, hatte sein von Falten zerfurchtes Gesicht zum Kardinal de Rohan gewandt. »Und sie ist tatsächlich vorgestellt worden?«

Der Kardinal, dessen Gesicht unter der roten Kappe nur noch von einigen spärlichen weißen Haaren umrahmt wurde, nickte. »Ja, Seine Majestät hat sich nicht gescheut, sie zur neuen Mätresse zu machen«, sagte er, und in seiner Stimme schwang tiefes Bedauern darüber, dass der Tod der Châteauroux nicht mahnendes Zeichen Gottes genug gewesen war, um den König von seinem sündhaften Lebenswandel abzubringen. Leider!

In den Augen von Monsignore Boyer, der ihnen gegenübersaß, flammte zornige Empörung auf. »Wir können nicht dulden, dass die Gesetze der Kirche dermaßen ad absurdum geführt werden, und dem öffentlichen Verhältnis zweier Ehebrecher so zusehen!«

»Nein, fürwahr«, stimmte ihm der Kardinal mit finsterer Miene zu, ohne auszusprechen, was sie alle dachten. Seit dem Vorfall in Metz – im Sommer vor einem Jahr –, als der König glaubte zu sterben und sein damaliger Großalmosenier ihn als Buße für seine Absolution so demütigend gezwungen hatte, seine Mätresse aus der Stadt zu jagen und seine Sünden öffentlich zu bereuen, war Louis' Verhältnis zum Klerus deutlich abgekühlt. Eine gewisse Vorsicht war seitdem angebracht, wenn es darum ging, moralisch Einfluss auf den König zu nehmen. Es war ihnen leider allen noch gut in Erinnerung, dass Louis, nachdem er wider Erwarten in Metz zurück ins Leben gefunden hatte, seinen Ersten Hofgeistlichen sofort seiner Dienste enthoben hatte – ein Umstand, dem der Kardinal de Rohan sein heutiges Amt verdankte. Er seufzte leise. Leider hatte Monsignore Boyer jedoch recht, man konnte in diesem Fall keine Nachsicht walten lassen, denn die Sündhaftigkeit des neuen Verhältnisses Seiner Majestät wog doppelt schwer, da seine Mätresse ebenfalls verheiratet war, und ein zweifacher Ehebruch konnte unter gar keinen Umständen toleriert werden.

Père Pérusseau, der Beichtvater des Königs, schüttelte bedächtig den Kopf. »Es ist unglaublich, dass Seine Majestät sich von seiner Leidenschaft hat hinreißen lassen, diese Frau über ihren Stand zu erheben, den Gott für sie bestimmt hat.«

Der Kardinal nickte. Er wandte sich zu Boyer: »Wie steht Seine Hoheit, der Dauphin, zu der Angelegenheit?«

»Nun, um ehrlich zu sein, Seine Hoheit ist zutiefst beunruhigt«, erklärte Boyer, der nicht nur der Erzieher von Louis-Stanislas war, sondern den Prinzen und die Königin auch in seelsorgerischen Belangen unterwies. Er blickte bedeutungsvoll in die Runde. »Er bittet uns, jeden Einfluss geltend zu machen, um seinen Vater wieder zurück in den Schoß seiner Familie und der Kirche zu holen.«

»Verzeihen Sie, Messieurs, aber vielleicht messen wir dieser Angelegenheit auch zu viel Bedeutung bei«, mischte sich der Erzbischof de La Rochefoucauld von der anderen Seite des Tisches ein. Mit seinen vierundvierzig Jahren war er der Jüngste im Raum, doch die Tatsache, dass er gerade zum französischen Botschafter im Vatikan ernannt worden war, verschaffte ihm eine Geltung, die der der älteren Kleriker in nichts nachstand. »Angesichts ihrer Herkunft wird diese Frau es niemals schaffen, sich am Hof zu halten«, fuhr er abschätzig fort. »Und wahrscheinlich wird die ganze Angelegenheit dem König schon bald sehr peinlich sein.«

»Hoffen wir, dass Sie recht haben«, sagte Boyer.

Die Gesichter richteten sich nun fragend auf den Kardinal, dem es oblag, eine Entscheidung zu treffen.

Der stand auf und ging mit gerunzelter Stirn einige Schritte in dem Kabinett auf und ab. Nachdenklich blieb er vor dem Gemälde an der Wand stehen und betrachtete die Darstellung der Apokalypse, die darauf zu sehen war. Eine alles verschlingende Feuersbrunst. Engel schwebten darüber – die Hoffnung der Erlösung. Ja, nur der Sündige hatte Gott zu fürchten. Wie oft hatte er diese Worte schon gepredigt. Sein Blick ging zurück zu der Runde am Tisch. »Ich denke, wir sollten mit Umsicht darauf hinwirken, Seiner Majestät klarzumachen, welche Konsequenzen sein Handeln hat …«

Ein Geräusch aus der Ferne ließ Jeanne aus den Tiefen ihrer Träume auftauchen und gerade so weit wach werden, dass sie spürte, dass Louis sie im Schlaf an sich gezogen hatte. Eine wohltuende, Geborgenheit spendende Wärme strömte von seinem Körper aus. Sie hörte ihn etwas murmeln und schmiegte sich an ihn, bevor sie mit einem zufriedenen Gefühl wieder zurück in das Reich ihrer Träume glitt, als sie eine fremde Stimme hörte.

»Sire! Ich bitte untertänigst um Verzeihung, Sire, aber es ist Zeit.«

Diesmal war sie wach. Sie schlug die Augen auf. Le Bel,

der Kammerdiener, stand mit einem Leuchter in der Hand vor ihrem Bett und direkt hinter ihm ihre Zofe, die ihn hereingelassen hatte. »Verzeiht, Sire, aber es ist bereits sieben.«

Louis, der wach geworden war, richtete sich schlaftrunken auf und nickte. »Madame.« Sanft küsste er Jeanne auf die Stirn, dann warf er sein Hemd über und schlüpfte in den Hausmantel, den Le Bel ihm formvollendet hinhielt, ohne die geringste Miene angesichts der Nacktheit seines Herrn zu verziehen.

Louis konnte nur mühsam ein Gähnen unterdrücken und folgte seinem Kammerdiener. Zwei mit Fackeln ausgerüstete Pagen leuchteten ihnen den Weg. Sie stiegen die Treppe hinunter und durchquerten den Gang, bis sie durch eine Seitentür die königlichen Staatsgemächer erreicht hatten, wo Louis im Schlafgemach wieder ins Bett stieg. Le Bel zog eilig die Vorhänge zu. Einen Moment lang war der König in Versuchung, erneut einzuschlafen. Doch draußen, im *Antichambre,* konnte man bereits das Raunen der wartenden Höflinge vernehmen. Sein Schlaf kam in letzter Zeit entschieden zu kurz, dennoch hatte er sich lange nicht mehr so gut gefühlt. Er lächelte.

»Wir können dann beginnen«, verkündete er laut.

»Sehr wohl, Euer Majestät.«

Er konnte hören, wie Le Bel durch den Raum schritt und die Flügeltüren öffnete. Die Höflinge betraten das Gemach. Kurz darauf zogen zwei Hände die Vorhänge seines Bettes auf, und der Kopf von Richelieu tauchte vor ihm auf.

»Guten Morgen, Sire«, sagte der Erste Kammerherr mit einer tiefen Verbeugung. »Ich hoffe, Euer Majestät haben wohl geruht?«

Die Sonne ging langsam über dem Park auf. Jeanne hatte sich im Bett aufgesetzt und sah verträumt nach draußen, wo das Laub der geschnittenen Bäume und Hecken angefangen hatte, sich golden und rot zu verfärben. Die Räume, die sie bezogen hatte und die ehemals die Duchesse de Châteauroux bewohnt hatte, lagen im Nordwesten des Schlosses. Der Ausblick war märchenhaft. Man konnte die Brunnenpyramide und die Kaskade des Bades der Nymphen Dianas sehen. Dahinter lag eine lange, von glänzenden Bronzestatuen gesäumte Allee, die den Blick in der Weite zu dem Drachenbecken und Neptunbassin öffnete.

Jetzt am Morgen stieg die Feuchtigkeit in einem flirrenden Dunst über den Brunnen und Becken auf, und die ersten Sonnenstrahlen ließen die Landschaft, in deren Ferne sich die Wälder von Marly erstreckten, in einem sanften nebligen Zauber erglitzern.

Jeanne nahm einen Schluck von der heißen mit Zimt gewürzten Schokolade, die ihr die Zofe gebracht hatte. Nachdem Louis gegangen war, hatte sie nicht mehr einschlafen können. Sie konnte es immer noch nicht recht glauben, dass sie jetzt tatsächlich bei Hofe eingeführt war. Mit dem gestrigen Tag war sie nun wie jeder andere Höfling berechtigt, die Feste, die Bälle und Empfänge in Versailles zu besuchen, sie durfte, wenn sie dazu aufgefordert wurde, an den Zeremonien, der Jagd oder den privaten Soupers des Königs oder der Königin teilnehmen und sogar in deren Kutsche steigen.

Sie war dreiundzwanzig Jahre und die offizielle Mätresse des Königs von Frankreich.

Einen Moment gab sie sich diesem berauschenden Gedanken hin, doch dann streifte ihr Blick die Uhr. Fast acht! Zeit, dass sie aufstand. Le Normant de Tournehem und Pâris de Montmartel hatten versprochen, ihr während der Morgentoilette ihre Aufwartung zu machen, und die Comtesse d'Estrades würde bestimmt auch kommen.

Jeanne stellte ihre Tasse ab und wollte gerade nach der Klingel greifen, als ihre Zofe mit einem Knicks den Raum betrat. In den Händen balancierte sie ein silbernes Tablett, auf dem sich Briefe und Visitenkarten türmten.

Ratlos sah sie Jeanne unter ihrem Häubchen an. »Verzeihung, Madame, draußen auf der Treppe zu Ihren Gemächern steht man Schlange. Das hier ist für Sie abgegeben worden.

Die Herrschaften bitten alle darum, Ihnen ihre Aufwartung machen zu dürfen.«

Jeanne blickte entgeistert auf das Tablett und nickte schließlich. »Stellen Sie es bitte hier ab.« Sie deutete auf das Nachttischchen.

Mit einer vorsichtigen Bewegung kam die Zofe der Aufforderung nach. Sichtlich erleichtert, dass der Papierberg auf dem Tablett nicht ins Wanken geraten und zu Boden gesegelt war, richtete sie sich wieder auf und verließ mit einem Knicks den Raum.

Neugierig und ungläubig zugleich blätterte Jeanne die Briefe und Karten durch. Der größte Teil von ihnen stammte von Leuten, die sie nicht kannte oder denen sie zumindest bisher noch nicht begegnet war. Menschen, die ihr irgendetwas verkaufen wollten – Pferde, Kutschen, Möbel, Juwelen, exotische Haustiere, bis hin zu Elixieren, die ihr ewige Jugend und Schönheit versprachen. Dann waren da aber auch einige alte, längst vergessene Bekannte, die sich wieder in Erinnerung rufen wollten, und einige Bittstellern, die sich durch sie irgendeine Gunst bei Hofe erhofften. Es gab Einladungen zu Soupers und Festen sowie schmeichelnde Gratulationen zu ihrer neuen Position. Dazwischen zog Jeanne ein Billett von Voltaire hervor: *»Mit leuchtenden Strahlen ist Ihr Stern aufgegangen. Ganz Paris und Versailles, ach nein, was sage ich – ganz Frankreich und Europa spricht über Sie! Ein alter Freund hofft dennoch, Sie besuchen zu dürfen …«*

Ein amüsiertes Lächeln glitt über ihre Lippen, während sie nach der Zofe klingelte.

»Ja, Madame?«

Jeanne hatte einige Karten und Briefe, die ihr wichtig erschienen, aus dem Stapel herausgenommen und reichte sie der Zofe. »Diese Leute können Sie vorlassen, sobald ich mit Monsieur Le Normant de Tournehem und Monsieur Pâris de Montmartel gesprochen habe. Ach ja, und richten Sie bitte Monsieur Voltaire aus, dass ich mich glücklich schätzen würde, ihn dann ebenfalls bei der Toilette begrüßen zu dürfen.«

»Sehr wohl, Madame.«

Die Zofe verließ mit einem Knicks wieder das Schlafgemach, als Jeanne einen Brief sah, der zur Seite gerutscht war und neben dem Tablett auf dem Nachttisch lag. In einer gestochen scharfen Schrift stand ihr Name darauf geschrieben. Jeanne griff nach dem Umschlag und drehte ihn um, doch nirgendwo war ein Absender zu sehen. Neugierig öffnete sie ihn und las …

»Madame? Geht es Ihnen gut?« Die Zofe, die mit ihrem Morgenmantel und den Pantoffeln in der Hand zurückgekommen war, sah sie besorgt an. Aus dem Gesicht ihrer Herrin war alle Farbe gewichen.

»Aber ja«, sagte Jeanne mit ausdrucksloser Stimme. Wortlos zerknüllte sie dann das Schreiben und warf es mit einer Geste der Verachtung in das knisternde Kaminfeuer.

»Messieurs, darf ich fragen, was es so Dringendes gibt, dass Sie mich noch vor der Messe allein zu sprechen wünschen?« Die dunklen Augenbrauen des Königs, der in seinem Kabinett stand, waren fragend nach oben geschnellt, und er warf einen demonstrativen Blick auf seine goldene Taschenuhr, bevor er sich – gerade noch höflich genug, dass seine Ungeduld nicht brüskierend wirkte – zu den drei Geistlichen, dem Kardinal de Rohan, Monsignore Boyer und seinem Beichtvater, Père Pérusseau, wandte.

Das rundliche Gesicht von Père Pérusseau hatte einen mahnenden Ausdruck angenommen. »Euer Majestät, erlaubt uns zu sagen, dass wir in großer Sorge sind.«

»Dürfte ich erfahren, weshalb?«, fragte Louis und stemmte seine rechte Hand in die Hüfte.

»Euretwegen, Sire.«

Louis sah ihn verständnislos an.

»Euer Majestät, verzeiht, aber die Kirche fürchtet um Euer Seelenheil.« Der Tonfall von Père Pérusseau war streng geworden. »Ihr wisst, dass Ehebruch eine schwere Sünde ist.«

»Und die Marquise ist ebenfalls verheiratet. Damit versündigt Ihr Euch in zweifacher Weise, Euer Majestät«, fügte der Kardinal hinzu.

Louis schwieg, nicht die geringste Regung war auf seinem Gesicht zu erkennen.

Jede ihrer Mahnungen würde in diesem Zustand einfach an ihm abprallen, dachte der Kardinal de Rohan resigniert, als er das ausdruckslose Gesicht des Königs sah.

»Sire, die Königin und Eure Kinder, sie sind untröstlich«, versuchte es Monsignore Boyer, der seine hageren Hände in einer bittenden Geste inbrünstig gefaltet hatte, erneut.

»Messieurs, es ist Ihre Pflicht, mich über die Konsequenzen meines Handelns aufzuklären – und ich danke Ihnen für Ihre Besorgnis«, erwiderte der König schließlich kühl. »Ich versichere Ihnen indessen, dass ich mir meiner Sünden vollauf bewusst bin – deshalb empfange ich zurzeit, wie Sie wissen, auch nicht die Sakramente.«

Mit diesen Worten ging er und ließ die drei Geistlichen mit einem knappen Kopfnicken stehen.

Jeanne ließ ihren Blick unauffällig über die unzähligen gepuderten Gesichtern schweifen, während sie in Begleitung der Comtesse d'Estrades und des Abbé de Bernis durch die Galerie schritt, in der der Hof auf das Erscheinen des Königs wartete. Sie hatte gewusst, dass das Leben und die Menschen am Hof anders waren, doch wie sehr, wurde ihr erst jetzt klar, als sie die Hunderte von Höflingen sah. Einige von ihnen verbeugten sich vor ihr, als sie sie erkannten, und grüßten, doch die meisten musterten sie nur mit kühler Arroganz. Die Spiegel warfen ihre heimlichen Blicke zurück, die vorgehaltenen Fächer, hinter denen sie tuschelnd über sie sprachen und sie beobachteten.

Nur mit halbem Ohr gelang es Jeanne, der süffisanten Geschichte zu lauschen, die die Comtesse d'Estrades erzählte. »... und die gute Duchesse hat daraufhin natürlich das Einzige getan, was man in solch einer pikanten Situation tun kann – sie ist eiligst in Ohnmacht gefallen ...«

Der Abbé de Bernis lachte.

Pflichtschuldig bemühte sich Jeanne, ebenfalls zu lächeln, obwohl sie nicht einmal mitbekommen hatte, um wen es überhaupt ging. Ihre Gedanken kehrten immer wieder zu dem Brief zurück, den sie am Morgen erhalten hatte. Sie konnte sich nicht gegen die fröstelnde Beklemmung wehren, die sie ergriff, wenn sie an den Inhalt des Geschriebenen dachte.

Der Stab des Heroldes, der laut und hallend auf den Boden aufschlug, riss sie aus ihren Gedanken. Im Spiegelsaal wurde es still.

»Seine Majestät, Louis XV., König von Frankreich.«

Alles sank in eine tiefe Verbeugung. Hocherhobenen Hauptes schritt Louis in Begleitung seiner Garden und einiger Höflinge durch die Galerie, nickte im Vorbeigehen nach rechts und links und wechselte mit einigen Adligen ein paar kurze Worte.

Schließlich blieb er vor Jeanne stehen.

»Marquise.«

»Euer Majestät.«

Sie neigte anmutig den Kopf, als sie wahrnahm, dass der König an ihr heruntersah und auf einmal die Stirn runzelte. Nervös folgte sie seinem Blick. Irgendetwas machte sie falsch, doch sie wusste nicht, was. Die Verbeugung war richtig, ihre Haltung und die Neigung des Kopfes stimmte … Was um Himmels willen konnte es bloß sein? Sie sah, dass der Abbé de Bernis ihr ein unauffälliges Zeichen machte. Was meinte er? Ihre Hände? O Gott, nein – der Fächer! Ein Blick zu den anderen Frauen zeigte ihr, dass sie die Einzige war, die ihn nicht geschlossen hatte. Die abschätzigen Blicke der Höflinge ließen ihr vor Verlegenheit das Blut in die Wangen schießen. Eilig klappte sie ihren Fächer zusammen.

»Madame.« Louis nickte freundlich und ging weiter. Auf der anderen Seite des Spiegelsaals erwartete ihn bereits die Königin. In einem langen Tross schloss sich der Hof dem Herrscherpaar an, um ihm zur Messe zu folgen.

»*Wir werden mit einigen Vertrauten* ein paar Tage nach Choisy fahren, um etwas Zeit für uns zu haben«, sagte Louis am Abend zu ihr. Sie standen auf der Terrasse und betrachteten den klaren Sternenhimmel.

Jeanne sah ihn erstaunt an und versuchte nicht, ihre Freude zu verbergen. Sie hatten sich tagsüber kaum eine Minute allein gesehen. Louis hatte am Vormittag im Staatsrat mit seinen Ministern und Marschällen an den Kriegsplänen gearbeitet, war mittags zur Messe gegangen, hatte in Anwesenheit des Hofes mit seiner Familie diniert und war danach kurz bei ihr gewesen, um sich dann erneut einige Stunden mit seinen Beratern zurückzuziehen und am späten Nachmittag zur Jagd zu gehen, auf der sie und der Hofstab ihn begleitet hatten. Die ganze Zeit war er von Höflingen umgeben gewesen. Jeder Blick und jedes Wort, das er zwischendurch mit ihr gewechselt hatte, war eifersüchtig von unzähligen Augenpaaren beobachtet worden. Der Tag hatte Jeanne eine leise Ahnung bekommen lassen, was es bedeuten würde, am Hof zu leben. Nichts war einfach hier, und sie spürte, dass sie bei jedem Schritt auffiel und ständig Gefahr lief, sich bloßzustellen. Es war nicht allein die Etikette und das Zeremoniell, die sie nicht sicher beherrschte, sondern unzählige andere Kleinigkeiten im Verhalten und Benehmen der Höflinge. Alles an diesen Menschen war anders – die Art, wie sie sich setzten, ihren Rock zur Seite schlugen oder einfach nur zusammenstanden und plauderten. Etwas Überstilisiertes, ein Hauch Überzogenes lag in jeder ihrer Bewegungen, ja selbst in ihrer übertrieben nasal akzentuierten Sprache. Trotz ihres schauspielerischen Talents war sich Jeanne sicher, dass sie es niemals schaffen würde, ihren Gesten und ihrer Haltung diese herablassende Contenance zu verleihen, die diesen Menschen mit in die Wiege gelegt worden war.

Sie war dankbar für den Abbé de Bernis an ihrer Seite, der ihr unauffällig half, sie vor den schlimmsten Fauxpas zu bewahren. Leider waren nicht alle zu verhindern gewesen. Mit Unbehagen dachte sie an das abendliche Souper in den Privatgemächern von Louis, bei dem sie zu spät gesehen hatte, dass der König bei einem der Gänge nicht von seiner Suppe gegessen hatte. Niemand hatte sein Besteck auch nur angerührt, nur sie hatte den Löffel schon halb zum Mund gehoben und dann verlegen wieder abgelegt. Die blasierte Arroganz, die ihr aus den Augen der anderen entgegenschlug, traf sie bis ins Mark. Zwar hatte der König getan, als wenn er ihren Fehler nicht gesehen hätte, doch sie war sich sicher, dass er ihn bemerkt hatte.

»Mit der Zeit werden Sie sich an alles in Versailles gewöhnen«, sagte Louis, als wenn er ihre Gedanken erraten hätte. Seine Hände waren unter ihren pelzgefütterten Umhang geglitten. »Choisy wird Ihnen gefallen«, murmelte er, bevor seine Lippen sie berührten und er sie küsste.

24

Eine Kolonne von Kutschen, königlichen Equipagen und reitenden Garden wälzte sich die breite Allee entlang. Auf einer Anhöhe vor ihnen lag das prächtige sandsteinfarbene Schloss. Im Vergleich zu Versailles oder Fontainebleau mutete Choisy geradezu winzig an, doch schon von Weitem sah man, dass das Gebäude und die Parkanlage deshalb nicht weniger aufwendig und eindrucksvoll gestaltet worden waren.

»Sorgen Sie dafür, dass die Rittmeister Bescheid wissen, dass wir am Nachmittag zur Jagd aufbrechen«, sagte Louis gut gelaunt zum Duc d'Ayen, der zusammen mit ihm, Jeanne und dem Duc de Richelieu in der Kutsche saß.

Sie schaute nach draußen. Choisy! Sie erinnerte sich, wie sie dem König in den Wäldern von Sénart das erste Mal begegnet war. Hätte ihr damals jemand gesagt, dass sie eines Tages an seiner Seite hierher kommen würde – nie hätte sie es geglaubt.

Sie spürte Louis' Blick.

»Ein Königreich für Ihre Gedanken, Madame.«

Sie neigte den Kopf etwas zur Seite. Ihre Augen blitzten herausfordernd. »Welches? Das Eure oder das der Österreicher und Engländer, Sire?«

Louis lachte. Eine kurzweilige Fahrt lag hinter ihnen. Selbst Richelieu hatte es mit seiner Art nicht mehr geschafft, Jeanne aus dem Gleichgewicht zu bringen.

Louis ergriff ihre Hand und küsste zärtlich ihre Fingerspitzen. »Sie sind unbezahlbar, Madame, und Sie hätten in der Tat alle drei Reiche verdient. Gewähren Sie mir bei zweien jedoch zunächst noch die Zeit, sie zu Ende zu erobern«, entgegnete er belustigt.

Der Zug der Kutschen war zum Stehen gekommen. Eine Armee grün livrierter Dienstboten stand in der Einfahrt bereit und half den Pagen und Lakaien des Hofes beim Abladen der Kisten und Truhen. Auch wenn der König nur mit wenigen Vertrauten hierhergereist war – die Anzahl der Menschen, die ihn und die Höflinge begleiteten, war beträchtlich.

Louis zeigte Jeanne das Schloss. Er hatte Choisy erst vor einigen Jahren gekauft und seitdem eine Reihe von Umbauten durchführen lassen. Die königlichen Gemächer und die Galerie des Speisesaals waren vergrößert worden, ebenso die Terrasse, die zur Seine hinausging, und außerdem war ein neues Hauptgebäude gebaut worden. Er ließ Gabriel, den Architekten, die Pläne holen. In großen Bewegungen fuhren seine Hände über die Zeichnungen, während er ihr voller Begeisterung die Veränderungen zeigte, die er noch plante – einen Seitenflügel mit weiteren Unterkünften, ein Theater, eine neue Orangerie, andere Bäder und Stallungen.

»Das Schöne an Choisy ist, dass es im Gegensatz zu Versailles und Fontainebleau kaum etwas im Stil aus den vergangenen Jahrhunderten gibt, das man bei den Umbauten berücksichtigen muss. Man kann seiner Fantasie völlig freien Lauf lassen«, erklärte Louis, der in Versailles bei allen architektonischen Erneuerungen immer darauf geachtet hatte, den Stil und die Tradition zu wahren, in der sein Urgroßvater, Louis XIV., das Schloss hatte errichten lassen.

»Ihr seid genauso begeistert und besessen von der Architektur wie mein Oheim«, sagte Jeanne mit einem Lachen.

»Tatsächlich? Sie müssen ihn mir einmal vorstellen.«

Sie waren nach draußen auf die Terrasse getreten, von der aus man den Park überblicken konnte, der an seinem Ende von einer schmalen Kaimauer begrenzt wurde. Dahinter glitzerte das grünblaue Wasser der Seine. An einem Steg schaukelten sanft einige venezianische Gondeln, und in der Mitte des Flusses glitt ein kleines Segelboot vorbei.

»Es ist bezaubernd hier«, sagte sie.

Louis nickte. Er war hinter sie getreten und hatte die Arme um sie gelegt. Sie spürte seinen Körper durch den Stoff ihres Kleides und lehnte sich an ihn.

»Ich habe eine Überraschung für Sie.« Er drehte sie zu sich herum.

Ein livrierter Diener war mit einem Korb, um den eine große blaugoldene, mit der Bourbonenlilie bedruckte Schleife gebunden war, auf die Terrasse getreten. Er stellte den Korb mit einer Verbeugung vor ihnen auf den Boden. Jeanne hörte ein Fiepen, und im selben Moment steckten zwei flauschige karamellfarbene Hundewelpen, kaum größer als ein Wollknäuel, ihre Köpfchen über den Rand des Korbes.

Richelieu, d'Ayen und der Comte de Coigny, die einige Schritte entfernt auf der Terrasse neben ihnen standen, schauten neugierig zu ihnen herüber.

»Nein, wie entzückend.« Jeanne sank verzaubert in die Knie.

Die beiden Tiere, um deren Hals die gleichen blaugoldenen Schleifen wie um den Korb gebunden waren, hopsten über den Rand und tapsten auf sie zu.

Jeanne streckte lachend die Hände nach den beiden Welpen aus, die begeistert an ihr hochsprangen.

Louis beobachtete amüsiert, wie sich die beiden Tiere in den Schoß ihres Rockes fallen ließen und sich an sie schmiegten. »Nun, Madame, offensichtlich sind sie Ihnen – genau wie ich – sofort verfallen.«

Richelieu, d'Ayen und der Comte de Coigny wechselten einen vielsagenden Blick.

Es waren romantische, von einer unbeschreiblichen Leichtigkeit durchdrungene Tage, die sie in Choisy verlebten. Sie verbrachten die Zeit beim Spiel, bei der Jagd, machten ausgiebige Spaziergänge an der Seine, picknickten im Park und liebten sich.

Jeanne war Louis dankbar dafür, dass er diese Umgebung für die ersten Tage, die sie offiziell an seiner Seite war, ausgesucht hatte. Einmal mehr spürte sie, dass er versuchte, es ihr leicht zu machen, sich in ihre neue Rolle hineinzufinden.

Neben allen Vergnügungen und Zerstreuungen kümmerte sich Louis täglich einige Stunden um die Staatsgeschäfte. Gab es keine Zusammenkunft mit den Ministern und Beratern seines Staatsrates, die täglich eigens aus Versailles anreisten, zog er sich in sein Arbeitskabinett zurück, ging Akten durch und las die Berichte seiner Agenten und Botschafter.

Fast immer umgab ihn danach eine ernste Nachdenklichkeit, die ihn wie eine Mauer von seiner Umwelt zu trennen schien.

Jeanne spürte schnell, dass dieser Wesenszug den eigentlichen, tieferen Kern seiner Persönlichkeit ausmachte.

»Ihr denkt über den Krieg nach, nicht wahr?«, fragte sie, als sie am Mittag allein an der Orangerie entlang durch den Park spazierten und sie seine in sich gekehrte Stimmung wahrnahm.

Louis nickte.

»Fürchtet Ihr die kommenden Schlachten?«

Er schüttelte den Kopf. »Nein, doch dafür das Wissen, dass dieser Krieg um die österreichische Erbfolge keine Auseinandersetzung ist, die allein durch Tapferkeit und Ruhm entschieden werden kann und wird. Zu viele verschiedene Schauplätze, Interessen und Parteien bestimmen das Geschehen.«

»Und doch erlaubt das Gleichgewicht in Europa nicht, dass sich Frankreich aus diesem Krieg heraushält, nicht wahr?«, sagte Jeanne, die das Thema des Krieges seit ihrer Kindheit in den Gesprächen zwischen den Finanziers und Steuerpächtern verfolgt hatte.

Louis sah sie erstaunt an. »Ja, Sie haben recht!« Er war

stehen geblieben. »Doch wir sollten uns unsere Zeit nicht durch dieses unschöne Thema verderben lassen.«

»Es gibt nichts, was mir die Zeit mit Euch verderben könnte«, erwiderte Jeanne leise, während sie ihm in die Augen blickte.

Die Jagdgesellschaft hatte sich am Nachmittag schnell in den Wäldern zerstreut. Die Hunde hatten nur kurze Zeit gebraucht, um die ersten Fährten aufzunehmen, und wenig später galoppierten die Höflinge, vom Jagdfieber getrieben, über Bäche und kreuzende Wege hinweg durch den Wald, dessen rotgoldenes Laub alles in ein warmes Licht tauchte. Jeanne konnte den Klang der Jagdhörner hören. Sie gab ihrem Pferd die Sporen, um über einen umgestürzten Baumstamm zu springen. Die Hufe ihres Wallachs wirbelten die Blätter auf, und sie spürte, wie der Wind sich in ihren Röcken fing, während sie, die Zügel fest in ihren Händen, weiterpreschte. Ihre Begeisterung für die Jagd hielt sich in Grenzen – sie hasste den Akt des Tötens, aber sie liebte die frische Luft, den Ritt und die Geschwindigkeit, die sie wie einen Rausch erfasste.

Die Jagdhörner waren leiser geworden, und sie brachte das Pferd mit einem Zügelzug dazu, das Tempo zu verlangsamen, um zu hören, aus welcher Richtung die Hunde bellten, als sie merkte, dass der Wallach am linken Vorderhuf lahmte.

Sie brachte das Tier zum Stehen und ließ sich von seinem Rücken gleiten. Der Wallach schnaubte. »Ist ja gut«, sagte sie und strich ihm beruhigend über seinen Hals. Sie hielt die Zügel fest und griff nach dem Fuß des Tiers. Der Hufschlag eines herangaloppierenden Pferdes war zu hören, und zwischen den Bäumen wurde der Schimmel des Königs sichtbar.

Louis erfasste mit einem Blick ihre Situation und sprang von seinem Pferd, um ihr zu helfen.

»Warten Sie!« Mit einem geschickten Griff befreite er den Wallach von einem spitzen Stein, der sich in seinem Hufeisen eingeklemmt hatte.

»Danke, Sire. Ihr werdet Euren Vorsprung für mich eingebüßt haben.«

»Sie können es wiedergutmachen.« Seine Augen funkelten. Er drängte sie sanft gegen einen Baum.

Sie lachte und hob den Kopf zu ihm empor. Ihre Lippen berührten die seinen, und als sie ihre Arme um ihn legte und er sich zu ihr beugte, sog sie seinen herben Duft ein, der sich mit dem Geruch des feuchten Laubes um sie herum vermischte. Sie spürte, wie seine Hände ihre Jacke aufknöpften und unter den Stoff glitten, während sie sich küssten.

Er zog sie an sich, doch plötzlich hörten sie, dass das Gebell der Hunde und die Jagdhörner in ihre Richtung kamen. Im selben Augenblick vernahmen sie ein lautes Rascheln und Knacken, und direkt neben ihnen sprang in Panik etwas Großes aus dem Dickicht heraus. Ein Hirsch! Ungläubig hielten Jeanne und Louis inne, als das Tier nicht einmal einen halben Meter entfernt an ihnen vorbeisprang.

Louis lachte und ließ Jeanne los. »Verzeihen Sie, aber solch eine Provokation darf man nicht ungestraft lassen.« Mit einem Satz war er auf seinem Pferd. Er warf ihr einen Kuss zu, und sie sah ihm nach, wie er dem Hirsch hinterhersetzte.

Lächelnd zog sie ihre Korsage zurecht und knöpfte die Jacke zu, als sie auf einmal einen Blick auf sich spürte.

Zwischen den Bäumen stand regungslos ein Reiter. Der Duc de Richelieu! Sie hatte keine Ahnung, wie lange er schon dort stand. Zu ihrem Ärger spürte sie, wie sie verlegen wurde.

Er neigte spöttisch den Kopf.

»Marquise.«

»Monsieur le Duc.« Sie sah ihn eisig an.

Er war augenscheinlich amüsiert. »Erlauben Sie mir die Bemerkung, Marquise, dass ich Sie wirklich in jeder Beziehung unterschätzt habe«, sagte er schließlich mit einem leisen Lachen, neigte den Kopf in der Andeutung einer Verbeugung und preschte ins Dickicht dem König nach.

Am liebsten hätte sie ihre Reitgerte gegen den nächsten Baum geschlagen. Sie war sich nicht sicher, ob sie Richelieu nicht langsam zu hassen begann. Diese unerträgliche Überheblichkeit – es kostete sie ihre ganze Beherrschung, ihm gegenüber höflich zu bleiben. Unglücklicherweise schätzte der König ihn sehr. Sie seufzte und klopfte dem Wallach auf die Flanke. Dann saß sie auf und ritt weiter.

In einiger Entfernung konnte sie das laute, aufgeregte Gebell der Hunde und die Jagdhörner hören. Ganz offensichtlich hatte man den Hirsch gestellt.

Kurz darauf erreichte sie die breite Wegkreuzung, an der sich bereits der größte Teil der Jagdgesellschaft eingefunden hatte. Überall liefen und standen Pagen, Piköre, Rittmeister und Höflinge herum. Auf der angrenzenden Lichtung hatten die Lakaien angefangen, ein kleines Lager aufzubauen. Lange Tische für einen Imbiss wurden aufgestellt.

Ein Page eilte ihr entgegen und half ihr beim Absteigen.

Jeanne blickte auf das bunte Durcheinander von Menschen, Hunden und Pferden. Direkt neben ihr standen der Dauphin und seine beiden Schwestern, die Prinzessinnen Henriette und Adélaide, zusammen. Höflich sank sie in eine tiefe Verbeugung.

Doch die drei musterten sie nur kalt und drehten ihr wortlos den Rücken zu.

Jeanne spürte, wie ihr das Blut in die Wangen schoss, als sie sah, wie die umstehenden Höflinge sie anblickten und sich die Lippen des Comte de Maurepas und des Prince de Conti zu einem schadenfrohen Lächeln verzogen.

25

Anfang Oktober verließen sie Choisy. Wie jeden Herbst zog der Hof danach für einige Wochen von Versailles weiter nach Fontainebleau. Das Jahr an der Seite des Königs hatte seinen eigenen Rhythmus, denn Louis war viel unterwegs. Nur die Hälfte des Jahres, manchmal sogar noch weniger, verbrachte er in Versailles. Die übrige Zeit reiste er zwischen seiner Staatsresidenz und den anderen Schlössern hin und her – von Versailles nach Marly, Saint-Germain, Choisy, Chantilly oder La Muette, im Frühsommer nach Compiègne und im Herbst nach Fontainebleau. Mit dieser Unbeständigkeit befand er sich ganz in der Tradition seiner Vorfahren. Die französischen Könige vor ihm waren schon seit Jahrhunderten mit ihrem Hof durch das ganze Land gezogen.

Der Schlösserwechsel von Versailles nach Fontainebleau glich jedes Mal einem riesigen Umzug, der Wochen im Voraus geplant und organisiert werden musste. Ein Teil des Inventars wurde verschifft, das übrige Gepäck per Wagen über die Landstraßen, auf denen der imposante Karawanenzug überall die Schaulustigen anzog, transportiert.

Von nun an waren Louis und Jeanne wieder ständig von einem Heer von Menschen umgeben, denn auch wenn der Hof in Fontainebleau kleiner war, neben der königlichen Familie zogen die meisten Höflinge, die Minister, Staatssekretäre, die königlichen Beamten und eine Unmenge von Lakaien, Pagen und anderem Dienstpersonal mit ihnen.

Jeanne bezog in dem Schloss wie in Versailles die ehemaligen Gemächer der Duchesse de Châteauroux. Sie besuchte die Messe und erwies der Königin regelmäßig ihre Reverenz – und Marie Leszczynska nahm ihre Höflichkeitsbekundungen zu ihrer Erleichterung mit freundlicher Nachsicht entgegen –, doch ansonsten zog sich Jeanne vom Hofleben, soweit es ging, zurück und trat offiziell nur in Erscheinung, wenn sie den König begleitete.

Stattdessen setzte sie voller Ehrgeiz ihren Unterricht bei dem Abbé de Bernis fort, um sich weiter in den unzähligen Feinheiten und Abstufungen des Hofzeremoniells zu üben. Nie wieder sollten ihr die demütigenden Missgeschicke der ersten Tage passieren, schwor sie sich.

Sie ignorierte die Herablassung, mit der ihr die Höflinge und die Kinder des Königs begegneten, und bemühte sich, jeden am Hof mit ausnahmsloser Liebenswürdigkeit zu behandeln, auch wenn sie mitbekam, dass man hinter ihrem Rücken abfällig über sie sprach. Sie wusste, dass man heimlich Wetten schloss, wie schnell Louis sie wieder verstoßen würde. Vor allem diejenigen der Hofdamen, die selbst gehofft hatten, die neue Mätresse des Königs zu werden, ließen sie deutlich spüren, für wie unbedeutend sie sie hielten. Ein ohnmächtiges Gefühl beschlich Jeanne an manchen Tagen, wenn sie mit ansehen musste, wie sich diese Frauen, als wenn sie gar nicht existieren würde, um den König scharten, wie sie mit ihm flirteten und versuchten, ihn mit allen Mitteln zu bezirzen. Die unverschämte Offensichtlichkeit, die in ihren angedeuteten Gesten und Blicken lag, ließ Jeanne um Beherrschung ringen. Doch sie wusste, dass nicht wenige von den Frauen seit Jahren zum privaten Kreis von Louis' Vertrauten gehörten und dass sie mit ihnen würde leben müssen. Aus Erzählungen war ihr bekannt, dass der König mit einigen ein Verhältnis gehabt hatte – mit der üppigen Duchesse de Lauraguais zum Beispiel, die den König nach dem Tod ihrer Schwester, der Duchesse de Châteauroux, getröstet hatte, und ganz sicher auch mit der Princesse de Rohan.

Diese ließ jedenfalls keine Gelegenheit aus, um mit ihren Anspielungen und kleinen Wortwechseln deutlich zu machen, wie gut sie Louis kannte.

Der König nahm die Avancen, die man ihm machte, amüsiert, jedoch keineswegs ablehnend zur Kenntnis. Die Vertrautheit und Intimität, mit der er diesen Frauen begegnete, verunsicherte Jeanne. Als ihn die Princesse de Rohan kurz nach ihrer Ankunft in Fontainebleau demonstrativ in ihrem Beisein um eine private Audienz bat, nickte er lächelnd.

»Aber selbstverständlich, Princesse, Sie wissen doch, dass ich Ihnen nichts abschlagen kann«, sagte er so galant, dass Jeanne einen Stich verspürte. War sie etwa eifersüchtig? Warum? Sie hatte keinen Grund dazu. Sie betrachtete die Princesse de Rohan – die dunkelhaarige Hofdame war ohne Frage eine Schönheit, doch das beunruhigte Jeanne nicht. Es war etwas anderes – eine stille Angst und Unsicherheit, die sie seit ihrer Einführung bei Hof ergriffen hatte, dass sie Louis vielleicht doch nicht würdig war und dass das, was ihn mit diesen Frauen an Gemeinsamkeiten verband, womöglich stärker war als die Gefühle, die er ihr entgegenbrachte.

Ja, Louis hatte sie gegen alle Widerstände zu seiner Mätresse gemacht, aber Jeanne machte sich nichts vor – nun musste sie auch beweisen, dass sie fähig war, sich auf dem Parkett des Hofes genauso gekonnt wie ihre hochwohlgeborenen Konkurrentinnen zu bewegen. Und das war alles andere als einfach, denn sie war sich mehr als bewusst, dass sie ständig von allen Seiten beobachtet wurde und man nur darauf wartete, dass sie straucheln würde.

Jeanne war dankbar, dass sich in ihrer neuen Umgebung zumindest einige Höflinge fanden, die ihr wohlgesonnen waren, wie der Duc de La Vallière und der Duc de Nivernais, die sie noch aus Paris und von den Theaterabenden bei Madame de Vintimille kannte. Louis besaß das Feingefühl, bei der Gästeliste, die er jeden Nachmittag für seine Soupers in den Privatgemächern festlegte, darauf Rücksicht zu nehmen, und ließ stets auch einige Vertraute von ihr dazubitten. Dennoch waren diese Abende oft unerträglich, denn während Jeanne unentwegt einen vorsichtigen Blick um sich herum warf, um ja nichts falsch zu machen, suchten die Höflinge ständig nach Gelegenheiten, sie auf subtile Weise bloßzustellen.

Vor allem die Princesse de Rohan ließ natürlich keine Situation aus, um Jeanne zu zeigen, was man in diesem Land von ihr hielt.

»Sie kommen also ursprünglich aus Paris, sagten Sie, Marquise?«, fragte sie sie an einem Abend. Sie waren ein kleiner intimer Kreis von zwölf bis fünfzehn Personen, die beim Essen saßen. Unter ihnen die Vertrauten des Königs, wie Richelieu, d'Ayen, der Comte de Coigny, die Duchesse de Brancas, die Princesse de Rohan, der Prince de Conti, die Comtesse de Chevreuse und Maurepas – und für Jeanne waren die Comtesse d'Estrades, der Duc de La Vallière und der Duc de Nivernais eingeladen worden.

Jeanne blickte die Princesse an. »Ja, Hoheit.«

Die Rohan nickte. »Eine schöne Stadt. Ich bin dort ebenfalls aufgewachsen. Im Hôtel de Rohan, Sie kennen es vielleicht.« Sie schob ein Stück Forelle auf ihre Gabel und führte sie graziös zum Mund, bevor sie sich erneut mit einem süßlichen Lächeln zu ihr wandte. »Und wie war doch noch gleich der Name *Ihrer* Familie, Marquise? Irgendetwas Ungewöhnliches, nicht wahr? Er ist mir leider entfallen«, sagte sie, und ihr unschuldiger Gesichtsausdruck hätte Jeanne fast dazu verleiten können, ihr zu glauben. Doch der Name von ihrer Familie war allgemein bekannt, und kleine Geister, das war Jeanne nichts Neues, spielten gern darauf an, dass Poisson im Französischen nichts anderes hieß als »Fisch«.

Am Tisch war es plötzlich still geworden.

Jeanne erwiderte kühl ihren Blick. Wenn sie glaubte, sie auf diese Weise vor allen düpieren zu können, hatte sie sich gründlich getäuscht. »Poisson – wie der Fisch, der vor Ihnen auf dem Teller liegt, Princesse«, sagte sie mit vollendeter Höflichkeit und laut genug, dass es jeder am Tisch hören konnte.

»Oh, natürlich!«, die Princesse schaute sie unter ihren langen Wimpern mitleidig an und tauschte einen vielsagenden Blick mit Maurepas und dem Prince de Conti.

Die Comtesse d'Estrades legte ihr Besteck zur Seite. »Nun, ich finde, man sollte nicht unterschätzen, wie mühelos und mit welcher Eleganz ein Fisch sich in den unterschiedlichsten Gewässern bewegt«, sagte sie mit einem kämpferischen Ausdruck in den Augen zur Princesse de Rohan.

Das erneute Schweigen, das am Tisch eintrat, wurde glücklicherweise unterbrochen, weil die Lakaien den nächsten Gang auftrugen. Der König, der den spannungsgeladenen Wortwechsel ignoriert hatte, unterhielt sich weiter mit dem Comte de Coigny. Auch später verlor er kein Wort über diesen Vorfall, so wie er von Anfang an nie über Jeannes Herkunft gesprochen hatte.

Einige Tage später fand sie jedoch einen elegant in Gold gegossenen Fisch, dessen Flossen und Kiemen wertvolle Edelsteine schmückten, als Präsent von ihm vor. Im ersten Moment war sie verstört und glaubte fast, er wollte sich über sie lustig machen, doch dann verstand sie die Geste dieses Geschenks. Sie stellte den Fisch für alle gut sichtbar auf die Mitte des Tisches ihres Esssalons. Ein Präsent des Königs, erklärte sie strahlend allen, auch denen, die es nicht wissen wollten, und der Gesichtsausdruck der Princesse de Rohan, die Mühe hatte, ihren Mund zu schließen, verlor für einen Moment jede Contenance, wie Jeanne mit Genugtuung feststellte. Sie wurde nie wieder auf den Namen ihrer Familie angesprochen.

Die Zeit, die sie mit dem König allein verbrachte, entschädigte sie großzügig für die kleinen Demütigungen, die sie am Tage erlitt. Die Leidenschaft zwischen ihnen war ungebrochen. Wenn sie allein waren, wurde Louis ein anderer Mensch. Obwohl er selbst in der Intimität ihrer Beziehung etwas von seiner undurchschaubaren Aura und königlichen Distanz behielt, sprach er als Geliebter doch frei und gelöst über persönliche Dinge, über die er in der Öffentlichkeit sonst nie ein Wort verloren hätte, denn er wusste, dass jede seiner

Äußerungen von den Höflingen hundertfach verschieden und nicht selten falsch gedeutet wurde.

Jeanne lernte viel von Louis. Niemand kannte sich besser mit dem Ursprung der tausend kleinen Eigenheiten des Hoflebens und mit der Geschichte seines Landes und Europas aus als er. Gleichzeitig begann sie eine leise Ahnung zu bekommen, was es bedeutete, König zu sein und ein Land zu regieren.

Früher hatte sie wie die meisten nur die Allmacht des Monarchen gesehen – er befahl, und die Menschen hatten zu tun, was er sagte, und seine Gebote zu erfüllen –, doch nun erfuhr sie, wie unendlich komplex und vielschichtig sein Amt war. Die Sitzungen mit dem Staatsrat und seinen Ministern waren nur ein Teil davon. Täglich suchte ihn eine Schar von Menschen in der Funktion ihrer Ämter oder Institutionen auf. Der Erzbischof von Paris, der Parlamentspräsident, sein Erster Architekt, der Zeremonienmeister, die Vorsitzenden der Akademien und die führenden Offiziere seiner Militärs und Garden waren nur einige von vielen, die er an einem Tag empfing.

Louis lächelte, als Jeanne ihr Erstaunen über diesen vielen Leuten äußerte, mit denen er zu tun hatte.

»Das stimmt! Sie alle haben ihr eigenes Anliegen. Sehen Sie, unser Land besteht nicht nur aus den drei Ständen, sondern aus vielen Körperschaften, aus Zünften, Universitäten, Gesellschaften und aus vielen Städten und Provinzen. Sie alle genießen verschiedene Privilegien und haben unterschiedlichen Gesetzen zu gehorchen. Als König habe ich darauf zu achten, dass diese Rechte anerkannt und umgesetzt werden. Manchmal müssen auch Privilegien abgesprochen oder neue bewilligt werden, denn die Stände und Körperschaften achten untereinander höchst eifersüchtig darauf, dass niemand ihnen ihre Vorrechte streitig macht.«

»Ihr meint, so wie die Höflinge untereinander?«, fragte sie vorwitzig, denn es gab am Hof ständig kleine Vorfälle, weil einer der Adligen Privilegien für sich in Anspruch nahm, die ihm nicht zustanden.

Er lachte. »Ja, Madame, genau so«, sagte er und küsste sie.

In diesen Momenten fühlte sich Jeanne seiner Zuneigung sicher. Sie spürte, dass er besorgt um ihr Wohl war. Als sie an einem Abend das Bett hüten musste, weil sie sich bei der Jagd verkühlt hatte, unterbrach er zum Erstaunen der anwesenden Höflinge sogar sein abendliches Mahl, um nach ihr zu sehen.

Sie richtete sich verwundert in ihrem Bett auf, als er auf einmal mit ernstem Gesicht in ihrem Schlafgemach auftauchte.

»Sire?«

»Wie geht es Ihnen, Madame?«

»Oh, der Arzt sagt, es ist nichts – wirklich nur eine kleine Erkältung. Ihr hättet doch nicht Euer Souper für mich unterbrechen müssen.«

Er musterte sie.

»Es ist nichts ...«

Ohne ihren Einwand zu beachten, legte er ihr prüfend seine Hand auf die Stirn. »Ihre Temperatur ist erhöht?«

»Aber nein, Sire.«

»Ich möchte den Arzt sprechen, sofort«, befahl er der Zofe, die unter vielen Knicksen aus dem Gemach hastete.

Jeanne musste lächeln, als sie seinen strengen Blick sah. »Es ist wirklich nicht schlimm, es ist nur ...« Ein Niesen verhinderte, dass sie den Satz zu Ende bringen konnte.

Wenige Augenblicke später kam der Arzt außer Atem in den Raum gestürzt. Der Ärmste, wahrscheinlich glaubte er, dass sie schon im Sterben liegen würde, dachte Jeanne.

»Euer Majestät«, stieß er hervor.

Louis deutete zu Jeanne. »Was ist mit Madame?«, fragte er ungehalten – ganz so, als sei die Erkrankung allein seine Schuld.

»Oh, kein Grund zur Beunruhigung, Euer Majestät – nur ein leichter Schnupfen infolge der Verkühlung. Ich bin sicher, dass Madame in ein, zwei Tagen wieder wohlauf sein wird.«

»Sie verbürgen sich dafür?«

»Mhm ... nun ... ja, Sire.«

»Gut.« Louis nickte.

Jeanne wandte sich mit einem Lächeln zu ihm. »Seht Ihr, Sire, Ihr könnt Euer Mahl in Ruhe fortsetzen.«

Louis strich ihr sanft über die Wange. »Ich werde zwei Damen zu Ihnen schicken, die Ihnen Gesellschaft leisten, bis ich wiederkomme«, sagte er dann.

Er meinte es ernst. Wenige Augenblicke nachdem er ihre Gemächer verlassen hatte, tauchten die Comtesse d'Estrades und die Duchesse de Brancas bei ihr auf.

»Sie hätten die Gesichter der Höflinge sehen sollen, als er den Tisch verließ«, kicherte die Comtesse d'Estrades, die sich auf ihrem Bett niederließ. »Einen Augenblick habe ich geglaubt, dem Comte de Maurepas würde sein Löffel in die Suppe fallen.«

»Selbst Monsieur de Richelieu musste um Fassung ringen«, fügte die Duchesse de Brancas hinzu.

Jeanne lächelte. Sie konnte sich den Gesichtsausdruck der beiden nur zu gut vorstellen.

»Und die Princesse de Rohan hat die Situation natürlich gleich ausgenutzt und sofort unter einem Vorwand ihren Platz neben dem König eingenommen«, fügte die Brancas hinzu.

»Tatsächlich?« Jeanne bemühte sich um einen gleichmütigen Ausdruck, obwohl ihr die Vorstellung wenig gefiel. Sie wusste, dass sie die Princesse de Rohan genauso wie etliche andere Hofdamen im Auge behalten musste. Ein schwacher Moment des Königs, und sie würden sich mit Begeisterung sofort in sein Bett stürzen, dachte sie, während sie ihre Decke glatt strich. Sie ahnte dunkel, dass es einen ständigen Kampf bedeuten würde, sich gegen die Frauen am Hof zu behaupten.

Nun, für heute musste sie sich zumindest keine Sorgen machen. Sie lächelte in sich hinein. Hatte Louis mit seiner Besorgnis nicht allen gezeigt, wie wichtig sie ihm war?

26

Marie Leszczynska nahm mit dem Pinsel etwas Grün von der Palette auf und tupfte die Farbe vorsichtig vor sich auf die Leinwand. Es war Nachmittag, und in dem Salon reichten Lakaien Tee für die Anwesenden, die der Königin ihre Aufwartung gemacht hatten und sich nun in dem grüngoldenen Gemach drängten, während Marie Leszczynska auf einem Podest an ihrer Staffelei saß und malte. Das Novemberlicht reichte gerade noch aus, um ihr genug Helligkeit für die Leinwand zu spenden. Sie arbeitete an einem Landschaftsgemälde mit Hügeln und Feldern, über denen am Horizont die Sonne unterging. Die Königin hatte bereits Dutzende von dieser Art vorher gemalt – weniger, weil es ihr ein Bedürfnis war, sich künstlerisch auszudrücken, als vielmehr, weil es sie verunsicherte, in der Öffentlichkeit nicht in irgendeiner Form beschäftigt zu sein. Sie betrieb nur ungern in der Anwesenheit von vielen Menschen Konversation. Auch nach all den Jahren, die sie jetzt in Versailles lebte, konnte sie oberflächlichen Unterhaltungen nicht viel abgewinnen. Die Leichtigkeit dieses mit Bonmots und spöttischen Scherzen gespickten Plauderns, das zu beherrschen am französischen Hof als so hohe Kunstfertigkeit angesehen wurde, waren ihrem ernsthaften und gottesfürchtigen Charakter fremd geblieben. Beim Malen dagegen konnte sie selbst in Anwesenheit der vielen Menschen ihren eigenen Gedanken nachhängen.

Die Königin wandte sich zu der Farbpalette um, die eine ihrer Hofdamen für sie hielt. Sie nahm mit einem zweiten, nunmehr etwas feineren Pinsel etwas Rot für die Mohnblumen auf, als die Türwache den Duc de Richelieu meldete.

Marie Leszczynska nickte dem Duc kühl zu, als er sich vor ihr verbeugte. Es entbehrte nicht einer gewissen Dreistigkeit, dass ausgerechnet er es wagte, hier zu erscheinen. Sein Anblick war ihr verhasst – er hatte ihren Gemahl zu seinem sündigen verderbten Lebenswandel verführt und spottete selbst in seinem ganzen Tun den Geboten des Allmächtigen. Sie wusste, dass sie Mitleid mit seiner sündigen Seele haben sollte, doch so sehr sie sich bemühte, sie schaffte es nicht, ein Gefühl der christlichen Nächstenliebe für ihn aufzubringen. Sie konnte ihm seine Komplizenschaft von damals mit der Duchesse de Châteauroux – die er geradezu von seinem Bett in das ihres Gemahls gestoßen hatte und die sie all die Jahre so gedemütigt hatte – nicht verzeihen.

Die Königin ließ unter den tupfenden roten Strichen ihres Pinsels zwei weitere Mohnblumen entstehen. Ohne dass sie es verhindern konnte, wanderten ihre Gedanken zu der neuen Geliebten ihres Gemahls, der Marquise de Pompadour. Eine verheiratete Frau aus Paris!

Monsignore Boyer und auch der Großalmosenier Rohan hatten mehrere Vorstöße unternommen, um sie dazu zu bringen, mit dem König zu reden, ihn zu beschwören, sich von dieser Frau abzuwenden. Doch der Bischof und der Kardinal überschätzten ihre Möglichkeiten. Louis hätte es niemals gestattet, dass sie ihn auf seine Mätresse ansprach. Bitterkeit stieg in ihr auf, als sie sich bewusst wurde, dass es schon lange her war, dass sie überhaupt irgendeinen Einfluss auf ihren Gemahl besessen hatte. Doch sie liebte ihn noch immer. Anders als früher zwar, freundschaftlicher und auch ein wenig mütterlicher, aber das war normal – schließlich hatte sie ihm zehn Kinder geboren – wenngleich nur zwei Söhne, von denen der eine bereits in jungen Jahren starb …

Ein Seufzen entrang sich ihrer Brust. Sie sorgte sich um Louis' Seele, denn sie glaubte inzwischen nicht mehr, dass er sich noch ändern würde.

Die Königin legte den Pinsel zur Seite. Kritisch betrachtete sie die Mohnblumen, die sie gemalt hatte. Dabei schob sich erneut das Bild der Marquise vor ihre Augen. Sie verspürte einen feinen Stich – auch wenn sie zugeben musste, dass die neue Geliebte ihres Gemahls im Gegensatz zu ihren Vorgängerinnen wenigstens versuchte, ihr mit Respekt und Ehrerbietung zu begegnen.

Der Duc de Richelieu hatte sich in gebührlichem Abstand unter die anderen Höflinge gemischt. Marie Leszczynska wurde mit jedem Jahr bigotter, dachte er. Wusste der Himmel, wie Louis mit ihr diese Vielzahl von Kindern gezeugt hatte. Er ließ seinen Blick respektlos durch das Gemach schweifen, in dem sich auch hier in Fontainebleau der übliche Kreis zusammengefunden hatte – eine Mischung aus entschieden zu vielen Geistlichen, den Hofdamen der Königin sowie zahlreichen Höflingen, die entweder selbst zur devoten Partei des Hofes dazuzurechnen waren oder sich zumindest aus der Nähe zu diesem Zirkel einen Vorteil für ihre Karriere erhofften. Es war erstaunlich voll in dem Raum und mit Ausnahme einiger Damen wahrlich nicht das Umfeld, in dem Richelieu sich gern bewegte. Doch heute hatte er der Königin seine Aufwartung gemacht, um sich ein wenig umzuhören. Es interessierte ihn, wie die Stimmung unter den Devoten angesichts der neuen Mätresse des Königs war.

Eine dunkelhaarige, ihm wohlvertraute Schönheit kam auf ihn zu. »Duc, wie reizend, Sie zu sehen.« Die Princesse de Rohan lächelte. Obwohl der erste große Rausch ihres kleinen Abenteuers inzwischen verflogen war, trafen sie sich noch gelegentlich. Er küsste ihr die Hand. »Die Freude ist ganz auf meiner Seite, Princesse.«

Ein Mann in einer roten Kardinalsrobe hatte ihn beobachtet und musterte ihn finster. Es war der Großalmosenier des Königs, der Kardinal de Rohan. »Sie hier, Monsieur de Richelieu? Welch seltene Ehre.«

Richelieu lächelte. Es war kein Geheimnis, dass der Geistliche und er keine Freunde waren. »Ich muss gestehen, Kardinal, dass es weniger die spirituelle Atmosphäre dieser Gemächer als die Gegenwart dieser bezaubernden Damen ist, die mich hierher gelockt hat«, erwiderte er und grüßte galant die Comtesse de Chevreuse, die von der anderen Seite des Raumes den Kopf in seine Richtung neigte.

»Es zeigt nur wieder einmal, von welchem Charakter Sie wirklich sind, dass Sie hier auftauchen und es dann noch wagen, solche Reden zu führen.«

Richelieu sah ihn gelangweilt an und fragte sich, ob er tatsächlich glaubte, was er sagte. Er hatte in den Salons und Bordellen von Paris genügend Kleriker getroffen, die den weltlichen Freuden sehr zugeneigt waren und dann von der Kanzel das Gegenteil predigten. Bei ihm verfehlten diese moralischen Reden deshalb gänzlich ihre Wirkung. Er fand sie in gleichem Maße heuchlerisch wie lächerlich.

»Aber, aber, lieber Cousin«, sagte die Princesse de Rohan. »Sie beurteilen den Duc zu hart. Soll die Kirche nicht auch für ihre verlorenen Schäfchen immer eine offene Tür haben?«, fragte sie mit einem unschuldigen Augenaufschlag.

»Ohne Ihnen zu nahe treten zu wollen, Princesse«, erwiderte der Kardinal missmutig, »aber Monsieur de Richelieu scheint mir doch eher einem Wolf als einem verlorenen Schäfchen zu gleichen.«

Richelieu, der sich erinnerte, warum er hergekommen war, lächelte breit. »Ach, ich bitte Sie, Kardinal! Auch wenn ich die Messe nicht so schätze wie Sie, vergessen Sie für einen Moment Ihre Feindseligkeiten. Angesichts der neuen Leidenschaft Seiner Majestät sollten wir uns doch eher auf unsere Gemeinsamkeit besinnen, finden Sie nicht?«

Diese letzten Worte hatte auch der Comte de Maurepas mitbekommen, der hinter ihnen stand. Er wandte sich mit einem sarkastischen Lächeln zu Richelieu. »Um Ihnen ins Amt des Premierministers zu helfen, meinen Sie?«

Die Augenbrauen des Duc de Richelieu zogen sich leicht nach oben. Er überragte den Comte um mehr als einen

Kopf, und auch sonst hätte der Unterschied zwischen seiner maskulinen Erscheinung und der des Ministers für Marineangelegenheiten kaum größer sein können. Wären Maurepas' Züge etwas weniger scharf geschnitten gewesen, und hätte der Sarkasmus über die Jahre nicht seine unauslöschlichen Spuren in sein Gesicht gegraben – seine Erscheinung hätte fast etwas Mädchenhaftes gehabt, dachte Richelieu bei sich.

»Immer ein wenig giftig, was, Monsieur de Maurepas?«, gab er zurück. »Dabei scheint mir doch, dass wir alle, wie wir hier stehen, dieses Amt gleichermaßen begehren. Oder haben Sie Angst, dass der König Sie noch einmal übergehen könnte?« Richelieu beugte sich zu ihm. »Immer noch eifersüchtig, dass das Amt des Ersten Kammerherrn an mich vergeben wurde, Comte?«, fragte er leise.

Die blauen Augen von Maurepas verengten sich, doch dann lächelte er leicht, während er die Lippen spitzte und mit kerzengerader Haltung einen Schluck von seinem Tee nahm. »Bilden Sie sich nur nicht zu viel darauf ein, Monsieur! Das war nichts als der königliche Dank für Ihre ewigen Kupplerdienste!«

Der Duc zuckte gelassen die Achseln. »Vielleicht, aber die haben uns zumindest keine bourgeoisen Mätressen beschert wie die, mit der wir uns jetzt an einen Tisch setzen müssen«, erwiderte er.

»In diesem Fall muss ich Monsieur de Richelieu leider recht geben«, stimmte der Comte d'Argenson, der sich zu ihnen umgewandt hatte, zu. »Geradezu erniedrigend, die Anwesenheit dieser Frau.«

»Ach was«, meinte Richelieu mit einer wegwerfenden Handbewegung. »Nicht mehr als eine kurze Laune Seiner Majestät. Das Gewöhnliche hat ohne Frage seinen eigenen Reiz, aber nur für kurze Zeit. Es verhält sich damit wie mit einem deftigen Mahl. Eine wohlschmeckende Abwechslung, aber wer würde dafür auf Dauer auf die Gaumenfreuden der Haute Cuisine verzichten?« Die Höflinge lachten.

27

Nichts war vergleichbar mit der Einmaligkeit und Schönheit von Versailles. Louis XIV. hatte das Schloss im letzten Jahrhundert erbauen lassen. Versailles war bis dahin nicht mehr als ein unbedeutendes Jagdschlösschen gewesen, doch der zukünftige Sonnenkönig hatte einen Ort gesucht, der zum Zeichen seiner Macht und Größe werden sollte. Der Aufstand der Fronde war niedergeschlagen, der rebellische Adel, der gewagt hatte, sich gegen ihn aufzulehnen, gezähmt, und Louis XIV. erkor Versailles dazu aus, neuer Sitz seiner Regierung und seines Hofes zu werden, an dem der Hochadel Frankreichs zur Anwesenheit verpflichtet werden sollte.

Größer, schöner, erhabener und vollkommener als jedes andere Schloss der Welt sollte Versailles sein. Über vierzig Jahre arbeiteten Architekten, Mathematiker, Bildhauer und Maler an diesem Symbol absoluter Herrschermacht. Der Glanz, der Prunk, die vollendete Symmetrie, die sich in jedem Detail fand, die Geometrie der Gartenanlagen mit ihren großen Wasserbecken und Fontänen – man konnte nicht anders, als beim Anblick all dessen eine eingeschüchterte Bewunderung zu verspüren. Jeanne erinnerte sich noch gut daran, wie sie selbst, als sie den Maskenball besucht hatte, das erste Mal wie benommen durch die königlichen Gemächer geschritten war. Dieser Eindruck verblasste auch nicht beim näheren Hinsehen oder wenn man sich länger im Schloss aufhielt, im Gegenteil, er verstärkte sich, weil man sich erst dann der erlesenen Kunstwerke und der vollendeten Schönheit, die einen hier überall umgaben, wirklich bewusst wurde. Ein Gefühl von Erhabenheit durchströmte einen. So zumindest ging es Jeanne, als sie im November mit dem Hof aus Fontainebleau nach Versailles zurückkehrte. Immer wieder musste sie in einem der Flure oder Gemächer stehen bleiben, um ein Gemälde, eine Skulptur oder eine der kunstvollen goldenen Freskenarbeiten zu bewundern. Sie hatte bisher nur wenig von dem Schloss gesehen, denn sie hatte sich hauptsächlich in den Privatgemächern des Königs aufgehalten, und der Palast hatte sich ihr lediglich als ein Labyrinth von eleganten Fluren und prachtvollen Gemächern dargestellt. Später, nach ihrer Einführung bei Hofe, waren sie und Louis sofort weiter nach Choisy gereist. Umso beeindruckter war Jeanne nun, als sich ihr das wirkliche Ausmaß dieser Pracht und ungeheuren Weite offenbarte. Nichts war zufällig in diesem Schloss, das in seinem Dekor und seinen Allegorien selbst in winzigsten Details von dem Ruhm und der Größe des Königs erzählte.

Doch Versailles war auch wieder eine neue Herausforderung für Jeanne, denn die Etikette hier war rigider als in jedem anderen Schloss, und mehr als einmal beging sie darin unter den schadenfrohen Blicken der Höflinge erneut Fehler. Das eine Mal verbeugte sie sich zu spät, dann stand sie wieder auf, obwohl sie hätte sitzen bleiben sollen, oder sie ging weiter, dabei hätte sie stehen bleiben müssen. Glücklicherweise vergaß sie inzwischen nicht mehr, dass sie ihre Sänfte anzuhalten und auszusteigen hatte, wenn sie einem Mitglied der königlichen Familie begegnete. Aber sie erinnerte sich dafür mit Schaudern daran, dass sie kurz nach ihrer Rückkehr fast auch im Park aus ihrer Equipage gestiegen wäre, was gänzlich falsch war. Es war vorgeschrieben, den Wagen anzuhalten, wenn die Kutsche eines Mitglieds der königlichen Familie an einem vorbeifuhr, man musste im Gegensatz zur Sänfte aber darin Platz behalten. Nur der Comtesse d'Estrades, die sie gerade noch davon abgehalten hatte, ihrem Impuls nachzugehen, verdankte sie es, sich nicht vollends blamiert zu haben.

Und dann die Sprache! Jeanne hatte sich immer eingebildet, durch ihren Unterricht und ihren Umgang in den Salons gebildet und gewählt zu sprechen, doch inzwischen war sie davon nicht mehr so überzeugt. Sie verstand nun, warum Louis sie am Anfang ihrer Affäre, wenn sie manchmal etwas erzählt hatte, so irritiert angesehen hatte. Es gab unzählige Wörter, die – obgleich man sie sogar in den gehobenen Kreisen von Paris benutzte – am Hof als gewöhnlich und vulgär galten. Man sagte niemals *Geschenk,* sondern immer *Präsent,* man trank keinen *Champagner,* sondern *Wein der Champagne* und man *schrieb* selbstverständlich auch keine *Briefe,* sondern *korrespondierte* mit einer Person, genauso wie man niemals etwas *vermutete,* sondern es einen stets *dünkte* – und so ging es endlos weiter. Es war zum Verzweifeln, woran man ständig zu denken hatte, und manchmal war Jeanne den Tränen nah, weil sie das Gefühl hatte, dass sie es nie lernen würde.

Doch trotz aller Schwierigkeiten erfüllte es sie mit Stolz, dass sie hier lebte. Ihre eigenen Gemächer waren komfortabel und großzügig – elf Räume im zweiten Stockwerk unter dem Dach des Schlosses, die am Ende der Flucht mit einer Treppe, die nach unten in die erste Etage führte, mit den Privatgemächern des Königs verbunden waren und groß genug waren, dass sie sich sogar eine eigene Bibliothek einrichten konnte.

Draußen ging gerade die Sonne auf, und Jeanne streckte sich in ihrem Bett. Erst vor wenigen Minuten hatte sich Louis mit einem Kuss aus ihrer Umarmung gelöst, um seinem Kammerdiener Le Bel hinab ins königliche Schlafgemach zum *Lever* zu folgen. Jeanne schlüpfte in ihre seidenen Pantoffeln, die ihr die Zofe bereitgestellt hatte. Sie ließ ihren Blick durch das Schlafgemach gleiten. Während sie in Fontainebleau gewesen war, hatte sie unter der Aufsicht von Le Normant de Tournehem einige kleine Veränderungen vornehmen lassen. Ihr Oheim hatte sie mit den Plänen, deren wichtigste Neuerungen einen Baderaum und eine Küche vorsahen, einige Male in Fontainebleau aufgesucht. Sie erinnerte sich daran, wie er bei einem seiner Besuche überraschend dem König begegnet war. Ohne die Verlegenheit von Le Normant de Tournehem, der sich tief verbeugte, zu beachten, hatte Louis ihn gegrüßt und sich neugierig nach den Zeichnungen in seiner Hand erkundigt. Eine ungewöhnliche Ehre, mit der der König den Generalsteuerpächter bedachte, denn normalerweise schenkte er Jeannes Besuchern, wenn es sich nicht um Höflinge handelte, die er kannte, höchstens ein knappes Kopfnicken. Der Generalsteuerpächter hatte ihm mit einer respektvollen Verbeugung die Pläne gezeigt.

Mit geübtem Blick erkannte Louis die Veränderungen. »Eine Küche?«

»Ja, Euer Majestät, hier hinter diesem *Antichambre* – und ein Baderaum, neben diesem Gemach.« Innerhalb kürzester Zeit waren der König und Le Normant de Tournehem dann in ein Gespräch über Architektur vertieft gewesen, das damit endete, dass Le Normant de Tournehem dem König versprechen musste, sich die Zeichnungen für die Umgestaltungen der königlichen Gemächer in Fontainebleau anzusehen. Danach hatte Louis den Generalsteuerpächter tatsächlich einige Male zu sich bestellt, als auch sein Architekt Gabriel bei ihm weilte, um ihn nach seiner Meinung zu der Durchführung einiger Veränderungen zu befragen.

»Ein kluger Mann, Ihr Oheim«, sagte er später. Jeanne freute sich über diese Sympathiebekundung.

Sie ließ sich von der Zofe in einen dünnen Hausmantel aus Seide und Spitze helfen. Ein feiner Duft nach parfümierten Rosenblättern schwebte in dem Raum. Jeanne setzte sich an ihren Toilettentisch. Nachdem sie sich mit etwas heißem Rosenwasser aus einer Schale erfrischt, sich parfümiert und einen Hauch von Rouge auf ihre Wangen aufgetragen hatte, war sie bereit, mit der offiziellen Morgentoilette zu beginnen. Während ihre Zofe ihr das Haar kämmte, kündigte die Kammerfrau den ersten Besucher an.

Die Comtesse d'Estrades rauschte in den Raum und hauchte ihr zwei Küsse auf die Wange. »Meine Liebe«, zwitscherte sie. »Einen wunderschönen guten Morgen.« Sie wandte sich zu dem Kamin, vor dem die beiden Hunde von Jeanne dösten, und kraulte sie, bevor sie sich zu einem Tisch drehte, auf dem Obst und Gebäck standen. Sie naschte einige Weintrauben.

Jeanne beobachtete sie amüsiert im Spiegel, während die Zofe ihr ein Tablett mit Briefen und Karten reichte, die wie jeden Morgen für sie abgegeben worden waren. »Wie es scheint, haben Sie ausgezeichnet geschlafen.«

»Vortrefflich«, bestätigte die Comtesse energiegeladen. Mit ihrem hageren Gesicht konnte man sie nicht als schön bezeichnen, doch ihre sprühende Vitalität und ihr Humor besaßen eine eigene Anziehungskraft. »Unter uns, ich genieße es, wieder in Versailles zu sein.«

»Wirklich?« Nun, ihre Herkunft hatte es der Comtesse ohne Zweifel von Anfang an leichter gemacht, sich hier einzuleben, dachte Jeanne für sich. Sie selbst fand das Leben hier trotz allen Glanzes nicht nur anstrengend, sondern sie litt auch darunter, dass sie den König in Versailles viel weniger als in Choisy oder Fontainebleau sah. Sein Tagesablauf war stets minutiös durchgeplant. Nach dem *Lever* saß Louis im Staatsrat oder gab Audienzen. Gegen Mittag begab er sich dann zur Messe, dinierte anschließend und zog sich noch einmal für einige Stunden zum Arbeiten zurück, bevor er später zur Jagd oder zu einem Spaziergang aufbrach. Mindestens zweimal in der Woche soupierte er mit der Königin und seinen Kindern öffentlich, und an mehreren Abenden fanden außerdem die sogenannten *Soirs d'Appartement* statt, bei denen in den Staatsgemächern zum Spiel, zum Konzert, Theater oder zu einem Ball geladen wurde.

Bei der Jagd, seinen Spaziergängen und an den Abenden war Jeanne stets an seiner Seite, und der König versuchte auch am Tag, sie wenigstens für einige kurze Momente zu sehen, doch die Zeit, die ihnen blieb, war immer knapp. Dabei beanspruchte Louis im Gegensatz zu seinem Urgroßvater durchaus ein gewisses Privatleben für sich. Er hatte sich zusätzlich zu den halb offiziellen Gemächern des Privatkabinetts, mit denen sich der Sonnenkönig noch allein als Rückzugsort begnügt hatte, im zweiten Stock unter dem Dach die *Petits Appartements* einrichten lassen, um zumindest einige Momente am Tag gänzlich ungestört sein zu können. Niemand hatte dort Zutritt. Intime Salons, Galerien, ein Spielzimmer, eine Küche, Bäder, eine Bibliothek und ein Arbeitskabinett gehörten zu diesem Labyrinth von geheimen Gemächern, in die vom König eingeladen zu werden die größte Auszeichnung für jeden Höfling darstellte. Später am Abend, oft noch nach den *Soirs d'Appartement,* um neun oder zehn, traf sich Louis regelmäßig in diesen Privaträumen mit einem kleinen ausgewählten Kreis von Vertrauten, unter denen sich auch immer Jeanne befand. Zum Zeremoniell des *Coucher* begab er sich dann noch einmal zurück in die offiziellen Präsentationsgemächer. Meistens war es bereits weit nach Mitternacht, wenn er dann in ihre Gemächer kam, doch selbst wenn sie schon müde war, sie liebte diese Momente, in denen sie endlich ganz allein mit ihm sein konnte.

Jeanne wandte sich wieder zur Comtesse d'Estrades, deren Augen neugierig durch den Raum geirrt waren und mit Adlerblick an dem Toilettentisch hängen blieben, wo die Kammerfrau eine Auswahl von glitzernden Schmuckstücken ausgebreitet hatte. Die Comtesse griff nach einem roséfarbenen Collier und seufzte hingerissen, als sie das doppelreihige Schmuckstück betrachtete. »Oh, wie hinreißend! Etwas Neues von Seiner Majestät?«

Jeanne nickte. Sie ging die Post durch. Zwischen den Schreiben und Karten lag wieder einer der Briefe. Entgeistert las sie die Zeilen.

»Die Princesse de Rohan wird vor Neid erglühen.« Die Comtesse sah, dass sich Jeannes Gesichtsausdruck verfinstert hatte. »Etwas Unangenehmes?«

»Nein«, sagte sie knapp. Sie zerknüllte den Brief und warf ihn voller Abscheu ins Kaminfeuer.

Die Comtesse beobachtete verwundert, was sie tat. »Wirklich alles in Ordnung? Eine schlechte Nachricht?«

Jeanne schüttelte den Kopf. »Nichts von Belang.«

»Maman! Maman!«

Jeanne drehte sich zur Tür um, durch die in diesem Moment die kleine Alexandrine auf sie zustürmte, die sich von der Hand ihrer Amme losgerissen hatte.

Jeanne breitete voller Freude die Arme aus. »Guten Morgen, mein Engel«, sagte sie lächelnd und küsste ihre Tochter glücklich, denn sie litt darunter, dass sie die Kleine so selten sah. Alexandrine konnte leider nicht hier bei ihr im Schloss leben. Es war ein stillschweigendes Gesetz in Versailles, dass – mit Ausnahme der königlichen Prinzen und Prinzessinnen – keine Kinder im Palast aufwuchsen. Nach der Geburt wurden die Säuglinge des Hofadels bei Ammen untergebracht. In der Stadt gab es dafür sogar ein eigenes Büro. Die Berufsmütter lebten in Versailles oder den kleinen Ortschaften, die um die Stadt herum lagen. Auch Jeanne hatte dort eine vertrauenswürdige Frau gefunden, die sich um Alexandrine kümmerte, bis sie alt genug sein würde, um ins Kloster zu gehen. Sie bezahlte die Amme gut dafür, dass sie Alexandrine, so oft es ging, zu ihrer Morgentoilette und gelegentlich auch am Nachmittag für einen kurzen Besuch zu ihr brachte. Außerdem war es Jeanne zumindest ein kleiner Trost, dass Alexandrines Großvater, François Poisson, die Kleine regelmäßig besuchte. Er war gern bei seiner Enkelin. Die Stunden mit Alexandrine schienen ihm etwas von der verlorenen Zeit mit seinen eigenen Kindern wiederzugeben.

Die Kleine, die mit ihren blonden Kringellöckchen und den großen blauen Augen so entzückend aussah, dass ihr Herz vor Mutterstolz überschäumte, schmiegte sich strahlend an sie und plapperte einige Silben, deren genauere Bedeutung nicht ganz eindeutig war. Jeanne lachte. »Na, mein Liebling, was willst du mir erzählen?«

»Verzeihung, Madame, sie war nicht mehr zu halten, als sie Sie gesehen hat.« Die Amme verzog schuldbewusst das Gesicht.

»Schon gut. Ich freue mich doch, sie bei mir zu haben«, sagte Jeanne.

In der Tür tauchte erneut die Kammerfrau auf. »Der Abbé de Bernis, Madame.«

Die Augen des Abbés funkelten vergnügt. Er küsste Jeanne in ihrem Stuhl die Hand. »Marquise.«

Der Morgen begann seinen Lauf zu nehmen. Immer mehr Leute baten darum, zu ihr vorgelassen zu werden, und eine halbe Stunde später war es mit der Stille endgültig vorbei. Es kam Jeanne noch immer merkwürdig vor, wie viele Menschen sie auf einmal zu sehen begehrten, seitdem sie offiziell die *Maîtresse en titre* war – in ihrem Ankleidezimmer drängten sich die Leute, und es summte wie in einem Bienenhaus.

Die Zofen waren gerade damit beschäftigt, ihr die Perlenschnüre ins hochgesteckte Haar zu flechten, als Voltaire seine Aufwartung machte.

»Monsieur Voltaire!« Sie drehte sich freudig zu ihm. Er trug ein üppiges Rüschenhemd, und sein Gesicht war in höfischer Manier hell gepudert, was ihn fremd erscheinen ließ, doch seine braunen Augen funkelten ihr in altbekannter Weise vergnügt entgegen.

Er küsste ihre Hand. »Marquise, Ihr Anblick würde die Götter wie immer vor Neid erblassen lassen.«

Sie lachte. »Danke sehr, Monsieur Voltaire. Indessen glaube ich, dass sie Sie sicherlich noch mehr um das Talent Ihres Geistes beneiden würden. Erzählen Sie, wie geht es mit Ihrer Oper voran?«, fragte sie, denn Voltaire hatte von Richelieu, der als Erster Kammerherr für die Vergnügungen des Hofes zuständig war, und auch ein wenig dank ihres Einflusses den Auftrag erhalten, eine Oper zu Ehren des Sieges von Fontenoy zu schreiben. *Le Temple de la Gloire,* deren Musik kein Geringerer als Rameau komponiert hatte, würde in wenigen Tagen in Versailles aufgeführt werden.

Auf dem Gesicht des Dichters zeigten sich Sorgenfalten. »Nun, wie Sie wissen, ist es eine leidige Geschichte, dass man gerne bis zur letzten Minute doch noch etwas verändern möchte …«

Sie sah den Dichter, der sonst vor Selbstbewusstsein strotzte, erstaunt an, als sie den nagenden Zweifel in seiner Stimme heraushörte. Sie ahnte, was in ihm vorging – der Balanceakt, eine unterhaltsame Oper zu schreiben und seinen eigenen Ansprüchen als Dichter und Philosoph gerecht zu werden, war für ihn alles andere als einfach. Doch Voltaire war ehrgeizig, und sein Ziel, in die Académie Française aufgenommen zu werden, führte über den Weg des Hofes. Schon seit Jahren strebte der Dichter die Aufnahme in die berühmte Fakultät an. Eine Ehre, die ihm aufgrund der vehementen Widerstände, die die Kirche ihm entgegensetzte – allen voran Monsignore Boyer – bisher verweigert worden war. Obwohl Historiograf des Königs, galt Voltaire unter den Devoten weiterhin als Gotteslästerer und gefährlicher Freidenker. Durch die Oper hoffte der Dichter jedoch, den Hof und den König für sich einnehmen zu können.

»Ich bin sicher, das Stück wird das Gefallen Seiner Majestät finden«, sagte Jeanne, während sie ihrer Zofe den Arm reichte, damit sie das schmale Taftband über der von Seidenblüten gesäumten Spitzenmanschette ihres gebauschten Ärmels zu einer Schleife binden konnte.

»Das würde mich zum glücklichsten aller Dichter machen. Erlauben Sie mir zu bemerken, dass die Zurückhaltung unseres großen Fürsten nicht immer ahnen lässt, was sein Wohlgefallen auslöst«, erwiderte Voltaire.

Jeanne lächelte, als er mit dieser Bemerkung auf das eher kühle Verhältnis, das zwischen ihm und dem Monarchen herrschte, anspielte. »Monsieur Voltaire, der König schätzt Sie, seien Sie sich dessen sicher – sonst hätte er Sie kaum zum Historiografen ernannt und gebilligt, dass Sie diese Oper schreiben.«

Doch im Grunde lag Voltaire nicht ganz falsch. Während

der Tage, die sie in Choisy verbrachten, hatte der König – um Jeanne einen Gefallen zu tun – Voltaire, Crébillon und Duclos einige Male zu Besuch kommen lassen, aber er war den Dichtern gegenüber immer distanziert geblieben, auch wenn er sich mit Voltaire ein wenig über seine Reise nach England und seine Veröffentlichung *Die Elemente der Philosophie Newtons* unterhalten hatte. Die Begegnung hatte Jeanne begreifen lassen, dass Louis zu sehr König war, als dass die freigeistigen Dichter, die es wagten, die Kirche, die Moral und den Staat zu kritisieren, seinen Gefallen hätten finden können.

»Wie geht es der bezaubernden Madame du Châtelet?«, wechselte sie das Thema.

»Oh, bestens. Sie lässt Ihnen ihre wärmsten Grüße übermitteln«, erwiderte Voltaire auf die Frage nach seiner Lebensgefährtin. Emilie du Châtelet war eine mehr als ungewöhnliche Frau und gleichermaßen bekannt für ihre leidenschaftliche Lebenslust wie für ihre geistigen Passionen. Neben der Literatur galt ihr Interesse im besonderen Maße der Mathematik und der Physik. Sie führte sogar selbst wissenschaftliche Versuche durch. Die Marquise war verheiratet, doch Voltaire und sie hatten seit fast vierzehn Jahren ein Verhältnis und lebten zeitweilig sogar zusammen mit ihrem Gemahl, dem Marquis du Châtelet, auf ihrem Schloss Cirey in der Champagne.

»Grüßen Sie sie bitte aufs Herzlichste von mir«, bat Jeanne.

Er neigte galant den Kopf. »Es wird mir ein Vergnügen sein«, sagte er. Wenig später verabschiedete er sich, denn die Kammerfrau meldete Jeanne weitere Besucher, die darauf warteten, ihr die Aufwartung zu machen.

Die Aufführung von *Le Temple de la Gloire* wurde ein mäßiger Erfolg. Voltaire tat Jeanne fast ein wenig leid. Nach der Vorstellung wartete er vergeblich auf ein lobendes Wort des Königs. Aber er war selbst schuld. Louis war zu intelligent, als dass er die versteckten moralischen Belehrungen, die sich Voltaire dann doch nicht hatte versagen können, in das Stück einzuarbeiten, nicht verstanden hätte.

»Die Oper hat nicht Euer Gefallen gefunden?«, fragte Jeanne den König, als sie später allein waren.

»Doch, durchaus. Die Ouvertüre von Rameau war großartig«, erwiderte Louis knapp.

Jeanne nickte zustimmend. »Ein wundervoller Komponist.« Sie sah Louis an. »Seht es Monsieur Voltaire nach, dass er versucht hat, in der Oper philosophisch zu werden«, sagte sie sanft.

»O mir schien es weniger philosophisch zu sein, als den Charakter einer Lektion zu haben, die Monsieur Voltaire dort erteilen wollte.«

Sie lächelte. »Wahrscheinlich liegt dieses Ansinnen in der Natur der Dichter.«

»Was es nicht weniger anmaßend macht, mich belehren zu wollen, Madame«, entgegnete Louis ungehalten. Sein Gesicht hatte einen strengen Ausdruck bekommen, und er war auf einmal ganz König. Wie so oft hatte dieser Wechsel schnell und plötzlich stattgefunden. Der Übergang zwischen dem Menschen und Monarchen bei ihm war fließend, doch instinktiv begriff Jeanne, dass Louis' wechselnde Stimmungen ein Zeichen und eine Erlaubnis zugleich waren, wie man ihm begegnen durfte. Manchmal war es unabdingbar, ihn als König zu behandeln, der er war, dann aber verlangte er nach der Privatsphäre, nach einer Nähe und Intimität, die ihm sein eigentliches Leben versagte.

»Ich denke nicht, dass das so wirklich in der Absicht von Monsieur Voltaire lag, Euer Majestät belehren zu wollen«, sagte sie ernst.

Er blickte sie an, noch immer verstimmt, doch dann entspannte sich sein Gesichtsausdruck etwas. »Seien Sie unbesorgt, da Sie Monsieur Voltaire nun einmal so sehr schätzen, soll er bekommen, was er begehrt.«

Louis zeigte sich Voltaire gegenüber tatsächlich generös. Er beabsichtigte, ihm den Titel eines Kammerherrn zu verleihen, und wollte sich außerdem für seine Aufnahme in der Académie einsetzen. Das berichtete Jeanne dem Dichter, als er ihr am nächsten Vormittag bei ihrer Morgentoilette seine Aufwartung machte. Eine Nachricht, die Voltaire mehr als jedes Lob über seine Oper erfreute.

Kurz nachdem er gegangen war, bekam Jeanne auch Besuch von Pâris de Montmartel und Le Normant de Tournehem.

»Wie geht es Maman?«, fragte sie ihren Oheim als Erstes, denn die Sorge um ihre Mutter, der es zunehmend schlechter ging, belastete sie sehr.

Der Generalsteuerpächter sah sie bedrückt an. »Den Umständen entsprechend. Die Ärzte geben ihr etwas gegen die Schmerzen. Ich soll Sie in aller Liebe von ihr umarmen.«

Ein Schatten glitt über Jeannes Gesicht. Sie wussten alle, wie schlecht es um sie stand.

»Küssen Sie sie ganz innig von mir. Der König hat mir angeboten, dass sein Erster Leibarzt nach ihr sehen wird. Er wird zu ihr nach Paris kommen.«

»Sie wird sich freuen, das zu hören«, sagte Le Normant de Tournehem. Er wechselte einen Blick mit dem Hofbankier.

Pâris de Montmartel räusperte sich. »Verzeihen Sie, Marquise, aber wir müssen Sie noch in einer anderen Angelegenheit sprechen.«

Jeanne blickte ihn erstaunt an. Plötzlich fiel ihr erneut der angespannte Ausdruck der beiden Männer auf. Pâris de Montmartel und Le Normant de Tournehem machten ihr regelmäßig ihre Aufwartung, ein- bis zweimal in der Woche, da sie in vielen Dingen ihre wichtigsten Ratgeber waren, doch etwas in ihren Mienen hatte Jeanne heute bereits bei der Begrüßung vermuten lassen, dass ihnen etwas Besonderes auf den Herzen lag.

Sie erhob sich von ihrem Stuhl. »Kommen Sie, in dem kleinen Boudoir neben der Garderobe können wir ungestört sprechen.«

Die beiden Männer folgten ihr in einen Raum, dessen Holztäfelungen mit matt lackierten Blumenornamenten verziert waren. Niemand konnte sie hier hören, und sie schloss die Tür hinter ihnen. Fragend drehte sie sich zu ihnen um.

»Wir brauchen Ihre Hilfe«, erklärte Le Normant de Tournehem geradeheraus.

»Meine Hilfe?«

»Orry, der königliche Finanzkontrolleur, agiert gegen die Brüder Pâris«, erklärte Le Normant de Tournehem.

Pâris de Montmartel nickte bestätigend. »Er kämpft an allen Fronten gegen uns. Er versucht unsere Preise bei der Armeebelieferung immer weiter zu drücken und vehement Einfluss auf die Zinssetzung unserer Kredite zu nehmen.«

Jeanne sah ihn verblüfft an. »Das klingt äußerst unerfreulich. Aber was sollte ich dagegen unternehmen können?«

»Sie nicht, aber der König.«

Eine Sekunde lang war es still in dem Boudoir. Nur das leise Zwitschern der beiden Singvögel aus dem Käfig in der Ecke war zu hören. Jeanne sah die beiden Männer an. Sie hatte gewusst, dass dieser Augenblick kommen würde – die Bitte, dass sie sich für sie beim König verwenden sollte.

Es war keine Frage, dass sie ihnen helfen wollte. Sie schuldete ihnen Dankbarkeit, und außerdem hingen die Angelegenheiten von Le Normant de Tournehem und den Brüdern Pâris unweigerlich mit ihrer eigenen Position am Hof zusammen, doch sie scheute sich, ihre Stellung in dieser Weise zu nutzen, denn sie hatte keine Ahnung, wie Louis darauf reagieren würde.

»Selbstverständlich werde ich alles tun, um Ihnen zu helfen«, sagte Jeanne schließlich zögernd, »doch ich glaube, Sie überschätzen meinen Einfluss.«

»Allein Ihr Bemühen, sich für uns in dieser Angelegenheit bei Seiner Majestät zu verwenden, würde uns mit Dankbarkeit erfüllen«, erwiderte Pâris de Montmartel und verneigte sich ehrerbietig.

Jeanne nickte langsam. »Ich werde sehen, ob sich eine günstige Gelegenheit bietet, mit Seiner Majestät darüber zu sprechen.«

Als die beiden Männer gegangen waren, beendete sie ihre Toilette. Sie wollte einen Augenblick allein sein, um nachzudenken. Bisher hatte sie den König noch nie um etwas gebeten, weder für sich noch für andere, denn sie hatte durch ihn mehr bekommen, als sie sich jemals erträumt hatte, und Louis überhäufte sie mit Geschenken. Ihr Blick fiel auf das roséfarbene Collier, mit dem er sie erst vor einigen Tagen überrascht hatte.

Nachdenklich puderte sie ihre Nase und Wangen nach. Gerade weil Louis sich ihr gegenüber so generös verhielt, hatte sie Angst, wie er reagieren würde, wenn sie auf einmal etwas von ihm erbitten würde, zumal es sich um ein Anliegen von politischer Tragweite handelte – denn um nichts anderes als Politik ging es bei der Bitte der beiden Männer.

Sie legte die Puderquaste zur Seite. Sie musste Louis gegenüber ehrlich sein. Es würde das Beste sein, ihm das Problem von Pâris de Montmartel und Le Normant de Tournehem vorzutragen und gleichzeitig ihren eigenen Zwiespalt darzustellen, wie unangenehm es ihr war, ihn mit dieser Bitte zu belästigen. Und vor allem galt es, erst einmal die richtige Gelegenheit abzuwarten.

»Madame?« Ihre Kammerfrau Sophie, die mit einem Knicks in der Tür erschien, riss sie aus ihren Gedanken. »Monsieur Benoît, der Koch, ist hier.«

Jeanne nickte. Sie mussten noch die Auswahl des Menüs für das Souper besprechen. Benoît, der für eine hochstehende italienische Adelsfamilie gearbeitet hatte, bevor er in ihre Dienste getreten war, verstand es wie kein anderer, die raffiniertesten Gaumenfreuden zuzubereiten.

Es war bereits später Nachmittag, als der Comte de Maurepas die Röcke begutachtete, die ihm sein Kammerdiener zur Auswahl für seine Abendgarderobe präsentierte – einen taubenblauen, einen braunen, einen hellgrauen und burgunderfarbenen, jeder aufwendig bestickt, und dazu mehrere Hemden und passende Spitzen. Maurepas entschied sich mit einem knappen Kopfnicken für den burgunderfarbenen, einen an den Ärmeln und am Kragen goldbestickten Rock mit glänzenden Knöpfen, und die Brüsseler Spitze.

Sein Kammerdiener verneigte sich und verschwand mit den Sachen in einem Nebenraum, um die Spitze an das Hemd zu nähen und die Kleidung vorzubereiten.

Es war Montag, und der Comte de Maurepas würde erst zum Konzert der Königin, zu dem Marie Leszczynska regelmäßig einmal in der Woche im Salon de la Paix bat, gehen und später an dem privaten Souper des Königs teilnehmen. Er nahm einen Schluck von seinem Kaffee.

»Monsieur de Marville«, verkündete hinter ihm sein Lakai.

Der Comte nickte und stellte seine Tasse ab. Er hatte den Polizeioberleutnant bereits erwartet.

Feydeau de Marville verbeugte sich tief und ehrerbietig vor ihm. »Der Bericht aus Paris, Monsieur le Comte.« Der Polizeioberleutnant überreichte ihm eine Akte, die Maurepas mehrmals in der Woche erhielt, um über die neuesten Geschehnisse in der Stadt informiert zu werden. Er blätterte die Seiten durch und überflog ihren Inhalt. »Irgendwelche besonderen Vorkommnisse?«

Marville schüttelte den Kopf. »Das Übliche – ein Brand in der Rue Racine; zwei Droschkenunfälle – in einen war leider auch die Equipage der Duchesse d'Orléans verwickelt; eine Reihe von Schlägereien; eine ertrunkene Wäscherin in der Seine; eine Messerstecherei, fünf Vergewaltigungen, und in zwei Wirtshäusern haben wir in den Hinterzimmern einige Leute beim Glücksspiel erwischt.«

Der Comte legte die Akte zur Seite. Er musterte ihn. Etwas Lauerndes ging auf einmal von seinem Blick aus. »Und was haben Sie in der anderen Angelegenheit herausgefunden?«

Marville verbeugte sich erneut beflissen. »Einige sehr interessante Details. Der bisherige Lebenslauf der Marquise lässt sich lückenlos zurückverfolgen.«

»Tatsächlich?« Der Comte ließ sich unbeeindruckt auf den Stuhl vor seinem Toilettentisch sinken.

Marville holte tief Luft. »Ihr Vater hat für die Brüder Pâris gearbeitet. 1727 sollte er wegen Betrügereien und illegalen Spekulationen verhaftet werden, konnte sich aber der Verhaftung durch seine Flucht nach Deutschland entziehen. Ein Gericht verurteilte ihn in Abwesenheit – angeblich zum Tode durch den Strang ... Die Urkunden sind auf mysteriöse Weise verschwunden.« Der Polizeioberleutnant holte kurz Luft, um dann aber sofort fortzufahren. »Wie allgemein bekannt ist, wandte sich die Mutter der Marquise daraufhin einem Geschäftsfreund des Hofbankiers Pâris de Montmartel zu, dem Steuereinnehmer und Geschäftsmann Le Normant de Tournehem, dessen Geliebte Madame Poisson dann auch wurde. Pikanterweise weiß man nicht, wer von beiden wirklich der Vater der Marquise ist ...«

Der Comte lehnte sich zufrieden zurück und genoss für einen kurzen Moment den Triumph, dass er seinem Instinkt wieder einmal zu Recht vertraut hatte. Er hatte gewusst, dass es sich lohnen würde, sich näher mit der Vergangenheit dieser Frau zu beschäftigen.

»Beide haben jedenfalls weder Geld noch Einfluss gescheut«, fuhr Marville mit seinem Bericht fort, »um der kleinen Poisson und ihrem Bruder eine gute Ausbildung und später den Zutritt zu den Salons der Pariser Gesellschaft zu ermöglichen. Nur mit Druck ist auch die Hochzeit mit ihrem Ehemann zustande gekommen. Le Normant de Tournehem soll seinen eigenen Bruder erpresst haben, damit sein Neffe die kleine Poisson heiratet.«

»Wirklich?« Maurepas' Gesicht verzog sich verächtlich angesichts der sumpfigen Niederungen, aus denen diese Person gewagt hatte zu ihnen emporzusteigen.

Marville nickte eifrig. »Ja, und hier sind noch weitere Details, die wir herausgefunden haben, Monsieur le Comte.«

Mit einer tiefen Verbeugung reichte er dem Minister ein sorgfältig versiegeltes Dossier, das dieser an sich nahm und Seite für Seite genau zu lesen begann.

Warme dunstige Luft schwebte durch den Baderaum. Über die milchige Oberfläche des Wassers zogen sich große Kreise, die einer nach dem anderen auseinandertrieben. Ein leises Gluckern war zu hören, dann ertönte ein Prusten, und im selben Moment schoss mit einem Schwall Wasser der Kopf des Königs aus der Tiefe der Badewanne hervor. Jeanne, die in einem einfachen weißen Musselinkleid mit umschlungenen Knien auf einer Bank daneben saß, lächelte leicht.

Louis holte tief Luft und strich sich die klatschnassen Haare aus dem Gesicht. Bewundernd musterte er zum wiederholten Mal die Wände und das Deckengewölbe von Jeannes Baderaum. Boucher hatte sich in der Tat selbst übertroffen. In zarten Pastelltönen gemalte Nymphen beim Bade, die von verspielten Amoretten umflogen und dabei von der Decke von den Göttern Zeus und Neptun beobachtet wurden, waren dort zu sehen.

Louis stützte seine muskulösen Arme, von denen das Wasser perlte, auf den Rand der Badewanne, als er sich zu Jeanne wandte. »Bei Gott«, sagte er mit gespielter Strenge. »Ich weiß nicht, ob es erlaubt ist, dass Sie einen schöneren Baderaum besitzen dürfen als der König. Dieser Boucher ist wirklich ein Meister.«

Jeanne schaute ihn amüsiert an. »In diesem Fall, Sire, soll dieser Raum natürlich Euch gehören.« Sie ergriff einen Schwamm und strich ihm damit über den Rücken.

Louis sah sie an. Der Blick seiner Augen, die jetzt dunkel, fast gefährlich glitzerten und in denen gleichzeitig eine ungewöhnliche Sanftheit lag, ließen ihr noch immer, wie bei ihrer allerersten Begegnung, den Atem stocken. Er legte die Arme um sie und zog sie mit einer plötzlichen Bewegung zu sich in die Wanne. Jeanne schrie lachend auf, als das Wasser hochspritzte. Im nächsten Moment küssten sie sich, und er musterte begehrlich ihr durchnässtes Kleid, durch das sich deutlich ihr Körper abzeichnete.

Doch dann wurde sein Blick plötzlich ernst. »Sie haben gestern Besuch von Ihrem Oheim und Ihrem Paten gehabt?«, fragte er beiläufig, während er nach einem Tuch neben der Badewanne griff und sich damit über den Kopf fuhr.

Sie sah ihn erstaunt an. »Woher wisst Ihr …?«

»Ich wäre ein schlechter König, wenn ich solche Informationen nicht bekommen würde. Und, haben Sie sich über Orry, den Finanzkontrolleur, beklagt?«, fragte er weiter.

Jeanne zögerte. Nichts an Louis' Blick ließ ahnen, ob ihm der Grund für den Besuch ihres Oheims und Patenonkels missfiel oder er nur aus reiner Neugier fragte. Den ganzen Tag gestern hatte sie überlegt, wie sie Louis auf die Probleme der beiden Männer ansprechen sollte, und umso mehr verunsicherte es sie, dass er jetzt von sich aus darauf zu sprechen kam. »Ich hatte Bedenken, Euch damit zu belästigen«, gab sie zu, »aber mein Oheim und vor allem mein Pate und seine Brüder haben schon seit längerer Zeit große Schwierigkeiten mit dem Finanzkontrolleur. Monsieur Pâris de Montmartel glaubt, dass Orry sie absichtlich blockiert, indem er versucht, die Preise für die Armeebelieferung zu drücken, und sogar Einfluss auf die Zinssetzung ihrer Kredite nimmt.«

Louis strich Jeanne eine feuchte Haarsträhne aus dem Gesicht und nickte schließlich nachdenklich. »Nun, Sie bestätigen mir damit, was mir auch der Comte d'Argenson berichtet hat. Orry ist ein guter Mann – aber in Kriegszeiten nicht flexibel genug, um die richtigen Prioritäten zu setzen«, sagte er dann zu Jeannes Erleichterung.

Sie erfuhr, dass er sich schon länger mit dem Gedanken trug, den Finanzkontrolleur auszuwechseln. Pâris de Montmartel und Le Normant de Tournehem würden erleichtert sein, das zu hören, dachte sie und lehnte sich zufrieden in der Wanne zurück.

28

Mit dem Ausdruck eines gereizten Tigers stürmte der Prince de Conti am Morgen in das Kabinett von Monsieur de Maurepas. »Monsieur le Comte.« Er nickte knapp.

Maurepas hatte sich höflich erhoben. »Euer Hoheit.« Der Minister der Stadt Paris deutete einladend auf einen Stuhl, ohne sich seine Verwunderung darüber anmerken zu lassen, dass ihn der Cousin des Königs ohne Anmeldung in seinem Büro aufsuchte.

Der Prince setzte sich wortlos und gab ihm mit einer unwirschen Handbewegung zu verstehen, dass er wieder Platz nehmen dürfte. Das eine Bein angewinkelt, das andere in herrischer Geste von sich gestreckt, beugte er sich nach vorn. »Was sagen Sie dazu, dass dieses bürgerliche Flittchen dafür gesorgt hat, dass Orry abgesetzt wird?«

Der Comte blickte den Prince erstaunt an. Bis heute hätte er nicht einmal gedacht, dass Conti die Existenz des Finanzkontrolleurs überhaupt zur Kenntnis genommen hatte, und auch jetzt war er sich sicher, dass es nicht die persönliche Anteilnahme am Schicksal von Orry war, die den Prince so aufgebracht hatte. »Nun …«, begann Maurepas, doch er kam nicht dazu, seinen Satz zu beenden.

»*Diese Person* ist noch nicht einmal seit drei Monaten am Hof und versucht schon, ihre Interessen durchzusetzen. Bei Gott, ich verfluche den Tag, an dem meine Mutter sich dafür hergegeben hat, diese billige Hure bei Hof vorzustellen.« Die Augen des Prince blitzten wütend.

Maurepas erwog für einen kurzen Moment, den Prinzen darüber aufzuklären, dass es vor allem dem Einfluss des Comte d'Argenson zuzuschreiben war, dass Orry abgesetzt wurde und dass der König nicht einmal den Wunschkandidaten der Brüder Pâris als seinen Nachfolger ausgewählt hatte, doch dann erschien es ihm nicht von Nachteil, den Prinzen einfach in seinem falschen Glauben zu lassen. »Ich muss Ihnen leider zustimmen, Hoheit«, sagte er.

»Und dann soll Ihr Oheim auch noch tatsächlich der neue *Directeur de Bâtiment* werden.«

Das wiederum war Maurepas neu. Er sah den Prince alarmiert an. »Dieser Generalsteuerpächter?«

Conti nickte. Bisher hatte dem Generalfinanzkontrolleur auch der Posten des Generaldirektors der königlichen Bauten unterstanden, doch nun hatte der König sich entschieden, die beiden Ämter zu trennen. Es war ein unerhörter Gunstbeweis des Königs an seine Mätresse, dass er diesen Le Normant de Tournehem zum *Directeur de Bâtiment* machen wollte.

Maurepas bemühte sich, sich seinen inneren Aufruhr nicht anmerken zu lassen. Er hasste es, auf diese Weise von Neuigkeiten überrascht zu werden. Warum hatten ihn seine Agenten nicht davon unterrichtet?

Er setzte ein Lächeln auf, als er sich wieder zum Prince de Conti wandte. »Nun, wenn der König sie satt hat, wird dieser Le Normant de Tournehem sein Amt genauso schnell wieder verlieren, wie er es bekommen hat, Hoheit.«

»Ohne pessimistisch wirken zu wollen, Comte, aber ich bin mir manchmal nicht mehr so sicher, ob das tatsächlich so schnell der Fall sein wird.«

»Hoffen wir, dass Ihre Ahnung Sie trügt …«, sagte Maurepas.

Ihr Gespräch wandte sich aus Höflichkeit noch einigen anderen Themen zu, bevor sich der Prince de Conti schließlich verabschiedete. Maurepas versuchte sich wieder auf seine Arbeit zu konzentrieren, doch seine Gedanken kehrten immer wieder zu der Marquise zurück.

Später, als er am Nachmittag in den Spiegelsaal ging, beobachtete er sie, wie sie in ihrem weißen, goldbestickten Seidenkleid an der Seite Seiner Majestät durch den Spiegelsaal schritt. Anmaßend wie eine Königin! Menschen scharten sich um sie, und der König lauschte amüsiert, wie sie ihm etwas erzählte. Er erwiderte einen Satz, die Marquise schlug ihren Fächer auf und lachte daraufhin hell und deutlich hörbar in ihrer typisch bourgeoisen Art, der jede Form von Verhaltenheit fehlte – und der König stimmt auch noch ein in dieses Lachen, als wenn er daran Gefallen finden würde. Hass flammte in dem Minister auf, als er die widerwärtige Vertrautheit sah, mit der sie respektlos ihre Hand auf seinen Arm legte.

Er dachte an den Moment, der sich so unauslöschlich in sein Gedächtnis gebrannt hatte – wie sie ihm auf der königlichen Jagd die Pistole entrissen und ihn vor allen bloßgestellt hatte. Wäre sie keine Frau gewesen …

Während der König und sie langsam in seine Richtung geschritten kamen, fragte er sich, ob er den Einfluss der Marquise nicht unterschätzt hatte, und ihm wurde klar, dass er es sich nicht noch einmal leisten könnte, so überrascht zu werden. Er musste anders vorgehen.

29

Der Winter hatte Einzug gehalten. Eine dünne Schneeschicht bedeckte den Park von Versailles, und in den großen Gemächern und Fluren herrschte eine zugige Kälte, die sich auch durch das Feuer in den Öfen und Kaminen nicht recht vertreiben ließ. Die gefährliche Glätte, die draußen herrschte, hatte auf den Straßen zu zahlreichen Droschkenunfällen geführt, und auf dem Weg nach Paris hatte man wegen eines unglücklichen Sturzes schon zwei verletzte Pferde erschießen müssen.

An Jagd war bei diesen Witterungsverhältnissen schon lange nicht mehr zu denken. Die Wege im Wald waren vereist und rutschig, sehr zum Leidwesen des Königs, der seinem Bewegungsdrang deshalb auch nicht mehr auf dem Pferd nachkommen konnte. Jeanne beobachtete, nicht ohne eine gewisse heimliche Belustigung, wie er mit großen Schritten vor ihnen am Ufer des Kanals entlangstapfte – so schnell, dass sie und die Minister, die ihn begleiteten, kaum noch hinterherkamen. Ihre beiden Hunde César und Félice tobten begeistert um seine Füße. Von Zeit zu Zeit verlangsamte Louis – aus Höflichkeit Jeanne gegenüber – seine Geschwindigkeit etwas, blieb fast stehen, nur um einige Meter weiter jedoch wieder in seinen schnellen Schritt zurückzufallen. Jeanne spürte, wie sich ihre Wangen röteten. Louis' Gesichtszüge dagegen entspannten sich mit zunehmender Bewegung, und er wurde ruhiger. Seine Unrast, die Teil seines Charakters war, verlangte danach, dass er sich körperlich bewegen und verausgaben musste, damit er sich ausgeglichen fühlte.

Er hatte den Kragen seines pelzgefütterten Umhangs hochgeschlagen und verlangsamte seinen Schritt erneut, als er sich nun mit nachdenklichem Gesichtsausdruck zu seinen Ministern wandte. »Messieurs, ich mache mir Gedanken darüber, wie dieser Feldzug am sinnvollsten und effektivsten weitergeführt werden kann.«

»Euer Majestät ziehen die Pläne des Maréchal de Saxe in Erwägung?«, fragte der Duc de Richelieu, der zwar nicht zum Staatsrat gehörte, aber wegen seines militärischen Talents bei Kriegsfragen vom König gern zurate gezogen wurde.

Louis nickte. Er drehte sich zum Comte d'Argenson. »Ich weiß, dass Ihre Auseinandersetzung zu Spannungen mit dem Maréchal geführt haben, Monsieur d'Argenson, dennoch bitte ich Sie um Ihre aufrichtige Meinung.«

Der Schnee knirschte unter ihren Füßen. Jeanne, die ihre Hände in einen Pelzmuff vergraben hatte, verfolgte gespannt das Gespräch. Sie wusste, dass es zwischen Saxe und d'Argenson zum Eklat gekommen war, nachdem der Minister für Kriegsangelegenheiten gegen den Willen des Marschalls darauf bestanden hatte, den Feldzug nach der Einnahme von Tournais fortzusetzen, um in den Niederlanden auch noch Ath und Audenarde zu erobern. Saxe hatte mit seinem Rücktritt gedroht, und erst die Intervention des Königs – der die Angelegenheit allerdings zugunsten seines Ministers d'Argenson entschied – hatte den Machtkampf zwischen den beiden Männern schlichten können. Nun jedoch ersuchte ausgerechnet Saxe die Einwilligung des Königs, um im Winter einen Überraschungsangriff auf Brüssel zu wagen. Der Zeitpunkt war günstig, denn der englische Befehlshaber Lord Cumberland würde einen Teil seiner Truppen nach England abziehen müssen, um dort den schottischen Aufstand von Bonnie Prince Charlie und seinen Jakobiten niederzuschlagen.

»Um ehrlich zu sein, Euer Majestät, auch wenn ich die Vorzüge eines Überraschungsangriffs schätze, ich zögere, diesen waghalsigen Plan zu befürworten«, sagte d'Argenson.

Louis blickte fragend seine anderen Minister an. »Was halten Sie von den Plänen des Maréchal, Messieurs?«

»Mit Verlaub, Sire, abgesehen davon, dass es ein Vermögen verschlingen würde, die Truppen im Feld überwintern zu lassen, wäre ein Angriff zu dieser Jahreszeit ein Wahnsinn«, gab der Comte de Maurepas zu bedenken.

Der Marquis d'Argenson, der Minister für Auswärtige Angelegenheiten, nickte. »Und die Truppen sind jetzt schon erschöpft und ausgebrannt.«

Louis betrachtete nachdenklich den Horizont der weißen Parklandschaft. »Wenn ich Sie recht verstehe, meine Herren, sind Sie also dagegen.«

Er ging schweigend einige Schritte weiter, als er sich plötzlich unerwartet zu Jeanne drehte.

»Und was denken Sie, Madame?«

Die Minister, die befremdet zur Kenntnis genommen hatten, dass Jeanne den König überhaupt auf diesem Spaziergang, bei dem es sich um eine Zusammenkunft des Staatsrats handelte, begleitete, schauten nicht weniger überrascht als sie selbst. Sie konnte sich nur zu gut vorstellen, was in diesem Moment in ihren Köpfen vorgehen musste. Nicht nur, dass sie eine Frau war – noch dazu die Mätresse des Königs, der man in ihrem speziellen Fall wahrscheinlich höchstens zubilligte, heimlich im Schlafzimmer ihre Meinung zu äußern –, sie war auch noch die jüngste von ihnen allen. Die Berater und Minister des Königs hätten vom Alter durchweg ihre Väter sein können. Jeanne war sich nicht sicher, was sie am Hof schlimmer fand – die feindselige Ablehnung dieser Männer oder die schlangenhafte Missgunst der Hofdamen, die keine Mittel scheuten, um den König von ihren Reizen zu überzeugen. Wahrscheinlich beides gleichermaßen. Sie fasste ihren Pelzmuff fester und ignorierte die Blicke um sich herum, als sie den König ansah. »Euer Majestät, ich denke, dass die Soldaten für den Ruhm und die Ehre ihres Königs und Landes gern Entbehrungen auf sich nehmen«, antwortete sie. »Und was den Maréchal de Saxe angeht, ich gebe Monsieur de Maurepas recht – ohne Zweifel ist er ein Wahnsinniger. Hat er nicht todkrank, im Einspänner, von einem Korbstuhl aus, den Angriff in Fontenoy geleitet? Dennoch scheint es mir, als wenn der Erfolg und die Siege, die er errungen hat, ihm bisher immer recht gegeben haben, nicht wahr?«

Der König blickte sie verblüfft an. Dann lächelte er und wandte sich zu seinen Ministern um. »Messieurs, Madame hat wahr und wie ein Feldherr gesprochen. Nehmen Sie sich ein Beispiel daran! Sie bestätigen mich einmal mehr, vorerst weiter keinen Premierminister zu ernennen, Messieurs.«

Die Männer sahen den König entgeistert an. Nur Machault d'Arnouville, der neue königliche Finanzkontrolleur, der Orry in seinem Amt abgelöst hatte, erkannte seine Chance. Er nickte zustimmend. »Und wenn Euer Majestät mir erlauben, die Bemerkung hinzuzufügen, ein schneller Sieg würde die hohen Kosten durchaus rechtfertigen.«

»Die Truppen werden also vorerst in ihren Quartieren bleiben«, bestimmte Louis.

Der Comte d'Argenson neigte den Kopf. »Sehr wohl, Euer Majestät.«

Louis war stehen geblieben und winkte mit einer knappen Handbewegung den Schlitten heran, der ihnen in einigem Abstand zusammen mit seinen Leibgarden gefolgt war.

»Messieurs«, sagte er zu den Ministern und reichte Jeanne die Hand, um ihr beim Einsteigen zu helfen. Dann wandte er sich freundlich zu dem Finanzkontrolleur. »Monsieur de Machault d'Arnouville, wollen Sie Madame und mich nicht begleiten?«

Das runde Gesicht des Finanzkontrolleurs, dessen zu kurz geratener Hals ihm ein wenig das Aussehen einer Schildkröte verlieh, verzog sich zu einem erfreuten Lächeln.

Die Höflinge verbeugten sich tief. Nur mühsam konnten sie ihre Wut im Zaum halten, während sie beobachteten, wie Machault d'Arnouville in die Kutsche stieg und Louis den Arm um seine Mätresse legte. Wortlos sahen sie dem Schlitten hinterher, der vor ihnen die breite Allee des Parks entlangglitt und sich langsam in Richtung des Schlosses entfernte.

Der Duc de Richelieu wandte sich zum Comte d'Argenson. »Nun, so neu Monsieur de Machault d'Arnouville in seinem Amt ist, so schnell hat er es verstanden, in welchen Wind er sein Fähnchen hängen muss«, sagte er süffisant. »Dabei haben Sie ihm doch in seine Position verholfen, nicht wahr, Monsieur d'Argenson?«

Der Comte nickte stumm. »Ich sage Ihnen, diese Frau wird uns noch allen Ärger bringen«, sagte er dann.

Maurepas sah dem Wagen noch immer mit düsterem Gesicht hinterher. Genau das würde er zu verhindern wissen, dachte er.

Die neue Zofe, die sie seit zwei Wochen hatte, war entzückend. Mit ihren dunklen Haaren und den ebenmäßigen Gesichtszügen erinnerte sie Jeanne ein wenig an Marie, das Mädchen, das sie in Étiolles gehabt hatte – sie hatte die gleiche Art wie sie, schüchtern und aufopferungsvoll ihre Aufgaben zu erledigen. Jeanne schenkte ihr ein freundliches Lächeln, denn sie stand noch immer in der Tür. »Danke, Valérie, das ist alles. Du kannst jetzt gehen.«

Das Mädchen, das höchstens Anfang zwanzig war, zögerte, dann machte es einen tiefen Knicks und schloss die Tür hinter sich. Jeanne goss aus der zierlichen chinesischen Kanne Tee in zwei hauchdünne Porzellantassen und reichte sie Pâris de Montmartel und Le Normant de Tournehem, bevor sie ihnen gegenüber wieder auf dem Sofa, das in einer eingelassenen Nische des Salons stand, Platz nahm. Ein warmes Feuer prasselte in dem Marmorkamin.

Ihre Miene war ernst. Ein Schatten zeigte sich auf ihrem Gesicht. »Sagen Sie mir die Wahrheit. Wie steht es um sie?«, fragte sie leise.

Le Normant de Tournehem sah sie traurig an. »Nicht gut. Sie hat kaum noch die Kraft, aufzustehen.«

»Ihre Mutter ist eine sehr tapfere Frau«, sagte Pâris de Montmartel. Selbst er, der nur selten etwas von seinen wahren Gefühlen offenbarte, war erschüttert von dem Schicksal der einst so schönen, lebenslustigen Frau, die zu ihrem Kreis gehört hatte.

Jeanne sah die beiden Männer bedrückt an. Auch der Leibarzt des Königs hatte nichts mehr für Louise Poisson tun können. Angesichts ihres eigenen Glücks erfüllte es Jeanne mit einem Gefühl der Ohnmacht, dass das Schicksal ihrer Mutter so unabänderlich feststehen sollte und sie nichts für sie tun konnte – außer tatenlos ihrem Leiden zuzusehen.

»Sie sollten wissen, dass der Gedanke, Sie hier zu wissen, Louise mit großem Glück und Stolz erfüllt«, sagte Le Normant de Tournehem sanft.

Jeanne nickte traurig und stellte ihre Tasse ab. Schließlich bemühte sie sich, das Thema zu wechseln.

»Und, darf ich fragen, ob Sie zufrieden mit dem neuen Finanzkontrolleur sind?«, erkundigte sie sich bei dem Hofbankier.

»O ja, sehr«, erwiderte der Hofbankier.

Jeanne wandte sich zu Le Normant de Tournehem. »Seine Majestät hat sich sehr lobend über Ihre Arbeit geäußert, lieber Oheim, obwohl ich bedauern muss, dass sich der König zurzeit öfter an Ihrer Gegenwart erfreuen darf als ich.«

Le Normant de Tournehem neigte den Kopf. »Ich war einige Tage in Choisy und Marly, um dort die Renovierungsarbeiten und einige Umbauten zu beaufsichtigen, und seitdem ich zurück in Versailles bin, versuche ich, der Flut von Anfragen und Wünschen, die die Höflinge haben, Herr zu werden.«

Sie nickte. So sehr Le Normant de Tournehem die Ehre seines neuen Amtes zu schätzen wusste, seine Aufgaben ließen ihm nur noch selten eine freie Minute, denn er war jetzt verantwortlich für den Bau und die gesamte Instandhaltung der königlichen Schlösser und Besitztümer. Dazu gehörten auch die Gemächer und Appartements der Höflinge. Der knappe

Platz, der in dem Palast für die Wohnräume zur Verfügung stand, brachte es mit sich, dass in Versailles eine ständige Unruhe und ein ewiger Streit über die Gemächerfrage herrschten. Unentwegt wurde in dem Schloss umgezogen, gebaut und renoviert, weil die Räume und Appartements immer wieder neu und anders verteilt werden mussten. Es war wahrlich ein nervenaufreibendes Amt.

Sie schenkte den Männern Tee nach. Ihr Kammerdiener Guillaume betrat den Salon und überreichte seiner Herrin mit einer Verbeugung einen Brief.

Als Jeanne sah, dass er keinen Absender hatte, beschleunigte sich ihr Puls. Nur ihr Name stand wie immer auf dem Umschlag – manchmal ähnelten sich die Schriften, doch oft wechselten sie, was sie am meisten ängstigte. Diese Handschrift hier hatte sie noch nie gesehen. Sie riss den Umschlag auf und überflog die Zeilen.

»Guillaume!«

Sie war aufgesprungen. Pâris de Montmartel und Le Normant de Tournehem blickten sie überrascht an. Ihr Gesicht hatte einen aschfahlen Ton angenommen.

Der Lakai erschien erschrocken wieder in der Tür. »Ja, Madame?«

»Wer hat diesen Brief abgegeben?«

»Ein Bote aus Paris. Ich kannte ihn nicht, Madame.«

Sie nickte. »Danke«, sagte sie leise und sank mit betroffener Miene auf das Sofa zurück.

Pâris de Montmartel, der sie prüfend angesehen hatte, nahm ihr wortlos das Schreiben aus der Hand.

Madame,
kein Titel und kein Geld dieser Welt werden es schaffen, aus Ihnen jemals etwas anderes zu machen, als Sie sind – ein kleines bürgerliches Hurenweib.
Befolgen Sie einen klugen Rat und kehren Sie dorthin zurück, wo Sie hergekommen sind – in die Gosse –, bevor wir dafür sorgen.

Die Augen des Hofbankiers verengten sich. »Haben Sie schon öfter solche Briefe erhalten?«

»Ja. Ich bekomme diese Schreiben seit dem Tag, an dem ich bei Hof eingeführt wurde«, sagte sie tonlos.

Die beiden Männer wechselten einen Blick.

»Weiß Seine Majestät davon?«, fragte Le Normant de Tournehem.

Jeanne schüttelte den Kopf. Sie war sich bewusst, dass der Makel ihrer Herkunft immer an ihr haften würde, doch ganz gewiss würde sie den König nicht noch darauf stoßen, indem sie ihm diese Briefe zeigte. Ohnehin hatte sie ständig Angst, dass er sich doch von der Ablehnung seiner Höflinge ihr gegenüber beeinflussen lassen könnte.

»Warum haben Sie uns nichts davon erzählt?« Le Normant de Tournehem schaute sie fassungslos an.

Jeanne rang nervös die Hände in ihrem Schoß. »Ich habe gedacht, dass ich, wenn ich erst einige Zeit bei Hofe wäre, diese Briefe nicht mehr bekommen würde«, sagte sie, doch sie konnte auf einmal selbst hören, wie naiv ihre Worte klangen.

Valérie war erleichtert. Sie hatte einen Platz gefunden, von dem aus sie das meiste, was im Salon gesprochen wurde, mithören konnte. Es war eine kleine Kammer neben der Garderobe, in der man die Reitkleider von Madame aufbewahrte. Der Raum musste nachträglich eingebaut worden sein, denn die Wand zum Salon war so dünn, dass man fast jedes Wort hören konnte. Sie sprachen über irgendwelche Briefe, die Madame bekam. Für einen kleinen Moment meldete sich Valéries Schuldbewusstsein, dass sie hier lauschte, doch dann dachte sie an ihren Vater. Der Comte hatte ihr versprochen, dass er seine Strafe mildern würde, wenn sie ihre Aufgabe gut machte. Zwei, vielleicht sogar nur ein Jahr in der Bastille statt der zehn Jahre, zu denen er verurteilt worden war. Ihre Familie war von einfachem verarmtem Landadel. Von der Landwirtschaft hatten sie schon lange nicht mehr leben können, und ihr Vater hatte heimlich einige Tagelöhner zum Schmuggel von Salz angeheuert. Mehrere Male war es gut gegangen, doch dann waren die Männer an der Grenze gefasst worden und hatten ihren Vater verraten.

Die Polizeibeamten hatte Valérie kurz nach seiner Festnahme zum Comte gebracht – in sein Pariser Palais. Sie erinnerte sich noch gut daran, wie sie in sein Kabinett geführt worden war. Er hatte den Sekretär hinausgeschickt – und sie stand ihm allein gegenüber. Sein ausdrucksloses Gesicht hatte etwas Furcht Einflößendes gehabt. Doch trotz ihrer Angst war sie zu allem bereit gewesen, um ihrem Vater zu helfen, aber als sie mit zittrigen Händen ihr Kleid aufknöpfen wollte, hatte der Comte sie nur angewidert angesehen. »Um Gottes willen, verschonen Sie mich, Mademoiselle.«

Er hatte sich wieder hinter seinen Schreibtisch gesetzt. »Ich habe eine weitaus ehrenhaftere Aufgabe für Sie, mit der Sie Ihrem Vater helfen können.«

Sie zögerte nicht einzuwilligen, als der Minister ihr erklärte, was er von ihr verlangte. Er ließ ihr gefälschte Papiere besorgen, die bescheinigten, dass sie bereits zwei Jahre bei einer italienischen Herzogin als Zofe gearbeitet hatte. Zweimal in der Woche musste sie ihm Bericht erstatten – wer Madame besuchte und wer ihr seine Aufwartung machte und worüber sie sich unterhielten.

Valérie hörte Schritte im Gang und trat hastig aus der Kammer heraus.

Guillaume, der vor ihr auftauchte, sah sie misstrauisch an. »Was machst du da? Madame reitet doch heute gar nicht.«

Sie warf ihm einen überheblichen Blick aus ihren katzenhaften Augen zu. »Willst du mir sagen, wie ich meine Arbeit zu machen habe? Das Kleid musste ausgebürstet werden«, sagte sie, ohne sich ihren Schreck anmerken zu lassen. Sie musste vorsichtig sein!

Es war fast elf, als sich die von Louis auserwählten Höflinge nach dem Konzert im kleinen Kreis zum Souper in den Privatgemächern des Königs eingefunden hatten.

»Und haben Sie in Paris schon die neue Inszenierung von La Chaussée an der Comédie gesehen?«, fragte der Duc de La Vallière zu Jeanne gewandt.

Sie schüttelte bedauernd den Kopf. »Nein, aber Monsieur Voltaire berichtete mir, wie großartig das Stück sein soll. Ich muss gestehen, die Premieren des Pariser Theaters fehlen mir«, bekannte sie. Es war tatsächlich eines der wenigen Dinge, die sie vermisste, einfach nach Paris zu fahren und ins Theater oder in die Oper gehen zu können, so wie früher. Zwar wurden auch am Hof regelmäßig Vorstellungen gegeben – an mindestens zwei Tagen in der Woche reisten die Comédie-Française und Comédie-Italienne mit ihren Schauspielern nach Versailles –, aber das Repertoire, das gespielt wurde, war konservativer, selten wurden zeitgenössische Autoren gespielt, es sei denn, es handelte sich um ein Stück, das eigens für einen besonderen Anlass am Hof geschrieben worden war. Selbst dann allerdings war die Atmosphäre steifer und nicht vergleichbar mit der fiebrigen Aufregung in Paris, wo das Publikum seine Begeisterung oder seinen Unmut in temperamentvoller, stürmischer Weise auszudrücken pflegte – in Versailles dagegen erlaubte es die Etikette nicht einmal, dass man in Gegenwart des Königs klatschte.

Die Comtesse de Chevreuse wechselte einen kurzen Blick mit der Princesse de Rohan und musterte dann Jeanne. »Wollen Sie damit sagen, dass Sie die Vorstellungen von Paris den Darbietungen hier am Hofe vorziehen, Marquise?«

Jeanne sah sie an. Auch die Comtesse gehörte zu den zahlreichen Hofdamen, die nicht bereit waren, die Hoffnung aufzugeben, dass das Auge des Königs doch noch auf sie fallen könnte. Wie die Rohan suchte sie unentwegt nach Gelegenheiten, Jeanne herauszufordern.

»Nein, Comtesse«, erwiderte Jeanne höflich. »Ich ziehe keine der Darbietungen vor, doch gerade weil in Paris nicht so hohe Ansprüche erfüllt werden müssen wie am Hof, kann man dort mehr wagen und ausprobieren, was meines Erachtens durchaus reizvoll ist.«

Der Comte de Maurepas musterte sie abschätzig. »Nun, Marquise, es ist doch zweifelsohne so, dass einem Stück oder einer Oper, die sich in ihrer Qualität bewährt haben, irgendwann auch die Ehre zuteilwird, vor Seiner Majestät präsentiert zu werden.«

Seitdem Orry aus seinem Amt entlassen worden war, benahm er sich ihr gegenüber noch arroganter als ohnehin schon, dachte Jeanne. Gott, diese Abende glichen einem Spießrutenlauf.

»Das hoffe ich, Comte. Es wäre bedauerlich, wenn der König nicht in diesen Genuss kommen würde«, sagte sie dann auf seine absurde Bemerkung hin, denn als Minister, dem die Polizei der Stadt Paris unterstand und unter dessen Aufsicht sich damit auch die Anordnungen der Zensur befanden, wusste niemand besser als er, dass es bei der Beurteilung von Schauspielen und Literatur nicht unbedingt um Qualität, sondern vor allem um Fragen der Moral und Religion ging. Gerade die Kleriker achteten mit Argusaugen darauf, dass nichts, was sich der Gotteslästerung verdächtig machte, seinen Weg an den Hof fand.

»Sie bezweifeln, dass man mir die besten Vorstellungen präsentiert, Madame?«, fragte Louis, der wie immer tat, als wenn er von den Spannungen um sich herum nichts mitbekommen würde.

Sie zögerte, als sie spürte, wie sich die Aufmerksamkeit am Tisch auf sie richtete, und versuchte, ihre Worte mit Bedacht zu wählen. »Dieser Verdacht drängt sich mir ein wenig auf, Sire, wenn ich die Auswahl der Theaterstücke betrachte …«

»Die Marquise hat recht«, kam der Duc de Nivernais ihr zu Hilfe. »Es sind selten neue Aufführungen, Euer Majestät. Die Angst, den hohen Ansprüchen des Hofes nicht zu genügen, verhindert das, und man greift daher oft lieber auf Altbewährtes zurück«, sagte er offen – es war eine der Besonderheiten dieser privaten Soupers, dass man sich mit dem König in dieser freien und ungezwungenen Weise unterhalten durfte.

Einen Moment lang schwieg Louis. »Das sollte man ändern, denke ich, oder?«, sagte er schließlich mit einem Lächeln.

Jeanne sah ihn an. »Ich denke, viele Stücke würden Euer Gefallen finden, Sire.«

Louis trank sinnend einen Schluck von seinem Wein. »Und die Schauspiele welcher Autoren vermissen Sie zum Beispiel?«

»Nun, Marivaux, La Chaussée, Voltaire ...«

Der Duc de Nivernais nickte. »Ja, oder Destouches zum Beispiel.«

»Ich für meine Begriffe weiß nicht, was an Racine oder Corneille auszusetzen ist. Und die Stücke von diesem Monsieur Voltaire sind doch wohl recht umstritten, nicht wahr?«, sagte die Princesse de Rohan von der anderen Seite des Tisches.

Jeanne unterließ es, auf ihre Bemerkung zu antworten – im Gegensatz zu Louis.

»Damit haben Sie ohne Zweifel recht, Princesse«, stimmte er ihr zu.

Die kirschroten Lippen der Rohan verzogen sich zu einem zuckersüßen Lächeln, und sie musterte Jeanne herausfordernd.

Das Gespräch wandte sich anderen Themen zu, und als der König das Souper schließlich beendete, war es bereits weit nach Mitternacht. »Mesdames, Messieurs, ich wünsche eine *bonne nuit!*«

Er stand abrupt auf, sodass die Anwesenden kaum schnell genug in eine Verbeugung sinken konnten, und verließ mit Jeanne den Salon.

30

Es war eine unauffällige Kutsche, die am nächsten Tag in der Abenddämmerung vor dem Haus hielt. Nur ein sehr aufmerksamer Beobachter hätte gesehen, dass ihr in einigem Abstand zwei königliche Musketiere folgten.

Eine Frau, die ihr Gesicht verschleiert hatte, entstieg dem Fahrzeug und eilte mit hastigen Schritten die Treppe hoch.

Der alte Kammerdiener, der ihr mit gebeugten Schultern die Tür öffnete, sah sie fragend an.

»Madame?«

Sie schlug ihren Schleier vor dem Gesicht zurück.

»Oh, Madame d'Éti… Verzeihung, ich meine natürlich, Marquise.« Er blickte sie betrübt an. Seine Augen waren gerötet. »Ich bin untröstlich, Madame.«

Sie nickte traurig. »Danke, Pierre.«

Aus der Halle kam ihr Abel entgegengelaufen. »Jeanne!« Der Schmerz in seinem Gesicht erschien ihr wie ein Spiegel ihrer eigenen Gefühle, und die Tränen begannen ihr über die Wangen zu laufen. »Abel!« Sie fielen sich in die Arme. Einen langen Moment hielten sie sich so fest, Trost in den Armen des anderen suchend, so wie früher in ihren Kindertagen, wenn etwas Schlimmes geschehen war.

»Ist sie oben? Ich will sie sehen«, sagte Jeanne, als sie sich von ihm löste. Ihre Stimme zitterte. Sie holte ein Taschentuch aus ihrem Täschchen und wischte sich die Tränen ab. Abel nickte. Jeanne folgte ihm die Treppe hoch.

Sie lag aufgebahrt in dem von Kerzen erleuchteten Schlafzimmer, die Hände über den Bauch gefaltet, eine weiße Spitzenhaube auf dem Kopf. Man hatte ihr das hellblaue Kleid angezogen, das sie immer so geliebt hatte, ihrem abgemagerten Körper aber viel zu groß geworden war. Die Krankheit hatte ihr nichts von der Schönheit gelassen, die sie im Leben gehabt hatte. Ihr Gesicht war eingefallen und ausgezehrt.

Jeanne unterdrückte ein Schluchzen, als sie ihre Mutter so sah.

Le Normant de Tournehem, der auf einem Stuhl an ihrem Totenbett gesessen hatte, erhob sich, als er Jeanne erblickte. Sein Gesicht war grau.

»Jeanne«, sagte er mit heiserer Stimme. Er schloss sie in die Arme. »Wir werden Sie einen Moment mit ihr allein lassen«, sagte er schließlich.

Sie nickte, und Abel und Le Normant de Tournehem verließen den Raum. Jeanne bekreuzigte sich und trat an das Bett. Stumm und voller Schmerz betrachtete sie ihre Mutter. Der Geruch ihres starken Parfüms, das sie immer getragen hatte, hing noch im Raum, und Jeanne konnte sie im Geiste vor sich sehen, so schön, wie sie früher einmal ausgesehen hatte.

»Maman«, murmelte sie. Sie beugte sich über sie und küsste ihre Stirn, während die Tränen über ihre Wangen liefen und sie glaubte, nie wieder mit dem Weinen aufhören zu können.

Louise Poisson wurde Ende Dezember des Jahres 1745 in der Krypta von Saint-Eustache in Paris beigesetzt. Jeanne nahm nicht an der Beerdigung ihrer Mutter teil – es war ihrer Position bei Hofe nicht angemessen. »Sie selber hätte es nicht gewollt«, sagte Abel, als Jeanne es dennoch erwog, heimlich zu der Beerdigung zu gehen. Sie wusste, dass ihr Bruder recht hatte, und so zog sie sich mit ihrer Trauer allein in ihre Gemächer in Versailles zurück und nahm auch nicht am Hofleben teil. Sie hätte dankbar sein sollen, dass ihre Mutter von ihrem Leiden erlöst worden war. Seit Monaten hatte unwiderruflich festgestanden, dass Louise Poisson sterben würde, trotzdem war Jeanne nicht vorbereitet auf den heftigen Schmerz, der sie ergriff. Mit dem Tod schienen alle Unterschiede, die kleinen Differenzen und die peinlichen Augenblicke der mangelnden Distinguiertheit ihrer Mutter wie ausgelöscht – was blieb, war eine dunkle Leere und das Gefühl, jeder Geborgenheit entrissen worden zu sein. Sie fühlte sich einsam. Ihr wurde auf einmal bewusst, wie allein sie am Hof war. Ihre Familie und ihre Freunde von früher sah sie nur noch bei gelegentlichen kurzen Besuchen, doch sie gehörten nicht mehr zu ihrem Alltag, und außer der Comtesse d'Estrades gab es in ihrem neuen Leben niemanden, dem sie hätte vertrauen können.

Louis, der ihr unerwartet viel Mitgefühl erwies, bemühte sich zwar, so viel es ging, an ihrer Seite zu sein, doch seine täglichen Verpflichtungen erlaubten es ihm kaum, mehr als eine knappe Stunde am Tag und die Abende mit ihr zu verbringen. Dennoch spendete seine Gegenwart Jeanne Trost. Sie spürte, dass er ohne viele Worte verstand, was in ihr vorging.

»Niemand begreift Ihre Trauer besser als ich«, sagte er eines Abends zu ihr, als er ihren traurigen Blick sah, mit dem sie das Miniaturporträt ihrer Mutter betrachtete. »Und dennoch beneide ich Sie, dass Sie Ihre Mutter so lange Zeit gehabt haben. Ich habe die meine nie richtig kennenlernen dürfen.«

Jeanne wusste, dass er als kleines Kind bis auf seinen Urgroßvater seine ganze Familie verloren hatte. Sie schaute ihn an. Wie einsam musste er gewesen sein. »Wer hat sich nach dem Tod Eurer Eltern um Euch gekümmert?«, fragte sie leise.

Er schwieg einen Moment. »Meine Gouvernante, die Duchesse de Ventadour. Ihr verdanke ich mein Leben. Nach dem Tod meiner Familie hat sie sich mit mir eingeschlossen und sich geweigert, die Ärzte zu mir zu lassen, weil sie Angst hatte, dass ich mich anstecken würde! Wahrscheinlich zu Recht …«

Jeanne entsann sich, dass seine Eltern und sein Bruder

einen qualvollen Tod gestorben waren – an Masern. Ein Gefühl des Mitleids überkam sie auf einmal, und sie vergaß für einen Augenblick ihren eigenen Schmerz. »Es muss sehr schwer für Euch gewesen sein.«

Ein Schatten glitt über sein Gesicht. »Nun, ich war noch ein Kind …«, erwiderte er. Er legte den Arm um sie und küsste sie sanft auf die Stirn.

Auch in den nächsten Tagen und Wochen bemühte sich Louis, sie von ihrem Schmerz abzulenken. Anfang des Jahres entführte er sie für einige Tage nach Choisy, und bei ihrer Rückkehr nach Versailles war für alle ersichtlich, dass ihr Verhältnis enger denn je war.

Obwohl Jeanne noch immer von tiefer Trauer erfüllt war, ließ sie sich ihre Gefühle nicht anmerken, als sie wieder am Hofleben teilzunehmen begann. Das Leben in Versailles ließ keinen Platz dafür, und es wäre zudem ein unziemliches Verhalten gewesen, ihre Umgebung mit ihrem persönlichen Schmerz zu belästigen, umso mehr, als die bescheidene Herkunft ihrer Mutter dies in keinerlei Weise rechtfertigte.

Valérie eilte über einen Ausgang aus dem Seitentrakt und zog trotz der milden Temperaturen die Kapuze ihres Umhangs über den Kopf – es war besser, dass sie niemand erkannte. Sie musste sich beeilen. Guillaume und die beiden Kammerfrauen würden es bemerken, wenn sie zu lange wegblieb. Sie hatte sich unter dem Vorwand, einige Besorgungen machen zu müssen, aus dem Palast gestohlen.

Zielstrebig überquerte sie den belebten Schlosshof, vorbei an den Wachen und weiter ein Stück die Grande Avenue entlang. Vor ihr lagen die Großen und Kleinen Reitställe, doch sie schlug sich nach rechts, wo sich hinter einer Mauer eine Ansammlung von kleineren und größeren Häusern, von Ställen und Schuppen und von zahlreichen Villen befand. Die meisten Gebäude ließ der helle Stein noch immer wie neu wirken, denn Versailles war eine junge Stadt. Vor hundert Jahren standen auf dem sumpfigen Gelände kaum mehr als ein paar vereinzelte Häuser. Die Zögerlichkeit, mit der der Adel am Anfang bereit war, sich hier niederzulassen, hatte den Sonnenkönig einst zu einer List greifen lassen, um die Stadt schneller zu bevölkern. Wohl wissend, wie verschuldet viele Aristokraten waren, erließ Louis XIV. ein Gesetz, wonach die Häuser in Versailles weder von der Justiz beschlagnahmt noch verkauft werden durften – und innerhalb von wenigen Jahren begann so jeder hohe Adlige sein Palais in Versailles zu bauen. Selbst diejenigen, die das Privileg genossen, im Schloss wohnen zu dürfen, hatten heute ihre Häuser und Stallungen hier, die sie vor allem zur Verwahrung ihres Hausstandes – ihrer Kleidung, Möbel und Kutschen, ihrer Sänften und Pferde – und für die Unterkunft ihres Personals nutzten, denn nicht einmal die großzügigste Gemächerflucht im Palast hätte dafür annähernd genug Platz geboten.

Valérie drängte sich an den Menschen und Kutschen vorbei, die die Straßen bevölkerten, und bog nach links. Sie kannte den Weg, den sie zweimal in der Woche lief, inzwischen so gut, dass sie ihn selbst mit geschlossenen Augen gefunden hätte. Am Ende der Straße öffnete sie eine Tür in einer kleinen Mauer und überquerte einen Hof. Sie lief an den schmalen Nebengebäuden entlang, bis sie den Hintereingang des Palais erreicht hatte. Sie vergewisserte sich noch einmal mit einem schnellen Blick, dass ihr niemand gefolgt war, bevor sie eintrat.

Er erwartete sie bereits. Valérie schob ihre Kapuze vom Kopf und verbeugte sich tief.

Der Comte gab ihr mit einer unwirschen Handbewegung zu verstehen, dass sie sich erheben dürfte. »Erzähl! Wie geht es der werten Marquise?«, fragte er.

»Madame wird mit dem König für einige Tage wegfahren«, berichtete sie.

»Wohin?«

»Das weiß ich nicht, Monsieur.«

»Es gehört aber zu deinen Aufgaben, das zu wissen.«

Sie ließ seinen ungnädigen Blick über sich ergehen. »Es tut

mir leid, aber ich glaube, Madame selber weiß nicht, wohin sie fahren. Ich hörte, wie sie das zu der Comtesse d'Estrades sagte.«

Er nickte und betrachtete seine Hand. »Gibt es sonst etwas Neues?«

Sie überlegte. »Nicht viel. Madame hat mit Monsieur Le Normant de Tournehem viel über ihren Bruder geredet, dass er Unterricht bei Monsieur Goypel erhalten soll, um später gut auf sein Amt vorbereitet zu sein. Und sie hat der Comtesse d'Estrades erzählt, dass sie sich, während der König nach Flandern geht, nach Choisy zurückziehen wird.« Valérie zögerte, ob sie ihm davon erzählen sollte, was sie noch beobachtet hatte. Ihr Blick fiel auf den Brief, den er demonstrativ vor sich auf den Tisch gelegt hatte. Sie erkannte die Schrift ihres Vaters.

»Da ist noch etwas ... Ich glaube, Madame wird bedroht!«

»Bedroht? Wie kommst du darauf?«

»Sie bekommt Briefe. Madame liest sie und wirft sie danach sofort ins Feuer. Einen habe ich gesehen – ich konnte noch einen Satz lesen, bevor er verglüht ist.«

Er durchbohrte sie mit seinem Blick. »Und was stand darauf?«

Sie zögerte, bevor sie die Worte schließlich leise wiederholte: *Der Platz einer Hure ist die Gosse und nicht das Bett des Königs.*

Der Comte lachte auf. »Tatsächlich? Nun, wen wundert es, dass man ihr so etwas schickt, nicht wahr?«, sagte er.

Er schob den Brief, der vor ihm lag, über den Tisch. »Hier!«

Valérie nahm ihn hastig an sich. »Wie geht es meinem Vater?«, fragte sie leise.

»Für einen Verbrecher gut – zumindest zurzeit. Alles andere liegt, wie du weißt, ganz allein in deiner Hand! Du wirst die Marquise nach Choisy begleiten?«

»Ja, Monsieur.«

»Gut, ich werde einmal in der Woche jemanden dorthin schicken, der sich dir zu erkennen geben wird, damit du ihm weiter Bericht erstattest.«

Valérie nickte. Sie verließ, den Brief in der Hand, das Palais auf demselben Weg, den sie gekommen war. Dann rannte sie, um rechtzeitig im Schloss zurück zu sein.

Die Wochen waren nur so dahingeflogen. Aus den königlichen Equipagen, die den Weg zwischen den leuchtend grünen Wiesen und safrangelben Feldern entlangrollten, drang ausgelassenes Gelächter. Es war ein warmer, sonniger Tag, sodass die Damen in den offenen Wagen ihre Sonnenschirme aufgespannt hatten. Der Frühling hatte Einzug gehalten, und die Natur stand in voller Blüte.

Louis und Jeanne waren mit einer kleinen Gesellschaft unterwegs – nur die Comtesse d'Estrades, die Duchesse de Brancas, Richelieu, d'Ayen, der Comte de Coigny und Jeannes Bruder Abel begleiteten sie, sah man einmal ab von den königlichen Leibgarden und dem Dutzend Lakaien und Pagen, die ihnen in zwei weiteren Wagen folgten.

Das Tempo der Kutschen, die einen Hügel hinauffuhren, verlangsamte sich. Jeannes Blick streifte über die zauberhafte Landschaft mit ihren üppigen Wäldern und Wiesen. Es war nicht das erste Mal, dass sie hier waren. Sie erinnerte sich noch gut. Hier war es, wo Louis ihr vor einem Jahr mitgeteilt hatte, dass er sie nach seiner Rückkehr aus Flandern an seiner Seite in Versailles haben wolle. Ein Lächeln umspielte ihre Lippen, als sie daran dachte, welche Angst sie damals gehabt hatte, dass dieser Moment das Ende ihrer Beziehung bedeuten könnte.

Auch jetzt stand die Abreise des Königs wieder kurz bevor. Im Februar war es dem Maréchal de Saxe mit einem waghalsigen Überraschungsangriff gelungen, Brüssel zu erobern, und nun, da es Frühling geworden war, wurde der Krieg auch in den anderen Teilen Europas wieder weitergeführt. Auch Louis würde Anfang Mai zu seinen Truppen in die Niederlande ziehen.

Glücklicherweise sollte seine Abwesenheit dieses Mal nur wenige Wochen dauern, da die Niederkunft der Dauphine bevorstand. Die spanische Prinzessin befand sich zur Freude des Königs und des Hofes in gesegneten Umständen. Alle Welt hoffte, dass sie einem Thronfolger das Leben schenken würde, denn der König bedurfte zur Sicherung seiner Dynastie, die zurzeit nur durch den Dauphin gewährleistet war, dringend eines weiteren männlichen Erben.

Die Kutschen waren auf dem Hügel zum Stehen gekommen, und sie stiegen aus. Während die Lakaien und Pagen die Vorbereitungen für ein Picknick trafen, zerstreute sich die kleine Gesellschaft bei einem Spaziergang über den Hügelkamm.

Das hohe, wild gewachsene Gras reichte ihnen bis zu den Knien. Jeanne ließ ihre Hand mit dem Spitzenhandschuh über die Grashalme gleiten, während sie neben Louis herging und sie beide amüsiert dem ausgelassenen Treiben der Hunde, die vor ihnen herumtobten, zusahen.

»Ich freue mich sehr, dass wir hierher gekommen sind.«

»Sie erinnern sich?«, fragte Louis mit einem rätselhaften Ausdruck.

Jeanne, die die Landschaft betrachtete – in einiger Entfernung konnte sie sogar das kleine Schloss sehen, das ihr schon damals ins Auge gefallen war –, wandte sich zu ihm. Sie blickte ihn sanft an. »Wie könnte ich mich *nicht* erinnern.«

Er lächelte. »Das ist schön. Umso mehr, da ich vor meiner Abreise noch ein Präsent für Sie habe.«

Sie sah ihn überrascht an, als er ihr plötzlich ein handtellergroßes Kästchen aus glänzendem Holz, das mit Intarsienarbeiten aus Gold geschmückt war, überreichte.

»Öffnen Sie es«, forderte er sie auf.

Jeanne klappte neugierig den Deckel auf. In dem mit rotem Samt ausgeschlagenen Kästchen lag ein Schlüssel mit einer Schleife.

Sie blickte ihn verständnislos an.

»Er öffnet die Tür zu diesem kleinen Château dort.« Er zeigte über die Hügel zu dem Schlösschen in der Ferne. »Sie waren damals so begeistert davon.«

»Ihr schenkt mir ein Schloss?«

Er nickte. »Es heißt übrigens Crécy.«

»O Sire!«

Jede Etikette vergessend, schlang sie außer sich vor Freude die Arme um seinen Hals.

»Ich werde Sie vermissen«, flüsterte er mit tiefer Stimme, und sie küssten sich.

31

Auf dem seidenbespannten Paravent rankten sich filigran gestickte Blüten in zarten Grün- und Rosétönen auf weißem Grund. Valérie schloss die letzten Haken des Mieders und half ihrer Herrin dann, das Kleid wieder anzuziehen.

Jeanne trat hinter dem Wandschirm vor. Fast vier Wochen waren vergangen, seitdem Louis nach Flandern abgereist war.

Sie wartete, bis die Zofe das Ankleidezimmer verlassen hatte, dann wandte sie sich zu Doktor Quesnay. Ihr Gesicht war blass. »Und?«, fragte sie ängstlich.

»Seien Sie unbesorgt, Marquise! Der Zeitpunkt war noch sehr früh. Einige Tage Erholung, und Sie werden sich bald wieder ganz gesund fühlen.« Er reichte ihr ein Glas Wasser, in das er ein dunkles Kräuterpulver eingerührt hatte.

Jeanne trank bedrückt einen Schluck von dem bitteren Gebräu. Die widersprüchlichsten Emotionen kämpften in ihr. Enttäuschung, Trauer über das so früh verlorene Leben, das gerade erst begonnen hatte, in ihr heranzureifen – und Angst, denn es war schließlich nicht ihre erste Fehlgeburt gewesen. »Wird es Folgen haben?«

Doktor Quesnay schüttelte den Kopf. Seine dunklen Augen blickten sie warm an. »Aber nein! So Gott will, werden Sie jederzeit wieder schwanger werden können, Marquise. Geben Sie Ihrem Körper nur etwas Zeit, wieder zu Kräften zu kommen.«

Jeanne spürte, wie sie ein Gefühl der Erleichterung durchflutete. Es war ihr sehnlichster Wunsch, ein Kind von Louis zu bekommen – ein gemeinsames Kind, das ihre Liebe krönen würde, wäre das Band, das sie für immer verbinden würde. Sie hatte ihm vor seiner Abreise noch nicht erzählt, dass sie sich in anderen Umständen befand, da es ein so früher Zeitpunkt der Schwangerschaft gewesen war und sie ihn erst bei seiner Rückkehr damit hatte überraschen wollen. Jetzt war sie froh, sich instinktiv so entschieden zu haben.

»Diese Medizin sollten sie einmal täglich zu sich nehmen. Zwei Messerspitzen auf ein Glas Wasser«, sagte Doktor Quesnay, der seine Untersuchungsutensilien zusammengepackt hatte und ihr ein Döschen mit dem Pulver reichte.

Jeanne nickte.

Diszipliniert hielt sie sich an seine Verordnungen. Sie schlief viel, ging ausgiebig spazieren und nutzte die Zeit, in der der König im Krieg war, um sich auf Choisy zu erholen. So schmerzlich sie Louis vermisste und sich um ihn sorgte, so sehr genoss sie es doch, vom engen Korsett des Versailler Zeremoniells befreit zu sein, ohne die ständigen Anfeindungen der Höflinge leben zu können. Sie besaß nicht die Kraft und unverwüstliche Energie von Louis, und nicht nur die Fehlgeburt, sondern auch der aufreibende Hofalltag, dessen rigider Zeitplan ihr nur wenige Stunden Schlaf ließ, hatten sie angestrengt und ermüdet.

Einmal in der Woche fuhr sie nach Versailles, um der Königin weiterhin ihre Aufwartung zu machen, doch ansonsten blieb sie in Choisy. Nur ihre engsten Vertrauten – ihr Bruder Abel, Le Normant de Tournehem, Pâris de Montmartel, die Comtesse d'Estrades, der Abbé de Bernis, gelegentlich Voltaire, der im April endlich in die Académie Française aufgenommen worden war, und ihr alter Lehrer Crébillon besuchten sie dort. Sie genoss es, ihr Töchterchen Alexandrine von morgens bis abends um sich zu haben, mit ihr zu spielen, und begann nebenbei Pläne zu schmieden für ihr Schloss Crécy, das sie zu einem Rückzugsort für sich und den König herrichten wollte. Sie traf sich mit dem Architekten Lassurance. Stunden saß sie mit ihm über den Zeichnungen und Plänen – zwei weitere Flügel sollten an das Hauptgebäude des Schlosses angebaut und außerdem eine Meierei, eine Windmühle und zusätzliche Stallungen errichtet werden.

Für die Gestaltung der Innenräume engagierte sie die Künstler Rousseau und Boucher, und in Paris sah sie sich selbst mit der gleichen Leidenschaft wie früher bei dem Luxusmöbelhändler Lazare Duvaux um und orderte kostbare orientalische Stoffe, Lackmöbel, kunstvoll bespannte Paravents, Tische und Kommoden mit Intarsienarbeiten und mit zarten Blumenmotiven bemaltes Porzellan, die sie mit sicherem Stilempfinden nach ihren Vorstellungen kombinierte. Vor ihren Augen stieg bereits das Bild von den Salons und Gemächern auf, wie sie einmal aussehen würden, und sie musste daran denken, wie weit sie gekommen war. Hätte sie damals als junge Frau in Paris gedacht, dass sie eines Tages ein Schloss für sich und den König von Frankreich einrichten würde? Ein mädchenhaftes Lächeln glitt über ihre Lippen. Nein, ganz sicher nicht.

Dabei war es keineswegs so, dass sie durch ihre Rolle als Mätresse plötzlich über unermessliche Reichtümer verfügte. Sie erhielt vom König zwar eine monatliche Apanage für ihre laufenden Kosten, eine Summe, die unter anderen Lebensumständen überaus großzügig gewesen wäre, nicht aber, wenn man am Hof von Versailles lebte. Als Geliebte des Königs war sie in besonderem Maße zur Repräsentation verpflichtet. Man erwartete von ihr, dass sich ihr Rang auch in ihrem Lebensstil widerspiegelte – den Soupers, die sie gab, in ihren Kleidern, ihrem Schmuck, ihren Kutschen und den täglichen Dingen, mit denen sie sich umgab. Darüber hinaus hatte sie einen Verwalter und eine vielköpfige Dienerschaft zu bezahlen. Für all das war die Apanage und ihre kleinen Einkünfte, die sie aus ihrer Seigneurie im Limousin bezog, kaum ausreichend, und Jeanne war froh, dass sie noch ein eigenes Vermögen besaß, zu dem sie durch ihre Ehe mit

Charles gekommen war. Dank Pâris de Montmartel war es ertragreich angelegt.

Ihre Gedanken kehrten wieder zu der Einrichtung von Crécy zurück. Ja, das Schloss sollte ein Kleinod werden – ein intimer Ort, der einen Gegensatz zu dem steifen Hofleben von Versailles darstellen würde und den doch gleichzeitig eine unvergleichliche Atmosphäre von Raffinement und Luxus umgeben sollte, wenn sie sich mit dem König hierhin begeben würde.

Die Enten flatterten in einem hohen Bogen über den blaugrünen See, den ein dichtes Waldband säumte. Ein Schuss peitschte über das Wasser, und ein Vogel stürzte klatschend in den See, während die übrigen Enten aufgeregt schnatternd auseinanderstoben. Maurepas schenkte dem Comte d'Argenson am Uferrand einen anerkennenden Blick. »Ausgezeichneter Schuss, Monsieur le Comte.«

D'Argenson nickte dankend. Ein Stückchen weiter ließen die Pagen die Hunde los, die kläffend ins Wasser sprangen. Die beiden Männer schulterten ihre Flinten und stapften durch das Gehölz zu ihren Pferden zurück.

Seit dem Morgen befanden sie sich auf der Jagd. Eine angenehme Abwechslung, aber dennoch nicht vergleichbar mit der einmaligen Atmosphäre der königlichen Jagdgesellschaften. Es war ruhig geworden in Versailles, seitdem der König nach Flandern abgereist war.

Der Comte d'Argenson stieg über einen umgestürzten Baumstamm und wandte sich zu Maurepas. »Darf ich Ihnen eine Frage stellen? Wie schätzen Sie die Situation ein? Glauben Sie, dass Seine Majestät doch noch einen Premierminister ernennen wird?«

Maurepas warf ihm einen erstaunten Blick zu. Die Frage, ob der König jemals einen Nachfolger für den nunmehr vor drei Jahren verstorbenen Kardinal de Fleury bestimmen würde, beschäftigte sie zwar alle gleichermaßen, aber die Offenheit, mit der d'Argenson ihn darauf ansprach, überraschte ihn dennoch. Wenn ihr Verhältnis auch durchaus von einem gewissen Wohlwollen geprägt war – was den Posten des Premierministers anging, waren sie dennoch potenzielle Konkurrenten.

Maurepas sah d'Argenson an, dass dieser seine Gedanken erriet.

»Wenn Sie meine ehrliche Meinung hören wollen, ich glaube nicht, dass der König geneigt ist, jemanden für dieses Amt zu bestimmen«, erwiderte Maurepas offen. Er schob einen herabhängenden Zweig zur Seite, während sie weitergingen. »Jedenfalls nicht, solange er sich diese Mätresse hält. Sie und die Brüder Pâris dürften nicht das geringste Interesse haben, dass jemand zum Premierminister ernannt wird, der ihre Macht schmälern könnte. Verlassen Sie sich darauf, dass sie ihren Einfluss in dieser Angelegenheit weiter gut zu nutzen wissen werden.«

D'Argenson schwieg nachdenklich.

Maurepas warf ihm einen verstohlenen Blick zu, um seine Reaktion zu beobachten. Er war sich sicher, dass d'Argenson der wachsende Einfluss der Marquise inzwischen ebenso missfiel wie ihm. Als Minister für Kriegsangelegenheiten arbeitete er zwar eng mit den Brüdern Pâris zusammen und hatte mit ihnen zusammen den Sturz von Orry bewirkt, doch seitdem Machault d'Arnouville, der neue königliche Finanzkontrolleur, sich mehr um die Gunst der Marquise bemühte als um die von d'Argenson und sich auch noch der Maréchal de Saxe – ein enger Freund und Verbündeter der Brüder Pâris – offen gegen den Minister für Kriegsangelegenheiten gestellt hatte, sah die Lage etwas anders aus.

»Ich fürchte, ich muss Ihnen mit Ihrer Einschätzung recht geben«, sagte d'Argenson schließlich. Eine tiefe Falte zeigte sich auf seiner Stirn.

Maurepas schüttelte den Kopf. »Man fragt sich wirklich, was Seine Majestät an dieser Person bloß findet, nicht wahr?«

D'Argenson nickte. »In der Tat. Sie versteht es geschickter, als wir alle gedacht haben, Seine Majestät an sich zu fesseln.«

Seiner Miene nach zu schließen, schien ihm der Gedanke nicht besonders zu gefallen, stellte Maurepas mit Befriedigung fest, als sie wenig später wieder ihre Pferde erreicht hatten und aufsaßen, um zurück zum Schloss zu reiten.

Monsieur Garnier d'Isle, der Gartenarchitekt, entrollte ein großformatiges Pergament und befestigte es vor Jeannes und Abels Augen an einer Tafel, die draußen auf der von einem Baldachin beschatteten Terrasse von Choisy aufgestellt worden war. Garnier d'Isle neigte höflich den Kopf und deutete auf die Zeichnung, die die Neugestaltung des Parks und der Terrassenanlagen von Crécy zeigte.

»Wie Sie sehen, Marquise, wäre der Terrasse – genau hier – ein halbkreisförmiges Wasserbecken vorgelagert. Das Becken könnte vom Fluss gespeist werden und würde dort rechts mit dem Kanal in Verbindung stehen.«

Jeanne, die ihren Sonnenschirm zur Seite gestellt hatte, betrachtete den Plan, der eine eindrucksvolle Vorstellung vermittelte, wie der Park mit seinen Alleen, seinen geometrischen Ziergärten und farbenfrohen Blumenrabatten einmal aussehen würde. Sie fächelte sich Luft zu und trank einen Schluck von dem eisgekühlten Zitronenwasser. Es war ungewöhnlich schwül heute. Sie blickte zu Alexandrine, die, das Mündchen halb geöffnet, in einem Himmelbettchen in der Ecke schlief. Selbst die beiden Hunde, César und Félice, die normalerweise ausgelassen im Park herumtollten, waren zu ihnen in den Schatten des Baldachins geflohen. Alle viere von sich gestreckt, lagen sie zu ihren Füßen.

Ihr Bruder war an die Zeichnung herangetreten. »Was ist mit dem Berg gegenüber vom Schloss?«, fragte Abel, der schon immer einen ungewöhnlich guten Blick für architektonische Dinge bewiesen hatte. Eines Tages sollte er das Amt des Generaldirektors der königlichen Bauten übernehmen. Jeanne hatte deshalb dafür gesorgt, dass er neben seiner Ausbildung bei Le Normant de Tournehem auch Kunsttheorie bei Charles Goypel, dem Ersten Maler des Königs, studieren und in Paris die Akademie für Edelmänner von Monsieur de La Guerinière besuchen konnte.

Sie betrachtete ihn mit schwesterlichem Stolz. Er war männlicher geworden in den letzten zwei Jahren, und seine fein geschnittenen Gesichtszüge wirkten dadurch nur umso edler. Sein Charakter und Auftreten jedoch waren noch genauso zurückhaltend wie früher. Eine Mischung, die eine unwiderstehliche Anziehungskraft auf die Damenwelt ausübte, auch wenn es zu Jeannes Erstaunen noch keine von ihnen geschafft hatte, sein Herz zu erobern.

Abel deutete auf den Plan. »Ich meine, die Anhöhe sieht etwas kahl und trostlos aus, aber sie bestimmt leider maßgeblich die Aussicht vom Schloss.«

Garnier d'Isle nickte. »Ja, das stimmt. Ich dachte deshalb daran, eine ansteigenden Rasenfläche anzulegen, die in zwei Abstufungen terrassiert wird.«

Jeanne nickte angetan. Die Idee gefiel ihr. »Man könnte die Abstufungen mit hellem Sand säumen.«

Eine sanfte Brise wehte wohltuend über die Terrasse.

»Was ist denn mit den Hunden?«, fragte Abel erstaunt. Die beiden Tiere hatten sich aufgerichtet und die Ohren aufgestellt.

Jeanne sah zu den Tieren. »Wahrscheinlich wittern sie irgendein Wild. Manchmal verirrt sich ein Reh oder Hirsch aus den umliegenden Wäldern bis in den Park«, erklärte sie und wollte César und Félice beruhigend über den Kopf streichen, doch im selben Moment sprangen die beiden Hunde bellend los, die breite Treppe der Terrasse hinunter, und rasten durch den Park. »César! Félice! Hierher!«

Verblüfft sahen sich Jeanne und Abel an. Dann hörten sie es auf einmal auch – zuerst nur ganz leise und dann immer lauter –, die Geräusche von Hufgetrampel, heranrollenden Kutschenrädern, Pferdewiehern und die Stimmen von Menschen. Auf der Anhöhe gegenüber vom Park näherte sich ein Reiterzug. An seiner Spitze befand sich eine Gestalt auf einem weißen Schimmel.

Die Sonne blendete Jeanne, doch trotz der Entfernung erkannte sie ihn sofort – die aufrechte Haltung, in der er auf seinem Pferd saß und die Zügel mit erhobenem Kopf in der Hand hielt. Sie hätte ihn unter Tausenden erkannt. Sie rannte außer sich vor Freude los. Louis war zurück!

Sie waren endlich allein. Ungeduldig hatten sie das Souper mit den Höflingen, die den König zu seinem Schutz aus Flandern zurückbegleitet hatten, hinter sich gebracht und fielen nun wie zwei Süchtige übereinander her.

»Ihr habt mir gefehlt ...«, stieß sie atemlos zwischen zwei Küssen hervor.

»Jeanne!« Seine Stimme schien ihr noch eine Spur dunkler und heiserer als sonst, und sie spürte mit fast körperlichem Schmerz, wie sehr sie ihn vermisst hatte, als er ihr jetzt ungeduldig das Kleid auszog.

Etwas Raues, Ungestümes haftete ihm nach den Tagen und Wochen an, die er nur unter Männern verbracht hatte. Sie liebten sich mit gieriger Leidenschaft, und Jeanne vergaß die angstvollen Gedanken, die ihr in den letzten Wochen immer wieder zu schaffen gemacht hatten. Während er in Flandern gewesen war, hatte sie sich manchmal gefragt, ob er ihr treu sein würde – sie wusste, dass in die Lager der Soldaten, auch die der Höflinge und Marschälle, regelmäßig Huren gebracht wurden, doch die brennende Ungeduld und Erregung, mit der er sie in dieser Nacht liebte, gaben ihr die Gewissheit, dass es außer ihr keine andere Frau gegeben hatte.

»Seid Ihr zufrieden mit Euren Eroberungen? Ihr seid ruhmreich zurückgekehrt«, sagte sie später, als sie eng umschlungen nebeneinanderlagen.

»Ja, die Niederländer werden uns in den restlichen Gebieten kaum noch trotzen können – jedenfalls nicht, solange der Maréchal de Saxe sich dort aufhält«, sagte er mit einem Lächeln und strich ihr eine Haarsträhne aus dem Gesicht. »Dennoch, keine dieser Schlachten ist tatsächlich entscheidend für den Sieg. Wir zerreiben uns an zu vielen verschiedenen Fronten.«

Wie immer, wenn er über den Krieg sprach, war er ernst geworden. Der Ruhm und die Ehre ließen ihn die Todesopfer, die die Schlachten forderten, nicht vergessen, und sie bewunderte ihn dafür. Jeanne erinnerte sich an eine Geschichte, die ihr Pâris-Duverney kurz nach dem Sieg von Fontenoy erzählt hatte. Nachdem Louis' Sohn, der Dauphin, vor Freude über die Höhe der feindlichen Verluste ganz außer sich gewesen war, hatte Louis ihn aufgefordert, mit ihm über das Schlachtfeld zu reiten. Berge von Leichen und Verletzten – der englische Befehlshaber Cumberland hatte seine Leute zurückgelassen – lagen zu ihren Füßen, und der Geruch von Blut und Verwesung war so entsetzlich, dass der Comte d'Argenson, der hinter ihnen ritt, sein Riechsalz nehmen musste, um nicht ohnmächtig zu werden. Louis wandte sich zu seinem Sohn. »Schauen Sie, was ein Sieg kostet«, hatte er gesagt. »Das Blut unserer Feinde ist immer noch das Blut von Menschen. Wahrer Ruhm bedeutet – sie zu verschonen.«

Jeanne sah ihn an. Noch immer lag ein nachdenklicher Ausdruck auf seinem Gesicht. Sie wusste, dass er insgeheim nach einer Lösung suchte, den Krieg, der für Frankreich nun schon ins sechste Jahr ging, endlich zu einem Ende zu bringen. Sie streichelte seinen Arm, der sie umfasste. »Die Zeit in Europa ist offensichtlich noch nicht reif für den Frieden.«

»Nein, noch nicht«, gab er zu und legte den Arm um sie.

Am nächsten Morgen brachen sie früh nach Versailles auf. Jeanne war glücklich, wieder an Louis' Seite zu sein. Der König bezeugte ihr mehr denn je öffentlich seine Zuneigung, und sie spürte, dass sie mit neuem Selbstbewusstsein an den Hof zurückkehrte.

Es blieb ein Wermutstropfen in diesem Glück, dass sie – kaum war sie in Versailles – auch wieder die anonymen Briefe in ihrer Post fand. Was sie dabei am meisten beunruhigte, war der bedrohliche Unterton der Briefe. Man begnügte sich nicht mehr nur damit, sie zu beleidigen, sondern versuchte, ihr Angst zu machen.

»Und Ihre Nachforschungen haben bisher noch nichts ergeben?«, fragte sie Le Normant de Tournehem und Pâris de Montmartel nervös.

Der Hofbankier schüttelte den Kopf. »Nein – jedenfalls nicht viel. Wir konnten feststellen lassen, dass es verschiedene Schriften sind, durchweg von männlichen Schreibern. Und dass das Wasserzeichen auf dem Papier aus dem Raum Paris stammt. Was unsere Vermutung erhärtet, dass der oder die Täter von dort stammen.«

Jeanne nickte. Sie reichte den beiden Männern drei weitere Briefe, die sie bekommen hatte.

Stirnrunzelnd las der Hofbankier die Zeilen. *»Wir werden nicht mehr lange zusehen, wie eine Hure die Ehre unseres Königs besudelt.«*

Er blickte, ohne zu Ende zu lesen, hoch und sah Jeannes bedrückten Blick. »Ich denke, Sie sollten das nicht zu ernst nehmen, Marquise. Wie ich Ihnen einmal sagte – in gewisser Weise ist es nur natürlich, dass Sie als Mätresse des Königs den Neid vieler Menschen auf sich ziehen. Ich versichere Ihnen, dass wir über kurz oder lang herausbekommen werden, wer Ihnen diese Pamphlete schickt.«

»Danke.« Sie spielte unruhig mit dem Fächer in ihren Händen und nickte – seine Worte beruhigten sie ein wenig, und sie versuchte, jeden weiteren Gedanken an die Briefe aus ihrem Kopf zu verbannen.

Am Hof erwartete man unterdessen mit zunehmender Ungeduld die Niederkunft der Dauphine. Louis hoffte inständig, dass die spanische Prinzessin einem Thronfolger das Leben schenken würde. In den Galerien und Salons tuschelte man ohne Unterlass über die Befindlichkeiten der werdenden Mutter, deren kleinste Unpässlichkeit oder Stimmungsschwankung bald als Zeichen für eine unmittelbar bevorstehende Geburt, bald als Hinweis auf das Geschlecht des Kindes gedeutet wurde.

»Nun, auf jeden Fall ist sie so dick, dass man glauben

könnte, es werden Zwillinge«, sagte die Comtesse d'Estrades zu Jeanne, als sie sich am Abend in die Salon de Mercure und Salon de Mars begaben, wo man zum Spiel geladen hatte. Die großen Fenster waren weit geöffnet, sodass die milde Luft der Sommernacht in den Raum drang. Die Gemächer, in denen Tische zum Karten- und Würfelspiel aufgestellt worden waren, hatten sich bereits mit Menschen gefüllt, doch unter den vertrauten Gesichtern erblickte man an diesem Abend weit mehr Damen als Herren, denn ein Großteil des männlichen Adels befand sich noch bei seinen Regimentern.

Die Comtesse und Jeanne grüßten einige Bekannte. Als sie am Tisch der Königin vorbeikamen, die mit zwei ihrer Hofdamen und ihrem Vorleser das Würfelspiel Cavagnole spielte, machten sie eine ehrerbietige Reverenz.

Marie Leszczynska nickte. »Comtesse. Marquise.« Einen kurzen Augenblick traf ihr Blick den der Mätresse. Die Königin wusste, wie sehr sie um ihr Wohlwollen bemüht war. Als Jeanne im Mai über eine der Hofdamen erfahren hatte, dass Marie Leszczynska seit Jahren Spielschulden hatte, war sie es gewesen, die den König dazu bewegt hatte, seiner Gemahlin dieses Geld zu geben. Seit ihrer Einführung bei Hofe ließ sie der Königin außerdem regelmäßig Blumen schicken, und Madame de Luynes, die Erste Hofdame, hatte ihr dafür mehrmals im Namen von Marie Leszczynska ihren Dank ausrichten lassen.

Jeanne und die Comtesse hatten sich aus ihrer Verbeugung erhoben und gingen weiter. Auf der anderen Seite des Raumes half Louis-Stanislas, der Dauphin, gerade besorgt seiner von Zofen umringten Ehefrau, auf einem Sofa Platz zu nehmen.

»Der Liebe des Dauphins scheint die Schwangerschaft seiner Gemahlin jedenfalls keinen Abbruch getan zu haben«, meinte Jeanne lächelnd.

Geringschätzig zog die Comtesse die Augenbrauen hoch. »Und dabei fragt man sich doch wirklich, was um Gottes willen er an ihr findet?«, sagte sie. »Nicht einmal die Schwangerschaft hat es geschafft, ihr etwas Charme zu verleihen.«

Die Dauphine, die sich am Hof keiner besonderen Beliebtheit erfreute, benahm sich in der Tat noch reservierter als gewöhnlich. Es war ein Kuriosum, dass der Dauphin ausgerechnet zu dieser Frau, die er am Tag seiner Hochzeit das erste Mal gesehen hatte, in echter Liebe entflammt war. Sie betrachtete das starre Gesicht der spanischen Prinzessin. Sie schien sich angesichts ihres Zustands sichtlich unwohl in Gegenwart der vielen Menschen zu fühlen. Und dabei stand ihr das Schlimmste noch bevor, dachte Jeanne ein wenig mitleidig. Wie es die Sitte erforderte, würde die Ärmste ihr Kind in Anwesenheit von einem Teil des Hofes gebären müssen.

Eine Wolke aus Taft und Spitze kam auf sie zugeschwebt – die Duchesse de Brancas. Anerkennend musterte sie Jeannes rosafarbenes Kleid mit dem Aufputz aus zarten Blütenblättern. »Entzückend, Ihr Kleid, meine Liebe. Wie Sie selber übrigens auch. Kein Wunder, dass der König nicht die Finger von Ihnen lassen kann.« Ihre braunen Augen funkelten, während sie mit kleinen schnellen Bewegungen ihren Fächer hin und her wedelte.

Jeanne lachte. Die respektlose Offenheit der Duchesse, die sich mit der Comtesse d'Estrades angefreundet hatte, hatte etwas Erfrischendes.

»Nun, ich bin sicher, dass die Marquise noch über einige andere Fähigkeiten verfügt, mit denen sie Seine Majestät zu faszinieren versteht«, ertönte eine samtige Stimme, die Jeanne leider nur zu bekannt war.

Sie nickte Richelieu kühl zu. »Monsieur le Duc.«

»Marquise. Mesdames.«

Er küsste ihnen die Hand.

Jeanne sah ihn unwillig an, als er sein Gesicht galant über ihren Handrücken neigte. »Die Duchesse hat recht, Sie sehen blendend aus, Marquise«, sagte er, während sein Blick mit der ihr bekannten Unverschämtheit an ihr hochglitt, um schließlich auf dem durchsichtigen Spitzeneinsatz ihres Dekolletés hängen zu bleiben. Er neigte sich zu ihr. »Ich bin noch immer untröstlich, dass Sie mir das Privileg verwehrt haben, Ihre Abgründe entdecken zu dürfen, Madame.«

Sie zog ihre Hand zurück. »Ich bin sicher, Sie werden darüber hinwegkommen, Monsieur le Duc.«

Er lachte. »Ich werde die Hoffnung nicht aufgeben, dass Sie mich eines Tages doch noch erhören werden.«

Diese Bemerkung verdiente nun wirklich keine Antwort. Jeanne sah, dass sich die Köpfe zur anderen Seite des Saals gewandt hatten. Louis hatte, umringt von Menschen, den Saal betreten und nahm an einem der Tische zum Kartenspiel Platz. »Wenn Sie mich bitte entschuldigen«, sagte sie knapp.

Richelieu neigte mit einem ironischen Lächeln den Kopf, und sie konnte seinen Blick in ihrem Rücken spüren, als sie durch den Saal zum König ging.

Die Menschen, die in einer Traube um den Tisch standen, wichen zur Seite, als sie kam. Vom Regen in die Traufe, dachte Jeanne, als sie neben Louis den Comte de Maurepas erblickte, der dem König gerade etwas Erheiterndes zu erzählen schien.

Louis streckte die Hand nach ihr aus. »O Madame, Sie werden mir Glück bringen, hoffe ich«, sagte er gut gelaunt.

»Ich werde mein Möglichstes tun, Sire.«

»Monsieur de Maurepas hat uns gerade eine überaus amüsante Geschichte von den unersättlichen Neigungen des Duc d'Amboise erzählt.« Louis wandte sich wieder zu dem Minister, der neben ihm stand, und neigte den Kopf auf seine so unnachahmliche Weise. »Fahren Sie fort, Comte, was ist mit dem Baron dann passiert?«

»Nun, Sire, er hat in seiner Gier schließlich so viel von dem Aphrodisiakum zu sich genommen, dass er sich am nächsten Tag an nichts mehr erinnern konnte – nicht einmal mehr an seinen eigenen Namen.«

Der ganze Tisch lachte. »Und«, fragte der König, »hat er trotzdem für sein Vergnügen bezahlt?«

»Selbstverständlich, Sire, und wie Ihr Euch vorstellen könnt, hat die Dame des Etablissements den Preis entsprechend hoch ausfallen lassen«, ergänzte Maurepas.

Die Karten wurden am Tisch verteilt. Jeanne wandte sich mit einem Lächeln zu dem Minister. »Und der Duc hat tatsächlich nicht mehr gewusst, wer er war?«

»Verwundert Sie das, Madame?«, fragte er gleichmütig, während er beobachtete, wie die Spieler ihre Karten aufnahmen. Seine Stimme war unmerklich leiser geworden, sodass nur sie ihn verstehen konnte. »Dabei müsste doch gerade Ihnen das Gefühl vertraut sein, wie es ist, wenn man sich heute nicht mehr daran erinnert, wer man gestern noch war.«

Das Grau ihrer Augen nahm einen stählernen Ton an. »Mag sein, dass sich mancher nicht daran erinnert, wer er gestern noch war, Monsieur le Comte. Andere Menschen verdrängen dafür aber nur zu gern, dass ihre Großväter vor gar nicht so langer Zeit noch genau dasselbe waren«, erwiderte sie dann.

Das Gesicht des Comte zeigte, dass ihr Pfeil sein Ziel nicht verfehlt hatte. Die väterliche Linie des Comte, dessen Großvater zwar für Louis XIV. gearbeitet hatte, aber selbst noch ein kleiner Seigneur gewesen war, war seine Achillesferse. Dank des Unterrichts bei Abbé de Bernis wusste sie das genau. Inzwischen war sie dankbar, die Stammbäume und Ahnenreihen so mühsam auswendig gelernt zu haben, auch wenn sie nie geglaubt hätte, dass sie dieses Wissen eines Tages ausgerechnet auf diese Weise verwenden würde. Jeanne konnte nicht umhin, ein Gefühl tiefer Genugtuung zu empfinden, ihn in seine Schranken verwiesen zu haben.

Ein hasserfüllter Funke glomm in Maurepas' Augen auf, bevor er sich abrupt abwandte.

»*Touché!* Alle Achtung«, sagte eine leise Stimme hinter ihr. Sie drehte sich um. Hinter ihr stand der Comte de Coigny. »Ich fürchte nur, Sie werden sich damit nicht gerade einen neuen Freund gemacht haben.« Er zwinkerte ihr zu, und um seine Augen bildeten sich Lachfältchen.

»Ich denke, dafür war es schon zu spät, als der Comte und ich uns das erste Mal begegnet sind«, erwiderte sie und lächelte zurück.

»*Et bien!* Ich wusste doch, dass Sie mir Glück bringen«, ertönte Louis' Stimme neben ihr. Ein Raunen war am Tisch zu hören. Sie sah auf sein Blatt – ein Ass und eine Acht. Er hatte gewonnen.

Entgegen allen Prophezeiungen und Prognosen schien der zukünftige königliche Spross nicht gewillt, das Licht der Welt so bald zu erblicken, wie es die Ärzte vorausgesagt hatten. Ein Tag nach dem anderen verstrich – doch die Niederkunft der Dauphine ließ auf sich warten.

Der Hof versuchte seinem normalen Alltag nachzugehen. Louis tagte mit seinen Ministern, empfing Gesandte und die Kuriere seiner Marschälle aus Flandern, doch Jeanne spürte, wie seine Unruhe mit jedem weiteren Tag wuchs. Er hatte das Gefühl, bei seinen Truppen gebraucht zu werden. Vor seiner Rückkehr hatte er die Armee in Flandern geteilt und sie unter der Führung des Prince de Conti und des Maréchal de Saxe zurückgelassen, doch die Nachrichten der Kuriere ließen immer offensichtlicher werden, dass die beiden Männer, anstatt ihre Kräfte vereint gegen den Feind zu richten, selbst drohten aneinanderzugeraten – der eine von königlichem Blut, aber in der Kriegsführung noch unerfahren und zu stolz, um sich einem Maréchal unterzuordnen, der einer unehelichen Beziehung entstammte und nicht einmal Franzose war; der andere militärisch hochbegabt, doch trotz seines reifen Alters von dickköpfigem und aufbrausendem Temperament und in keinerlei Weise geneigt, dem Rang des anderen mehr als den allernötigsten Respekt zu zollen. D'Argenson, der Minister für Kriegsangelegenheiten, hatte bereits mehrere Versuche unternommen, die beiden Männer miteinander zu versöhnen – doch die Nachrichten, die ihn und den König täglich aus Flandern erreichten, verhießen nichts Gutes. Hinzu kamen die Probleme im Süden Europas. Nur einige Tage zuvor hatte die französisch-spanische Armee in Piacenza unter dem Maréchal de Maillebois eine vernichtende Niederlage erleiden müssen – Italien war vorerst verloren –, und die österreichisch-sardischen Truppen drohten nun in die Provence und weiter in den Süden vorzudringen, weshalb der spanische König Philipp V., der Onkel von Louis, seinen Neffen dringend um weitere Hilfe und Unterstützung gebeten hatte.

»Ich hätte in Flandern bleiben sollen. Wir können es uns nicht leisten, dort auch noch Schwierigkeiten zu bekommen«, sagte Louis am Abend missgestimmt zu Jeanne. Er hielt es nur schwer aus, zur Untätigkeit verdammt zu sein.

»Wenn Ihr mir die Bemerkung erlaubt, ich denke, so unterschiedlich die Temperamente des Prince de Conti und des Maréchal de Saxe sind, im Zweifelsfall würde es ihr Pflichtgefühl Euch und Frankreich gegenüber nie erlauben, dass sie die errungenen Siege in den Niederlanden gefährden würden«, gab Jeanne zu bedenken.

Louis seufzte. »Nein, aber dennoch muss ich zwischen den beiden eine andere Lösung finden.«

Ihr Gespräch wurde von Le Bel unterbrochen, der mit einer Verbeugung den Raum betrat. »Sire, der spanische Botschafter besteht darauf, Euch sofort zu sprechen.«

Der König nickte erstaunt.

Die Miene des Spaniers, der den Raum betrat, war ernst, als er sich tief vor Louis verbeugte. »Euer Majestät, gerade hat mich ein Kurier meiner Königin erreicht«, seine Stimme stockte. »Ihr Gemahl, der König von Spanien, hat überraschend einen tödlichen Schlaganfall erlitten.«

Er überreichte dem fassungslosen König einen versiegelten Umschlag.

»Allmächtiger ...« Louis versagte die Stimme.

Jeanne blickte ihn entsetzt an. In Bruchteilen einer Sekunde wurden ihr die Konsequenzen dieses Todesfalls klar – die Schwächung Spaniens, der Verlust für Louis, der seinen Onkel und wichtigen Verbündeten verloren hatte, und schließlich der Schock, den diese schreckliche Nachricht für die hochschwangere Marie-Thérèse-Raphaëlle bedeuten würde.

»Mein Gott, die Dauphine ...«, entfuhr es Jeanne.

Louis sah sie und den spanischen Botschafter an. »Die Princesse darf unter keinen Umständen etwas davon erfahren – nicht vor der Geburt«, sagte er schließlich mit fester Stimme.

Die Lakaien und Pagen liefen mit Fackeln in der Hand hektisch durch die dunklen Flure und Gänge des Schlosses. Höchste Eile war geboten. Wahllos klopften und hämmerten sie im Auftrag des Dauphins an die Türen der Gemächer, um Zeugen herbeizuholen. »Mesdames! Messieurs!«

»Die Dauphine kommt nieder!«

»Mesdames! Messieurs!«

»Ihre Hoheit, die Kronprinzessin, kommt nieder …«

Es dauerte einige Momente, bis die ersten Höflinge auftauchten – einige hatten sich schlaftrunken nur einen Hausmantel übergeworfen, unter dem noch ihr Nachtgewand hervorschaute, andere waren geistesgegenwärtig schnell in ihre Kleider geschlüpft oder waren ohnehin noch in ihrer Abendgarderobe. Mit hastigen Schritten begaben sie sich die Wendeltreppe hinab in das Erdgeschoss des Prinzentrakts, wo sich die Räume des Dauphins und seiner Gemahlin befanden.

Der Kammerdiener Le Bel war in die Gemächer der Marquise de Pompadour gerannt. In seinem langen weißen Nachthemd und seiner Schlafmütze auf dem Kopf stürzte er an das Bett, in dem der König mit Jeanne im Tiefschlaf schlummerte.

»Sire! Sire! Ihr müsst aufwachen!« Er räusperte sich laut, doch die beiden schienen ihn nicht zu hören. Schließlich stieß Le Bel seinen Handleuchter heftig gegen das Kristallglas des goldverzierten Wasserkrugs, der auf dem Nachttisch stand. Ein dumpfes Klirren ertönte. Jeanne und der König schreckten aus dem Schlaf. Entgeistert blickte Louis auf die gespenstische Erscheinung in dem weißen Hemd. Er brauchte einige Sekunden, um unter der Schlafmütze das Gesicht seines Ersten Kammerdieners zu erkennen.

»Sire! Schnell! Die Dauphine kommt nieder!«, stieß Le Bel hervor.

Mit einem Satz war der König aus dem Bett.

Erleichtert sah der Dauphin, dass endlich die ersten Höflinge in das Schlafgemach strömten. Gott sei Dank. Nicht auszudenken, wenn das Kind vorher auf die Welt gekommen wäre – ohne dass man seine Legitimation hätte beweisen können. Er blickte zu seiner Gattin, die hinter dem Paravent, den man vor ihr Bett gestellt hatte, um sie zumindest etwas vor den Blicken abzuschirmen, leise stöhnte. Es zerriss ihm das Herz, als er sah, wie sie sich, bereits jetzt schon blass und geschwächt, voller Schmerzen wand. Er betrachtete ihren, trotz des dicken Bauchs schmalen mädchenhaften Körper, und es erschien ihm unvorstellbar, wie aus diesem zarten Becken ein Kind hervorkommen sollte. Eine unheilvolle Ahnung überkam ihn, doch das Heer der Ärzte und Geburtshelfer, die um das Bett seiner Gemahlin standen und sich um sie kümmerten, beruhigte ihn wieder.

Monsignore Boyer schien seine Gedanken zu erraten. Er legte ihm tröstend die Hand auf die Schulter. Ein ungewohnt warmherziger Blick zeigte sich auf seinen hageren Gesichtszügen. »Gott wird Eurer Gemahlin helfen, dieses Kind gesund zur Welt zu bringen. Betet und seid unbesorgt, mein Sohn.«

Louis-Stanislas nickte angespannt.

Das Zimmer hatte sich zunehmend gefüllt und glich immer mehr einem Theatersaal. Vor der Balustrade des Bettes hatten der König und die Königin auf zwei Sesseln Platz genommen. Wer Princesse, Prince, Duc oder Duchesse war, saß auf einem der Schemel, die in mehreren Reihen hinter den beiden Sesseln standen.

Längst waren genug Zeugen da, doch selbst wer nicht die Pflicht hatte, bei der Niederkunft anwesend zu sein, wollte sich das Ereignis, bei der Geburt des Thronfolgers dabei gewesen zu sein, nicht entgehen lassen, und so drängten sich die Höflinge hinter den Sitzreihen stehend auf der Schwelle des Schlafgemachs bis nach hinten ins Vorzimmer. Jeanne war in ihren Gemächern geblieben, doch sie ließ sich stündlich von ihrer Kammerfrau über den Vorgang der Geburt auf dem Laufenden halten.

Die Zeit verstrich. Eine Stunde nach der anderen verging, nur unterbrochen durch das bald lauter, bald wieder leiser werdende Stöhnen der Dauphine und das Tuscheln der Ärzte. Schließlich graute draußen schon der Morgen, ohne dass das Kind zur Welt gekommen wäre. Langeweile machte sich breit. Die Anwesenden drohten auf ihren Schemeln einzuschlafen.

Da plötzlich wurde es hinter dem Paravent hektisch. Doktor Bouillacs aufgeregte Stimme war zu hören. »Es ist so weit, das Kind kommt gleich.«

Man hörte Stöhnen, Schreie und die angespannten Stimmen der Ärzte. Das Gesicht des Dauphins war leichenblass. Und dann endlich – das helle, empörte Schreien eines Neugeborenen. Eine Welle der Erleichterung ging durch den Raum. Voll freudiger Erwartung sah man zu dem karminroten Bett – hatte die Dauphine einem Thronfolger das Leben geschenkt? Gespannt wandten sich die Gesichter zu Doktor Bouillac. Einen Moment hielt jeder in dem Raum den Atem an, als er nach einem Bändchen griff und es hochhielt – kein hellblaues Band, sondern nur ein rosafarbenes.

»Ein Mädchen?«, hörte man die erschöpfte Stimme der Dauphine voller Verzweiflung fragen. Doktor Bouillac nickte bedauernd.

32

Monsieur Jeanelle drückte die Zange mit der Quecksilberkugel vorsichtig gegen das dunkelrote Siegel des Briefes, sodass sich der Abdruck des Wappens gut in die formbare Oberfläche einprägte. Dann legte er die Kugel, mit deren Prägung er den Brief später wieder versiegeln würde, zurück auf eine Holzschiene. Es war weit nach Mitternacht, und das kleine fensterlose Gemach, das von den wenigen Eingeweihten, die von seiner Existenz wussten, auch das schwarze Kabinett genannt wurde, war von Kerzenlicht erhellt. Normalerweise arbeiteten in diesem Raum sieben bis acht Männer im geheimen Auftrag des Königs und kopierten Briefe, doch heute befanden sich nur Monsieur Jeanelle und einer seiner persönlichen Kopisten hier, denn es galt, einen Auftrag besonderer Art auszuführen.

Der königliche Generalpostmeister hatte sich ein paar dünne Seidenhandschuhe übergestreift und griff nun erneut den Brief und hielt ihn über einen bereitstehenden Kessel mit heißem dampfendem Wasser. Die Kunst lag darin, dass das Wasser genau die richtige Temperatur hatte. War es zu heiß, schmolz das Siegel nicht nur, sondern verschmierte auch – war es dagegen zu kalt, löste es sich nicht richtig, und man beschädigte das Papier.

Geduldig wartete Jeanelle, bis das Wachs zu schmelzen begann, dann öffnete er den Umschlag. Mit geübtem Blick überflog er den Inhalt. Schon nach wenigen Sätzen erkannte er, dass es sich lohnen würde, auch diesen Brief zu kopieren.

Er wandte sich zu der anderen Seite des Raums, wo ein Junge von etwa siebzehn Jahren an einem Schreibpult saß und mit kratzender Feder emsig schrieb.

»Diesen hier auch, Jean-Baptiste – die ganze zweite Seite. Wie weit bist du jetzt?«

Jean-Baptiste deutete neben sich auf einen Stapel Papiere und bewegte wortlos die Lippen. Seine linke Gesichtshälfte war schief. Er war stumm. Neben der Geschwindigkeit, mit der er schreiben konnte, eine der wichtigsten Eigenschaften, warum Jeanelle ihn als seinen Kopisten eingestellt hatte. Jean-Baptiste würde nie in Versuchung geraten, irgendjemandem etwas über seine Arbeit zu erzählen. Außerdem war er dem Generalpostmeister in bedingungsloser Treue ergeben, weil dieser ihn vor zwei Jahren aus seinem Dorf nördlich von Paris, wo er wegen seiner Behinderung zeit seines Lebens nur verspottet worden war, geholt und mit nach Versailles gebracht hatte.

Erleichtert blickte Jeanelle auf den Stapel Briefe, den Jean-Baptiste bereits kopiert hatte. Er spürte, wie angespannt er war. Noch zwei Briefe, dann würden sie fertig sein.

Jeanelle wusste, was er riskierte, wenn er entdeckt würde.

Jeanne drehte sich vor den Augen der Comtesse d'Estrades und der Duchesse de Brancas langsam herum. Ihre Schneiderin kniete vor ihr auf dem Boden und steckte mit flinken Fingern den zarten goldschimmernden Stoff für ihr Kleid ab, der in einem eleganten Faltenwurf nach unten fiel. Drei Tage lag die Niederkunft von Marie-Thérèse-Raphaëlle zurück, doch die Enttäuschung, dass die Dauphine keinen Thronfolger zur Welt gebracht hatte, war noch immer groß.

Die Duchesse nippte an ihrer Tasse Bavaroise. »Der König ist wirklich zu bedauern. Immer nur Mädchen und nochmals Mädchen!«, spottete sie und seufzte theatralisch. Die Vielzahl der Töchter des Königs, auf die die Duchesse anspielte, hatte den Premierminister Kardinal de Fleury, der früher die Regierungsgeschäfte des jungen Königs lenkte, einst in arge

Bedrängnis gebracht. Nicht nur, dass die Töchter eines französischen Königs äußerst schwer zu verheiraten waren – für sie kamen nur Verbindungen mit gekrönten Häuptern katholischer Dynastien infrage –, darüber hinaus stellte der aufwendige Hofstab, der jeder Princesse zustand, ein wahres Finanzproblem für den Staatshaushalt dar. Als die Töchter noch klein waren, hatte Fleury deshalb aus Kostengründen entschieden, die Mädchen ins Kloster zu geben, mit Ausnahme der beiden ältesten Zwillinge und der kleinen Adélaide – diese hatte sich ihrem Vater weinend zu Füßen geworfen, sodass der König ihr gerührt erlaubte, am Hof zu bleiben.

Jeanne schlüpfte mithilfe von Valérie aus dem abgesteckten Kleid. »Ja, der König hatte so auf einen Thronfolger gehofft. Nun, die Dauphine ist noch jung. Sie wird sicher noch viele Kinder und hoffentlich auch Söhne bekommen.«

Die Comtesse d'Estrades, die einen Bissen von dem Konfekt genommen hatte, tupfte sich seufzend einen Krümel vom Mund. »Die Orientalen haben es damit weiß Gott einfacher – bei ihren vielen Frauen! Wobei ich natürlich niemals mit einer von ihnen tauschen möchte – aber dort gibt es zumindest nicht das Problem, dass man sich um die männlichen Nachfolger sorgen muss.«

»Das stimmt, die Orientalen müssen eher mit etwas Gift nachhelfen, um die Zahl der möglichen Thronfolger zu reduzieren«, erwiderte die Duchesse trocken, als auf einmal die Tür des Salons aufgerissen wurde und Jeannes Zofe Sophie in den Raum stürzte.

Aufgelöst wandte sie sich an ihre Herrin. »O Madame … stellen Sie sich nur vor, wie schrecklich! Die Dauphine – sie hat plötzlich hohes Fieber bekommen.«

Die drei Frauen blickten sich an – jede von ihnen wusste, was diese Nachricht so kurz nach der Geburt bedeutete. Ein kalter Schauer überlief Jeanne.

Doktor Bouillac war froh, dass nicht nur der Kardinal de Rohan und Monsignore Boyer, sondern auch der König sofort gekommen waren, denn der Dauphin sah ihn noch immer verständnislos an. Er konnte es an den Augen des Prinzen sehen, dass er nicht begriff oder vielleicht auch nicht begreifen wollte, was er ihm soeben mitgeteilt hatte.

»Das ist nicht wahr«, stieß er hervor.

»Ich bin untröstlich, Euer Hoheit.«

»Sie lügen! Lassen Sie mich zu ihr ...«, brach es aus ihm heraus.

Bouillac trat ihm entschieden in den Weg. »Es tut mir leid.«

»Nein, es ist nicht wahr!« Der gellende Schrei des Dauphins hallte durch die Gemächer des Palasts. Wütend versuchte er, den Arzt zur Seite zu stoßen.

Bouillac, der nicht auf die geballte Kraft des stämmigen jungen Mannes vorbereitet war, taumelte gegen den Türrahmen. Sein Zweiter Arzt und Monsignore Boyer hielten den Dauphin geistesgegenwärtig fest. Einen Moment versuchte der Prinz sich mit aller Kraft zu befreien, doch dann gab er auf und brach weinend zusammen. Seine Schultern bebten. »Warum nur? Warum?«, schluchzte er.

Louis, dem es das Herz zerriss, seinen Sohn so zu sehen, legte den Arm um seine Schulter. »Gottes Wege sind nicht immer leicht für uns zu verstehen«, sagte er mitfühlend.

Louis-Stanislas hörte auf zu schluchzen. Er schüttelte mit einer brüsken Bewegung den Arm seines Vaters ab.

»Gott? Ausgerechnet Ihr sprecht von Gott?« In sein rundes verweintes Gesicht war ein anklagender Ausdruck getreten.

Der König trat einen Schritt zurück. Noch nie hatte sein Sohn gewagt, so mit ihm zu reden. Selbst die Trauer, die ihm den Verstand zu rauben schien, gestattete nicht eine solche Respektlosigkeit. »Was wollen Sie damit sagen, mein Sohn?«

Stille herrschte in dem Raum, als sich die Blicke von Louis und seinem Sohn trafen. Doch dann senkte der Dauphin sein Haupt und fing erneut bitterlich zu weinen an.

33

Versailles war wie gelähmt. Auch wenn sich die spanische Prinzessin am Hofe keiner großen Beliebtheit erfreut hatte – ihr früher, jäher Tod erfasste den ganzen Hof mit Entsetzen. Der König musste noch am Sterbetag seiner Schwiegertochter den Palast verlassen – denn das Zeremoniell und die Sitte schrieben vor, dass sich der Herrscher nicht zur gleichen Zeit mit einem Leichnam im Schloss aufhalten durfte. Louis begab sich nach Choisy. Nur die königliche Familie, Jeanne und einige wenige Höflinge durften ihn begleiten.

Währenddessen kümmerte man sich in Versailles um den Leichnam. Eine zukünftige Königin von Frankreich lebte anders als gewöhnliche Menschen – und sie starb anders. Bereits wenige Stunden nach ihrem Tod versammelten sich auf Anordnung des Königs die Ersten Ärzte und Chirurgen des Hofes, um in Anwesenheit der Ehrenhofdame und der Kammerfrauen der Dauphine den Leichnam für die Totenwache und die Beisetzung vorzubereiten.

Schaudernd vernahm Jeanne später den Bericht.

Die Leiche wurde zunächst mit Weingeist gewaschen, dann wurde ihr der Schädel geöffnet. Die Ärzte warfen einen fachmännischen Blick auf die weißliche Flüssigkeit, die sich im Kopf gesammelt hatte, bevor der Leichenchirurg Monsieur Evin sein Messer nahm und von unterhalb der Kehle bis zu den Rippen einen langen tiefen Schnitt vollzog. Ein unschönes Geräusch war zu vernehmen, als er mit seinen Instrumenten sodann den Brustkorb öffnete und mit einem geschickten Griff das Herz der Toten herausholte. Er präsentierte es den umstehenden Ärzten, Chirurgen und blass gewordenen Hofdamen und reichte es dann seinem Gehilfen, der es eilig einbalsamierte. Das Organ wurde in ein Bleiherz mit einer eingravierten Inschrift gelegt, das in ein zweites, vergoldetes Silberherz gesetzt wurde. Schließlich wurde der Körper bandagiert, um den Kopf eine Haube gebunden und der so vorbereitete Leichnam in ein Wachstuch gewickelt und in einen bereitstehenden Bleisarg gebettet, der in einen weiteren kostbaren Sarg aus Nussbaumholz gesetzt wurde.

Drei Tage verblieb der Sarg im Schlafgemach der Verstorbenen, dann brachte man die Tote in das Kabinett und bahrte sie auf einem Podest unter einem Baldachin aus schwarzem Samt auf. Man legte das vergoldete Silberherz und die Krone der Verstorbenen darauf, die mit einem schwarzen Trauertuch bedeckt wurden. Geistliche rezitierten rund um die Uhr Psalmen und sprachen Gebete, während Bischöfe und Hofdamen von nun an bei Kerzenlicht die Totenwache hielten, die Prinzessinnen die sterblichen Reste mit Weihwasser besprengten und die Höflinge der Gemahlin des Thronfolgers einer nach dem anderen ihre letzte Reverenz erwiesen.

Louis kniete mit gefalteten Händen auf einer samtbezogenen Bank im Beichtstuhl. Der enge Raum nahm ihm die Luft zum Atmen. Sein violetter Trauermantel fiel in einem weiten Faltenwurf von seinen Schultern nach unten bis zu seinen gleichfalls violetten Schuhen. Der König hatte das Gefühl, dass er die Last einer jeden einzelnen seiner Sünden fühlen konnte, und ihm war, als wenn ihn das Gewicht erdrücken würde. Durch die goldvergitterte Wand sah er im Halbdunkel des Beichtstuhls das Gesicht von Père Pérusseau. Louis beugte den Kopf.

»Vergesst nicht, mein Sohn, auch der König von Frankreich schuldet Gott Buße und Gehorsam. Der Allmächtige gibt uns Zeichen durch seine Taten«, hörte er seinen Beichtvater voller Strenge sagen. »Bei Eurer Krönung habt Ihr geschworen, die Kirche zu schützen und Gottes Gesetze zu achten. Aber Ihr tut dies nicht. Ihr solltet den Tod der Dauphine als Mahnung verstehen.«

Einen Moment hob Louis den Kopf und blickte zu ihm, doch dann senkte er erneut sein Haupt.

Das erstarrte Gesicht des Königs zeigte keinerlei Gefühlsregung, doch Père Pérusseau spürte, dass seine Worte tief bis in sein Innerstes drangen. Er war sich sicher, dass sich Louis insgeheim nach Absolution verzehrte. »Gott hat Euch und die Euren gestraft – denn Ihr lebt in Sünde und begeht zweifachen Ehebruch mit Eurer Mätresse! Ihr müsst von dieser Frau lassen, wenn Eure Seele nicht in ewiger Verdammnis enden soll.«

Louis starrte auf seine Handschuhe.

»Violett ist die Farbe der Trauer, Euer Majestät – aber auch die Farbe der Umkehr und Buße. Haltet ein in Euren Sünden«, sagte der Jesuitenpriester leise, als wenn er seine Gedanken erraten könnte.

Schweigend sah Louis zu Boden.

Jeanne schaute mit einem sehnsüchtigen Blick aus dem Fenster. In dem Park, der in seiner vollen Pracht erblüht war, sah man nur wenige Menschen. Alle Veranstaltungen und Zerstreuungen waren für die nächsten Wochen gestrichen worden, und obwohl ein Spaziergang während der Trauerzeit nicht gegen die guten Sitten verstieß, verspürte niemand große Lust, sich in schwarzen Trauerkleidern in die Julihitze zu begeben.

Jeanne zog seufzend den schwarzen Spitzenärmel ihres Kleides gerade. Vor drei Tagen hatte die Beerdigung der Dauphine stattgefunden. Die spanische Prinzessin war in einem prunkvollen Fackelzug zu ihrer letzten Ruhestätte nach Saint-Denis gebracht worden. Es musste ein der zukünftigen Königin von Frankreich würdiges Bild gewesen sein. Vierzig Reiter mit Fackeln waren dem Zug vorausgeritten, ihnen folgten die Offiziere des Hofstabs, dann die achtspännigen Kutschen der Höflinge und Geistlichen – in dem letzten Wagen saßen die Bischöfe und Monsignore Boyer, der auf einem Kissen auf seinen Knien das Herz der Dauphine trug –, dahinter kamen sechzig königliche Reiter, vierzig Pagen, Trompeter, bewaffnete Herolde sowie die französischen und Schweizer Garden des Königs mit ihren Trommlern – und schließlich der achtspännige Leichenwagen. Er wurde von vier Geistlichen zu Pferde und den Dienern der Dauphine begleitet. Zwei Brigadegeneräle und fünfundzwanzig Leibgarden Seiner Majestät schlossen den Zug ab.

Der König war am Tag nach der Beisetzung aus Choisy zurückgekehrt. Eine beklemmende Atmosphäre erfüllte nun den für die Trauerzeit hergerichteten Palast. Die Gemächer der Thronfolgergemahlin, die Galerie und Treppe zu dem Prinzenflügel des Schlosses, seine Tore, sein Hof und der des Ministerflügels waren mit schwarzem Tuch ausgeschlagen, die Spiegel im ganzen Schloss verhängt worden, und die Höflinge trugen Schwarz, mit Ausnahme des Königs, der sich auch hierin über alle anderen erhob und in Violett trauerte.

Jeanne tat der Tod der Dauphine, die so jung hatte sterben müssen, unendlich leid, aber dennoch würde sie froh sein, wenn die Trauerzeit, deren düstere Stimmung kaum zu ertragen war, wieder vorbei war. Sie ging zurück zu ihrem Sekretär und wandte sich nachdenklich wieder ihrer Korrespondenz zu. Am meisten Sorgen machte sie sich um Louis. Er war schweigsam und redete kaum noch mit ihr. Eine merkwürdige Melancholie hatte ihn erfasst, die ihn allem und jedem, auch ihr gegenüber, entrückt zu haben schien. Er betete viel und besuchte zweimal am Tag die Messe – eine Gottesfürchtigkeit, die Jeanne vorher nicht an ihm gekannt hatte. Sie selbst hatte seit ihrer Kindheit im Kloster ein gespaltenes Verhältnis zur Kirche. Sie glaubte natürlich an Gott – und oft bat sie den Allmächtigen auch darum, ihr ihre Sünden zu vergeben –, doch sie konnte nichts mit der bigotten heuchlerischen Art der Hofgeistlichen anfangen, deren Einstellungen und Ansichten nur zu oft dem gesunden

Menschenverstand widersprachen. Zu sehr war ihr Denken von den Diskursen und Reflexionen der Dichter und Philosophen der Pariser Salons geprägt worden. Selbstverständlich war ihr bewusst, dass sie im Ehebruch lebte, aber wenn sie ehrlich war, dachte sie nur noch selten an Charles. Er schien nach dem ersten Schock ganz gut über ihre Trennung und die Demütigung, sie an den König verloren zu haben, hinweggekommen zu sein. Sie wusste von Le Normant de Tournehem, dass er sich mit den Liebschaften einiger Opernmädchen erfolgreich getröstet hatte. Solange sie beide lebten, würden sie jedoch leider trotz ihrer Gütertrennung immer verheiratet bleiben. Eine Scheidung genehmigte die Kirche nur in den Fällen von schwerwiegender Misshandlung oder Ketzerei, dann allerdings hatten sich die Frauen in den Schoß ihrer Familie oder ins Kloster zurückzuziehen, und keiner der beiden Eheleute durfte sich wieder vermählen. In ihrem Fall hätte es allerdings auch nichts geändert, ob sie nun verheiratet war oder nicht – ihre Beziehung zu Louis wäre dadurch nicht weniger sündhaft gewesen. Dennoch konnte sie deswegen keine Schuld verspüren.

Der König aber war anders. Er war am Hof unter der Aufsicht eines Geistlichen, dem Kardinal de Fleury, aufgewachsen, und angesichts Louis' derzeitigen Verhaltens begriff Jeanne, dass er an die strengen Grundsätze der Kirche glaubte, selbst wenn er nicht immer nach ihnen lebte. Sie dachte daran, dass er nach dem Tod der Dauphine zum ersten Mal nicht die Nächte in ihren Gemächern verbracht hatte – und der Grund dafür schien weder seine melancholische Stimmung noch die Trauer zu sein, sondern – und das ängstigte sie am meisten – ein seltsamer Anflug von Reue. Wahrscheinlich würde sich das alles geben, wenn der Hof erst wieder zu seinem normalen Leben zurückgekehrt war, tröstete sie sich. Doch irgendwo, tief in ihrem Inneren, blieb die Angst.

Dieses ganze Schwarz am Hof macht selbst mich noch ganz depressiv, dachte sie und wandte sich entschlossen wieder ihrer Korrespondenz zu. Sie wollte nach dem Brief von Pâris-Duverney, der ihr aus Flandern geschrieben hatte, greifen, als sie stutzte. Das Schreiben lag nicht zuoberst auf dem Briefstapel, wo sie es hingelegt hatte. In der letzten Zeit hatte sie des Öfteren das Gefühl, dass jemand ihre Sachen durchsuchte! Oder bildete sie sich das nur ein? Die ständigen Drohungen und Beleidigungen, die sie zugeschickt bekam, zerrten gewiss an ihren Nerven. Ihre Bediensteten waren loyal, da war sie sich sicher. Sie ging dennoch beunruhigt die Briefe durch. Erleichtert stellte sie fest, dass sich Pâris-Duverneys Schreiben etwas weiter unten in dem Stapel befand.

Sie las die Zeilen des Armeelieferanten noch einmal. Der Prince de Conti und der Maréchal de Saxe lagen sich in Flandern noch immer in den Haaren, wusste Pâris-Duverney auf seine amüsante Art darin zu berichten. Sie schraubte das Tintenfass auf und nahm ihre Feder, um ihm zu antworten.

34

Monsieur Jeanelle schritt über den Teppich, der so weich war, dass er das Gefühl hatte, darin zu versinken. Die Einrichtung des Arbeitskabinetts auf Schloss Brunoy hätte jedem Fürsten zur Ehre gereicht – golddurchwirkte Seidentapeten, schwere Vorhänge aus teurem Brokat, deren verspieltes Rankenmuster sich in dem Stoff der Stühle und des Sofas wiederfand, Marmorvertäfelungen, glänzende Lackmöbel aus exotischen Hölzern, die Stuhl- und Tischbeine goldbeschlagen.

Der Hofbankier war hinter seinem Schreibtisch aufgestanden. »Monsieur Jeanelle. Guten Tag«, begrüßte Pâris de Montmartel den Generalpostmeister und bot ihm einen Stuhl an.

»Monsieur Pâris de Montmartel.« Der Generalpostmeister setzte sich und reichte ihm ohne große Worte die Akte, die er mitgebracht hatte. »Es war nicht so einfach. Das hier sind die Kopien. Ich denke, der Inhalt dürfte recht aufschlussreich für Sie sein.«

Pâris de Montmartel nickte. Er blätterte die Seiten durch und las einige Stellen. Mit ernstem Gesicht blickte er schließlich hoch. »Ich danke Ihnen, Monsieur. Ich bin mir sehr wohl bewusst, wie tief wir für diesen Dienst in Ihrer Schuld stehen«, sagte er.

»Aber nein, Sie haben mir nur erlaubt, mich für die Gefälligkeiten, die Sie mir so oft erwiesen haben, einmal revanchieren zu können«, erwiderte er gewandt, bevor er sich verabschiedete.

Nachdenklich setzte sich der Hofbankier wieder an seinen Schreibtisch, nachdem der königliche Polizeiagent sein Arbeitskabinett verlassen hatte. Jeanelle befand sich schon seit Jahren auf der Gehaltsliste ihrer geheimen Informanten. Über Jahre hatten die Brüder Pâris ihm Geld gegeben, ihm in seinem beruflichen Werdegang geholfen und sich immer wieder seiner Freundschaft und Verbundenheit vergewissert, schon lange bevor er königlicher Generalpostmeister geworden war – ein Amt, das am Hof kaum wahrgenommen wurde, doch von ungeheurer Bedeutung war, da sein Inhaber selbst über die geheimsten Vorgänge in Versailles informiert war.

Heute nun hatten sich all diese Investitionen ausgezahlt. Sorgfältig las Pâris de Montmartel Seite für Seite der Akte, die Jeanelle ihm gebracht hatte und die seine Befürchtungen bestätigte. Dann nahm er einen Bogen Papier und schrieb einen kurzen zweizeiligen Brief.

Er läutete nach seinem Sekretär. »Sorgen Sie dafür, dass Monsieur Le Normant de Tournehem auf dem schnellsten Weg dieses Schreiben bekommt – und zwar persönlich«, sagte er und überreichte ihm den versiegelten Umschlag.

Das Sonnenlicht fiel schräg in das halb abgedunkelte Arbeitskabinett des Königs und ließ die feinen Staubpartikel auf den schwarzen Stoffbahnen sichtbar werden. Jeanne beobachtete besorgt, wie die Minister langsam unruhig wurden, während sie darauf warteten, dass Louis endlich das Wort an sie richtete. Doch der König stand am Fenster und starrte wie so oft in den letzten Tagen mit düsterer Miene nach draußen und schien alles um sich herum vergessen zu haben.

Was ging in ihm vor? Jeanne hatte keine Ahnung, doch sie spürte mit zunehmender Beunruhigung, wie es ihr immer schwerer fiel, zu ihm durchzudringen. Sie hatte ihn am Mittag in seinem Arbeitskabinett aufgesucht, und Louis hatte sie kaum beachtet. Da er sie beim Eintreffen seiner Minister, die ihn um eine Audienz gebeten hatten, nicht aufgefordert hatte zu gehen, war sie aus Sorge um ihn geblieben.

Sie blickte zum Comte de Maurepas, der sich laut und deutlich räusperte und schließlich, als der König noch immer nicht reagierte, mit einer Verbeugung einen Schritt vortrat. »Euer Majestät, verzeiht, dass wir Euch mit einigen Angelegenheiten belästigen müssen, aber ich denke, dass es von großer Bedeutung für Euch ist, von den neuesten Berichten unserer Geheimagenten zu erfahren. Es gibt keinen Zweifel, dass die Engländer begonnen haben, ihre Flotte aufzurüsten. Wenn Ihr wünscht, führe ich gerne aus ...«

»Ich werde darüber nachdenken«, sagte Louis teilnahmslos.

Jeanne sah ihn beunruhigt an. Sie hatte auf einmal das unbestimmte Gefühl, ihn schützen zu müssen, obwohl sie wusste, dass es ihr weder zustand noch in ihrer Macht lag. Sie blickte den Comte de Maurepas bestimmt an. »Monsieur, ich denke, Sie sollten Seine Majestät heute nicht mit dieser Angelegenheit belästigen.«

Maurepas drohten die Augen aus dem Kopf zu springen, als sie so mit ihm sprach. »Madame, ich glaube nicht ...«, erwiderte er eisig, doch sie hatte sich schon von ihm abgewandt und war zum König getreten.

Sanft berührte sie ihn am Arm. »Sire, verzeiht, aber vielleicht solltet Ihr eine kurze Pause machen, etwas frische Luft würde Euch bestimmt guttun«, sagte sie leise.

Der König drehte sich abrupt zu ihr. »Wollen Sie sich anmaßen, zu beurteilen, was mir guttun würde, Madame?«

Sein kalter Blick jagte ihr einen Schauer über den Rücken. Jeanne zuckte betroffen zusammen. In diesem Ton hatte er noch nie mit ihr gesprochen. Über die Gesichter der Höflinge glitt ein schadenfrohes Lächeln.

»Sire, es lag nicht in meiner Absicht, mich Euch gegenüber anmaßend zu verhalten. Ihr solltet wissen, dass es nur Euer Wohlergehen ist, das mir am Herzen liegt.«

Louis blickte sie erbost an, doch dann beruhigte er sich wieder. Wortlos wandte er sich ab und starrte erneut aus dem Fenster.

»Lassen Sie mir Ihren Bericht hier, Monsieur de Maurepas. Ich werde mich morgen dazu äußern«, sagte er schließlich. Seine Stimme war leise geworden.

Der Comte nickte erfreut. »Sehr wohl, Sire.«

Der König nickte den Anwesenden zu und verließ das Kabinett. Jeanne sah ihm entgeistert hinterher.

»Nun, Madame, wie es scheint, ist es an Ihnen, den König etwas weniger zu belästigen«, sagte Maurepas kalt.

Jeanne schwieg betroffen. Louis hatte sie nicht einmal mehr eines Blickes gewürdigt.

Die Stimmung beim abendlichen Souper war niedergeschlagen und bedrückt. Niemand sprach ein Wort. Die Spiegel an der Wand waren noch immer verhängt, doch Jeanne hatte den Tisch so decken lassen, dass Louis von seinem Platz aus nach draußen sah, und hatte auch sonst alles getan, um die düstere Atmosphäre etwas zu durchbrechen.

Die Lakaien hatten die Suppe aufgetragen, doch eine Ewigkeit schien zu vergehen, bis der König endlich den Löffel ergriff und apathisch zu essen begann.

Obwohl sie sich nicht einmal sicher gewesen war, ob Louis überhaupt kommen würde, hatte Jeanne am Nachmittag Stunden mit der Auswahl des Menüs verbracht und sogar Doktor Quesnay um Rat gebeten, der ihr einige Lebensmittel und Gewürze empfohlen hatte. »Alle Zutaten, die eine erhitzende und anregende Wirkung haben, denen spricht man auch einen stimmungsaufhellende Kraft zu!«, hatte ihr Doktor Quesnay erklärt, und sie hatte ihrem Koch die entsprechenden Anweisungen gegeben. Die Speisen waren scharf und feurig gewürzt worden, doch jetzt, als Jeanne sah, wie Louis den Löffel zum Mund führte, wusste sie, dass nichts davon etwas bewirken würde. Er schien kaum wahrzunehmen, dass er überhaupt aß. Ein morbider Ausdruck lag auf seinem Gesicht, der ihr Angst machte, und angesichts des Vorfalls in seinem Arbeitskabinett wagte sie es nicht, ihn anzusprechen. Sie war froh, dass er überhaupt in ihren Gemächern erschienen war, um mit ihr zu soupieren. Noch nie hatte er sie so behandelt.

Schweigend und ohne jeden Appetit aß auch sie ihre Suppe. Eine gespenstische Stille herrschte am Tisch, an dem man nichts hörte außer dem leisen metallischen Klirren der Löffel.

35

Pâris de Montmartel und Le Normant de Tournehem schlängelten sich am nächsten Morgen mit angespannten Gesichtern zielstrebig an den Wartenden vorbei. Die Menschen, die hofften von der Marquise de Pompadour empfangen zu werden, drängten sich vor dem *Antichambre* bis zur Treppe.

»Es tut mir leid, aber Madame hat zurzeit Besuch«, erklärte Sophie, die Kammerzofe, die dem Lakaien gerade mitteilte, wer als Nächster vorgelassen werden sollte, als sie die beiden Männer auf sich zukommen sah.

»Sagen Sie der Marquise, dass es dringend ist«, sagte der Hofbankier.

Sophie sah ihn unschlüssig an. Sie wusste, dass Madame nur ungern gestört wurde, wenn wichtiger Besuch bei ihr weilte, aber der Blick der beiden Männer, die zu Madames engsten Vertrauten gehörten, ließ keinen Zweifel an der Dringlichkeit der Angelegenheit. »Bitte warten Sie einen Moment«, sagte sie schließlich und verschwand durch die Flügeltür in Richtung der Gemächer.

Einen Augenblick später kam ihnen der Finanzkontrolleur Machault d'Arnouville entgegen, der grüßend den Kopf neigte, und sie wurden vorgelassen.

Jeanne drehte sich erstaunt zu den beiden Männern. Es war ungewöhnlich, dass Pâris de Montmartel und Le Normant de Tournehem sie unangemeldet zu sehen wünschten.

»Guten Morgen, Messieurs.«

»Marquise.« Die beiden Männer verbeugten sich. Ihre Mienen waren ernst.

Jeanne blickte zu Valérie. »Lass uns bitte einen Moment allein. Wir werden später weitermachen.«

Die Zofe nickte.

»Verzeihen Sie unser unangemeldetes Kommen, aber es handelt sich leider um eine wichtige Angelegenheit«, kam Le Normant de Tournehem ohne Umschweife zur Sache, nachdem Valérie den Ankleideraum verlassen hatte.

Jeanne, die vor Sorge um Louis schlecht geschlafen hatte, nickte.

Pâris de Montmartel räusperte sich. »Marquise, es geht um die Nachforschungen, die wir angestellt haben, um in Erfahrung zu bringen, wer der oder die Verfasser der anonymen Briefe sein könnten, die Sie erhalten.«

Sie blickte ihn angespannt an, während sie nach einem Flakon griff. »Und?«

»Wie Sie wissen, glaubten wir anfangs, dass es jemand aus Paris wäre, der Ihnen Ihre Position als Mätresse neidet, doch da sich keine Spur finden ließ, die diesen Verdacht erhärtet hätte, haben wir unsere Spurensuche ganz auf Versailles gerichtet. Deshalb haben wir seit einigen Wochen die Korrespondenz des Hofes überprüfen lassen.«

»Überprüfen lassen?« Sie stellte den Flakon, den sie in die Hand genommen hatte, wieder zurück auf den Toilettentisch.

Le Normant de Tournehem nickte. »Wir haben stichprobenartig Auszüge und Kopien von Briefen anfertigen lassen.«

Obwohl Jeanne genau verstand, was er meinte, weigerte sie sich zu glauben, was sie gerade gehört hatte. »Sie haben die Korrespondenz des Hofes öffnen und kopieren lassen?«

»Wir selbst natürlich nicht«, erklärte Pâris de Montmartel ungerührt. Er senkte die Stimme. »Sondern Monsieur Jeanelle, der Generalpostmeister. Er zählt zu unseren langjährigen Verbündeten. Er hat nicht nur einige Briefe der gängigen Post, sondern unter größter Gefahr auch einige Schreiben der Privatkuriere kopieren können.«

Einem Moment lang fehlten Jeanne die Worte. Das Vorgehen der Männer überschritt deutlich die Grenze des Legalen. Wenn irgendjemand davon erführe, konnten sie alle in der Bastille landen.

Le Normant de Tournehem überreichte ihr eine lederne Mappe, die er in den Händen gehalten hatte. »Wir denken, dass sie das hier lesen sollten. Es sind Auszüge aus der Korrespondenz von Maurepas, d'Argenson, dem Prince de Conti, Richelieu und Monsignore Boyer.«

»Und Sie können daraus schließen, dass einer von ihnen der Verfasser der anonymen Briefe ist?«

Le Normant de Tournehem zögerte. »Das ist genau das Problem – die Kopien zeigen, dass im Grunde jeder von ihnen ein Motiv hätte, solche Schreiben in Auftrag zu geben.«

Sie wurde unter ihrem Rouge blass. »Wie bitte?«

»Lesen Sie!«, forderte Pâris de Montmartel sie auf.

Verwirrt öffnete sie die Mappe, die einen dicken Stapel Papiere enthielt, und kam seiner Aufforderung nach. Sie brauchte einen Moment, um zu begreifen, dass es in all diesen Auszügen ausschließlich um eine Person ging – um sie. Schon nach wenigen Seiten verstand sie, warum Pâris de Montmartel und Le Normant de Tournehem so beunruhigt waren. Es war mehr als feindselige Abneigung, die aus den Schreiben sprach. *»Der König ist blind in seiner Leidenschaft und sie gierig und machtbesessen – eine Kombination, die verlangt, dass man schnellstmöglich etwas unternimmt«*, hatte d'Argenson, der Minister für Kriegsangelegenheiten, geschrieben, während der Prince de Conti noch deutlicher wurde: *»Sie ist und bleibt eine Hure, die uns alle entehrt!«* Das Antwortschreiben des Comte de Maurepas dagegen erstaunte sie nicht besonders. Sie hatte schon immer gewusst, dass der Minister sie im Grunde seines Herzens hasste. *»... stimme ich Ihnen zu, Hoheit, dass man alles unternehmen sollte, diese Person vom Hof zu vertreiben«*, hatte er geschrieben, nur um wenig später in einem anderen Schreiben hinzuzufügen: »*... ein Schandfleck, den man tilgen muss.*«

Jeanne blätterte fassungslos weiter. Die Worte verschwammen ihr vor den Augen. Mehr noch als die Beleidigungen und bösartigen Verunglimpfungen erschreckte sie der bedrohliche Unterton, der ihr aus diesen Zeilen entgegenschlug. Sie sah auf.

Der Hofbankier räusperte sich. »Wahrscheinlich verstehen Sie jetzt, warum wir so beunruhigt sind.«

Sie nickte stumm und spürte, wie ihr schwindlig wurde. Sie dachte an Louis' abweisendes Verhalten und griff nach dem Glas Wasser, das vor ihr auf dem Toilettentisch stand. Hastig trank sie einen Schluck. Das Ausmaß und die Vehemenz der Anfeindungen traf sie unvorbereitet – in einer Situation, in der sie so angreifbar war wie noch nie. Natürlich hatte sie gewusst, dass die Höflinge ihr gegenüber Ressentiments hatten, aber seit der Rückkehr des Königs aus Flandern hatte sie geglaubt, dass sich diese Vorurteile ihr gegenüber etwas gelegt hätten. Gut, vom Comte de Maurepas hatte sie nie etwas anderes erwartet, aber die d'Argensons, der Prince de Conti und selbst Richelieu mit seinen Anspielungen, sie verhielten sich ihr gegenüber doch trotz ihrer Hochmütigkeit stets so höflich, dass sie mit dieser Feindseligkeit niemals gerechnet hätte!

Doch dann erinnerte sie sich auf einmal an den Vorfall im Kabinett, an die Befriedigung in den Gesichtern der Höflinge, als der König sie zurückgewiesen hatte. Hatte sie die Feindseligkeit einfach nur nicht wahrhaben wollen? Ihr ging erneut durch den Kopf, wie sich Louis ihr gegenüber zurzeit verhielt, und mit einem Mal wurde ihr bewusst, wie erschreckend brüchig das Fundament geworden war, auf dem sie nicht nur ihr persönliches Glück, sondern ihr ganzes Leben aufgebaut hatte.

Ihr Blick glitt zurück zu den Briefen auf ihrem Schoß. »Selbst der Comte d'Argenson?«, fragte sie tonlos. »Ich dachte, er wäre unser Verbündeter?«

Ein maliziöses Lächeln glitt über das markante Gesicht von Pâris de Montmartel. »Nun, nicht mehr, seitdem er mitbekommen hat, wie eng unsere und Ihre Beziehungen zu dem Finanzkontrolleur Machault d'Arnouville und zu dem Maréchal de Saxe sind.«

Le Normant de Tournehem sah Jeanne besorgt an. »Vielleicht sollten Sie dem König von dem Inhalt dieser Briefe berichten. Immerhin richten sich die Verunglimpfungen darin auch gegen ihn.«

Sie schüttelte den Kopf. »Und die Gefahr eingehen, dass er erfährt, dass wir die Korrespondenz kopiert haben?«, sagte sie bitter. »Nein!« Sie war aufgestanden. Wortlos ging sie einige Schritte durch den Raum.

»Er gäbe sicher eine Möglichkeit, ihn davon in Kenntnis zu setzen, ohne dass er von unserem Vorgehen erfahren müsste«, wandte Pâris de Montmartel ein.

Sie war stehen geblieben. Ihre grauen Augen schienen plötzlich schwarz in ihrem hellen ebenmäßigen Gesicht. »Nein, und selbst wenn er von der Feindseligkeit dieser Höflinge erführe – was sollte er tun? Diese Männer sind seine engsten Vertrauten und Berater, er kann sie schließlich nicht alle verbannen.«

Sie ließ sich wieder auf ihren Sessel sinken und dachte erneut an Louis. In einem Anflug von Verzweiflung sah sie die Männer an. »Am schlimmsten ist, dass der König zurzeit von Depressionen geplagt wird. Der Hofklerus setzt alles daran, ihm einzureden, dass der Tod der Dauphine die Strafe für seine Sünden sei«, sagte sie leise.

Als die beiden Männer sich wenig später mit betretenen Gesichtern von ihr verabschiedet hatten, blieb sie wie erstarrt sitzen. Ihre Bestürzung war groß. Verzweifelt überlegte sie, was sie tun konnte. Würde sich Louis von den Höflingen beeinflussen lassen? In den letzten Tagen war die Distanz zwischen ihnen immer größer geworden. Mit Bitterkeit sah sie erneut sein Gesicht vor sich, wie er sie im Kabinett vor allen so kalt und brüsk abgewiesen und dann

Maurepas freundlich um seinen Bericht gebeten hatte. Sie hatte auf einmal das Gefühl, dass ihr alles entglitt. Erneut fühlte sie ihre unglaubliche Einsamkeit am Hof. Es gab niemanden, dem sie sich in Versailles anvertrauen konnte – selbst der Comtesse d'Estrades hätte sie nicht gewagt von den Briefen zu erzählen. Sie dachte wieder an Louis. Es musste ihr irgendwie gelingen, die Entfremdung zwischen ihnen zu überwinden, das war das Wichtigste. Doch wie – das wusste sie nicht.

Sie sah den König am Abend. Nachdem er schweigend und mit teilnahmsloser Miene in der Öffentlichkeit vor dem Hof gespeist hatte, erschien er in ihren Gemächern, doch er sprach kaum ein Wort mit ihr.

»Darf ich Euch etwas Wein und Früchte bringen lassen, Sire?«

Er nickte.

Sie schenkte ihm selbst aus der Karaffe ein, die ein Lakai brachte, und reichte ihm das Glas. Zögernd sah sie ihn an. Er wirkte verschlossen und in sich gekehrt. »Sire, ich möchte nur sagen ...«

Sein ablehnender Blick ließ sie verstummen. Sie fürchtete plötzlich, ihn zu vertreiben, wenn sie noch ein weiteres Wort sagen würde.

Er trank seinen Wein in großen Schlucken, als wenn er sich betäuben wollte, und schwieg weiter.

Zu ihrem Erstaunen blieb er über Nacht. Er schlief weggedreht auf der anderen Seite des Bettes. Jeanne war erleichtert und verzweifelt zugleich, denn wenn er ihre Gegenwart auch immerhin noch dem Alleinsein vorzuziehen schien, war die Distanz zwischen ihnen doch größer denn je.

Am nächsten Morgen, nachdem er zum *Lever* verschwunden war, hatte sie das Gefühl, die Anspannung und ständige Beobachtung am Hof nicht länger auszuhalten. Die hämischen Gesichter der Princesse de Rohan und der Comtesse de Chevreuse bereiteten ihr Übelkeit. Neugierig und voller Sensationslust richteten sich die Blicke überall auf sie – Louis' kühles Verhalten ihr gegenüber hatte sich längst herumgesprochen. *Nichts weiter als eine Hure ... Ein Schandfleck, den man tilgen muss* – die Worte hallten wie ein Echo in ihrem Kopf, während sie das Meer der Gesichter um sich wahrnahm. Sie musste fort, wenigstens für ein paar Stunden diesem Schloss und seiner beklemmenden Atmosphäre entfliehen, um wieder einen klaren Gedanken fassen zu können, dachte sie in einem Anflug von Panik.

Als sie von der Messe zurückkehrte, befahl sie, ihre Kutsche anspannen zu lassen, um nach Paris zu fahren.

Eine gute Stunde später hallte der klackernde Hufschlag der Pferde laut auf den Pflastersteinen wider, und sie spürte, wie sich ihre Nerven etwas zu beruhigen begannen, während vor dem Fenster der Kutsche die ersten Häuserfassaden der Stadt vorbeiglitten. Menschen drängten sich durch die Straßen. Jeanne wurde mit einem Mal bewusst, wie sehr sie Paris vermisste.

Monsieur Collin, ihr Verwalter, hatte sie begleitet. Sie wollte bei Lazare Duvaux einige ihrer Bestellungen, die für ihr Schloss Crécy eingetroffen waren, begutachten. Eine Angelegenheit, die eigentlich keinerlei Dringlichkeit hatte, aber sie war froh gewesen, diesen Anlass nehmen zu können, um Versailles für einige Stunden zu entkommen.

Der Wagen hielt in der Rue Saint-Honoré. Einige Leute auf der Straße waren neugierig stehen geblieben und beobachteten, wie die elegante, ganz in Schwarz gekleidete Dame, gefolgt von ihrem Verwalter, aus der herrschaftlichen Kutsche mit den roten Rädern stieg. Der Lakai reichte ihr den aufgespannten Sonnenschirm aus schwarzer Spitze und folgte den beiden mit dem Umhang seiner Herrin über dem Arm.

Monsieur Duvaux kam mit einem tiefen Bückling durch die Ladentür auf Jeanne zugeeilt. Sein Gesicht hatte vor Aufregung unter dem Puder einen rötlichen Ton angenommen. »Marquise, welche Ehre.«

Sie nickte ihm höflich zu. Kaum zwei Jahre zuvor, als sie noch Madame d'Étiolles gewesen war, hatte er kaum mehr als ein knappes Nicken für sie übrig gehabt, aber wahrscheinlich erinnerte er sich nicht einmal mehr daran, dass er sie damals schon gekannt hatte.

»Und Seine Majestät erfreut sich hoffentlich bester Gesundheit?«, fragte er, während er sie durch die luxuriösen Ausstellungsräume zu einem Hinterzimmer geleitete, das für besonders hohe Kunden reserviert war.

»Nun, den Umständen entsprechend – er trauert wie wir alle um die Dauphine.«

»Oh, selbstverständlich. Selbstverständlich«, sagte Lazare Duvaux, der sich erst jetzt ihres schwarzen Kleides gewahr zu werden schien, mit einem eiligen Bückling. »Ich darf Ihnen versichern, Marquise, ganz Paris ist untröstlich über den Tod der spanischen Prinzessin.«

Sie hatten das Hinterzimmer erreicht, und Monsieur Duvaux öffnete die Flügeltür.

Beim Anblick der wundervollen Stoffe, der Vasen, Leuchter, Potpourrigefäße und des bronzemontierten chinesischen Porzellans, die dekorativ auf Tischen ausgebreitet und aufgestellt worden waren, vergaß Jeanne für einen Moment ihre Sorgen. Sie wanderte durch den Raum und ließ ihre Finger über die weiche Oberfläche der herrlichen Stoffe, über die kühle Glätte des Porzellans gleiten und nahm prüfend einzelne Gegenstände in die Hand, während sie genau vor sich sah, wo die Dinge in Crécy ihren Platz erhalten sollten. Ihr Blick fiel auf einen farbigen Holzglobus mit einer goldenen Meridianachse, der von einem hohen reichverzierten Fußgestell gehalten wurde. Sie hatte ihn für Louis in Auftrag gegeben. Es hatte eine Überraschung sein sollen, doch nun war sie sich nicht sicher, ob er sich noch darüber freuen würde. Sie berührte die Kugel, die sich lautlos um ihre Achse drehte – und sie spürte erneut die aufkeimende Angst angesichts ihrer gegenwärtigen Situation.

»Ich hoffe, alles ist zu Ihrer Zufriedenheit?«

Sie drehte sich mit undurchdringlichem Gesichtsausdruck zu dem Händler um. »Ja, wundervoll. Lassen Sie die Sachen bitte nach Crécy schicken«, sagte sie. »Monsieur Collin wird die finanziellen Einzelheiten mit Ihnen regeln.«

»Sehr wohl, Marquise.«

Er geleitete sie nach draußen. Eine Traube von Menschen hatte sich in der Nachmittagssonne um die Kutsche gebildet, deren Wappen bekannt genug war, um den Namen ihrer Besitzerin zu verraten. Monsieur Duvaux konnte die Aufmerksamkeit nur recht sein – nichts war seinem Geschäft dienlicher als der Besuch seiner höfischer Klientel –, und das erst recht, wenn es sich dabei um die Mätresse des Königs handelte. Am nächsten Tag würden die wohlhabenden Bürger von Paris seinen Laden stürmen. Sie schritt an den Menschen vorbei. Die unverhohlene Neugier in den Gesichtern um sie herum hatte etwas Beunruhigendes. Später erinnerte sie sich, dass sie die Alte bereits aus den Augenwinkeln gesehen hatte. Sie stand in ihrem abgetragenen braunen Kleid am Straßenrand, als wenn sie auf sie gewartet hätte.

Collin und ihr Lakai drängten die Leute zur Seite, und sie wollte schnell in die Kutsche steigen, als sie plötzlich eine Hand an ihrem Ärmel spürte, die sie festhielt. »He, *ma belle,* wir kennen uns.«

Schweißgeruch stieg ihr in die Nase. Empört über die respektlose Vertraulichkeit fuhr Jeanne herum. Das faltige Gesicht der Alten, die ein abgetragenes Tuch um ihren Kopf geschlungen hatte, sah sie an. Ihre dunklen Augen musterten sie durchdringend, und Jeanne fühlte, wie sie unter ihrem Blick wie hypnotisiert erstarrte, doch da hatten Collin und ihr Lakai die Frau schon von ihr weggerissen.

»Wie kannst du es wagen, Alte? Weißt du, wen du dort vor dir hast?« Sie stießen sie zur Seite. »Aus dem Weg!«

Mit zittrigen Knien stieg Jeanne eilig in die Kutsche und ließ sich in die Lederpolster sinken. Ihr war heiß. Nervös zog sie ihre Handschuhe aus. Sie versuchte vergeblich, sich ihre merkwürdige Reaktion auf die Alte zu erklären. *»Wir kennen uns!«* Eine vage Erinnerung an etwas längst Vergangenes, das sich mit dieser Stimme und diesem Gesicht verband, tauchte in ihrem Kopf auf, ohne dass es ihr gelang, ein konkretes Bild vor Augen zu bekommen.

Draußen vor dem Wagen war ein Tumult ausgebrochen. Man hörte einen erregten Wortwechsel.

Collin steckte den Kopf zur Tür herein. »Verzeihen Sie, Marquise, aber die Alte beharrt darauf, Sie zu kennen! Bestimmt redet sie nur Unsinn, um irgendwelche Almosen von Ihnen zu erbetteln, aber sie sagt, dass ich Ihnen das hier geben soll.« Er hielt ihr zögernd in seiner offenen Hand ein Taschentuch hin. Eine angelaufene silberne Kette mit einem kleinen Kreuz lag darin.

Entgeistert nahm Jeanne die Kette in die Hand. Sie erkannte es sofort wieder. »Mein Gott!«

Collin blickte sie beunruhigt an.

»Ich will sie sehen«, sagte Jeanne tonlos.

Collin sah sie ungläubig an, dann nickte er. Die Zigeunerin stieg zu ihr in den Wagen. Die dunklen Augen der Alten glitten über Jeannes Gestalt. Ein wissendes Lächeln breitete sich auf ihren Lippen aus. »Ich wusste, dass Sie sich erinnern würden, Madame.«

Jeanne nickte stumm. Was für ein merkwürdiger Zufall, dass sich ihre Wege ausgerechnet jetzt kreuzten. »Ich hatte es fast vergessen. Es ist so lange her. Woher wussten Sie damals …?«

Die Zigeunerin lachte heiser. Sie griff mit einer schnellen Bewegung nach Jeannes linker Hand und drehte sie grob um.

»Es steht in deinen Händen geschrieben, *ma belle!*« Ihre rauen schwieligen Finger strichen über ihre Handfläche. Fast zärtlich zeichnete sie die Linien nach …

Für einen Moment war sie wieder acht Jahre alt und stand voller Furcht allein im Wald vor der Zigeunerin.

»Alles steht hier geschrieben, in deiner Hand«, erklärte die Alte. Beim Klang ihrer tiefen unheimlichen Stimme erschauerte Jeanne. Die Alte blickte auf ihre Handfläche. »Dein ganzes Leben steht hier geschrieben. Dass du den Weg des

Königs kreuzen und eines Tages seine Geliebte werden wirst, dass dein Leben glanzvoll sein wird ...«

Doch auf einmal verstummte sie.

Jeannes Herz klopfte aufgeregt. »Der König, wird er mich weiter lieben?«

Die Alte lachte. »Ja! Er wird dich lieben ...«

Jeanne sah sie an.

»Lange?«

»Aber ja – er wird dir immer verbunden bleiben ...« Sie warf ihr einen rätselhaften Blick zu, doch Jeanne hatte den eigentümlichen Unterton in ihrer Stimme nicht mitbekommen. Die Zigeunerin studierte erneut ihre Hand. »Doch du musst vorsichtig sein! Denn du hast mächtige Feinde, die alles tun werden, um dich zu vernichten.«

Jeanne dachte an die hasserfüllten Briefe. »Ich weiß«, sagte sie leise, aber solange ihr die Liebe des Königs erhalten blieb, würde sie keine andere Gefahr fürchten. Sie war bereit, für ihr Glück zu kämpfen.

Sie sah die Zigeunerin an. »Sie sollen gut entlohnt werden für Ihre Weissagungen.« Ihre Finger umschlossen das Schmuckstück, das ihr einst ihr Vater geschenkt hatte, als sie ein kleines Mädchen gewesen war.

Die Nacht hatte sich mit düsterer Stille über den Palast gesenkt. Über die schmale Sichel des Mondes schoben sich Wolken, die die schemenhaften Umrisse des Parks und der Wälder in ein tiefes Schwarz hüllten.

Im Kamin prasselte ein Feuer. Trotzdem war ihm kalt. Er konnte die Dunkelheit spüren, die ihn seit seiner Kindheit heimsuchte. Schon immer war sie Louis grauenhafter erschienen als das glühendste Feuer. Er fasste mit einem Frösteln seinen Hausmantel enger, während er in die züngelnden Flammen starrte und zusah, wie die Holzscheite langsam rot verglühten. Er war schwach, denn er hatte um die Schwere seiner Vergehen gewusst und dennoch nicht von ihnen gelassen – und nun hatte Gott ihn und die Seinen gestraft!

Die Kraft des Feuers. Bilder schoben sich vor sein Auge. Ein Gemälde, vor dem er mit dem Kardinal stand. Er war noch klein. Vielleicht fünf oder sechs. Voller Entsetzen betrachtete er die schreienden Seelen auf dem Bild, die von der Feuersbrunst des Fegefeuers verschlungen wurden. *»Gott straft uns für unsere Sünden, wenn wir nicht von ihnen lassen, mein Sohn. Ihr werdet einmal der König von Frankreich sein – daher wiegt Euer Tun schwerer als das aller anderen, denn Ihr sollt Eurem Volk ein Vorbild sein. Seht Euch das Bild dieser sündigen Seelen genau an!«* Er konnte die Stimme seines Erziehers noch so deutlich hören, als wenn er in seinem purpurroten Umhang neben ihm stehen würde.

Er spürte die Schatten der Toten so gegenwärtig, als wenn sie durch den Raum schwebten, und sie schienen ihm näher als alles Leben. Als er in die gleißende Glut des Feuers blickte, fühlte er die Furcht vor dem, was auch ihn dereinst erwarten würde. Wie ein unerbittlicher Eisenpanzer hatte sich die Dunkelheit um ihn gelegt und hielt ihn in der Einsamkeit, zu der er verdammt war, gefangen.

Sie war aufgewacht und sofort hellwach. Das Bett neben ihr war leer. Einen Augenblick lang hielt Jeanne es für möglich, dass Louis zurück in seine Gemächer gegangen war. In den letzten Nächten hatte er wieder abgewandt auf der anderen Seite des Bettes geschlafen, und wenn er sie durch Zufall berührte, war er von ihr zurückgezuckt, als wenn ihn ein glühendes Schwert verbrennen würde. Sein Verhalten verletzte sie tief, doch sie sah, dass er litt. Der gequälte Ausdruck, der sein Gesicht im Schlaf beherrschte, wenn alle Masken von ihm abgefallen waren, zeigte es deutlich.

Jeanne stand auf und griff nach ihrem Negligémantel. Leise ging sie zur Tür des Salons, aus dem ein Lichtschein drang. Er saß auf einem Sessel und starrte in das Feuer des Kamins, das er trotz der sommerlichen Wärme hatte anzünden lassen. Sie war auf der Schwelle stehen geblieben, doch er drehte sich nicht einmal zu ihr um.

»Ihr könnt nicht schlafen?«, fragte sie mit leiser Stimme.

Er starrte wortlos in die Flammen.

»Sire?«

Er schien sie nicht zu hören. »Wissen Sie, dass ich gar nicht der König hätte sein sollen?«, sagte er unvermittelt. Seine Stimme klang brüchig. »Mein Bruder Louis, der Duc de Bretagne, war der Ältere. Im Verlauf von weniger als einem Jahr starben er, mein Großvater und meine Eltern ... Ich war nicht einmal drei ...« Bitter lachte er auf. »Das Jahr des Totentanzes hat das Volk damals gesagt.«

»O Sire!« Sie war zu ihm getreten, doch er blickte sie noch immer nicht an.

»Ich habe das Gefühl, dass es mich verfolgt, dass es meine Schuld ist. In den Träumen suchen mich die Bilder der Apokalypse heim, die ewige Verdammnis des Fegefeuers, die den Sündern winkt. Ich kann ihre Schreie hören und die mahnende Stimme des Kardinals aus meiner Kindheit«, fuhr er leise fort.

Seine hohle Stimme jagte Jeanne einen Schauer über den Rücken. Sie ging in die Knie und legte sanft ihre Hand auf seinen Arm. Er ließ es geschehen.

»Manchmal habe ich Angst, dass ich es anziehe ... dass alle, die mir etwas bedeuten und mir nah sind, sterben müssen. Meine Eltern, mein Bruder, meine Mätressen Madame de Vintimille und die Duchesse de Châteauroux – und jetzt die Dauphine ...«

Ihre grauen Augen schauten ihn sehr ernst an, und sie schüttelte den Kopf. »Nein, Sire, Gott weiß, dass Ihr ein guter Mensch und ein noch besserer König seid«, sagte sie eindringlich. »Diese Visionen der Apokalypse und des Fegefeuers, verzeiht mir, aber dienen sie nicht vor allem dazu, den Menschen Angst zu machen und dadurch die Macht der Kleriker zu mehren?«

Louis sah sie entgeistert an. »Das ist ketzerisch, was Sie da sagen! Sie stellen Gott und die Religion infrage!«, stieß er hervor.

Sie blickte ihn fest und entschlossen an. »Nein, das tue ich nicht. Aber ich glaube, dass Gott allein bestimmt, wann ein Mensch sterben muss, und dass er das nicht tut, um Euch oder irgendjemanden zu strafen. Die Dauphine war einfach nicht stark genug für die Geburt.«

Ein verzweifelter Ausdruck trat in seine Augen. Sie erkannte, dass er ihr nicht glauben konnte, obwohl er es wollte.

»Sie ziehen nicht einmal in Betracht, dass der Tod von Marie-Thérèse-Raphaëlle ein mahnendes Zeichen war und sie für unsere Sünden sterben musste – weil wir gegen das heilige Gesetz der Ehe verstoßen haben?«

Sie schüttelte den Kopf. »Nein. Vergebt mir, aber angesichts der Freizügigkeit des Hoflebens hätte dann ja schon halb Versailles sterben müssen …«

Louis blickte sie an. »Ihre Worte sind voll gefährlicher Logik, Madame.«

Sie legte die Arme um ihn. »Der Tod ist schrecklich, doch es ist nicht Eure Schuld, wenn Gott die Menschen zu sich ruft«, sagte sie behutsam, und sie spürte, wie sehr er sie brauchte, als sie ihn küsste und inniglich umarmte.

Er war neben ihr eingeschlafen. Sie hatten sich geliebt, sanft und mit einer vorsichtigen Zärtlichkeit, in deren Umarmungen sie sich zögernd wiedergefunden hatten.

Louis' Gesichtszüge wirkten zum ersten Mal seit Langem entspannt und gelöst, und Jeanne fühlte, wie eine innige Wärme sie durchflutete. Die Angst, die sie in den letzten Tagen ergriffen hatte, dass seine Melancholie und die moralischen Zweifel einen Keil zwischen sie treiben würde, saß tief. Nichts war so schlimm gewesen wie die Kälte und Distanz, mit der er ihr begegnet war. Fast ein Jahr war sie jetzt seine Mätresse, aber ihre Position am Hof war alles andere als gefestigt, wie ihr schmerzhaft bewusst geworden war. Mit der ganzen Naivität ihrer vierundzwanzig Jahre hatte sie bisher angenommen, die Liebe des Königs würde genügen, um es ihr zu ermöglichen, die Höflinge mit Charme und Freundlichkeit einnehmen und für sich gewinnen zu können – doch der Hass und die Feindschaft gegen sie waren größer. Sie hatte keine Ahnung, was sie tun sollte. Gegen ein oder zwei Personen konnte sie den Kampf aufnehmen, ja – aber gegen diese Vielzahl von Höflingen? Sie blickte auf Louis' schlafende Gestalt und wusste, dass sie etwas unternehmen musste.

Am nächsten Morgen kam Louis nach dem *Lever* zu ihr. Die Lakaien hatten ihnen ein zweites Frühstück serviert, doch die Speisen standen unberührt vor ihnen. »Die letzten Tage und Wochen sind nicht leicht gewesen – ich danke Ihnen dafür, dass Sie da waren«, sagte er. Seine Finger spielten mit dem filigranen Henkel der goldumrandeten Tasse.

Sie spürte, dass er die schlimmsten Tiefen seiner Depression überwunden hatte, auch wenn ihn noch immer ein Hauch von Melancholie umgab.

»Ich war sehr besorgt um Euch«, erwiderte sie und legte ihre Hand sanft auf die seine. »Es war kaum noch möglich, an Euch heranzukommen!«

»Ich weiß.« Er verschränkte mit zärtlichem Druck seine Finger mit den ihren. »Die Schatten der Vergangenheit – manchmal holen sie mich einfach ein.« Er schwieg, doch dann blickte er sie unter seinen dichten Wimpern durchdringend an. »Sie haben etwas Magisches, Madame, als wenn sie nicht von dieser Welt wären. Gestern, in meiner Verzweiflung, da sind Sie wie ein Licht in der Dunkelheit zu mir gedrungen«, sagte er leise.

Sie strich über sein Gesicht und küsste ihn. »Ich bin froh, dass Ihr wieder zurück seid, Sire! Die Tage ohne Euch waren kalt und einsam ...«

Jeanne spürte, dass sie Louis der düsteren Atmosphäre des Hofes entreißen musste, damit er seine Niedergeschlagenheit ganz überwinden konnte. Er bedurfte der Ablenkung, und so überredete sie ihn am Abend, nach Paris zu fahren.

»Inkognito, so wie früher«, sagte sie.

Er nickte.

Heimlich stahlen sie sich bei Anbruch der Dunkelheit aus

dem Schloss. Der Duc d'Ayen, Richelieu und die Comtesse d'Estrades begleiteten sie. Als sie die Stadt erreichten, war es bereits stockdunkel, und sie fühlten sich wie vergnügte Kinder, denen ein Streich gelungen war. Seit einer Ewigkeit waren sie nicht mehr nachts nach Paris gefahren.

Sie hatten sich verkleidet, um nicht erkannt zu werden, und trugen die Kleidung einfacher Leute – Jeanne und die Comtesse d'Estrades schlichte Kleider aus einem dunkelgelben Baumwollstoff, mit vor der Brust verknotetem Schultertuch und weißem Häubchen; der König, Richelieu und d'Ayen braune und graue Röcke aus einfachem Tuchstoff, Halstücher und Hüte mit breiten Krempen. Selbst ihre Kutsche war eine gewöhnliche Mietdroschke aus Paris, und auf den ersten Blick sahen sie tatsächlich aus wie eine kleine Gesellschaft von Bürgersleuten.

Auf dem Sommerfest am Stadtrand, wo sie als Erstes Halt machten und auf der Wiese am Ufer des Flusses für ein Stündchen tanzten, fielen sie jedenfalls niemandem auf, bis der Duc d'Ayen an einem der Stände einige Becher Wein für sie erstand. Der rotgesichtige Verkäufer starrte auf seine gepflegte Hand und den Siegelring, den d'Ayen leichtsinnigerweise vergessen hatte abzuziehen. In einer unbeholfenen Geste beugte der Schankwirt hastig den Kopf und schob die Münzen abwehrend wieder zurück über die Ladenfläche zu d'Ayen. »Nein, nein, mein Herr, Ihr müsst nicht zahlen«, sagte er mit einem tiefen Bückling.

Die umstehenden Menschen sahen sie mit offenen Mündern an, und sie traten mit dem König eilig den Rückzug zu ihrer Droschke an. Ausgelassen fuhren sie weiter.

Die Kutsche holperte über den Pont Royal – durch das Fenster sah man das dunkle Wasser der Seine glitzern –, und Richelieu goss den Champagner mit Schwung in die Gläser, sodass der aufschäumende Wein zur Seite spritzte und sie alle lachend auswichen. Der Duc schob mit dem Handgelenk seinen zu großen braunen Hut zurück, der ihm immer wieder ins Gesicht zu rutschen drohte, und verteilte die Gläser.

»Sire! Mesdames! Messieurs!«, er neigte galant den Kopf, was weder zu seinem eigenen Aufzug noch zu dem der anderen Insassen passen wollte.

»Nun, dieses Mal verdanken wir es Ihnen, fast entdeckt worden zu sein, Monsieur d'Ayen«, sagte der König amüsiert, während er ein Glas Champagner entgegennahm.

»Ich bitte dafür aufrichtig um Verzeihung, Sire«, erwiderte d'Ayen zerknirscht und verstaute seinen Siegelring in der Hosentasche.

Sie lachten alle.

Louis hatte den Arm um Jeanne gelegt. »Was für eine großartige Idee, nach Paris zu fahren!«

Sie lächelte. Die Gläser klirrten, als sie anstießen. »Auf das Leben und die Liebe!«, rief Richelieu ausgelassen. Die Kutsche, die in diesem Moment um eine Kurve fuhr, ließ den Champagner erneut über die Gläserränder schwappen.

Am Palais Royal stiegen sie aus. Im Sommer war der Garten des Palais bis weit in die Nacht geöffnet, und sie mischten sich in den von Laternen erleuchteten Arkaden unter die Menschen. Im Schatten der Bäume küssten sich verliebte Paare, und in den Cafés saßen plaudernde Menschen, die die laue Nacht genossen. Musik wurde gespielt, an einem Wasserbecken gab ein betrunkener Opernsänger Arien von sich, und an den Ständen konnte man Erfrischungen und allen möglichen Tand vom Duftwasser bis zum Zahnstocher kaufen.

Sie nahmen in einer Wirtschaft einen kleinen Imbiss zu sich und tanzten in einem der Nachtlokale unter freiem Himmel. Die Leute drehten sich ausgelassen über die Tanzfläche, einer freien, von Bäumen umgebenen Sandfläche. Ihre unbekümmerte Fröhlichkeit griff auf sie über.

Louis' Blick glitt amüsiert von Jeannes weißem Häubchen zu ihrem Schultertuch und dem einfachen Mieder – die Schlichtheit der Kleidung verlieh ihr etwas Unschuldiges. »Sie sind wahrhaftig eine Frau mit vielen Gesichtern, Madame.«

Ihre grauen Augen lächelten zu ihm empor. Es war richtig gewesen, nach Paris zu fahren. Sie spürte, wie sehr Louis es genoss, seinen Körper zum Takt der Musik zu bewegen, sie zu berühren und für einen Moment alles andere zu vergessen. Ihre ersten Begegnungen auf dem Maskenball und dem Rathausball kamen ihr in den Sinn, und sie fühlte, dass es ihm ebenso ging.

Der Tanz war zu Ende. Neben ihnen unterhielten sich lautstark zwei Angetrunkene, und Louis legte den Arm um ihre Taille, um mit ihr weiterzugehen. Sie spazierten zwischen den großen Kastanienbäumen umher, über denen der klare Sternenhimmel leuchtete. Jeanne sah aus den Augenwinkeln, dass sich der Duc d'Ayen unauffällig in ihrer Nähe hielt.

»Schauen Sie, über uns – der Große Wagen – und dort – der Saturn.« Louis war stehen geblieben, und sie folgte seinem Blick nach oben. Die Astronomie war neben der Architektur seine große Leidenschaft. Stundenlang konnte er mit seinen Astronomen Lemonnier und Cassini durch das Teleskop den Himmel beobachten. Einen Augenblick betrachteten sie schweigend die Figuren in dem Sternenhimmel über sich, dann zog er sie unvermittelt hinter einen Baum und küsste sie im Schutz der Dunkelheit.

Sie lachte hell auf wie ein junges Mädchen bei seinem ersten Kuss. »Sire!«

»Ich glaube nicht, dass Sie mich hier so anreden sollten«, sagte er mit gespielter Strenge und klang dabei so unbeschwert wie seit Wochen nicht mehr. Er küsste sie erneut, drängender und begehrlicher, und sie schaute ihn mit klopfendem Herzen an. Selbst mit dem grauen Tuchrock und dem einfachen breitkrempigen Hut, unter dem die Haare einer braunen Perücke hervorsahen, sah er gut aus, und sie fragte sich, was gewesen wäre, wenn sie sich unter anderen Umständen getroffen hätten, wenn sie beide nicht die gewesen wären, die sie waren. Seine Hände glitten über ihre Hüften, und sie roch den Duft der Kastanienbäume. Ein Glücksgefühl durchströmte sie – Jeanne wünschte, sie hätte diesen Augenblick für alle Ewigkeit festhalten können.

»Sire! Verzeiht!«

Der Duc d'Ayen stand neben ihnen.

Sie lösten sich voneinander. In einiger Entfernung hörte man laute Stimmen. »Verzeiht, Sire, auf der Tanzfläche ist zwischen zwei Betrunkenen ein Streit entbrannt, und man hat die Garden gerufen. Ich denke, es ist besser, wenn wir aufbrechen.«

Louis nickte bedauernd.

36

Mit der Überwindung seiner Melancholie hatte sich der König zu Jeannes Erleichterung auch von dem Einfluss der Kleriker befreit, und die Verbindung zwischen ihnen war enger denn je geworden. Dennoch wusste Jeanne, dass sie etwas unternehmen musste, um ihre Position in dem komplizierten Machtgefüge des Hofes zu festigen. *»Du hast mächtige Feinde, die alles tun werden, um dich zu vernichten!«* Der Satz der alten Zigeunerin ging ihr nicht aus dem Kopf. Mehr als eine schlaflose Nacht hatte sie überlegt, was sie tun konnte. Sie ahnte, dass sie die Höflinge nur mit ihren eigenen Waffen schlagen konnte, mit ihrer Gier nach Macht und Einfluss. Sie hatte sich mit Pâris de Montmartel und Le Normant de Tournehem getroffen, und sie waren übereingekommen, dass es vor allem wichtig war, den Comte d'Argenson, mit dem die Brüder Pâris eng zusammenarbeiten mussten, auf ihre Seite zu bringen. Doch zunächst wusste sie nicht, wie.

Der König selbst brachte sie einige Tage später auf die Idee. Sie spazierte mit ihm auf der Dachterrasse seiner Privatgemächer, die mit ihren üppigen Pflanzen, Blumen und Volieren an einen hängenden Garten erinnerte, und sie unterhielten sich über seinen Cousin, den Prince de Conti.

»Wie zu erwarten, ist er zutiefst beleidigt«, berichtete Louis. Wie immer, wenn ihm etwas missfiel, zeigte sich eine tiefe Falte auf seiner Stirn. Im August hatte der König den Streit zwischen dem Prince de Conti und dem Maréchal de

Saxe in Flandern damit beendet, dass er Saxe das Kommando der Armeen übertragen hatte – woraufhin der Prince de Conti unter einem Vorwand sofort gekränkt nach Versailles zurückgekehrt war. Sein Stolz hatte es nicht verwunden, sich dem Maréchal unterzuordnen. Louis, der seinen jüngeren Cousin schätzte, hatte insgeheim Verständnis für seine Reaktion.

»Ihr solltet Euch nicht darum sorgen – wenn er erst etwas Abstand gewonnen hat, wird er Eure Entscheidung verstehen«, entgegnete Jeanne.

»Ich hoffe das! Mir liegt durchaus an dem guten Verhältnis zu meinem Cousin. Aber Monsieur de Saxe ist nun einmal der Erfahrenere und militärisch Versiertere.« Louis' Gesicht verdüsterte sich. »Ich will mir gar nicht ausmalen, wie der Prince erst reagiert, wenn ich dem Maréchal das Oberkommando geben sollte.«

»Ihr habt diesbezüglich schon Eure Entscheidung getroffen?«

»Noch nicht, aber ich tendiere zu Saxe.«

Jeanne pflückte nachdenklich eine Blüte von einem Strauch. Seitdem Conti zurückgekehrt war, verhielt der Prinz sich ihr gegenüber so eisig, dass es leicht war, zu ahnen, dass er sie und die Brüder Pâris, deren Verbündeter Saxe war, für die Entscheidung des Königs verantwortlich machte. Eine Situation, die sich nur noch verschlechtern konnte, falls der König dem Maréchal tatsächlich auch noch das Oberkommando geben würde.

Sie blieb stehen. Ein Gedanke schoss ihr durch den Kopf. »Vielleicht wäre es gar keine schlechte Idee, das Kommando doch Eurem Cousin zu geben.«

Louis sah sie verblüfft und zugleich ein wenig verwundert an. »Warum sollte ich das tun?«

Sie drehte die Blüte zwischen ihren Fingern. »Nun, der Prince ist Euer Cousin und tief gekränkt, nicht wahr?«, erklärte sie, denn ihr ging auf, dass sie mit diesem Schachzug sowohl Conti als auch d'Argenson für sich einnehmen konnte und eine Versöhnung mit seinem Cousin letztendlich auch für Louis von Vorteil wäre.

»Gäbt ihr ihm das Oberkommando, würde das seine Zurückweisung gegenüber Saxe wiedergutmachen. Bekommt er es jedoch nicht, würde das sein Verhältnis zu Euch wahrscheinlich nachhaltig trüben. Der Maréchal de Saxe wird zwar sicherlich nicht sehr erfreut sein, wenn der Prince das Kommando bekommt, aber er hat dank Euch Ehre und Ruhm erlangt, und es wird sicher noch andere Gelegenheiten geben, ihn für seine Leistungen auszuzeichnen.«

Louis sah sie prüfend an, als wollte er ergründen, wie sie auf diese Idee gekommen war. »Ihre Überlegung verdient es ohne Zweifel, dass ich darüber nachdenke«, sagte er schließlich. Ein Lächeln umspielte seine Lippen, und einen Moment war Jeanne sich nicht sicher, ob er nicht durchschaute, warum sie für Conti Partei ergriff. Auf jeden Fall schien ihm jedoch der Gedanke, seinem Cousin das Oberkommando zu geben, zu gefallen.

Sie traf d'Argenson am nächsten Tag im Spiegelsaal. Der schwere Volant ihres Kleides fegte raschelnd über das glatte Parkett, und die Blicke folgten ihr, als sie zielstrebig auf den Minister für Kriegsangelegenheiten zuging, der mit dem Comte de Maurepas und Richelieu zusammenstand. Die Männer gaben vor, sich angeregt zu unterhalten, obwohl sie ihr Kommen natürlich längst bemerkt hatten.

Jeanne blieb vor ihnen stehen und zauberte ein Strahlen auf ihr Gesicht. »Die wichtigsten Berater Seiner Majestät, alle beieinander, wie reizend …!«

»Sehr erfreut, Sie zu sehen, Madame.« Der Comte de Maurepas lächelte verächtlich. »Unglücklicherweise muss ich Sie jedoch leider bitten, mich zu entschuldigen.«

Sie lächelte kühl. Was den Minister anging, hatte sie jede Hoffnung aufgegeben, ihn jemals für sich zu gewinnen. Sie blickte ihm nach, wie er auf die andere Seite des Spiegelsaals ging, dann drehte sie sich zum Comte d'Argenson um.

»Verzeihen Sie, Monsieur le Comte, aber wenn Sie einen Augenblick Ihrer kostbaren Zeit für mich erübrigen könnten.«

Er blickte nicht weniger überrascht als Richelieu.

Jeanne hatte anmutig den Fächer aufgeschlagen und lächelte den Comte an. »Wirklich nur einen Augenblick«, versicherte sie. Widerstrebend nickte er.

Sie gingen einige Schritte durch den Spiegelsaal, und sie konnte spüren, wie sich der Blick von Richelieu in ihren Rücken bohrte.

»Nun, Madame?«

Sie ließ sich von der gelangweilten Höflichkeit in seinem Tonfall nicht abschrecken. »Monsieur d'Argenson, wie Sie vielleicht wissen, will der König das Oberkommando neu vergeben.«

Das schmale Gesicht mit der aristokratischen Nase neben ihr gefror zu einer eisigen Maske. »Madame, es gibt genug Ohren am Hof, über die mir längst zugetragen wurde, dass diese Auszeichnung nicht an den Prince de Conti vergeben wird – wie es mein Wunsch war –, sondern stattdessen an den Maréchal de Saxe – einen Ausländer.«

Jeanne lächelte nur und spazierte weiter. »In der Tat hat sich der König sehr positiv über den Maréchal de Saxe geäußert, Monsieur le Comte. Ich persönlich würde mich indessen freuen, wenn der Prince de Conti das Patent bekommen würde.«

D'Argenson lächelte zynisch. »Tatsächlich, Madame? Warum sagen Sie das dem Prince de Conti nicht selbst?«

Sie schaute ihn fest an. »Weil Sie der Minister für Kriegsangelegenheiten sind, Monsieur le Comte. Und selbstverständlich würde ich mir niemals erlauben, Sie zu übergehen.«

Er musterte sie misstrauisch. Es war augenscheinlich, dass er ihr kein Wort glaubte.

Sie blieb stehen und seufzte. »Monsieur, ich weiß, dass wir keine Freunde sind, aber Monsieur Pâris de Montmartel, mein Patenonkel, und sein Bruder, Monsieur Pâris-Duverney, arbeiten schon seit Langem für Sie. Es würde mich freuen, wenn ich auf irgendeine Weise zur Verbesserung Ihrer Beziehungen beitragen könnte. Außerdem bin ich der Familie des Prinzen zu Dank verpflichtet, da seine Mutter mich bei Hofe vorgestellt hat.«

Die Miene des Comte hatte einen verblüfften Ausdruck angenommen.

»Wenn ich von Ihrer Seite auf eine … nun, nennen wir es nicht Freundschaft, sondern einfach nur eine gewisse Neutralität zählen könnte, was meine Person betrifft, dann würde ich mich gern für Ihren Wunsch einsetzen«, fügte Jeanne hinzu.

Er schaute sie zögernd an.

»Ich meine es aufrichtig. Überlegen Sie es sich, Monsieur!«

D'Argenson brauchte nicht lange für seine Entscheidung. Einen Tag später erhielt sie ein Billett von ihm:

Madame,
bezüglich unseres Gesprächs versichere ich Ihnen, dass ich es sehr begrüßen würde, wenn Seine Majestät sich entscheiden würde, das Oberkommando der Armeen an Seine Hoheit, den Prince de Conti, zu vergeben. Seien Sie im Übrigen meiner weiteren Ergebenheit versichert,
Marc-Pierre de Voyer de Paulmy, Comte d'Argenson

Jeanne lächelte zufrieden. Sie wusste die Worte zu verstehen. Wie sie es erwartet hatte, entspannte sich sowohl ihr Verhältnis zum Comte wie zum Prince de Conti merklich, nachdem der König seine Entscheidung für die Ernennung seines Cousins bekannt gab.

Pâris de Montmartel und Le Normant de Tournehem hingegen schienen sehr viel weniger begeistert darüber. Ihre Mienen sprachen Bände, als sie Jeanne am Nachmittag besuchten. Jeanne hatte Alexandrine auf ihrem Schoß, die mit ihren Haaren herumspielte, und schickte die Kammerzofen hinaus.

Pâris de Montmartel reichte ihr den Brief seines Bruders, des Armeelieferanten Pâris-Duverney. »Der Maréchal de Saxe ist außer sich«, sagte er knapp.

Jeanne setzte Alexandrine auf den Boden und gab ihr einen Kuss. »Spiel ein bisschen mit César und Félice, mein Schatz!«

Die Kleine zog einen Flunsch und blieb stehen, doch auf den aufmunternden Blick ihrer Mutter hin tapste sie schließlich hinüber zum Kamin, wo sie schwanzwedelnd von den beiden Tieren begrüßt wurde.

Jeanne nahm den Brief von dem Hofbankier entgegen und überflog die Zeilen, in denen Pâris-Duverney detailliert den Tobsuchtsanfall des Maréchals beschrieb, der sich übergangen fühlte und in seinem Zelt in Gegenwart von Pâris-Duverney anscheinend etliche Gegenstände zerschmissen hatte, als er erfuhr, dass ausgerechnet der Prince de Conti das Kommando erhalten sollte. Der Maréchal erwäge ernsthaft, Frankreichs Armee für immer zu verlassen, schloss der Brief von Pâris-Duverney. Doch es klang allzu sehr durch, dass es weniger die Ehre als die Eitelkeit von Saxe war, die so empfindlich verletzt worden war, fand Jeanne. Sie war sich sicher, dass der Maréchal die Armee nicht verlassen würde – sein eigener Ehrbegriff hätte es niemals erlaubt, den König einfach im Stich zu lassen.

Sie reichte den Brief an Pâris de Montmartel zurück. »Ich weiß, dass diese Entscheidung danach aussieht, als wenn der König die Leistungen des Maréchals nicht anerkennen würde, aber glauben Sie mir, das ist nicht der Fall.«

»Nun, man kann es Monsieur de Saxe jedoch nicht verübeln, dass er es aber genau so versteht«, erwiderte der Hofbankier höflich, das aufgebrachte Funkeln in seinen Augen verriet jedoch, dass er diese Angelegenheit keineswegs so gelassen nahm, wie es seine Haltung vortäuschte.

Es ging nicht nur um Saxe, wurde Jeanne plötzlich klar. Pâris de Montmartel war vielmehr irritiert, dass sie die Entscheidung des Königs gegen den Maréchal mitbeeinflusst hatte, ohne vorher mit ihnen darüber gesprochen zu haben.

»Glauben Sie, dass das wirklich die richtige Entscheidung war – Saxe ist unser Verbündeter«, sagte Le Normant de Tournehem, der sich bis jetzt zurückgehalten hatte.

»Ja. Ich weiß, dass der Maréchal enttäuscht ist, aber Conti und d'Argenson sind zwei gefährliche Gegner, und wenn das Oberkommando an den Maréchal gegangen wäre, hätten Sie und ich die beiden unwiderruflich als Feinde gegen uns gehabt.«

»Nun, hoffen wir, dass Monsieur d'Argenson und der Prince de Conti zu würdigen wissen, wem sie diese Entscheidung verdanken«, erwiderte der Hofbankier.

Sie hatte seinen skeptischen Tonfall gehört. »Oh, ich denke, das werden sie, denn ich habe Monsieur d'Argenson selbstverständlich vorher wissen lassen, dass ich mich für diese Entscheidung bei Seiner Majestät eingesetzt habe.«

Sie reichte ihnen das Billet, das ihr der Comte geschickt hatte. Pâris de Montmartel sah sie verblüfft an.

Jeanne lächelte. »Wenn Sie erlauben, werde ich dem Maréchal schreiben und ihm versichern, dass der König ihn nicht vergessen hat und ihn sicherlich auf andere und nicht weniger würdevolle Weise auszeichnen wird.«

37

Die offizielle Trauerzeit um den Tod der Dauphine war vorbei, und der Hof hatte zu seinem alten Leben zurückgefunden. Man hatte die schwarzen Tücher von den Wänden und den Spiegeln entfernt, die nun wieder das Licht und den Glanz des Hofs reflektierten und den Gemächern und Galerien ihren alten Zauber schenkten. Das Leben hatte seine alte Unbeschwertheit zurückerhalten, und Jeanne erfuhr zu ihrem größten Glück, dass sie wieder schwanger war. Sie konnte die Neuigkeit, die ihr Doktor Quesnay verkündete, kaum glauben. Sie war außer sich vor Freude. »Sie sind sich sicher?« Ihre Augen leuchteten.

Doktor Quesnay nickte. »Ja, Marquise. Es gibt keinen Zweifel. In nächster Zeit sollten Sie sich deshalb schonen.«

Es musste kurz nach Louis' Rückkehr aus Flandern geschehen sein! Jeanne nickte. »Natürlich«, sagte sie. Sie würde alles dafür tun, dass das Kind gesund zur Welt kam. Sie dachte an ihre letzte Fehlgeburt und sah den Arzt zögernd an. »Doktor Quesnay, verstehen Sie mich nicht falsch, aber ich möchte erst ganz sicher sein, bevor Seine Majestät davon erfährt.«

»Sie können sich auf meine Verschwiegenheit verlassen. Niemand wird etwas erfahren, bevor Sie es wünschen, Marquise.«

»Danke.«

Er lächelte, als er sah, wie glücklich sie war.

Doch obwohl sich Jeanne alle Mühe gab, gelang es ihr nicht, ihr Geheimnis lange vor Louis zu bewahren. Es waren kaum mehr als zwei Wochen vergangen, als er sie eines Abends sinnend betrachtete. Sie stand in ihrem Negligémantel vor ihm. »Sie sind schwanger, nicht wahr?«, fragte er wie beiläufig.

Sie sah ihn sprachlos an. Ihr Bauch war noch so flach, man konnte unmöglich etwas erkennen. »Aber woher …?«

»Es ist die Art, wie Sie sich bewegen, der Glanz Ihrer Haut und Ihrer Augen«, erklärte er lächelnd, und ihr fiel ein, dass er als Vater von zehn Kindern bestens mit diesen leisen Veränderungen am Körper einer Frau vertraut war.

Jeanne lehnte sich an Louis. »Es ist noch so früh – deshalb wollte ich eigentlich noch warten, bis ich es Euch erzähle«, sagte sie leise.

Seine Augen ruhten auf ihr, und er zog sie in seine Arme. »Ich freue mich auf dieses Kind … unser Kind«, sagte er. Sie war glücklich, diese Worte aus seinem Mund zu hören, auch wenn sie nie daran gezweifelt hatte, dass Louis sich freuen würde, wusste sie doch, wie wichtig seine Anerkennung war. Nur ein legitimierter Nachkömmling des Herrschers genoss einen hohen Stand am Hofe.

Sie waren sich beide einig, es so lange wie möglich geheim zu halten, dass sie sich in anderen Umständen befand, denn die Nachricht würde zweifelsohne bei der königlichen Familie und dem Klerus einen Skandal auslösen. Aber das Wissen, dass sie ein Kind von Louis unter dem Herzen trug, ließ Jeanne sich so stark und selbstbewusst wie noch nie fühlen. Gelassen ertrug sie die alltäglichen Spitzen der Höflinge. Seitdem Louis sich nach dem Tod der Dauphine mit neuer Deutlichkeit zu ihr bekannte, waren die Gesichter der Princesse de Rohan und der anderen Hofdamen ohnehin merklich schmallippiger geworden.

Da es Jeanne überaus gut ging – sie verspürte kein morgendliches Unwohlsein, keine Übelkeit und nicht das geringste Schwächegefühl –, war es einfach, ihren Zustand verborgen zu halten. Nur die Comtesse d'Estrades beäugte sie misstrauisch. »Ich habe keine Ahnung, wie Sie es anstellen, meine Teuerste, aber Sie sehen noch blendender aus als sonst. Verraten Sie mir Ihr Geheimnis!

Jeanne lachte. »Die Liebe, nehme ich an.«

Die Comtesse verzog in einem Anflug von Entsetzen ihr Gesicht. »Mein Gott, äußern Sie das bloß nicht laut! Erstens würde es Ihnen niemand glauben, und zweitens klingt es grauenhaft bourgeois.«

Jeanne sah sie amüsiert an, während sie beschwingt ihren roten Fächer aufschlug. Die Bemerkung der Comtesse war keineswegs ironisch gemeint, denn am Hof gehörte es zum guten Ton, seine Liebesangelegenheiten nur ja nicht zu ernst zu nehmen. Man heiratete, setzte Kinder in die Welt, und dann nahm man sich einen Liebhaber oder eine Geliebte – und zwar zum bloßen Amüsement, ohne große dramatische Gefühle.

»Ich dachte, bürgerlich wäre es nur, seinen eigenen Ehemann zu lieben?«

»Nein, das ist nicht bürgerlich, sondern lächerlich«, entgegnete die Comtesse, die selbst den Tod ihres Gemahls vor drei Jahren ohne große Schmerzen verkraftet hatte.

Jeanne lachte und tippte ihr belustigt mit dem Fächer auf den Arm. »Eines Tages, werte Comtesse, werden Sie Ihr Herz verlieren und dann alles dafür aufgeben.«

Die Comtesse d'Estrades warf ihr einen schockierten Blick zu. »Gott bewahre mich davor!«, rief sie, ohne zu ahnen, wie recht Jeanne eines Tages mit dieser Vermutung haben würde. Die Comtesse betrachtete die Freundin erneut mit einem neiderfüllten Blick und seufzte. »Und Sie sind sicher, dass es nicht doch irgendein Mittelchen gibt, das Sie heimlich einnehmen?«

»Ich würde es Ihnen sofort verraten«, versicherte ihr Jeanne. Einen Moment verspürte sie ein schlechtes Gewissen – sie hätte der Comtesse zu gern von ihrer Schwangerschaft erzählt, denn sie war ihre engste Freundin am Hof, doch sie kannte leider deren Schwäche, zu tratschen. Innerhalb von ein paar Tagen hätte es der gesamte Palast gewusst.

So hütete sie weiter ihr kostbares Geheimnis, das sie enger denn je mit Louis verband.

Anfang Oktober siedelte der Hof wie jedes Jahr für einige Wochen nach Fontainebleau um. Fast täglich trafen dort die Kuriere aus den Kriegsgebieten ein. In Italien liefen die Dinge nach wie vor unglücklich für Frankreich, doch in Flandern hatte der Maréchal de Saxe, der die königliche Armee natürlich nicht verlassen hatte, inzwischen weitere Siege errungen. Nicht nur Jeanne, sondern auch der König hatte ihm wiederholt geschrieben, was ihn ein wenig besänftigt hatte – und er schien nun wild entschlossen, Louis und dem Rest der Welt zu beweisen, wie falsch die Entscheidung gewesen war, nicht ihm, sondern dem Prince de Conti das Oberkommando gegeben zu haben. In einer glorreichen Eroberung hatte er die Stadt Namur eingenommen, sodass die Holländer in ihrer Angst vor dem unaufhaltbaren Sachsen die österreichische Königin Marie Theresia um Hilfe gebeten hatten.

»Unsere Kuriere und Späher haben Truppenbewegungen festgestellt. Charles de Lorraine scheint mit den österreichisch-englischen Truppen die Maas überqueren zu wollen, um den Niederländern zu helfen«, berichtete der Comte d'Argenson.

Louis blickte auf die Karte, die vor ihm ausgebreitet lag. »Wie viele?«

»Schwer zu schätzen, Euer Majestät, aber so langsam, wie sie sich vorwärtsbewegen, dürfen wir von nahezu fünfzigtausend Mann ausgehen.«

»Fünfzigtausend?«

D'Argenson nickte.

»Sie werden den Maréchal vermutlich in Liège angreifen.«

»Es scheint so.«

»Fünfzigtausend Mann? Nun, das zeigt doch nur, wie groß ihre Angst vor dem Comte de Saxe ist, dass sie glauben, eine solche Truppenverstärkung schicken zu müssen, nicht wahr?«, sagte Jeanne, als sie abends beim Souper in ihren Gemächern saßen und das Gespräch um die neuesten Nachrichten aus Flandern kreiste.

»Das schätze ich so an Ihnen, Madame, Sie wissen selbst der schlechtesten Nachricht noch etwas Gutes abzugewinnen«, sagte der König, und seine sorgenvoll verzogene Stirn glättete sich für einen Moment.

»Ich hoffe, dass das keine charmante Art ist, mir Naivität zu unterstellen, Sire?«

Selbst der Comte d'Argenson kam nicht umhin, zu lächeln. Seit ihrem Gespräch setzte Jeanne ihn gelegentlich auf die Gästeliste für die Souperabende des Königs. Sein Verhalten ihr gegenüber war sichtlich wohlwollender und freundlicher geworden. Auch den Prince de Conti hatte Jeanne des Öfteren eingeladen, doch der Cousin des Königs hatte stets andere Verpflichtungen vorgeschützt, um die Einladung abzulehnen, und war erst gekommen, als der König persönlich ihn darum gebeten hatte. Sie konnte damit leben, denn trotz seiner persönlichen Ablehnung schien sich Conti doch mit ihr arrangiert zu haben.

Der Brief lag am Morgen zwischen ihrer Post. Sie starrte voller Entsetzen auf die Zeilen. Es war ein hässlicher Vers, gemeiner als alle anderen, die sie zuvor bekommen hatte.

Die Frucht der Schande,
trägt sie frech und dreist unter ihrem Kleid,
des Königs Bastard, der sie erhöhen soll,
und fragt sich bang das kleine Bürgerweib,
wird's diesmal wohl gelingen?
Doch – verderbte Wurzeln tragen keine Blüten,
sondern verlieren ihre Früchte …

Die Worte trafen sie bis ins Mark. Jeanne spürte, wie sie zu zittern begann. Sie legte die Hände vor ihren Bauch, als wenn sie das Leben, das dort heranwuchs, vor einem bösen

Zauber schützen müsste. Konnten Worte die Kraft haben, die Wirklichkeit zu beschreien? Ein ohnmächtiges Gefühl beschlich sie bei dem Gedanken, dass jemand so über ihre intimsten Angelegenheiten informiert war. Wer konnte von ihrer Schwangerschaft wissen? Wer von ihrer Fehlgeburt? Sie versuchte, sich zur Ruhe zu zwingen und nachzudenken. Sie hatte niemandem erzählt, dass sie ein Kind erwartet! Nur Louis und der Arzt wussten darüber Bescheid. Nein, die Zofen vermutlich auch, schoss es ihr durch den Kopf. Auf einmal dachte sie an das Unbehagen, das sie in letzter Zeit so oft gehabt hatte. Immer wieder hatte sie das Gefühl gehabt, dass jemand ihre Sachen durchstöberte. Aber wer? Einer ihrer Bediensteten? Sie ging in Gedanken die Menschen durch, die für sie arbeiteten. Guillaume, ihr Kammerdiener, war ihr zutiefst ergeben, und die Zofen und Kammerfrauen hatten alle einen guten Leumund und waren über Empfehlungen zu ihr gekommen – was bedeutete, dass sie sich durch absolute Loyalität und Verschwiegenheit auszeichneten. Mit Ausnahme von Sophie – sie hatte sich selbst vorgestellt, erinnerte sich Jeanne. Sie rief sich ihr rundes, gutmütiges Gesicht vor Augen. Nein, sie konnte sich beim besten Willen nicht vorstellen, dass die Kammerfrau dazu in der Lage wäre, die intimsten Geheimnisse von ihr auszuplaudern! Doch selbst wenn eine ihrer Zofen das getan hatte – wem hatte sie diese Dinge erzählt? Wer bestach ihre Dienstboten, um so genau über ihr Leben informiert zu sein und ihr mit solchen Versen Angst zu machen? Jemand, der sie wirklich hasste, so viel war sicher. Jeanne schloss verzweifelt die Augen.

Am schlimmsten war, dass sie mit niemandem darüber sprechen konnte. Nicht einmal der Comtesse d'Estrades konnte sie davon erzählen, denn die Freundin wusste ja nicht, dass sie schwanger war. Louis konnte und wollte sie auf keinen Fall davon berichten, und Pâris de Montmartel und Le Normant de Tournehem gegenüber erschien ihr der Inhalt dieser Zeilen einfach zu intim.

Schließlich vertraute sie sich Abel an, der sie in ihren Gemächern besuchte. Sie zeigte ihm die Zeilen.

Er war schockiert. »Mein Gott, Jeanne. Das ist ja widerlich! Wie kann jemand nur so etwas schreiben?«

Sie zuckte hilflos die Achseln. »Ich weiß es nicht! Immerhin bin ich mir jetzt wenigstens ganz sicher, dass die Briefe vom Hof kommen«, sagte sie bitter. »Aber es ist furchtbar, ich habe das Gefühl, dass ich niemandem mehr trauen kann.«

Abel blickte sie an. Er legte den Arm um ihre Schulter. »Ach Jeanne, schau dir doch Versailles an! Hinter dieser ganzen Fassade der Höflichkeit und vornehmen Kultiviertheit vergehen sie alle vor Neid und Missgunst. Selbst wenn du eine von ihnen wärst, hättest du es vermutlich schwer, aber so ...« Er schüttelte den Kopf. »Ganz gleich, wie freundlich sie sind – sie werden dich nie als eine der Ihren ansehen.«

Er hatte recht, sie wusste es.

»Vielleicht solltest du Monsieur Collin einweihen, um herauszufinden, wer von deinen Dienstboten davon erzählt haben könnte«, schlug Abel vor.

Jeanne nickte. Daran hatte sie auch schon gedacht. Collin, ihr Verwalter, genoss ihr absolutes Vertrauen. Er hatte schon in Étiolles für sie gearbeitet. Er war in der Hauptsache mit ihren finanziellen Angelegenheiten betraut, nahm aber auch die Anstellung ihrer Bediensteten vor. Sie beschloss, ihm von ihrem Verdacht zu berichten, dass sie unter den Indiskretionen einer ihrer Dienstboten litt. Er sollte heimlich ein Auge auf sie werfen.

Der Saal, dessen Wände aus unverputztem Mauerwerk bestanden, war leer. Nur eine einzelne Bank, auf der der Comte seinen Rock abgelegt hatte, stand am hinteren Ende. Maurepas begab sich in die Mitte des Saals, wo Frémont mit der Waffe in der Hand bereits auf ihn wartete. Der Comte nickte, dann zog er seinen Degen und griff mit zwei Ausfallschritten an. Sein Gegner wich geschickt zurück. Die Waffen schlugen laut klirrend gegeneinander. Die beiden Männer bewegten sich in rasanter Geschwindigkeit fechtend durch den Saal, wichen einander aus, griffen an und kreuzten gekonnt die Klingen. Minutenlang ging das so, bis die beiden schließlich schwer atmend zum Stehen kamen.

»Alle Achtung, Monsieur le Comte«, sagte Monsieur Frémont, der Fechtlehrer, mit einer Verbeugung. »Sie bräuchten wahrlich kein Duell zu fürchten.«

»Nur mit Ihnen«, erwiderte der Comte und sah auf seinen Hemdsärmel, den Frémonts scharfe Degenspitze gekonnt aufgeschlitzt hatte.

Frémont neigte bescheiden den Kopf. Zweimal in der Woche nahm Maurepas in seinem Versailler Palais bei seinem alten Fechtmeister Unterricht, um nicht aus der Übung zu kommen. Das Alter forderte seinen Tribut – schließlich war der Minister bereits neunundvierzig Jahre alt. Doch in der Kunst des Fechtens konnte er es mit den meisten Jüngeren aufnehmen. Viele Höflinge waren zudem kaum noch in der Lage, den Degen zu führen, was einem Verfall der Sitten gleichkam, wie Maurepas fand. Zwar waren Duelle verboten, doch ein wahrer Edelmann musste dennoch jederzeit bereit sein, für seine Ehre zu kämpfen!

Er nahm das Tuch, das auf der Bank am Rand des Saals lag, und tupfte sich den Schweiß von der Stirn. Ungeachtet der Komplimente Frémonts hatte er schon besser gekämpft, doch trotz seines aufgerissenen Hemdsärmels war er glänzender Laune. Er dachte an gestern Abend. Mit Befriedigung hatte er auf dem Ball die Anspannung der Marquise registriert. Sie hatte gelächelt und scheinbar heiter mit den Höflingen geplaudert, doch er hatte deutlich die Anzeichen ihrer unterschwelligen Nervosität bemerkt. Unruhig spielten ihre Finger mit dem Fächer, den sie ständig aufschlug und sogleich wieder schloss, während ihr Blick ruhelos durch den Saal geschweift war. Ja, es war Maurepas fast so vorgekommen, als wenn sie Angst hätte. Er hatte sie beobachtet, wie sie sich mit dem Abbé de Bernis und dem Comte de Coigny unterhielt. Mit der gleichen Kälte, mit der der Comte die hektischen Sprünge eines Wilds belauerte, bevor er es bei der Jagd erlegte, hatte er ihre Gesten und ihre Mimik studiert. Ohne Frage – das kleine Schreiben hatte sie aus der Fassung gebracht. Er lächelte bei dem Gedanken und warf das Tuch zur Seite, um nach seinem Rock zu greifen. Die Briefe würden sie auf Dauer zermürben. Bürgerlich wie sie war, ließ sie sich völlig von ihren Gefühlen beherrschen.

Für den Bruchteil einer Sekunde sah er wieder das unliebsame Bild vor sich, wie der König auf sie zugekommen war und zärtlich die Hand an ihre Taille gelegt hatte. Gebe Gott, dass dieser Bastard nie das Licht der Welt erblickt, dachte er.

38

Aus morgendlichen Nebelschwaden erhoben sich die Umrisse der hellen Sandsteinfassade von Fontainebleau mit seinen schwarzen Schieferdächern. Selbst zu dieser Stunde bestach das zwischen üppigen Wäldern eingebettete Schloss durch seine Schönheit und stille Eleganz.

Der Marquis de Valfons nahm sich an diesem Oktobermorgen des Jahres 1746 indessen keine Zeit, die Pracht dieses morgendlichen Anblicks zu genießen, sondern gab seinem Pferd ein letztes Mal die Sporen und ritt im gestreckten Galopp den Hügel hinab auf das Tor zu. Sein Mantel und seine Stiefel starrten vor Staub und Dreck. Seit zwei Tagen war er unterwegs. Nachts hatte er sich nur wenige Stunden Rast gegönnt – gerade genug, um vor Müdigkeit nicht vom Pferd zu fallen. Seine Muskeln und Knochen waren steif und schmerzten. Doch bei dem Gedanken, dem König die Nachricht des Maréchal de Saxe aus Flandern zu überbringen, verflog seine Müdigkeit, denn er war dankbar und stolz über die Ehre, die ihm durch diese Aufgabe zuteilwurde.

Er sah zufrieden, dass über den matt glänzenden Dächern gerade erst die Sonne aufging, das hieß, dass er rechtzeitig zum *Lever* des Königs da sein würde.

Der Hufschlag seines Pferdes hallte laut auf den Pflastersteinen wider, als er die lange, von Zierbäumen gesäumte Schlossallee passiert hatte und in den Hof einritt.

Wenig später hatte er abgesessen und eilte die Treppe hoch ins Schloss. Sein erster Gang galt dem Minister für Kriegsangelegenheiten, dem Comte d'Argenson, mit dem er sich zusammen auf den Weg zu Seiner Majestät machte.

»Euer Majestät, der Comte d'Argenson und der Marquis de Valfons«, vermeldete der Zeremonienmeister.

Der Marquis betrat mit großen Schritten das Schlafgemach, in dem sich neben dem König, einigen Lakaien und Pagen gut ein Dutzend Höflinge befanden.

Louis nickte ihm zu.

De Valfons' müdes, unrasiertes Gesicht und sein staubbedeckter Mantel hoben sich in einem rauen Kontrast von der vom Puder und Parfümduft erfüllten Umgebung des prunkvollen Schlafgemachs ab. Er fiel vor dem König auf die Knie.

»Euer Majestät. Ich bringe Kunde vom Maréchal de Saxe.«

Er fühlte den erwartungsvollen Blick von Louis auf sich ruhen und straffte seine Schultern. Seine Augen leuchteten, als er den König ansah. »Es ist mir eine Ehre, Euer Majestät mitzuteilen, dass die österreichisch-englischen Truppen am elften Oktober glorreich bei Rocoux geschlagen wurden.«

Ein Strahlen breitete sich auf Louis' Gesicht aus, und ein beifälliges Raunen ging durch den Raum.

»Erheben Sie sich, Marquis. Welch freudige Nachricht«, sagte er. Seit Tagen schon wartete man in Fontainebleau auf Nachrichten aus Flandern.

Louis gab dem Lakaien ein Zeichen, dass man dem Marquis einen Schemel bringen solle, und ließ sich von Valfons in allen Einzelheiten von der Schlacht berichten.

Nachdem Charles de Lorraine die Maas überquert hatte, hätte sich die französische Infanterie mit seinen Truppen bei Rocoux ein langes schweres Gefecht geliefert, berichtete der Marquis. Der Maréchal de Saxe hätte die feindlichen Soldaten an drei verschiedenen Orten gleichzeitig angreifen müssen, und erst bei Anbruch der Nacht war die Schlacht schließlich dank seiner klugen Strategie zugunsten der Franzosen entschieden worden. Die Bilanz dieses Gefechts ließ sich sehen – fünftausend Tote unter den österreichisch-englischen Truppen, weitere dreitausend Gefangene und etliche Kanonen, Munitionsfässer und andere Waffen, die man hatte in Besitz nehmen können, zählte Valfons stolz auf.

Louis nickte nachdenklich. »Wie hoch belaufen sich die Verluste unter unseren eigenen Männern?«

»Eintausendfünfhundert Tote und ungefähr eintausenddreihundert Verletzte, Euer Majestät.«

Louis war zufrieden. Der Maréchal de Saxe hatte die französische Armee wieder einmal zu einem ruhmreichen Sieg geführt.

Die Nachricht von der so erfolgreich geschlagenen Schlacht verbreitete sich in Windeseile. Auch Jeanne empfing Valfons, kurz nachdem dieser der Königin seine Aufwartung gemacht hatte.

Sie hatte leider bereits einen unerfreulichen Vormittag hinter sich, denn ihr war am Morgen zugetragen worden, dass sich Maurepas bei einem Souper, das er veranstaltet hatte, wieder einmal auf ihre Kosten mit seinen unverschämten Anekdoten und Bonmots über sie lustig gemacht hatte. Das eine Mal mokierte er sich über ihr Lachen, dann wieder über ihre Herkunft oder ihre unhöfische Sprache. Es war unerträglich mit ihm. Doch sie ließ sich nichts von ihrem Ärger anmerken, als sie jetzt in ihrem Boudoir mit ausgestreckten Händen auf Valfons zugeeilt kam. Jeder Sieg freute sie, doch die Erfolge des Maréchal de Saxe noch ein wenig mehr als alle anderen.

»O Marquis, was für eine großartige Neuigkeit.«

»Marquise.« Er neigte den Kopf und überreichte ihr mit einer Verbeugung einen versiegelten Brief. »Der Maréchal de Saxe lässt Ihnen seine alleruntertänigsten Grüße ausrichten.«

»Untertänig?« Sie lachte hell auf, als sie das Schreiben entgegennahm. »Das scheint mir so gar nicht zur Persönlichkeit des Maréchals zu passen. Es geht ihm gut, hoffe ich?«

»Nun ja, den Umständen entsprechend. Wie Sie wissen, macht ihm seine Gesundheit etwas zu schaffen.«

Jeanne nickte. Der Comte de Saxe war den sinnlichen Genüssen schon immer zugeneigt gewesen. Das ausschweifende Leben hatte seine Spuren hinterlassen. Er litt an Wassersucht infolge einer Unterfunktion der Nieren, sodass seine Beine ständig geschwollen waren und schmerzten. Aus Sorge um ihn ließ der König ihn von seinen besten Ärzten behandeln, die den Comte de Saxe regelmäßig punktierten, um ihm das Wasser zu entziehen.

»Nun, der Maréchal ist ein zu großer Geist, als dass er für seine Gesundheit auf den Ruhm und die Ehre verzichten würde. Hoffen wir, dass die Winterpause ihm etwas Ruhe und Erholung gönnen wird«, sagte Jeanne mit einem Lächeln und ließ sich in ihrer gelben Robe auf dem Seidensofa nieder. Sie deutete auf den Sessel neben sich. »Setzen Sie sich, Marquis!«

Sie sah den unsicheren Ausdruck, der für einen kurzen Augenblick auf seinem Gesicht erschien, und konnte seine Gedanken leicht erraten. Wie so viele, wusste er nicht, wie er sich ihr gegenüber verhalten sollte. Als Mätresse des Königs konnte sie wichtig für seine Karriere sein, anderseits war sie vielen einflussreichen Höflingen ein Dorn im Auge.

Jeanne schenkte dem Marquis Tee ein und reichte ihm die Tasse. »Sie sind sicher sehr erschöpft, nachdem Sie Tag und Nacht unterwegs waren, um so schnell aus Flandern hierherzukommen, nicht wahr?«, sagte sie sanft.

»Oh, die Freude und Ehre, die Botschaft eines Sieges zu überbringen, wiegt meine Erschöpfung um ein Vielfaches auf«, erklärte Valfons, und in seiner Stimme schwang Stolz. Er trank dankbar einen Schluck von dem heißen Tee.

»Sie müssen mir ganz genau erzählen, wie sich alles bei Rocoux zugetragen hat. Waren Sie bei der Schlacht die ganze Zeit an der Seite des Maréchals?«

»Die meiste Zeit, wenn wir nicht zwischen den Kompanien hin und her geritten sind.« Er stellte verlegen die Tasse ab. »Marquise, ich möchte Sie nicht mit den Details langweilen!«

»Aber nein, es interessiert mich wirklich. Erzählen Sie, wie hat es angefangen?«, fragte sie ungeduldig.

»Nun, Charles de Lorraine hatte uns zum Handeln gezwungen«, begann er und erstattete ihr dann, nur unterbrochen von ihren interessierten Fragen und Ausrufen, in allen Einzelheiten Bericht. Sie spürte, dass ihn ihre Anteilnahme und ihr Interesse erstaunte, gleichzeitig aber auch schmeichelte. Ein feuriger Ausdruck trat während der Erzählung in sein Gesicht. Das Eis zwischen ihnen war gebrochen.

Fast eine Stunde war vergangen, als Jeanne schließlich bedauernd zu der Pendeluhr auf dem Kaminsims blickte. Sie erhob sich von dem Sofa. »Marquis, es tut mir leid, unsere anregende Unterhaltung unterbrechen zu müssen, aber der König erwartet mich. Vielleicht dürfte ich Sie heute Abend zum Souper begrüßen?«

»Es wäre mir eine Ehre, Marquise.« Valfons war eilig aufgestanden und verbeugte sich erfreut.

Der goldene Wandleuchter im Schlafgemach hing ein wenig hoch. Selbst auf Zehenspitzen kam Valérie kaum an ihn heran. Sie versuchte sich ein Stück weiter nach oben zu strecken, doch obwohl sie die Schraube gelöst hatte, gelang es ihr nicht, den heruntergebrannten Wachsstumpf aus der Vertiefung seiner Halterung zu lösen.

»Lass mich mal«, sagte Guillaume. Er war hinter ihr in den Raum getreten.

»Danke.« Sie schenkte ihm ein strahlendes Lächeln und reichte ihm die neue Kerze.

Ohne Probleme löste er den alten Wachsstumpf und wechselte das Licht aus. »Das ist doch gar nicht deine Aufgabe«, sagte er dann kopfschüttelnd, als er sich wieder zu ihr umwandte.

»Ich weiß, aber ich sehe am Abend immer noch einmal nach, ob im Schlafgemach von Madame alles in Ordnung ist«, gab Valérie zurück. Ihr Verhältnis zu Guillaume hatte sich merklich verbessert, seitdem sie sich bemühte, ihn freundlich und nett zu behandeln, und manchmal sogar um Rat fragte. Sie war zu dem Schluss gekommen, dass es einfacher für sie war, wenn er sie mochte. Sie konnte sein Misstrauen nicht gebrauchen. Im Grunde war er ein anständiger Kerl, doch in ihrer Situation war das egal. Sie durfte niemanden zu nahe an sich herankommen lassen.

»Die Marquise ist sehr zufrieden mit deiner Arbeit«, sagte Guillaume unvermittelt. »Sie mag dich.«

»Wirklich?« Sie versuchte, einen erfreuten Gesichtsausdruck aufzusetzen. Ein leises Schuldgefühl beschlich sie. Sie war eine Betrügerin. Nein, schlimmer noch, dachte sie, eine Verräterin, die ihre Herrin ausspionierte. Sie versuchte, das Bild ihres Vaters heraufzubeschwören. Sie tat es für ihn, rechtfertigte sie sich.

Guillaume, der ihre verhaltene Reaktion für falsche Bescheidenheit hielt, lächelte. »Ja, wirklich, Valérie. Ich habe es selbst gehört, wie Madame es zu der Comtesse gesagt hat.«

»Danke, es ist nett von dir, dass du mir das erzählst«, sagte sie, denn die anderen Zofen behandelten sie selten freundlich.

Sie hatten das Schlafgemach wieder verlassen. »Ich muss morgen etwas auf dem Markt einkaufen. Soll ich noch andere Besorgungen machen?«

Er nickte erfreut. Normalerweise war es seine Aufgabe, die Dinge für den täglichen Bedarf einzukaufen, doch er war dankbar, wenn sie ihm die Arbeit abnahm, was sie gern tat. »Du kannst Garn für die Spitzen, Zündhölzer und Lavendelwasser mitbringen.«

Valérie nickte, während sie durch den Gang gingen.

»Weißt du, was ich neulich noch gehört habe?« Guillaume senkte seine Stimme.

»Nein, was denn?«

»Jemand unter den Dienstboten soll Madame ausspionieren«, verkündete Guillaume.

Valérie wurde blass. »Nein!«

Der Lakai nickte. »Doch, Madame hat es Monsieur Collin

erzählt. Sie hat das Gefühl, dass ihre Sachen und Briefe durchstöbert worden sind.«

»Mein Gott, wirklich?« Valérie versuchte, einen empörten Gesichtsausdruck zu heucheln. Ihr war plötzlich heiß. »Wer sollte denn so etwas tun?«

»Keine Ahnung, aber sie werden es hoffentlich herausfinden«, sagte Guillaume. »Und ich werde ganz bestimmt auch meine Augen und Ohren offen halten. Du solltest das auch tun!«

Valérie nickte matt. »Natürlich, das werde ich.«

Als sie am nächsten Tag den Comte de Maurepas aufsuchte, berichtete sie dem Minister von dem Verdacht der Marquise. Sie hatte Angst.

»Was soll ich jetzt machen?«

Er musterte sie kühl. »Nun, ganz einfach, sorg dafür, dass der Verdacht nicht auf *dich* fällt!«

Valérie sah ihn entgeistert an, als sie verstand, was er meinte. Einen Moment fragte sie sich, ob der Comte überhaupt zu irgendeiner menschlichen Regung fähig war.

39

Mit dem hereinbrechenden Winter begannen sich die Truppen in ihre Quartiere zurückzuziehen. Täglich strömten die heimkehrenden Soldaten nach Paris und Versailles zurück und mit ihnen kam auch ihr großer Held – der Maréchal de Saxe. In allen Ehren wurde er in Fontainebleau vom König empfangen. Er soupierte am Abend in den königlichen Privatgemächern und wurde am Morgen von Louis zu einer Unterredung in sein Kabinett gebeten, allein. Eine Ehre, die nur sehr wenigen Menschen zuteilwurde. Eifersüchtig lauschten die Höflinge über eine Stunde, wie die Stimmen der beiden Männer – der sonore Bass des Maréchals und das Lachen des Königs – durch die Tür des Kabinetts drangen.

Am Nachmittag machte der Feldherr der Marquise seine Aufwartung, und Jeanne spazierte mit ihm durch den Park von Fontainebleau. Sie freute sich über die Ablenkung, denn sie hatte heute Mittag voller Entsetzen entdeckt, dass zwei Briefe, die der König ihr geschrieben hatte, aus ihrem Sekretär verschwunden waren. Sie hatte sofort Monsieur Collin darüber informiert. Seitdem sie das anonyme Schreiben mit dem entsetzlichen Spottvers bekommen hatte, war sie angespannt und nervös. Das Gefühl, dass jemand über die intimsten Dinge ihres Lebens Bescheid wusste, zermürbte sie. Sie frage sich unentwegt, wer dahinterstecken könnte.

Doch Jeanne schüttelte die Gedanken an den Vorfall ab und wandte sich zum Maréchal. »Ich bin Ihnen dankbar, dass Sie mir eine Stunde Ihrer kostbaren Zeit schenken«, sagte sie.

Ein Page, der ihre Hunde an der Leine führte, und ihre Kammerfrau Sophie folgten ihnen in einigem Abstand. Neben der kräftigen, hünenhaften Gestalt von Saxe, wirkte Jeanne verletzlich und klein. Das Gesicht des Deutschen war von der Krankheit aufgedunsen, doch seine stahlblauen Augen leuchteten noch immer mit der gleichen Kraft wie früher.

Ein Lächeln war bei ihren Worten auf sein Gesicht getreten, und als er sie ansah, verstand Jeanne auf einmal, warum der Maréchal auf die Frauen noch immer eine so unwiderstehliche Anziehungskraft ausübte.

»Im Gegensatz zu vielen anderen hier ist es mir bei Ihnen immer ein besonderes Vergnügen, Sie zu sehen, Marquise«, sagte er mit einer leichten Verbeugung. Die Gunstbeweise des Königs hatten ihn etwas versöhnt, doch Jeanne spürte, dass er im tiefsten Inneren noch immer nicht verwunden hatte, dass man bei der Vergabe des Oberkommandos den Prince de Conti vorgezogen hatte.

Sie schaute ihn ernst aus ihren klaren grauen Augen an. »Frankreich braucht Männer wie Sie, Maréchal.«

Er hatte seine Hände in den Taschen seines grob gewebten Tuchrocks vergraben, der mit Zobelpelz besetzt war, und zog skeptisch die Augenbrauen hoch. »Das vermag ich nur schwer zu glauben, Madame! Wie Sie wissen, diene ich Seiner Majestät mit Leib und Leben – zu seiner gänzlichen Zufriedenheit übrigens, wie mir der König selbst versicherte. Allerdings scheint das keine Rolle zu spielen, denn andere genießen an diesem Hof dennoch eine weitaus größere Wertschätzung als ich«, stieß er hervor.

Jeanne schmunzelte. Mit seinem ungezügelten Temperament konnte Saxe nur schwer seine wahren Gefühle verbergen. Sie mochte diese Ehrlichkeit. Ihm bedeuteten Rang und Namen nicht viel. Jeanne erinnerte sich daran, was ihr Pâris-Duverney von de Saxe erzählt hatte. Am Hof und in der Gesellschaft von Paris wusste der Maréchal zwar die Form zu wahren, doch im Feld machte er keine Unterschiede, ob er nun einen einfachen Soldaten oder einen blaublütigen Offizier vor sich hatte. Seine Truppen liebten ihn dafür nur umso mehr, doch für die adligen Herren, die sich dadurch von ihm in ihrer Standesehre verletzt fühlten, war er ein rotes Tuch.

Sie blieben an einem Brunnen stehen, dessen Mitte eine von Jagdhunden umringte Dianaskulptur schmückte. »Lieber Maréchal, glauben Sie mir, niemand bedauert mehr als ich, dass nicht Sie das Oberkommando bekommen haben. Doch der Hof mit seinen Intrigen und eitlen Höflingen hat leider seine eigenen Gesetze.«

Er schwieg. Seine zusammengepressten Lippen zeigten Jeanne deutlich, dass er ihr nicht glaubte.

Sie waren ein Stück weitergelaufen, als sie sich mit einem Lächeln erneut zu ihm wandte. »Vielleicht wird es Sie versöhnen, wenn ich Ihnen unter dem Siegel der Verschwiegenheit mitteile, dass der König eine neue Gattin für den Dauphin ausgewählt hat!«

Der Comte sah sie erstaunt an, bevor sie fortfuhr: »Es soll Ihre Nichte Marie-Josèphe de Saxe werden. Nun, gibt es eine größere Auszeichnung als die, dass der König sein Blut mit dem Ihrer Familie verbinden will?«

Der Maréchal war ungläubig stehen geblieben. »Madame, das ist in der Tat eine große Ehre!«

Jeanne lächelte noch immer und beugte sich zu ihm. »Und ebenso streng vertraulich, lieber Maréchal, wurde mir auch zugetragen, dass Sie gute Aussichten haben, im nächsten Jahr Generalfeldmarschall der französischen Armeen zu werden.«

Der Comte de Saxe wurde blass. »Marquise, ich weiß nicht, wie ich Ihnen dafür danken soll …«

Jeanne war froh, ihn endlich versöhnt zu wissen, und hakte sich bei ihm unter. »Danken Sie nicht mir, sondern dem König, dessen Wunsch es schon seit Langem war, Sie für Ihre Verdienste auszuzeichnen. Er wird nichts anderes von Ihnen verlangen, als dass Sie bei guter Gesundheit bleiben, damit Sie ihm noch lange Jahre erhalten bleiben.«

Saxe verbeugte sich. »Richten Sie Seiner Majestät meinen tiefsten und ergebensten Dank aus. Ich verbürge mich dafür, dass meine Nichte sich als würdige Gemahlin des Thronfolgers erweisen wird und ich selbst alles in meiner Macht Stehende tun werde, um den Ruhm des Königs im Feld weiter zu vermehren.«

»Seine Majestät wird erfreut sein, das zu hören«, erwiderte Jeanne. Ihr fiel auf, wie belebt es im Park geworden war. Der milde Sonnenschein hatte nicht nur sie und den Maréchal nach draußen gelockt. Sie neigte grüßend den Kopf zu einer Gruppe von Adligen und einigen Hofdamen, bei denen auch d'Argenson, Richelieu und Maurepas standen.

Die Herren lüfteten höflich ihren Dreispitz.

Maurepas beobachtete, wie sich die Marquise und der Maréchal auf der anderen Seite des Brunnens langsam aus ihrem Sichtfeld entfernten. »Nun, es war weiß Gott auch nur eine Frage der Zeit, bis diese beiden zueinanderfinden ...«, sagte er in spöttischem Ton. »Des Königs Schwert und seine Scheide.«

Die Höflinge brachen in helles Gelächter aus.

Die Princesse de Rohan schlug dem Comte mit gespielter Strenge ihren Fächer auf den Arm.

Selbst Richelieu neigte anerkennend den Kopf. »Bei Gott, Monsieur de Maurepas, Sie sind wirklich unbezahlbar.«

Der Ausspruch des Ministers machte am Hof die Runde. Als die Comtesse d'Estrades davon hörte, konnte sie nicht umhin, auch Jeanne darüber Bericht zu erstatten.

»Er hat was gesagt?«

»Des Königs Schwert und seine Scheide.«

Jeanne fuhr so abrupt herum, dass der Zofe, die ihr Haar frisierte, die Bürste aus der Hand fiel. Jeanne war aschfahl geworden.

Die Comtesse d'Estrades sah sie erschrocken an. »Oh, meine Liebe, ich hätte es Ihnen lieber nicht erzählen sollen. Wie konnte ich nur.«

»Aber nein …«, erwiderte Jeanne, doch ihr Puls raste. »Im Gegenteil, ich bin Ihnen dankbar dafür, so sind die Fronten zwischen mir und dem Comte wenigstens endgültig geklärt.«

Sie gab sich Mühe, sich wieder zu fangen, doch es gelang ihr nicht. Sie war Maurepas' ständige Unverschämtheiten leid. Sie konnte sie einfach nicht mehr länger hinnehmen. Jeanne beschloss, ihn zur Rede zu stellen.

Als der Minister ihr am Nachmittag in einem der weitläufigen Flure von Fontainebleau unverhofft mit seinem Sekretär über den Weg lief, ließ sie ihre Sänfte anhalten und ging auf ihn zu.

»Verzeihen Sie, Monsieur de Maurepas, aber wir haben zu reden.«

Er musterte sie abschätzig. »Ich wüsste nicht, worüber …«

»Ich kläre Sie gern auf, Monsieur! Ich hätte nicht gedacht, dass Sie es als ältester Minister Seiner Majestät nötig haben, sich mit Ihren ständigen Taktlosigkeiten über mich lustig zu machen, doch leider bin ich eines Besseren belehrt worden, denn mir ist Ihr geschmackloser Witz über mich und den Maréchal de Saxe zu Ohren gekommen.«

Seine wässrigen blauen Augen zeigten keine Regung. »Ich konnte nicht ahnen, dass die Wahrheit Sie so zu verletzen mag, Madame.«

Er wollte weitergehen, doch sie stellte sich ihm in den Weg.

»Monsieur, ich bin am Ende meiner Geduld.« Ihr Stimme war schneidend scharf. »Ich rate Ihnen in Ihrem eigenen Interesse, sich mit mir als Mätresse des Königs abzufinden, denn ich bin nicht gewillt, Ihre Beleidigungen länger hinzunehmen.«

Er lächelte herablassend. »Madame, es obliegt allein Ihnen, wenn Sie diese dann als solche verstehen wollen …«

Ihr Mund war schmal geworden. »Täuschen Sie sich nicht, Comte! Ich werde mich nicht scheuen, den König über Ihr Verhalten zu unterrichten.«

Er lachte. »Sie wollen mir drohen?« Er beugte sich zu ihr vor. »Madame, überschätzen Sie sich nicht. Meine Familie dient dem König schon seit Generationen. Glauben Sie mir, ich werde noch Minister sein, wenn man sich in diesem Land nicht einmal mehr an Ihren Namen erinnert.«

Er nickte knapp und ging einfach weiter.

Außer sich vor Zorn sah Jeanne ihm hinterher. Er war zu weit gegangen. Dieses Mal würde sie die Angelegenheit nicht auf sich beruhen lassen. Sie würde mit dem König sprechen und ihm von dem geschmacklosen Scherz seines Ministers berichten. Er musste Maurepas in seine Schranken verweisen.

Louis blickte sie ungläubig an, als sie ihm von dem derben Witz erzählte. »Er hat Sie und den Maréchal als was bezeichnet?«

»Als … des Königs Schwert und seine Scheide.«

Sie sah ihn an. Doch zu ihrer Überraschung zeigte Louis nicht das geringste Anzeichen von Verärgerung. Im Gegenteil. Einen Augenblick traute sie ihren Augen nicht, als sich seine Mundwinkel tatsächlich in der Andeutung eines Schmunzelns hoben und er schließlich sogar wagte zu lachen. Jeanne starrte ihn fassungslos an.

»Nehmen Sie es dem Comte nicht übel, für ein gutes Bonmot würde er sogar seine eigene Mutter opfern«, sagte der König schließlich.

»Verzeiht, dass ich Eure Meinung in diesem Fall nicht teile«, sagte Jeanne kühl.

Louis sah, wie gekränkt sie war. »Sie möchten, dass ich mit ihm spreche?«

Sie hielt dem fragenden Blick seiner Augen eisern stand. »Ich hatte gehofft, dass Ihr genau dies für angebracht hieltet, Sire.«

Doch Louis schüttelte mit einem Lächeln den Kopf. »Nein, glauben Sie mir, man kann Monsieur de Maurepas nicht so einfach zur Räson rufen. Seine Spottlust gehört nun einmal zu ihm, auch wenn er manchmal eine Grenze überschreitet –

und unter uns, ich schätze ihn dafür. Der Comte schafft es wie kein anderer, mich zu amüsieren. Die Ehrlichkeit seines Sarkasmus ist mir allemal lieber als die unterwürfige Falschheit von vielen anderen hier am Hof.«

Sie schwieg betroffen. Eigentlich hatte sie ihm auch von ihrem Streit mit dem Minister berichten wollen, doch das wagte sie nun nicht mehr.

Louis, der zu ahnen schien, was in ihr vorging, legte den Arm um sie und küsste sie liebevoll. »Sie sollten den Comte nicht so ernst nehmen.«

Sie sah ihn an. Trotz seiner Umarmung lag ein bestimmender Ausdruck in seinem Gesicht. Sie kannte ihn gut genug, um zu wissen, dass es keinen Sinn gehabt hätte, ihm weiter Widerrede zu geben. Sie hätte sich höchstens noch seinen Unmut damit zugezogen.

Doch es fiel Jeanne schwer. Es war das erste Mal, dass Louis ihr etwas abgeschlagen hatte – und das ausgerechnet für den Comte de Maurepas. Ihr Instinkt sagte ihr, dass der Minister ein größerer Feind für sie war als jeder andere Höfling.

Sie rief sich die Vielzahl ihrer Begegnungen mit ihm vor Augen, seitdem sie in den Wäldern von Sénart das erste Mal aufeinandergetroffen waren. Im Gegensatz zu allen anderen Höflingen war er gänzlich unempfänglich für ihre Reize. Auch Richelieu, Conti oder die Brüder d'Argenson begegneten ihr zwar mit Arroganz, aber in ihren Augen blitzte dennoch stets ein Funke männlicher Anerkennung für sie auf. Sie konnten nicht verleugnen, dass Jeanne eine begehrenswerte Frau war. Im Blick von Maurepas hingegen hatte Jeanne nie etwas anderes als eisige Kälte gesehen. Er schien sie wirklich zu hassen.

Sie dachte an die Gerüchte, die sie über ihn gehört hatte – daran, dass er die Duchesse de Châteauroux damals, als sie seine Verbannung fast erwirkt hatte, vergiftet haben sollte. Ein Frösteln überlief sie. Wie gefährlich war der Comte tatsächlich?

Am nächsten Tag fuhr Jeanne nach Paris. Sie wollte Pâris de Montmartel einen Besuch abstatten. Sein Bruder Pâris-Duverney weilte während der Winterpause des Krieges ebenfalls in der Stadt, und sie hatte den Armeelieferanten, der nur ungern an den Hof kam, schon lange nicht mehr gesehen.

»Die bezaubernde Marquise.« Pâris-Duverneys dröhnende Stimme, die wie kaum eine andere geeignet war, sich im Feld über weite Entfernungen Gehör zu verschaffen, ließ wie früher das Glas der Lüster erzittern. Er war in jeder Hinsicht das genaue Gegenteil von seinem eleganten Bruder Pâris de Montmartel. Doch gerade in ihrer Unterschiedlichkeit ergänzten sich die beiden so vortrefflich. Im letzten Jahr war ihr Bruder Claude Pâris verstorben, und seitdem führten sie die Geschicke des brüderlichen Unternehmens nur noch zu zweit, denn Antoine, der Erstgeborene, war bereits vor einigen Jahren von ihnen gegangen.

Pâris-Duverney strahlte über das ganze Gesicht und küsste ihr die Hand. »Welch eine Freude, Sie zu sehen, Marquise«

In seiner Gegenwart kam sie sich wieder wie ein kleines Mädchen vor. »Nun, Monsieur Pâris-Duverney, da Sie nicht nach Rom kommen, muss Rom eben zu Ihnen kommen«, sagte sie mit einem Lächeln, während sie Platz nahmen.

Der Armeelieferant ließ sich gut gelaunt neben seinen Bruder in einen Sessel fallen. »Der Maréchal ist entzückt von den Ehrungen des Königs«, berichtete er, während er die Beine übereinanderschlug. Er zwinkerte vergnügt. »Und auch von Ihnen. Er bedauert zutiefst, nicht zwanzig Jahre jünger und einige Titel reicher zu sein.«

Jeanne lachte. »Was Monsieur de Saxe nicht daran hindert, auch heute noch ein gefährlicher Charmeur zu sein.«

Der Armeelieferant grinste. »Wohl wahr, wohl wahr.«

Pâris de Montmartel nickte. »Dabei würde das Liebesleben, das er trotz seiner Wassersucht pflegt, selbst einen Jüngling ermüden.«

Sie unterhielten sich zu dritt noch ein wenig über den letzten Feldzug, die Schwierigkeiten der Armeeversorgung und den Sieg von Rocoux, bevor sich Pâris-Duverney schließlich verabschiedete, nicht ohne ihr vorher hoch und heilig zu versprechen, bald einmal nach Versailles zu kommen. Als er gegangen war, war es für einen Moment still in dem Raum.

Pâris de Montmartel ergriff schließlich das Wort. »Ich nehme an, dass es nicht nur der Wunsch war, meinen Bruder zu sehen, der sie hierher führt, Marquise.«

»Das stimmt. Ich hoffe, dass Sie mir mit einigen Informationen weiterhelfen können.«

»Informationen über eine Person?«

»Ja. Über den Comte de Maurepas.«

»Den Minister?« Der Hofbankier dachte kurz nach. »Nun, er kommt aus einer Familie, die seit mehreren Generationen dem König dient. Sein Vater fiel zwar in Ungnade, doch sein Großvater war bereits Kanzler des Königs ...«

»Nein, das meinte ich nicht«, unterbrach ihn Jeanne. Die Einzelheiten von Maurepas' Familiengeschichte waren ihr selbst bestens vertraut. Sie strich das Leder ihrer Handschuhe glatt und musterte die bestickten Aufschläge, bevor sie Pâris de Montmartel wieder ansah. »Mich interessiert, was er für ein Mensch ist – sein Charakter, sein Privatleben.«

Der Hofbankier sah sie neugierig an. »Darf ich fragen, weshalb?«

»Man muss seine Feinde kennen, wenn man sie bekämpfen will, nicht wahr?« Ihr ernster Gesichtsausdruck strafte die Leichtigkeit ihres Tonfalls Lügen.

»Vermuten Sie, dass er der Verfasser der anonymen Briefe ist?«

Sie zuckte die Achseln. »Ich kann es leider nicht beweisen.«

Pâris de Montmartel sah sie einen Moment schweigend an, dann erhob er sich aus seinem grünen Samtsessel. »Kommen Sie, ich würde Ihnen gern etwas zeigen.«

Sie folgte ihm, und er führte sie in ein kleines fensterloses Gemach, das an sein Arbeitskabinett angrenzte. An der Stirnseite des Raumes hing ein großes Gemälde – ein Porträt, das – wie jenes in seinem Kabinett – ihn und seine drei Brüder zeigte. Er trat zu dem Gemälde und betätigte einen in der Wand versteckten Mechanismus. Ein leises Quietschen ertönte, und das Bild glitt zur Seite.

Eine Reihe kleinerer ovaler Porträts wurde dahinter sichtbar. Verblüfft sah sie, dass es sich dabei um die Bilder der königlichen Minister und anderer einflussreicher Höflinge handelte. Sie sah ihren Patenonkel an.

»Ich stimme Ihnen zu. Man muss seine Feinde und Gegner kennen, um sie zu bekämpfen«, sagte Pâris de Montmartel. »Und ich halte es außerdem für wichtig, ihr Bild jederzeit vor Augen haben zu können.« Der Hofbankier wandte sich nach rechts zu einem Porträt, das Maurepas zeigte.

Jeanne trat an das Bild heran. Hochmütig blickte das androgyne Gesicht des Ministers auf sie herab.

»Jean-Frédéric Phélypeaux, Comte de Maurepas«, hörte sie hinter sich die sonore Stimme von Pâris de Montmartel. »Betrachten Sie ihn genau! Sie fragen, was für ein Mann er ist? Ehrgeizig, intelligent, scharfzüngig und bereit, unermüdlich zu agieren, um die Anerkennung des Königs zu erlangen. Mehr noch als Richelieu und d'Argenson träumt er davon, Premierminister zu werden, und seine Bereitschaft, dem König bedingungslos zu dienen, ist größer als die jedes anderen Ministers oder Staatssekretärs. Und ohne Zweifel ist er ein hervorragender Minister.«

Genau das war das Problem, dachte Jeanne – sein Talent und sein Geschick standen außer Frage, ein Grund mehr, warum der König an ihm hing. Sie seufzte. »Ich weiß.« Sie betrachtete das Bild, das stolze, ironische Lächeln, das auf den schmalen roten Lippen lag, die kühlen blauen Augen, die feine, scharf geschnittene Nase, die seltsame Geschlechtslosigkeit seines Gesichts … »Und privat? Ich meine, es gibt bestimmte Gerüchte, nicht wahr?«

»Dass er Frauen nicht besonders mag, meinen Sie? Vielleicht ist etwas daran, vielleicht auch nicht.« Pâris de Montmartel zuckte die Achseln. »Die wichtigste Feststellung, die man über das Privatleben des Comte de Maurepas machen kann, ist die – dass man darüber keine machen kann. Er ist verheiratet, er redet über Frauen, er versucht, öffentlich den Anschein zu erwecken, dass er Verhältnisse hat, aber es gibt keine Dame, von der man weiß, dass er wirklich eine Affäre mit ihr gehabt hätte oder hat. Es ist uns allerdings auch nie gelungen, das Gegenteil nachzuweisen! Wie auch immer, der Comte versteht es, vorsichtig zu sein, doch das dürfte für ihn auch nicht besonders schwierig sein. Als Minister der Polizei ist er ein mächtiger Mann, der überall seine Spione und Agenten hat.«

»Er hat die Mätressen des Königs schon immer gehasst, nicht wahr?«

»Das stimmt.«

Sie drehte sich zu dem Hofbankier um. »Aber warum? Weil sie Mätressen sind oder weil sie Frauen sind?«

»Vermutlich sowohl aus dem einen wie dem anderen Grund. Ich denke, er kann es nicht ertragen, dass sie dem König näher sein können als er«, sagte Pâris de Montmartel.

Noch lange später, als sie sich schon längst wieder in ihrer Kutsche und auf dem Rückweg nach Fontainebleau befand, dachte Jeanne über diesen Satz des Hofbankiers nach. Und Louis' Worte fielen ihr wieder ein: *Der Comte schafft es wie kein anderer, mich zu amüsieren …* Nun, dann würde sie eben etwas ersinnen müssen, das ihn tausendmal mehr amüsierte. Sie lehnte sich in ihren Sitz zurück. Eine Idee, mit der sie schon länger spielte, ging ihr durch den Kopf, während sie sich mit dem Sechsspänner wieder dem Schloss näherte.

Sie wollte ein eigenes Theater gründen – so wie in Étiolles. Schon länger hatte sie diesen Gedanken gehabt. Mit dem Instinkt, mit dem ihr schon als junges Mädchen im Salon von Madame de Tencin bewusst geworden war, dass sie den Makel ihrer Herkunft nur durch ihren Geist und ihren Esprit wettmachen konnte, spürte sie, dass sie sich auch am Hof durch etwas Besonderes auszeichnen musste, wenn sie sich als Mätresse behaupten wollte. Als königliche Geliebte war sie für die Vergnügungen und die Unterhaltung des Königs zuständig, doch Jeanne wollte mehr, als nur durch elegante Soupers, prunkvolle Feste oder das Tragen raffinierter Mode glänzen. Sie träumte davon, die Abwechslung, die sie dem König bot, zu einem Höhepunkt geistigen und künstlerischen Lebens zu machen. Was hatte Voltaire zu ihr gesagt, als sie ihm damals, vor ihrer offiziellen Vorstellung bei Hof, ihre Angst gestand? *»Eine unbegründete Sorge, Madame, denn Sie sind nicht nur schöner und anmutiger, sondern auch weitaus geistreicher als die meisten anderen Damen in Versailles.«* Und genau das würde sie beweisen, auch wenn das Theater ohne Frage ein großes Wagnis war – das wusste sie. Sie lief Gefahr, sich vor allen lächerlich zu machen, denn das dekadente Publikum am Hof war nicht mit den Zuschauern in Paris oder Étiolles zu vergleichen. Natürlich musizierte oder sang man am Hof – das gehörte zum guten Ton, sich aber im Kostüm und geschminkt auf eine Bühne zu stellen, war dennoch etwas völlig anderes. Die meisten Höflinge würden sich ohne Zweifel freuen, wenn sie dabei scheiterte und sich zum Gespött machte. Ihre Idee war es deshalb, nur vor einem kleinen elitären Kreis in den Privatgemächern von Louis zu spielen. So konnte sie auf ideale Weise ihrem Wunsch nachkommen, geistreich zu unterhalten und gleichzeitig geschickt Einfluss auf die Auswahl der Zuschauer nehmen.

Jeanne hatte das Theaterspielen schon immer geliebt. Es war nicht nur das aufregende Gefühl, auf der Bühne zu stehen und zu spüren, wie sich die Aufmerksamkeit auf einen richtete. Das Theater war darüber hinaus eine wundervolle Möglichkeit, die Kunst für kurze Zeit wirklich zum Leben zu erwecken und ein Teil von ihr zu werden.

Doch um ihr Projekt in die Tat umzusetzen, brauchte sie die Erlaubnis von Louis. Es war eine der Eigenheiten des Lebens am Hof, dass man den König nicht nur in offiziellen, sondern ebenso in vielen privaten Angelegenheiten um seine Zustimmung bitten musste. Wollte jemand heiraten oder auch nur für wenige Tage den Hof verlassen, so musste er die Genehmigung Seiner Majestät einholen. Deshalb begab sich Jeanne am Nachmittag in Louis' Privatkabinett, dessen weiße, mit Gold verzierte Holztäfelung im Sonnenlicht glänzte, das durch die hohen Fenster fiel.

Der König saß an seinem Schreibtisch. Er war mit seiner Korrespondenz beschäftigt. Die Feder flog leise kratzend über das Papier. Mindestens ein bis zwei Stunden verbrachte er am Tag auf diese Weise. Oft war Jeanne dann bei ihm, um ihm Gesellschaft zu leisten, schrieb ebenfalls oder las wie heute in einem Buch.

Als sie über den Rand ihrer Seiten spähte, konnte sie erkennen, dass Louis gerade den Brief eines Ministers vor sich hatte, was unschwer daran zu erkennen war, dass nur die rechte Hälfte des Papiers beschrieben war. Die linke dagegen war frei gelassen worden, damit der König zu den verschiedenen Punkten direkt seine Anmerkungen machen konnte. Alle Briefe seiner Staatssekretäre und Minister wurden so verfasst. Louis unterhielt mit ihnen einen regen Schriftverkehr, in dem er die meisten vertraulichen Angelegenheiten der Staatsgeschäfte und politischen Entwicklungen abhandelte, denn er war sich bewusst, dass jedes seiner Worte, das er laut äußerte, weitergetragen wurde.

Jeanne ließ ihren Blick durch den kleinen Kabinettsraum gleiten, in dessen Schränken die Flut seiner Briefe und Papiere nach einem sorgfältigen Ordnungssystem abgelegt wurde. Jede Akte, jede Schublade und jeder Ordner war eigenhändig von ihm beschriftet worden.

Auch mit seiner Familie, seinen Freunden und seinen Vertrauten pflegte er eine rege Korrespondenz. Er war ein passionierter Briefeschreiber, der elegant und mit lyrischer Leichtigkeit mit Worten umzugehen verstand. Jeanne liebte jeden seiner Briefe, den er ihr geschrieben hatte.

Als sie jetzt sah, dass er dabei war, seine Antwort zu beenden und nun zügig seine Unterschrift unter das Schreiben setzte, legte sie ihr Buch zur Seite und richtete sich in ihrem Sessel auf.

»Verzeiht, Sire. Dürfte ich Euch kurz stören?«

Er blickte auf. »Sicher.«

Sie erhob sich in ihrem silbernen Kleid, das mit glitzernden Halbmonden bestickt war, und ging auf ihn zu. »Ich habe ein Anliegen und möchte dafür um Eure Erlaubnis bitten.«

»Und das wäre?«

Ihre Hand strich über die Armlehne seines Stuhls, dann neigte sie den Kopf zur Seite und blickte ihn an. »Erst müsst Ihr mir versprechen, meine Bitte nicht abzulehnen!«

Er legte seine Feder zur Seite. »Ich soll Euch meine Erlaubnis für etwas geben, ohne zu wissen, um was es sich dabei handelt?«

»Ja, Sire. Ich bitte Euch«, fügte sie mit einem Lächeln hinzu.

»Bei diesem Blick kann man Ihnen wahrhaftig nichts abschlagen!« Er lachte und lehnte sich in seinem Sessel zurück. »Nun gut, Madame ... Ich gebe Ihnen meine Erlaubnis.« Er musterte sie neugierig. »Und was ist es nun, was Sie sich wünschen?«

»Ein Theater!«

Louis sah sie verblüfft an. »Aber am Hof werden doch regelmäßig Vorstellungen von der Comédie-Française und Comédie-Italienne gegeben.«

»Ja, aber ich möchte gern ein eigenes Ensemble gründen, das am Hof nur vor einem kleinen ausgewählten Publikum spielt. Im ganz intimen, privaten Rahmen. Ich verspreche Euch, es wird Euch gefallen.« Die Worte sprudelten aus ihr heraus. Ihre Stimme hatte einen euphorischen Klang bekommen. »Wir könnten Komödien, Opern und sogar Ballettvorführungen geben!«

Er war mit seinem Sessel zurückgerückt und musterte sie nachdenklich. »Sind Sie sich bewusst, für welchen Gesprächsstoff das am Hof sorgen würde?«

»Nun, dafür sorge ich ohnehin, nicht wahr?« Sie setzte sich mit gebauschtem Rock auf die Armlehne seines Sessels, ohne sich ihren Anflug von Unsicherheit angesichts seiner Skepsis anmerken zu lassen. Was, wenn sie ihm auf der Bühne nicht gefiel, fragte sie sich.

Sein Finger strich sanft über die Mulde zwischen ihrer Schulter und dem Schlüsselbein. »Bei Gott, Madame, Sie sind wirklich unvergleichlich. Andere Frauen wünschen sich ein Diadem oder ein Lustschloss, und Sie – Sie wollen ein Theater.«

Sie sah ihn an. »Zum einen, Euer Majestät, gebe ich zu bedenken, dass dies ein Wunsch ist, der vor allem dem Vergnügen anderer dient – und dabei insbesondere dem Euren –, und zum anderen …« Sie schlang die Arme um seinen Hals: »… *selbstverständlich* bin ich unvergleichlich!«

Seine Augen glitzerten. »Ihr haltet mich von der Arbeit ab, Madame.«

»Oh, ich bitte vielmals um Verzeihung, Sire!« Jeanne rutschte langsam von der Lehne auf seinen Schoß und küsste ihn. Sie spürte seine Erregung, als er sie enger an sich zog. Ihre Finger glitten in die Kragenöffnung seines Hemdes und suchten die nackte Haut seiner kräftigen Brust und Schultern. Seine Hände strichen über ihren Busen, ihre Taille hinunter bis zu ihrer Hüfte, und ihr Atem ging schneller, als er sie schließlich hochhob, um sich langsam mit ihr auf den weichen Teppich des Bodens gleiten zu lassen.

40

Der Duc de La Vallière, dem sie als Erstes von ihrem Projekt erzählte, war begeistert. »Ein eigenes Theater, hier in Versailles? Was für eine großartige Idee«, rief er aus.

Jeanne lächelte. Sie hatte gewusst, dass ihm die Idee gefallen würde. La Vallière teilte ihre Meinung, dass das Repertoire in Versailles ein wenig zu verstaubt und zu konservativ war. Molière, Racine, Corneille ... die Klassiker, die man schon unter Louis XIV. gespielt hatte. All das war gut und schön, doch das moderne Theater hatte doch noch etwas mehr zu bieten.

»Ich habe mir überlegt, dass wir ein festes Ensemble bilden«, führte Jeanne aus, »mit eigenen Statuten. Gespielt wird nur vor geladenen Gästen. Und wer bei uns mitspielen will, muss vorweisen können, dass er bereits über Erfahrungen als Schauspieler verfügt«, erklärte sie.

»Auf jeden Fall«, stimmte ihr der Duc de La Vallière zu. Man wollte schließlich nicht in den Verdacht geraten, eine untalentierte Amateurtruppe zu sein. Seine Augen leuchteten.

»Stellen Sie sich vor, Marquise, wir könnten sogar Stücke von Dancourt oder Dufresny aufführen!«

»Ja.« Jeanne nickte. Sie hoffte sehr, dass das Theater ein Erfolg werden würde. Der König liebte die Abwechslung, und die Tatsache, dass sich die Vorstellungen in einer gewissen Privatsphäre abspielen würden, war ebenfalls ganz nach seinem Geschmack. »Sie dürfen sich nehmen, was immer Ihnen hier am Hof an Musikern, Künstlern und Handwerkern zur Verfügung steht«, hatte er zu ihr gesagt, nachdem sie sich leidenschaftlich in seinem Kabinett geliebt hatten. »Allerdings müssen Sie mir versprechen, dass Sie nicht nur Schauspiele, sondern auch Opern geben werden. Ich liebe es, Sie singen zu hören.«

»Was denken Sie, Marquise, wen sollte man zum Ensemble dazubitten?«, riss sie die Stimme des Duc aus ihren Gedanken.

Jeanne zog die Stirn kraus. »Nun, die Duchesse de Brancas, den Duc de Nivernais, und wir sollten natürlich auch den Comte de Coigny fragen, er hat ebenfalls schon des Öfteren gespielt.«

»Den Duc d'Ayen?«

»Ja, auf jeden Fall, und Madame de Marchais.«

»Eine großartige Idee.«

»Und auch Madame de Sassenage …«

Sie ließen sich von Jeannes Sekretär Papier und Feder bringen und machten sich sogleich daran, eine Liste der infrage kommenden Damen und Herren zusammenzustellen.

»Oh, und ich bestehe selbstverständlich darauf, dass Sie das Amt des Direktors unseres Ensembles übernehmen«, erklärte Jeanne.

»Ich?« La Vallière strahlte bis über beide Ohren. Er verneigte sich. »Eine große Ehre, Madame. Ich versichere Ihnen, ich werde alles in meiner Macht Stehende tun, um mich dieses Amtes würdig zu erweisen.«

Valérie klopfte das Herz bis zum Hals. Sie stand zusammen mit den anderen Dienstboten in dem engen Flur, von dem die Kammern der Lakaien und Zofen abgingen. Der Verwalter und seine Männer waren am Morgen gekommen, um ihre Unterkünfte zu durchsuchen. Sie gingen systematisch und gründlich vor, verschoben Betten und Schränke, drehten die Stühle auf den Kopf, nahmen jedes Kleidungsstück und jede Habseligkeit in die Hand und klopften sogar die Wände und Böden der schmalen Kammern – in denen kaum Platz genug war, um sich einmal um sich selbst zu drehen – nach verborgenen Verstecken ab. Monsieur Collin hatte sich am Morgen für ihr Vorgehen entschuldigt.

»Es tut mir leid, in dieser Weise vorgehen zu müssen, doch leider bleibt mir keine andere Wahl. Schon seit einiger Zeit sind immer wieder intime, sehr persönliche Einzelheiten aus dem Privatleben der Marquise weitergetragen worden, und nun sind außerdem zwei Briefe aus ihrer Korrespondenz verschwunden.«

Trotz seines höflichen Tonfalls war allen der Ernst der Situation bewusst. Valérie versuchte, sich ihre Nervosität nicht anmerken zu lassen. Sie hatte dafür gesorgt, dass man nichts Verdächtiges bei ihr finden würde – selbst die Briefe ihres Vaters hatte sie vernichtet.

Die Gehilfen von Monsieur Collin gingen von Kammer zu Kammer. Valérie spürte den prüfenden Blick des Verwalters auf sich. Dann hörte man plötzlich aufgeregte Stimmen – sie kamen aus Sophies Kammer. Einer der Männer erschien in der Tür. »Monsieur Collin, ich glaube, wir haben sie gefunden.«

Sophie riss die Augen auf. »Was gefunden?«, fuhr sie ihn an.

Ohne sie zu beachten, reichte der Mann dem Verwalter mit ausdruckslosem Gesicht zwei Briefe. »Das hier lag versteckt unter einem losen Dielenbrett.«

»In meiner Kammer? Das kann nicht sein!« Sophies rundes Gesicht war hochrot angelaufen. »Ich habe diese Briefe noch nie gesehen!«

Valérie senkte den Kopf und heftete ihren Blick fest auf ihre Schuhspitzen.

Monsieur Collin betrachte die Umschläge, auf denen man deutlich die Handschrift des Königs erkennen konnte, und seufzte. »Mademoiselle Sophie, ich muss Sie bitten, mit mir zur Marquise zu kommen.«

»Aber ich habe keine Ahnung, wie diese Briefe dort hingekommen sind! Wirklich, Sie müssen mir glauben!« Ihre

Stimme überschlug sich schrill. »Jemand muss sie dahin getan haben, ja, so muss es gewesen sein, so glauben Sie mir doch«, flehte sie.

Monsieur Collin ergriff sie am Ellbogen. »Das können Sie alles der Marquise erzählen. Kommen Sie! Und die anderen nehmen wieder alle Ihre Arbeit auf, sofort!«, befahl er den Dienstboten, die ungläubig die Szene beobachtet hatten, und verschwand mit Sophie.

Nur widerstrebend kamen sie seiner Aufforderung nach. Die Stimmung war gedrückt.

»Warum sollte sie das tun? Ich meine, was hat sie denn davon?«, sagte Guillaume zu Valérie.

»Keine Ahnung!« Valérie zuckte matt die Achseln. Sie hatte sich noch nie in ihrem Leben so furchtbar gefühlt. Aus dem Salon, in dem soeben die Marquise eingetroffen war, hörte man die weinende Sophie, die verzweifelt ihre Unschuld beteuerte.

Valérie, die die Schleifen und Bänder in der Garderobe ordnete, konnte fast jedes Wort verstehen, das nebenan gesprochen wurde.

»... habe nichts damit zu tun! Ich verdanke Ihnen alles, warum sollte ich das tun ...«

Dann hörte man die eindringliche Stimme des Verwalters und die helle Stimme der Marquise, die auf sie einredeten und ihr Fragen stellten, und schließlich wieder das laute Weinen der Kammerzofe, die alles, was man ihr vorwarf, hartnäckig zu leugnen schien.

Valérie hatte Sophie nicht besonders gemocht. Doch jetzt fühlte sie sich grauenhaft angesichts dessen, was sie getan hatte. Sie spürte, wie ihr übel wurde von ihrer eigenen Schlechtigkeit.

Etwas mehr als eine Stunde verging, bis Sophie schließlich mit rot geweinten Augen, schluchzend, aus dem Salon kam und in ihre Kammer ging, um ihre Sachen zu packen. Am nächsten Morgen war sie verschwunden. Die Marquise hatte sie entlassen.

Der Comte de Maurepas war zufrieden, als Valérie ihm erzählte, was passiert war. »Sehr schön. Ich wusste, dass du das hinbekommen würdest«, sagte er mit einem Lächeln.

Sie hatte das Gefühl, dass sie sich selbst nie wieder in einem Spiegel ansehen konnte, und wusste nicht, wen sie mehr verachtete, den Comte oder sich selbst.

Jeanne konnte es noch immer nicht fassen. Warum hatte Sophie das getan? Was wollte sie mit den Briefen? War sie dafür bezahlt worden – und wenn, von wem? Sie würde es vermutlich nie erfahren, denn die Kammerzofe hatte nichts verraten. Bis zum Schluss hatte sie immer wieder ihre Unschuld beteuert. Ihr Zusammenbruch war Jeanne zu Herzen gegangen, und in einem Anflug von Mitleid hatte sie darauf verzichtet, Sophie der Polizei zu überantworten.

Sie warf einen seufzenden Blick auf die Uhr. Sie musste sich beeilen. Es war schon spät. Am Nachmittag hatten sie und der Duc de La Vallière unter größter Geheimhaltung die Höflinge und Hofdamen eingeladen, um ihnen ihr Projekt von einem eigenen Ensemble vorzustellen. Das Treffen sollte im Trianon, dem kleinen Privatschloss auf der anderen Seite des Parks von Versailles, stattfinden. Jeanne griff nach ihrem Umhang. Valérie und ein Page, die sie begleiten würden, warteten bereits auf sie. Sie verließen ihre Gemächer und liefen die breite Marmortreppe hinunter zum Hof, wo sie in eine Kutsche stiegen, die sie zum Trianon brachte.

In dem Salon des kleinen Schlosses, in dem sich Jeanne und Louis auch zu gelegentlichen Soupers mit einigen Freunden zurückzogen, war es bereits voll. Die Begeisterung war groß, als Jeanne von ihrer Idee erzählte.

»Ein Theater?«, rief die Duchesse de Brancas aus.

»Sie meinen mit einem richtigen Bühnenbild und Kostümen?«, fragte der Comte de Coigny.

Jeanne nickte, und dann redeten auf einmal alle durcheinander.

»Wie die Comédie in Paris?«

»Und wir wählen selbst die Stücke aus?«

»Man wird am Hof von nichts anderem mehr reden!«

In dem Salon herrschte plötzlich ein Tumult wie in einem Taubenschlag. Der Duc de La Vallière musste nach der goldenen Tischglocke greifen.

»Mesdames, Messieurs! Ich bitte Sie! Ich darf doch wohl um etwas Contenance bitten ...«, rief er und klingelte energisch.

Die Anwesenden verstummten. Wie Kinder sahen sie gebannt zu dem neuen Direktor.

»Danke.« Er räusperte sich. »Mesdames, Messieurs, wenn Sie mir einige Worte erlauben!« La Vallière stand auf. »Wir wollen Theater spielen und Großes darbieten. Sie alle verfügen bereits über Erfahrungen auf der Bühne, dennoch werden wir hart arbeiten und proben müssen. Wenn irgendjemand nicht dazu bereit sein sollte, dann steht es ihm selbstverständlich frei, jetzt zu gehen.« Er ließ seinen Blick fragend durch den Raum schweifen, doch keiner der Anwesenden rührte sich. La Vallière lächelte. »Niemand? Wundervoll! Dann lassen Sie uns zum ersten Punkt unserer Tagesordnung kommen. Die Marquise und ich sind übereingekommen, dass wir zunächst die Statuten des Ensembles besprechen.«

In den ersten Punkten einigte sich das neue Ensemble schnell. Jedes Mitglied musste Bühnenerfahrungen mitbringen und sich für ein Fach entscheiden, das es dann nur mit der Zustimmung der anderen Mitglieder wechseln durfte. Außerdem war es nicht erlaubt, eine Rolle abzulehnen, auch wenn sie einem wenig vorteilhaft oder zu anstrengend schien. Die Auswahl der Stücke, die Festlegung der Proben sowie des Aufführungstermins sollte allein den Damen vorbehalten sein. Doch als es um die Pünktlichkeit ging, drohten sich die Geister zu scheiden.

»Jeder Schauspieler und jede Schauspielerin hat pünktlich zu den Proben zu erscheinen – wer sich verspätet, muss eine Strafe zahlen. Ich denke, damit sind alle einverstanden, nicht wahr?«, fragte La Vallière in die Runde.

»Keineswegs, Monsieur le Duc«, erklärte die Duchesse de Brancas empört. »Sie wollen doch nicht die Damen in diesem Punkt mit den Herren gleichstellen?«

»Warum sollte ich das nicht?«

»Monsieur le Duc, ein Herr, der unpünktlich ist, ist unhöflich. Eine Dame dagegen, die pünktlich erscheint, ist entweder verzweifelt, oder sie hat keine gute Kinderstube genossen.«

Ein beifälliges Raunen war zu hören.

»Vielleicht sollte man den Damen das Recht auf eine kleine Verspätung zubilligen«, schlug der Comte de Coigny vor.

Jeanne nickte ebenfalls. »Ich muss der Duchesse zustimmen. Es wäre höchst ungalant, eine Schauspielerin, die zehn Minuten später erscheint, mit einer Geldstrafe zu belegen. Nicht einmal an der Comédie tut man das.«

»Nun gut – gewähren wir den Schauspielerinnen eine Verspätung. Sagen wir eine Viertelstunde?«, fragte der Duc de La Vallière.

»Viel zu wenig«, begehrte die Duchesse auf. »Eine halbe Stunde scheint mir das Mindeste«, sagte sie, und ihr kämpferischer Blick ließ den Duc schließlich nachgeben.

»Also gut, also gut.« La Vallière seufzte und zuckte mit den Schultern.

Der König lachte herzhaft, als Jeanne ihm später von der Auseinandersetzung erzählte. »Und wie ich sehe, haben die Damen auch das Recht, die Höhe der Geldstrafe festzulegen«, stellte er amüsiert fest, als er die Statuten durchlas, zu deren Verabschiedung sie seine Erlaubnis einholte. Er lehnte mit übereinandergeschlagenen Beinen an der Wand. Seiner anfänglichen Skepsis zum Trotz schien ihm die Idee des Theaters inzwischen zu gefallen. Jeanne, die in ihrem Negligé vor dem Spiegel saß und sich mit einer weichen Bürste das Haar kämmte, drehte sich zu ihm.

»Nun, das ist nur gerecht, nicht wahr?«, sagte sie kokett.

Sie liebte diese späten Stunden, wo sie ganz für sich allein waren.

»Ich würde nicht wagen, Ihnen zu widersprechen«, lachte er und unterschrieb das Papier.

»Wie geht es dem Dauphin? Euer Sohn ist nicht besonders glücklich über die Verlobung, nicht wahr?«, fragte sie und bürstete sich weiter das Haar. Ende November, kurz bevor sie von Fontainebleau nach Versailles zurückgekehrt waren, hatte der König offiziell die Verlobung des Dauphins mit der Princesse Marie-Josèphe de Saxe bekannt gegeben.

Louis seufzte. Ein sorgenvoller Zug trat auf sein Gesicht. »Nein, das ist Louis-Stanislas wahrhaftig nicht, er trauert noch immer um Marie-Thérèse. Aber ich bin sicher, dass ihm seine neue Gemahlin über den Verlust hinweghelfen wird. Frankreich braucht einen weiteren Thronfolger. Als ich so alt war wie mein Sohn jetzt, war ich längst Vater.«

Sie warf ihm einen strengen Blick zu. »Ihr wart frühreif!«

Louis grinste. Er hatte seine Arme verschränkt. »Ein wenig – und unersättlich. Am Anfang konnte ich gar nicht glauben, dass ich mit dem Segen der Kirche jede Nacht mit meiner Frau schlafen durfte, und das, so oft ich wollte.«

Sie sah ihn belustigt an und versuchte sich vorzustellen, wie er damals war – fünfzehn Jahre alt, frisch verheiratet und stürmisch bereit, sich ganz den Freuden seiner jungen Ehe hinzugeben. Man erzählte sich, dass er und Marie Leszczynska damals in der ersten Zeit glücklich und durchaus verliebt gewesen waren. Wie hatte sich die Königin wohl später gefühlt, als ihr Gemahl sich seine erste Mätresse genommen hatte? Verletzt? Verbittert? Es war sicher nicht leicht für sie gewesen. Wie immer, wenn sie so an Marie Leszczynska dachte, regte sich in ihr ein Anflug von schlechtem Gewissen. Aber wahrscheinlich war es wieder einmal typisch bourgeois von ihr, so zu denken. Sie konnte förmlich sehen, wie die Comtesse d'Estrades mit den Augen gerollt hätte, wenn sie sie gehört hätte!

Ihre Gedanken kehrten zu dem trauernden Dauphin zurück.

»Es muss sehr schwierig für den Prince sein, über diesen

Verlust hinwegzukommen.« Sie hatte die Bürste zur Seite gelegt und war aufgestanden, um sich zu Louis ans Bett zu setzen. Ernst sah sie ihn an. »Wenn ich mir vorstelle, dass ich Euch verlieren würde …«, sie brach schaudernd ab.

»Sagen Sie so etwas nicht«, sagte Louis fest. Ihre Augen trafen sich. Sein Blick glitt weiter – an ihrem Negligé entlang, von ihren Brüsten, die deutlich runder geworden waren, hinunter bis zu ihrem Bauch, der sich bereits sanft zu wölben begann. »Wahrhaftig, die Schwangerschaft macht Sie noch schöner«, murmelte er und grub seine Hände in die Flut ihrer Haare, die ihr über ihre Arme und Schultern fielen, bevor er sie küsste.

Den ganzen nächsten Vormittag über fühlte sich Jeanne müde. Selbst die mit Zimt gewürzte Schokolade, die ihr die neue Kammerfrau, Madame du Hausset – eine Empfehlung der Comtesse d'Estrades –, zur Stärkung brachte, schaffte es nicht, ihre Lebensgeister zu wecken. Wie jeden Tag hatte sie bei ihrer Morgentoilette Besucher empfangen. Immer häufiger suchten sie jetzt auch Diplomaten, Gesandte und wichtige Höflinge auf. Man bemühte sich um ihre Unterstützung in einer Angelegenheit oder bat über sie um ein Privileg oder eine Audienz bei Seiner Majestät. Wie bedeutend man ihren Einfluss beim König inzwischen einschätzte, sah Jeanne daran, dass man nicht nur sie selbst aufsuchte, sondern auch ihre engsten Vertrauten wie Le Normant de Tournehem, Pâris de Montmartel und sogar ihren Bruder Abel – in der Hoffnung, dass diese ein gutes Wort bei ihr einlegen und sie sich wiederum bei dem Monarchen für sie verwenden würde.

An diesem Morgen war Monsieur de Loss, der Gesandte des sächsischen Kurfürsten, zu ihr gekommen, um ihr gegenüber noch einmal seinen ergebensten Dank über die Verbindung des Dauphins mit der Princesse Marie-Josèphe zum Ausdruck zu bringen. Danach hatte der königliche Generalkontrolleur der Finanzen, Monsieur de Machault d'Arnouville, ihr seine Aufwartung gemacht.

Gegen Mittag war sie froh, dass die Morgentoilette beendet war, und sie wollte zur Messe aufbrechen, als ihr plötzlich schlecht wurde. Mit Panik spürte sie die Krämpfe im Unterleib. Sie fühlte, wie ihr das Blut aus dem Kopf wich.

»O Madame! Sie sind ja ganz blass!«

Jeanne nickte, denn sie fürchtete, ohnmächtig zu werden. Madame du Hausset half ihr erschrocken, sich zu setzen. Sie lockerte eilig das Korsett ihrer Herrin und reichte ihr das Riechsalz. Doch der Geruch verstärkte Jeannes Übelkeit nur. Ein jäher Schmerz im Unterleib ließ sie aufstöhnen.

»O Gott, nein!« Sie hielt sich den Bauch, den im gleichen Moment ein neuer Krampf durchzog. Jeanne rang nach Luft.

Die Kammerfrau war weiß wie eine Wand geworden. »Guillaume!«, schrie sie.

Der Lakai erschien erschrocken in der Tür. »Schnell, schnell, ein Arzt für Madame!«

Guillaume rannte los.

Das Kind! Jeanne war auf das Sofa gesunken. Sie krümmte sich vor Schmerzen. In all den Wochen der Schwangerschaft war es ihr so gut gegangen, dass es sie nun völlig unvorbereitet traf. Nein, Gott, tu mir das nicht an. Nicht mein Kind, flehte sie. Nimm es mir nicht! Sie versuchte vergeblich, ihren Atem zu beruhigen und legte die Hände schützend auf ihren Bauch, doch die Krämpfe waren stärker. Nein, bitte nicht! Tränen traten in ihre Augen.

»Der Arzt kommt gleich, Madame«, versuchte Madame du Hausset sie zu beruhigen.

Doch es war zu spät. Sie wusste es, noch bevor sie spürte, wie das Blut warm und feucht an ihren Schenkeln entlangrann.

Auch der Arzt vermochte nichts mehr zu tun. Sie verlor das Kind, das sie sich so gewünscht hatte. Louis versuchte sie zu trösten, nahm sie in die Arme. »Sie werden wieder schwanger werden«, sagte er ihr ein ums andere Mal. Doch obwohl ihr auch Doktor Quesnay versicherte, dass einer erneuten

Schwangerschaft nichts im Weg stünde und der frühe Zeitpunkt des Abgangs sie körperlich schnell wieder genesen lassen werde, war Jeanne untröstlich.

Sie dachte an die erste Fehlgeburt, die sie während ihrer Ehe erlitten hatte, an ihren Sohn, der nur wenige Monate nach seiner Geburt gestorben war, und schließlich die beiden Fehlgeburten hier in Versailles. Sie war nicht fähig, ein Kind zu bekommen, dachte sie bitter. Das Gefühl, versagt zu haben, befiel sie, und sie fühlte sich schuldig, dass es ihr nicht mit der gleichen Leichtigkeit wie anderen Frauen gelang, Leben zu schenken. Nichts wünschte sie sich sehnlicher, als dem König ein Kind zu gebären. Eine nagende Angst ergriff von ihr Besitz, dass sie nach Alexandrine dazu vielleicht einfach nicht mehr fähig war.

»Aber ich bitte Sie, meine Liebe«, sagte die Comtesse d'Estrades kopfschüttelnd. »Eine oder mehrere Fehlgeburten, das ist das Normalste der Welt und gehört zum Schicksal unseres Geschlechts nun einmal dazu. Die Hälfte der Frauen stirbt bei der Geburt des ersten Kindes, Sie haben bereits eine Tochter zur Welt gebracht! Selbstverständlich werden Sie noch ein Kind bekommen«, redete sie besänftigend auf Jeanne ein.

Doch sie trauerte voller Schmerz um das ungeborene Leben, das ihr genommen worden war. Sie dachte an den schrecklichen Spottvers, den man ihr geschickt hatte: »... *und fragt sich bang das kleine Bürgerweib, wird's diesmal wohl gelingen?*« Welch ein entsetzlicher Hohn, dass sich die Prophezeiung dieser niederträchtigen Zeilen nun tatsächlich erfüllt hatte!

Louis war bestrebt, sie auf andere Gedanken zu bringen. Er kannte sie inzwischen gut genug, um zu wissen, wie das am besten zu erreichen war. »Wenn es Ihnen ein wenig besser geht, würde ich es begrüßen, wenn Sie sich an der Planung der Hochzeitsfeierlichkeiten des Dauphins beteiligen könnten«, sagte er. »Wie Sie wissen, wird Monsieur de Richelieu an den sächsischen Hof reisen, um dort die Princesse Marie-

Josèphe in Empfang zu nehmen, und deshalb wird sich der Duc de Gesvres um die Gestaltung der Hochzeit kümmern. Ich denke, Ihre weibliche Hand könnte ihm da sehr von Nutzen sein.«

Jeanne nickte. Angesichts der großen Bedeutung dieser Hochzeit war Louis' Bitte wahrlich eine Auszeichnung. Sie liebte es, Festlichkeiten zu planen und zu gestalten. Und natürlich war sie dankbar für die Ablenkung. Die Hochzeit des Dauphins sollte Anfang Februar stattfinden. Wie es üblich war, würde die Vermählung von einer Reihe von Bällen und Festen begleitet werden. Schon nach wenigen Tagen verließ Jeanne daher das Krankenlager und sah sich Gästelisten an, kümmerte sich um Fragen der Ausstattung von Sälen und Salons und machte sich Gedanken über Lustbarkeiten und Banketts.

Auch dem Theaterprojekt widmete sie sich nun wieder. Das Ensemble hatte sich entschieden, mehrere Stücke einzuüben. *Le Préjugé à la mode* von La Chaussée, *L'Esprit de contradiction* von Dufresnay und auch *Tartuffe* von Molière, mit dem das Theater eingeweiht werden sollte, um die konservativen Geister des Hofes nicht gar zu sehr in Aufruhr zu versetzen. Sie mussten leider Gottes Rücksicht darauf nehmen, denn sie wussten, dass die Geistlichen einen strengen Blick auf sie werfen würden.

Jeanne wollte ihre Vorbereitungen so lange wie möglich geheim halten, doch in Versailles war das kaum möglich – selbst ihr Zusammentreffen zur Gründung des Ensembles war in kürzester Zeit bekannt geworden und hatte zu wilden Spekulationen und Gerüchten geführt.

Sie bat den König deshalb um die Erlaubnis, die Proben nach Choisy verlegen zu dürfen.

»Sie werden damit aber nur noch mehr Neugierde hervorrufen«, sagte Louis, willigte aber belustigt ein.

Neugierde hervorzurufen störte Jeanne nicht, im Gegenteil – solange nur nicht vorher bekannt wurde, was gespielt werden sollte. Denn das brachte Unglück.

Anfang Dezember fuhr sie mehrmals in der Woche mit

dem Ensemble nach Choisy. Engagierter als je zuvor betrieb Jeanne die Vorbereitungen. Der Hofstaat bot ihr paradiesische Möglichkeiten – die besten Mechaniker standen ihr für das Bühnenbild zur Verfügung, die größten Künstler und talentiertesten Musiker. Da der König ihr die Erlaubnis erteilt hatte, bediente sie sich mit Freuden der Mittel, die ihr hier zur Verfügung standen. Sie verpflichtete François Rebel, den Generalmusikdirektor der Pariser Oper, der Leiter des Orchesters wurde. Auch Mondonville, der Kapellmeister der *Chapelle Royale,* und ihr ehemaliger Gesangslehrer Jélyotte wirkten mit.

Während das Ensemble fleißig in Choisy probte, begann man in Versailles, in der kleinen Galerie, die ins Cabinet de Medailles führte, ein Theater zu bauen.

»Der Raum ist alles andere als groß – selbst bei einer sehr kleinen Bühne wird man nicht mehr als vierzehn Zuschauer unterbringen können«, gab Le Normant de Tournehem zu bedenken, als er mit Jeanne den Bau besichtigte.

Jeanne betrachtete das Podest und die Holzwände, die man bereits errichtet hatte. Die mangelnde Größe würde die Möglichkeiten der Maschinerie zwar einschränken, aber dafür würde die begrenzte Zuschauerzahl die Exklusivität des Theaters umso mehr unterstreichen, dachte sie zufrieden. Doch bis zur Premiere im Januar gab es noch viel zu tun.

Louis saß im Staatsrat mit seinen Ministern zusammen. Sein Gesicht war angespannt. Er war mehr als unzufrieden mit der Lage, in der sich Frankreich zurzeit befand. Daran änderten auch die Siege in den Niederlanden nichts. Dieser Krieg, der inzwischen fast sieben Jahre andauerte, musste endlich ein Ende finden, doch die Verhandlungen seines Ministers für Auswärtige Angelegenheiten hatten bisher keinerlei Ergebnisse gebracht. Sein Blick streifte den Marquis d'Argenson. Er war der falsche Mann in diesem Amt – unfähig und ohne das geringste diplomatische Geschick –, und Louis gedachte, ihn so schnell wie möglich abzusetzen.

Mit undurchdringlichem Gesichtsausdruck blickte er in die Runde seiner Minister. »Nun, Messieurs, ich denke, wir werden dem Maréchal de Belle-Isle auf jeden Fall weitere Truppen zur Unterstützung senden, um die Revolte in Genua gegen die Österreicher zu unseren Gunsten zu nutzen.«

Die Männer nickten, und der König wandte sich dem Comte de Maurepas zu. »Wie steht es mit unserer Marine?«

»Sire, durch die Kämpfe mit den Engländern sind zwei unserer Schiffe ...«

Ein Geräusch unterbrach sie – die Seitentür zum Salon öffnete sich, und Jeanne stand auf der Schwelle. »Oh, Verzeihung, Sire! Ich wollte nicht stören!«

Sie knickste. Ein leichter, frischer Frühlingswind schien mit ihr in den Raum zu wehen.

»Sie stören nie, Madame«, sagte der König lächelnd. Er sah das Papier, das sie in der Hand hielt. »Womit kann ich Ihnen helfen?«

»Wenn Ihr mir dies abzeichnen könntet, Sire.«

Louis nickte und streckte die Hand aus, ohne den ungläubigen Ausdruck in den Gesichtern seiner Minister zu beachten.

Jeanne trat zu ihm an den Tisch und überreichte ihm mit einem Lächeln die Namensliste derjenigen, die zu der Theaterpremiere eingeladen werden sollten.

Amüsiert registrierte Louis, dass sie sich trotz der begrenzten Zahl der Zuschauer nicht gescheut hatte, ihren Bruder und Oheim daraufzusetzen. Die Missachtung, die man ihrer niederen Herkunft entgegenbrachte, hinderte sie nicht daran, zu den ihren zu stehen, und er zollte ihr Respekt dafür. Er tauchte die Feder in die Tinte und setzte schwungvoll seine Unterschrift darunter.

»Und Sie wollen mir noch immer nicht verraten, welches Stück bei der Premiere aufgeführt wird?«

Sie schüttelte kokett den Kopf. »Nein, Sire. Das würde doch die Überraschung verderben, nicht wahr?«, sagte sie mit einem ihrer Augenaufschläge, die ihn schon bei ihrer ersten Begegnung sofort in den Bann gezogen hatte, bevor sie tief knickste und dann vor den Blicken der sprachlosen Minister genauso anmutig, wie sie gekommen war, wieder aus dem Salon entschwebte.

Die Verwirrung stand dem Comte d'Argenson ins Gesicht geschrieben, als er sich nach der Kabinettssitzung zu Maurepas wandte. »Eine Theateraufführung?«

»Ja. Sie haben noch nicht davon gehört?«, schnaubte der Minister verächtlich. Valérie hatte ihm bereits vor einigen Wochen von der Gründung des Ensembles berichtet.

»Nein!«, entfuhr es d'Argenson sichtlich überrascht. »Von einer Theateraufführung habe ich nichts gewusst!«

»Die Marquise hat mit einer Truppe von Höflingen ein Ensemble gegründet und bereitet eine Reihe von Stücken vor, die im neuen Jahre präsentiert werden sollen. Sie scheint erfreut zu sein, endlich einen Weg gefunden zu haben, wie sie das Geld Seiner Majestät richtig verschwenden kann«, fügte Maurepas hinzu.

Die beiden Männer traten auf den Gang. In einiger Entfernung waren Stimmen zu hören, lautes Lachen und Musikinstrumente, die gestimmt wurden. Als die beiden Minister um die nächste Ecke bogen, sahen sie, wie zwei Lakaien mit mehreren Perückenköpfen und Kleidern über dem Arm in Richtung eines Salons verschwanden. Neugierig wollten sie ihnen folgen, doch eine Wache stellte sich ihnen in den Weg.

»Verzeihung, Messieurs, aber der Durchgang hier ist nicht gestattet.«

»Wissen Sie, wer ich bin?«, fragte Maurepas mit gefährlicher Ruhe.

»Ja, Monsieur. Sie sind der Comte de Maurepas, Staatssekretär und Minister Seiner Majestät«, erwiderte die Wache.

»Gut! Dann treten Sie zur Seite«, sagte der Comte.

»Ich bitte um Verzeihung, Messieurs, aber wie ich schon sagte, der Durchgang in diesen Teil der Gemächer ist zurzeit nicht gestattet! Auf ausdrückliche Anordnung der Marquise de Pompadour hin«, fügte er hinzu.

D'Argenson verlor die Geduld. »Das ist ja lächerlich! Die Marquise ist doch nicht autorisiert, irgendwelche Durchgänge zu sperren«, fuhr er die Wache an und wollte entschlossen an dem Mann vorbeitreten, doch dieser stellte sich ihm mit Bestimmtheit in den Weg. »Seine Majestät hat diese Anordnung selbstverständlich genehmigt ...«, erklärte er.

Maurepas und d'Argenson wechselten einen ungläubigen Blick.

41

Anfang des neuen Jahres, wenige Tage nach Jeannes fünfundzwanzigstem Geburtstag, entließ der König den Marquis d'Argenson. Er bedürfe seiner Dienste nicht weiter, teilte er dem Minister in einem Bescheid mit. Niemand am Hof bestritt, dass das Leben des Marquis damit verwirkt war, denn was war ein Edelmann schon wert, wenn er nicht mehr in Versailles leben und seinem König dienen konnte? Der Bruder des Ministers, der Comte d'Argenson, der in den letzten Wochen immer wieder versucht hatte, den Kopf seines Bruders und die damit verbundene Familienehre zu retten, war starr vor Entsetzen, als ihn die Nachricht ereilte. Er konnte seine Betroffenheit nur schwer verstecken, obwohl der König ihm als persönliche Gunst und Zeichen, dass die Ungnade seines Bruders ihn in keinerlei Weise berührte, sogar das Recht der *Grandes Entrées* gewährte. Doch selbst dieses Privileg, das bisher noch kein Minister erhalten hatte, vermochte den Comte d'Argenson kaum zu beruhigen.

Jeanne war insgeheim froh über die Entlassung des Marquis. Er war zwar nicht mächtig genug gewesen, um ihr gefährlich zu werden, doch er gehörte zu der Riege von Höflingen, die alles taten, um sie aus Versailles zu vertreiben.

Weniger erfreulich war, dass der Comte d'Argenson die Ungnade seines Bruders ihr und den Brüdern Pâris zur Last zu legen schien, denn der König ernannte als Nachfolger ausgerechnet den Marquis de Puysieulx, einen langjähriger Verbündeten der Brüder Pâris.

Jeanne versuchte, die erneute Kälte in dem Verhalten des Comte zu ignorieren und ihm weiter freundlich und zuvorkommend zu begegnen, doch sie sah den Hass in seinen Augen. Als der König wenige Tage später auch noch offiziell bekannt gab, dass er den Maréchal de Saxe zum Generalfeldmarschall der französischen Armee ernennen würde, wusste Jeanne, dass sie es schwer haben würde, d'Argensons Feindseligkeit zu überwinden.

Aber damit würde sie leben können, denn ihre eigene Situation war durch die neuen Konstellationen so gefestigt wie noch nie, und die Zuneigung des Königs zu ihr war für alle sichtbarer denn je. Louis hatte ihr als Neujahrspräsent ein wundervolles mit Diamanten besetztes Kästchen geschenkt, auf dem die Lilie der Bourbonen vereint mit den drei Türmen der Pompadours dargestellt war. Der ganze Hof sprach davon. In seinem Inneren hatte sich ein Wechsel über einen ungewöhnlich hohen Geldbetrag befunden.

Es gab jedoch noch ein anderes Geschenk, das Louis ihr in Aussicht gestellt hatte. Es war ein sehnlicher Wunsch von Jeanne – der König wollte ihren Bruder und ihren Vater in den Adelsstand erheben.

»Versteht mich nicht falsch, Sire. Die Wurzeln meiner Familie werden immer einfach bleiben, dennoch ist die Situation für meinen Bruder doch stets etwas brüskierend, wenn er bei mir weilt …«, hatte sie eines Tages das Thema mutig angeschnitten.

Louis war ein wenig überrascht gewesen, doch er zeigte Verständnis. »Nun, dann muss selbstverständlich als Erstes Ihr Vater geadelt werden, damit sein Titel eines Tages an Ihren Bruder übergehen kann«, erklärte er. »Es wird sich sicherlich etwas finden, für das ich ihn auszeichnen kann«, fügte er lächelnd hinzu, und Jeanne war außer sich vor Glück.

In dem Zuschauerraum der kleinen Galerie, die perfekt zum Theatersaal umfunktioniert worden war, hörte man ein leises, aufgeregtes Tuscheln. Der Abend der Premiere war endlich gekommen.

Jeanne, die vor Aufregung kaum geschlafen hatte, spähte vorsichtig durch einen schmalen Spalt in dem schweren grünen Samtvorhang. Von hier aus konnte sie Le Normant de Tournehem sehen, ihren Bruder Abel, den Abbé de Bernis, den Maréchal de Saxe, die Comtesse d'Estrades und natürlich den König. Er saß in der Mitte der ersten Reihe auf seinem Stuhl und blickte sich neugierig in der mit viel Geschick zum Theatersaal umgebauten Galerie um.

Jeanne spürte das Lampenfieber, das sie plötzlich ergriff. Sie war vor jedem Auftritt angespannt und nervös, doch heute hielt sie es vor Anspannung kaum aus. Sie wusste, dass sich ganz Versailles in den letzten Tagen darüber erregt hatte, dass sie tatsächlich vor dem König auf eine Bühne treten wollte. Als anrüchig und gewöhnlich hatten die Höflinge ihr Ansinnen bezeichnet. Gottlos hatten die Geistlichen es genannt – Jeanne war nur zu klar, mit welcher Gehässigkeit und Genugtuung sie alle erst reagieren würden, wenn diese Premiere kein Erfolg wurde.

Sie bemühte sich, an die gelungenen Theateraufführungen in Étiolles zu denken, und zwang sich, ruhig durchzuatmen.

Der Duc de La Vallière, der auf der anderen Seite der Bühne stand, warf ihr einen fragenden Blick zu. Jeanne nickte und trat zurück. Ihre Kehle war trocken. Auf ein Zeichen löschten die Lakaien im Saal das Licht. Jeanne konnte die erwartungsvolle Stille der Zuschauer spüren. O Gott, dachte sie, was war, wenn es dem König missfiel? Aber für solche Gedanken war es jetzt zu spät. Die Musik setzte ein. Eilig fuhr sie mit ihren Händen noch einmal über den Puderschwamm, der neben der Bühne für die Schauspieler bereitlag, und befeuchtete ihre Lippen.

Der Vorhang hob sich. Jeanne wartete auf ihren Einsatz und trat auf die Bühne hinaus – und dann, mit dem ersten Wort, das sie sprach, tauchte sie in eine andere Identität und wurde ganz zu Dorine, der Kammerzofe in *Tartuffe*.

Das Ensemble spielte das Stück mit Leidenschaft und mit der nötigen Ernsthaftigkeit, die erforderlich war, um den Witz einer Komödie wirklich amüsant und geistreich hervorzubringen. Bereits beim ersten Lachen des Publikums, aus dem Jeanne das raue Timbre des Königs heraushörte, wusste sie, dass sie das Publikum mit der Geschichte über den Heuchler *Tartuffe* in ihren Bann geschlagen hatten.

Noch während sich der Vorhang über der letzten Szene senkte, stand der König von seinem Stuhl auf.

»Mesdames, Messieurs, ich erlaube Ihnen zu applaudieren!« Begeistert begann er zu klatschen, und die Zuschauer stimmten euphorisch mit ein.

Bravo-Rufe wurden laut. Die Schauspieler verbeugten sich. Louis trat zur Bühne und küsste Jeanne, die zu ihm nach unten getreten war, die Hand.

»Grandios! Und Ihre Darstellung – einfach atemberaubend, Madame! Sie sind wahrhaftig die wundervollste Frau der Welt«, fügte er etwas leiser hinzu.

»Danke, Sire.« Sie neigte den Kopf und lächelte. Sie war rundum glücklich.

Auch die anderen Stücke, die sie einige Tage später aufführten, sorgten für Begeisterung. Auf einmal wurde Jeanne von allen Seiten um eine Einladung für eine Vorstellung gebeten, ja, sie wurde bekniet. Jeder wollte ein Billet, jeder wollte dabei sein – umso mehr, als sich schnell herumgesprochen hatte, dass man im Anschluss an die Vorstellung zusammen mit dem König soupierte und die Abende schließlich bei einem kleinen Ball beschloss, auf dem Menuett und Contredanse getanzt wurde. Selbst der Prince de Conti und der Maréchal de Noailles ersuchten Jeanne um eine Einladung.

Niemand echauffierte sich mehr über ihren Auftritt – nur die Kleriker ließen nicht davon ab, ihr Tun als gottlos zu bezeichnen.

Das ganze Frühjahr sollte das Ensemble regelmäßig Vorstellungen geben. Neben den drei bereits aufgeführten Stücken hatte man noch eine weitere Komödie von Dancourt, *Les Trois Cousines,* und zwei Opern einstudiert. Die Aufführungen sollten lediglich für die Dauer der Hochzeitsfeierlichkeiten des Dauphins unterbrochen werden.

Die sächsische Prinzessin, die inzwischen Dresden verlassen hatte, näherte sich langsam mit dem von Richelieu geführten Ehrenzug ihrer zukünftigen Heimat Frankreich. Der König begab sich mit seiner Familie und einigen Auserwählten nach Choisy, wo Marie-Josèphe begrüßt werden sollte, um von dort aus weiter nach Versailles geleitet zu werden.

»Es scheint mir recht mutig von Seiner Majestät, ausgerechnet den Duc de Richelieu als Abgeordneten des französischen Königshofes zu schicken, um die Princesse de Saxe in Empfang zu nehmen«, spottete die Comtesse d'Estrades am Abend vor der Ankunft der Prinzessin.

Sie saßen in einem kleinen Salon auf Schloss Choisy und spielten Karten.

»Ach, die Sächsin soll nicht besonders hübsch sein. Ein bisschen grob, wie man sagt …«, entgegnete die Duchesse de Brancas.

Jeanne nahm eine neue Karte auf und musterte ihr Blatt. »Und außerdem pflegt Monsieur de Richelieu ja auch keine besondere Vorliebe für Jungfrauen zu haben«, sagte sie sarkastisch.

Die Comtesse d'Estrades und die Duchesse sahen sie erstaunt an.

Jeanne blickte verlegen hoch. »Das ist doch allgemein bekannt, nicht?«, beeilte sie sich hinzuzufügen.

Die Duchesse de Brancas legte eine Karte ab. »Nun, dann wissen Sie mehr von dem guten Duc als wir.«

Jeanne ignorierte ihren prüfenden Blick.

»Der Dauphin kann einem jedenfalls leidtun. Da trauert er noch um seine verstorbene Frau, und dann wird seine neue Gemahlin auch noch hässlich sein. Der Ärmste«, seufzte die Comtesse d'Estrades.

Die sächsische Prinzessin war fürwahr keine Schönheit, doch sie besaß durchaus einen gewissen Charme und ein freundliches Wesen, wie Jeanne fand, als Marie-Josèphe am nächsten Tag auf Choisy eintraf. Ihr Französisch hatte den harten Akzent der Deutschen, den man ihr jedoch sofort nachsah, als sie in rührender Weise darum bat, dass man bitte jeden ihrer Fehler korrigieren möge, damit ihr Französisch so schnell wie möglich perfekt würde.

»Ich freue mich, Sie kennenzulernen, der Maréchal hat mir viel von Ihnen erzählt«, sagte sie zu Jeanne, nachdem diese ihr vorgestellt worden war. Der Comte de Saxe hatte ihr berichtet, dass die Marquise sich für ihre Verlobung mit dem Dauphin eingesetzt hatte.

»Die Freude ist ganz auf meiner Seite, Hoheit«, erwiderte Jeanne lächelnd. Die zukünftige Gemahlin des Thronfolgers erschien ihr wie den meisten um ein Vielfaches sympathischer als ihre Vorgängerin.

Nur der Dauphin schien diese Meinung nicht zu teilen. Jeanne beobachtete, wie der Prince seiner zukünftigen Gemahlin zur Begrüßung kühl seine Wange darbot, sie danach aber keines Blickes mehr würdigte. Doch Marie-Josèphe erwies sich ihrer Rolle als zukünftige Königin von Frankreich würdig – sie wusste Haltung zu bewahren und ließ sich die Kränkung nicht anmerken.

Nur wenige Tage später fand die Hochzeit statt. Nach der kirchlichen Trauung wurde am Abend ein Ball und Bankett gegeben und das junge Brautpaar dann schließlich in seine Schlafgemächer geleitet, wo es in Anwesenheit des Hofes zu Bett gebracht wurde.

Da die neuen Gemächer für den Prince und seine Frau nicht rechtzeitig fertig geworden waren, befand sich das frisch vermählte Paar unglücklicherweise in demselben Schlafzimmer, in dem der Dauphin auch einst die Hochzeitsnacht mit seiner spanischen Gemahlin verbracht hatte.

Der Sitte gemäß wurden die Vorhänge des Bettes aufgezogen. Die Anwesenden wohnten damit symbolisch dem Vollzug der Ehe bei und bestätigten auf diese Weise die so wichtige Legitimität der Dynastie. Die neue Dauphine lag mit geröteten Wangen in den Kissen, während in die Augen ihres Gemahls, der offensichtlich von Erinnerungen überwältigt wurde, Tränen traten und er voller Verzweiflung das Gesicht ins Laken grub.

Der König hatte schließlich Erbarmen, zog die Vorhänge des Bettes zu und befahl den Anwesenden, sich zurückzuziehen.

»Bei Gott, man hatte den Eindruck, dass wir nicht einer Hochzeitsnacht, sondern einer Opferung beiwohnen«, sagte der Maréchal de Saxe später kopfschüttelnd. Jeanne stimmte ihm insgeheim zu, und niemanden wunderte es, als die Kammerfrauen am nächsten Tag bedauernd berichteten, dass die Vermählung in der Nacht leider nicht vollzogen worden war.

Dem König missfiel das. Jeanne spürte Louis' Unruhe, als er sie bei ihrer Toilette aufsuchte. »Marie-Josèphe ist eine liebenswerte junge Frau, er wird nur etwas Zeit brauchen«, versuchte sie ihn zu beruhigen.

Louis sah sie ungläubig an. »Bei Gott, er ist siebzehn Jahre alt und hat seit Monaten nicht mehr bei einer Frau gelegen – wofür braucht er da Zeit? Niemand verlangt, dass er sofort in Liebe zu ihr entbrennt!«

Jeanne musste lachen.

Louis sah sie ungehalten an. »Machen Sie sich über mich lustig, Madame?«

»Aber nein. Verzeiht. Ich frage mich bloß, ob Ihr die Angelegenheit nicht zu ernst nehmt. Es war seine erste Nacht mit ihr, und er wird von seinen Erinnerungen übermannt worden sein«, sagte sie begütigend.

»Ich weiß, dass es nicht einfach für ihn ist. Doch seine persönlichen Gefühle sind hier nicht von Belang. Es ist seine Pflicht, einen Thronfolger zu zeugen, und zwar so schnell wie möglich«, entgegnete er streng.

Die Unruhe des Königs erwies sich jedoch als unbegründet, denn der Dauphin war sich seiner Verantwortung durchaus bewusst, wusste die aufgeregte Kammerfrau dem Maréchal de Saxe zu berichten. Am Nachmittag hatte der Thronfolger offensichtlich allen Mut zusammengenommen und sich ohne viele Umstände auf die erschrockene Dauphine gestürzt.

»Der Angriff erfolgte überraschend, die feindliche Stellung hat sich tapfer gewehrt, es dann aber für vorteilhafter erachtet, sich zu ergeben«, berichtete der Maréchal mit einem breiten Grinsen, als er Jeanne am Abend beim Souper traf.

Er wirkte ebenso erleichtert wie der König. Jeanne wusste, dass er die Kammerfrau bestochen hatte, um genauestens über das junge Paar unterrichtet zu werden. Ohne Frage hätte er sich persönlich in seiner Ehre verletzt gefühlt, wenn der Dauphin seine Nichte verschmäht hätte, dachte sie.

»Nun, dann hoffen wir, dass die Erstürmung zur Zufriedenheit beider Seiten verlaufen ist«, entgegnete Jeanne lächelnd. Der Maréchal lachte laut. Er musterte sie mit funkelnden Augen.

»Marquise, der König ist wahrhaftig um sie zu beneiden!«

Der Comte de Maurepas war einen Moment stehen geblieben. Durch das Fenster konnte man die Lichter auf der anderen Seite des Schlosshofs sehen. Schemenhaft erkannte man die Schauspieler im Cabinet des Médailles, das die Mitglieder des Theaterensembles zum Umkleiden nutzten. Die Feierlichkeiten zur Hochzeit des Dauphins waren letzte Woche zu Ende gegangen, und das Ensemble der Pompadour hatte wieder seine Vorstellungen aufgenommen. Sie führten heute Abend eine einaktige Oper auf – *Erigone*. Die Hauptrolle sang die Marquise. Es hieß, sie sei recht talentiert – was Maurepas bezweifelte –, doch selbst wenn sie die reinste und vollkommenste Stimme Frankreichs gehabt hätte, das Letzte, was er sich vorstellen konnte, war, sich diese Person zwei geschlagene Stunden auf einer Bühne ansehen und anhören zu müssen. Seine Oberlippe verzog sich verächtlich, als er an die Höflinge dachte, die sich ohne jede Ehre im Leib darum drängten, ein Billett für eine ihrer Vorstellungen zu ergattern.

Immerhin, Maurepas war ehrlich genug, um die Genialität ihrer Idee anzuerkennen. Die Marquise hatte sich mit diesem Theater ihre eigene Bühne geschaffen, auf der sie sich vor dem König mit all ihren Reizen und billigen Verführungskünsten in immer neuen Facetten und Rollen produzieren konnte, und war damit außerdem auch noch in der Lage, Einfluss auf das Umfeld des Königs zu nehmen. Wer ihr nicht genehm war, wurde von den Abenden einfach ausgeschlossen. Neue Zeiten waren in Versailles angebrochen.

Er riss seinen Blick vom Fenster los und schritt weiter, während er den zwei Pagen folgte, die ihm den Weg durch die Seitenflure des Palasts leuchteten. Eine Sänfte wäre standesgemäßer und bequemer gewesen, doch er hasste diese schaukelnde Fortbewegungsart, die etwas für alte Männer und Frauen war.

Die Pompadour war intelligenter und durchtriebener, als er es für möglich gehalten hätte. Und gefährlicher – denn hinter ihr standen die Brüder Pâris. Dank Valérie wusste er inzwischen, wie regelmäßig der Kontakt zwischen der Marquise und ihnen war. Das unermessliche Geld, über das diese Finanziers verfügten, gab ihnen eine bedrohliche Macht. Nach und nach infiltrierten sie den Hof. Immer mehr Höflinge waren ihnen zu Dank verpflichtet, und die Marquise war nur eine von ihnen. Aber sie war ohne Frage die Trumpfkarte der Brüder Pâris. Maurepas dachte an ihre anderen Kreaturen – an den Maréchal de Saxe, an Monsieur Le Bel, den Ersten Kammerdiener Seiner Majestät, an den Marquis de Puysieulx – den sie wahrscheinlich genauso wie den Generalfinanzkontrolleur Machault d'Arnouville gekauft hatten – und schließlich an Monsieur Jeanelle, den königlichen Generalpostmeister. Das Gesicht des Comte verfinsterte sich einmal mehr, als er daran dachte, was er vor einigen Tagen herausgefunden hatte. Sein Verdacht, dass die Post in unregelmäßigen Abständen kontrolliert wurde, und zwar nicht nur die der königlichen Postkutschen, sondern auch die einiger privater Kuriere, hatte sich bestätigt.

Er hob entschlossen das Kinn, während er über seinen Plan nachdachte. Der König musste endlich erkennen, was für eine Frau diese Person wirklich war. Mit energischen Schritten bog Maurepas um die Ecke in den Nordflügel des Schlosses.

Wenige Augenblicke später hatte er die Gemächer des Kardinals de Rohan erreicht. Der Großalmosenier gab heute Abend ein Souper für den Erzbischof de La Rochefoucauld. François Jérôme de La Rochefoucauld, ein Cousin Maurepas', befand sich für einige Tage aus Rom zu Besuch in Versailles. Der Erzbischof, der als französischer Botschafter am Vatikan diente, blickte einer glänzenden Zukunft entgegen. In Kürze würde er nicht nur zum Kardinal ernannt werden, sondern es hieß auch, dass der Großalmosenier Rohan, der langsam in die Jahre kam, sich dafür ausgesprochen hatte, dass er einmal sein Nachfolger werden sollte.

»Wie schön, Sie zu sehen, lieber Cousin.« Maurepas küsste dem Erzbischof die Hand, nachdem er auch den Kardinal de Rohan und die anderen Gäste, Monsignore Boyer, Père Pérusseau, den Comte d'Argenson und den neuen Erzbischof von Paris, Christophe de Beaumont, begrüßt hatte.

»Wie geht es Ihnen? Darf man Ihnen schon gratulieren, dass der Kardinalshut bald Ihr Wappen zieren wird?«, fragte er.

La Rochefoucauld lächelte. »Ich denke, das dürfen Sie, obwohl die Ernennung erst im April stattfinden wird.«

Er nahm einen Schluck von seinem Wein, den die Lakaien den Gästen gereicht hatten. »Ich werde im Dezember an den Hof zurückkehren.«

»Das sind gute Neuigkeiten, mein Lieber.«

Der Erzbischof nickte. »Ich muss zugeben, nach zwei Jahren in Rom freue ich mich, nach Versailles zurückzukehren, zumal mir der Papst sein besonderes Vertrauen dahingehend ausgesprochen hat, dass ich den Interessen des Heiligen Stuhls in meiner Heimat dienlich sein werde.«

»Seine Heiligkeit hat zu Recht erkannt, dass der Hof dringend Männer wie Sie braucht«, meinte der Erzbischof von Paris, der neben ihnen stand. Mit seinen dreiundvierzig Jahren war er noch jung für einen Bischof, doch de Beaumonts schmales Gesicht strahlte etwas Energisches aus. Er war bekannt für seine strengen religiösen Prinzipien. Lange hatte er im letzten Sommer gezögert, seiner Ernennung zum Erzbischof von Paris zu folgen, und erst auf das hartnäckige Insistieren des Königs schließlich eingewilligt, das Amt anzunehmen.

Der Erzbischof de La Rochefoucauld neigte dankend den Kopf in seine Richtung. »Und erzählen Sie, was gibt es Neues in Versailles und Paris?«, fragte er. »Zu meinem Erstaunen habe ich gehört, dass der König noch immer in Leidenschaft zu dieser Madame de Pompadour entflammt ist.«

Maurepas verzog den Mund. »Unglücklicherweise – ja. Seit Neuestem spielt sie Theater, um Seine Majestät zu unterhalten.«

»Theater?« Das Gesicht seines Cousins verzog sich.

Der Comte d'Argenson, der sich mit seinem Glas Wein in der Hand zu ihnen gesellte, nickte. »Ja, und die Marquise bestimmt nicht nur das Geschehen auf der Bühne, sondern auch, wer neben dem König in den Zuschauerreihen sitzen darf. Man stelle sich vor! Seine Majestät sitzt zwischen lauter Bourgeois mit erkauften und erschlichenen Titeln!«

Der Erzbischof sah die beiden Männer ungläubig an. Als sie etwas später zum Essen im Salon Platz genommen hatten und die Lakaien den ersten Gang auftrugen, schüttelte er sinnend den Kopf. »Gott ist mein Zeuge, ich war felsenfest davon überzeugt, dass es diese Frau nicht länger als ein paar Wochen schafft, am Hof zu bestehen.«

Monsignore Boyer sah ihn an. »Ihr Einfluss auf Seine Majestät ist beängstigend.« Seine knochigen Finger umfassten das Weinglas. »Aber wen verwundert es, wenn man bedenkt, dass sie ständig mit diesen ketzerischen Philosophen und Dichtern aus Paris verkehrt. Diese Frau gefährdet jedes Recht und jede Ordnung.«

Man erzählte La Rochefoucauld, dass es nach dem Tod der Dauphine für kurze Zeit so ausgesehen hätte, als wenn der König von ihr lassen würde, doch nun war wieder alles beim Alten.

»Im Grunde ist es schlimmer denn je. Seine Majestät überhäuft sie mit Geschenken und Begünstigungen«, erklärte der Kardinal de Rohan resigniert.

»Nun, wir wollen die Hoffnung nicht aufgeben«, sagte d'Argenson und spießte ein Stückchen Fasanenbrust auf seine Gabel. »Eine weitere Fehlgeburt, und die Angelegenheit könnte sich bei ihrer schwachen Konstitution von ganz allein erledigen ...«

»Worauf man sich nicht verlassen sollte«, sagte Monsignore Boyer dunkel.

Maurepas legte seine Gabel zur Seite und wandte sich zu ihm. »Nun, Monsignore, bisher gab es nur zwei Dinge, die Seine Majestät von seinen Mätressen abbringen konnte. Der Druck der Kirche, der mit Verlaub gesagt, wie wir alle wissen, bisher nicht sehr erfolgreich war, oder ...«

Der neue Erzbischof von Paris unterbrach ihn. »Verzeihen Sie, Monsieur de Maurepas, aber ist das nicht genau der Punkt? Sollte sich, nein *muss* sich die Kirche hier nicht zur Wehr setzen?« Seine strenge, aber melodische Stimme hatte etwas Mitreißendes und ließ erahnen, warum die Menschen in Scharen in seine Messen strömten, wenn er predigte. »Wie sollen die Priester den Menschen in den Gemeinden Moral und die Gesetze Gottes predigen, wenn ihr König diese nicht achtet, sondern mit Füßen tritt?«

Maurepas kam nicht dazu, zu erörtern, was die zweite Sache war, die den König von seinen Mätressen abzubringen vermochte. Er musterte den Erzbischof. De Beaumont war unzweifelhaft ein Mann, der Ausstrahlung und Überzeugungskraft besaß. Mit ihm würde ein anderer Wind in der Hauptstadt-Diözese wehen, davon war der Comte überzeugt. »Ich muss Ihnen recht geben, das wäre wahrscheinlich die Pflicht der Kirche«, sagte Maurepas und dachte an seine eigenen Pläne. Die Ansichten des Bischofs schienen ihm überaus dienlich dafür.

Ende März beendete das Ensemble seine erste Saison. Die letzte Theatervorstellung fand am 18. März statt – mit einer pikanten Überraschung. Der König lud seine Gemahlin ein, doch zu der Vorstellung zu kommen.

Als Jeanne am Nachmittag vom Duc de La Vallière davon erfuhr, wurde sie blass. »Mein Gott, ausgerechnet heute? Wir spielen *Le Préjugé à la mode* – was muss sie denken?«, sagte sie, denn die Komödie handelte pikanterweise von einem Ehemann, der sich gesellschaftlich lächerlich machte, weil er sich in seine eigene Frau verliebte.

»Es entbehrt nicht einer gewissen Ironie«, gab die Comtesse d'Estrades zu, die bei ihr zu Besuch war.

Jeannes Unbehagen wuchs, als sie hörte, dass der Dauphin und seine beiden Schwestern ebenfalls kommen würden. Für einen kurzen Moment erwog sie, das Programm zu ändern und ein anderes Stück zu spielen, doch die Einladungsbilletts waren bereits vergeben, und außerdem hätten das Bühnenbild, die Dekoration und Kostüme unmöglich so schnell ausgewechselt werden können.

Schließlich suchte sie die Duchesse de Luynes auf, die seit ihrer Einführung bei Hof schon gelegentlich eine Mittlerfunktion zwischen ihr und der Königin eingenommen hatte.

»Ich danke Ihnen, dass Sie mir einen Augenblick Ihrer Zeit gewähren«, sagte Jeanne erleichtert, als die Duchesse sie empfing.

Madame de Luynes trug ein biederes Häubchen, unter dem ihr graues Haar hervorlugte. Sie nickte Jeanne freundlich zu. Ihre Augen glitten über die junge, schlanke Gestalt von Jeanne, die vom Alter her ihre Tochter hätte sein können. Sie deutete auf einen Sessel. »Nehmen Sie Platz. Was führt Sie zu mir, Marquise?« Sie legte ihren Stickrahmen zur Seite.

Jeanne, die sich auf den gepolsterten Schemel mit dem dunklen Blumenmuster niederließ, sah sie offen an.

»Nun, Duchesse, es ist mir ein wenig unangenehm, aber wie Sie vielleicht wissen, beabsichtigt Ihre Majestät, die Königin, heute Abend in die Theatervorstellung zu kommen.«

Madame de Luynes nickte. »Auf Wunsch des Königs. Ich hörte davon«, sagte sie mit einem gewissen Bedauern in der Stimme.

»Ich schätze mich überaus glücklich, dass die Königin mir diese Ehre erweisen will, unglücklicherweise habe ich erst heute davon erfahren, sonst hätte ich eine passendere Komödie in das Programm genommen.«

»Eine passendere?«

»Wir geben *Le Préjugé à la mode.*«

»Oh.« Ein irritierter Ausdruck zeigte sich auf dem Gesicht der Duchesse de Luynes, doch dann lächelte sie. »Nun, Marquise«, sagte sie nach einer wohlbedachten Pause, »... ich denke, Seine Majestät, der König, wusste vermutlich nicht, dass dieses Stück heute Abend gespielt wird, und die Königin wird es deshalb umso mehr zu schätzen wissen, dass sie – dank Ihres Besuches bei mir – nun darüber Bescheid weiß.«

Die beiden Frauen tauschten einen Blick.

»Ich danke Ihnen«, sagte Jeanne.

Die Duchesse neigte ihr Haupt. »Es war mir ein Vergnügen, Marquise.«

Die Vorstellung wurde wider Erwarten ein Erfolg. Marie Leszczynska kam zusammen mit ihren Kindern. Nur die Dauphine blieb der Vorstellung fern. Marie-Josèphe litt angeblich unter einer Unpässlichkeit, doch Jeanne war sich sicher, dass sie in Wirklichkeit auf Druck ihres Ehemannes nicht zu der Vorführung gekommen war. Das anfänglich herzliche Verhältnis zwischen ihr und der sächsischen Princesse hatte sich merklich abgekühlt, seitdem sie ganz dem Einfluss des

Dauphins und seiner Schwestern ausgesetzt war. Nur wenn es gar nicht vermeidbar war, wechselte Marie-Josèphe überhaupt ein paar knappe Worte mit ihr. Jeannes tragende Rolle bei dem Zustandekommen ihrer Heirat schien sie inzwischen gänzlich vergessen zu haben.

Neben ihrem leeren Platz saßen mit steifer Miene der Dauphin und seine Schwestern. Kein Lächeln kam über ihre Lippen. Die Königin dagegen schien sich zu amüsieren. Nichts im Gesicht von Marie Leszczynska ließ erahnen, was wirklich in ihr vorging, während sie belustigt der Handlung der Komödie folgte und nach der Vorstellung wohlwollend applaudierte.

»Eine reizende Darstellung, Marquise«, sagte sie anschließend.

»Euer Majestät sind zu gütig. Es freut mich, dass es Euch gefallen hat«, erwiderte Jeanne mit einem tiefen Knicks.

Marie Leszczynska nickte. Wie immer war ihr Gesicht nur wenig geschminkt. »Übrigens ein recht interessanter Inhalt, den diese Komödie hat«, sagte sie beiläufig, und als sie sich abwandte, glaubte Jeanne tatsächlich, für einen kurzen Moment ein ironisches Funkeln in ihren braunen Augen zu sehen.

42

In dem Rhythmus, den der Krieg schon in den vergangenen Jahren diktiert hatte, zog der König im Frühjahr wieder mit seiner Armee nach Flandern. Jeanne begab sich diesmal während seiner Abwesenheit in ihr Schloss Crécy.

Dort hatten die Umbauarbeiten und die Neugestaltung der Parkanlagen inzwischen deutlich sichtbare Formen angenommen. Gleich nachdem Jeanne mit Alexandrine in Crécy eingetroffen war, machte sie zusammen mit Abel, der sie für einige Tage besuchte, einen Rundgang. Ihr Blick schweifte über die weite Parklandschaft, die von der Frühlingssonne in warmes Licht getaucht wurde.

Sie blieb mit ihrem Bruder an einem Kanal stehen und betrachtete am jenseitigen Ufer den Berg, der in mehreren Terrassenstufen angelegt worden war. Der Ausblick war beeindruckend. Jeanne liebte die friedliche idyllische Atmosphäre von Crécy.

»Es ist gelungen, nicht wahr?«

Abel nickte. »Und dabei habe ich am Anfang gedacht, dass dieser Berg die Aussicht für immer ruinieren wird«, sagte er.

Jeanne lächelte. Sie legte ihre rechte Hand auf seinen Arm und dreht mit der linken ihren roten Sonnenschirm. »Nun erzähl – gibt es irgendeine Frau in deinem Leben?«, fragte sie. Sie freute sich, dass Abel hier war, denn in Versailles hatten sie – obwohl sie sich regelmäßig bei den Soupers und den Theaterabenden sahen – nur selten die Gelegenheit, allein miteinander zu sprechen.

Abel reagierte ausweichend. »Eine Frau?« Er lachte. »Aber nein, es gibt niemanden.«

Jeanne musterte ihn prüfend. Sie nahm ihm seine Antwort nicht ab, denn die Frauen rissen sich um ihn. »Du kannst es mir wirklich sagen, egal wer es ist«, sagte sie. »Ein Mädchen aus Paris?«

Abel schüttelte den Kopf. »Nein, wirklich. Es gibt da niemanden.«

»Nun, umso besser.« Ihre Hand fasste seinen Arm ein wenig fester. »Weißt du, du bist jetzt eine gute Partie«, sagte Jeanne leichthin, denn kurz vor seiner Abreise hatte Louis zu ihrer Freude die Adelung ihres Bruders und Vaters in die Wege leiten lassen. François Poisson hatte den Landsitz Vandière geschenkt bekommen und war damit, ebenso wie sein Sohn Abel, vom König zum *Seigneur* erhoben worden.

Abel lachte. »Wieso, weil ich jetzt die Aussicht habe, eines Tages sogar Marquis zu werden?«

Jeanne schaute ihn an. Seine Erhebung in den Adelsstand war ihr wichtig. Sie war glücklich, dass der Titel und Landbesitz ihres Vaters nach seinem Tod einmal an ihn weitergegeben würde. »Ich finde, das ist eine sehr große Auszeichnung für unsere Familie«, sagte sie ein wenig streng.

»Ohne Frage, aber für mich wäre sie nicht notwendig gewesen.«

Jeanne seufzte. Es war gleichermaßen bezaubernd wie anstrengend mit Abel, dass er in keinerlei Weise auf seinen gesellschaftlichen Rang bedacht war. Seine Passion war die Kunst und Architektur. Er konnte sich stunden-, ja nächtelang über berühmte Maler und Baumeister unterhalten. Doch ob er nun Seigneur oder Marquis war, am Hof angesehen oder nicht, das war ihm herzlich egal. Jeanne beneidete ihren Bruder in gewisser Weise um diese jugendliche Unbekümmertheit, denn sie selbst wusste inzwischen, wie wichtig Rang und Titel waren.

»Ich denke, du solltest heiraten.«

Abels Augen weiteten sich. »O Gott, Jeanne«, stöhnte er.

Sie ließ sich nicht beirren. »Ich meine es ernst«, sagte sie. »Und um es ganz ehrlich zu sagen – es gibt einige Damen, die bereits ihr Interesse bekundet haben.«

Ihr Bruder sah sie entgeistert an. »Willst du damit etwa sagen, dass man bei dir war, um mir einen Antrag zu machen?«

»Aber nein«, erwiderte Jeanne. »Wo denkst du hin! Es waren nur einige vage Andeutungen, die aber dennoch eindeutig genug waren. Es handelt sich übrigens um bezaubernde Personen. Du kannst dir wirklich etwas darauf einbilden«, nahm sie den Faden erneut auf. »Die Tochter des Maréchal de Lowendal und die junge Demoiselle de La Vallière … die Princesse de Chimay …«

»Jeanne!«

Abel blieb stehen.

Sie sah ihn trotzig an. »Aber früher oder später wirst du eh heiraten. Warum also nicht eine gute Partie, jetzt, wo du die Möglichkeiten dazu hast?«

»Ich werde nicht heiraten!«

Sein Ton klang entschieden. Es war absurd, was hätte sie damals, als sie Charles hatte heiraten müssen, darum gegeben, in seiner Position zu sein – seine Möglichkeiten zu haben! Ihre Gedanken wanderten einen Moment weiter. Und noch heute hatte sie im Grunde keine Wahl. Ja, sie war *Maîtresse en titre*, doch was, wenn der König sie eines Tages nicht mehr liebte? Sie fand es daher beruhigend, dass ihre Familie mit Rang und Würde ausgezeichnet war und ihr Vater seinen Titel an kommende Generationen weitergeben konnte. Ein Privileg, das ihr selbst verwehrt blieb – es sei denn, sie würde ein Kind von Louis bekommen. Ein Schatten glitt über ihr Gesicht, als sie an ihre Fehlgeburten dachte … Jeanne wandte sich wieder zu ihrem Bruder.

»Wenn du es dir doch noch anders überlegen solltest, Abel …«, sagte sie und blickte ihn hoffnungsvoll an.

Abel grinste. »Wenn, dann weiß ich, dass du die perfekte Heiratsvermittlerin bist.«

Pâris de Montmartel, der sich in Paris mit einigen ausländischen Bankiers getroffen hatte, stieg zufrieden in seine Kutsche. Die Gespräche waren gut gelaufen. Er konnte sicher sein, dem König die Gelder, die weiterhin für den Krieg gebraucht wurden, auch beschaffen zu können.

Der Hofbankier sah nach draußen, und der sonnige Maitag verstärkte seine gute Laune. Unweit der Place de Vendôme ließ er den Wagen anhalten, um beim Juwelier Bergés das Collier, das er dort für seine junge Gemahlin in Auftrag gegeben hatte, zu begutachten. Der kunstvoll gearbeitete Halsschmuck, der aus einer Reihe roséfarbener und weißer Diamanten bestand, war von ausgewählter, ja geradezu vollkommener Schönheit. Pâris de Montmartel lächelte. Er sah das hingerissene Gesicht seiner Gemahlin bereits vor sich. Es war ihm ein ehrliches Bedürfnis, seine Frau zu beschenken, wann immer er konnte. Marie-Anne de Béthune entstammte dem ehrwürdigen alten Adelsgeschlecht der Sullys, und er versuchte, ihre Erwartungen, die sie gehabt hatte, als sie vor zwei Jahren einwilligte, einen der reichsten Finanziers des Landes zu heiraten, stets gebührend zu erfüllen.

»Eine exzellente Arbeit«, lobte er den Juwelier. Er überließ es seinem Sekretär, zu zahlen, und wandte sich mit schwingendem Spazierstock zum Gehen.

Die Menge auf dem Platz johlte. Féro, der Straßensänger, der sich auf das Podest der Statue von François I. geschwungen hatte und sich, den Hut verwegen ins Gesicht gezogen, mit einem Bein gegen den Stein abstützte, war in seinem Element.

Es waren vor allem die armen Leute, die stehen geblieben waren – aber auch einige betuchte Bürger. Den Menschen gefiel, was er sang! Von hier oben hatte er einen guten Überblick über den Platz. Er wusste, dass er vorsichtig sein musste, und verdrängte den Gedanken, was ihn erwartete, wenn man ihn bei dem, was er hier tat, erwischte. Pierre, der Straßenjunge, der die Zettel mit dem Text unter den Leuten verteilte, war deshalb damit beauftragt, aufmerksam nach der Polizei Ausschau zu halten. Mit Inbrunst griff Féro in die Saiten seiner Laute und sang lauthals sein Lied.

»… und es ist ein kleines Bürgerweib
Das macht sich ein Hurenzeitvertreib
Die kleine Hure, die gefällt dem König, dem Pantoffelheld
Bei ihr ist feil die ganze Welt
Man kauft die Ehre dort für Geld, Geld, Geld …«

Die Leute lachten laut. Féros Hand fuhr über die Laute.

»Geld, Geld, Geld …«

Eine zerlumpte Frau, der das strähnige Haar ins Gesicht fiel, nickte. »Ja, diese Hure!«, rief sie aufgebracht. »Bildet sich ein, was Besseres zu sein! Unsereins hungert, und sie kauft sich Schlösser und verprasst das Geld des Königs!«

Féro hatte solche Reaktionen schon häufiger erlebt, seitdem er den Auftrag bekommen hatte, mit dem Lied durch die Stadt zu ziehen. Der Zeitpunkt, das Spottlied unter die Leute zu bringen, hätte kaum günstiger sein können, denn ein harter Winter lag hinter den Menschen. Ernteausfälle und der ständige Krieg hatten den Brotpreis hochgetrieben, und viele Menschen litten Hunger.

Féro erinnerte sich, dass gestern in der Menge ein Mann gestanden hatte, dessen rechter Arm fehlte. In der letzten Zeit sah man immer mehr von diesen kriegsversehrten Soldaten, von denen sich viele aufs Betteln verlegt hatten. Das Gesicht des Mannes war rot vor Empörung gewesen. »Die Pompadour hat sich sogar ein Theater gebaut – für so viel Geld, dass man ganz Paris dafür mit Brot versorgen könnte«, hatte er wütend geschrien, und die Leute schienen ihm das tatsächlich zu glauben.

Konnte ein Theater wirklich so viel kosten? Es überstieg Féros Vorstellungskraft, sich auszumalen, wie ein solcher

Schauspielsaal wohl aussah und wie es sich erst anfühlen musste, an einem solchen Ort aufzutreten. Aber vielleicht stimmte es ja. Man sagte schließlich auch, dass Madame de Pompadour ein Badezimmer aus purem Gold besäße und sogar ihre Spiegel mit Diamanten besetzt wären.

Doch als Féro jetzt die Frau mit den strähnigen Haaren betrachtete, fragte er sich nicht zum ersten Mal, ob nicht der eine oder andere dieser Menschen in der Menge für seine aufwieglerischen Zwischenrufe genauso fürstlich entlohnt wurde, wie er dafür, dass er diese Lieder sang. Nun, so oder so. Ihm konnte es egal sein, dachte er und griff erneut in die Saiten.

»Ja, schaut nur die klägliche Gestalt
Die Haut ist dürr und alt
Auf jedem Zahn ist ein Fleck
Das ganze Weib ist ein Dreck, Dreck, Dreck.
Der Geist flog ihr schon längst davon …«

Er sah auf einmal, dass Pierre, der Straßenjunge, seine Mütze gehoben hatte und ihm ein aufgeregtes Zeichen machte. Féro ließ einen abschließenden Akkord erklingen, verbeugte sich mit komödiantischem Talent vor seinem Publikum, um dann mit einem Satz in der Menge unterzutauchen.

Zwei Polizeiagenten kamen mit energischen Schritten und gezückten Degen auf die Menge zu. Die Leute ließen die Zettel mit dem Liedtext fallen und liefen eilig auseinander.

Pâris de Montmartel stand vor dem Juwelierladen und genoss für einen Moment das bunte Bild der Menschen, Kutschen, der Sänften und Pferde, das sich auf der Straße darbot – erst dann sah er die laufenden Menschen. Verwundert beobachtete er, wie die Leute vor den beiden uniformierten Polizisten wegrannten. Zettel wehten über den Platz. Der Hofbankier stieß die Spitze seines goldverzierten Spazierstocks in eines der Papiere, das direkt vor seinen Schuhen mit den glänzenden Schnallen liegen geblieben war, und hob es auf.

»Das ganze Weib ist ein Dreck, Dreck, Dreck
Der Geist flog ihr schon längst davon
Käuflich die Seele, klein und faul
Marktweiberreden spricht ihr Maul
Gemein ist alles bei der Poisson, son, son.«

Erstarrt sah er auf das Papier. Er steckte es in seine Rocktasche und stieg in seine Kutsche. Seine gute Laune war mit einem Schlag verflogen.

Zu Hause zog er sich in sein Arbeitskabinett zurück und las den Text noch einmal. Er würde erst mit Monsieur Berryer sprechen und dann die Marquise benachrichtigen, entschied er. Berryer war der neue Polizeioberleutnant von Paris. Er hatte gerade den aus dem Amt geschiedenen Feydeau de Marville abgelöst und genoss das besondere Vertrauen des Hofbankiers.

Der Polizeioberleutnant, der ihn wenige Stunden später in seinem Stadtpalais aufsuchte, las stirnrunzelnd den Text der Spottverse. »Das ist nicht nur eine Verunglimpfung der Marquise. Das ist Majestätsbeleidigung«, sagte Berryer schließlich, als er mit ernstem Blick wieder hochsah.

Pâris de Montmartel nickte. »So sehe ich das auch, Monsieur Berryer.«

»Denken Sie nicht, dass man den König informieren sollte?«

Der Hofbankier schüttelte nachdenklich den Kopf. »Nein, zumindest nicht, bevor wir etwas Konkretes herausgefunden haben. Sehen Sie, das Problem ist, dass diese Angelegenheit – wie Sie ja selbst am besten wissen – eigentlich in den Verantwortungsbereich des Comte de Maurepas fallen würde.«

»Das stimmt!«, bestätigte Berryer, dessen Amt dem Minister unterstand.

»Und wie Sie vielleicht wissen, gestaltet sich das Verhältnis zwischen der Marquise und dem Comte etwas schwierig. Auf jeden Fall denke ich nicht, dass Monsieur de Maurepas die Nachforschungen, wenn überhaupt, im Interesse der Marquise durchführen würde«, fügte er nach einer kurzen Pause hinzu.

»Ich verstehe. Sie würden sich also wünschen, dass Monsieur de Maurepas davon zunächst nichts erfährt«, folgerte Berryer.

»Genau«, erwiderte der Hofbankier mit einem Lächeln, erfreut über die schnelle Auffassungsgabe des neuen Polizeioberleutnants.

»Nun, ich werde sehen, was ich tun kann. Es wird allerdings nicht einfach sein, das vor dem Comte geheim zu halten.«

»Nein, natürlich nicht. Die Marquise wäre Ihnen jedoch sehr zu Dank verpflichtet, Monsieur Berryer.«

Der Polizeioberleutnant lächelte. »Ich werde mein Möglichstes tun, Monsieur Pâris de Montmartel.«

Das Zwitschern der Vögel weckte sie. Durch einen schmalen Spalt der Vorhänge drang die Sonne in das Schlafgemach. Jeanne drehte sich verschlafen in ihrem Bett um und öffnete die Augen. Ein Blick auf die goldene Standuhr auf dem Kaminsims zeigte ihr, dass es bereits zehn Uhr war. Die friedliche Ruhe, die auf Crécy herrschte, ließ sie länger und tiefer schlafen, als sie es in Versailles jemals tat. In den letzten Wochen hatte sie sich wunderbar erholt. Jeanne griff nach der silbernen Glocke und läutete nach der Zofe.

Man hörte Schritte, und Valérie erschien in der Tür. Sie neigte den Kopf mit dem weißen Häubchen. »Guten Morgen, Madame. Haben Sie gut geschlafen?« Sie stellte ihrer Herrin die Pantoffeln hin.

»Ja, danke, Valérie.« Jeanne nickte und betrachtete wohlwollend das junge Mädchen, das ihr nach Sophies Entlassung umso mehr ans Herz gewachsen war. Flink und anmutig bewegte sie sich in ihrem gestärkten Kleid durch das Zimmer, zog die Vorhänge auf und reichte Jeanne dann den dünnen Hausmantel aus Seide.

»Valérie, gib bitte Madame du Hausset Bescheid, dass ich ein Bad nehmen möchte.«

»Ja, Madame.« Sie verschwand und kam dann zurück, um ihrer Herrin die Schokolade zu bringen.

Jeanne trank einen Schluck von dem heißen Getränk und begab sich dann in den Baderaum. Eine wohlige Wärme empfing sie.

»Danke, das ist alles«, sagte sie zu Valérie, die die Temperatur des Wassers überprüfte. Jeanne wartete, bis die Zofe den Baderaum verlassen hatte. Es war ein Überbleibsel aus Kindertagen, dass sie einfach nicht in der Lage war, sich in Gegenwart ihrer Dienstboten nackt so unbefangen zu fühlen, wie dies die anderen Damen des Adels taten.

Sie ließ den Negligémantel von ihren Schultern gleiten. Die großen Spiegel auf dem bräunlich roten Marmor, mit dem nicht nur die Wände, sondern auch der Boden des Raumes ausgekleidet waren, warfen ihr Bild zurück. Nachdenklich betrachtete sie sich. Ihre Haut, die in der dunstigen Luft fast perlmuttartig schimmerte, war fest, ihr Busen voll und straff, und die Rundungen ihres Körpers zwar weiblich, doch ihre Taille mädchenhaft grazil. Ihr Blick glitt weiter nach oben zu ihrem von den kastanienbraunen Haaren umrahmten Gesicht. Ihre Wangenknochen zeichneten sich sanft unter ihrer Haut ab – sie waren in den letzten Jahren etwas markanter geworden und brachten ihre Augen und die vollen Lippen dadurch besser zur Geltung. Sie war fünfundzwanzig Jahre alt – kein junges Mädchen mehr, sondern eine erwachsene Frau. Einen Moment lang versuchte sie sich mit den Augen von Louis zu sehen. Sie war schön, ohne jede Einbildung konnte sie das von sich sagen, doch manchmal fragte sie sich, ob ihre Anziehungskraft auf ihren Geliebten auch bestehen bleiben würde, wenn sie älter war. Wie immer, wenn sie darüber nachdachte, befiel sie eine leise Unruhe. Louis war von heißblütigem Temperament, ein leidenschaftlicher Mann, und am Hof wimmelte es nur so von schönen Frauen, die danach dürsteten, sich ihm hinzugeben. Nachdenklich wandte sie sich vom Spiegel ab und trat zu der großen Wanne. Sie stieg die beiden Stufen des Treppchens hoch und tauchte ihre Zehen vorsichtig in die warme milchige Oberfläche des Wassers, dem ein zarter Duft aus belebenden Orangenblüten, Sandelholz und wilden Rosen entstieg. Ob Louis sie eines Tages für eine jüngere Frau aufgeben würde? Die Verbundenheit zwischen ihnen war so stark, dass ihr das im Moment unvorstellbar erschien. Sie tauchte den Fuß ganz ins Wasser, zog auch das andere Bein hinterher und ließ sich langsam in die Wanne gleiten.

Sie vermisste Louis – seine raue Stimme, die Art, wie er sie aus seinen dunklen Augen ansah, das Gefühl, seinen Körper nachts an den ihren geschmiegt zu spüren, den Geruch seiner Haut und seine Berührungen, die sie noch immer in eine Erregung versetzten, als wenn sie sich gerade erst kennengelernt hätten.

Sie war froh, dass er bald aus Flandern zurückkehren würde. Im Juli hatte die französische Armee erfolgreich Lawfeld eingenommen und bereitete sich nun darauf vor, Berg-op-Zoom anzugreifen. Louis setzte darauf, dass die Eroberungen ihm eine gute Verhandlungsposition für die Aufnahme von künftigen Friedensverhandlungen geben würden.

Jeanne legte ihren Kopf auf die Nackenrolle. Die Erholung von dem aufreibenden Hofalltag hatte ihr gutgetan. In der letzten Zeit war sie nicht nur körperlich wieder zu neuen Kräften gekommen, sondern hatte auch viel Zeit zum Nachdenken gehabt. Mit dem Abstand zu Versailles schien es ihr, dass sie viele ihrer kleinen Probleme dort zu dramatisch gesehen hatte. Ihre Angst und der Aufruhr angesichts der anonymen Briefe schienen ihr jetzt fast lächerlich. Und wie hatte sie sich bloß von der Sottise des Comte de Maurepas so aus dem Gleichgewicht bringen lassen können? Sie wunderte sich über sich selbst. Aus den Worten des Comte sprach schließlich nichts als Eifersucht.

Nun, so oder so hatte sie Maurepas auf ihre Art in seine Schranken verwiesen. Durch die Theatervorstellungen nahm er sehr viel weniger am Privatleben des Königs teil. Louis hatte daran bisher mit keiner Silbe Anstoß genommen.

Jeanne richtete sich auf, griff nach einem Tuch neben der Wanne und stieg aus dem Wasser. Sie trocknete sich flüchtig ab, warf dann ihren Seidenmantel über und schlüpfte in ihre Pantoffeln, bevor sie wieder nach der Zofe läutete, die ihr beim Ankleiden helfen sollte. Da sie in Crécy keine Morgentoilette hielt, ging der Vorgang zügig vonstatten. Madame du Hausset half ihr in das Korsett und die beiden Unterröcke. Jeanne verzichtete auf ein Panier und schlüpfte in ein weißes Tageskleid, das sich ähnlich einem Mantel nach unten in einem Dreieck über dem mit Volants und Spitzen besetzten Unterrock und nach oben in ebensolcher Weise über der Korsage öffnete, auf die ein mit Schleifen besetzter Stecker befestigt wurde.

Alexandrine wartete bereits ungeduldig auf sie. Wie immer warf sich die Kleine, die inzwischen fast drei war, in ihre Arme, als wenn sie sich seit Tagen nicht gesehen hätten. Die blonden Löckchen flogen um ihren Kopf. »Maman, Maman, ich habe geträumt! Von einer Fee!«

»Von einer Fee?« Jeanne nahm sie auf den Arm und strich ihr mit einem Lächeln über die Haare.

Die Kleine nickte aufgeregt.

»Und hast du dir etwas wünschen dürfen, mein Engel?«

»Ja!« Aufgeregt plappernd erzählte sie ihrer Mutter den Traum.

Es war ein schöner sonniger Tag, und Jeanne beschloss, alle Pflichten später zu erledigen und mit der Kleinen nach draußen zu gehen. Nur in Begleitung von Madame du Hausset und der Amme spazierten sie durch die neu angelegten Nutzgärten, in denen, versteckt hinter Hecken, das Obst und Gemüse für das Schloss angebaut wurden.

»Sieh doch, mein Schatz, hier wachsen die Himbeeren«, sagte sie und pflückte einige der roten Früchte, die Alexandrine so liebte, und gab sie ihr.

Die Kleine schob sich die Himbeeren in den Mund und strahlte. »Süß«, verkündete sie. Ihr Mund war im Nu mit dem roten Saft der Früchte beschmiert.

Jeanne lachte. »Ja, sehr süß – genau wie du, mein Liebling!« Sie nahm von der Amme ein Tuch entgegen und tupfte Alexandrine liebevoll den Mund sauber.

Sie waren schon wieder zum Schloss zurückgeschlendert, als Hufgetrappel und das Geräusch von rollenden Kutschenrädern verrieten, dass sie Besuch bekamen. Ein goldgelber Wagen mit zwei livrierten Lakaien kam auf den Hof gefahren. Einer der Diener klappte eilig den Tritt hinunter, während der andere mit einer Verbeugung den Verschlag öffnete. Ein Herr mit Spazierstock stieg aus.

Es war Pâris de Montmartel. Seine Haltung war aufrecht und stolz wie immer, doch zum ersten Mal fiel Jeanne auf, dass seine Bewegungen bedächtiger geworden waren. Seine Erscheinung in dem silbergrauen Rock war wie immer makellos. Die etwas altmodische Lockenpracht seiner offenen Perücke, deren Frisur er auch in den letzten Jahren nicht der neuen Mode angepasst hatte und damit sein Alter von siebenundfünfzig Jahren bewusst betonte, fiel wohlgeordnet auf seine Schultern, kein Fältchen war an seinem Rock zu entdecken – trotz der langen Fahrt von Paris hierher –, und nicht ein Staubkörnchen hatte es gewagt, sich auf seine blank geputzten Schuhe zu setzen.

Jeanne übergab Alexandrine der Amme und ging erfreut auf ihn zu. »Monsieur Pâris de Montmartel.«

Er neigte den Kopf. »Marquise, verzeihen Sie, dass ich so unangemeldet bei Ihnen erscheine.«

»Verzeihen? Aber ich bitte Sie«, sie lachte. »Ich freue mich über Ihren Besuch. Um ehrlich zu sein, habe ich in den letzten Wochen fast ein wenig zu viel Ruhe gehabt.«

Sie begaben sich in den Salon, und Jeanne ließ ihren Lakai eine Erfrischung bringen, eine limonadenartige Mischung aus gekühltem Minzwasser, Zitronen und Grenadine, die ihr Koch gerade neu kreiert hatte. Der Hofbankier ließ seinen Blick kurz durch den in zarten Gelb- und Weißtönen gehaltenen Salon schweifen und nahm einen Schluck aus seinem Glas.

»Ich fürchte, es ist nicht allein die Sehnsucht nach meiner Gegenwart, die Sie den weiten Weg von Paris nach Crécy hat auf sich nehmen lassen«, begann Jeanne das Gespräch.

»Ohne ungalant erscheinen zu wollen, Marquise, muss ich leider zugeben, dass das stimmt.« Er stellte sein Glas ab. Seine Miene war plötzlich ernst geworden. »Um es genau zu sagen, bin ich besorgt, weil ich neulich durch Zufall Zeuge wurde, wie ein Straßensänger in Paris dies hier zum Besten gegeben hat …«

Er reichte Jeanne das Papier, das der Sänger bei seiner Vorstellung verteilt hatte.

»… das ganze Weib ist Dreck, Dreck, Dreck. Der Geist flog ihr schon längst davon …« Jeanne las die Zeilen nicht einmal zu Ende. Ein verächtlicher Zug zeigte sich um ihre Mundwinkel, und sie zuckte die Achseln. »Nun, so traurig es ist, ich bin es inzwischen leider gewohnt, dass man mich auf diese Weise verunglimpft. Wenn Sie mich fragen, diejenigen, die das schreiben, gehören in die Bastille, nicht weil sie mich damit beleidigen, sondern ihren Herrn, den König!«

»Wohl wahr, Marquise. Aber dennoch ist dieser Liedtext etwas anderes, denn es handelt sich hierbei nicht nur um einen anonymen Brief, sondern um ein Straßenlied, das gezielt in Paris verbreitet wird.«

»Gezielt?«

»Ja.« Pâris de Montmartel stellte sein Glas ab. »Dieses Lied wurde nicht nur gesungen, sondern auch gedruckt, um es unter die Leute zu bringen. Papier aber ist teuer. Kein einfacher Straßensänger hätte das Geld dazu.«

Jeanne sah ihn ungläubig an, als sie verstand, was er damit meinte.

»Wollen Sie damit sagen, dass jemand vom Hof versucht, diese widerlichen Lügen über mich auch noch in Paris zu verbreiten?«

»Ich glaube, dass wir davon ausgehen müssen.« Der Hofbankier sah sie mit seinen braunen Augen ernst an. »Ich habe bereits Monsieur Berryer, den neuen Polizeioberleutnant von Paris, aufgesucht, um ihn um Hilfe zu bitten, und er hat mir gestern bestätigt, dass das Lied an zwei anderen Plätzen der Stadt ebenfalls gesungen wurde und man dabei jedes Mal auch den Text verteilt hat.«

Jeanne schwieg und schüttelte schließlich den Kopf. »Ich weiß nicht …« Es erschien ihr abwegig, dass jemand sie so sehr hasste, dass er ihren ohnehin schon ramponierten Ruf noch mehr schädigen wollte.

»Ich bin Monsieur Berryer auf jeden Fall sehr dankbar, wenn er diese Angelegenheit in Paris weiter im Auge behält, denn so oder so muss man dagegen vorgehen. Schließlich werde nicht nur ich verunglimpft, sondern auch Seine Majestät, der König. Gleichzeitig denke ich aber, dass wir die Sache nicht überbewerten sollten …«, fügte sie hinzu, doch ein Blick in Pâris de Montmartels Gesicht verriet ihr, dass der Hofbankier ihre Meinung nicht teilte.

»Nun ja«, sagte er zweifelnd.

»Monsieur Pâris de Montmartel, vielleicht lassen wir uns von diesen Dingen allzu leicht beunruhigen. Spottlieder dieser Art gab es doch schon immer, und haben Sie mich nicht selbst vor meiner Vorstellung bei Hof gewarnt, dass ich als *Maîtresse en titre* immer von Neid umgeben sein werde?«

»Ich gebe zu, das stimmt, aber …«

Sie war aufgestanden und lächelte ihn an. »Kommen Sie, lassen Sie mich Ihnen das Schloss zeigen, damit Sie auf andere Gedanken kommen. Sie bleiben doch zum Souper, nicht wahr?«

Als sie später mit ihm durch den Flur ging, um ihm die Bibliothek und die Gemächer zu zeigen, spürte sie jedoch hinter der höflichen Konversation, die sie führten, noch immer seine ernste Nachdenklichkeit. Nun, sie würde sich von diesen Pamphleten auf jeden Fall nicht mehr aus der Ruhe bringen lassen, dachte sie entschlossen. Sie konnte nicht ahnen, wie falsch sie damit lag.

Nur wenige Tage nach dem Besuch von Pâris de Montmartel verbreitete sich die frohe Kunde, dass die französische Armee die Stadt Berg-op-Zoom siegreich erobert hatte. Eine weitere Bastion der Niederländer war eingenommen worden, und Louis wollte bereits Ende September nach Frankreich zurückkehren. Er plane, in seiner Landresidenz auf Schloss Compiègne einige Tage Zwischenstation einzulegen, schrieb er Jeanne in einem zärtlichen Brief, um sich dort mit ihr zu treffen und seine Sehnsucht nach ihr zu stillen, bevor sie mit dem Hof für den Herbstaufenthalt weiter nach Fontainebleau ziehen würden.

Jeanne beschloss, auf ihrem Weg dorthin einige Tage in Paris zu verbringen, um ihren alten Pariser Freunden und ihrem Bruder Abel einen Besuch abzustatten. Jeanne besuchte die Comédie-Française und die Pariser Oper, sie war zu einem Souper im Stadtpalais des Duc de La Vallière eingeladen und ging in Paris einkaufen. Sie bemerkte, dass die sonst so lebensfrohe Stimmung in der Stadt sich verändert hatte. Eine fast bedrückende Atmosphäre herrschte überall – es war zu spüren, dass die Menschen unter dem Krieg litten. Zum ersten Mal fiel Jeanne auf, wie viele Bettler und kriegsversehrte Soldaten in den Straßen zu sehen waren.

Nachdenklich setzte sie schließlich ihre Reise nach Compiègne fort.

Ihr Wiedersehen mit Louis war stürmisch und leidenschaftlich. Sie hatten sich nacheinander gesehnt – körperlich und seelisch.

Die Zeit im Feld hatte ihn gestählt. Mit Bewunderung betrachtete Jeanne die Konturen seiner Muskeln und Sehnen, über die eben noch ihre Finger geglitten waren und die sich jetzt im Schein der Kerzen deutlich abzeichneten. Es war weit nach Mitternacht – Louis war erst am Abend in Compiègne eingetroffen, und sie waren endlich allein.

Er hatte sich aus ihrer Umarmung gelöst und war vom

Bett aufgesprungen, um nach einer Weinkaraffe zu greifen. Er schenkte ihnen zwei Gläser ein.

Noch ganz erfüllt von ihrem Liebesspiel, betrachtete sie mit matter Trägheit seinen Rücken. Jede Einzelheit seines Körpers wahrnehmend, verstand sie mit einem Mal, was einen Künstler dazu brachte, jemanden malen zu wollen.

In diesem Moment merkte sie, dass Louis sie ansah. Er hatte sich wieder zu ihr gedreht und reichte ihr mit einem spöttischen Lächeln das Glas Wein. »Ich hoffe, Ihnen gefällt, was Sie sehen, Madame?«

Ein Anflug von Verlegenheit überkam sie – sein durchdringender Blick schaffte es noch immer, ihr die Röte ins Gesicht zu treiben. »Sogar überaus gut, Sire«, sagte sie dann und trank einen Schluck von ihrem Wein.

Er ließ sich neben sie aufs Bett sinken. »Nun, das Kompliment kann ich nur zurückgeben.« Er musterte sie, nackt, wie sie vor ihm lag. »Die Wochen, die Sie ohne mich verbringen mussten, haben Ihnen so gutgetan, dass es mich fast argwöhnisch stimmen sollte. Haben Sie vielleicht einem anderen Ihre Gunst gewährt?«, fragte er beiläufig und trank einen Schluck.

»Einem anderen?«

Seine Finger spielten mit ihrer schmalen Hand. »Nun ja, Monsieur de Richelieu erwähnte einmal, dass sich damals in ihrer Pariser Zeit die Herren um Ihre Gunst geradezu gerissen hätten. Was mir nur zu verständlich erscheint.«

Sie sah ihn entgeistert an. Machte er sich über sie lustig, oder war aus seinen Worten tatsächlich ein Anflug von Eifersucht herauszuhören? »Monsieur de Richelieu sollte nicht den Fehler machen, von seinem eigenen Leben auf das anderer zu schließen«, gab sie zurück.

Er beugte sich amüsiert über sie. »Sie sind hinreißend. Sie schaffen es, wegen etwas beleidigt zu sein, was jede andere Dame am Hof als Kompliment verstehen würde. Bei Gott, was habe ich Sie vermisst«, sagte er und küsste sie.

Sie spürte, dass es ihm gut ging. Louis war glücklich über

die Ergebnisse seines Feldzuges. Die Eroberungen in den Niederlanden hatten ihm endlich die gewünschte Position verschafft, von der aus er das Ende des Krieges vorantreiben konnte.

»Der Maréchal de Saxe und der englische Lord Cumberland sind bereits in erste Verhandlungen eingetreten. Ihre Vertreter, der Marquis de Puysieulx und Lord Sandwich, haben sich in Liège getroffen«, berichtete ihr Louis am nächsten Morgen, als sie zusammen das Frühstück einnahmen.

Jeanne stellte ihre Tasse ab. »Ihr hofft auf einen Friedenskongress zwischen allen Parteien?«

»Ja, er soll auf neutralem Boden, in Aachen, stattfinden. Im kommenden Jahr.«

Sie sah ihn nachdenklich an. »Europa dürstet nach Frieden. Aber glaubt Ihr, dass die Preußen und Engländer wirklich bereit sind, Zugeständnisse zu machen?«

Louis, der sich ein Stück Brot abbrach, nickte. »Ja, zwangsläufig, denn der Krieg hat solche Unsummen verschlungen, dass die Staaten über Jahre verschuldet sind und, falls er nicht endlich ein Ende findet, alle in den Ruin stürzen werden.«

Jeanne nickte. Sie wusste, dass selbst die Brüder Pâris deshalb ein Ende der Auseinandersetzungen befürworteten. Jahrelang hatten sie von dem Krieg profitiert, doch die ständig wachsenden Kosten waren immer schwieriger aufzubringen – es war eine Tatsache, dass Europa Gefahr lief, finanziell und wirtschaftlich zu kollabieren.

Die Tage, die Jeanne und Louis in Compiègne verbrachten, verflogen schnell, und schon bald begaben sie sich mit dem Hof weiter nach Fontainebleau.

Die Zeit dort wurde von der Jagd, aber vor allem von der Politik bestimmt. Louis und sie sprachen viel darüber. Er war besorgt um den Wohlstand seines Landes. Die ständigen Gefechte auf See hatten den maritimen Handel, der einen großen Teil von Frankreichs Wohlstand begründet hatte, fast zum Erliegen gebracht. Die Wirtschaft war geschwächt und die Ernte in diesem Jahr so schlecht, dass die Versorgung der Bevölkerung über den Winter nicht gewährleistet werden konnte. Schon jetzt litten viele Menschen Hunger, und die Stimmung in Paris war erfüllt von einer aufkeimenden Unzufriedenheit. Jeanne erinnerte sich an die vielen Bettler, die sie auf den Straßen gesehen hatte.

»Das Volk braucht endlich wieder Frieden«, sagte Louis düster. Er spürte, dass die Bevölkerung ihn schon lange nicht mehr mit dem Jubel empfing wie damals nach dem Sieg von Fontenoy.

Die Sensibilität, mit der er auf diese Stimmungsveränderung reagierte, erschreckte Jeanne. Sie dachte mit Bestürzung an die Spottlieder, die sich in der Stadt in Umlauf befanden. Sie war froh, dass Louis darüber nichts wusste. Voller Naivität verschloss sie die Augen vor der Wirklichkeit und hoffte, dass der Friede und die damit verbundene Wiederbelebung der Wirtschaft auch die Stimmung im Volk wieder verbessern würde.

43

Jeanne betrachtete nachdenklich das chinesische Porzellan, das ihr Monsieur Duvaux präsentiert hatte. Es war wie geschaffen für Crécy. Die weißen Teetassen und Tellerchen mit dem rotgoldenen Muster waren ungewöhnlich fein und zart gearbeitet. In Europa gab es nur die Meissener Fabrik in Sachsen, die in der Lage gewesen wäre, so etwas herzustellen. Leider. Jeanne bedauerte dies.

»Ich nehme es. Lassen Sie es mir bitte mit den anderen Sachen schicken.«

»Gern. Es ist mir eine Ehre, Marquise.« Monsieur Duvaux verbeugte sich devot.

Sie nickte höflich und ließ sich von ihm zum Ausgang geleiten. Es war Anfang November, und Jeanne befand sich auf einem ihrer gelegentlichen Ausflüge in die Hauptstadt, die in letzter Zeit seltener geworden waren. In Fontainebleau hatten der Duc de La Vallière und sie inzwischen begonnen, die nächste Theatersaison vorzubereiten. Sie planten einige neue Stücke, wie *Le Mariage fait et rompu* von Dufresny und *Les Dehors trompeurs* von Boissy, aber auch einige Opern, und Jeanne wollte in Paris Stoffe und Accessoires für die Kostüme bestellen. Gleichzeitig hatte sie die Gelegenheit genutzt, um Monsieur Duvaux einen Besuch abzustatten.

Ein ungemütlicher kühler Wind wehte ihr ins Gesicht, als sie ins Freie trat. Der Himmel hing grau und schmutzig über der Stadt, und sie fasste fröstelnd ihren Umhang enger. Der

Winter stand vor der Tür, und der unabänderliche Jahreszeitenwechsel ließ für einige Sekunden einen Anflug von Melancholie in ihr aufsteigen. Sie hasste die kalten Monate.

Wie immer hatte sich um ihre Kutsche eine kleine Menschenmenge gebildet. Die Leute wichen zur Seite, als sie sich näherte, und starrten sie ohne jede Scham an, um jede Einzelheit von ihr, über die sie noch Tage, ja Monate reden würden, in sich aufzunehmen.

Statt wie sonst eilig in ihren Wagen zu steigen, sah Jeanne zu den Leuten. Sie war inzwischen so sehr an die mit Puder und Rouge verschönten Antlitze der Höflinge gewöhnt, dass diese nackten Gesichter mit ihren Falten und Unebenheiten, ihren von der Kälte geröteten Wangen und Pockennarben ein Gefühl des Unbehagens bei ihr auslösten. Sie bemühte sich, ein freundliches Gesicht aufzusetzen, bevor sie wieder den Kopf abwandte.

Der Kutscher hatte den Verschlag geöffnet, und einer der Lakaien reichte ihr die Hand, um ihr beim Einsteigen zu helfen.

Sie hatte den Fuß schon auf die heruntergelassene Stufe des Tritts gesetzt, als hinter ihr plötzlich etwas durch die Luft sauste und im selben Moment gegen die blau lackierte Kutsche klatschte.

Jeanne schrie erschrocken auf, obwohl sie im gleichen Augenblick erkannte, dass es nichts anderes als eine überreife Tomate war.

»Hure! Du demütigst unsere Königin und bestiehlst den König«, ertönte im selben Moment ein wutentbrannter Ruf.

Die Lakaien stürzten sich in die Menge, um den Mann zu fassen, doch der war schon eilig zwischen den Menschen untergetaucht und rannte weg. »Hure!«, ertönte es noch einmal von Weitem.

Jeanne spürte, wie sie am ganzen Körper zitterte. Sie sah entsetzt auf die Reste der Tomate. Der Saft der Frucht war vom Türrahmen der Kutsche hinunter auf den Ärmel ihres Kleids getropft und hatte dort hässliche rote Flecken hinterlassen, die an Blut erinnerten. Ein Anblick, der sich ihr ins Gedächtnis prägen sollte.

In einem Anflug von Stolz, und um ihre Angst nicht zu zeigen, drehte sie sich hocherhobenen Hauptes zu der Menge um. Sie konnte in den Gesichtern lesen wie in einem offenen Buch. Einige Menschen waren nicht weniger erschrocken als sie und starrten sie mit einer Mischung aus Entsetzen und Mitleid an, doch in den anderen Mienen nahm sie dafür umso deutlicher die Schadenfreude und Genugtuung wahr. Sie hassten sie, ging ihr auf einmal schaudernd auf. Sie glaubten all die Ammenmärchen, die man über sie verbreitete, dass sie das Vermögen des Königs verschleuderte, die Ehre der Königin beschmutzte und nur von einer unersättlichen Gier nach Macht und Reichtum besessen war.

Viel später, als sie schon längst wieder in ihre Kutsche gestiegen war und sich auf dem Rückweg nach Fontainebleau befand, sah sie den Ausdruck dieser Gesichter noch immer vor sich.

Monsieur Berryer verbeugte sich so tief, dass man befürchten musste, er würde das Gleichgewicht verlieren. »Marquise, es ist mir eine übergroße Ehre.«

Jeanne nickte. Sie befand sich im Stadtpalais bei Pâris de Montmartel, wohin der Polizeioberleutnant auf ihren Wunsch hin gekommen war. Pâris de Montmartel wies auf einen Sessel, und Berryer setzte sich.

»Monsieur Berryer, es gab letzte Woche einen betrüblichen Vorfall«, kam der Hofbankier ohne Umschweife auf den Anlass ihres Treffens zu sprechen. »Die Marquise wurde vor dem Geschäft von Monsieur Duvaux Opfer einer äußerst verdammenswerten Unmutsbekundung aus dem Volk!«

»Ich hörte von diesem verabscheuungswürdigen Zwischenfall.«

Jeanne, die zu nervös war, um sich zu setzen, war einige Schritte auf und ab gegangen. Jetzt blieb sie stehen und wandte sich dem Polizeioberleutnant zu.

»Monsieur Berryer, mir liegt sehr daran, dass Sie herausfinden, wer diese Spottverse über mich in Umlauf bringt. Ich möchte wissen, ob es sich wirklich nur um den derben Spaß einiger gewöhnlicher Straßensänger handelt oder ob jemand gezielt beabsichtigt, meinen Ruf zu schädigen«, sagte sie beherrscht.

»Ich versichere Ihnen, dass ich alles tun werde, damit der Täter gefasst wird, Marquise. Leider muss ich dabei sehr vorsichtig vorgehen, denn der Comte de Maurepas hat zwar Anordnungen getroffen, dass jede Verunglimpfung Seiner Majestät unerbittlich verfolgt und aufs Härteste bestraft wird, gleichzeitig aber auch befohlen, dass die Beleidigungen, die sich gegen Ihre Person richten … nun, nicht weiter beachtet werden sollen«, erklärte Berryer mit sichtlicher Verlegenheit.

Jeanne schwieg betroffen. »Das verwundert mich nicht …«, sagte sie schließlich. Es war in der Tat nicht besonders erstaunlich, dass der Minister kein Interesse daran hatte, ihren Ruf zu verteidigen. Wahrscheinlich verfolgte er mit Genugtuung, wie diese Schriften in der Stadt die Runde machten, dachte sie wütend.

»Ich weiß, wie heikel die Situation für Sie ist, Monsieur Berryer«, sagte Jeanne. »Aber glauben Sie mir, es soll Ihr Schaden nicht sein. Ich vergesse nie, wem ich zu Dank verpflichtet bin.«

»Marquise, ich werde alles in meiner Macht Stehende tun. Es ist mir eine aufrichtige Ehre, Ihnen zu Diensten zu stehen.« Berryer verbeugte sich erneut tief, bevor er sich von Pâris de Montmartel verabschiedete.

Jeannes Bestürzung über den Vorfall vor dem Geschäft von Lazare Duvaux war groß. Es war nicht allein die Tatsache, dass man sie zum ersten Mal in ihrem Leben versucht hatte tätlich anzugreifen, nein – der Groll des Volkes hatte es darüber hinaus geschafft, sie mehr zu treffen, als es alle Abneigung des Hochadels jemals getan hatte. Es bedrückte sie, wie die Menschen von ihr dachten.

»Ach, Jeanne, solche Pamphlete sind doch hundertfach über alle möglichen Leute in Umlauf«, tröstete sie Abel, der sie zusammen mit Le Normant de Tournehem am nächsten Tag besuchte.

Sie schüttelte den Kopf. »Trotzdem, ich verstehe einfach nicht, wie die Leute solche Dinge über mich behaupten können.«

Le Normant de Tournehem zuckte die Achseln. Als ehemaliger Generalsteuerpächter war er den Unmut des Volkes gewohnt, denn die Menschen hassten die Steuerpächter, die sich ihrer Meinung nach bei der Eintreibung der königlichen Pacht auf ihre Kosten bereicherten. »Die Zeiten sind unruhig, und die Menschen, die hungern und frieren, sind dankbar für jeden, gegen den sie ihre Wut richten können«, erklärte er.

Jeanne sah ihn zweifelnd an. »Ich wünschte, Sie hätten recht«, sagte sie. Sie wandte sich wieder dem Silbertablett mit der Post zu. Wenigstens war heute kein anonymer Brief darunter. Zwei Päckchen waren gekommen. Bei dem einen handelte es sich um eine Sendung mit Stoffproben, die sie zur Seite legte. Sie nahm das zweite, eine Schachtel, in der man für gewöhnlich Schmuck oder Parfüm verschickte. Weder ein Absender noch ein Siegel verrieten, von wem sie war. Jeanne drehte die Schachtel fragend in der Hand, bevor sie nach dem Brieföffner griff und das Wachs von den Schnüren löste. Vermutlich war es ein Geschenk. Sie bekam oft Präsente von fremden Menschen geschickt, die hofften, dadurch ihre Gunst zu erlangen.

Jeanne öffnete den Karton. Eine silberne, ebenfalls mit Wachs versiegelte Büchse befand sich darin, aber kein Anschreiben. »Merkwürdig«, sagte sie mehr zu sich selbst als zu Abel und ihrem Oheim.

Le Normant de Tournehem, der aufmerksam verfolgt hatte, wie sie das Päckchen aufgemacht hatte, stand plötzlich alarmiert auf. »Warten Sie!«, rief er.

Jeanne schaute ihn verwundert an.

Er nahm ihr ohne ein weiteres Wort der Erklärung die Büchse aus der Hand und betrachtete sie prüfend. »Wenn sie keinen Absender hat, sollten Sie sie lieber nicht selbst öffnen.«

»Aber was soll denn damit sein?«

»Wahrscheinlich nichts! Nur eine Vorsichtsmaßnahme. Ein Generalsteuerpächter, mit dem ich befreundet bin, hat vor einigen Monaten mit einem solchen Päckchen eine unliebsame Überraschung erlebt.«

Jeanne spürte auf einmal eine merkwürdige Beklemmung.

Guillaume wurde gerufen. Le Normant de Tournehem wies ihn an, eine Maske aufzusetzen und die Büchse im Nachbarraum aus einigem Abstand zu öffnen. Der Lakai nickte.

Jeanne fand, dass Le Normant de Tournehem nun doch ein wenig übervorsichtig war. »Wirklich, lieber Oheim, ich glaube, jetzt übertreiben Sie ...«, sagte sie kopfschüttelnd.

»Das mag sein, aber ...« Ein lauter Knall ließ sie zusammenfahren.

Jeanne sah Le Normant de Tournehem erstarrt an, dann sprang sie hoch und rannte mit Abel und Le Normant de Tournehem nach nebenan.

Schwarzer Staub und Glassplitter lagen überall verstreut auf dem Tisch, an dem Guillaume die Büchse geöffnet hatte. Er zog sich seine Maske vom Gesicht, die eine schwarze Staubschicht zierte, und hustete. »Madame ... es tut mir leid ...«, stotterte er angesichts des Chaos, das im Zimmer herrschte.

»Aber nein, Guillaume«, wehrte sie entsetzt ab. »Ich bin nur froh, dass dir nichts passiert ist!«

»In der Büchse war eine dunkle Glasphiole, die explodiert ist, als ich sie geöffnet habe«, berichtete der Lakai. Seiner Stimme war noch immer deutlich der Schreck anzuhören. Er hustete.

Le Normant de Tournehem betrachtete stirnrunzelnd den dunklen Staub, der sich über den ganzen Tisch verteilt hatte. »Wir sollten nichts anfassen, bevor wir nicht wissen, was es ist.«

Aufgeschreckt von dem Knall, waren auch Madame du Hausset und Valérie herbeigelaufen. Die Kammerfrau hatte Le Normant de Tournehems letzte Worte mitbekommen. »Soll ich Doktor Quesnay Bescheid geben?«

Jeanne, die erst jetzt begriff, was man ihr hatte antun wollen, nickte. Sie war blass geworden.

Madame du Hausset drehte sich zu Valérie herum. »Los, lauf und hol den Doktor!«

Doch das Mädchen reagierte nicht, sondern blickte mit fassungslos geweiteten Augen zu dem Tisch. »Nun lauf schon! Du sollst Doktor Quesnay holen!«

Endlich nickte Valérie und rannte los.

Louis unterbrach seine Sitzung mit dem Comte d'Argenson, um sofort zu ihr zu kommen. »Die Büchse ist explodiert?«, fragte er bestürzt.

Jeanne nickte. Ihr kam das Ganze noch immer wie ein Albtraum vor, aus dem sie hoffte, gleich zu erwachen. »Sie kam in einer Schachtel ohne Absender. Wenn Monsieur Le Normant de Tournehem nicht gewesen wäre …«

Einen Moment lang schwieg Louis. Er sah erst Jeanne und dann Doktor Quesnay an, der etwas von dem Staub auf ein Blatt getan hatte und prüfend daran roch.

»Glauben Sie, dass es Gift ist?«

»Nein, wahrscheinlich nur Schießpulver, aber um ganz sicherzugehen, müsste man es untersuchen lassen.«

Louis blickte zu den verstreuten Resten der Büchse und nickte. »Der Comte de Maurepas soll sich dieser Angelegenheit annehmen«, sagte er und befahl einem Pagen, den Minister sofort holen zu lassen.

Jeanne musste sich zusammenreißen, nicht dagegen aufzubegehren. Auch wenn der Comte der Letzte war, den sie jetzt um sich haben wollte – er war der Minister, dem die Polizei von Paris unterstand.

Kurz darauf erschien Maurepas in ihrem Gemach und verbeugte sich vor dem König. Man berichtete ihm, was geschehen war.

»Ich unterstelle diese Angelegenheit ganz Ihrer Verantwortung, Monsieur le Comte. Es versteht sich, dass Ihre Untersuchungen mit größtem Stillschweigen vor sich zu gehen haben«, erklärte ihm der König.

»Selbstverständlich, Sire«, sagte Maurepas. Im Hintergrund hatte sich sein Sekretär auf seine Anweisung hin ein Paar Handschuhe übergestreift und begann vorsichtig, den schwarzen Staub und die Glassplitter der Phiole in ein Kästchen einzusammeln.

»Seien Sie unbesorgt, Marquise, wir werden schon bald wissen, ob der Inhalt dieser Phiole vergiftet war«, sagte der Comte. Ein Lächeln, das Jeanne nicht gefiel, glitt über sein Gesicht.

Valérie war nach draußen geflohen. Sie brauchte frische Luft. Sie versuchte tief durchzuatmen, doch sie spürte, wie sie zitterte. Sie dachte daran, was geschehen wäre, wenn die Marquise das Paket selbst aufgemacht hätte. Ihr war übel, denn sie ahnte, wer ihr die Büchse mit der Phiole geschickt hatte.

Was sollte sie nur tun? Sie sank auf die kalte Treppenstufe und legte den Kopf in einem Gefühl der Ohnmacht auf die Knie nieder. Der Comte würde sie niemals gehen lassen. Was, wenn der Marquise wirklich etwas passieren würde?

Eine Woche später machte der Comte de Maurepas dem König und Jeanne seine Aufwartung, um ihnen das Ergebnis seiner Untersuchung mitzuteilen. Bei dem Staub habe es sich nur um eine geringe Menge Schießpulver gehandelt.

»In der Glasphiole hat sich vermutlich ein Feuerwerkskörper befunden, und durch das Gemisch ist es beim Öffnen zu einer kleinen Explosion gekommen. Wahrscheinlich wollte sich jemand einen schlechten Scherz mit Ihnen erlauben.«

»Tatsächlich?« Sie musterte ihn kalt. Das Ergebnis seiner Untersuchung erstaunte Jeanne nicht im Geringsten. Auch wenn die Phiole das tödlichste Gift enthalten hätte, hätte er das sicher nicht bekannt gegeben.

»Ja, Marquise.« Wie immer war er in der Gegenwart des Königs ganz der höfliche Gentilhomme. »Hätten Sie die Büchse selbst geöffnet, wäre Ihnen – von dem Schreck abgesehen – kein Leid geschehen!«

»Wie überaus beruhigend, Monsieur.«

Er ignorierte ihren Sarkasmus. »Nun, wie dem auch sei … ich hoffe, dass das Ergebnis der Untersuchung zu Ihrer Beruhigung beiträgt. Es wäre doch weitaus schrecklicher, wenn man davon ausgehen müsste, dass jemand Sie wirklich hätte vergiften wollen, nicht wahr, Marquise?«, sagte er unschuldig und mit so viel falscher Freundlichkeit in der Stimme, dass Jeanne ihm am liebsten ins Gesicht geschlagen hätte. Sie sah ihn wütend an.

»Der Comte hat recht. Es sollte Sie beruhigen, Madame, dass der Inhalt der Phiole nicht vergiftet war«, meinte Louis später, als sie allein waren.

Als Jeanne nur schwieg, legte er den Arm um sie. »Sie sollten sich keine Sorgen machen. Monsieur de Maurepas wird alles daransetzen, um herauszufinden, wer sich diese Unverschämtheit erlaubt hat, damit der Täter bestraft werden kann. Doch es hat sich bestimmt nur um einen schlechten Scherz gehandelt.« Louis strich ihr sanft über die Wange. »Warum sollte jemand ein Interesse haben, Sie zu vergiften und Ihnen etwas anzutun? Sie sind der bezauberndste Mensch der Welt.«

Er sah sie voller Wärme an, und einen Moment war sie versucht, ihm alles zu erzählen, von den anonymen Briefen und den Spottversen, dem Anschlag in Paris, den Anfeindungen von Maurepas, von all der Abneigung und der Feindseligkeit, gegen die sie seit ihrer Einführung bei Hof ankämpfte. Sie sehnte sich danach, sich in seine Arme zu werfen und ihm alles zu gestehen. Doch wo hätte sie anfangen sollen? Er hätte nicht verstanden, warum sie ihm bis jetzt von alldem nichts gesagt hatte. Ihr Schweigen war ein Fehler gewesen, den sie nicht mehr ungeschehen machen konnte.

Louis strich ihr über das Haar, als ahnte er, was tief in ihrem Inneren vor sich ging.

»Ich habe Angst«, sagte sie leise, und es war die Wahrheit. Seit der explodierten Glasphiole hatte sie Albträume. Sie fürchtete auf einmal, dass man sie tatsächlich vergiften oder ihr etwas anderes Schlimmes zustoßen könnte.

»Das brauchen Sie nicht«, sagte Louis und nahm sie in seine Arme, die ihr für einen Moment die wohltuende Illusion schützender Geborgenheit schenkten. »Ich würde nicht dulden, dass man Ihnen etwas antut.«

Ein unangenehmer kalter Regen prasselte gegen die Scheiben, und trotz des Feuers im Kamin war es nur mäßig warm in dem Raum. Die zur Nordseite gerichteten Außenwände verhinderten, dass in dem Büro jemals angenehme Temperaturen herrschten. Doch Monsieur Berryer störte das nicht. Er konnte besser nachdenken, wenn es kühl war. Nachdenklich las er den Bericht seiner Agenten. Die Zunahme der Hungernden und Bettler in der Stadt war ein Problem. Er seufzte, und seine Gedanken kehrten zu den Nachforschungen, die er für die Marquise betrieb, zurück, als er eilige Schritte vor seinem Büro hörte. Im nächsten Moment wurde die Tür aufgerissen, und sein Sekretär stürmte herein.

»Monsieur Berryer, Monsieur Berryer – die Kutsche des Ministers ist gerade vorgefahren«, stieß er atemlos hervor.

Berryer sah ihn verwundert an. Es war selten, dass der Comte de Maurepas hierherkam. Normalerweise wurde Berryer in sein Büro nach Versailles bestellt. Der Polizeioberleutnant zog eilig seinen braunen Rock und sein Halstuch zurecht, fuhr sich prüfend über seine Perücke und nahm Haltung an.

Das Aufschlagen einer metallenen Spazierstockspitze kündigte schon von Weitem das Kommen des Ministers an.

»Monsieur le Comte, welche Ehre«, rief Monsieur Berryer, als sein Sekretär mit einer tiefen Verbeugung die Tür aufhielt. Er erhob sich von seinem Stuhl.

Maurepas winkte ab. »Ersparen wir uns die Höflichkeiten, Sieur Berryer«, sagte er – den bürgerlichen Stand des Polizeioberleutnants mit dieser Anrede bewusst betonend, um keinen Zweifel zu lassen, wie es um die Machtverhältnisse zwischen ihnen bestellt war. »Meine Zeit ist knapp!«

Berryer neigte höflich den Kopf.

»Ich will es kurz machen«, fuhr der Comte fort. »Mir ist zu Ohren gekommen, dass Sie Ihre Zeit damit verschwenden, Nachforschungen über gewisse Pamphlete zu betreiben, die gegen die Marquise de Pompadour im Umlauf sind. Mehrere Agenten sollen darauf angesetzt sein …«

Berryer war im Grunde klar gewesen, dass der Minister über kurz oder lang davon erfahren musste. Er nickte. »Ja, aber nur insofern, als in diesen Flugblättern auch Seine Majestät verunglimpft wird, Monsieur le Comte.«

Maurepas drehte seinen silbernen Spazierstock in den Händen. »Ich wünsche, dass Sie das unterlassen. Unsere Agenten werden für wichtigere Dinge gebraucht als dafür, sich ausgerechnet um den Ruf der Marquise zu kümmern.«

»Aber es handelt sich dabei doch auch um Majestätsbeleidigung«, wagte Berryer einzuwenden.

Der Comte fixierte ihn kühl. »Sie wollen mir widersprechen?«

Ihre Augen trafen sich. Der Minister mochte ihn nicht, denn er besaß nicht den devoten Habitus seines Vorgängers. Berryer wusste das.

»Selbstverständlich nicht, Monsieur le Comte.«

»Gut. Und um es unmissverständlich klar auszudrücken, es handelt sich bei meiner Anordnung um einen Befehl!«

»Sehr wohl, Monsieur le Comte.«

Der Minister wandte sich zum Gehen. »Leider neigt

Madame de Pompadour zu einer gewissen Hysterie. Wenn wir uns um alle schlechten Reden und Verunglimpfungen kümmern würden, die über sie in der Stadt kursieren, wäre die Polizei von ganz Paris damit beschäftigt. Die Mätressen des Königs haben sich noch nie besonderer Beliebtheit erfreut, das liegt in der Natur der Sache. Denken Sie einmal darüber nach …«

Berryer lächelte höflich. »Ja, Monsieur le Comte.«

Er sah dem Minister hinterher, wie er durch die Tür aus seinem Büro verschwand, und lauschte dem Aufschlagen seines Spazierstocks, das sich durch den Flur entfernte und dann leiser wurde. Erst als er nichts mehr hörte, sank er wieder auf seinen Stuhl.

Ihm war heiß. Er spürte, wie er vor Anspannung geschwitzt hatte, und zog sich die Perücke vom Kopf. Der Minister würde ihn von nun ab im Auge behalten. Da war er sich sicher.

44

Louis hatte ihr La Celle-Saint-Cloud Anfang des Jahres geschenkt. Das Anwesen ähnelte mehr einem großen Landhaus als einem Schloss, doch gerade darin bestand sein Charme. Jeanne hatte es vor einiger Zeit bei einer ihrer Ausfahrten entdeckt und Louis sofort begeistert davon erzählt. Das Schlösschen besaß den unschätzbaren Vorteil, dass es nicht weit entfernt von Versailles lag und man dort für einen Abend oder das Wochenende hinfahren konnte, und dem König gefiel die intime Atmosphäre von La Celle.

Jeanne liebte es, hier Feste in einem kleinen Kreis von nicht mehr als dreißig Personen zu einem bestimmten Thema zu veranstalten. Ein orientalischer Duft wehte an diesem Abend durch die hohen Räume. Die großen Flügeltüren waren geöffnet, sodass sich der Blick in die lange Flucht der Gemächer erstrecken konnte. Die Wände waren mit golddurchwirkten Stoffen behangen, weiche persische Teppiche lagen auf dem Boden, Wasser plätscherte in kleinen Springbrunnen, und die Höflinge – die ihre Roben mit aller Fantasie dem Motto des orientalischen Festes angepasst hatten – saßen unter Baldachinen auf Sitzkissen um niedrige Tische herum. Lakaien in Turbanen und langen Gewändern servierten zu der Musik von arabischen Lautenspielern Getränke und ausgewählte Speisen.

»Was für ein bezauberndes Fest.« Die Duchesse de Brancas hatte sich genüsslich in die Kissen zurückgelehnt und klappte ihren Fächer auf. Neugierig musterte sie den dunkelhäutigen Lakaien, der ihr den Wein nachschenkte. »Gehört er Ihnen?«

»Mir? Gehören? Aber nein!« Jeanne schüttelte, belustigt über die Wortwahl, den Kopf. Schließlich war man in Frankreich und nicht in den Kolonien. »Er arbeitet für den Duc de Nivernais, der ihn mir freundlicherweise für den Abend zur Verfügung gestellt hat.«

Die Duchesse musterte den Lakai. Sie nippte an ihrem Glas. »Was glauben Sie, stimmen die Gerüchte, dass sie so besonders großzügig ausgestattet sind?«, fragte sie, ohne sich auch nur die geringste Mühe zu geben, leise zu sprechen.

»Ähm ... ich habe keine Ahnung, Duchesse«, erwiderte Jeanne. Sie bewunderte den Lakai, der, ohne die Miene zu verziehen, weiter Wein einschenkte. Wie die meisten Hofdamen und Höflinge dachte die Duchesse nicht eine Sekunde darüber nach, was Dienstboten dachten oder von ihren Unterhaltungen mitbekamen. Sie benahm sich in ihrer Anwesenheit ganz genauso, als wenn die Zofen oder Diener gar nicht da wären. Jeanne hatte das noch nie gekonnt. Ihre Herkunft hatte sie zu sehr geprägt, und sie wusste, wie viel die Dienstboten untereinander redeten. Sie erinnerte sich noch gut an den Tratsch, den Françoise, die kleine Schwester der Köchin, früher von dem Personal im Haus von Le Normant de Tournehem erzählt hatte.

Ein Finger strich sanft über ihren Nacken, und sie erschauerte.

Louis, der sich bis eben mit dem Comte de Coigny und dem Duc d'Ayen unterhalten hatte, wandte sich zu ihr.

»Nun, schöne Haremsdame, ich weiß nicht, zu was ich Ihnen mehr gratulieren soll, zu diesem Fest oder Ihrem gelungenen Kostüm?«

Sie lächelte, denn sie wusste, dass ihr Kleid, das sie eigens für diesen Abend hatte anfertigen lassen, Eindruck hinterließ. Es war ein weißes, tief ausgeschnittenes Gewand, das eng am Rumpf anlag und am Oberkörper in der Art einer Weste geschlossen war. Die weiten, spitz zulaufenden Ärmel, in denen sich hauchdünner Musselin bauschte, waren ebenso wie das übrige Gewand mit Goldsäumen verziert, und darunter trug sie eine rote Pluderhose mit türkischen Seidenpantoffeln. Ihr mit Perlenschnüren durchflochtenes Haar schmückten eine Blüte und mehrere kleine Federn.

»Es freut mich, dass Euch beides gefällt.«

Sein Blick glitt nicht ohne eine gewisse Anzüglichkeit an ihr herab. Die rote Hose, die kokett unter ihrem Gewand hervorsah, hätte sicherlich nicht den Gefallen der Geistlichen gefunden.

Er nahm einen Zug von der Wasserpfeife, die ihm ein Lakai reichte. »Ihr besitzt eine überaus reizvolle Verwandlungsfähigkeit, Madame.«

»Und doch bleibe ich immer dieselbe«, sagte sie mit einem Lächeln und schaute ihn an. Louis, der das kostbare Gewand eines türkischen Sultans trug, sah blendend aus.

Er beugte sich zu ihr und schüttelte den Kopf. »Nein, Sie irren. Gerade das ist das Faszinierende an Ihnen, Madame, jede dieser Verwandlungen zeigt auch stets eine neue Facette Ihres Charakters.«

Eine Fanfare der Trompeter unterbrach sie. Das Auftreten der Tänzerinnen wurde ankündigt. Vier barfüßige, orientalisch gekleidete junge Frauen erschienen in dem Salon und begannen, sich mit durchsichtigen Tüchern, die sie anmutig durch die Luft schwangen, zum Takt der einsetzenden Musik zunächst langsam, dann immer schneller und wirbelnder zu bewegen.

Louis legte den Arm um Jeanne, und sie lehnte sich an ihn. Einen Moment lang vergaß sie ihre Sorgen und genoss es einfach, Louis' Nähe zu spüren und der Darbietung zuzuschauen.

Sie hatte die Geschichte mit der explodierenden Glasphiole noch immer nicht verkraftet. Obwohl sie sich bemühte, sich nichts anmerken zu lassen, war sie vorsichtig und argwöhnisch gegenüber den Menschen geworden. Neulich Nacht hatte sie sogar von der Duchesse de Châteauroux geträumt. Sie hatten zusammen Tee getrunken. »Was glauben Sie denn, meine Liebe, selbstverständlich bin ich vergiftet worden«, hatte die tote Duchesse hochmütig zu ihr gesagt, während sie mit einem Löffelchen geziert ihren Tee umrührte. Schweißgebadet war Jeanne aufgewacht. Ja, sie fühlte sich bedroht. Immerhin war es Doktor Quesnay wenigstens gelungen, sie etwas zu beruhigen. Er hatte ihr versichert, dass es sich bei dem Staub vermutlich wirklich nur um Schießpulver gehandelt hatte. Doch Jeanne wurde das Geräusch der Explosion nicht los. Jemand hatte es darauf abgesehen, ihr Angst einzujagen – und das war ihm gelungen. Doch in ihre Furcht mischte sich inzwischen auch immer mehr Wut. Sie würde nicht weiter tatenlos zusehen, wie irgendjemand versuchte, sie zu verleumden, ihren Ruf und ihre Liebe zum König zu zerstören.

Sie spürte, dass es einen Zusammenhang zwischen den Ereignissen der letzten Wochen und Monate gab – den anonymen Briefen, den Spottversen, dem Paket –, und sie ahnte, dass der Comte de Maurepas irgendwie in diese Ereignisse verwickelt war. Es war ein Fehler gewesen, zu glauben, dass sie den Minister in Schach halten könnte, indem sie ihn aus dem Privatleben des Königs herausdrängte. Sein Hass gegen sie war dadurch nur noch mehr angestachelt worden. Anders als der Comte d'Argenson oder der Prince de Conti würde Maurepas niemals Ruhe geben. Er würde immer gegen sie kämpfen.

Jeanne dachte daran, was der Polizeioberleutnant ihr gestern berichtet hatte. Der Comte de Maurepas hatte ihm untersagt, weitere Nachforschungen zu betreiben.

Jeanne nahm einen Schluck von ihrem Wein, und während sie das Bild der wirbelnden Tücher vor sich betrachtete, wurde ihr klar, dass der Hof von Versailles entschieden zu klein war, als dass sie beide dort leben konnten.

Guillaume war der Erste, der entdeckte, dass Valérie verschwunden war. Sie war am Morgen nicht zu ihrem Dienst erschienen, und Madame du Hausset hatte ihn geschickt, um nach ihr zu sehen.

Er klopfte an die Tür ihrer Kammer. »Valérie? Valérie?« Als niemand ihm antwortete, öffnete er sie.

Die enge Kammer war leer – das Bett unberührt. Guillaume betrachtete den kahlen Raum, dessen einziger Schmuck ein schlichtes Holzkreuz an der Wand war. Das Kleid, das Valérie gewöhnlich während ihres Dienstes als Zofe trug, lag, ordentlich mit der Schürze, dem Schultertuch und der weißen Haube zu einem säuberlichen Stapel zusammengelegt, auf der Bettdecke. Kein einziger persönlicher Gegenstand war in dem Raum zu entdecken.

Guillaume trat an die Kleidertruhe, aber noch bevor er sie öffnete, wusste er, dass er ihre Sachen dort nicht mehr finden würde.

Er hatte recht. Nur ein schwacher Duft von Lavendelwasser entwich der gähnenden Leere. Valérie war fort!

Unentschlossen drehte er sich in dem Raum um, als er sah, dass neben den Kleidern ein elfenbeinfarbener Briefumschlag lag. »*An die Marquise de Pompadour …*«

Jeanne saß im Salon und beriet sich gerade mit dem Abbé Bridard de La Garde, der ihre Bibliothek betreute. Wann immer sie Zeit fand, zog sie sich dorthin zum Lesen zurück. Über dreitausend Bände besaß sie inzwischen. Noch immer machte es sie, wie schon als kleines Mädchen, glücklich, durch gedruckte Worte in eine andere Welt einzutauchen.

»Die Übersetzung von *Robinson Crusoe* und *L'Histoire de Cleveland* möchte ich auf jeden Fall lesen«, sagte Jeanne zu dem Abbé, der ihr eine Liste gereicht hatte, als Madame du Hausset in den Salon trat. Sie hielt einen Brief in der Hand. »Verzeihen Sie, Madame, dass ich störe, aber ich glaube, das hier sollten Sie lesen.«

Jeanne blickte zu ihrer bestürzt wirkenden Kammerfrau. »Ist etwas passiert?«

Madame du Hausset nickte. »Valérie ist verschwunden!«

Der Abbé Bridard de La Garde verbeugte sich. »Ich werde später noch einmal wiederkommen, Marquise.«

Jeanne nickte. »Danke, Abbé.«

Madame du Hausset wartete, bis er den Salon verlassen hatte, dann reichte sie ihrer Herrin den Umschlag. »Dieser Brief lag auf Valéries Bett – er ist an Sie gerichtet.«

Jeanne nahm das Schreiben entgegen und öffnete es.

Madame,
wenn Sie diese Zeilen lesen, werde ich Versailles bereits verlassen haben. Ich habe Ihr Vertrauen missbraucht und Sie hintergangen.
Das, was ich getan habe, war unehrenhaft und unverzeihlich – aber ich glaubte, keine andere Wahl zu haben.
Trauen Sie niemandem …
Valérie

Was um Gottes willen hatte das zu bedeuten? Sprachlos sah Jeanne auf den Brief. Sie wusste nicht, was sie mehr verwirrte, die gestochene Schrift und gebildete Wortwahl ihrer Zofe oder der mysteriöse Inhalt der Zeilen.

»Ihre Sachen sind weg?«

»Ja, Madame, bis auf die Kleider und diesen Brief war nichts mehr in ihrer Kammer.«

Jeanne zeigte ihr das Schreiben. »Verstehen Sie, was sie damit meinen könnte?«

Doch Madame du Hausset schien nicht weniger verwirrt als sie. »Ich habe nicht die geringste Ahnung, was das Mädchen damit sagen will. Gestohlen hat sie jedenfalls nichts. Als wir ihr Verschwinden entdeckten, haben wir sofort alles nachgeprüft.«

Jeanne seufzte. »Was meint sie bloß mit *unehrenhaft?*« Ihr Blick schweifte aus dem Fenster, wo feiner Schnee vom Himmel rieselte. Obwohl es bereits Anfang März war, hatte es in den letzten Tagen wieder angefangen zu schneien. Alles schien zurzeit irgendwie durcheinander – selbst die Natur. Jeanne trommelte mit den Fingern nervös auf die Lackplatte des Tisches. Ob Valérie etwas mit dem Paket zu tun hatte?

Doch dann erinnerte sich Jeanne an die entsetzte Reaktion des Mädchens und verwarf diesen Gedanken wieder. Sie hatte Valérie mehr gemocht als alle anderen Zofen und konnte sich nur schwer vorstellen, dass das Mädchen sie hintergangen haben sollte. Ein Gesicht tauchte auf einmal vor ihren Augen auf, das Bild der weinenden Sophie, die händeringend ihre Unschuld beteuerte ... Hatte sie ihr Unrecht getan?

Am Abend erzählte sie der Comtesse d'Estrades von dem Verschwinden ihrer Zofe. »Am schlimmsten ist, dass ich nun auch noch vermuten muss, dass wahrscheinlich nicht Sophie, sondern Valérie die Briefe aus meinem Sekretär entwendet hat«, erklärte Jeanne. Sie hatte eine Partie Pharao in den Gemächern der Königin gespielt und schlenderte nun mit der Comtesse zwischen den Spieltischen umher. Louis unterhielt sich auf der anderen Seite des Salons mit seinen Kindern, dem Dauphin und den Prinzessinnen Adélaide und Henriette.

»Ach, meine Liebe, nehmen Sie es sich nicht so zu Herzen, mit den Zofen hat man immer seinen Ärger«, entgegnete die Comtesse und seufzte.

Doch es gelang Jeanne nicht, die Angelegenheit einfach so abzutun. Es passte einfach nicht zu Valérie, fand sie. Das plötzliche Verschwinden, der Brief ...

Sie blieben an einem Tisch stehen, an dem der Duc de Duras, der Prince de Dombes und der Comte de Coigny Karten spielten. Coignys Gesicht hatte einen missmutigen Ausdruck angenommen, denn er verlor eine Runde nach der anderen gegen den Prince de Dombes. So wie es aussah, hatte er schon sein halbes Palais in Paris verspielt. Die Begeisterung, die man am Hof für das Spiel aufbrachte, blieb Jeanne ein Rätsel. Die Höhe der Summen, die dabei über den Tisch gingen, ließ sie schwindlig werden. Sie war ohne Zögern bereit, ein Vermögen für ein Schloss, ein Gemälde oder ein wundervolles Kleid auszugeben – aber sprichwörtlich alles auf eine Karte oder ein paar Würfel zu setzen und dem Glück vertrauen? Niemals hätte sie daran Vergnügen finden können. Doch die Höflinge waren süchtig nach Glücksspielen. Selbst die biedere Königin liebte es, zu würfeln. Nicht wenige Adlige hatten es geschafft, sich mit dieser Leidenschaft um Hab und Gut zu bringen und sich sehenden Auges in den Ruin zu stürzen – wofür ihnen Menschen wie Pâris de Montmartel wiederum sehr dankbar waren.

»Oh, das ist der Kardinal de Rohan, nicht wahr?«, sagte die Comtesse d'Estrades.

Jeanne folgte ihrem Blick zur anderen Seite des Salons und nickte. La Rochefoucauld, der Ende des Jahres aus Rom nach Versailles zurückgekehrt war, stand mit seinem Cousin, dem Comte de Maurepas, und Monsignore Boyer neben der weißen Marmorbüste von Louis XIII. ins Gespräch vertieft zusammen.

»Ja, das ist er.«

»Er ist noch recht jung für einen Kardinal, nicht wahr? Eine wahre Augenweide im Vergleich zu den anderen Klerikern ... Ob er eine Geliebte hat?«

»Versuchen Sie doch Ihr Glück«, sagte Jeanne spöttisch.

Mit seinen sechsundvierzig Jahren war La Rochefoucauld für einen Kardinal in der Tat noch jung, was sie hoffen ließ, dass er moderner und aufgeschlossener als die anderen Geistlichen sein würde. Seine Verwandtschaft mit Maurepas machte ihn ihr allerdings nicht besonders sympathisch.

»Herrgott!«, ließ sich in diesem Moment die Stimme des Comte de Coigny vernehmen. Jeanne drehte sich herum und sah zu dem Tisch zu ihrer Linken, an dem der Comte de Coigny gerade mit verächtlicher Miene dem Prince de Dombes drei Türme mit Goldmünzen zuschob.

Jeanne schenkte ihm einen mitleidigen Blick. Das war vermutlich die andere Hälfte seines Palais, dachte sie, und wandte sich zum Gehen.

45

Draußen begann bereits der Morgen zu grauen. Die beiden Kutschen kämpften sich mühsam ihren Weg durch den Schnee. Sie hatten eine Waldlichtung am Ufer der Seine zwischen dem Dorf Auteuil und dem Gehöft von Billancourt als Treffpunkt ausgemacht.

Der Comte de Coigny, der einen pelzgefütterten Umhang um seine Schultern trug, blickte mit starrer Miene durch das beschlagene Fenster nach draußen.

D'Ayen, der ihm gegenübersaß, wusste aus eigener Erfahrung, dass man in diesen Momenten seine ganze Kraft brauchte, um seine Konzentration zu sammeln und noch einmal zu beten. Für alles andere war es jetzt zu spät.

Der Wagen kam zum Stehen. Der Lakai riss den Verschlag auf. Der Duc d'Ayen hielt Coigny am Arm und blickte ihn fest an. »Sie werden ihn schlagen, aber achten Sie darauf, wenn er seine Drehung nach rechts macht – das ist seine Spezialität.«

Coigny nickte. »Danke, Sie sind ein wahrer Freund, Duc«, erwiderte er leise. Er wollte aussteigen, um sich dem Unvermeidlichen zu stellen, doch dann wandte er sich noch einmal zu ihm um. »Wenn ich das hier nicht … Sie wissen schon … könnten Sie Seiner Majestät dann bitte eine Nachricht übermitteln?«

D'Ayen nickte. »Selbstverständlich.«

»Sagen Sie ihm, dass ich ihn um Verzeihung hierfür bitte und ich glücklich bin, in ihm nicht nur einen großen König, dem zu dienen es eine Ehre war, sondern gleichzeitig auch den teuersten Freund gefunden zu haben.«

»Sie sollten sich lieber darüber Gedanken machen, wie Sie ihm den Tod des Prince de Dombes beibringen.«

Coigny lächelte schief.

Trotz des Morgengrauens war es draußen noch so dunkel, dass die Lakaien Fackeln aufstellen mussten, damit es hell genug für das Duell war. Das Wasser der Seine glitzerte schwarz im Schein der flackernden Lichter. Am anderen Ende der Lichtung war der Prince de Dombes mit seinem Sekundanten, dem Prince de Conti, ausgestiegen. Ungerührt sah er zu ihnen herüber.

D'Ayen versuchte sich seine Besorgnis nicht anmerken zu lassen. Dombes war nicht nur für seinen Stolz, sondern auch für seine ausgezeichneten Fechtkünste bekannt. Coigny musste wahnsinnig gewesen sein, ihn mit seiner Bemerkung so herauszufordern. Er hatte die Achillesferse des Prince getroffen, als er vorgestern Nacht, nachdem er Runde um Runde Unsummen beim Spiel gegen ihn verlor, schließlich vom Tisch aufgesprungen war und ihn verächtlich anfuhr: »Man muss schon ein Bastard sein, um so viel Glück zu haben.« Der Prince de Dombes, ein Enkel des legitimierten Sohnes von Louis XIV. und seiner Mätresse Madame de Montespan, war vor Wut aschfahl geworden. Mehrere Leute waren Zeuge dieses Affronts geworden, und es hatte nicht einmal zwei Stunden gedauert, bis Dombes' Sekundant, der Prince de Conti, dem Comte die Herausforderung überbracht hatte.

Möge Gott ihm jetzt beistehen!, dachte d'Ayen, als er zusah, wie die beiden Männer ihre Röcke auszogen und sich in Hemd und Weste vier Schritte voneinander entfernt mit gezogenen Degen aufstellten.

Der Prince de Conti blickte den Duc d'Ayen an.

Er nickte.

Conti sah zu den Kontrahenten. *»En garde?«*

Die beiden Männer nickten stumm.

Der Prince de Conti hob die Hand. »Messieurs! *Allez!*«, hallte sein Ruf laut über die Lichtung. Das Duell begann.

Die Degen sausten durch die Luft und prallten aufeinander.

Schon nach wenigen Minuten wusste d'Ayen, dass Coigny keine Chance haben würde. Der Prince war nicht nur von größerer Statur und weitaus geübter, sondern verstand es außerdem auch, sich geschickter über den verschneiten rutschigen Boden zu bewegen. Zweimal verlor Coigny innerhalb der ersten Minuten fast den Halt. Dann schaffte er es kaum noch, zu retournieren, sondern konnte nur mit Mühe die Hiebe von Dombes, die einer nach dem anderen auf ihn einprasselten, mit seinem Degen abwehren. Der Prince drängte ihn immer weiter zurück. Die scharfe Spitze seiner Waffe sauste durch die Luft und zerriss den Hemdsärmel von Coigny – Blut zeigte sich auf dem weißen Stoff. Der Schmerz schien dem Getroffenen für einen Moment neue Kräfte zu verleihen, geschickt parierte der Comte die Angriffe seines Gegners und holte zum Gegenstoß aus, doch der Prince wich aus, sodass nur der Stoff seines Hemdes zerriss.

Sofort gewann Dombes wieder die Oberhand. Silberner Stahl flirrte durch die Luft. Er traf Coigny an der Brust. Der Comte griff sich mit der Hand an die Wunde und taumelte. Auf dem Gesicht des Prince zeigte sich Genugtuung. Er war außer sich vor Wut. Er wollte Coigny nicht nur schlagen, sondern töten, erkannte d'Ayen entsetzt, als er schon sah, wie der Degen von Dombes erneut durch die Luft auf den Comte zuraste …

Eine dicke Schneeschicht bedeckte die Pflastersteine des Ehrenhofs bis hin zum Marmorhof, und die Wipfel der Bäume, die die Avenue de Paris säumten, waren ebenso wie die Dächer der *Écurien* in einen weißen Mantel gehüllt.

Louis, der beim *Lever* seinen Blick aus dem Fenster richtete, konnte sich nicht erinnern, jemals so viel Schnee im März in Versailles gesehen zu haben. Er ließ sich von seinem Kammerherrn in den Rock helfen. Die Sonne strahlte, und er freute sich auf die Jagd, die er für den Mittag angesetzt hatte. In Gedanken sah er bereits die Pferde durch den frischen Schnee galoppieren.

Eine Garde trat in das Gemach. »Euer Majestät, der Duc d'Ayen.«

Louis nickte. Er hatte seinen Capitaine der Garden bereits beim *Lever* vermisst.

D'Ayen verbeugte sich tief. »Euer Majestät.«

Louis ließ die Taschenuhr, die er einer Schatulle entnommen hatte, in seine Rocktasche gleiten. »Guten Morgen, Monsieur le Duc«, sagte er und wandte sich zu ihm. »Ein vortreffliches Wetter für die Jagd …« Als er den Gesichtsausdruck von d'Ayen sah, verstummte er. Der Capitaine sah niedergeschlagen aus.

Er war auf seine Knie gesunken. »Euer Majestät, ich muss Euch leider eine schlechte Nachricht überbringen.«

Louis' Gesicht war ernst geworden. »Reden Sie, Duc!«

D'Ayen schaute ihm nicht in die Augen. »Der Comte de Coigny hat in der Nacht einen schweren Unfall gehabt. Sein Wagen ist zwischen Paris und Versailles in dem Schneetreiben in einen Graben gestürzt und … der Comte hat sich das Genick gebrochen.«

Louis erstarrte. Er kannte Coigny schon seit seinen Kindertagen – einer der wenigen Höflinge, die er zu seinen wahren Freunden zählte.

»Er ist tot?«, fragte er leise.

Der Duc d'Ayen nickte. »Ja, Euer Majestät.«

Der König rang nach Luft. Gott, er selbst hatte den Comte gebeten, am Abend wieder von Paris nach Versailles zurückzukehren, um mit ihm zur Jagd zu gehen. Ohne ihn wäre der Comte niemals in den Schneesturm geraten. Er sah das Gesicht seines Freundes, die humorvollen Augen, hörte sein warmes Lachen – und spürte, wie sich ein kalter dunkler Schatten über ihn legte. Nein, Coigny konnte nicht tot sein!

Mit einem Mal wurde ihm bewusst, dass ihn die anwesenden Höflinge ansahen. Mitleid und Entsetzen spiegelte sich auf ihren Gesichtern. Er konnte weder das eine noch das andere ertragen. Brüsk wandte er sich ab. »Entschuldigen Sie mich, Messieurs!« Ohne ein weiteres Wort floh er durch eine Seitentür aus dem Gemach.

Jeanne hatte Besuch von Pâris de Montmartel und Le Normant de Tournehem, denen sie über das Verschwinden von Valérie berichtete. Die beiden Männer versprachen, in Paris ihre Verbindungen spielen zu lassen, um mehr über das Mädchen in Erfahrung zu bringen, und auf ihre Bitte auch nach Sophie zu suchen.

Madame du Hausset trat zu ihr an den Toilettentisch. »Madame, Seine Majestät«, sagte sie leise.

Jeanne nickte, ohne sich ihre Verwunderung anmerken zu lassen. Eigentlich hätte Louis noch beim *Lever* sein müssen. »Entschuldigen Sie mich bitte, Messieurs«, sagte sie und erhob sich von ihrem Sessel, um Madame du Hausset in den anderen Salon zu folgen.

Louis stand am Fenster.

»Sire, wie schön ...«

Er drehte sich zu ihr um. Als sie seinen Blick sah, vergaß sie jede Etikette.

»Um Gottes willen, was ist geschehen?«

»Der Comte de Coigny ... er hatte einen Unfall.«

Jeanne erbleichte und hörte ihm zu, als er ihr erzählte, wie Coigny ums Leben gekommen war. Sie brachte kein Wort heraus.

»Was für ein sinnloser Tod – in einer Kutsche zu sterben«, sagte Louis bitter. Tränen standen ihm in den Augen.

Jeanne trat zu ihm. Sie nahm seine Hände, die kalt waren. Alles Blut war aus ihnen gewichen.

»Mein Geliebter, es tut mir so leid«, sagte sie leise.

»Er war immer so voller Leben und Tatendrang«, stieß Louis hervor.

»Der arme Comte.« Auch Jeanne hatte Coigny immer sehr geschätzt – sie konnte nicht glauben, dass er wirklich tot sein sollte.

Louis sah sie verzweifelt an. »Es ist meine Schuld ... Ich

habe ihn gebeten, in der Nacht wieder aus Paris zurückzukehren, um mit mir heute zur Jagd zu gehen.«

Jeanne sah ihn entgeistert an. »Aber nein, Sire, es ist nicht Eure Schuld, niemand konnte wissen, dass der Schnee so schlimm werden würde.«

Doch ihre Worte vermochten ihn nicht zu trösten. Sie sah die Tränen über seine Wangen rinnen, und sie fühlte Mitleid mit ihm. Er quälte sich mit Selbstvorwürfen, und es zerriss ihr das Herz, dass sie ihm nicht helfen konnte. Sie zog ihn in ihre Arme, wissend, wie groß sein Schmerz über den Tod dieses treuen Freundes sein musste.

»Es ist nicht Eure Schuld«, wiederholte sie sanft.

Sie spürte seine Ohnmacht angesichts der Verluste, die er immer wieder aufs Neue erleiden musste.

Er hatte recht. Es war in der Tat ein sinnloser Tod, den der Comte de Coigny gestorben war, dachte Jeanne, als Louis später wieder gegangen war, weil er im Staatsrat erwartet wurde. Doch dann erinnerte sie sich an etwas, das ihr die Comtesse d'Estrades erzählt hatte. Ein Wortgefecht zwischen Coigny und dem Prince de Dombes. Einer plötzlichen Eingebung folgend, beschloss Jeanne, dem Duc d'Ayen einen Besuch abzustatten.

Der Capitaine der Garden erhob sich mühsam aus seinem Stuhl, als ein Lakai sie in seinen Salon führte. Dunkle Schatten lagen unter seinen Augen. Er wirkte niedergeschlagen. Mit einem leichten Schwanken deutete er eine ungeordnete Verbeugung an. Sein Hemd war zerknittert, und seine Halsbinde hing offen vor seiner Brust – er war betrunken.

»Marquise«, begrüßte er sie.

Immerhin hatte ihn der Wein seine guten Manieren nicht ganz vergessen lassen. Er deutete höflich auf einen Sessel, ohne sich im Geringsten darüber erstaunt zu zeigen, dass sie ihn besuchte.

Sie musterte seine glasigen Augen. »Monsieur d'Ayen, ich brauche Ihnen sicherlich nicht zu erzählen, wie erschüttert

Seine Majestät über den schrecklichen Tod des Comte de Coigny ist.«

Der Duc schwieg und starrte auf seine Schuhspitzen.

»Unglücklicherweise glaubt Seine Majestät, die Schuld dafür zu tragen, dass der Comte umgekommen ist.«

D'Ayen sah sie verwirrt an und schien ein wenig aus seiner Apathie zu erwachen. »Seine Majestät? Aber wieso sollte der König Schuld am Tod des Comte tragen?«

»Weil er den Comte, der wegen einer familiären Angelegenheit nach Paris musste, gebeten hat, in der Nacht nach Versailles zurückzukehren, um mit ihm am Vormittag zu jagen. Der König glaubt, dass Monsieur de Coigny ohne seine Bitte noch am Leben wäre ... Aber dem ist nicht so, nicht wahr?«, fragte sie sanft.

Das Gesicht des Duc d'Ayen hatte einen entgeisterten Ausdruck angenommen. Er sah zu Boden. Schließlich seufzte er.

»Marquise, ich kann Ihnen leider nicht sagen, was in dieser Nacht passiert ist.«

Sie tippte ungehalten ihre Fingerspitzen aneinander und musterte ihn eindringlich an. »Monsieur, ich weiß von dem Wortwechsel, den es vorgestern Abend zwischen dem Comte und dem Prince de Dombes gegeben hat ... Es gab ein Duell, habe ich recht?«

D'Ayen verzog das Gesicht. »Sie sollten diesen Gerüchten keinen Glauben schenken, Madame.«

Sie stand auf. »Monsieur, ich glaube, dass es dem König ein großer Trost wäre, zu wissen, dass sein Freund nicht bei einem bloßen Unfall in seiner Kutsche, sondern für seine Ehre gestorben ist.«

D'Ayen lachte ächzend auf. »Auf Duelle steht die Todesstrafe, Madame.«

»Ich spreche nicht davon, dass Sie dem König eine Straftat gestehen, sondern einem Freund die Wahrheit berichten sollten, Monsieur le Duc. Auch das scheint mir eine Frage der Ehre zu sein«, sagte sie kühl und ging.

Es war schon später Abend – Louis hatte sich mit Jeanne nach der Staatsratssitzung in seine Privatgemächer zurückgezogen und wollte weder etwas essen noch irgendjemanden sehen –, als Le Bel den Duc d'Ayen meldete.

»Es tut mir leid, Euer Majestät, aber er beharrt darauf, Euch sprechen zu müssen.«

»Schon gut. Bitten Sie ihn herein.«

Der Duc d'Ayen betrat den Raum und verbeugte sich.

Jeanne war erleichtert. Sie hatte gehofft, dass er kommen würde. Sie freute sich, sich im Charakter des Capitaines der Garden nicht getäuscht zu haben.

»Ach, Monsieur le Duc. Es ist gut, dass Sie kommen. Ich weiß, Sie trauern nicht weniger um den Comte als ich«, sagte Louis betrübt. »Können Sie glauben, dass der gute Coigny wirklich von uns gegangen ist? Trotz seiner fünfundvierzig Jahre schien er noch so jung und so voller Tatendrang. Er war mir ein echter Freund …«

D'Ayen räusperte sich verlegen. »Sire, der Comte bat mich kurz vor seinem Tod, Euch etwas auszurichten.«

Louis war irritiert. »Ich verstehe nicht. Waren Sie denn bei ihm? Ich dachte, er wäre allein gewesen.«

»Ich war sein … Sekundant.«

Die Augen des Königs verengten sich und richteten sich kühl auf d'Ayen. Einen Moment lang war sich Jeanne nicht sicher, ob sie den Duc mit ihrer Bitte, Louis die Wahrheit zu sagen, nicht doch in die Bastille bringen würde.

Der Capitaine der Garden berichtete zögernd, wie es zu dem Duell gekommen war. »Der Comte bat mich, Euch um Vergebung zu bitten. Ich soll Euch sagen … dass er sich immer glücklich geschätzt hat, in Euch nicht nur einen großen König gefunden zu haben, dem zu dienen ihm eine Ehre war, sondern auch … den teuersten Freund«, schloss er schließlich mit leiser Stimme seinen Bericht.

Louis war aufgestanden und zum Fenster getreten. Er sah hinaus. »Ich danke Ihnen, Monsieur d'Ayen.«

Der Duc neigte den Kopf.

»Doch Sie wissen, dass ich Sie dafür bestrafen muss, dass Sie als Sekundant dieses Duell gebilligt haben.«

D'Ayen war bei seinen Worten blass um die Nasenspitze geworden, doch er wahrte die Fassung und hob das Kinn. »Ja, Euer Majestät, das weiß ich.«

Jeanne fuhr auf. »Aber, Sire …«

Louis hatte sich wieder zu ihnen gedreht. Sein strenger Blick brachte Jeanne zum Schweigen.

»Sie dürfen Ihr Amt weiter ausüben, Duc, doch in den nächsten vier Wochen wünsche ich Sie weder bei der Jagd noch beim Souper oder Spiel zu sehen.«

»Sehr wohl, Sire«, erwiderte der Duc und senkte seinen Kopf, um seine Erleichterung zu verbergen.

46

Der Frühling war wieder erwacht, und ein milder Wind wehte durch das Land. In den Gärten von Versailles waren die Parterres mit üppigen Blumenarrangements bepflanzt worden, man hatte die Palmen, Zitronenbäume und übrigen exotischen Bäume, die der König so liebte, aus der Orangerie ins Freie gebracht, und in den Brunnen und Bassins sprudelte das Wasser der Fontänen wieder hell und klar.

Längst war der Schnee geschmolzen, der das Land noch Anfang März heimgesucht hatte, und mit ihm hatten sich auch die dunklen Schatten verzogen, die der unglückliche Tod von Coigny über Versailles gebracht hatte.

Jeanne aber war besorgt. Weder die Sonne noch die erblühende Natur konnte ihre Unruhe vertreiben, denn Ostern stand vor der Tür. Die Zeit, die sie am Hof am meisten fürchtete und hasste. In der heiligen Woche war die Präsenz der Hofgeistlichen so stark wie zu keiner anderen Zeit. Selbst die freigeistigsten Höflinge wurden in diesen Tagen von moralischen Anwandlungen befallen, wenn der Großalmosenier und seine Bischöfe in ihren Predigten die Sündhaftigkeit der weltlichen Freuden anprangerten und ihren Schäfchen die drohende Strafe Gottes vor Augen führten.

Der König wurde zu Ostern regelmäßig von Gewissensbissen heimgesucht, denn da er mit seiner Mätresse in Sünde lebte, durfte er nicht die Sakramente empfangen. Ein Umstand, der seinen unmoralischen Lebenswandel jedes Jahr wieder öffentlich werden ließ und seine Schuldgefühle nur noch verstärkte. Louis war im tiefsten Inneren ein sehr gläubiger Mensch, wie Jeanne inzwischen wusste. Er hatte den großen Wunsch und, wie er selbst glaubte, auch die Aufgabe, als *allerchristlichster König* seinem Volk ein Vorbild zu sein. Die Kleriker am Hof versuchten, das mit aller Macht auszunutzen.

Jeanne war ehrlich genug, zuzugeben, dass ihr dieser Umschwung im Denken und Fühlen Louis', fremd und unverständlich blieb. Mit Angst nahm sie die Distanz wahr, die auf einmal zwischen ihnen entstand. Louis wurde wortkarg, betete viel – und er verbrachte die Nächte nicht bei ihr, sondern allein in seinen Privatgemächern.

Sie selbst verabscheute die heuchlerische Atmosphäre des Osterfests. Ohne auch nur daran zu denken, weniger Rouge aufzulegen oder den Ausschnitt ihres Kleides sittsam mit einem Schultertuch zu bedecken, wie es die Königin und ihre Hofdamen taten, begab sie sich ergeben in die Messe. Sie ignorierte die strafenden Blicke von Monsignore Boyer und Père Pérusseau – und war nur froh, dass sie nicht im Mittelalter lebte, wo die beiden sie wahrscheinlich als Hexe auf den Scheiterhaufen gebracht hätten – und ließ hocherhobenen Hauptes die wetternden Predigten wider den Ehebruch und die fleischlichen Gelüste über sich ergehen.

Louis zeigte sich erfreut, dass sie an den Abenden in ihren Gemächern spirituelle Konzerte gab. Sie lud den Sänger Jélyotte aus Paris ein, dessen Gesang nicht nur den König, sondern auch die anderen Zuhörer verzauberte. Dennoch bangte Jeanne die ganze Woche, Louis könnte dem Druck und Einfluss der Kleriker nachgeben – und sich von ihr lossagen.

Seitdem der Kardinal de La Rochefoucauld aus Rom zurückgekehrt war und es in Paris einen neuen Erzbischof gab, hatte der Einfluss der devoten Partei am Hof zugenommen, das spürte Jeanne deutlich.

Doch ihre Furcht erwies sich auch diesmal als unbegründet. Ostern verstrich, und der Hof kehrte wieder zu seinen alten Gewohnheiten zurück. Am Abend begleitete Louis sie nach dem Souper mit der gleichen Selbstverständlichkeit wie zuvor in ihre Gemächer.

»Ich danke Gott, dass die Osterzeit vorüber ist. Ich hätte es keinen Tag länger ohne Sie ausgehalten«, sagte er und zog sie mit sich aufs Bett. Es stellte sich auf höchst angenehme Weise heraus, dass die sieben Tage Enthaltsamkeit seine Leidenschaft nur noch verstärkt hatten.

Der Comte de Maurepas ließ sich von seinem Kammerherrn aus seinem bestickten Rock helfen und schlüpfte in einen seidengefütterten Hausmantel. Das Souper beim König war nur mäßig unterhaltsam gewesen. Seitdem die Theatersaison der Marquise beendet war, wurde auch er wieder öfter eingeladen. Doch sein Verhältnis zu Louis hatte sich verändert. Der König schätzte ihn und zeigte das, indem er beim *Lever* und *Coucher* wiederholt das Wort an ihn richtete, und dennoch war der Beginn einer gewissen Distanziertheit und Kühle in seinen Gesten und Worten zu spüren, die den Comte in Panik versetzte. Ja, er gehörte noch zum Kreis seiner Vertrauten, aber nicht mehr zum engsten Zirkel Seiner Majestät, musste Maurepas sich eingestehen. Er begab sich in sein Arbeitszimmer, wo er sich trotz der späten Stunde noch einmal an den Schreibtisch setzte. Die Marquise hatte es auf hinterhältige Weise geschafft, ihn vom König zu entfremden.

Ein helles Feuer brannte im Kamin, und der Lakai brachte ihm eine Tasse heißen Kamillentee, der seinen gereizten Magen beruhigen sollte. Wie so oft, wenn er hier saß, wandte sich sein Blick bewusst zu dem Porträt seines Großvaters und dem seines Vaters, um sich daran zu erinnern – wer er war und woher er kam. Er, Jean-Frédéric Phélypeaux, Comte de Maurepas, war nicht bereit, eine Niederlage einzustecken. Die Marquise hatte einige Punkte für sich verbucht, doch sie würde diesen Kampf gegen ihn nicht gewinnen.

Was ihn zu dem Gedanken an Valérie brachte – das Mädchen war spurlos verschwunden. Unangenehmerweise hatte der halbe Hof das mitbekommen, weil dieses dumme Ding nichts Besseres zu tun gehabt hatte, als ihrer Herrin einen Brief zu hinterlassen. Vorsorglich, falls jemand versuchen sollte, die Spur von ihr zurückzuverfolgen, hatte Maurepas dafür gesorgt, dass ihrem Vater bei der Verlegung aus der Bastille in ein anderes Gefängnis die Gelegenheit zur Flucht gegeben wurde. Seine Akte hatte er anschließend verbrennen lassen. So war es, als hätte es diesen Fall nie gegeben.

Maurepas nahm einen Schluck von dem heißen Tee und griff nach dem wöchentlichen Bericht aus Paris, den ihm der Polizeioberleutnant am Vormittag gebracht hatte. Er ließ Berryer beobachten, doch der schien seinen Besuch ernst genommen zu haben und hielt sich an seine Anordnungen. Maurepas blätterte mit routiniertem Blick die Seiten des umfangreichen Dossiers durch. Die Unruhen in der Hauptstadt hatten zugenommen, stellte er nachdenklich fest. Es war ein harter Winter gewesen, und die wachsende Zahl der Bettler begann langsam ein ernsthaftes Problem darzustellen. Bis zu einem gewissen Grad tolerierte die Polizei das Betteln und die Landstreicherei – obwohl beides gesetzlich verboten war. Angesichts dieser Zustände beschloss Maurepas jedoch, einige exemplarische Verhaftungen vornehmen zu lassen.

Die Situation in der Stadt kam seinen eigenen Zielen sehr entgegen. Spottverse und Pamphlete kursierten in so großer Zahl wie noch nie zuvor in Paris. An den Collèges und an der Universität genauso wie in den Gassen, auf den Marktplätzen und den Promenaden der Parks. Da war es ein Leichtes, neue Gerüchte über die Marquise in Umlauf zu setzen, die sich mit einer erfreulichen Eigendynamik verbreiteten. Maurepas war überzeugt, dass es nicht ohne Wirkung auf den König bleiben würde, wenn er erst von der Unbeliebtheit seiner Mätresse erfuhr. Louis war seinem Volk zu sehr zugetan, als dass es ihm gleichgültig sein konnte, was es von der Marquise hielt.

Der Comte trank erneut einen Schluck Tee und spürte, wie die Kamille wohltuend Magen und Nerven beruhigte. Zufrieden blätterte er weiter in dem Bericht.

Es war später Nachmittag. Jeanne las das Manuskript eines jungen unbekannten Dichters, das ihr Crébillon aus Paris mit der Bitte, sich für diesen zu verwenden, geschickt hatte, doch es gelang ihr nicht recht, sich auf den Text zu konzentrieren. Immer wieder kehrten ihre Gedanken zu dem Gespräch mit Pâris de Montmartel und Le Normant de Tournehem zurück. Die beiden Männer hatten sie am Vormittag besucht, um ihr mitzuteilen, was sie über Valérie herausgefunden hatten. Alle ihre Zeugnisse und Papiere waren gefälscht gewesen. Sie hatte nie bei einer italienischen Herzogin gearbeitet, ja so wie es aussah, war sie gar keine Zofe. Sie musste blind gewesen sein, schalt sich Jeanne. Dabei hatte es viele Situationen gegeben, wo sie Verdacht hätte schöpfen müssen. Die Art, wie sie ihr das Haar gekämmt hatte oder den Toilettentisch aufgeräumt hatte – ihre Handgriffe waren einfach nicht routiniert genug gewesen, doch Jeanne hatte gerade diese persönliche und etwas unkonventionelle Art an dem Mädchen gemocht.

Seufzend legte sie das Manuskript aus der Hand. Pâris de Montmartel und Le Normant de Tournehem hatten außerdem in Erfahrung gebracht, dass das Mädchen aus einer verarmten Adelsfamilie stammte. Es gab das Gerücht, dass der Vater wegen Schmuggelei von Salz verhaftet worden war, doch auch er war spurlos verschwunden, und in keinem Gefängnis ließ sich eine Akte von ihm finden. So wie es aussah, würde es schwierig werden, viel mehr über das Mädchen feststellen zu können.

Auch über Sophie hatten die Männer etwas herausgefunden. Sie war scheinbar nach Lothringen gegangen, um dort bei einer adligen Familie zu arbeiten. Jeanne, die ihr gegenüber ein schlechtes Gewissen verspürte, fühlte sich von dieser Auskunft ein wenig beruhigt.

Sie warf einen Blick auf die Uhr und klingelte nach Madame du Hausset. Es war Zeit, sich umzukleiden, denn der König würde um sechs Uhr in den Staatsgemächern einen Empfang für die ausländischen Botschafter und Gesandten geben.

Der preußische Gesandte, Baron von Knyphausen, schwitzte, was angesichts seines korpulenten Körperumfangs nicht weiter verwunderlich war. Jeanne schlug ihren Fächer auf und lächelte höflich, während sie seinem schnarrenden Französisch mit dem harten Akzent zu folgen versuchte. Seine kleinen runden Augen hefteten sich anzüglich auf ihr Dekolleté, während er sprach, und sie spürte, wie ihr Lächeln angesichts dieses unerzogenen Verhaltens immer frostiger wurde. Sie hatte die Preußen noch nie besonders gemocht, was nicht nur an dem unehrenhaften Verhalten lag, mit dem sie im Krieg immer wieder die Seiten wechselten, sondern auch den wenig geistreichen Scherzen, die sich der preußische König Friedrich II. nicht entblödete, über sie zu machen.

»Nun, Monsieur le Baron, wenn Sie mich einstweilen entschuldigen wollen ...«

»Selbstverständlich, Marquise.« In impertinenter Weise hielt er plötzlich ihren Arm fest und sah sie gierig an. »Darf ich Ihnen übrigens versichern, dass Sie eine überaus beeindruckende Frau sind, und wenn der König eines Tages anderweitig interessiert sein sollte, dann ...« Er stieß ein meckerndes Lachen aus.

»Dann werde ich mich umgehend ins Kloster begeben, Monsieur«, sagte Jeanne und entzog ihm ihren Ellbogen. Sie nickte ihm knapp zu und wandte sich um. Gott, was für ein unflätiges Benehmen. Sie nahm sich vor, das nächste Mal ein ernstes Wort mit Voltaire zu reden, den es aus unerfindlichen Gründen nach Preußen zog, wohin ihn Friedrich II. wiederholt eingeladen hatte. Wusste der Himmel, was solch ein Feingeist wie Voltaire nun ausgerechnet mit diesen Menschen anfangen wollte.

Jeanne fächelte sich Luft zu. Ihr Blick traf auf den des Comte de Maurepas, der nur einige Schritte entfernt von ihr stand und sie, wie es schien, schon längere Zeit beobachtet hatte. Wo sie stand und ging, tauchte er auch auf. Sie ignorierte ihn und wandte sich ab, um sich zum König zu begeben, der auf der anderen Seite des Thronsaals stand und sich mit dem sächsischen Gesandten und dem spanischen Botschafter unterhielt.

Man sprach über den bevorstehenden Friedenskongress. Nichts lag Louis in diesen Tagen mehr am Herzen, doch die Situation war kompliziert. Während in einigen Teilen Europas noch Krieg herrschte – in den Niederlanden bereitete sich der Maréchal de Saxe gerade auf die Eroberung von Maastricht vor –, verhandelten die Staaten untereinander bereits über die Rückgabe und Neuverteilung der mühsam erkämpften Territorien. Zu Jeannes Erstaunen beabsichtigte Louis nicht, seine Eroberungen zu behalten.

»Ich will als König und nicht als Staatenhändler Frieden schließen«, erklärte er ihr später am Abend, als sie allein waren.

»Das heißt, Ihr wärt bereit, zum Status quo zurückzukehren?«

»Ja, ich will Frankreich keine neuen Eroberungen einverleiben, sondern einen dauerhaften Frieden und ein Gleichgewicht in Europa herstellen.«

»Dann würdet Ihr auch die Eroberungen in den Niederlanden wieder aufgeben?«

Louis nickte. »Jedes Besitztum dort würde nur zu weiteren Streitigkeiten mit den Engländern führen.«

»Aber all die Kämpfe, Eure ruhmreichen Eroberungen?«, fragte Jeanne. Sie war beeindruckt von der Noblesse dieser Geste, konnte sich jedoch nicht vorstellen, dass der Maréchal de Saxe begeistert sein würde, zu erfahren, dass die Stadt, die er im Begriff stand zu erobern, über kurz oder lang ohnehin wieder an den Feind zurückgegeben werden würde.

Louis drehte sich zu ihr um. »Sehen Sie, jede Eroberung

würde uns nur kurzfristig Vorteile bringen. Frankreichs Territorium hat die maximalen Grenzen seiner Ausdehnung erreicht. Das Königreich weiter zu vergrößern würde bedeuten, es schlechter regieren und sichern zu können. Schon jetzt gibt es mit unseren Kolonien Schwierigkeiten … Und ganz abgesehen davon, wäre es nicht rechtmäßig.«

Sie sah ihn nachdenklich an, als er auf diesen moralischen Aspekt des Krieges zu sprechen kam. Da Frankreich sich in die Auseinandersetzung um die österreichische Erbfolge vor allem eingemischt hatte, um das Gleichgewicht in Europa nicht zu gefährden und die Engländer und Österreicher nicht zu mächtig werden zu lassen, stand für Louis die Rechtmäßigkeit der Eroberungen durchaus infrage. Der Kardinal de Fleury, der ihm als Kind und jungen Mann immer wieder dargelegt hatte, wie wichtig der Frieden für das Wohlergehen seines Volkes und Landes sei, hatte ihn in seiner Einstellung stark geprägt. Fleury hatte ihm für sein Königtum stets die Prinzipien der Regierung seines heiligen Vorfahren Saint Louis vor Augen gehalten. Louis' religiöser Überzeugung und Erziehung nach war es daher falsch, die Gebiete und Landteile, auf die Frankreich seiner Ansicht nach keinen legalen Anspruch hatte, zu behalten, und Jeanne bewunderte ihn für diese Überzeugung.

Sie betrachtete sein ernstes Gesicht. »Ihr seid ein großer König«, sagte sie und küsste ihn zärtlich. Sie war stolz auf ihn. Nicht zum ersten Mal keimte in ihr der Wunsch auf, seinen Ruhm und sein Ansehen, wenn es ihr irgendwie möglich sein sollte, zu mehren.

47

Paris, die pulsierende lebhafte Hauptstadt, die mit ihrem bunten Treiben und einmaligen schillernden Gemisch von Menschen aller Stände und Regionen so aufregend schön und abstoßend zugleich war, ließ sich mit keinem Ort der Welt vergleichen. In dieser Stadt, in der es alles gab, was ein Herz nur begehren und ein prall gefüllter Beutel voller Münzen kaufen konnte, war alles ein wenig anders.

Stolz und mit mitleidiger Herablassung sahen die Pariser auf die Provinzler und Ausländer herab, weil es diesen Ärmsten nicht wie ihnen vergönnt war, hier am Nabel der Welt zu leben. Wurden nicht in Paris die geistigen und künstlerischen Strömungen Europas geboren und die neuesten Erfindungen gemacht, während man gleichzeitig Zeuge werden konnte, wie sich das Rad der Geschichte vor seinem eigenen Angesicht drehte?

Es verstand sich von selbst, dass sich die Menschen dieser Stadt mit einer unersättlichen Leidenschaft für jede Neuigkeit interessierten wie nirgendwo sonst. In den Cafés, auf den Straßen, Märkten und Plätzen, in den Universitäten, Kirchen und auf den Promenaden der Parks diskutierte, redete und tratschte man über jedes Gerücht und jede noch so kleine Anekdote, die vom Hof oder vom Pariser Justizpalast über die Heerschar der Sekretäre, Lakaien und Kuriere ihren Weg unaufhaltsam in die Stadt, ins Volk fand.

Und genau hier lag das Problem, stellte der Polizeioberleutnant an diesem Morgen missgelaunt fest, als er stirnrunzelnd den Bericht auf seinem Schreibtisch las. Die Kommunikationswege in dieser Stadt waren, wenn überhaupt, nur äußerst schwer zu entwirren – das galt für jedes Gerücht genauso wie für die Verbreitung der Spottverse und Lieder. Der Fall, der vor ihm lag, war dafür beispielhaft. Vor einer Woche hatte die Polizei zwei Studenten verhaftet – sie waren angezeigt worden, üble Reden gegen den Hof geschwungen und ein Schmähgedicht rezitiert zu haben. Doch die Verhörmethode der Polizei – man hatte den jungen Männern gedroht, dass jeder von ihnen, der nicht sagen konnte, woher das Gedicht kam, so behandelt werden würde, als wenn er die Spottverse selbst verfasst hätte – hatte nur dazu geführt, dass immer weitere Verdächtige festgenommen wurden. Die beiden Studenten hatten das Gedicht von einem anderen Studenten, der von einem Kommilitonen und dieser wieder von einem jungen Lehrer, der es wiederum von einem Abbé hatte, der es bei einem anderen Mitbruder gesehen oder gehört hatte – und so schien es endlos weiterzugehen, ohne dass man an den Urheber wirklich herankam.

Die Zunahme der Pamphlete stellte Berryer vor ein Problem – erst recht jetzt, da seine Arbeit zusätzlich dadurch erschwert wurde, dass ihm Comte de Maurepas so unmissverständlich untersagt hatte, die Schmähschriften gegen die Marquise weiter zu verfolgen. Er musste vorsichtig sein, doch er hatte einige Agenten, denen er vertrauen konnte und die heimlich weiter danach forschten, während er offiziell vorgab, nur gegen die Affronts gegen Seine Majestät vorzugehen.

Jacques, einer seiner Polizeiagenten, der zu diesen vertrauenswürdigen Männern gehörte, betrat den Raum.

»Verzeihung, Monsieur Berryer, aber wir haben gerade von einem unserer Spitzel einen Tipp bekommen, wo einer dieser Straßensänger heute Nachmittag auftauchen könnte!«

Berryer sah ihn wachsam an. Seine schlechte Laune verflog mit einem Schlag. Schon seit Wochen hofften sie auf diese Gelegenheit. Er nickte. »Postieren Sie ausreichend Agenten dort! Inkognito …!«

Féro war noch müde. Er hatte in der Nacht getrunken, zu viel von einem zu schweren Wein – was sich als sein erster entscheidender Fehler des heutigen Tages herausstellen sollte. Am Abend zuvor hatte er im Wirtshaus *Lemontier* von dem Unbekannten neue Texte, einige Spottverse und auch Karikaturen bekommen, die er wieder unter das Volk bringen sollte. Der Mann hatte ihn erneut großzügig bezahlt. Féro hatte anschließend ausgiebig gefeiert und war in der Nacht nicht zu Hause gewesen, weshalb er die Texte und Karikaturen und das Geld bei sich trug – was sein zweiter entscheidender Fehler sein sollte.

Für den Vormittag hatte er sich einen Platz ausgesucht, der nur unweit vom Pferdemarkt entfernt lag. Der Gestank des Mistes war deutlich zu riechen, doch Féro störte das nicht, denn dafür war der Platz überschaubar, und es kamen viele Menschen die Straße entlang. Die meisten blieben stehen. Sie lachten, als sie hörten, was er sang, und um ihn herum bildete sich schnell ein immer größer werdendes Publikum aus Stallknechten, Mägden, Kutschern, Straßenverkäufern, Passanten und einigen Bettlern.

Pierre, der Straßenjunge, verteilte wie immer den Text, während er gleichzeitig nach der Polizei Ausschau hielt. Féro griff beherzt in die Laute.

Die Begeisterung der Leute ließ ihn wie in einem Rausch so laut singen, dass er die Rufe von Pierre, der ihm schon einige Zeit verzweifelte Zeichen gegeben hatte, zu spät hörte.

»Die Polizei! Die Polizei!«

Und hier beging Féro seinen dritten Fehler – anstatt so schnell wie möglich in der Menge unterzutauchen und das Weite zu suchen, blickte er sich verwirrt um, weil er keine Garden entdecken konnte. Erst dann sah er die vier Männer, die, als normale Passanten gekleidet, zwischen den Leuten standen und nun unter ihren Mänteln die Degen hervorzogen. Einer von ihnen griff sich den Jungen.

»Lassen Sie mich los!«, schrie Pierre. Er wand sich, doch der Mann hielt ihn fest. »Nein …!«

Féro ließ voller Panik seine Laute fallen. Es war zu spät, er konnte dem Jungen eh nicht mehr helfen. Mit einem Satz war er von der Mauer, auf der er gestanden hatte, heruntergesprungen, um selbst zu fliehen.

Die Menschen auf dem Platz stoben panisch auseinander.

Aus den Augenwinkeln sah Féro zwei Männer mit Degen mit finsterem Gesichtsausdruck auf ihn zustürmen. Er schlug einen Haken und rannte statt nach rechts in Richtung des Rathauses, nach links hinunter zur Seine – was sein vierter und entscheidendster Fehler sein sollte, denn als er um die Ecke stürzte, blickte er geradewegs auf die Spitze eines glänzenden Degens. Entsetzt blieb er stehen. Jemand griff ihn von hinten an den Armen. Er saß in der Falle!

Der Polizeioberleutnant hatte den Inhalt des Sacks, den man bei dem Sänger gefunden hatte, auf seinem Schreibtisch ausgebreitet. Die Sachen, die der Mann bei sich gehabt hatte, übertrafen bei Weitem das, was seine Agenten bisher sichergestellt hatten. Liedertexte und Schmähgedichte in zigfachen Kopien und Blätter mit Karikaturen, die den König in devoter Pose, angekettet an die Marquise de Pompadour und die Brüder Pâris, zeigten. Über Berryers gewölbter Nasenwurzel zeigte sich eine besorgte Falte.

Sie hatten den Sänger in die Bastille gebracht, wo er von seinen Agenten und ihm bereits mehrfach verhört worden war. Angesichts der Schwere seines Verbrechens waren sie in ihren Methoden nicht zimperlich gewesen, doch der Mann war bei seiner Behauptung geblieben, dass er dafür bezahlt worden wäre. Er wusste weder den Namen des Mannes, noch woher dieser kam, doch er schien ihm von vornehmer Herkunft. Angeblich hatte der Wirt des *Lemontier*, den sie ebenfalls verhaftet hatten – er leugnete jedoch alles –, den Kontakt hergestellt. Es lag nahe, anzunehmen, dass Féro bei der Aussicht, dass ihm für sein Vergehen für den Rest seines Lebens der Kerker winkte, sich das alles ausgedacht hatte, um seinen Kopf zu retten. Wenn, ja wenn da nicht dieser

Beutel mit Goldmünzen gewesen wäre. Der Polizeioberleutnant ergriff einen der glänzenden Louisdore, die in mehreren säuberlichen Stapeln neben dem übrigen Belastungsmaterial lagen, und drehte ihn sinnend zwischen seinen Fingern. Niemals konnte ein Straßensänger auf normalem Wege zu so viel Geld kommen. Allein der Druck dieser Papiere und Blätter hätte für ihn – selbst wenn man einmal davon ausging, dass er einen Drucker kannte – ein finanzielles Problem darstellen müssen.

Nein, alles sagte ihm, dass dieser Féro die Wahrheit sprach. Irgendein Mittelsmann von jemandem, der vermutlich sorgfältig darauf geachtet hatte, dass die Spur zu ihm nicht zurückzuverfolgen war, hatte den Sänger angeheuert.

Er legte die Münze ordentlich zurück auf ihren Stapel. Es wäre seine Pflicht gewesen, den Minister sofort zu informieren, doch das würde er erst später tun, entschied er. Mit akribischer Sorgfalt sammelte er die Lieder und Gedichte samt den Karikaturen ein, legte die Münzen zurück in den Beutel und packte alles wieder in den Sack zurück.

Jeannes Hand krampfte sich um den Brokatstoff der Stuhllehne. Sie musste sich setzen. Wortlos starrte sie auf die gedruckte Karikatur, die vor ihr auf dem Tisch in Pâris de Montmartels Arbeitskabinett lag. Eine Zeichnung, die den König angekettet an sie und die Brüder Pâris zeigte.

Sie nahm eines der Spottgedichte in die Hand, legte es aber gleich zur Seite und blätterte weiter. Das hier übertraf bei Weitem alles, was sie bisher an Pamphleten gesehen oder bekommen hatte. Sie war fassungslos.

Pâris de Montmartel und Le Normant de Tournehem standen betreten neben ihr. Der Hofbankier hatte sie und Le Normant de Tournehem – durch sein Amt weilte dieser inzwischen auch mehr in Versailles als in der Hauptstadt – am Morgen durch einen Kurier gebeten, dringend nach Paris zu kommen. Obwohl Jeanne wusste, dass er das nur zu tun pflegte, wenn es etwas sehr Außergewöhnliches zu besprechen galt, war sie auf das hier jedoch nicht im Geringsten gefasst gewesen.

Sie fühlte sich merkwürdigerweise weder verletzt noch betroffen, sondern spürte nur, wie ein kalter unversöhnlicher Zorn in ihr hochstieg, dass man immer wieder wagte, sie in derart widerwärtiger Weise zu verleumden und solch ein falsches bösartiges Bild von ihr zu zeichnen, das man nun sogar noch dazu benutzte, um den König als schwach und willenlos darzustellen. Majestätsbeleidigung war ein schweres Verbrechen, und sie konnte nur hoffen, dass die Täter den Rest ihrer Tage in der Bastille fristen würden, dachte sie mit einer Härte, die sie bisher nicht an sich gekannt hatte.

Sie wandte sich zu dem Polizeioberleutnant. »Sie haben den Mann gefasst, der es gewagt hat, das hier zu schreiben und zu zeichnen?«

Monsieur Berryer, der seinen Blick höflich gesenkt und seine Stiefelspitzen gemustert hatte, hob den Kopf. »Ja, Marquise, wir haben den Sänger, der diese abscheulichen Lieder gesungen und ihre Texte unter den Leuten verteilt hat, festgenommen! ... Allerdings bezweifle ich, dass er auch derjenige ist, der diese Pamphlete geschrieben und gezeichnet hat ...«

Die Bögen ihrer fein gezeichneten Augenbrauen hatten sich fragend ein Stück nach oben gehoben.

Berryer verlagerte sein Gewicht von einem Fuß auf den anderen. »Marquise, ich will ehrlich sein ...«, sagte er schließlich, »... nach gründlicher Untersuchung und allen Ergebnissen der letzten Wochen kann ich leider nicht umhin, Ihnen mitzuteilen, dass alle Spuren aus Paris nach Versailles führen. Ich glaube, dass irgendjemand Leute wie diesen Sänger dafür bezahlt, dass sie das hier in Paris unter das Volk bringen!«

Es war plötzlich still im Raum.

»Sie glauben tatsächlich auch, dass der Täter vom Hof stammt?«, fragte Jeanne.

Er nickte.

Auch Pâris de Montmartel hatte diese Vermutung von Anfang an geäußert. Ja, sie hatten recht. Vor ihren Augen fügten sich die Teile auf einmal wie Puzzlesteinchen zu einem Ganzen. Sie hatte es einfach nur nicht wahrhaben wollen, weil sie immer davor zurückgeschreckt war, zu glauben, dass die Spottlieder in Paris mit den anderen Geschehnissen – den anonymen Briefen, der Glasphiole und dem Verschwinden von Valérie – in Zusammenhang stehen könnten. Zu ungeheuerlich war ihr dieser Verdacht erschienen. Doch nicht zum ersten Mal zeigte sich, dass sie viel zu gutgläubig war, was das Ausmaß der Intrigen am Hof anging.

Le Normant de Tournehem sah sie an. »Wir müssen dringend etwas tun!«

Jeanne nickte und dachte nach. Schließlich deutete sie mit ihrem Handschuh auf den Tisch. »Ist Monsieur de Maurepas, der Minister, über diese Dinge informiert?«

Der Polizeioberleutnant schüttelte den Kopf. »Nein, Marquise, noch nicht. Wie Sie sich vielleicht vorstellen können, neigen unliebsame Dinge in einem Polizeiministerium manchmal dazu, zu verschwinden! Ich wollte Sie deshalb vor dem Comte über diese Angelegenheit in Kenntnis setzen!«

Sie sah ihn freundlich an. »Ich danke Ihnen dafür, Monsieur Berryer!« Ein feines Lächeln umspielte ihre Lippen. »Indessen glaube ich, dass Sie den Comte informieren sollten – und nicht nur ihn, sondern auch Seine Majestät, den König!«

Berryer gelang es nicht, sein Entsetzen zu verstecken. »Marquise, der Minister würde es mir niemals verzeihen, wenn ich seine Autorität in dieser Weise übergehen würde. Es würde mich mit Sicherheit meine Position kosten …!«

Jeanne lächelte und strich eine Falte ihres Rocks glatt, bevor sie ihn anschaute. »Sie werden ihn nicht übergehen, Monsieur Berryer, ich bin sicher, der Minister wird Sie selbst anweisen, Seine Majestät darüber zu informieren. Vertrauen Sie mir …«

Die Idee war innerhalb von Sekunden in ihrem Kopf entstanden, als ihr klar geworden war, dass Louis davon erfahren musste. Es stimmte, wenn Berryer den Comte de Maurepas informierte, würden die Pamphlete vermutlich sofort verschwinden. Auf der anderen Seite konnte der Polizeioberleutnant aber auch nicht den König darüber in Kenntnis setzen, ohne dass er vorher dem Minister davon berichtet hatte. Sie selbst konnte es ebenfalls nicht tun, denn es hätte wohl kaum Louis' Zustimmung gefunden, wenn er erfahren würde, dass Monsieur Berryer heimlich polizeiliche Informationen an Pâris de Montmartel und sie weitergab.

Es blieb folglich nur eine Lösung. Es musste so aussehen, als wenn Berryer tatsächlich von Maurepas selbst angewiesen worden war, den König zu informieren.

Der Plan, den sie hatte, war nicht besonders schwierig auszuführen, denn sie wusste, dass der Comte am Wochenende nach Orléans fahren musste. Berryer sollte dem Minister einen Kurier dorthin schicken. Der Bote würde den Comte de Maurepas ungefähr Samstagabend erreichen. Zu dieser Zeit würde sich der Minister nicht mehr zurück nach Versailles begeben, sondern ebenfalls einen Kurier – vermutlich mit der Anweisung, die Dinge ruhen zu lassen, bis er zurück sei – zu dem Polizeioberleutnant schicken. Mit etwas Geschicklichkeit und Hilfe von Monsieur Jeanelle, dem Generalpostmeister, mussten sie diesen Brief in der Poststation, in der die Kuriere ihre Pferde wechselten, durch ein anderes, gefälschtes Schreiben, in dem Maurepas seinen Polizeioberleutnant bitten würde, den König zu informieren, austauschen. Auf diese Weise würde Monsieur Berryer einen glaubhaften Beweis in der Hand haben, dass er den Minister informiert hatte und nur seiner Anordnung gefolgt war. Maurepas konnte – zumindest offiziell – nichts gegen ihn tun, auch wenn er sofort begreifen würde, dass man ihm einen Streich gespielt hatte.

Pâris de Montmartel und Le Normant de Tournehem, denen sie später, als sie allein waren, von ihrer Idee erzählte, waren begeistert von ihrem Plan. Siegel und Schrift zu fälschen, wäre kein Problem, versicherte der Hofbankier ihr. Jean-Baptiste, einer der Kopisten von Jeanelle, sei äußerst begabt in diesen Dingen.

Es verlief alles so, wie sie es vorausgesagt hatte. Maurepas erhielt Berryers Brief am Samstagabend und sendete sofort ein Antwortschreiben mit dem ausdrücklichen Befehl zurück, nichts bis zum Montag zu unternehmen. Es war ein Leichtes für einen von Pâris de Montmartels Leuten, das Schreiben des Boten, der in der Poststation La Valée sein Pferd wechselte und dort ein warmes Mahl zu sich nahm, heimlich auszutauschen. Nur ein kurzer Moment, als dieser seinen Mantel unbeaufsichtigt ließ, reichte dafür aus.

Am Sonntagmorgen, noch bevor die Sonne aufging, erhielt der Polizeioberleutnant in Paris dann die gefälschte Antwort des Comte. Wie er darin aufgefordert wurde, begab er sich umgehend nach Versailles, um den König über die in Paris kursierenden Majestätsbeleidigungen zu informieren.

Die Reise von Orléans zurück war alles andere als angenehm gewesen – Schlaglöcher, Regen und einige Banditen, die glücklicherweise schnell das Weite gesucht hatten, als sie die bewaffneten Begleiter und das Wappen des Ministers erspähten. Der Comte de Maurepas war erleichtert, als er durch das Fenster der Kutsche endlich das Schloss sehen konnte. Auf den letzten Meilen war er etwas eingenickt, und er streckte seine steifen, verspannten Glieder.

Fackeln beleuchteten den Palast. Versailles! Auch nach über dreißig Jahren strahlte das Schloss noch immer die gleiche Erhabenheit und Pracht aus wie bei seinem ersten Besuch, als er als Junge seinen Vater hierher begleitet hatte.

Die Kutsche fuhr durch das goldene Tor und bog nach links zum Ministertrakt, wo der Wagen zum Stehen kam.

Der Comte de Maurepas griff nach seinem Umhang und stieg aus. Er konnte seine Überraschung für einen Moment nur schlecht verbergen, als er direkt vor sich im Schein der Fackel in das Gesicht eines Schweizer Gardisten blickte.

»Monsieur le Comte, Seine Majestät, der König, wünscht Sie umgehend zu sehen!«

Er nickte gleichmütig, obwohl sein Gehirn zur gleichen Zeit fieberhaft nach einem möglichen Grund für diesen Befehl suchte. Es war etwas Politisches passiert, war sein erster Gedanke, doch dann hätte der König nicht *gewünscht,* sondern *gebeten* ihn zu sehen, überlegte er. Folglich musste Louis über irgendetwas verärgert sein oder, was das weitaus Schlimmere wäre, ihm wirklich etwas zur Last legen, schlussfolgerte er, während er dem Schweizer Gardisten durch die Gänge und Flure zum Haupttrakt des Palastes folgte.

Ein unangenehmes Gefühl machte sich in seinem Magen bemerkbar. Er hatte nicht den geringsten Verdacht, warum Louis ihn zu sich befahl, und erst als er in das Privatkabinett des Königs eintrat, ahnte er dunkel, dass er gerade in eine Falle ging. Nicht nur Seine Majestät, sondern auch Berryer und die Marquise de Pompadour befanden sich dort. Der Brief seines Polizeioberleutnants! Wie hatte er nur so dumm sein können. Er hätte sofort zurückreisen müssen.

Mit heimlicher Genugtuung beobachtete Jeanne, wie das Lächeln auf den Lippen des Comte gefror, als er sie und den Polizeioberleutnant entdeckte.

»Euer Majestät!«

Louis nickte eisig. »Ich hätte Sie früher zurückerwartet, Monsieur!«

»Ich bitte um Verzeihung, Euer Majestät …« Er zögerte. »… aber ein Unfall trägt die Schuld daran«, sagte er dann.

Jeanne blickte ihn überrascht an. Sie war sich sicher, dass er log und diese Antwort nur rein intuitiv angesichts von Louis' kühlem Empfang gegeben hatte.

Der Gesichtsausdruck von Louis hatte sich etwas entspannt, doch dann deutete er auf den Tisch, auf dem die Gedichte, Spottlieder und Karikaturen lagen.

»Wie ich hörte, ist es nicht das erste Mal, dass solche Pamphlete in Paris in Umlauf sind! Wieso erfahre ich erst heute davon, Monsieur le Comte?«, fragte er schneidend.

Maurepas warf einen kurzen Blick auf den Tisch.

»Euer Majestät, verzeiht, aber ich wollte Euch nicht unnötig beunruhigen!«

»Sie maßen sich an, mir nicht mitteilen zu wollen, dass das Volk es wagt, über seinen König zu spotten und zu urteilen, Monsieur de Maurepas?« Obwohl er die Stimme kaum erhoben hatte, ließ seine gebieterische Autorität alle im Kabinett erschrocken den Atem anhalten. Seine Augen hatten sich verengt, und seine Oberlippe wölbte sich leicht nach oben. Er war außer sich vor Wut, aber nicht weil sein Minister ihn nicht informiert hatte, sondern weil er nicht glauben konnte, dass die Menschen sich erdreisteten, sich mit diesen Pamphleten so über ihn, ihren König und Herrn, zu äußern.

»Verzeiht, Sire, aber nicht Ihr seid der Gegenstand seiner Empörung!« Ungläubig sah Jeanne den geringschätzigen Blick, den er ihr zuwarf, bevor er fortfuhr: »Sondern die übermäßigen Vergnügungen und der Luxus der Marquise, während das Volk hungert und unter den Folgen des Krieges …«

Nun war es genug! Jeanne fuhr zu ihm herum. Ihre Augen sprühten Funken. Wie konnte er es wagen. »Niemand weiß besser als Sie, Comte, dass das nichts als Verleumdungen sind!«

Maurepas zuckte die Achseln. »Verzeiht mir, Marquise, aber das vermag ich nicht zu beurteilen! Doch Sie können es dem Volk nicht verübeln, es hat die Mätressen Seiner Majestät noch nie besonders geschätzt, denn es liebt den König und seine *Königin!*«

Jeanne schaffte es nicht länger, ihre Wut zu beherrschen. »Sie vergessen sich, Monsieur!«

Der Comte neigte unbeeindruckt den Kopf. »Weil ich die Wahrheit sage, Marquise?«

Louis, der aus dem Fenster geblickt hatte, drehte sich zu

ihm. »Es reicht jetzt, Monsieur de Maurepas«, sagte er eisig. »Es drängt sich mir ehrlich gesagt das Gefühl auf, dass sie die Stadt Paris nicht unter Kontrolle haben! Ich hoffe in Ihrem eigenen Interesse, dass Sie mit Ihrem Amt nicht überfordert sind. Finden Sie die Urheber dieser Pamphlete, und verhaften Sie sie – und zwar so schnell wie möglich!«

Maurepas verneigte sich tief. »Sehr wohl, Euer Majestät«, sagte er, und als er wieder hochkam und sein Blick mit einem bösen Lächeln den von Jeanne kreuzte, wusste sie, dass es von nun an zwischen ihnen nichts anderes als unerbittliche Feindschaft geben würde.

Der Comte de Maurepas war ebenso wie der Polizeioberleutnant wieder gegangen, und Louis saß an seinem Sekretär und beantwortete einen Brief des Comte d'Argenson. Nur seine angespannte Stirn zeigte, dass er noch immer maßlos verärgert war. Jeanne fasste sich ein Herz und trat zu ihm.

»Sire, ich muss Euch etwas sagen …«

Er blickte sie warm an. »Sie sollten sich durch diese Schmähverse nicht beunruhigt fühlen. Ich versichere Ihnen, man wird die Täter finden!«

»Das ist es nicht … Sire, ich hatte schon vorher Kenntnis von diesen Pamphleten!«

»Sie wussten davon und haben mir nichts gesagt! Warum …?«

Sie rang die Hände. Die Strenge, die er plötzlich ausstrahlte, machte sie nervös. »Aus demselben Grund, den der Comte de Maurepas genannt hat, weil sich der Hass und die Feindseligkeit dieser Spottlieder und Gedichte ja auf meine Person bezogen haben!«

Seine Mundwinkel verzogen sich ungehalten. »In diesem Fall irren Sie, Madame, denn Sie wären nicht Gegenstand dieses Hasses, wenn Sie die Mätresse eines anderen wären!«

Jeanne nickte. Er hatte recht, ja, und sie fühlte sich deshalb umso schuldiger, weil sie ihm nicht die ganze Wahrheit sagen konnte.

»Verzeiht mir, Sire, doch es gibt noch einen anderen Grund, warum ich Euch vorher noch nichts davon gesagt habe!« Sie wusste, dass es jetzt kein Zurück mehr gab.

Louis sah sie prüfend an. »Und zwar?«

»Monsieur Berryer hält es für möglich, dass der Verfasser dieser Spottgedichte und Lieder vom Hof stammt … und ich glaube das auch, denn ich bekomme seit geraumer Zeit anonyme Briefe, die von ähnlichem Inhalt sind wie diese Pamphlete aus Paris!«

»Was wollen Sie damit sagen?«

Jeanne gab sich erneut einen Ruck. Herrgott, sie hatte nicht gedacht, dass ihr dieses Gespräch so schwerfallen würde. »Ich habe einen Verdacht, wer der Verfasser ist …« Ihre Schultern strafften sich. »Der Comte de Maurepas selbst!«

»Nein!«

Einen Moment glaubte Jeanne, einen Fehler gemacht zu haben, ihm den Namen des Ministers genannt zu haben. Sie trat zu Louis und sah ihn beschwörend an. »Sire, glaubt mir, ich würde diesen Verdacht nicht leichtfertig aussprechen, aber es spricht alles dafür. Er war von Anfang an gegen mich eingenommen, und er hat die Intelligenz und die Möglichkeiten, Beweise vernichten zu lassen. Niemand würde sich trauen, öffentlich gegen ihn vorzugehen. Vor allem aber weiß er, wie viel Euch die Liebe Eures Volkes bedeutet!«

Louis schüttelte den Kopf. »Der Comte arbeitet seit über dreißig Jahren für mich, sein Vater hat schon für den Regenten gearbeitet und sein Großvater für meinen Urgroßvater – er würde es nicht wagen!«

»Sire …«, sie sank neben seinem Stuhl in die Knie, bis sie auf seiner Augenhöhe war, »… der Comte de Maurepas stand schon einmal kurz davor, von Euch verbannt zu werden, weil er sich mit Eurer damaligen Mätresse, der Duchesse de Châteauroux, angelegt hatte. Nur ihr vorzeitiger Tod hat den Comte de Maurepas vor diesem Schicksal bewahrt, nicht wahr?«

Louis schwieg.

Sie holte tief Luft, bevor sie ihren letzten Trumpf ausspielte.

»… Und es gibt Leute hier am Hof, die behaupten, dass die Duchesse keines natürlichen Todes gestorben sei!«

Louis sah sie entgeistert an, doch sie spürte, dass er ihr nicht glauben wollte.

»Seitdem ich das Paket mit der Glasphiole bekommen habe, habe ich Angst, dass es mir ebenso ergehen könnte und man mich vergiften könnte«, sagte sie mit leiser Stimme.

»Sie glauben, dass man Ihnen nach dem Leben trachtet?«

Sie nickte.

Er schwieg. »Liefern Sie mir Beweise«, sagte er dann. »Dafür, dass der Comte de Maurepas wirklich mit diesen widerlichen Verunglimpfungen in Zusammenhang steht oder sich in seinem Amt oder irgendwo sonst etwas anderes hat zuschulden kommen lassen. Vorher kann ich und will ich nichts gegen ihn tun«, erklärte er entschieden, doch sein Gesicht wirkte plötzlich müde.

Wie Berryer erwartet hatte, wurde er am nächsten Morgen sofort zum Minister zitiert. Er hastete über die Steinfliesen des langen Gangs, in dem sich die Bittsteller drängten, zu den Gemächern des Comte.

»Damit wir uns richtig verstehen …«, sagte Maurepas, der sich bei seiner Morgentoilette befand und ihn nicht einmal mehr einer knappen Begrüßung für wert befand, als er vorgelassen wurde. »Ich werde dafür sorgen, dass Sie Ihren Posten verlieren und Ihre Kinder und übrige Familie niemals ein Amt oder auch nur irgendeine Arbeit in diesem Land bekommen, das verspreche ich Ihnen, Sieur Berryer. Doch vorher interessiert mich aus reiner Neugier …« – er drehte sich mit der Rasierseife auf seinem Kinn zu ihm, und seine wässrigen blauen Augen durchbohrten ihn wie zwei Pfeile – »… wie Sie es wagen konnten, gegen meine ausdrückliche Anordnung diese Pamphlete dem König zu zeigen!«

Berryer war der Schweiß ausgebrochen. »Verzeihen Sie, Monsieur le Comte, ich verstehe nicht … Sie selbst haben mich doch in Ihrem Brief darum gebeten!«

»Wie jetzt, wollen Sie es auch noch wagen, mir so impertinent ins Gesicht zu lügen?«

»Aber nein, aber nein!« Gott, wo war der Brief. Berryer fingerte aufgeregt in der Mappe, die er bei sich trug, herum, bis er mit zittriger Hand das Schreiben gefunden hatte.

»Bitte sehr, Monsieur le Comte«, sagte er mit einer eiligen Verbeugung.

Wortlos las Maurepas das Schreiben. Die Schrift sah seiner tatsächlich zum Verwechseln ähnlich – ebenso wie das Siegel.

»Woher haben Sie das?« Sein Ton war unwirsch.

»Das hat mir Ihr Kurier aus Orléans gebracht!«

Der Minister sah ihn misstrauisch an und ließ sich dann von seinem Barbier zu Ende rasieren. »Täuschen Sie sich nicht! Ich werde herausfinden, ob Sie die Wahrheit sagen«, meinte er schließlich, als er sich von seinem Stuhl erhob. »Und ich werde Sie beobachten!«

Berryer, der weiche Knie und eine leise Ahnung davon bekommen hatte, was wirklich geschehen war, nickte. Ohne ein weiteres Wort über den Vorfall zu verlieren, ging der Comte zu seinen Anordnungen für das Tagesgeschäft über. Er wollte von nun an täglich einen Bericht aus Paris. »Sie werden weitere Verhaftungen vornehmen lassen und mit aller Strenge gegen jede Person, die sich der Verunglimpfung Seiner Majestät schuldig macht, vorgehen«, sagte er. Über die Marquise verlor er kein Wort.

48

Der Comte de Maurepas schien bemüht, dem König mit allen Mitteln beweisen zu wollen, dass er mit seinem Amt nicht überfordert war und Paris vollständig unter seiner Kontrolle hatte. Er ließ zahlreiche Verhaftungen vornehmen – es waren vor allem Straßensänger, Marktverkäufer und Studenten, die beim Singen und Rezitieren der Lieder und Verse festgenommen werden konnten –, doch natürlich blieben die wahren Verfasser und Urheber weiterhin unbekannt.

Nachdem Maurepas dem König über Wochen die anschwellende feindliche Stimmung in Paris verheimlicht hatte, schien es ihm nun ein besonderes Vergnügen zu bereiten, genau das Gegenteil zu tun. Täglich präsentierte er dem König neue Verse und Texte, in denen vor allem seine Mätresse aufs Bösartigste verspottet wurde.

Jeanne kochte vor Wut, denn selbstverständlich durchschaute sie, was Maurepas damit bezweckte. Der Minister und sie gaben sich längst keine Mühe mehr, ihre gegenseitige Feindseligkeit zu verbergen. Inzwischen war für alle am Hof offensichtlich, dass sie sich hassten. Nur Louis ignorierte die Spannungen zwischen ihr und dem Comte. Es war seine Art, damit umzugehen, und Jeanne wusste, dass der König nichts gegen Maurepas, den er trotz allem schätzte, unternehmen würde, bis sie tatsächlich Beweise dafür fand, dass dieser sich etwas hatte zuschulden kommen lassen.

Immerhin begann die Reihe der Verhaftungen und das

strenge Vorgehen der Polizei, das der Comte nun angeordnet hatte, seine Wirkung zu zeigen. Weniger Spottverse und Pamphlete schienen ihren Weg in die Öffentlichkeit zu finden, und der Friedenskongress in Aachen im Oktober des Jahres 1748, der die Menschen im Land wieder hoffnungsvoll in die Zukunft blicken ließ, tat sein Übriges, um auch in Paris die Stimmung zu verbessern.

Louis war bei seinem Entschluss geblieben, den Friedensvertrag als König zu beschließen und die Eroberungen zurückzugeben. Die europäischen Länder erklärten sich bereit, die Thronansprüche Maria Theresias zu akzeptieren und ihren Gemahl François de Lorraine als Kaiser anzuerkennen. Man hatte bei der Festlegung der neuen Grenzen beschlossen, mit Ausnahme von Schlesien weitestgehend zum Status quo zurückzukehren. Frankreich würde darüber hinaus die protestantische Erbfolge Englands anerkennen. Prekär war einzig die Forderung der Engländer, dass Frankreich sich verpflichten sollte, den Stuartprinzen Bonnie Prince Charlie, der nach seiner Niederlage gegen Cumberland hier Asyl gefunden hatte, des Landes zu verweisen.

Nur ungern erklärte der König sich bereit, diesem letzten Punkt zuzustimmen, doch es lag in Frankreichs Interesse, vor allem mit England Frieden zu schließen. Die fortwährenden Konflikte und Kämpfe auf See, die den Handel beeinträchtigten und gegen die die schwache französische Marine nicht gewappnet war, mussten endlich beendet werden.

»Ich finde es nicht besonders ehrenhaft, den Prinz des Landes zu verweisen«, gab Louis gegenüber Jeanne zu. »Aber ich muss zugeben, dass ich es auch nicht dulden würde, dass die Briten einem französischen Prinzen Asyl gewährten, der Anspruch auf meinen Thron erhebt.«

»Oh, ich bin sicher, der Prinz wird keine Schwierigkeit haben, in einem anderen Land aufgenommen zu werden«, entgegnete Jeanne. Sie hatte Bonnie Prince Charlie einige Male bei Hof gesehen. Es hatte sie verwundert, wie ausgelassen er sich nach seiner Flucht aus Schottland in Paris zu amüsieren vermochte, kurz nachdem Hunderte und Tausende von braven Schotten mit ihren Clans in der Schlacht von Culloden für ihn in den Tod gegangen oder in englische Gefangenschaft geraten waren.

»Sie schätzen ihn nicht besonders, nicht wahr?«

»Das kann ich nicht behaupten, denn ich hatte nie das Vergnügen, seine nähere Bekanntschaft zu machen, aber wenn Ihr mich ehrlich fragt, er schien mir ein wenig gespreizt.«

Die Andeutung eines Lächelns huschte über Louis' Gesicht, doch er wurde sofort wieder ernst. »Nun, er ist dennoch ein Prinz, und die Stuarts standen immer in einer besonderen Beziehung zu Frankreich, aber der Frieden mit England ist für unser Land wichtiger.«

Im Staatsrat und am Hof wurden die Ergebnisse der Friedensverhandlungen indessen sehr unterschiedlich aufgenommen. Der Marquis de Puysieulx und Machault d'Arnouville begrüßten das Abkommen, aber die Militärs und der Minister für Kriegsangelegenheiten waren entsetzt. Ja, in diesem Punkt waren sich der Maréchal de Saxe, der Comte d'Argenson und der Prince de Conti seit Langem einmal erstaunlich einig, als sie hörten, dass alle mühsam errungenen Eroberungen nun wieder an den Feind zurückgegeben würden. Keiner von ihnen wagte jedoch, diese Ansicht gegenüber dem König zu äußern.

Nur einer konnte mit seiner Meinung nicht hinter dem Berg halten – der Duc de Richelieu. Im Dezember war er von seinem Einsatz aus Genua zurückgekehrt und hatte seitdem das Temperament des kämpferischen Feldherrn noch nicht wieder abgelegt.

»Ihr wollt tatsächlich alle Eroberungen aufgeben, die Ihr errungen habt, Sire?«, fragte er wenige Tage nach seiner Rückkehr ungläubig. Sie waren nach der Jagd für einen Imbiss in einem der Pavillons des Parks eingekehrt, in dem Richelieu seinen gewohnten Platz an der Seite des Königs einnahm.

Louis nickte und nahm einen Schluck von seinem Wein. »Ja, ich will einen dauerhaften Frieden für Frankreich.«

Der Comte de Maurepas sah Richelieu herablassend an. »Jedes noch so kleine Besitztum in den Niederlanden würde zum ständigen Konflikt mit England führen«, belehrte er ihn.

Richelieu warf ihm einen verächtlichen Blick zu, schwieg aber.

Jeanne nippte an ihrem Wein und beobachte mit Interesse die beiden Männer. Ihre Freude über Richelieus Rückkehr hielt sich in Grenzen, doch die Arroganz und Anzüglichkeit des Duc war ihr allemal lieber als die hintertriebene Bösartigkeit des Comte. Maurepas hielt sich ihr gegenüber zurzeit zurück, doch Jeanne ließ sich von dem trügerischen Schein nicht täuschen. Der Minister würde unerbittlich weiter gegen sie kämpfen. Die gegenwärtige Stille, die er an den Tag legte, war nur die Ruhe vor dem Sturm.

Richelieu hatte sich wieder zu Louis gewandt. »Aber Euer Majestät, ich verstehe nicht. Die Auseinandersetzungen mit den Engländern werden angesichts der Kolonien in Übersee ohnehin weitergehen.«

Der König hatte sich mit einer Serviette, auf der sein königliches Wappen prangte, den Mund abgetupft und unterbrach den Duc mit einem freundlichen Lächeln. »Monsieur de Richelieu, ich weiß Ihren Einsatz und Ihre Erfolge im Krieg zu schätzen, und deshalb lege ich Wert auf Ihren Rat, doch diese Angelegenheit ist entschieden und meine Meinung dazu unumstößlich.«

Er legte dem Duc versöhnlich seine Hand auf den Arm. »Im Übrigen denke ich, dass wir, um die Damen nicht zu langweilen, doch jetzt das Thema wechseln sollten.«

Richelieu neigte den Kopf. »Ihr habt recht, Sire.«

Eine junge Hofdame, die Comtesse de Montmorency, die augenscheinlich die neueste Eroberung des Duc war, lächelte kokett. »Aber wie sollte es uns nicht interessieren, wie Ihr über das Schicksal Europas entscheidet«, zwitscherte sie. Sie warf dem König einen schmachtenden Blick aus ihren auffallend blauen Augen zu. Louis lächelte zurück.

Schon bei der Jagd hatte die Comtesse alles getan, um seine

Aufmerksamkeit zu erregen. Sie war Jeanne bisher noch nicht am Hof aufgefallen. Nun, sie würde sie im Auge behalten, beschloss sie, als sie bemerkte, dass die Princesse de Rohan mit Genugtuung ihren Blick zu der Comtesse de Montmorency verfolgt hatte. Herausfordernd sah sie Jeanne an.

Jeanne schenkte ihr ein süßliches Lächeln. Was für eine Schlange!

Wenig später hatten sie den Imbiss beendet und kehrten zu den Pferden zurück. Jeanne ging zu ihrem Schimmel. Ihr Page reichte ihr die Reitgerte. Sie streifte ihre Handschuhe über und wollte gerade aufsitzen, als sie die Stimme von Maurepas hinter einer Baumgruppe neben sich hörte.

»Nun, Monsieur de Richelieu, es scheint so, als wenn der König wieder einmal erkannt hat, wo Ihr wahres Talent liegt ... nämlich bei Ihren amourösen Abenteuern mit den Damen!«

»Dass *Sie* andere Vorlieben pflegen, ist ja allseits bekannt, Monsieur de Maurepas«, erwiderte die Stimme des Duc leichthin.

Sie hörte ein Geräusch, und im selben Moment tauchte das Pferd von Richelieu hinter der Baumgruppe auf. Ihr Page hielt eilig den Schimmel fest. Jeanne wich zurück.

Richelieu zügelte sein Pferd und blickte sie durchdringend an. »Marquise.«

»Duc.«

Sie fühlte sich verlegen, weil es so wirkte, als wenn sie das Gespräch belauscht hätte. Richelieu verzog spöttisch den Mund, wandte sich dann ab und ritt weiter.

Nachdenklich sah Jeanne ihm hinterher. Wie unterschiedlich sie doch waren, der seltsam geschlechtslose Comte de Maurepas und der hochgewachsene, männliche Duc de Richelieu. Die beiden Männer waren nicht nur äußerlich das ganze Gegenteil, sondern unterschieden sich auch in dem, was ihre Stellung und Macht am Hof betraf. Maurepas verdankte alles, was er war, seinem Amt und seinem aufopferungsvollen Dienst als Minister. Richelieu dagegen war allein durch seine Freundschaft und die persönliche Gunst, in der er beim König stand, zu seinem Einfluss gekommen.

Jeanne trieb ihr Pferd an und fragte sich, ob der schwelende Konflikt zwischen den beiden Männern ihrem eigenen Kampf gegen Maurepas in irgendeiner Weise dienlich sein könnte. Sie seufzte. Sie musste endlich einen Weg finden, um ein für alle Mal gegen den Minister vorzugehen, bevor dieser ihr zuvorkam, denn wahrscheinlich war er schon längst dabei, zu seinem nächsten niederträchtigen Schlag gegen sie auszuholen.

Doch auch der Duc de Richelieu ließ Jeanne kaum zur Ruhe kommen. Er erinnerte sie an einen der Jagdhunde des Königs in der Art, wie er nach seiner Rückkehr aus Genua wieder sein altes Revier einnahm. Und die Damenwelt war entzückt. Kopfschüttelnd beobachtete Jeanne, wie sich die Hofdamen um ihn scharten und sie mit klimpernden Augen bewundernd ihre Ahs und Ohs ausstießen, wenn er von seinen Kriegsabenteuern erzählte. Er schien es sich zum Ziel gesetzt zu haben, Louis für eine neue Mätresse zu begeistern. Jeanne verfolgte interessiert, wie er sich seit seiner Rückkehr alle Mühe gab, eine wahre Armada von jungen hübschen Hofdamen in das Umfeld des Königs einzuschleusen – ganz offensichtlich glaubte er, Louis würde den Reizen dieser jungen Geschöpfe auf Dauer nicht widerstehen können und sie schon bald durch sie ersetzen.

Doch Jeanne war unbesorgt. Sie war sich der Gefühle des Königs sicher und wusste, dass keine dieser unbedarften jungen Frauen ihr gefährlich werden konnte. Vor allem nicht nach dem, was ihr Doktor Quesnay vor einigen Tagen zu ihrem größten Glück bestätigt hatte. Sie war wieder schwanger. Louis' Freude, als sie ihm davon erzählt hatte, war ebenso groß wie ihre eigene, und sie fand darin die größte und schönste Bestätigung für seine Liebe. Sie fühlte, dass sie von einem inneren Strahlen durchdrungen war und die Blicke mehr denn je magisch auf sich zog.

Nein, da würde sich der Duc schon etwas Besseres einfallen lassen müssen, wenn er sie von ihrem Platz verdrängen wollte, dachte sie, als sie Richelieu eines Abends beim Spiel beobachtete. Sie stand hinter Louis, der mit dem Duc d'Ayen, dem Prince de Conti, dem Dauphin und der Comtesse de Chevreuse beim Spiel saß, als der Duc mit zwei Hofdamen – zwei ohne Frage außergewöhnlich hübschen weiblichen Wesen, die Jeannes Schätzung nach nicht älter als zwanzig sein konnten – auf den Tisch zukam.

Auch Louis nahm Richelieus Begleiterinnen wohlwollend zur Kenntnis. »Nun, Monsieur le Duc, ich bin erfreut, zu sehen, dass Ihnen der Krieg nichts von Ihrer Lebensfreude genommen hat.«

»Oh, wie Ihr wisst, Euer Majestät, kommt mir die so schnell nicht abhanden.«

Der Prince de Conti schied aus dem Spiel, und eine von Richelieus Begleiterinnen, die Comtesse de Périot, nahm an seiner statt Platz neben dem König. Die Teilnehmer setzten ihre Livres, als die Comtesse ihren Arm zur Seite bewegte und wie unabsichtlich mit ihrem Ärmel eine der Münzen des Königs vom Tisch fegte.

»Oh, wie furchtbar ungeschickt von mir.« Sie lächelte um Verzeihung heischend, und bückte sich – Jeanne konnte es nicht glauben, mit welcher Offensichtlichkeit – überaus langsam, sodass Louis einen tiefen Einblick in ihr wohlgeratenes Dekolleté bekam. Der König betrachtete angetan die Wölbungen.

Sie reichte ihm die Münze zurück. »Sire.«

»Wie überaus reizend, Madame …«

»Mademoiselle, Euer Majestät, Mademoiselle Comtesse de Périot«, flötete sie süß.

»Nun, ich danke Ihnen, Mademoiselle de Périot!«

Jeanne spürte, wie sie ihren Fächer fester umfasste. Es versetzte sie immer noch in Erstaunen, mit welcher Schamlosigkeit diese Frauen dem König in ihrer Anwesenheit Avancen machten.

Als wenn Louis ihre Gedanken spürte, drehte er sich zu ihr

um und küsste ihr die Hand. »Sie sehen wieder einmal hinreißend aus, Madame. Habe ich Ihnen das heute schon gesagt?« Sein Blick streifte ihr Kleid aus weißer Atlasseide und ihr weiß gepudertes Haar, in dem mehrere Saphire glitzerten.

»Danke, Sire.«

Mademoiselle de Périots Mund verzog sich säuerlich. Das Spiel ging weiter.

Richelieu beugte sich zu Jeanne. Seine Augen blitzten herausfordernd. »Mein Kompliment, Marquise«, sagte er leise. »Ich hatte nicht erwartet, Sie bei meiner Rückkehr noch in Versailles anzutreffen. Wie ich schon sagte, Sie müssen über ungeahnte Talente verfügen.«

»Ganz im Gegensatz zu Ihnen, Duc.« Sie lächelte liebenswürdig und schlug ihren Fächer auf. »Wenn das alles ist, was Sie zu bieten haben«, erklärte sie mit einem ironischen Blick auf das tiefe Dekolleté der Comtesse de Périot, »muss ich Ihren Feinden leider recht geben. Sie werden vergeblich danach trachten, das Format Ihres Großonkels, des Kardinals, zu erreichen.«

Seine Augen verdunkelten sich, doch dann lachte er kehlig. »Wir werden sehen, Marquise.«

Doktor Quesnay verordnete ihr einige Kräuter zur Stärkung. »Rein prophylaktisch«, erklärte er, denn sie befand sich seiner Meinung nach bei bester Gesundheit. Jeanne vermutete, dass er ihr das Tonikum vor allem für ihre Nerven verordnete, denn ihre Angst, dass sie noch einmal eine Fehlgeburt erleiden könnte, war in der Tat groß.

Doch Doktor Quesnay beruhigte sie. Er empfahl ihr, viel zu schlafen, große Aufregungen zu vermeiden und ansonsten alles in Maßen genauso weiter zu tun wie bisher. Solange sie sich nicht überanstrengte, hatte er selbst gegen das Theaterspielen nichts einzuwenden. Die Saison würde im März, in zwei Monaten, ohnehin beendet sein, und da Jeanne in fast allen Stücken eine Hauptrolle spielte, war sie erleichtert, dass sie nicht vorzeitig ausscheiden musste. Ihr Zustand wäre damit unweigerlich bekannt geworden, und Louis und sie waren auch dieses Mal übereingekommen, ihre Schwangerschaft so lange wie möglich geheim zu halten. Nur der Comtesse d'Estrades, die ihr nach der Fehlgeburt so treu zur Seite gestanden hatte, erzählte Jeanne davon. Allerdings erst, nachdem die Freundin ihr geschworen hatte, das Geheimnis für sich zu behalten.

Wie bei ihrer letzten Schwangerschaft fühlte sich Jeanne auch diesmal großartig. Und zu ihrem Wohlbefinden trug nicht zuletzt bei, dass sie, seitdem Berryer dem König von den Pamphleten in Paris berichtet hatte, nur noch selten anonyme Briefe zugeschickt bekam. Es schien, als wenn der Comte de Maurepas, feinfühlig genug für die Veränderung im Verhalten des Königs ihm gegenüber, vorsichtig geworden wäre.

Jeanne war fast schon gewillt, zu glauben, dass die Zurechtweisung des Königs ausgereicht haben mochte, um Maurepas in seine Schranken zu verweisen. Doch dann wurde sie eines Besseren belehrt, als sie sich eines Abends mit dem üblichen Kreis von Höflingen zum Souper in die Privatgemächer des Königs begab. »Wenn Sie mich fragen, ich halte Marmontel für einen äußerst talentierten jungen Autor. Vor allem seine Tragödien!«, sagte Jeanne zum Duc de Nivernais, während sie sich setzte. »Sie sind einfach brillant. Wenn ich irgendetwas für Monsieur Marmontel tun kann, dann sagen Sie es mir bitte.«

Sie strich mit einem geschickten Griff die Falten ihres rosafarbenen Rockes, der sich beim Sitzen zu allen Seiten bauschen wollte, glatt und sah dann, dass auf ihrem Teller ein kleines Papierröllchen lag, das auf entzückende Weise mit einer Schleife zugebunden und mit einem Miniatursiegel verschlossen war.

»Oh, eine Überraschung! Von Euch, Sire?«

Louis, der sich mit dem Duc de Richelieu unterhielt, schüttelte erstaunt den Kopf.

Sie lächelte, sie war sich sicher, dass er nur die Spannung erhöhen wollte. Neugierig löste sie die Schleife von dem Papierröllchen, brach das Siegel und las die Zeilen.

»Doch – verderbte Wurzeln tragen keine Blüten.«

Das Lächeln auf ihren Lippen erstarb. Sie steckte das Papier mit dem geschmacklosen Vers in ihre Rocktasche.

Louis sah sie prüfend an. »Geht es Ihnen gut, Madame?«

Jeanne nickte. Sie fühlte, wie sich ihr Puls beschleunigte, doch sie zwang sich, Contenance zu bewahren. »Aber ja, Sire«, erwiderte sie schließlich.

»Eine unangenehme Nachricht?«, fragte der Comte de Maurepas von der anderen Seite des Tisches.

Jeanne wandte langsam den Kopf zu ihm. Sie sah den niederträchtigen Ausdruck in seinen wässrig blauen Augen. Wenn sie noch irgendeinen Zweifel gehabt hatte, dass die Zeilen von Maurepas stammten – in diesem Moment war er ausgeräumt.

Sie tauchte langsam ihren Löffel in die Suppe. »Oh, nur wieder einer dieser abgeschmackten Verse, die man mir ständig schickt, Comte«, sagte sie dann leichthin. Am Tisch war es still geworden. Sie schenkte Maurepas ein zuckersüßes Lächeln.

Der König schwieg. Erst später, als sie allein waren, verlangte er den Brief zu sehen. Sein Gesicht verfinsterte sich, als er die Worte las.

»Das lag schon auf Ihrem Platz, als Sie in den Salon kamen?«

Sie nickte.

Der König warf das Papier mit einer angewiderten Geste in den Kamin. Maurepas hatte einen Fehler begangen, ihr den Vers beim Privatsouper auf den Teller zu legen, denn auch wenn sie nicht beweisen konnte, dass er ihn geschrieben hatte, besaß sie damit doch dem König gegenüber nun den unumstößlichen Beweis, dass der Autor vom Hof stammen musste.

49

Nach langen Verhandlungen konnte am 12. Februar des Jahres 1749 in Paris endlich offiziell der Frieden von Aachen proklamiert werden. Doch das Volk reagierte anders, als Louis und der Hof gehofft hatten. Seit der spektakulären Festnahme und anschließenden Landesverweisung von Bonnie Prince Charles – der Schotte hatte sich geweigert, Frankreich zu verlassen, sodass der König schließlich zu dieser drastischen Maßnahme hatte greifen müssen – war die Stimmung in der Hauptstadt schlecht. Jetzt aber murrten und schimpften die Menschen mehr denn je. Die Zugeständnisse, die der König in dem Friedensvertrag eingegangen war, stießen auf Unverständnis. Frankreich hatte nichts gewonnen – das war die Meinung des Volks. Im Gegenteil – die großen Eroberungen von Fontenoy, Rocoux, Lawfeld und Maastricht, durch die Louis zu ihrem Helden geworden war, waren zurückgegeben worden, ohne dass man im Gegenzug dafür etwas bekam, während Friedrich II., der den Krieg ausgelöst hatte, Schlesien ungestraft behalten durfte. Welche Ungerechtigkeit! Der Staat war verschuldet, die Wirtschaft lag danieder, und die Menschen hatten ein zweites Jahr in Folge wegen der schlechten Ernten einen harten Winter erlebt, in dem viele hungern mussten. Auch der Zehnte, die während der Kriegszeit erhobene Ausnahmesteuer, war noch immer nicht zurückgenommen worden. Man beschuldigte den König, dass das Volk für die Großzügigkeit seines Friedensvertrags zahlen musste, während er und vor allem seine Mätresse das Geld am Hof mit vollen Händen verschleuderten. Pamphlete und Spottlieder, die nicht nur Jeanne, sondern immer unverhohlener auch den König angriffen, kursierten wieder in der Stadt, ohne dass es der Polizei gelang, ihrer Herr zu werden und ihre Verbreitung zu unterbinden. Der Comte de Maurepas, der sich wegen dieser wenig erbaulichen Zustände vor dem König rechtfertigen musste, geriet zunehmend in die Kritik von Louis und dem Hof.

Dies war das einzig Erfreuliche an der ganzen Misere, dachte Jeanne. Deprimiert las sie noch einmal die Zeilen, die ihr Abel aus Paris geschrieben hatte. Er war bei den offiziellen Feierlichkeiten zu der Friedensproklamation dabei gewesen. Eine gespenstische Stille habe geherrscht, berichtete er. Keine Begeisterungsrufe, kein *Vive le Roi – Lang lebe der König* sei zu hören gewesen, und die Leute hätten es als ein unglückliches Omen angesehen, dass es bei dem Feuerwerk am Ufer der Seine auch noch zu einem schrecklichen Unfall gekommen war, bei dem fast hundert Menschen ihr Leben verloren hatten. »Du bist so dumm wie der Frieden« sei seit der Proklamation ein neues Schimpfwort geworden, das sich die Marktweiber und Straßenverkäufer bei ihren Streitereien in den Straßen nun an den Kopf warfen.

Wie furchtbar. Jeanne war aufrichtig entsetzt. Das war die Reaktion auf den Frieden, den Louis so für sein Volk gewollt hatte? Sie war empört über die Ungerechtigkeit der Menschen und schaffte es nicht, sich über die Lügen und Schlechtigkeiten, die man ihnen am Hof nachsagte, zu beruhigen.

»Das ist im höchsten Maß infam, was die Leute in Paris behaupten«, beklagte sich Jeanne bei der Comtesse d'Estrades. Sie kam hinter dem Paravent hervor, hinter dem sie sich für die Theaterprobe umgezogen hatte. »Sie behaupten, dass das neue Theater, das der König für mich hat bauen lassen, zwei Millionen Livre gekostet hat. Zwei *Millionen*. Dabei waren es nicht mehr als zwanzigtausend Écu. Und diese Summe wird der König von Frankreich doch wohl für sein Vergnügen ausgeben dürfen.« Aufgebracht zerknüllte sie das Taschentuch in ihrer Hand.

»Meine Liebe, das sind doch nur lächerliche Gerüchte«, erwiderte die Comtesse d'Estrades gelangweilt, während sie an einem der Parfümflakons auf Jeannes Toilettentisch schnupperte. »Mhm, wie himmlisch ... Ich meine ...«, sie zuckte die Achseln, »die Menschen suchen einfach irgendjemanden, an dem sie ihren Unmut auslassen können. Diese Geschichten dürfen Sie gar nicht ernst nehmen.«

Jeanne sah sie an. Manchmal hatte sie das Gefühl, dass die Comtesse und sie sich fremd geworden waren, und sie wusste nicht, warum. Sie konnte die Gleichmütigkeit der Freundin einfach nicht teilen. Sie dachte daran, dass man nicht nur die Kosten des Theaters so maßlos übertrieb, sondern auch die Summen für den Umbau ihres neuen Schlosses Bellevue und der kleinen Eremitage im Park von Versailles, die ihr der König geschenkt hatte. Eine zarte Zornesfalte zeigte sich auf ihrer Stirn. Der Gedanke, dass man den König wegen ihrer angeblichen Verschwendungssucht kritisierte, war ihr unerträglich. Und das Schrecklichste war, dass sie sich in keinerlei Weise dagegen wehren konnte.

Im Gegensatz zu Jeanne reagierte Louis mit der Hochmütigkeit des Herrschers auf diese haltlosen Behauptungen. »Es steht den Menschen nicht zu, über ihren König zu urteilen«, sagte er knapp, als sie sich beim Souper darüber unterhielten. Jeanne sah seinem Gesicht mit dem stolz erhobenen Kinn an, was er dachte: Er war der gesalbte allerchristlichste König, von Gott dazu bestimmt, Frankreich und sein Volk zu führen. Ihn oder sein Handeln zu kritisieren, war Majestätsbeleidigung – ein Verbrechen.

Dennoch fühlte und wusste sie, dass er unter der Missstimmung der Pariser litt.

»Ach, Sire, die Menschen in Paris sind launisch. Sie verhalten sich wie kleine Kinder, denen man ihr Spielzeug weggenommen hat«, sagte sie später in der Nacht. Sie hatten beide nicht schlafen können und waren nach oben auf die

Terrasse gegangen, wo sie, eingehüllt in ihre pelzgefütterten Umhänge, die Sterne betrachteten. Sie strich ihm zart mit der Hand über die Wange.

»Ich weiß.« Er griff ihre Hand und küsste die Innenfläche. »Doch auch Kinder sieht man lieber glücklich, nicht wahr?«

»Ja, das stimmt, doch man kann leider nicht immer ihrem Willen folgen, denn manchmal gibt es Dinge, die zu ihrem Besten sind, ohne dass sie es verstehen.«

Er sah sie an – mit einem kleinen Lächeln in den Augen. Die Last der Verantwortung, die er trug, wog niemals leicht – das war sein Schicksal. Sie spürte seine Einsamkeit in dieser Welt, in der er nie so sein würde wie alle anderen. Er legte den Arm um sie, und sie sahen, eng aneinandergeschmiegt, schweigend zu den Sternen empor.

50

Der Schimmel hieß Alboin und war das ruhigste der zwanzig Pferde, die die Marquise besaß. Ein gutmütiger, in die Jahre gekommener Gaul, der niemandem mehr etwas beweisen musste, wie Sébastien, der Stallknecht, zu sagen pflegte. Der Weiße, der in einem der mittleren Stände des Stalls untergebracht war, stupste ihn auffordernd in die Seite. Sébastien grinste. »Du wirst mit dem Alter immer verfressener, mein Guter«, sagte er kopfschüttelnd und rückte einen der Äpfel heraus, den er in der Jackentasche trug und auf den Alboin aus war. Er streifte dem Schimmel das Zaumzeug über und legte den Sattel mit den Steigbügeln auf, als er den lauten durchdringenden Ruf des Stallmeisters von draußen hörte. »Sébastien! Sébastien! Wo steckst du?«

Seufzend ließ er Alboin stehen. Dem Tonfall nach gab es wieder einmal etwas, was er falsch gemacht hatte. Er rannte nach draußen, über den Hof, wo Augustin, der Erste Stallmeister, mit wütender Miene dastand, die Hände in die Hüften gestemmt. »Warum ist Parzival noch nicht geritten? Und sein Stall starrt vor Dreck! Was glaubst du, was ich mir vom Rittmeister anhören muss, wenn er das sieht?«

Sébastien sah ihn unglücklich an. »Es tut mir leid, aber der Rittmeister hat gesagt, ich soll als Erstes Alboin satteln, weil die Marquise auszureiten wünscht.«

»Und wie lange willst du dafür noch brauchen? Vielleicht beeilst du dich mal ein bisschen«, fuhr ihn der Stallmeister an, der nicht zugeben wollte, dass er von dieser Aufgabe nichts gewusst hatte. »Los! Los …«

Sébastien flitzte eilig zum Stall zurück. Wenn er sich jetzt nicht beeilte, würde er auch noch Ärger mit dem Rittmeister bekommen, und der würde weitaus schlimmere Folgen haben als die üblichen Schikanen des Stallmeisters.

Als er den Stall betrat und den Gang zwischen den Ständen wieder zurück zu Alboin lief, hörte er das Geräusch eines umfallenden Eimers. Er fuhr herum und sah einen Schatten, der aus dem Halbdunkel nach draußen floh. Verwundert blickte er ihm hinterher.

Der Schimmel stand unruhig in seinem Stand. »Na, hast du dich erschrocken, mein Guter?«, fragte Sébastien. Er wunderte sich, denn normalerweise reagierte Alboin nicht besonders empfindlich auf Geräusche.

Er gab ihm seinen letzten Apfel und hatte den umfallenden Eimer und Schatten schon längst wieder vergessen, als er den Schimmel am Zaumzeug griff und nach draußen führte.

Die Weite des Parks lag in beeindruckender Schönheit vor ihnen. Jeanne und Louis ritten im Schritttempo, gefolgt von den Leibgarden, die breite Allee entlang. Vor ihren Füßen tollten Jeannes Hunde, Félice und César, und Louis' Lieblingsjagdhunde Arthus und Sylvie herum.

»Sie sind sicher, dass es Ihnen nicht zu anstrengend ist?«, fragte Louis.

Jeanne lächelte. »Aber nein, nicht in diesem Tempo. Und Alboin ist ein so verlässliches ruhiges Pferd«, sagte sie, obwohl ihr der Schimmel merkwürdigerweise heute ein wenig nervös vorkam. Sie strich ihm über den Hals und genoss den Blick über den schier endlosen Horizont, der so etwas Beruhigendes hatte.

»Die frische Luft tut Ihnen gut«, meinte Louis mit Blick auf ihre rosigen Wangen.

Es stimmte, sie genoss es, draußen zu sein. In letzter Zeit reagierte sie zunehmend empfindlich auf Gerüche. Der Duft der unzähligen parfümierten und gepuderten Menschen drohte ihr im Schloss den Atem zu rauben und brachte sie manchmal fast an den Rand einer Ohnmacht. Ein ganz normales Symptom während der Schwangerschaft, hatte ihr Doktor Quesnay versichert, obwohl Jeanne sich nicht daran erinnern konnte, auf diese Weise reagiert zu haben, als sie mit Alexandrine schwanger gewesen war.

»Ich werde Machault d'Arnouville damit beauftragen, an einer Steuerreform zu arbeiten«, sagte Louis unvermittelt.

Jeanne strich Alboin, der nervös den Kopf schüttelte, erneut beruhigend über den Hals. »Ihr wollt den Zehnten durch eine andere Steuer ersetzen?« Die Probleme des Finanzhaushalts waren kein Geheimnis. Sie wusste nicht nur von Louis, sondern auch von Machault d'Arnouville, dem Generalkontrolleur der Finanzen, davon. Der König befand sich in einer schwierigen Situation – auf der einen Seite war dem Volk versprochen worden, dass die für den Krieg erhobene Ausnahmesteuer des Zehnten mit dem Frieden wieder abgeschafft würde, auf der anderen Seite aber war der verschuldete Staatshaushalt mehr denn je auf zusätzliche Einnahmen angewiesen.

»In gewisser Weise, ja. Ich denke an eine geringere und vor allem anders verteilte Steuer.«

Sie sah ihn erstaunt an. »Ihr zieht in Erwägung, auch den ersten und zweiten Stand zu belasten?« Sie erinnerte sich, dass er schon mehrmals darüber gesprochen hatte, das Steuersystem zu erneuern. Doch an den Privilegien des Adels und Klerus zu rühren, würden viele als Sakrileg ansehen.

Louis betrachtete die Hunde, die ausgelassen um sie herumtobten und sich im Spiel gegenseitig jagten. »Nun, Monsieur de Machault d'Arnouville wird erst einmal nur streng vertraulich daran arbeiten, bis der Finanzrat seine Vorschläge überprüft hat.«

Jeanne nickte nachdenklich. Sie versuchte den Schimmel, der immer wieder nach rechts zu tänzeln versuchte, sobald einer der Hunde in seine Nähe kam, wieder in die andere

Richtung zu lenken. Sie fragte sich, ob das Tier vielleicht krank war. »Tsch-sch … Was ist denn heute bloß mit dir los?«

In diesem Moment sprang einer der Hunde bellend an ihnen vorbei und streifte das Pferd. Der nervöse Schimmel scherte erschrocken aus und ging mit einem lauten Wiehern hoch. Jeanne versuchte noch, an den Zügeln zu ziehen, doch anstatt nach unten zu gehen, bäumte sich das Tier zu ihrem Entsetzen laut wiehernd in voller Höhe auf und sprang mit einem wilden Satz nach vorn. Sie versuchte verzweifelt, sich festzuhalten, als der Schimmel wie von Sinnen buckelnd losgaloppierte.

»Hilfe!« Jeanne schrie auf, während sie auch schon spürte, wie sie aus dem Sattel rutschte, den Halt verlor und im hohen Bogen durch die Luft flog und abgeworfen wurde.

Der Aufprall war hart und schmerzhaft. Einen Moment lang blieb sie bewegungslos auf dem Gras liegen. Mühsam versuchte sie zu atmen. Sie war sich sicher, dass sie sich sämtliche Knochen gebrochen hatte. Irgendein anderer Teil ihres Selbst nahm wahr, dass Louis, der entsetzt hinter ihr hergeprescht war, von seinem Pferd sprang und sich über sie beugte. »Jeanne!«

Er stützte sie mit dem Arm, damit sie sich aufrichten konnte. Ihr war schwindlig. Louis' blauer Rock verschwamm vor ihren Augen, aber dann wurden die Bilder langsam wieder schärfer. Sie sah sein besorgtes Gesicht.

»Sind Sie verletzt?«

»Es geht schon«, sagte sie zu Louis und bemühte sich zu lächeln, doch sie fühlte, wie ihr übel wurde. Die Schmerzen wurden immer unerträglicher. Ihr Unterleib fühlte sich an, als sei ihr Becken zerschmettert worden. Sie versuchte sich mit einem leisen Stöhnen weiter aufzurichten und blickte dabei auf den Rock ihres hellen Reitkleides. Ein hellroter Fleck zeichnete sich dort unterhalb ihres Schoßes ab. Weinend sah sie Louis an. »O Gott …«

Sein Blick war dem ihren gefolgt. Entsetzt drehte er sich zu den Garden um. »Schnell, ein Arzt! Holt sofort einen Arzt!«, befahl er.

Jeanne spürte, wie ihr die Sinne schwanden.

Später erinnerte sie sich nur noch an Bruchstücke. Ihr Kopf, der in Louis' Armen gebettet lag, ein Riechsalz an ihrer Nase, Menschen, die kamen und sie auf einen Wagen legten. Und immer wieder die dunklen sorgenvollen Augen des Königs und seine Stimme: »*Es wird alles gut! Es wird alles gut*«, obwohl sie beide wussten, dass das nicht stimmte, und die reißenden Schmerzen sie immer wieder ohnmächtig werden ließen.

Später dann in ihrem Schlafgemach die Ärzte. Nicht nur Doktor Quesnay, sondern auch die Leibärzte des Königs. Man hatte Louis gebeten, den Raum zu verlassen. Zofen rannten aufgeregt mit Schüsseln voll heißem Wasser und rot befleckten Tüchern hin und her. Kam all das Blut von ihr?

Madame du Hausset hielt ihr die Hand. Tränen standen in den Augen der Kammerzofe, als Jeanne schließlich das Kind verlor.

Ein düsterer Schatten legte sich über sie, durchdrang ihren Körper und ihr ganzes Inneres, während der Schmerz über den erneuten Verlust sich tief und unauslöschlich in ihre Seele brannte.

Drei Tage fieberte sie und fiel in einen tiefen Schlaf, der ihr ein gnädiges Vergessen schenkte. Menschen wachten an ihrem Bett – die Comtesse d'Estrades, die Duchesse de Brancas, Abel und Louis, der ihre Hand hielt. Das Fieber sank, und der Schmerz kehrte zurück, wie eine lodernde Flamme ergriff er von ihr Besitz. Quälende Schuldgefühle überfielen sie. Warum nur war sie in ihrem Zustand auf ein Pferd gestiegen? Sie weinte und wünschte sich, ihrem Kind folgen zu können.

Tage vergingen – doch sie fühlte sich erschöpft, elend und müde, und der Gedanke, wieder aufzustehen und ihr Leben wie bisher fortzuführen, erschien ihr unerträglich. Sie war siebenundzwanzig Jahre alt, doch sie kam sich kraftlos wie eine Greisin vor. Apathisch ließ sie alles über sich ergehen. Selbst Louis vermochte ihr keinen Trost zu spenden.

Fast zwei Wochen waren seit der Fehlgeburt vergangen,

als sich die Comtesse d'Estrades eines Nachmittags an ihr Bett setzte und mitleidig den Kopf schüttelte. »Meine Liebe, Sie können nicht ewig in ihren Schmerz fliehen.«

Jeanne schwieg. Sie musterte die Seidenvorhänge ihres Alkovens, während sie den strengen Blick der Comtesse auf sich spürte. Dann schlug sie die Augen nieder.

»Warum? Warum wurde mir dieses Kind genommen, das ich mir so sehr gewünscht habe?«, brach es bitter aus ihr heraus.

Die Comtesse strich ihr über das Haar. »Es war ein Unfall, ein tragischer Unfall.«

»Es ist, als wenn ein Stück von mir selbst herausgerissen wurde«, stieß Jeanne verzweifelt hervor. Sie hatte plötzlich das Gefühl, dass irgendwo in ihr eine Schleuse geöffnet wurde, durch die nun ihr ganzer Schmerz nach außen drängte. Sie weinte. »Ich habe es mir so sehr gewünscht. Ein Kind von ihm! Manchmal ... manchmal glaube ich schon selbst, dass Gott mich strafen will.«

»Aber nein ... Marquise!«

Ein Geräusch ließ sie beide zur Tür blicken.

Louis stand auf der Schwelle.

»Hier ist jemand, der gern zu Ihnen möchte, Madame«, sagte er sanft und zog im selben Moment Alexandrine, die er an der Hand hielt, hinter seinem Rücken hervor.

»Maman!«

Jeanne richtete sich in ihrem Bett auf. »Alexandrine, mein Engel!« Voller Entsetzen ging ihr auf, dass sie in den letzten Tagen nicht einmal an ihre Tochter gedacht hatte.

Die Kleine lief stürmisch auf ihre Mutter zu und warf sich in ihre Arme. »Maman! Bist du krank?«

Jeanne schüttelte stumm den Kopf.

»Warum weinst du denn?«, fragte die Kleine erstaunt.

»Das ist nur, weil ich dich so vermisst habe, mein Schatz«, lachte Jeanne aufgelöst und zog ihre Tochter fest in ihre Arme, während die Tränen über ihre Wangen rollten.

Sie blickte Louis über den Kopf von Alexandrine hinweg an. Er lächelte.

Berryer hatte von Anfang an das Gefühl gehabt, dass dieser Sébastien etwas verbarg. Während er ihn befragt hatte, stammelte der Stalljunge und fingerte an seiner Hosennaht herum, und benahm sich so auffällig, als wenn er die Marquise mit eigenen Händen vom Pferd gestoßen hätte. Immerhin bestätigte er ihm, was er bereits vom Ersten Stallmeister und dem Rittmeister gehört hatte – der Schimmel war das älteste und friedfertigste Pferd der Marquise und normalerweise durch nichts aus der Ruhe zu bringen. Irgendetwas musste mit dem Tier passiert sein, und er war sich sicher, dass Sébastien etwas wusste. Er beschloss, den Jungen nach Paris bringen zu lassen. Eine andere Umgebung tat bei Verhören in der Regel Wunder – und auch in diesem Fall bestätigte sich diese Erfahrung. Sébastien war völlig außer sich, dass er zur Polizei gebracht wurde, und der Polizeioberleutnant sah ihm an der Nase an, welche Geschichten über die Bastille und grausame Verhörmethoden in seinem Kopf herumgeisterten. Es war ein Leichtes, den Jungen weichzuklopfen.

»Nun, mein Junge, ich denke, du hast dem Gaul etwas unters Futter gemischt. Hat man dich dafür bezahlt?«

Die Augen von Sébastien weiteten sich vor Entsetzen.

»Aber nein! Niemals! Nein, das habe ich nicht getan. Wirklich nicht!«

»Verkauf mich nicht für dumm!«, fuhr Berryer ihn barsch an. »Natürlich hast du ihm etwas ins Futter gegeben.«

»Nein, so glauben Sie mir doch, das habe ich nicht.«

Und schon brach der Junge in Tränen aus und schluchzte. »Es war anders.«

Berryer horchte auf. »Anders?«

Sébastien nickte schniefend. »Ich habe etwas im Sattelgurt gefunden …«

Der Polizeioberleutnant sah ihn verblüfft an. Doch dann musterte er ihn misstrauisch. »Und warum erzählst du mir das erst jetzt?«

»Weil ich Angst hatte, dass Monsieur Augustin, der Stallmeister, mich hinauswirft, wenn er erfährt, dass ich den Sattelgurt nicht noch einmal überprüft habe, nachdem ich zurück in den Stall gekommen bin«, erklärte der Junge mit zittriger Stimme. Er erzählte dem Polizeioberleutnant, was sich an dem Nachmittag zugetragen hatte, wie er gerufen worden war und er, als er zurückkam, den Schatten im Stall gesehen hatte. »Nachdem wir Alboin wieder eingefangen hatten, habe ich in seinem Sattelgurt etwas gefunden, eine Stahlspitze …«

Der Polizeioberleutnant musste Sébastien insgeheim recht geben. Die Geschichte hätte man ihm nur schwerlich geglaubt.

»Und die hast du natürlich weggeworfen?«

Der Junge zögerte, doch dann schüttelte er den Kopf. »Nein. Ich hab sie noch.« Er zerrte vor Berryers Augen aus der Tiefe seiner schmuddligen Hosentasche einen Bindfaden, eine Münze, einen Holzspan – der wohl einen Zahnstocher darstellte – und schließlich die Stahlspitze hervor. »Hier.«

Mit überraschter Miene nahm der Polizeioberleutnant die zugefeilte Spitze in die Hand. Sie hatte sich durch den Druck auf den Sattelgurt vermutlich immer weiter in das Fleisch des Tiers gebohrt. Kein Wunder, dass der Schimmel durchgegangen war.

Er betrachtete den Jungen, der ihn noch immer ängstlich wie ein Kaninchen in der Falle anschaute.

»Ich glaube dir, und deshalb lasse ich dich auch wieder gehen. Allerdings unter einer Bedingung!«

Sébastien nickte.

»Du wirst niemandem davon erzählen. Wirklich niemandem! Diese Geschichte bleibt unter uns, verstanden?«, sagte der Polizeioberleutnant, der bei den Nachforschungen nur seinem Instinkt gefolgt war. Der Hofbankier Pâris de Montmartel hatte ihm von dem Unfall erzählt und ihn gebeten, ein wenig die Augen offenzuhalten – ohne dass der Comte de Maurepas davon Wind bekam. »Verstanden?«

»Aber ja, Monsieur«, beteuerte Sébastien.

Das meiste im Leben war reine Gewohnheit. Man gewöhnte sich an fast alles, an die guten und schönen Dinge leicht und unerwartet schnell, an die schlechten etwas langsamer und mit einigem Widerstand, doch auch an sie hatte man sich irgendwann angepasst. So erging es auch Jeanne. Sie hatte sich an die ständigen Anfeindungen, denen sie seit ihrer Vorstellung bei Hofe ausgesetzt war, gewöhnt. Sie war unempfindlicher geworden – die anonymen Briefe, die Spottverse und Pamphlete, sie verletzten sie längst nicht mehr so wie zu Beginn. In gewisser Weise wäre sie vielleicht sogar bereit gewesen, sich mit ihnen abzufinden. Sie hätte sie als Preis angesehen, den sie zu zahlen bereit war für das, was sie an Schönem und Wundervollem durch die Liebe des Königs geschenkt bekommen hatte.

Wenn es nur bei den Briefen geblieben wäre. Doch das tat es nicht. Den Beweis dafür hielt sie jetzt in Händen – zwischen Daumen und Zeigefinger ihrer rechten Hand, genauer gesagt. Die Spitze des Stahlstifts stach selbst ohne Druck schmerzhaft in ihre Haut. Sie konnte sich nur zu gut vorstellen, wie peinigend es für Alboin gewesen sein musste, als sich die Spitze in seine Flanke bohrte. Ein kleines Stück Stahl mit großer Wirkung. Jeanne zweifelte keinen Moment daran, dass der Comte de Maurepas dafür verantwortlich war. Er hatte versucht, sie umzubringen – und beinah wäre es ihm auch gelungen. Die Prellungen an ihrem Körper waren noch immer nicht verheilt – und sie hatte ihr ungeborenes Kind verloren! Jäh loderte in ihr der sengende Schmerz über ihren Verlust auf. Sie fühlte sich noch immer schwach und matt seit dem Unfall. Doktor Quesnay hatte ihr erklärt, dass das an dem vielen Blut läge, das sie verloren hatte. Er war besorgt um sie, weil sie sich seiner Meinung nach zu wenig schonte. »Sie werden einige Wochen brauchen, um wieder ganz zu Kräften zu kommen, Marquise«, hatte er gesagt.

Jeanne starrte wieder auf das so unschuldig wirkende Metall, das verantwortlich für ihr Unglück war, und legte es mit einem leichten Schaudern zurück auf den Tisch. »Ich kann es einfach nicht glauben«, sagte sie tonlos.

»Wenn Sie mir die Bemerkung erlauben, Marquise, Sie sollten äußerst vorsichtig sein«, sagte der Polizeioberleutnant.

Wortlos blickte Jeanne aus dem Fenster.

»Vielleicht sollten wir dafür sorgen, dass Ihre Speisen und Getränke eine Zeit lang vorgekostet werden. Nur als reine Vorsichtsnahme«, sagte Le Normant de Tournehem.

Ihr Oheim und Pâris de Montmartel hatten den Polizeioberleutnant gleich am nächsten Morgen zu ihr geführt, nachdem dieser ihnen von seiner Entdeckung berichtet hatte.

Jeanne drehte sich zu Berryer um. »Ich möchte Ihnen eine Frage stellen, Monsieur, und ich bitte Sie, mir ehrlich zu antworten. Glauben Sie auch, dass der Comte de Maurepas hinter all dem steckt?«

Berryer zögerte einen Moment, doch dann nickte er. »Alles deutet darauf hin, Marquise. Auch wenn uns die Beweise fehlen ...«

»Ich danke Ihnen für Ihre offenen Worte, Monsieur Berryer.« Sie nickte, und der Polizeioberleutnant verabschiedete sich.

»Der König, er wäre unter Umständen bereit, den Comte de Maurepas zu verbannen. Aber er braucht einen triftigen Grund«, sagte Jeanne schließlich zu dem Hofbankier und ihrem Oheim. Aufgewühlt rang sie die Hände.

Pâris de Montmartel, der den Kopf seines silbernen Spazierstocks musterte, hob den Kopf. »Vielleicht sollten Sie sich mit einem seiner Gegenspieler verbünden.«

Jeanne sah ihn an. Sie brauchte einen Moment, um zu verstehen, doch sie weigerte sich, auch nur daran zu denken. »Ich soll ernsthaft in Erwägung ziehen, mich mit dem Duc de Richelieu zu verbünden?«

Pâris de Montmartel zuckte die Achseln. Persönliche Befindlichkeiten waren für ihn noch nie von besonderer Bedeutung gewesen. »Warum nicht? Er ist Maurepas' größter

Feind.« Er lächelte maliziös. »Wir wissen, dass seine Spione unermüdlich damit beschäftigt sind, ihm einen Fehler in seiner Amtsführung nachzuweisen.«

Le Normant de Tournehem nickte. »Monsieur Pâris de Montmartel hat recht.«

Jeanne schaute die beiden Männer entgeistert an. Sie sah Richelieus überhebliches Lächeln und seinen anzüglichen Blick vor sich. Auch nach über drei Jahren am Hof behandelte er sie noch immer wie eines dieser billigen Pariser Opernmädchen, die mit jedem schliefen, der ihnen ein bisschen Champagner spendierte und ein paar Livres zusteckte. – *Mein Kompliment, ich hatte nicht erwartet, Sie bei meiner Rückkehr noch in Versailles anzutreffen.* – Nein! Niemals würde sie ihn um Hilfe bitten. Sie spürte, wie sich allein bei dem Gedanken alles in ihr sträubte.

Andererseits musste sie zugeben, dass sie nicht viele Möglichkeiten hatte.

Waren Richelieus Spione wirklich damit beschäftigt, dem Comte einen Fehler nachzuweisen? Pâris de Montmartels Worte gingen ihr auch am Nachmittag, als sie zusammen mit dem König durch den Garten ihrer Eremitage am Drachentor spazieren ging, nicht aus dem Kopf.

Louis hatte ihre Hand genommen und musterte besorgt ihr Gesicht. Es war schmal geworden. »Sie sind noch immer etwas blass. Wie geht es Ihnen?«

»Oh, sehr viel besser«, sagte sie. »Doktor Quesnay sagt, die Blässe kommt von dem vielen Blut, das ich verloren habe!« Sie versuchte, unbekümmert zu lächeln, obwohl sie noch immer deutlich die Kühle des Stahls auf ihrer Haut fühlen konnte. Einen Moment lang hatte sie überlegt, dem König davon zu erzählen. Aber was hätte es gebracht? Sie hätte ja doch nicht beweisen können, dass Maurepas dafür verantwortlich war. Der Verdacht wäre nur auf den Stallknecht gefallen, der sich kaum hätte verteidigen können.

Louis hatte sie einem eindringlichen Blick unterzogen. »Nun gut. Sie sollten dennoch etwas mehr essen.«

Jeanne rückte von ihm ab. »Ihr findet mich zu dünn?«

Zwei Lachfältchen zeigten sich um seinen Mund. »Aber nein, Sie wissen, dass ich Sie wunderschön finde, so wie Sie sind.«

Jeanne sah ihn zweifelnd an. Es stimmte, dass sie abgenommen hatte und dagegen ankämpfte, nicht noch mehr an Gewicht zu verlieren. Manchmal hatte sie Angst, dass Louis sich zu üppigeren Frauen hingezogen fühlen könnte. Sie unterdrückte ein Seufzen. Vielleicht machte sie es auch einfach nur nervös, dass die Folgen ihrer Fehlgeburt sie zur Enthaltsamkeit in Liebesdingen zwangen.

Er legte den Arm um sie und zog sie näher zu sich heran. »Ich möchte nur, dass Sie schnell wieder ganz gesund werden und zu Kräften kommen.«

Seine Worte besänftigten sie. Insgeheim wusste sie jedoch, dass sie erst dann wieder richtig genesen würde, wenn der Comte de Maurepas vom Hof verbannt war.

Sie begann den Duc de Richelieu heimlich zu beobachten und registrierte auf einmal genau seine kleinen Wortgefechte mit Maurepas, seine abfällige Art, wie sich seine Mundwinkel verzogen, wenn der Comte nur den Raum betrat, und seine Genugtuung, wenn der König den Minister zurechtwies. Pâris de Montmartel und Le Normant de Tournehem hatten recht – es war mehr als nur Abneigung, die hinter dem Gebaren von Richelieu steckte. Er hasste Maurepas, auch wenn er seine Gefühle gut hinter der herablassenden Maske des Grandseigneurs versteckte, der sich dem Comte überlegen fühlte.

Aber wie sollte sie ausgerechnet Richelieu auf ihre Seite bringen? Sich an einen militärischen Grundsatz des Maréchal de Saxe erinnernd, dass der Moment der Überraschung die wichtigste Voraussetzung für einen erfolgreichen Angriff darstellte, beschloss sie, dem Duc einen Besuch abzustatten. Sie legte etwas Rouge auf, um die Blässe auf ihren Wangen zu überdecken, und machte sich auf den Weg.

»Es tut mir leid, aber Monsieur de Richelieu ist zurzeit nicht zu sprechen«, erklärte ihr der Lakai, der sie nicht erkennen konnte, weil sie einen Spitzenschleier vor dem Gesicht trug.

»Ich bin sicher, der Duc wird mich empfangen«, erwiderte sie mit Nachdruck und reichte ihm ein versiegeltes Billett.

Der Lakai verschwand. Sie musterte die Sessel und die beiden chinesischen Lackkommoden, die in dem Vorzimmer standen und elegant zu den scharlachfarbenen Gardinen und dem Gobelinteppich an der Wand passten. Er besaß Geschmack, das musste man ihm lassen, dachte Jeanne.

»Wenn Madame mir bitte folgen würden.« Der Lakai, der wieder zurückgekommen war, verneigte sich und ging dann voraus.

Sie folgte ihm durch einen breiten Flur, von dem mehrere Räume abgingen. Für Versailler Verhältnisse eine ungewöhnlich großzügige und luxuriöse Unterkunft, um die der Duc sehr beneidet wurde.

Aus einem der Gemächer drang das helle Gelächter zweier Frauenstimmen. Jeanne verzog den Mund. Natürlich, dachte sie, wie hätte es auch anders sein können … Der Lakai führte sie in einen kleinen Salon.

Der Duc ließ nicht lange auf sich warten. Er hatte einen Hausmantel übergeworfen, in dessen auseinanderklaffendem Ausschnitt sich seine nackte Haut zeigte. Jeanne war erleichtert, dass sich in Richtung seiner Füße seine Strümpfe und ein Stück seiner Kniebundhosen zeigten und er darunter nicht völlig nackt zu sein schien.

»Sie entschuldigen meinen Aufzug, Madame, aber ich war gerade beschäftigt …«

»Nun, es tut mir leid, Sie zu stören.«

»Oh, es war nichts, was mir etwas später nicht noch das gleiche Vergnügen bereiten würde …«, erwiderte er und lächelte spöttisch

Sie hatte ihren Schleier zurückgeschlagen und sah einen Moment die Verunsicherung in seinem Blick, dass sie ihn hier in seinen Privatgemächern am hellen Nachmittag aufsuchte, doch dann hatte er sich sofort wieder gefangen.

»Ich brenne darauf, zu erfahren, was mir die Ehre Ihres Besuches verschafft, Madame.«

Er deutete auf ein safrangoldenes Sofa und ließ sich, nachdem sie Platz genommen hatte, lässig auf den Sessel daneben fallen.

Sie lächelte, als ihr bewusst wurde, dass sie das Spiel in der Hand hatte. »Ich bin hier, Monsieur le Duc, weil ich glaube, dass wir beide ein gemeinsames Interesse haben.«

»Tatsächlich?«, sagte er süffisant. »Ich hätte nicht gedacht, dass Sie bereit wären, dem König untreu zu werden. Womit ich selbstverständlich nicht in Abrede stellen will, dass Sie durchaus in der Lage sein dürften, zwei Liebhaber zufriedenzustellen.«

Sie ignorierte den Einwurf. »Es geht um den Comte de Maurepas.«

Der Duc setzte sich in seinem Sessel auf. »Was führt Sie zu der Annahme, dass wir diesbezüglich irgendein gemeinsames Interesse haben könnten?« Herablassend verschränkte er die Arme vor der Brust. Jeanne sah den ungewöhnlichen achteckigen Rubinring an seiner Hand. Ein Erbstück seines Großonkels, des Kardinals, der ihn von Louis XIII. geschenkt bekommen hatte, wie sie wusste.

»Ersparen wir uns das Theater, Monsieur le Duc, ich weiß, dass Sie den Comte de Maurepas lieber heute als morgen vom Hof verbannt sähen. Ihre Spione versuchen dem Minister schon seit Wochen eine Schwäche in der Führung der königlichen Marine nachzuweisen. Und ich – ich möchte Sie dabei unterstützen …«

Er gab sich keine Mühe, seine Verblüffung zu verstecken. »Und wie, bitte, sollte Ihre Unterstützung aussehen?«, fragte er und schaffte es zu ihrem Leidwesen schon wieder nicht, sich die Anzüglichkeit in seinem Tonfall zu sparen.

»Egal, was Sie finden, das den Minister belastet, ich werde dafür sorgen, dass der König darüber in der richtigen Weise informiert wird.«

»Nichts, was ich nicht selbst tun könnte, Marquise.«

Sie lächelte kaum wahrnehmbar. »Sie täuschen sich, Monsieur de Richelieu. Seien wir ehrlich, der König schätzt Sie privat und als Freund, aber wie leicht würde er eine Kritik an der Amtsführung des Ministers gerade von Ihrer Seite missverstehen, nicht wahr?«

Richelieu schwieg, dann beugte er sich zu ihr. »Hat Ihnen schon einmal jemand gesagt, dass es für Sie, trotz all Ihrer Schönheit, gefährlich sein könnte, sich in derlei Dinge einzumischen?«

»Nun, wie es scheint, ist es für mich ebenso gefährlich, mich nicht in derlei Dinge einzumischen«, erwiderte Jeanne gleichmütig und erhob sich.

Richelieu erhob sich ebenfalls. Er musterte sie. »Ich werde über Ihr Angebot nachdenken, Madame.« Er verneigte sich und küsste ihr die Hand, aber plötzlich hielt er sie fest. »Was, wenn ich Ihnen die Informationen liefere und dafür eine Nacht mit Ihnen verlange? Wäre Ihnen die Verbannung des Comte so viel wert, Madame?« Seine Augen funkelten.

Sie entzog ihm mit eisiger Miene ihre Hand.

Er lachte, ohne ihre Antwort abzuwarten. »Ich befürchtete, dass Sie nicht dazu bereit wären, Marquise. Ein Jammer, dabei würden wir viel Spaß miteinander haben. Aber im tiefsten Inneren werden Sie immer so *bourgeois* bleiben, wie Sie sind.«

Ihre Gesichtszüge entspannten sich. »Vielleicht, Monsieur le Duc«, erwiderte sie. Sie schenkte ihm ein rätselhaftes Lächeln, bevor sie den Schleier von ihrem Hut herabließ und sich zum Gehen wandte.

Zwei Wochen vergingen, ohne dass sie etwas von Richelieu, der vom König Urlaub für eine Familienangelegenheit erbeten hatte, hörte. Dann erhielt sie einen Brief.

Madame,
in der Angelegenheit, die wir kürzlich zu besprechen die Ehre hatten, gibt es einige Neuigkeiten, die für Sie von

Interesse sein dürften. Wie ich hörte, werden Sie am kommenden Sonntag ebenfalls auf dem kleinen Fest von Madame du Châtelet und Monsieur Voltaire zugegen sein. Ich werde Ihnen dort alles Weitere zukommen lassen.
Hochachtungsvoll,
Louis-François Armand de Vignerod du Plessis,
Maréchal Duc de Richelieu

Sie las die Zeilen mit Erleichterung, denn in der letzten Woche war sie unsicher geworden, weil sie nichts von ihm gehört hatte. Jeanne hatte die Einladung für das Fest bei Voltaire und Madame du Châtelet schon vor einigen Tagen angenommen. Louis hatte an diesem Abend ein Treffen mit seinen Kardinälen und Bischöfen geplant, mit denen er anschließend auch zusammen soupieren würde. Da es alles andere als passend erschien, dass seine Mätresse an diesem Essen teilnahm, stand ihrem Ausflug nach Paris nichts im Weg. Nur Doktor Quesnay hatte sie strafend angesehen, als er davon hörte.

»Marquise, Sie sollten solche Anstrengungen vermeiden und sich wirklich mehr schonen«, sagte er wie schon so oft vorher zu ihr.

»Ich weiß, ich weiß, Doktor«, sagte sie mit einem mädchenhaften Lächeln. »Aber glauben Sie mir, auch wenn es nicht danach aussieht, dieser kleine Ausflug wird mehr zu meiner Genesung beitragen als jede andere Erholung.«

Endlich war der Sonntag gekommen. Sie freute sich auf den Abend. Nicht nur weil sie gespannt war, was Richelieu ihr zu sagen hatte, sondern weil sie unter den Gästen auch viele vertraute Gesichter aus Paris treffen würde.

Als Jeanne den festlich erleuchteten Salon betrat, sah sie sofort Madame de Tencin, Madame de Saissac und Madame de Vintimille, aber auch der Maréchal de Saxe und viele der Dichter und Philosophen waren zugegen. Nicht alle kannte Jeanne so gut wie Voltaire, Marmontel oder Crébillon. Ein neuer Kreis von freigeistigen Intellektuellen hatte sich gebildet, und als sie sie so wild und leidenschaftlich diskutieren hörte, erinnerte sie sich mit Wehmut an die Salonabende von damals in Paris. Voltaire stellte ihr einige der Männer vor – den Schriftsteller Jean-Jacques Rousseau, den Marquis de Montesquieu, den Mathematiker und Philosophen Jean-Baptiste Le Rond d'Alembert – ein unehelicher Sohn von Madame de Tencin – und einen mürrisch dreinblickenden Dichter namens Denis Diderot. Jeanne hatte ihn schon einmal zu Besuch bei Doktor Quesnay gesehen und wusste, dass seine Schriften der königlichen Zensur ein besonderer Dorn im Auge waren.

Im Mittelpunkt der Gespräche zwischen den Männern stand ihr neuestes ambitioniertes Projekt – die Enzyklopädie, eine Art Universallexikon, in dem Abhandlungen über die Wissenschaften, die Philosophie, die Künste, die Religion, aber auch das alltägliche Handwerk zusammengetragen werden sollten. Jeanne hatte eine Weile interessiert gelauscht, als Emilie du Châtelet, die Gastgeberin, auf sie zukam. Sie küsste sie auf beide Wangen.

»Oh, wie wundervoll, dass Sie heute Abend kommen konnten.« Sie nickte den Männern zu und zog ihren Gast mit sich.

Jeanne lächelte sie an. »Ich darf Ihnen gratulieren, wie ich gehört habe«, sagte sie, denn Voltaire hatte ihr erzählt, dass sie ein Kind erwartete.

»Nun ja.« Zu ihrem Erstaunen reagierte Madame du Châtelet verlegen. »Ich fürchte, in meinem Alter muss man hoffen, dass das Kind kein Idiot wird – was, wie Sie sich vorstellen können, Monsieur Voltaire und mich gleichermaßen betrüben würde!«

»Aber nein! Es wird ein Genie werden, bei diesen Eltern hat es gar keine andere Wahl! … Ein Kind ist etwas Wundervolles«, sagte Jeanne warm. Doch sie ahnte, dass sich Emilie wegen ihres Alters nicht nur um das Kind sorgte. Eine Geburt über vierzig war riskant, vor allem für die Mutter.

Zwei Grübchen zeigten sich auf den Wangen der Gastgeberin. »Kommen Sie, Monsieur de Richelieu erwartet Sie bereits. Ich musste versprechen, Sie gleich zu ihm zu bringen, aber wir müssen nachher unbedingt weiterplaudern!«

Sie führte sie in ein Boudoir, das etwas abgelegen von den Festräumen des Hauses lag. Der kleine Raum war mit dunkelrotem Samt ausgeschlagen und bot zwei einladende Sofas zum Sitzen oder vielmehr – wenn Jeanne die Bestimmung dieses Boudoirs richtig deutete – zum Liegen an. Es hätte wohl kaum einen passenderen Ort geben können, um sich mit Richelieu zu verabreden.

Der Duc, der sich höflich erhoben hatte, als sie durch die Tür trat, schien heute jedoch ausnahmsweise einmal frei von jeder Anzüglichkeit. Sein Gesicht war ungewöhnlich ernst.

»Marquise, es ist mir eine Ehre.«

»Duc.«

Er hielt eine dicke Mappe in den Händen und reichte sie ihr.

»Ich denke, ich habe gefunden, was Sie brauchen.«

Sie schlug die Deckseite auf und blätterte die in gestochen kleiner Schrift beschriebenen Seiten durch. »Ein Bericht über die Marine?«

Richelieu nickte. »Ja, er legt ausführlich dar, wie gefährlich und nachlässig der Comte de Maurepas sein Amt als Marineminister gehandhabt hat. Einige Schiffe, die die Ostindien-Kompanie verloren hat, hätten nicht den Engländern zur Beute fallen müssen, wenn man sie rechtzeitig über die Gefahren und vor allem über sichere Routen informiert hätte. Außerdem hat Monsieur de Maurepas insgesamt in sträflicher Weise den Ausbau der Flotte vernachlässigt.«

Jeanne schaute ihn an. Das war mehr, als sie gehofft hatte.

Richelieu neigte den Kopf. »Ich überlasse es Ihnen, Madame, wie man in dieser Angelegenheit am geschicktesten vorgehen sollte!«

»Ich versichere Ihnen, Duc, dass der König Ihnen für diese Informationen noch mehr zu Dank verpflichtet sein wird als ich«, sagte sie und schlug die Mappe zu.

Der Comte de Maurepas hörte den Ausführungen des Comte d'Argenson nur mit einem Ohr zu. Er hatte schlecht geschlafen. Sein Magen machte ihm wieder einmal zu schaffen. Die plötzliche Eintracht zwischen der Marquise und Richelieu gefiel ihm nicht. Einer seiner Agenten hatte ihm berichtet, dass sie beide auf dem Fest von diesem Voltaire gewesen seien. Er nahm einen Schluck von seinem Tee.

Richelieu und die Pompadour – nun, in gewisser Weise passten sie perfekt zusammen, dachte Maurepas. Der Kuppler und die Mätresse! Der Erste Kammerherr des Königs war ihm kaum weniger verhasst als die Marquise. Die Art und Weise, wie er sich immer wieder beiläufig mit der Freundschaft des Königs brüstete. Gott, wie sehr wünschte er sich doch, dass er für seine Verdienste als Minister den Titel eines Duc erhielt, damit jemand wie Richelieu nicht mehr länger im Rang über ihm stand.

»Sie sind meiner Meinung?«

D'Argensons Frage riss ihn aus seinen Gedanken. Maurepas hatte keine Ahnung, worüber der Comte gerade gesprochen hatte. Er nickte vorsichtshalber. »Ja, natürlich … natürlich.«

»Gut.« D'Argenson notierte sich etwas, und Maurepas versuchte, seine Konzentration wieder auf ihre Besprechung zu lenken.

»Die Etats werden in Friedenszeiten deutlich gekürzt werden, aber gerade in den Kolonien wird es früher oder später zu weiteren Auseinandersetzungen mit den Engländern kommen und …«, dozierte d'Argenson, als sie aus der Richtung des *Antichambre* Stimmen hörte.

Die Tür öffnete sich. »Madame, der Minister ist in einer Besprechung, Sie können ihn jetzt nicht …«, hörte Maurepas seinen Sekretär verzweifelt rufen.

»Es dauert nur einen Moment«, erwiderte eine ihm leider nur zu bekannte weibliche Stimme. Die Marquise! Die Frau wurde allmählich zu einem wahren Albtraum.

Ungläubig blickte Maurepas hoch, als sie hocherhobenen

Hauptes mit einer Mappe in der Hand, gefolgt von dieser Comtesse d'Estrades, ihrem ständigen Schatten, in sein Kabinett marschierte.

Jeanne hatte den entgeisterten Blick des Ministers registriert. Sie blieb mit einem süßlichen Lächeln vor dem Tisch stehen, an dem Maurepas mit dem Comte d'Argenson saß. Sie nickte dem Comte freundlich zu und wandte sich dann zu Maurepas.

»Monsieur de Maurepas, man soll mir nicht nachsagen, dass ich die Minister des Königs zu mir bestelle, deshalb bin ich zu Ihnen gekommen, denn ich halte es nur für gerecht, dass Sie den Bericht, der heute dem König überreicht wurde, ebenfalls erhalten ...«

Sie sah, dass er keine Ahnung hatte, wovon sie sprach, und reichte ihm die Mappe. Er schlug sie auf.

»Ein Bericht über die Marine?« Für einige Sekunden sah Jeanne das unsichere Flackern in seinen Augen. Er blätterte die Seiten durch und überflog den Inhalt, dann legte er die Mappe in einer verächtlichen Geste auf den Tisch. »Lächerlich! Wissen Sie, warum der Ausbau der Flotte vernachlässigt werden musste?« Er beugte sich zu Jeanne vor. »Weil das Geld für den Schiffsbau leider in andere Kanäle geflossen ist, Madame.«

»In andere Kanäle geflossen.« Sie gab sich keine Mühe, den Spott in ihrer Stimme zu unterdrücken.

»Ja, Madame«, erwiderte der Comte de Maurepas, dessen Gesicht einen immer verkniffeneren Ausdruck annahm. »Zum Beispiel in Ihr Theater. Ganz Paris redet darüber, wie Sie das Geld des Königs verprassen.«

»Was vor allem an den Autoren dieser niederträchtigen Pamphlete liegt.« Sie stützte die Hand herausfordernd in die Hüfte. »Übrigens, Monsieur de Maurepas, wie steht es damit, haben Sie endlich herausgefunden, wer die Verfasser sind?«

Er warf ihr einen hochmütigen Blick zu. »Sobald ich es weiß, werde ich es dem König mitteilen, Madame. Wenn Sie uns jetzt bitte entschuldigen würden.«

Sein gleichmütiger Tonfall zeigte ihr, dass er sich wieder gefangen hatte.

Sie musterte ihn kalt. »Sie zollen den Mätressen des Königs wenig Achtung, Comte.«

Maurepas, der sich wieder seinen Papieren zugewandt hatte, hob den Kopf. »Im Gegenteil, Madame«, seine Stimme triefte vor Verachtung, »ich habe sie immer so behandelt, wie es ihnen zukam, egal von *welchem Schlag* sie auch waren – oder sind!«

Hinter ihrem Rücken holte die Comtesse d'Estrades hörbar Luft, und auch der Comte d'Argenson schaute den Minister für Marineangelegenheiten entsetzt an.

Jeanne blickte ihn wutentbrannt an. Endlich zeigte Maurepas sein wahres Gesicht. Alles, was sie in den letzten Wochen und Monaten erlitten hatte, stieg auf einmal in ihr hoch – die Verletzungen, die Angst, der ohnmächtige Zorn und der Schmerz über ihre Fehlgeburt. Sie griff in ihre Rocktasche und beugte sich zu ihm. Ein Stück Metall glänzte zwischen ihren Fingern.

»Und dabei haben Sie die Mätressen immer unterschätzt und tun es noch immer, Monsieur le Comte!«

Maurepas sah entgeistert auf die Metallspitze.

Sie blickte ihn vernichtend an. Ihre Hand umschloss die Stahlspitze, bevor sie sich auf dem Absatz umdrehte und wie ein General, der seine Kriegserklärung hinterlassen hatte, sein Kabinett verließ und wieder in ihre Sänfte stieg.

Louis hatte den Bericht zweimal gelesen. Seite für Seite, Wort für Wort. Er sah hoch. »Das sind schwere Vorwürfe, die man gegen den Comte erhebt. Er hat die Marine in sträflichster Weise vernachlässigt, und deshalb mussten Menschen ihr Leben lassen«, stellte er fest. Doch es lag etwas Fragendes in seinen Augen – etwas, das wollte, dass sie ihm erklärte, wieso sie Maurepas' Sturz so sehr wünschte.

Sie sah ihn ernst an. »Sire, als Ihr mich zu dem gemacht habt, was ich heute bin«, erklärte sie leise, »da habt Ihr einmal gesagt, dass Ihr meine Ehrlichkeit liebt. Deshalb will ich auch heute aufrichtig sein. Monsieur de Maurepas hat mich gedemütigt und verletzt, und das nicht nur offen und direkt, was schändlich genug wäre, sondern durch anonyme Verse, durch Briefe und durch leider Gottes erfolgreiche Versuche, die Meinung des Volkes auf hinterhältigste Weise gegen mich aufzubringen.« Jeanne bemühte sich, ihrer Stimme einen neutralen Klang zu geben. »Darüber hinaus bin ich davon überzeugt, dass er es war, der mir das Paket mit der Glasphiole schickte und dafür sorgte, dass ich vom Pferd stürzte ...«, Jeannes Stimme stockte einen Moment, und sie senkte den Blick, »... und ich dadurch unser Kind verloren habe!«

Louis sah sie sprachlos an. Sie trat einen Schritt nach vorn, legte vorsichtig die kleine Metallspitze auf den Tisch und trat dann wieder zurück.

»Sire, ich bitte um Vergebung, Euch das zu sagen, aber ich werde den Comte dafür immer hassen und würde mich, solange er am Hof ist, niemals mehr sicher fühlen. Ich weiß, dass es nicht gut wäre, wenn die Ungnade eines Ministers auf die persönlichen Befindlichkeiten Eurer Mätresse zurückzuführen wäre, deshalb liefere ich Euch hier die Beweise für seine objektive Schuld – nämlich die Zeugnisse, dass er ein schlechter und verantwortungsloser Minister ist, der Eurer Regierung nicht fehlen wird«, beendete sie ihre Erklärung und hörte selbst, wie hart und kalt es klang, was sie vorbrachte. Doch es war die Wahrheit. Entweder Maurepas oder sie – einer von ihnen beiden würde gehen müssen.

Eine erregte Anspannung herrschte im Spiegelsaal, in dem die Höflinge schon den ganzen Vormittag tuschelnd in kleinen Grüppchen zusammenstanden und versuchten, in Erfahrung zu bringen, was nun eigentlich passiert war. Natürlich wusste niemand etwas Genaues, und deshalb war wieder einmal den wildesten Spekulationen und unglaubwürdigsten Geschichten Tür und Tor geöffnet. Die absurdeste Behauptung, die der Duc de Richelieu an diesem Vormittag hörte, war die, dass der König angeblich beabsichtige, die Marquise de Pompadour zu verstoßen, und sie daraufhin bei Maurepas gewesen sei und ihm eine Szene gemacht habe, weil sie glaubte, er sei dafür verantwortlich.

»Ein Titel allein macht eben noch lange kein edles Blut. Der König hätte schon längst von ihr lassen sollen«, hörte Richelieu im Vorbeigehen jemanden sagen.

Er lächelte in sich hinein. Die Marquise hatte seinen Bericht gestern dem König übergeben, und er hätte den Ring seines Großonkels darauf gewettet, dass nicht ihre, sondern Maurepas' Tage damit gezählt waren. Er warf einen Blick auf den Minister für Marineangelegenheiten, der mit dem Comte d'Argenson und seinem Cousin, dem Kardinal de La Rochefoucauld, zusammenstand. Seine Bewegungen waren fahrig, und er wirkte ungewöhnlich nervös, als wenn er ahnte, an was für einem dünnen Faden sein Schicksal hing.

Richelieu konnte nicht anders, er musste den Comte ansprechen. »Guten Morgen, Messieurs«, begrüßte er die kleine Gruppe.

Die drei erwiderten höflich seinen Gruß.

Der Duc wandte sich mit einem scheinheiligen Lächeln zu Maurepas. »Wie ich hörte, hatten Sie gestern eine ungewöhnliche Nachmittagsvisite, Comte?«

Der Minister sah ihn gereizt an. »Ja, die Marquise.« Maurepas legte den Kopf in den Nacken, als die anderen betreten schwiegen. »Nun, ich sage Ihnen, ihr Besuch bei mir wird der Marquise Unglück bringen. Ich besinne mich noch, wie mich seinerzeit Madame de Mailly besuchte, und zwei Tage später war sie Geschichte. Dann kam die Duchesse de Châteauroux, und die soll ich ja, wie Sie wissen, bekanntlich vergiftet haben …«

»Ich bitte Sie, Cousin«, zischte der Kardinal de La Rochefoucauld warnend.

Doch Maurepas lachte laut und unecht auf. Seine Augen glänzten fiebrig. »Ja, ja, ich bringe ihnen allen Unglück«, stieß er hervor.

Er schien die plötzliche Stille und die entsetzten Blicke um sich herum nicht wahrzunehmen. Wenn Richelieu ihn nicht so unerträglich gefunden hätte, er hätte fast Mitleid für ihn empfunden.

Jeanne saß auf einem Schemel neben dem Schreibtisch des Königs. Nachdem die Bemerkung des Ministers sich am Vormittag wie ein Lauffeuer am ganzen Hof verbreitet hatte, hatte der König den Duc de Richelieu und den Comte d'Argenson zu sich kommen lassen.

»Ich möchte Sie bitten, zu wiederholen, was Monsieur de Maurepas heute Morgen in Ihrer Gegenwart gesagt hat, Monsieur d'Argenson«, sagte Louis streng.

Jeannes Hände ruhten in ihrem Schoß. In gewisser Weise hatte sie immer geahnt, dass Maurepas sich in seinem Hochmut selbst den entscheidenden Stoß in sein Grab geben würde. Der Minister gehörte bereits der Vergangenheit an, das wusste sie.

Mit verlegener Miene gab d'Argenson Wort für Wort die Äußerung des Comte wieder. »*… und die soll ich ja, wie Sie wissen, vergiftet haben … Ja, ich bringe ihnen allen Unglück*«, endete er schließlich.

Das Gesicht des Königs verriet keine Regung. »Sie bestätigen diese Worte, Monsieur de Richelieu?«

»Ja, ich muss leider zugeben, dass Monsieur de Maurepas genau diese Worte gebraucht hat, Sire.«

»Danke, Messieurs. Sie dürfen sich wieder zurückziehen.«

Die beiden Männer verließen mit einer Verbeugung den Raum.

51

Der Comte de Maurepas hatte den Abend auf einer Hochzeitsfeier in der Hauptstadt verbracht, als ihn sein Kammerherr am frühen Morgen in seinem Pariser Palais weckte und ihm verunsichert mitteilte, dass ihn der Comte d'Argenson sofort zu sehen wünsche.

Schlaftrunken erhob sich der Minister aus seinem Bett, ein stechender Schmerz pochte in seinem Kopf. Er ließ sich in seinen Hausmantel helfen und setzte seine Tagesperücke auf, bevor er die Treppe hinunterstieg. Seine Müdigkeit und der Alkohol, den er am Abend zuvor genossen hatte, verschafften ihm einen kurzen gnädigen Moment der Ahnungslosigkeit, der schlagartig endete, als er die offizielle Miene des Comte d'Argenson sah. In seiner Begleitung befanden sich zwei Garden.

Maurepas versuchte – soweit das in seinem morgendlichen Aufzug möglich war –, Haltung anzunehmen und blieb auf der letzten Treppenstufe stehen.

»Monsieur d'Argenson …«

Der Minister für Kriegsangelegenheiten nickte knapp. »Monsieur le Comte, es ist meine Aufgabe, Ihnen dieses Schreiben im Namen Seiner Majestät zu überreichen.«

Maurepas griff wie vom Schlag gerührt nach dem Treppengeländer, als er begriff, warum der Comte hier war.

»Verbannung …«

»Es tut mir leid«, sagte d'Argenson leise, dem seine Aufgabe alles andere als angenehm war, und reichte ihm den versiegelten Brief.

Monsieur de Maurepas,
ich habe Ihnen versprochen, dass ich Ihnen sagen werde, wenn mir Ihre Dienste nicht mehr genehm sind. Durch diesen Brief befehle ich Ihnen, von Ihrem Amt als Staatssekretär und Minister zurückzutreten. Da Ihr Gut Pontchartrain zu nahe bei Versailles liegt, ist es mein Wille, dass Sie sich im Lauf dieser Woche nach Bourges zurückziehen und dort niemanden empfangen, Ihre nächsten Angehörigen ausgenommen.
Ich wünsche keine Antwort.
LOUIS

Maurepas sank auf die Treppenstufe und starrte auf die königlichen Worte, die ihn so unumstößlich in Ungnade verstießen und damit sein Leben und alles, was er war, zerstörten. Es war Donnerstagmorgen, der 24. April 1749.

Die Ungnade des Ministers löste am Hof im gleichen Maß Ungläubigkeit wie Entsetzen aus. Der Comte de Maurepas, einer der mächtigsten Männer des Königsreichs – verstoßen? Seine Dispute und Konflikte mit der Favoritin waren allgemein bekannt. Mit Genugtuung und ein wenig Bewunderung hatte man verfolgt, wie der Minister sich stets weigerte, der Pompadour gegenüber die devote Untertänigkeit an den Tag zu legen, die ihr viele andere Höflinge entgegenbrachten. Maurepas hatte nie ein Hehl daraus gemacht, was er von der emporgestiegenen Bürgerlichen wirklich hielt. Doch nun schien sein Schicksal besiegelt.

Der König hüllte sich über die Gründe seiner Entscheidung in Schweigen, als er am nächsten Tag, gefolgt von einem sichtlich gut gelaunten Duc de Richelieu und dem Dauphin, im Staatsrat erschien.

»Messieurs, guten Tag.« Louis ignorierte den fragenden Ausdruck auf den Gesichtern um sich herum. »Der Comte de Maurepas ist ab sofort seiner Ämter enthoben«, erklärte er. »Seine Nachfolge habe ich wie folgt bestimmt: Monsieur le

Comte de Rouillé wird das Amt des Ministers für Marineangelegenheiten übernehmen, Monsieur le Comte de Saint Florentin das des *Maison du Rois* und Monsieur le Comte d'Argenson wird Minister von Paris werden.« Er nickte den drei Männern zu, die sich tief verbeugten. Sein Blick blieb an d'Argenson hängen. »Monsieur d'Argenson, ich spreche Ihnen mein besonderes Vertrauen für Ihr Amt als Minister von Paris aus, aber ich möchte Ihnen den Rat geben, sich bei Ihren Aufgaben erfolgreicher als Ihr Vorgänger zu zeigen. Mehr habe ich in dieser Angelegenheit nicht zu verkünden.«

Er nickte erneut und verließ das *Cabinet du Conseil.* Sprachlos sahen ihm die Minister hinterher.

Nachdem sich die erste Aufregung über die Verbannung des Comte de Maurepas gelegt hatte, kehrte der Hof von Versailles schnell zu seinem Alltag zurück. Niemand sprach mehr über den Minister oder erwähnte auch nur seinen Namen, und nach einigen Tagen schien es fast so, als wenn es Maurepas niemals gegeben hätte.

Jeanne spürte jedoch, dass man ihr seit dem Sturz des Comte mit einer neuen Form des Respekts begegnete, einer Mischung aus Anerkennung und Furcht vor der Macht, die sie eindrucksvoll demonstriert hatte. Sie nahm dies stillschweigend zur Kenntnis, ohne dabei ein Gefühl des Triumphs zu verspüren. Sie war nie bestrebt gewesen, die Rolle der einflussreichen Mätresse neben dem König einzunehmen, doch sie hatte keine Wahl gehabt. Mächtig oder ohnmächtig sein – es gab keinen Weg dazwischen. Schmerzhaft hatte sie das in den letzten drei Jahren lernen müssen. Jetzt verstand sie, was Pâris de Montmartel gemeint hatte, als er damals zu ihr sagte, sie müsse sich im Intrigenspiel behaupten, wenn sie sich bei Hofe halten wolle.

Es war ihr gelungen, ihren gefährlichsten Feind zu besiegen. Der Comte de Maurepas war verbannt. Er war fort – für immer. Sicherlich würde er in seinem gesteigerten Hass alles daransetzen, um weiter seine bösartigen Spottgedichte gegen sie und den König in Umlauf zu bringen, doch von Bourges aus – meilenweit von der Hauptstadt entfernt – würde ihm das wahrlich nicht mehr so leichtfallen. Außerdem würde sein Nachfolger, der Comte d'Argenson, jetzt mit aller Härte gegen die Verfasser und diejenigen, die diese Pamphlete verbreiteten, vorgehen, um sich vor dem König zu profilieren.

Jeanne konnte zufrieden sein, und sie war es auch. Nie zuvor war ihre Stellung am Hof so mächtig gewesen. Die anderen Minister und Staatssekretäre trachteten nach einem guten Verhältnis zu ihr, und selbst ihre Spannungen mit Richelieu gehörten der Vergangenheit an. Seit ihrem gemeinsamen Vorgehen verband sie eine heimliche Komplizenschaft. Der Duc war nach der Verbannung des Comte zwar zunächst ein wenig beleidigt gewesen, dass der König ihm keinen Platz im Staatsrat angeboten hatte, doch Jeanne hatte ihn damit getröstet, dass seine militärischen Dienste für den König von weit größerer Bedeutung seien und Louis seine Talente deshalb nicht in anderen Positionen vergeuden wolle. Da Richelieu sich privat wie kein anderer Höfling der Gunst des Königs und nun auch der seiner Mätresse erfreute, hatte er sich schnell besänftigen lassen. Er träumte davon, Premierminister zu werden, doch er war nicht vom Ehrgeiz besessen, dieses Ziel zu erreichen, solange nur niemand anderes dieses Amt erhielt, das hatte Jeanne längst verstanden.

Ein Lächeln glitt über ihre Lippen. Wer hätte gedacht, dass ihre gemeinsamen Interessen sie eines Tages tatsächlich zu Verbündeten machen würde, dachte sie, während sie eines Nachmittags einen prüfenden Blick in den großen Spiegel an der Wand warf und ein Husten unterdrückte. Sie war noch immer ein wenig blass. Der Unfall, die Fehlgeburt und die nervlichen Anspannungen der letzten Wochen hatten Spuren hinterlassen. Außerdem quälte sie seit einigen Tagen eine leichte Erkältung – aber von alldem würde sie sich jetzt bestimmt schnell wieder erholen, denn sic schlief endlich wieder gut, seitdem sie von ihren Ängsten befreit war.

»Madame, Doktor Quesnay ist da.« Die Stimme von Madame du Hausset riss Jeanne aus ihren Gedanken. Sie nickte und unterdrückte ein erneutes Husten, als sie aufstand, um sich hinter den Paravent zu begeben, wo ihr eine ihrer Zofen beim Auskleiden half.

»Wie geht es Ihnen, Doktor Quesnay?«, fragte Jeanne, als sie wenige Momente später in ihrem Unterrock und mit gelockertem Schnürleib vor ihm stand.

»Danke, gut, Marquise.« Er öffnete seine Tasche, um seine Instrumente herauszuholen, und musterte sie prüfend.

»Und, wie geht es Ihnen?«, fragte er, während er sie abzutasten begann.

»Oh, nur eine kleine Erkältung, wie es scheint.« Er bat sie, sich auf die Chaiselounge zu setzen, und sie kam seiner Aufforderung folgsam nach.

»Sie gönnen sich nicht genug Ruhe, Marquise«, sagte er schließlich, als er fertig war. »Und der Husten schwächt sie zusätzlich.«

Jeanne ließ sich von ihrer Zofe wieder in ihre Kleider helfen. Sie zog ihren Rock zurecht. »Ich versuche es, Doktor Quesnay, aber Sie wissen doch, wie das Leben hier ist. Soupers, Feste, Empfänge, Reisen und das ewige Zeremoniell. Ruhe gibt es fast nie«, sagte sie leichthin, als sie hinter dem seidenbespannten Paravent wieder hervorkam. Sie gab der Zofe ein Zeichen, sie allein zu lassen.

»Aber Ihr Körper braucht Ruhe.« Quesnay reichte ihr ein Glas, in dem er ein Kräuterpulver aufgelöst hatte, und sie trank folgsam die Medizin.

Sein Blick war ernst. »Madame, Ihre Konstitution ist stark angegriffen. Als Ihr Arzt muss ich Sie warnen, dass jede weitere Schwangerschaft nicht nur überaus riskant, sondern unverantwortlich wäre.«

Im ersten Moment verstand sie nicht, was er meinte. Sie sah ihn ängstlich wie ein kleines Mädchen an. »Sie übertreiben nur, um mich zu mehr Ruhe zu bewegen, nicht wahr, Doktor Quesnay?«

Der Arzt schüttelte den Kopf und seufzte. »Nein, Marquise. Ich meine es sehr ernst. Eine weitere Schwangerschaft würden Sie mit dem Leben bezahlen.«

Jeanne sah ihn entsetzt an. Sie hatte das Gefühl, etwas in ihr zerspringe in tausend Stücke. Sie hatte nach der Fehlgeburt Angst gehabt, nicht mehr schwanger werden zu können, doch dass sie kein Kind mehr bekommen durfte, war ihr nie in den Sinn gekommen. Doktor Quesnay war nur übervorsichtig, versuchte sie sich zu beruhigen, obwohl sie tief in ihrem Inneren spürte, dass ihr Körper sich verändert hatte und einfach nicht mehr zu seiner alten Kraft zurückfand. Doch sie wollte die Wahrheit nicht hören. Auch Ärzte waren nur Menschen und konnten sich irren! Gab es nicht oft Fälle, in denen sie prophezeiten, dass jemand sterben würde, der sich dann doch von seiner Krankheit unerwartet erholte und entgegen aller Diagnosen noch viele Jahre weiterlebte? Und was war mit den Frauen, die von den Ärzten für unfruchtbar erklärt wurden und die dann – als wenn es nur noch nicht der richtige Zeitpunkt gewesen wäre – plötzlich nach Jahren noch mehreren Kindern das Leben schenkten? Konnte sich Doktor Quesnay bei ihr nicht genauso täuschen? Das alles schoss ihr in einem strudelnden Gedankenstrom durch den Kopf. Sie wollte ein Kind von Louis – mehr als alles andere. Wenn sie dabei sterben würde, gut, dann würde das eben ihr Schicksal sein. Jede Geburt war schließlich lebensgefährlich. Doch sie würde alles tun, um wieder schwanger zu werden.

Sie blickte den Arzt eindringlich an. »Der König – er darf das auf keinen Fall erfahren! Versprechen Sie mir das«, sagte sie mit fester Stimme.

Er nickte ergeben und neigte ein wenig müde den Kopf. »Selbstverständlich, Marquise.«

Keiner von beiden bemerkte den Schatten vor der halb geöffneten Tür, der jetzt langsam zurückwich. Schritt für Schritt, ohne das leiseste Geräusch zu verursachen …

Die Höflinge hatten sich am Abend nach einer Vorführung der Comédie-Française in den *Salon de Vénus* begeben, in dem Erfrischungen gereicht wurden. Die Duchesse de Brancas, die sich mit dem Duc de Richelieu unterhielt, warf einen nachdenklichen Blick zu der anderen Seite des Staatsgemachs, wo die Marquise de Pompadour mit der Comtesse d'Estrades zusammenstand. Schon seit geraumer Zeit hatte sie die Veränderungen in dem Verhalten der Comtesse gegenüber der Marquise wahrgenommen. Es waren Kleinigkeiten, jede für sich ohne besondere Bedeutung, aber zusammengenommen ein untrügliches Zeichen dafür, dass etwas nicht stimmte – die Blicke, mit der die Comtesse die Marquise bedachte, wenn diese ihr den Rücken zugekehrt hatte; die Befriedigung, die über ihr Gesicht glitt, wenn sich jemand über die Freundin, die sie früher immer verteidigt hatte, lustig machte, und die so aufgesetzte Freundlichkeit, mit der sie der Pompadour begegnete.

Von jeher hatte die Duchesse de Brancas die Freundschaft zwischen diesen beiden Frauen verwundert. Die zwei waren zur gleichen Zeit am Hof vorgestellt worden und kannten sich noch aus ihrer Pariser Zeit, weil die d'Estrades eine Cousine des Ehemanns der Marquise war. Doch damit hatte es sich auch schon mit den Gemeinsamkeiten der beiden. Nicht nur äußerlich und charakterlich, sondern auch in dem Rang, den sie heute am Hof bekleideten, waren sie von ihrer Bedeutung in keinerlei Weise vergleichbar und einander ebenbürtig. Mochte man der Marquise ihre Herkunft noch so sehr vorwerfen, sie war nun einmal *Maîtresse en titre,* und seit der Verbannung von Maurepas war auch dem Letzten klar geworden, dass sie eine mächtige Frau war. Die Comtesse dagegen – egal wie amüsant ihr bösartiger Tratsch auch sein mochte – war zwar von höherer Geburt, doch in Versailles nur deshalb von Bedeutung, weil sie die engste Freundin der Pompadour war. Ein gefährlicher Nährboden für Neid und Eifersucht, doch zum Erstaunen der Duchesse de Brancas schien sich die Marquise dessen nicht bewusst zu sein. Die Art, mit der sie der Comtesse d'Estrades begegnete, zeigte, dass sie ihr blind vertraute und ihr die leisen Veränderungen in dem Verhalten ihrer Freundin in keinerlei Weise auffielen. Sie schien tatsächlich nichts zu ahnen.

Der Duc de Richelieu hatte den Blick der Duchesse de Brancas bemerkt. Er nippte an seinem Glas, das ihm ein Lakai gereicht hatte. »Tja, die besten Freundinnen, möchte man denken. Und doch ... Die Marquise nährt sie wie eine Schlange an ihrem Busen ...«

Die Brancas sah ihn verblüfft an und fragte sich, ob er dasselbe wusste wie sie.

52

Louis hatte nachdenklich den Federkiel in die Hand genommen. Er stand vor den ausgebreiteten Plänen von Schloss Bellevue, das er Jeanne letztes Jahr gekauft hatte, weil ihm die Aussicht von dort so gut gefiel, doch er sah nur zerstreut auf die Zeichnung. Er war mit den Gedanken nicht bei der Sache. Was erstaunlich genug war, denn normalerweise verstanden solche Baupläne seine Aufmerksamkeit stets zu fesseln. Jeanne sah ihn prüfend an. Seit Tagen zeigte sich auf seinem entschlossenen Gesicht eine tiefe Sorgenfalte. Der Grund dafür war die desaströse finanzielle Situation, in der sich das Land befand. Der Krieg hatte die Staatskasse nicht nur erschöpft, sondern mit enormen Schulden belastet, die mit den normalen Einkünften nicht mehr auszugleichen waren. Gleichzeitig drängte der Comte de Rouillé, der neue Minister für Marineangelegenheiten, den König, dass Frankreichs Flotte dringend saniert werden müsste, damit sie einer zukünftigen Auseinandersetzung mit den Engländern auf See gewachsen war.

Die Erhebung einer neuen Sondersteuer war deshalb unausweichlich. Doch das Volk darbte ohnehin schon.

»Ihr denkt über die Vorschläge der neuen Steuer nach, nicht wahr?«, fragte Jeanne. Vor einigen Tagen hatte Machault d'Arnouville dem König seine endgültigen Vorschläge für die Reform vorgelegt – nachdem er wochenlang die unterschiedlichsten Ratschläge und Meinungen zu der schwierigen Sachlage eingeholt hatte und seine Ideen in den Sitzungen des Finanzrats schließlich überarbeitet worden waren.

Louis nickte. »Ich denke, ich werde Monsieur de Machault d'Arnouville die Erlaubnis zur Verabschiedung des Zwanzigsten geben.«

Sie sah ihn an. »Es ist eine gerechte Steuer, und fünf Prozent der Einkünfte aus dem Besitz sind nicht viel.« Doch Jeanne wusste ebenso wie er, dass der Zwanzigste in gleichem Maße gut wie politisch brisant war, da er vorsah, auch die privilegierten Stände, den Adel und den Klerus, zu belasten. Die Steuer sollte auf die Einkünfte aus dem Besitz von Grund und Boden, dem Handel und Vermögen erhoben werden, nicht aber die Arbeitslöhne oder die Erträge der Bauern und Pächter betreffen.

Die Falte auf Louis' Stirn vertiefte sich. Er hatte den Federkiel zur Seite gelegt.

»Ich bin mir bewusst, dass diese Steuer auf Widerstände stoßen wird. Vor allem der Klerus wird sich vermutlich wehren … doch es ist das Beste für Frankreich, und deshalb ist es mein Wille, dass der Zwanzigste umgesetzt wird.«

Sie strich ihm über den Arm. »Ihr seid der Herr und König über dieses Land«, sagte sie sanft. »Dem muss sich auch der Adel und der Klerus unterordnen, und Euer Volk wird Euch dafür dankbar sein.«

Er nickte mit undurchdringlicher Miene und wollte wieder nach der Feder greifen, doch dann sah er sie an. »Doktor Quesnay war gestern bei Ihnen. Was hat er gesagt?«

Die besorgte Zärtlichkeit, die unvermittelt in seinem Tonfall lag, traf sie unvorbereitet. Noch immer schaffte er es, sie mit den jähen Umschwüngen seiner Stimmungen zu überraschen. In Sekundenschnelle konnte er zu Menschen eine vertraute Nähe oder auch eine eisige Distanz aufbauen. Die plötzliche Intimität, die er jetzt hatte entstehen lassen, machte es ihr doppelt schwer, ihm die Unwahrheit zu sagen.

»Oh, er sagt, dass alles bestens aussieht.« Sie versuchte,

unbekümmert zu lächeln. Der eindringliche Blick seiner Augen hätte sie fast dazu gebracht, rot zu werden.

»Das freut mich.« Er legte fürsorglich den Arm um sie, und ihr wurde plötzlich klar, dass sie ihn um nichts in der Welt verlieren wollte, egal wie groß das Risiko einer erneuten Schwangerschaft sein würde.

»Vielleicht sollten hier die Stallungen hinkommen«, sagte er. Er hatte sich dicht neben ihr über die Pläne gebeugt, sodass sie seinen warmen Atem spüren konnte. Sie nickte.

Die öffentliche Bekanntgabe der neuen Steuer sorgte für einen Aufruhr, mit dem selbst Louis nicht gerechnet hatte. Eine Welle der Empörung schlug dem König entgegen. Das Parlament war außer sich. Die Magistraten, deren Ämter nach dem Gesetzesentwurf ebenfalls zu versteuern waren, wollten sich weigern, das Gesetz zu verabschieden. Louis musste ein donnerndes Machtwort sprechen, um den Herren in den roten Roben klarzumachen, was ihre Rechte und ihre Pflichten ihm gegenüber als König waren.

Der heftigste Widerstand formierte sich jedoch im Klerus. In dem Pariser Palais des Kardinal de Rohan kamen die Hofgeistlichen und der Erzbischof von Paris seit langer Zeit einmal wieder zu einem geheimen Treffen zusammen.

Der kranke Großalmosenier hatte in einem Sänftenstuhl in das Kabinett getragen werden müssen und war kaum noch des Sprechens fähig. Bei dem Anblick, den der Kardinal de Rohan bot, war allen Anwesenden klar, dass er sein Amt nicht mehr lange innehaben würde. Es war nur eine Frage von Wochen, bis er zu Gott, dem Allmächtigen, heimkehren würde. Mit einem zitternden Nicken überließ er es La Rochefoucauld, der schon seit Längerem als sein Nachfolger gehandelt wurde, das Wort zu übernehmen.

»Euer Eminenz stimmen mir sicherlich zu«, sagte dieser mit respektvollem Blick zu dem kranken Großalmosenier, »dass eine Steuer, die der Klerus zahlen muss, unter keinen Umständen akzeptiert werden kann.«

Eine zittrige Kopfbewegung verriet, dass der Kardinal de Rohan damit in der Tat seiner Meinung war.

Beaumont, der Erzbischof von Paris, nickte aufgebracht. »Die Kirche hat sich immer generös gezeigt. Doch bei dem Geld, das wir zu den öffentlichen Ausgaben des Königs beisteuern, hat es sich immer um eine gänzlich freiwillige Zahlung gehandelt, um eine Spende, zu der wir nicht verpflichtet sind, sondern die wir in einer Geste der Großzügigkeit geben.« In seinen Augen flammte der Zorn auf, und seine Hand ballte sich zur Faust. »Und die Jansenisten frohlocken natürlich. Nachdem sie die Steuererhebung im Parlament erst einmal verabschiedet haben, unterstützen sie nun natürlich die ketzerische Idee von diesem Machault d'Arnouville!« Für Beaumont waren die Jansenisten, die vor allem im Parlament, dem Sitz des Obersten Gerichtshofs, und im Bürgertum in Paris zahlreich vertreten waren, eines der größten Übel Frankreichs. Die Anhänger der Gnadenlehre des Augustinus glaubten, dass der Mensch nur durch die Gnade Gottes – so dieser ihn zur Rettung auserkoren hat – Erlösung finden konnte. Eine Auffassung, die der des Vatikans widersprach, weshalb der Jansenismus vom Papst auch in der Bulle Unigenitus im Jahr 1713 als ketzerisch verurteilt und verboten worden war.

»Was soll man von diesem Machault d'Arnouville auch anderes erwarten?«, erwiderte Monsignore Boyer grimmig. »Er ist ein Günstling der Madame de Pompadour. Und aus welchem Umfeld diese Frau kommt, wissen wir alle. Und es ist ja wohl keine Frage, wem wir diese unverschämte Idee mit der Steuer im Grunde zu verdanken haben …«

»Ihr Einfluss ist verheerend«, stimmte ihm der Beichtvater des Königs, Père Pérusseau, resigniert zu.

La Rochefoucauld lag auf der Zunge, zu fragen, warum sie bislang dann nicht mehr gegen diese Frau unternommen hatten – sie war schließlich bekannt für ihren Umgang mit diesen freigeistigen Philosophen und Dichtern, deren Werke sich in diesem Land seit einigen Jahren wie eine Seuche ausbreiteten. Doch er schwieg, und sein Blick glitt zu dem Gemälde der Apokalypse, das vor ihm an der Wand hing. Diese Darstellung des Jüngsten Gerichts hatte ihm schon immer gefallen. Einen kurzen Moment dachte er an seinen armen, ehemals so mächtigen Cousin, den Comte de Maurepas, der den Rest seiner Tage wegen dieser Frau nun in Bourges beschließen musste, doch er ließ sich nichts von seinen Gefühlen anmerken. Schließlich ergriff er erneut das Wort: »Messieurs, ich stimme Ihnen zu, ich halte diese Steuer für äußerst gefährlich, denn sie rüttelt an den Grundfesten der Kirche in diesem Land. Wir müssen in dieser Angelegenheit Stärke zeigen …« Während er sprach, sah La Rochefoucauld in die Gesichter um sich herum. Selten hatte er unter den Geistlichen eine solch geschlossene Einigkeit erlebt.

Jeanne legte die Radiernadel, mit der sie gerade an einem Stich nach der Vorlage eines gravierten Halbedelsteins von ihrem Lieblingsgraveur, Jacques Guay, gearbeitet hatte, zur Seite, als der König in ihr Gemach stürmte. Die Versammlung mit den Bischöfen und Kardinälen schien schlechter abgelaufen zu sein als befürchtet.

»Die Herren Kleriker waren außer sich«, stieß Louis mit ungewohnter Heftigkeit hervor.

»Wundert Euch das, Sire?«

»Wundern?« Er lachte ächzend auf. »Madame, angesichts der Vehemenz ihrer Reden dünkte es mich zwischendurch, dass wir nicht über die Erhebung einer Steuer reden, die die Herren zu zahlen haben, sondern über ihre Exkommunikation.«

Jeanne lächelte. »Wahrscheinlich empfinden sie die Offenlegung ihrer Besitzverhältnisse als ähnlich schlimm.«

Louis ließ sich auf einen Sessel sinken. »Ich erhebe diese Steuer nicht zu meiner persönlichen Bereicherung, sondern um die Schulden unseres Landes zu tilgen, und damit ich Frankreich auch in Zukunft in gebührender Weise verteidigen kann.«

»Nun, der Horizont der Bischöfe und Kardinäle reicht leider nicht immer bis zum Himmel«, bemerkte Jeanne trocken. »Die Herren sind von der Angst beherrscht, dass sie ihre Privilegien verlieren könnten.«

Louis' Augenbrauen zogen sich zusammen. »O ja. Und genau darum geht es. Ihre Privilegien stammen aus einer Zeit, als man die Geistlichen von der Steuer ausschloss, weil sie in Armut lebten und ihr Einkommen ganz auf die Spenden und Opfergaben angewiesen war. Aber das ist lange her«, erwiderte er.

Jeanne stand auf und trat hinter ihn. Sanft massierte sie seine Schultern, in denen man die Anspannung deutlich fühlen konnte. Nicht nur das Treffen mit dem Klerus, sondern auch die Gespräche mit seiner Familie, vor allem mit dem Dauphin und der Königin, die – beeinflusst von den devoten Hofgeistlichen – in den letzten Tagen immer wieder versucht hatten, ihn umzustimmen, zerrten an seinen Nerven. Sie spürte, wie sich seine Muskeln unter ihren Händen entspannten. »Der Klerus wird etwas Zeit brauchen, bis er sich an den Gedanken gewöhnt hat, diese Steuer zu zahlen.«

»Das wäre ihm zu wünschen.«

Louis stand abrupt auf und warf seinen Rock ab.

Sie legte mit einem Lächeln die Hände um seinen Hals. Er küsste sie sanft, doch dann löste er sich zu ihrem Erstaunen wieder aus ihrer Umarmung. »Verzeihen Sie, Madame, aber lassen Sie uns schlafen gehen, der Tag heute hat mich erschöpft«, sagte er, während er, ohne seinen Kammerdiener zu rufen, seine Weste auszog.

Jeanne sah ihn verwirrt an. Dann nickte sie.

Die Zeiten waren schwierig. Das Ende des Krieges hatte alle hoffen lassen, dass wieder Ruhe und Frieden ins Land einkehren würde, doch Frankreich hatte statt der außenpolitischen Konflikte nun mit inneren Spannungen zu kämpfen. Parlament und Kirche opponierten gegen die geplante Steuer, und in Paris rumorte das Volk. Auf den Straßen der Hauptstadt zeigten sich die wirtschaftlichen Folgen der letzten Jahre in aller Deutlichkeit. Die *Faubourgs* Saint-Antoine und Saint-Marcel, in denen die Armen lebten, wuchsen stetig. Glücklich war, wer dort in einer der heruntergekommenen Häuser mit seiner Familie ein Zimmer hatte. Die meisten Menschen aber lebten in notdürftig zusammengezimmerten Schuppen oder schliefen unter den Brücken und zwischen den Häusern im Freien, eingehüllt von dem Gestank der Exkremente und des Abfalls, an den sie sich genauso gewöhnt hatten wie an den ständigen Hunger und die Kälte.

Doch auch in der Innenstadt hatte sich das Bild von Paris verändert. Immer mehr Bettler und Vagabunden waren auf den Straßen zu sehen. Mit ihnen hatten auch die Diebstähle, die Schlägereien und Überfälle zugenommen, sodass man sich bei Anbruch der Dunkelheit kaum noch auf die Straße wagte. Die öffentliche Ordnung war nur mit Mühe aufrechtzuerhalten.

»Die Situation ist besorgniserregend, Sire«, berichtete der Comte d'Argenson dem König. »Die Bettler und Hungernden schüren die Unzufriedenheit, und diese Stimmung bildet leider Gottes einen idealen Nährboden für die Verbreitung von aufrührerischen Flugschriften. Die Spottverse auf Eure Majestät und die Marquise haben wieder deutlich zugenommen.«

Der König sah ihn ungläubig an. »Wollen Sie damit andeuten, dass man dieser Lage nicht Herr werden kann?«

»Nun, selbstverständlich nicht, Euer Majestät. Ich denke jedoch, man sollte das Betteln und Vagabundieren wieder unter Strafe stellen, und wollte Euer Majestät diesbezüglich um eine Anordnung bitten. Eine solche Entscheidung wäre im Interesse der Sicherheit der Stadt dringend vonnöten.«

Louis nickte nachdenklich. »Ich werde einen entsprechenden Befehl erlassen!«

Ebenso wie der König befürwortete Jeanne die strenge Hand, mit der d'Argenson Paris regierte. Er hatte bereits eine Reihe von Männern verhaften lassen, die im Verdacht standen, an der Verbreitung der Spottgedichte gegen den König und seine Mätresse beteiligt gewesen zu sein. Jeanne verspürte kein Mitleid mit den Tätern. Angesichts der Ängste, die sie durch diese Verleumdungen durchstanden hatte, empfand sie ihre Bestrafung nur als gerecht.

Seit der Verbannung von Maurepas ließ sich Jeanne regelmäßig selbst von Berryer über die Geschehnisse in der Stadt auf dem Laufenden halten. Sie hatte gelernt, wie wichtig es war, über alles informiert zu sein.

Der Polizeioberleutnant schien glücklicherweise mit dem neuen Minister zurechtzukommen.

»Die Zusammenarbeit funktioniert sehr gut, allerdings scheint der Comte ein gewisses Misstrauen gegen mich zu hegen«, bekannte Berryer, als er Jeanne an diesem Nachmittag in ihrer Eremitage – einem kleinen luxuriösen Haus, das am nördlichen Rand des Schlossparks lag und ihr und dem König als gelegentlicher Rückzugsort diente – seine Aufwartung machte.

Die Feststellung des Polizeioberleutnants erstaunte Jeanne nicht im Mindesten, denn d'Argenson wusste, dass Berryer in ihrer Gunst stand und von den Brüdern Pâris gestützt wurde. Außerdem verlangte auch der König den Polizeioberleutnant regelmäßig zu sehen – eine Neuerung, die es unter Maurepas nicht gegeben hatte und die Macht des Comte d'Argenson gegenüber Berryer erheblich einschränkte.

»Nun, ich denke, das Wohlwollen, das Sie bei Seiner Majestät genießen, bringt dieses Misstrauen wohl zwangsläufig mit sich, Monsieur Berryer«, sagte sie mit einem Lächeln und schlug ihren Fächern auf. »Die Stimmung in Paris ist unruhig, wie ich höre?«

Der Polizeioberleutnants runzelte die Stirn. »Ja, leider. Aber was mir sehr viel mehr Anlass zur Besorgnis gibt, ist die Kirche. So viel die Herren sonst trennt, aber in diesem Fall sind sich die Geistlichen von Paris und Versailles, wie unsere Agenten herausgefunden haben, höchst einig: Sie sind unter keinen Umständen bereit, die geplante Steuer zu akzeptieren.«

Jeanne nickte. »Ja, Seine Majestät hat gewusst, dass sie Schwierigkeiten machen werden.«

Berryer sah sie an, und sie erkannte an seinem Blick, dass ihm noch etwas anderes auf dem Herzen lag.

Er räusperte sich. »Marquise, nach dem, was meine Agenten herausgefunden haben, muss ich Ihnen leider noch etwas mitteilen. Die Kirche scheint vor allem Ihnen die Schuld daran zu geben, dass der König den Klerus mit dem Zwanzigsten belasten will.«

Jeanne machte eine wegwerfende Handbewegung. Die Nachricht des Polizeioberleutnants beeindruckte sie nicht sonderlich. »Nun, das ist leider nichts Neues. Seit dem ersten Tag, den ich hier bei Hofe bin, üben sich die Herren Kleriker darin, mir an allem die Schuld zu geben.«

»Wenn Sie mir die Bemerkung erlauben, Marquise, Sie sollten sie dennoch ernst nehmen«, sagte Berryer besorgt. »Mir ist bekannt, dass der Klerus zurzeit alles unternimmt, um den Dauphin und die Königin auf seine Seite zu bringen.«

Was ihm sehr wahrscheinlich längst gelungen war, dachte Jeanne, denn auch diese Nachricht war keine Neuigkeit für sie. Sie spielte nachdenklich mit dem Elfenbeinfächer in ihrer Hand. Der Dauphin bestürmte seinen Vater schon seit geraumer Zeit, den Klerus doch von der Steuer auszunehmen …

Ihr Gespräch wurde unterbrochen, weil Guillaume den Salon betrat, um einen Pagen des Königs zu melden. Ein hochgewachsener junger Mann in grüner Uniform, den Jeanne bereits kannte, weil er ihr des Öfteren die Billetts und Briefe des Königs überbrachte, betrat in stolzer Haltung das Gemach und reichte ihr mit einer tiefen Verbeugung ein Päckchen.

»Madame, ich soll Ihnen dies im Auftrag Seiner Majestät überreichen.«

»Danke, Chevalier.« Wie alle jungen Männer, die als Pagen

ausgebildet wurden, war auch er von adliger Herkunft. Sie schenkte ihm ein sanftes Lächeln und sah amüsiert, wie er über dem Kragen seiner grünen Uniform ein wenig rot wurde, als er rückwärts den Raum wieder verließ.

Jeanne legte das Päckchen beiseite und wandte sich erneut zu dem Polizeioberleutnant. »Ich danke Ihnen für Ihre Informationen, Monsieur Berryer. Ich weiß Ihre Loyalität sehr zu schätzen, und wann immer es möglich sein wird, werde ich mich dafür erkenntlich zeigen«, sagte sie, als sie sich schließlich von ihm verabschiedete.

Sie war nachdenklich, als er gegangen war. Bisher hatte sie die Partei der Devoten bei Hofe nicht besonders ernst genommen. Es verstand sich von selbst, dass sich die königliche Mätresse und die Hofgeistlichen nicht sonderlich zugetan waren, doch sie hatte nie das Gefühl gehabt, dass von den Klerikern eine ernsthafte Gefahr für sie ausgehen könnte. Jetzt war sie sich da nicht mehr so sicher.

Ihr Blick fiel auf das Päckchen. Was hatte ihr der König wohl schicken lassen? Neugierig schnürte sie die Verpackung auf. Ein Armband aus roséfarbenen glänzenden Perlen, das mit einem Medaillon geschlossen wurde, kam darin zum Vorschein. Einen Moment lang verschlug ihr die Schönheit der ebenmäßigen Perlen den Atem. Sie nahm das Armband in die Hand und öffnete das Medaillon, in dem sich ein Miniaturporträt von Louis befand. Es war eine der Darstellungen, die sie besonders liebte – das leise, vertraute Lächeln, das auf den Lippen des Königs lag, war von dem Maler besonders gut eingefangen worden.

Sie verspürte ein Gefühl der Erleichterung, und das Unbehagen, das sie den ganzen Vormittag über bei dem Gedanken an die gestrige Nacht verspürt hatte, wich von ihr. Dieses Geschenk sagte mehr als alle Worte.

Der König und sie waren gestern nach der Theateraufführung und dem Souper erst spät am Abend in die königlichen Gemächer zurückgekehrt. Louis hatte auf dem Bett gelegen, als sie – nachdem ihr die Zofen beim Auskleiden geholfen hatten – in ihrem Seidenmantel hinter dem Paravent hervorkam. Sie hatte in einem Anfall von Koketterie den Mantel von ihren Schultern gleiten lassen und war langsam auf ihn zugekommen. Im Schein der Kerzen hatten sich die Konturen ihres Körpers unter dem dünnen Stoff ihres Spitzennegligés so deutlich abgezeichnet, als wenn sie nackt gewesen wäre.

Gebannt hatte er sie angesehen. »Sie sehen hinreißend aus, Madame.«

»Tatsächlich?« Sie ließ sich neben ihm aufs Bett sinken und legte sanft die Arme um seinen Hals. Sie küssten sich, und sie spürte deutlich seine Erregung, als er sich plötzlich aus ihren Armen löste und seufzte. »Verzeihen Sie, Madame. Aber mir ist heute nicht wohl.«

Noch nie hatte er so etwas zu ihr gesagt. Entgeistert über die offensichtliche Ablehnung, sah sie ihn an, doch Louis strich ihr sanft durchs Haar, als wenn nichts wäre, und küsste sie auf die Stirn. Ohne ein weiteres Wort löschte er wenig später die Kerzen. Unglücklich hatte sie im Dunkeln neben ihm gelegen. Er begehrte sie nicht mehr, nein schlimmer noch, er liebte sie nicht mehr, dachte sie entsetzt. Aufgewühlt hatte sie dagelegen, während sie neben sich Louis' regelmäßigen ruhigen Atem hörte. Erst im Morgengrauen war sie schließlich in einen kurzen unruhigen Schlaf gefallen.

Sie betrachtete das Armband, das jetzt in ihren Händen lag. Es schien, als wenn Louis sie aus dem Medaillon heraus anlächelte, und sie verstand die Geste, die in diesem Geschenk lag, das kostbar und intim zugleich war. Der gestrige Abend war nicht von Bedeutung gewesen.

53

Der Comte d'Argenson lief mit zügigen Schritten durch den Flur, ohne einen Blick an den Luxus und die Annehmlichkeiten zu verschwenden, die die zweistöckige Gemächerflucht seines neuen Appartements im Louvre aufwies. Das Amt als Minister von Paris brachte es mit sich, dass er seit Neuestem an mindestens zwei Tagen in der Woche hier in der Hauptstadt weilte. Doch seine Zeit war knapp und angefüllt mit Ratssitzungen, Ausschüssen und unzähligen Treffen und Audienzen, zu denen er entweder erscheinen musste oder die er selbst zu geben hatte.

Die Sekretäre und Beamten verbeugten sich, als er durch das Vorzimmer zu seinem Arbeitskabinett schritt. Sein Neffe, Antoine-Réné de Voyer de Paulmy, ein schmächtiger junger Mann mit wachen Augen, kam auf ihn zu. Er hielt eine Mappe mit Briefen und Anordnungen in der Hand, die der Minister unterschreiben musste, und folgte ihm.

»Ich hoffe, Ihr Treffen mit dem Kardinal war angenehm?«

D'Argenson, der sich zum Diner mit dem Kardinal de La Rochefoucauld getroffen hatte, der gerade erst das Amt des verstorbenen Kardinal de Rohan als neuer Großalmosenier übernommen hatte, nickte. »Ja, sehr interessant. Man wird sich mit aller Macht gegen den Zwanzigsten wehren.«

»Seine Majestät wird nicht sehr erfreut sein.«

»Nein, mit Gewissheit nicht«, sagte der Comte und tauchte die Feder in die Tinte. Nachdem er die Papiere, die Paulmy ihm vorlegte, kurz überflogen hatte, setzte er zügig seine Unterschrift darunter.

Sein Neffe war eine seiner wichtigsten Stützen in seinen Ministerien. Er nahm ihm unzählige Arbeiten ab und überwachte sorgsam, ob seine Anweisungen von den Beamten umgesetzt wurden. Der Comte wusste, dass er ihm bedingungslos vertrauen konnte. Paulmy war der Sohn seines in Ungnade verstoßenen Bruders. Er war klug, strebsam und besaß unzweifelhaft ein Talent für die diffizile Verwaltung und die diplomatischen Belange, die man in diesen Ämtern brauchte. Ohne dass sie jemals darüber gesprochen hatten, war deutlich, dass er die Fehler seines Vaters um jeden Preis wieder gutmachen wollte.

Mit wohlwollender Miene reichte der Comte ihm die Mappe zurück. »Vielen Dank.«

Paulmy lächelte erfreut. »Oh, nicht dafür, Oheim.«

D'Argenson sah ihm hinterher, wie er das Kabinett verließ. Er wünschte, sein eigener Sohn Marc-René hätte etwas mehr von diesem jungen Mann. Doch er war genau das Gegenteil von Paulmy. Marc-René war verschwendungssüchtig und undiszipliniert und glaubte unglücklicherweise, dass er allein durch seine sprühende Persönlichkeit und die Tapferkeit, die er bei ein, zwei Gelegenheiten im Krieg bewiesen hatte, seinen Weg am Hof machen konnte. Ein Fehler – denn es waren vor allem Überlegtheit, Selbstbeherrschung und die langfristige Strategie, mit der man Verbündete gewinnen musste, die darüber entschieden, ob man es in Versailles zu etwas brachte oder nicht. Es war gefährlich, seine Gefühle nicht im Zaum zu halten. Das hatte man am Comte de Maurepas gesehen. Seine Unfähigkeit, seine Abneigung und seinen Hass gegen die Marquise zu beherrschen, hatte ihn alles gekostet – sein Amt, seine Macht, seinen Rang und die gesellschaftliche Anerkennung. Verbannt in Bourges, war er ein Nichts, und der Hof hatte ihn schon jetzt vergessen.

Der Comte zog ein Tütchen mit einem Pulver, das ihm der Arzt gegen seine Gicht verschrieben hatte, aus seiner Rocktasche und gab es in ein Glas Wasser. Nachdenklich beobachtete er, wie die weißen Teilchen durch das Glas schwebten und sich schließlich beim Umrühren langsam auflösten. Er musste zugeben, dass der Sturz von Maurepas einen gewissen Schock bei ihm ausgelöst hatte. Er sah das fassungslose Gesicht des Comte, als dieser den Verbannungsbescheid entgegennahm, noch deutlich vor sich.

D'Argenson trank einen Schluck von der süßlichen Medizin. Es war nicht nur die Plötzlichkeit seiner Verbannung, sondern vor allem Maurepas' Ahnungslosigkeit gewesen, die ihn entsetzt hatte. Er hatte sich geschworen, dass er selbst vorsichtiger sein würde. Dabei hätte es im Moment nicht besser für ihn stehen können. Er war durch die Ungnade von Maurepas zum wichtigsten Minister aufgestiegen, der König schätzte ihn, er kam mit Machault d'Arnouville wieder gut aus, der Maréchal de Saxe hatte sich mit dem Ende des Kriegs auf sein Schloss Chambord zurückgezogen, und die Marquise de Pompadour begegnete ihm geradezu ausnehmend zuvorkommend. Seine Mundwinkel verzogen sich spöttisch, als er daran dachte, mit welcher Höflichkeit sie sich täglich Billetts schrieben. Doch er gab sich keiner Illusion hin. Sie war nicht nur unerträglich mächtig, sondern auch gefährlich, und er wusste, dass der Polizeioberleutnant Berryer ihr regelmäßig über alles Bericht erstattete.

Der Comte trank den letzten Schluck aus seinem Glas. Er musste an sein Gespräch mit dem Großalmosenier denken. Die neue Steuer hatte die Ressentiments des Klerus gegen die Mätresse neu aufleben lassen. Der Kardinal und er waren sich einig, dass es jede Möglichkeit zu nutzen galt, um gegen sie vorzugehen.

»Es ist eine Sache, dass sie eine Ehebrecherin ist und mit dem König in Sünde lebt, doch eine andere, dass ihr zunehmender Einfluss für uns alle eine Gefahr zu werden droht«, hatte der Kardinal finster erklärt. Seit der Verbannung seines Cousins hatte er seine eigene Rechnung mit der Marquise zu begleichen.

»Ich stimme Ihnen zu, Kardinal«, hatte er erwidert und ihm verschwiegen, dass er sich gerade erfolgreich eine Informationsquelle im nächsten Umfeld der Marquise verschafft hatte.

Ein wenig gereizt ließ Jeanne die Bürstenstriche ihrer Zofe über sich ergehen. Die Müdigkeit drohte sie zu übermannen. Sie legte die Novelle *La Princesse de Montpensier,* die sie gerade las, auf den kleinen Lacktisch neben sich. Es war kein Wunder, dass sie sich so fühlte. Sie hatte kaum mehr als drei Stunden geschlafen. In letzter Zeit ging Louis oft erst im Morgengrauen zu Bett. Als wenn er die Intimität mit ihr auf diese Weise meiden wollte, dachte sie niedergeschlagen. Sie fühlte sich hilflos angesichts dieser Ausweichmanöver.

Sie war siebenundzwanzig Jahre und hatte das Gefühl, dass ihr Leben gerade dabei war, wie ein Kartenhaus in sich zusammenzustürzen. Jeanne trank einen Schluck von dem heißen Minztee, der vor ihr stand. Die ätherischen Öle minderten das bleierne Gefühl etwas und verbreiteten eine wohltuend belebende Wirkung in ihrem Kopf, und sie war erleichtert, als ihr die Comtesse d'Estrades gemeldet wurde. Die Freundin schaffte es fast immer, sie auf andere Gedanken zu bringen.

»Guten Morgen, meine Liebe.« Die Comtesse, die neuerdings eine Vorliebe für kräftige Farbtöne entwickelt hatte, verbeugte sich in ihrem fuchsienfarbenen Kleid und hauchte ihr zwei Küsse auf die Wange. Ihre spitzen Nasenflügel vibrierten leicht, als sie den Duft der ätherischen Öle wahrnahm.

»Migräne?«

»Nein, nur ein wenig müde«, erwiderte Jeanne. »Ich bin dankbar für jede Ablenkung. Erzählen Sie mir, was gibt es Neues am Hof?«

Wie gewöhnlich ließ die Comtesse ihren Blick neugierig durch den Raum schweifen, bevor sie antwortete. »Ach, leider nichts Erwähnenswertes. Die alte Duchesse de Buffon soll gestorben sein. Das ist schon alles.« Sie ließ sich auf den

Samtschemel sinken, den ein Lakai brachte. »Ansonsten redet der Hof nur von Ihnen«, plapperte sie weiter – als sie das Perlenarmband auf Jeannes Toilettentisch entdeckte. »Oh, wie wundervoll. Perlen!« Sie nahm das Schmuckstück bewundernd in die Hand. »Von Seiner Majestät?«

Sie nickte.

»Ach, Sie sind zu beneiden.«

Jeanne sah sie bedrückt an.

Die Comtesse legte das Armband verwundert zur Seite. »Was ist mit Ihnen?«

»Ach ...« Sie gab den beiden Zofen ein Zeichen, sie allein zu lassen, denn sie spürte, dass sie mit jemandem reden musste, so verzweifelt fühlte sie sich.

»Der König ... ich glaube, er begehrt mich nicht mehr«, stieß sie hervor.

»Unmöglich!«

»Doch, er hat mich jetzt mehrmals zurückgewiesen, und in letzter Zeit geht er so spät zu Bett, dass er sofort erschöpft neben mir einschläft«, berichtete Jeanne unglücklich. Sie drehte fahrig den Ring an ihrem Finger.

Die Comtesse machte eine wegwerfende Handbewegung. »Meine Liebe, er wird einfach ein wenig unpässlich gewesen sein. Das passiert den vitalsten Männern.« Ihr Blick streifte das Armband, und sie lachte. »Solange Seine Majestät Ihnen solche Geschenke macht, brauchen Sie sich wahrlich keine Sorgen zu machen.«

»Meinen Sie?«

»Aber sicher«, erwiderte die d'Estrades.

Als Jeanne sich wieder zu ihrem Toilettentisch wandte, entging ihr der seltsame Blick, mit dem die Comtesse sie bedachte. Ein zufriedenes Lächeln war auf ihr Gesicht getreten.

Jeanne hatte einen Parfümflakon in die Hand genommen und sah dabei auf einen Brief von Voltaire, der auf ihrem Toilettentisch lag. »Haben Sie schon die schreckliche Nachricht von Madame du Châtelet gehört?«, fragte sie traurig.

Die Comtesse nickte. »Furchtbar«, seufzte sie, denn Emilie

du Châtelet war im September, wenige Tage nach der Geburt ihrer Tochter, überraschend am Kindbettfieber gestorben.

Jeanne stimmte ihr betrübt zu. »Monsieur Voltaire ist außer sich vor Kummer und will niemanden sehen.«

Das tragische Schicksal von Emilie ließ sie kurz an ihre eigene Gesundheit denken, an die Gefahr, die eine mögliche Schwangerschaft mit sich brachte. Dennoch – sie wäre glücklich, wieder schwanger zu sein. Ihre Gedanken kehrten zu Louis zurück. Die Worte der Comtesse hatten sie ein wenig getröstet. Sie hoffte, dass sie recht hatte. War Louis vielleicht wirklich nur unpässlich? Was für eine andere Erklärung hätte es für sein Verhalten sonst gegeben? Er kam nach wie vor mehrmals am Tag zu ihr. Außer wenn er seine Kinder oder die Königin aufsuchte, war sie fast ständig an seiner Seite, und an den Wochenenden fuhren sie nach wie vor mit einigen Vertrauten in eines der kleineren Landschlösser.

Als Jeanne einige Tage später bei einem dieser Ausflüge nach Choisy bei einer Theateraufführung auf der Bühne stand, applaudierte Louis ihr begeistert. Er küsste ihr die Hand, als sie von der Bühne kam. »Einfach wundervoll, Madame.«

»Danke, Sire.« Sie war sich sicher, in seinen glitzernden Augen das Begehren zu sehen.

Die Comtesse d'Estrades beugte sich unauffällig zu ihr. »Na bitte. Da sehen Sie, was Sie für einen Unsinn reden«, flüsterte sie. »Er verschlingt Sie ja geradezu mit Blicken.«

Jeanne lächelte dankbar. An diesem Abend gelang es ihr, alle Zweifel zu verjagen.

Der Comte d'Argenson befand sich bei ungewöhnlich guter Laune. Die Neuigkeit, die man ihm zugetragen hatte, war fast zu schön, um wahr zu sein. Er lenkte seine Schritte beschwingt durch den Spiegelsaal, in dem die Höflinge in kleinen Grüppchen plaudernd zusammenstanden. Auf einem Podest am Kopf des Saales spielte die *Musique de la Chambre*.

Der Kardinal de La Rochefoucauld, der mit Monsignore Boyer und Père Pérusseau zusammenstand, nickte ihm höflich zu, als er sich zu ihnen gesellte.

»Nun, es ist wahrlich nicht schwierig, zu sehen, wessen Günstling Monsieur de Machault d'Arnouville ist«, sagte der Kardinal de La Rochefoucauld mit einem verdrossenen Blick zu der großen Flügeltür, durch die die Marquise, umringt von einem Pulk von Höflingen, gerade getreten war – als wenn die Königin selbst Einzug hielte. Unter den Höflingen befand sich natürlich auch der königliche Finanzkontrolleur, der plaudernd neben ihr herlief und sich nicht im Mindesten daran zu stören schien, dass die Kleriker im ganzen Land mit ihm zurzeit im Streit lagen.

D'Argenson warf einen Blick zu der Marquise. Strahlend schön war sie, das musste man zugeben. Doch das nützte ihr jetzt auch nichts mehr. »Ach, meine Herren, ich denke, ihre Tage sind gezählt«, sagte er leichthin.

Die Augenbrauen des Kardinals gingen in die Höhe. »Nehmen Sie es mir nicht übel, Monsieur d'Argenson, aber das behauptet man nun schon, seitdem diese Frau bei Hofe vorgestellt wurde, und seitdem ist nichts anderes geschehen, als dass ihre Macht und ihr Einfluss unaufhörlich gewachsen sind.«

»Da haben Sie recht, Kardinal, aber glauben Sie mir, diesmal liegen die Dinge anders«, erwiderte der Comte. »Der König soll schon seit einiger Zeit nicht mehr das Bett mit ihr teilen.«

Die Überraschung auf den Gesichtern der drei Kleriker hätte nicht größer sein können.

D'Argenson lächelte zufrieden. Er selbst hatte nicht anders reagiert, als er davon erfahren hatte. Doch an dem Wahrheitsgehalt dieser Information bestand nicht der geringste Zweifel. Sein Blick glitt erneut zu der Marquise. Wie tief musste es sie wohl treffen, dass der König sie trotz ihrer unglaublichen Schönheit ablehnte?

Es war spät in der Nacht, als ihm die Frau, die ihm die so überaus erfreulichen Neuigkeiten über die Pompadour berichtet hatte, noch einen Besuch abstattete. Ihre spröde Schönheit hatte den Comte d'Argenson verzaubert.

Lautlos huschte sie in ihrem scharlachroten, pelzgefütterten Cape, die Kapuze tief ins Gesicht gezogen, in seine Gemächer. Sie ließ den Umhang, unter dem sie nichts außer ihrem Mieder und ihren Seidenstrümpfen trug, von ihren Schultern gleiten, und der Comte war sofort entflammt.

»Ich bin entzückt, Comtesse«, sagte er. Seine Stimme klang belegt, als er auf sie zukam.

Sie lachte und ließ sich mit einem gurrenden Laut von ihm aufs Bett ziehen. Die meisten Männer hätten sie nicht für schön befunden, doch er mochte gerade den herben Zug an ihr.

»Sie darf auf keinen Fall von uns erfahren«, sagte die Comtesse d'Estrades später, als sie beide nackt auf seinem Bett lagen.

D'Argenson nickte. Es wäre für sie beide gleichermaßen gefährlich gewesen, wenn man ihre Liaison entdeckte. Er stand auf und goss zwei Gläser Wein ein. Er reichte ihr ein Glas und legte sich dann wieder zu ihr.

»Und Seine Majestät hält sich tatsächlich weiterhin fern von ihr?«

Die Comtesse d'Estrades hatte sich aufgerichtet und nippte an der dunkelroten Flüssigkeit. »Ja, erst vor einigen Tagen hat sie mir wieder gestanden, wie unglücklich sie ist. Nun, ich hatte schon seit Langem den Verdacht, dass er sie nicht mehr begehrt.« Ihre Worte klangen kühl.

Ein neugieriger Ausdruck huschte über das Gesicht von d'Argenson. Was hatte sie wohl bewogen, sich gegen die Pompadour zu stellen? War sie, die so viel mehr Format hatte als diese falsche Marquise, es einfach leid, noch länger im Schatten dieser Frau zu stehen? Er erinnerte sich, wie sie sich in der ersten Nacht, nachdem sie sich geliebt hatten, zu ihm gedreht und ihn gefragt hatte, ob er nur mit ihr geschlafen habe, um Informationen über die Marquise zu bekommen. »Sie müssen wissen, dass das nicht nötig gewesen wäre, denn ich hätte Ihnen auch so alles erzählt, was Sie zu wissen begehren.«

Er hatte ungläubig gelacht und sie auf ihre spitze Nase geküsst. »Aber nein, *ma chère.*« Doch es stimmte, dass er am Anfang den Kontakt zu ihr nur deswegen gesucht hatte, weil er gehofft hatte, durch sie mehr über die Pompadour zu erfahren – intime Dinge und Details, die er gegen sie verwenden könnte. Dann jedoch war er schnell dem Charme der Comtesse verfallen. Sie war intelligent und durchtrieben – eine Kombination, die überaus reizvoll war.

Obwohl sie nicht darüber sprach, erkannte er, dass sie den Sturz der Marquise nicht weniger wollte als er. Der Gedanke, dass es in ihrer Hand, in ihrer Macht lag, den glanzvollen Aufstieg der Pompadour zu beenden, schien ihr zu gefallen.

»Wissen Sie, ich habe nachgedacht – was uns fehlt, ist eine junge schöne Frau, auf die wir das Augenmerk des Königs lenken können«, sagte die d'Estrades, bevor sie genüsslich einen weiteren Schluck Wein trank.

»Aber Seiner Majestät scheint es doch nicht an diesbezüglichen Angeboten zu mangeln.«

Sie drehte sich zu ihm, mit einem Blick, als wollte sie abschätzen, ob der Ruf seiner herausragenden Intelligenz vielleicht doch übertrieben war. »Das stimmt. Aber diese Frauen bewegen sich nicht im engen Umfeld des Königs, sodass Seine Majestät sie kaum wahrnehmen kann.«

D'Argenson lachte. Die Comtesse gefiel ihm immer besser. »Und Sie denken, das sollte man ändern?«

Statt einer Antwort küsste sie ihn voller Leidenschaft, und ihre beider Lippen besiegelten stillschweigend ihren Pakt, der nur ein Ziel kannte – den Sturz der Marquise.

Jeanne musste erkennen, dass sie einen neuen Feind hatte. Einen der schrecklicher war als alle vorherigen, denn er war unsichtbar und überall gegenwärtig, um sie jederzeit zu quälen – ihre eigene Eifersucht. Es war ein Gefühl, das sie vorher nicht gekannt hatte. Jäh und unbeherrscht überfiel es sie und ergriff von ihr Besitz, ohne dass sie etwas dagegen tun konnte. Auf einmal bemerkte sie jede junge, nur halbwegs schöne Hofdame, die den Weg des Königs kreuzte. Aus dem Heer der anonymen Gesichter, das sie früher kaum beachtet hatte, sah Jeanne diese Frauen plötzlich überall, und jeder Blick, jedes Lächeln und jeder noch so kleine Gunstbeweis, den Louis einer von ihnen erwies, ließ eine glühende Eifersucht in ihr aufsteigen. Zum ersten Mal in ihrem Leben plagten sie Selbstzweifel. Sie stand vor dem Spiegel und fragte sich, warum sie nicht mehr die gleiche Anziehungskraft wie früher auf den König ausübte. Hatte sie ihre Jugend und Schönheit verloren, ohne es selbst zu bemerken?

In ihrer Verzweiflung bat sie schließlich ihren Bruder um Rat. Abel bereitete sich gerade auf seine *Grand Tour* nach Italien vor. Diese Bildungsreise, die mindestens ein Jahr dauern würde, sollte seine Ausbildung vervollständigen. Drei Männer, der Architekt Soufflot, der Zeichner und Künstler Cochin und der Abbé Le Blanc, würden ihn dabei begleiten. Jeanne selbst hatte ihrem Bruder zu der Reise geraten, doch nun, da seine Abreise bevorstand, war sie voller Wehmut, wie sie die lange Zeit ohne ihn überstehen würde.

Abel hatte eine Karte ausgebreitet, um ihr die Reisestationen genau zu zeigen, als sie ihn unterbrach.

»Abel, sag mir ehrlich: Bin ich alt geworden?«

Er blickte entgeistert hoch. »Alt, du?«

Sie nickte unglücklich. »Ja, ich meine, werde ich vielleicht langsam unattraktiv?«

Abels blaue Augen weiteten sich verständnislos, bevor er in ein lautes Lachen ausbrach. »Mein Gott, Jeanne, wie kommst du bloß darauf? Bist du blind? Abgesehen davon, dass der König dich liebt – kein Mann zwischen acht und achtzig, dem du begegnest, kann den Blick von dir wenden. In den Pariser Salons reden und schwärmen die Herren in einer Weise von dir, dass ich mich stets taub stelle, weil ich mich sonst mit jedem zweiten von ihnen duellieren müsste …«

»Tatsächlich?« Sie hätte nicht gedacht, dass es einmal so weit kommen würde – aber es tröstete sie, das zu hören. Ein koketter Ausdruck huschte über ihr Gesicht. »Und, was erzählen sie sich so?«

»Jeanne!«

»Nur ein Scherz.« Sie lachte verlegen.

Abel musterte sie. Sie senkte wie ertappt den Blick. Er berührte sanft ihre Hand. »Gibt es Probleme zwischen dir und dem König, Jeanne?«

Zum ersten Mal fiel ihr auf, wie ähnlich ihre und Abels Hände waren. Die gleiche ovale Form, die gleiche Länge, selbst die Halbmonde auf den Fingernägeln ähnelten einander – nur dass bei ihrem Bruder alles eine Idee breiter und kräftiger ausgebildet war.

»Aber nein, nein.« Sie schüttelte den Kopf. Die Lüge kam ihr leicht über die Lippen, denn sie wollte ihn nicht beunruhigen, jetzt, kurz bevor er zu seiner Reise aufbrach, auf die er sich so freute. Sie schlug ihm mit ihrem Fächer auf den Arm. »Du weißt doch, wie wir Frauen sind, von Zeit zu Zeit bekommen wir einfach Angst, dass man uns eines Tages nicht mehr schön finden könnte«, sagte sie und wechselte schnell das Thema.

Sie umarmten sich fest, als sie sich einige Tage später endgültig verabschiedeten. Er versprach, ihr regelmäßig zu schreiben.

»Ach Abel, ich beneide dich, wenn ich daran denke, was du alles sehen wirst«, sagte sie und wischte sich eine Träne aus dem Auge.

Er küsste sie. »Ich werde dir alles ganz genau erzählen.«

Sie nickte und sah ihm hinterher, wie er mit beschwingten Schritten davonging. Einen Moment lang beneidete sie ihn um seine Freiheit und seine Möglichkeiten, eine andere Welt zu entdecken.

Sie dachte darüber nach, was er gesagt hatte. Wie ungläubig er reagiert hatte, als sie ihn gefragt hatte, ob sie alt geworden sei. Seine Worte waren Balsam für ihre verletzte Seele gewesen, denn sie kam sich tatsächlich wesentlich älter vor, als sie eigentlich war. Die letzten Jahre fühlten sich an, als wären Jahrzehnte vergangen.

Wenn sie aber wirklich nichts von ihrer Schönheit verloren hatte, überlegte sie, was war dann der Grund für Louis' Zurückhaltung? Hatte er sich inzwischen einfach so an sie gewöhnt, dass sie ihn langweilte? Fehlte ihm der Reiz des Neuen?

Als sie am Wochenende mit einigen Freunden nach Bellevue fuhren, geisterte diese Frage unentwegt in ihrem Kopf herum. Der König behandelte sie zuvorkommend und nach wie vor zärtlich. Er legte in der Öffentlichkeit den Arm um ihre Taille, küsste ihre Hand oder strich ihr über die Wange. Nichts ließ darauf schließen, dass sie nicht mehr seine Geliebte war. Doch seine Zärtlichkeiten drohten ihr umso mehr den Verstand zu rauben, denn sie ließen sie noch weniger begreifen, was sich zwischen ihnen verändert hatte. Ihre Nerven lagen bloß, und manchmal war sie kurz davor, ihn wütend nach dem Grund für sein Verhalten zu fragen. Die Worte lagen ihr schon auf den Lippen, doch dann wagte sie es einfach nicht – die Angst vor dem, was er antworten würde, war zu groß.

Schließlich beschloss sie, die Sache anders anzugehen. Sie musste herausfinden, ob er überhaupt noch etwas für sie empfand. Obwohl sie sich selbst dafür verabscheute, wählte sie für diesen Zweck ein altbewährtes Mittel – einen anderen Mann.

Marc-François Comte de Chaumont, ein junger Höfling, schien ihr das geeignete Objekt. Er war jung, hatte sich als Brigadeoffizier mehrfach im Krieg ausgezeichnet und sah blendend aus. Außerdem – und das schien Jeanne das Entscheidende – genoss er den Ruf, seit seiner Rückkehr an den Hof zahlreiche Affären zu unterhalten und ein glänzender Liebhaber zu sein. Er gehörte nicht zum engsten Kreis Seiner

Majestät, hatte aber bereits einige Male an den Privatsoupers des Königs teilgenommen und auch schon ihre Theateraufführungen besucht. Jeanne brauchte ihn nicht lange zu beobachten, um zu erkennen, dass sein Liebesleben vor allem seiner eigenen Bestätigung diente und er wie die meisten Höflinge vom Ehrgeiz durchdrungen war. Es kostete sie kaum mehr als ein leichtes Lächeln, um ihn schon bald dazu zu bringen, sich ihr gegenüber vor Charme zu überschlagen und überall dort aufzutauchen, wo auch sie war.

»Wie ich höre, sind Sie für Ihre Tapferkeit ausgezeichnet worden, Comte«, sagte sie eines Abends bei einem Ball in den Staatsgemächern. Sie standen etwas abseits an einer der Säulen, und Jeanne verbarg ihr Gesicht halb hinter ihrem Fächer.

Sein Blick sprach Bände. »Oh, das ist kaum der Rede wert.«

»Nun, immerhin hat sich der Maréchal de Saxe sehr lobend über Sie geäußert«, erwiderte sie. Das war zwar gelogen, erfüllte jedoch seinen Zweck, denn sein schönes Gesicht strahlte vor Eitelkeit.

In einer vertraulichen Geste beugte er sich zu ihr und legte seine Hand auf die ihre. »Ich bitte Sie, mir zu verzeihen, Marquise, aber Ihr Anblick raubt mir den Atem.«

Seine Finger waren kaum wahrnehmbar ein wenig in den weit geschnittenen Ärmelausschnitt geglitten und berührten ihr Handgelenk. Eigentlich wäre es jetzt an der Zeit gewesen, den jungen Charmeur in seine Schranken zu verweisen, doch Jeanne sah aus den Augenwinkeln, dass Louis, der sich auf der anderen Seite des Saals mit dem Prince de Conti und der Comtesse de Périot unterhielt, sie beobachtete.

Sie beugte sich mit einem leisen Lachen zu Chaumont, sodass ihm der Duft ihres Parfüms in die Nase stieg.

»Sie spielen ein gefährliches Spiel, Comte.«

Seine Hand glitt einen Fingerbreit weiter nach oben und strich zart über ihre Haut.

»Ich weiß, Madame. Vergeben Sie mir, doch ich kann nicht anders.«

»Eine armselige Ausrede, Comte.« Sie blickte ihn unter ihren halb gesenkten Lidern lasziv an.

Seine Finger glitten weiter. Als sie den glühenden Ausdruck in seinem Gesicht sah, fürchtete sie einen Moment, er würde sich vollends vergessen. Sie lächelte.

»Ich pflege die Versprechen stets einzufordern, die man mir gibt, Madame.«

»So und nicht anders habe ich Sie vom ersten Moment an eingeschätzt, Comte.« Sie entzog ihm sanft ihren Arm. Louis hatte sie die ganze Zeit beobachtet. Sie durfte es nicht übertreiben.

»Ich fürchte, Comte, wir werden unsere kleine Konversation zu einem anderen Zeitpunkt fortsetzen müssen, denn man beobachtet uns bereits«, sagte sie leise.

»Ich brenne schon jetzt vor Sehnsucht, Marquise.«

Sie lächelte leicht und ließ ihn stehen, um zum König zu gehen.

Zu ihrer Verärgerung ließ Louis sich nicht im Geringsten anmerken, dass er an den Avancen des Comte Anstoß genommen hätte. Er küsste ihre Hand und plauderte und scherzte mit ihr und den anderen Höflingen so wie immer.

Diese Reaktion drohte sie endgültig aus dem Gleichgewicht zu bringen. Wut ergriff von ihr Besitz. Nun, wenn es ihm so egal war, dann sollte sie sich vielleicht tatsächlich überlegen, ob sie nicht ein Verhältnis mit diesem Comte begann. Er immerhin schien sie noch begehrenswert zu finden!

Gekränkt wie sie war, brachte sie es kaum noch fertig, mehr als ein paar unverfängliche Worte mit dem König zu wechseln.

Wie selbstverständlich begleitete er sie später in der Nacht in ihre Gemächer. Als sie allein waren, wandte er sich schließlich zu ihr.

»Finden Sie nicht, dass Sie dem Comte de Chaumont erlauben, seine Bewunderung und Zuneigung für Sie ein bisschen zu offensichtlich zu zeigen?«, fragte er, wobei ein deutliches Missfallen in seiner Stimme mitschwang.

Es war zu viel. Sie drehte sich mit blitzenden Augen zu ihm. »Oh, ich hätte nicht gedacht, dass Ihr überhaupt bemerkt habt, dass er mir den Hof macht.«

Er sah sie herrisch an. »Es passt nicht zu Ihnen, Madame, mich in dieser Weise mit dem Comte herauszufordern!«

Sie hielt seinem Blick streitlustig stand. »Tatsächlich, Sire? Nun, vielleicht seid Ihr es ja, der mich erst dazu bringt, mich so zu verhalten!« Sie wusste, dass sie mit ihrem Tonfall jede Grenze von Anstand und Etikette überschritt, doch es war ihr gleich. Sie war es leid, jede Nacht neben ihm im Bett zu liegen und zu hoffen, dass er sie wieder so wie früher begehren würde.

Vor Zorn hätte sie ihm am liebsten etwas an den Kopf geworfen. Sie spürte, wie die Tränen in ihr hochstiegen.

Sein Gesichtsausdruck veränderte sich augenblicklich. »Jeanne.« Er war mit einem Schritt bei ihr und zog sie in seine Arme.

»Nein.« Sie riss sich von ihm los und sah ihn mit flammendem Blick an. Sie hatte plötzlich keine Angst mehr. Sie wollte nur endlich verstehen, was all das zu bedeuten hatte. Ihre Stimme hatte einen verzweifelten Klang angenommen. »Ich will wissen, warum Ihr …«

Louis griff sie am Arm. Der Druck seiner Hand war so fest, dass es wehtat. »Sie vergessen sich«, sagte er streng. Sein Blick brachte sie plötzlich zum Schweigen. Etwas Unerbittliches lag in der Tiefe seiner Augen, und sie wusste, dass er ihr keine Antwort geben würde. Sie weinte.

Er zog sie erneut in seine Arme. »Nicht, Jeanne«, sagte er leise, fast bittend.

Einige Tage waren seit dem Vorfall vergangen, als Jeanne mit der Comtesse d'Estrades durch die Orangerie spazierte und sich der Freundin anvertraute. »Ich verstehe ihn einfach nicht«, sagte sie. »Er bemüht sich, mit aller Macht so zu tun, als wäre alles beim Alten.« Sie blieb neben einem buschigen Baum stehen und riss ein Blatt von dem Gewächs.

»Ich finde, Sie sollten das als ein gutes Zeichen ansehen. Es scheint doch ganz so, als wenn er Sie nach wie vor lieben würde.«

Jeanne zerrupfte geistesabwesend das Blatt in ihren Händen. Ja, sie fühlte sich tatsächlich noch von Louis geliebt. Doch in den letzten Tagen hatte sie sich manchmal gefragt, ob er mit seiner Zuvorkommenheit und seiner Zärtlichkeit nicht einfach nur anerkannte, was einmal zwischen ihnen gewesen war. Eine grauenhafte Vorstellung, doch vielleicht hatte er einfach nur Mitleid mit ihr. Sie warf die Blattschnipsel auf den Boden. »Aber warum will er mir nicht die Wahrheit sagen?«

»Ganz offensichtlich scheint es ihm unangenehm zu sein, darüber zu sprechen. Was jedoch längst nicht bedeuten muss, dass der Grund für seine mangelnde Lust bei Ihnen zu suchen wäre«, sagte die Comtesse d'Estrades, die ihre Pelzstola zusammenzog, aufmunternd. Die Temperaturen in der Orangerie lagen im Gegensatz zu draußen zwar über null Grad, aber dennoch war es empfindlich kühl. »Ich meine, auch der König ist nur ein Mann, und wie Sie wissen, meine Teure, hat auch das starke Geschlecht manchmal seine Probleme mit der Standfestigkeit …«

Jeanne sah sie verblüfft an. Auf diesen Gedanken war sie noch überhaupt nicht gekommen. Louis sollte Probleme mit seiner Männlichkeit haben? Allein die Idee schien ihr völlig abwegig. Er war von derart leidenschaftlichem und heißblütigem Temperament. Sie konnte sich nicht vorstellen, dass er überhaupt in der Lage war, längere Zeit ohne die Wonnen der Liebe zu leben. Selten war früher eine Nacht vergangen, in der sie sich nicht geliebt hatten, und wenn sie sich jetzt bewusst machte, dass es Wochen, nein Monate her war, dass sie miteinander geschlafen hatten, dann war sie sich sicher, dass er ihr längst untreu geworden sein musste. Und wenn die Comtesse nun doch recht hatte?

»Sie machen sich zu viel Gedanken, Marquise«, sagte die d'Estrades, als sie von ihrem Spaziergang wieder ins Schloss zurückgekehrt waren.

Jeanne seufzte. »Vielleicht. Ach, ich danke Ihnen …«

Sie grüßten einige Höflinge und durchquerten den Spiegelsaal, als die Comtesse d'Estrades auf einmal stehen blieb. »Oh, dort ist meine Nichte. Erlauben Sie mir, dass ich sie Ihnen vorstelle.«

»Aber natürlich«, sagte Jeanne. Die Freundin hatte ihr schon viel von dem jungen Mädchen erzählt, das gerade erst am Hof eingeführt worden war. Auf ein Zeichen der Comtesse kam ihre Nichte, die mit zwei anderen Hofdamen zusammenstand, zu ihnen.

»Charlotte Rosalie de Romanet – meine Nichte.«

Das junge Mädchen knickste so tief und ehrfürchtig vor ihr, dass sie fast ihren Rocksaum berührte. Jeanne lächelte gerührt. Charlotte Rosalie war ausgesprochen hübsch. Brünette Locken umrahmten ihr ebenmäßiges weißes Gesicht mit den großen bernsteinfarbenen Augen – doch sie strahlte etwas Kindliches und so Natürliches aus, dass sie unwillkürlich Jeannes Beschützerinstinkt weckte. Sie verstand sofort, was die Comtesse gemeint hatte, als sie ihr von den Sorgen um ihre Nichte berichtete. »Sie ist noch so naiv und unbedarft, dass ich mir wirklich Gedanken mache. Man wird sie schamlos am Hof ausnutzen.«

»Seien Sie unbesorgt, Comtesse. Wir werden sie unter unsere Fittiche nehmen und eine gute Partie für sie arrangieren«, hatte Jeanne geantwortet und nahm sich jetzt vor, dieses Vorhaben so rasch als möglich in die Tat umzusetzen.

»Es freut mich, Sie kennenzulernen. Die Comtesse hat schon viel von Ihnen erzählt. Und sie hat nicht übertrieben, Sie sind wahrlich eine anmutige Erscheinung, Mademoiselle«, sagte Jeanne.

Charlotte Rosalie strahlte vor Freude. Sie knickste erneut. »Madame sind zu gütig«, stieß sie hervor.

Jeanne fächelte sich etwas Luft zu. »Nun, Mademoiselle, da Sie die Nichte der Comtesse sind, sind auch wir in gewisser Weise miteinander verwandt«, sagte sie. »Es wird mir daher ein Vergnügen sein, Ihnen hier am Hof behilflich sein zu können. Scheuen Sie sich nicht, mich anzusprechen oder um einen Rat zu fragen, wann immer Sie wünschen.«

Die Wangen des Mädchens glühten. »O Madame, so viel Wohlwollen habe ich nicht verdient.«

Jeanne sah sie freundlich an. »Doch, das haben Sie, Comtesse, und es wird mir eine Freude sein. Die Freunde und Familie der Comtesse sind auch die meinen!«

Sie tauschte mit der Comtesse d'Estrades, die zufrieden lächelte, einen amüsierten Blick über das entzückende junge Mädchen.

54

Monate waren vergangen. Statt sich weiter mit der Frage zu quälen, was in Louis vorgehen mochte, hatte sich Jeanne in neue Aktivitäten gestürzt. Wie immer, wenn eine Idee von ihr Besitz ergriff, verfiel sie in fiebrige Aufregung. Die Gedanken wirbelten ihr durch den Kopf, und sie konnte an nichts anderes mehr denken.

Sie beschloss, als Erstes mit Pâris-Duverney und ihrem Oheim Le Normant de Tournehem über ihre Pläne zu sprechen.

Die beiden Männer besuchten sie am Nachmittag in ihrer Eremitage am Drachentor. Die Jahre waren an den beiden nicht spurlos vorübergegangen. Gerade ihrem Oheim merkte Jeanne an, dass die Bürde seines Amtes ihn langsam zu überfordern begann. Bei einem seiner letzten Besuche, die in den vergangenen Monaten wegen seiner Arbeit immer seltener geworden waren, hatte er ihr gestanden, wie sehr er die Rückkehr von Abel herbeisehnte, damit dieser bald sein Amt übernahm. Sie hatte ungläubig gelacht, doch jetzt, wo sie Le Normant de Tournehems gebeugte Haltung und den müden Zug in seinem Gesicht sah, erkannte sie, dass er das nicht aus Koketterie gesagt hatte.

Im Gegensatz dazu sprühte Pâris-Duverney noch immer vor Vitalität. Das Alter hatte weder seinem unverwüstlichen Tatendrang noch seiner lauten Stimme etwas anhaben können. Er zog seine Schnupftabaksdose heraus.

»Eine Militärschule?«, rief er aus.

»Ja, sie ist vor allem für die mittellosen Söhne von Adligen gedacht, die im Krieg gefallen sind oder sich noch im Feld befinden. Die Schule könnte wie eine Art kostenfreies Pensionat fungieren, in der die Jungen ausgebildet und gleichzeitig versorgt werden«, erklärte Jeanne euphorisch.

»Eine großartige Idee, Marquise«, sagte Le Normant de Tournehem.

Pâris-Duverney, der seine Tabaksdose wieder verstaute, nickte. »Man würde sich dadurch einen qualifizierten Nachwuchs für die Armeeführung heranziehen und gleichzeitig eine soziale Einrichtung für die Hinterbliebenen schaffen.«

Jeanne lächelte zufrieden. Genau das war ihre Idee gewesen. Viele verarmte Adlige wurden Soldaten, weil der Krieg eine der wenigen Möglichkeiten war, ehrenhaft einen Lebensunterhalt zu verdienen. Starben sie in der Schlacht oder wurden Invaliden, hinterließen sie ihre Familien mittellos.

Sie freute sich, als sie die Begeisterung in den Gesichtern der Männer sah. Schon lange hatte sie überlegt, etwas zu schaffen, das den Ruhm des Königs mehren und nicht nur sein, sondern auch ihr eigenes Ansehen in der Öffentlichkeit verbessern könnte. Die Idee für die École Militaire schien ihr wie geschaffen dafür.

Wie sie gehofft hatte, war Louis von dem Projekt sofort angetan. »Eine Militärschule, in der die Kadetten richtig ausgebildet werden – davon würde unsere Armee in jedem Fall profitieren. Der Maréchal de Saxe und ich haben uns erst bei seinem letzten Besuch darüber unterhalten, dass es uns an gut ausgebildeten jungen Männern mangelt.«

Jeanne nickte. Auch mit den Brüdern Pâris hatte der Maréchal immer wieder darüber gesprochen. Er war der Auslöser dafür gewesen, dass sie überhaupt auf den Gedanken gekommen war.

Der König bestimmte, dass zunächst ein detaillierter Plan ausgearbeitet werden solle. Vor allem die Finanzierung müsse abgesichert sein, bevor die Öffentlichkeit davon erfahren sollte. Die École Militaire sollte sich aus zusätzlichen Staatseinkünften tragen.

Pâris-Duverney, der auf eine Stiftung gehofft hatte, verzog sorgenvoll das Gesicht, als Jeanne ihm von diesem Wunsch des Königs erzählte. Der Widerstand des königlichen Finanzkontrolleurs war damit schon jetzt vorauszusehen, doch Jeanne machte sich keine Gedanken. Wenn es zwei Menschen gab, die wussten, wie man zu zusätzlichen Einnahmen im Staatshaushalt kam, dann waren es die Gebrüder Pâris.

Le Normant de Tournehem übernahm währenddessen mit Monsieur Gabriel, dem königlichen Architekten, die Planung des Gebäudes und der Anlage.

Louis ließ sich regelmäßig von dem neuesten Stand des Projekts unterrichten, und oft saß er selbst noch bis spät in der Nacht mit Jeanne über den Plänen. »Wenn jeder meiner Minister so glänzende Ideen hätte wie Sie, Madame, dann wäre es besser um dieses Königreich bestellt.« Louis hatte seine Feder zur Seite gelegt und strich ihr sanft über die Wange.

Ein leichter Stich durchfuhr Jeannes Brust. Sie lächelte, während sie aus einer Karaffe Wein in zwei Gläser goss. Seine Zärtlichkeiten ließen sie noch immer hoffen, dass es zwischen ihnen eines Tages wieder so sein würde wie früher, obwohl dieser Zustand nun schon seit fast einem Jahr andauerte ... Es war ihr nur ein kleiner Trost, dass Louis sie dafür in letzter Zeit immer öfter auch bei politischen Fragen ins Vertrauen zog.

Sie reichte ihm ein Glas Wein, und er trank einen Schluck.

»Und, haben Sie sich schon für eine Klosterschule für Alexandrine entschieden?«, fragte er unvermittelt.

»Nein, noch nicht. Aber ich werde mir diese Woche in Paris das Kloster de l'Assomption ansehen.« Sie strich nachdenklich mit dem Finger über den schlanken Hals des

Weinglases. Im Sommer wurde die Kleine sechs, und es wurde Zeit, dass sie ins Kloster kam.

»Paris ist nicht weit. Sie werden sie trotzdem noch oft sehen«, sagte Louis, denn der Ausdruck ihres Gesichts verriet, was in ihr vorging. »Denken Sie daran, wenn Sie sich das Kloster anschauen, nicht Ihre eigene Kutsche in die Stadt zu nehmen«, fügte er besorgt hinzu.

Sie nickte. In Paris war die Stimmung ihr und dem König gegenüber noch immer feindselig. Selbst nachdem Louis sie dazu bewogen hatte, mit dem Theater in Versailles aufzuhören, um den Behauptungen, wie sehr sie angeblich das Geld des Königs verprasste, entgegenzutreten. Sie war nicht besonders unglücklich darüber, denn die Verpflichtung, jede Saison ein neues Programm aufstellen zu müssen, wäre auf Dauer enorm anstrengend gewesen. Sie gab nun nur noch gelegentlich Aufführungen bei ihren Aufenthalten in den kleinen Schlössern Choisy, Crécy und Bellevue.

Jeanne sah der Fahrt nach Paris mit gemischten Gefühlen entgegen. Die von d'Argenson veranlasste Verhaftungswelle, mit der er die Stadt von Bettlern und Landstreichern säubern wollte, sorgte für Unruhen. Wilde Gerüchte von Entführungen kursierten, weil die Polizei auch einige herumstreunende Kinder, die angeblich nur auf der Straße gespielt hatten, festgenommen hatte.

Jeanne wusste, dass Louis von der Stimmung der Menschen beunruhigt war. »Man braucht lange, um die Liebe seines Volkes zu erlangen, doch sie zu verlieren, geht sehr schnell«, sagte er einige Tage später, nachdem sie aus Paris zurückgekehrt war.

»Wissen Sie, ich erinnere mich noch gut, wie das Volk mich nach dem Sieg von Fontenoy bejubelt hat. Louis der Vielgeliebte, haben sie mich genannt, nun – inzwischen bin ich wohl Louis der Vielgehasste.« Verbitterung schwang in seiner Stimme mit. Die Ablehnung der Menschen verletzte ihn tief und bereitete ihm manchmal sogar Angst. Er fürchtete insgeheim, wie er Jeanne einmal anvertraut hatte, dass ihn eines Tages das gleiche Schicksal wie seinen Ahn, Henri IV., den ersten Bourbonenkönig, ereilen könnte, den man heimtückisch auf offener Straße versucht hatte zu erdolchen.

Sie legte ihre Hand auf seinen Arm. »Im tiefsten Inneren ihres Herzens lieben die Menschen von Paris Euch immer noch. Es sind nur diese niederträchtigen Flugblätter, die die Stimmung aufpeitschen ... Ich bin jedenfalls froh, dass Monsieur d'Argenson ein so strenger Minister ist und Monsieur Berryer ein ebenso zuverlässiger Polizeioberleutnant. Ihr könnt sicher sein, dass sie die Verfasser weiterhin mit aller Härte verfolgen werden.«

»Ja, Sie haben wohl recht.«

Sein Blick fiel auf die goldene Pendeluhr auf ihrem Kaminsims, und er stand auf. »Sie entschuldigen mich für heute Abend, Madame, aber ich habe leider noch zu tun ...«

»Natürlich, Sire.« Ihr Lächeln fiel steif aus. In letzter Zeit kam es immer öfter vor, dass er sich mit der Begründung zurückzog, dass er noch zu arbeiten hätte. Sie war jedoch überzeugt, dass es sich dabei nur um einen fadenscheinigen Vorwand handelte, um die Nächte nicht in ihren Gemächern zu verbringen.

Louis küsste sie sanft, und sie spürte, wie ihr Lächeln zur Maske gefror. Nie hätte sie gedacht, dass ihre Schauspielerei im wirklichen Leben einmal wichtiger sein würde als auf der Bühne, dachte sie bitter. Sie ließ sich nicht anmerken, wie schwer es ihr fiel, Haltung zu bewahren, als er ging.

Monsieur Berryer hatte sich am frühen Morgen auf den Weg von Paris nach Versailles gemacht. Nachdenklich stieg er aus seiner Kutsche und lief zwischen den Menschen, die wie jeden Tag über den Platz und Hof des Palastes strömten, die letzten Schritte zum Schloss. Seinen Dreispitz unter dem Arm, ließ er sich nur wenig später von einem Lakaien bei der Marquise melden, die ihn bereits erwartete.

Er hatte sie noch nie zu dieser Zeit aufgesucht, und der

Anblick, der sich ihm nun bot, übertraf bei Weitem alle Vorstellungen, die er von ihrer Morgentoilette bislang gehabt hatte. Die Marquise saß auf einem gepolsterten Sessel, umringt von einem Coiffeur und ihrer Zofe. Ein Lakai hatte ihr gerade die Post gebracht, und sie unterhielt sich zur gleichen Zeit mit ihrem Verwalter Monsieur Collin und dem Abbé, der ihre Bibliothek verwaltete. Vor ihr auf dem Frisiertisch lag ein Buch von Montesquieu, und hinter ihr auf zwei Schemeln waren diverse Stoffmuster, Schleifen, künstliche Blüten, Perlen und anderer Kleideraufputz ausgebreitet worden.

»Monsieur Berryer, guten Morgen.« Die Marquise wandte sich zu ihm und schenkte ihm ein bezauberndes Lächeln, als wenn es nichts Schöneres gäbe, als ihn an diesem Tag begrüßen zu dürfen.

»Marquise.« Er verbeugte sich tief.

Auf ein anmutiges Handzeichen von ihr – eine kaum wahrnehmbare Bewegung der Finger ihrer erhobenen rechten Hand – verließen alle den Raum.

Sie waren allein. Obwohl sie bereits fertig angekleidet war, hatte die Situation etwas ungewöhnlich Intimes. Berryer spürte, wie er verlegen wurde.

Die Marquise lächelte leicht, wissend – wie eine Frau, der nicht verborgen blieb, was in einem Mann vorging, der sie anblickte – und doch gleichzeitig unschuldig wie ein junges Mädchen. Berryer ertappte sich dabei, dass er ihr in die grau schimmernden Augen schaute und ihr Lächeln wie ein dummer Schuljunge erwiderte. Er verstand auf einmal, warum der König in so wilder Liebe zu ihr entbrannt war, dass er sie gegen alle Widerstände zu seiner Mätresse gemacht hatte. Sie war hinreißend. Wie alt mochte sie wohl sein? Er hätte sie nicht älter als fünfundzwanzig geschätzt, doch dann erinnerte er sich aus einer Akte an ihr Geburtsdatum. Nein, sie war achtundzwanzig.

»Ich hoffe, es geht Ihnen gut?« Der Klang ihrer sanften, melodischen Stimme riss ihn zurück in die Wirklichkeit. Sie lächelte noch immer.

»Danke, Marquise. Ich kann nicht klagen.«

Nur ihre Finger, die an den Blättern einer künstlichen Blume herumspielten, verrieten ihre Anspannung. »Und, was konnten Sie in Erfahrung bringen? Sie brauchen mich nicht zu schonen, Monsieur Berryer. Er hat eine andere Geliebte, nicht wahr?«

Trotz ihrer selbstbewussten Worte sah er die plötzliche Angst in ihrem Gesicht.

Er schüttelte den Kopf. »Nein, Madame la Marquise, der König hat keine andere ... Geliebte.«

Sie konnte ihre Erleichterung nicht verbergen.

»Allerdings geht Seine Majestät regelmäßig in den Parc aux Cerfs ...«

»Parc aux Cerfs?«

Ganz offensichtlich hatte sie wirklich noch nie davon gehört, dachte Berryer. Er räusperte sich verlegen. »Nun, in diesem Haus werden junge Mädchen und Frauen einquartiert, an denen Seine Majestät Gefallen finden könnte. Monsieur Le Bel, der Erste Kammerdiener Seiner Majestät, scheint diese Dinge zu arrangieren.«

Sie sah ihn entgeistert an. »Sie meinen, ein Bordell?«

»Hm, ich würde mir nie erlauben, dieses Wort zu benutzen, aber ich glaube, Madame la Marquise, das ist die durchaus zutreffende Bezeichnung für dieses Etablissement!«

Sie bewies Haltung und wirkte nach dem ersten Moment ihrer Überraschung erstaunlich gefasst, als wenn sie der Umstand, dass der König trotz ihrer Schönheit seine Befriedigung noch bei anderen Frauen suchte, nicht sonderlich verletzte. Dabei musste sie diese Demütigung doch bis ins Mark treffen.

»Ich danke Ihnen, Monsieur Berryer.«

Er atmete tief durch, denn er hatte ihr noch nicht alles gesagt. »Marquise, ich bin Ihnen in ergebener Freundschaft zugetan, und aus diesem Grund fühle ich mich verpflichtet, Ihnen noch etwas anderes mitzuteilen.«

Sie legte die Blüte zur Seite und schaute ihn fragend an.

Er holte tief Luft. »Madame, die Comtesse d'Estrades unterhält seit Kurzem eine Liaison mit dem Comte d'Argenson.«

»Die Comtesse d'Estrades? Das kann nicht sein.« Ihr Ton verriet Ungläubigkeit.

Berryer sagte nichts.

»Sind Sie ganz sicher?«, fragte sie leise.

Er nickte.

Als Jeanne wieder allein war, spürte sie, wie aufgewühlt sie war. Obwohl sie fest damit gerechnet hatte, dass Louis mit anderen Frauen schlief, traf es sie mit unverminderter Wucht, diesen Verdacht nun bestätigt zu finden. Dennoch war sie in gewisser Weise erleichtert, dass Louis in diesen Parc aux Cerfs ging. Eine Geliebte am Hof wäre weit schlimmer gewesen. Diese Erniedrigung hätte sie nur schwer ertragen können. Eine andere Frau, die ihren Platz einnahm, während sie täglich der Angst ausgesetzt wäre, dass der König sie verbannte? Sie hätte sich den Triumph in den Augen der Höflinge lebhaft vorstellen können. Nein, nichts hätte sie mehr gefürchtet als diese Mitteilung.

Einige kurze Liebesabenteuer, das war es also, was Louis suchte. Quälende Fragen schossen ihr durch den Kopf. Was für Mädchen und Frauen mochten das sein, die Louis dort traf? Jüngere? Schönere? Ganz augenscheinlich waren es solche, die es besser als sie verstanden, seine Bedürfnisse zu befriedigen, dachte sie voller Bitterkeit. Vor ihren Augen drängten sich die Bilder von nackten willigen Frauenleibern. Wut und eine entsetzliche Eifersucht stiegen in ihr hoch. Sie zerknüllte die Kunstblume und warf sie auf die Erde. Aufgebracht lief sie durch den Raum. Sie war nur froh, dass Louis sich am Vormittag mit dem Dauphin und einigen Hofgeistlichen traf. Wäre er jetzt in ihren Gemächern erschienen, sie hätte sich vermutlich vergessen und ihm eine Szene gemacht. Doch sie hatte kein Recht dazu, das wusste sie. Es stand ihr nicht zu, etwas von ihm zu fordern.

Er war kein normaler Geliebter oder gar Ehemann, sondern er war der König von Frankreich. Und sie wollte ihn trotz allem nicht verlieren. Um keinen Preis.

Ihre Gedanken kehrten zu dem zurück, was ihr Monsieur Berryer außerdem erzählt hatte. Ihre beste Freundin, die Comtesse d'Estrades, sollte eine Liaison mit dem Comte d'Argenson haben? Seit der Verbannung des Comte de Maurepas war Jeannes Beziehung zu dem Comte d'Argenson zwar merklich besser geworden, doch insgeheim rechnete sie ihn immer noch zu ihren Feinden. Sie empfand es als höchst illoyal, dass ihre Freundin sich ausgerechnet mit diesem Mann einließ. Vielleicht hatte die Comtesse ihr aber auch nur nichts von ihrer Liebschaft erzählt, weil sie wusste, wie sie darauf reagieren würde, versuchte sich Jeanne zu beruhigen.

Als sie die Freundin am Mittag nach der Messe traf, ließ sie sich in keiner Weise anmerken, dass sie etwas von ihrem Geheimnis wusste.

»Sie strahlen in letzter Zeit so ein inneres Leuchten aus, Comtesse. Ich bin fast versucht zu glauben, dass Sie sich verliebt haben«, sagte sie mit einem verschwörerischen Augenzwinkern.

»Verliebt, ich?« Die Comtesse wurde tatsächlich ein wenig rot, doch dann hatte sie sich sofort wieder gefangen. »Aber nein, ich habe nicht mal ein kleines Abenteuer zurzeit. Sie wissen doch, was ich von derlei dramatischen Gefühlszuständen halte, Marquise – nichts«, fügte sie mit einem resoluten Kopfschütteln hinzu.

»Tatsächlich?« Jeanne, die sich von dieser Lüge gleichsam ein zweites Mal verraten fühlte, bedachte die Comtesse mit einem eigenartigen Blick. Sie beobachtete die Freundin, und auf einmal fielen ihr die vielen Kleinigkeiten auf, die so eindeutig auf ihren Gemütszustand hinwiesen – die glänzenden Augen, die Ruhelosigkeit, das ständige Lächeln, die neuen Kleider in den kräftigen Farben. Sie war verliebt – kein Zweifel!

Aber das Verhältnis der Comtesse vermochte Jeanne dennoch nur bedingt zu beschäftigen – es schien ihr trotz allem unbedeutend angesichts dessen, was sie von dem Polizeioberleutnant über Louis erfahren hatte. Ihre Unsicherheit, was sie dem König wirklich bedeutete, wuchs täglich.

In einem schmalen, ein wenig windschiefen Stadthäuschen unweit der Seine, dort, wo sich Wasserträger, Wäscherinnen, Händler und Marktverkäufer in einem bunt zusammengewürfelten Haufen von Fremden und Einheimischen zwischen den Kutschen und Fuhrwagen auf den Straßen drängten, hatte sich die alte Zigeunerin niedergelassen. Sie nannte sich jetzt Madame Le Bon, und nur noch manchmal verschwand sie jetzt für einige Tage, um in den Wäldern nach Kräutern zu suchen – und nach der Einsamkeit, die sie in der Stadt vermisste. Ihre Garderobe war ansehnlicher geworden, und sie las den Leuten nun nicht mehr auf der Straße, sondern in ihrer Wohnung aus der Hand. Das Geschäft ging gut, denn es hatte sich herumgesprochen, dass vieles eintraf, was sie weissagte.

Dabei war die Zigeunerin nicht auf diese kleinen Verdienste angewiesen. Bereits vor langer Zeit war sie für eine ihrer Prophezeiungen fürstlich entlohnt worden. Auch die Großzügigkeit hatte sie schon damals in den Linien der zarten Mädchenhand lesen können.

Es war später Vormittag, und die Alte befand sich allein in ihrem Haus, als sie die Kutsche vor der Tür halten hörte. Wenig später klopfte es. Sie war nicht sonderlich erstaunt und nickte der verschleierten Dame in ihrem dunklen Umhang, die vor ihr auf der Schwelle stand, wie einer alten Bekannten zu. Sie hatte sie schon längst erwartet.

Obwohl es nur einige Jahre her war, dass die Zigeunerin sie das letzte Mal gesehen hatte, und sie noch immer in der Blüte ihrer jugendlichen Schönheit stand, hatte sie sich verändert. Ihr Schicksal, das in ihrer Hand geschrieben stand, spiegelte sich jetzt in ihrer ganzen Person wider – nicht nur in ihrem Äußeren, sondern auch in der Art, wie sie sich bewegte und sprach. Sie hatte alle Zaghaftigkeit und Naivität abgestreift. Man spürte die Macht, die sie nun besaß, und die Entschlossenheit, mit der sie bereit war, für ihr Glück zu kämpfen. Doch sie ahnte nicht, dass man nicht alles im Kampf erringen konnte.

Jeanne nahm schweigend an dem kleinen Tisch Platz. Sie nahm ihren Hut ab, und nur die Bewegung, mit der sie ihre Handschuhe glatt strich, verriet ihre Anspannung.

»Was verschafft mir die Ehre Ihres Besuchs, Marquise?«, fragte die Alte, deren Stimme nichts von ihrem heiseren unheimlichen Ton verloren hatte. Sie beugte sich zu ihr. »Einen weiteren Blick in Ihre Zukunft?«

Für einen kurzen Moment trafen sich ihre Augen. Jeanne fühlte sich plötzlich unwohl, dass sie sich tatsächlich hierher begeben hatte, doch die Alte hatte schon ihre Hand genommen.

»Sie möchten wissen, ob der König Sie noch immer liebt, nicht wahr?«

Sie nickte.

Die Alte betrachtete die Linien ihrer Hand. »Ja, das tut er.«

Jeanne blickte in ihr faltiges Gesicht. Ihre ganze Verzweiflung stieg auf einmal in ihr hoch. »Aber wenn er mich liebt … warum … warum rührt er mich dann nicht an … und warum gibt er sich mit diesen Frauen ab?«

Die Zigeunerin hatte ihre Hand losgelassen. Sie musterte Jeanne mit einem unergründbaren Blick. »Die Wege des Schicksals sind nicht immer gerade, sondern meistens verschlungen, *ma belle*«, sagte sie dann.

Jeanne schwieg.

»Wird man mir meinen Platz streitig machen?«, fragte sie schließlich leise.

Die Alte schüttelte mit einem Lächeln den Kopf. »Du darfst nie den Fehler machen, diese Frauen zu unterschätzen – dennoch wird keine je die Macht haben, dir gefährlich zu werden.«

Jeanne spürte, wie sie ein Gefühl der Erleichterung durchströmte. Vergessen war die Scham, dass ihr Weg sie in ihrer Ratlosigkeit und Angst hierher zu der Zigeunerin geführt hatte. Der König liebte sie, das war das Einzige, was von Bedeutung war, dachte sie.

Die Worte der Zigeunerin hatten Jeanne beruhigt. Doch andere Sorgen begannen sie dafür umso mehr zu beschäftigten. Das Jahr 1751 war von Papst Benedikt XIV. in Frankreich zum *Jubilé,* zum Heiligen Jahr, ausgerufen worden. Man erbat Gottes Segen für die zweite Hälfte des Jahrhunderts. Zu diesem besonderen Anlass sollte auch schweren Sündern, gegen einen entsprechenden Ablass und die Auferlegung von Bußeübungen, die Möglichkeit zur Absolution gegeben werden.

Es war nur zu offensichtlich, dass sich dieser Appell wieder einmal vor allem an den König richtete. Schlimmer noch als sonst versuchten die Hofgeistlichen, Louis zur Abkehr von seinem sündhaften Lebenswandel und zur Trennung von seiner Mätresse zu bewegen. Es entbehrte nicht einer gewissen Ironie, dachte Jeanne während der Messe, dass ausgerechnet in einem Moment, in dem die Beziehung zwischen ihr und Louis zum ersten Mal frei von jeder Sünde war, die Hofkleriker mit besonderer Vehemenz gegen ihr Verhältnis vorzugehen versuchten.

Dabei ging es längst nicht mehr nur um den Lebenswandel des Königs, sondern zunehmend auch um den Protest des Klerus gegen die drohenden Steuern. Die Geistlichen weigerten sich, dem königlichen Finanzkontrolleur ihre Einkünfte offenzulegen, um so die Erhebung von vornherein zu verhindern. Mit allen Mitteln förderten sie deshalb nicht nur am Hof, sondern im ganzen Land die allgemeinen Frömmigkeitsbekundungen zum Heiligen Jahr, um dem König ihren Einfluss auf die Menschen zu demonstrieren. Die Hauptstadt, die sich geradezu mit heiligem Eifer in eine Stadt der Gläubigen verwandelte, war kaum wiederzuerkennen. Unentwegt läuteten die Glocken der Kathedralen und Basiliken und erklangen die Psalter und Choräle. Die Straßen waren mit endlosen Prozessionen verstopft, die von knienden Gläubigen gesäumt wurden. Vor den Kirchen standen die Leute selbst bei Regen noch Schlange, und das Gedränge war so groß, dass es zahlreiche Verletzte gab. Selbst die größten Gotteshäuser schafften es nicht mehr, die Flut der Menschen aufzunehmen.

Im Bewusstsein ihrer neuen Macht drohten die Bischöfe in ihren Predigten nun, dass sie sich in ihre Priesterseminare zurückziehen und keine Messen mehr lesen würden, wenn man sie weiter der Steuerverfolgung des königlichen Finanzkontrolleurs Machault d'Arnouville aussetzte.

Die Königin, ihre Kinder und mit ihnen die ganze Partei der Devoten beknieten den König erneut, von der Steuer gegen die Kirche abzulassen. Der Erlass verstoße gegen das göttliche Recht. »Wenn Ihr der Kirche dadurch Ihre Autorität raubt, dann werden die Menschen es auch Euch gegenüber irgendwann an Gehorsam fehlen lassen«, beschwor der Dauphin seinen Vater inbrünstig.

Louis war zwiegespalten.

»Vielleicht hat mein Sohn recht«, sagte er an einem Abend grübelnd zu Jeanne. »Die anhaltenden Unruhen in Paris, die Pamphlete, die in der Stadt kursieren – dem Volk mangelt es schon jetzt an Respekt gegenüber der Obrigkeit.«

Jeanne sah ihn an. Sie verstand, wie schwierig die Entscheidung, die er zu treffen hatte, für ihn war.

»Dem Volk in Paris mangelt es gewiss an Respekt, Sire, aber ich glaube nicht, dass dies etwas mit dem Zwanzigsten zu tun hat … Allerdings sehe ich wohl die Gefahr, dass ein offener Aufstand der Kleriker sich in diesen unruhigen Zeiten leicht zu einem ernsthaften Problem für Euch und Eure Regierung entwickeln könnte«, fügte sie hinzu.

Louis trommelte grimmig mit seinen Fingern gegen die Sessellehne. »Und genau das wissen sie«, sagte er düster.

Doch dem König blieb angesichts dieser Machtdemonstration der Kirche schließlich keine Wahl. Gegen Ende des Jahres gab er widerwillig nach und erklärte sich bereit, von der Erhebung von Steuern bei Geistlichen abzusehen. Jeanne vermutete jedoch, dass bei dieser Entscheidung auch eine gewisse Dankbarkeit gegenüber Gott eine Rolle spielte, denn im Spätsommer hatte die neue Dauphine, nach mehreren Fehlgeburten und der Geburt einer Tochter, einem so sehnsüchtig erwarteten Jungen das Leben geschenkt. Louis war überglücklich, mit dem kleinen Duc de Bourgogne endlich die Thronfolge gesichert zu sehen.

55

Auf dem schwarzen Lackbrett lagen mehrere kleine rote Seidentüchlein, die Monsieur Lee mit verschiedenen Duftproben besprengt hatte. Jeanne nahm eines nach dem anderen hoch und roch vorsichtig an ihnen, bevor sie sich schließlich für eine betörende Mischung aus Sandelholz, Rosen und Jasmin entschied.

»Eine sehr gute Wahl, Madame«, sagte Monsieur Lee, den sie noch immer nicht hatte davon abbringen können, bei seinen Besuchen vor ihr auf dem Boden zu knien. Der Orientale mit den schwarzen Mandelaugen, der in Paris mit Düften und Parfüms aus der ganzen Welt handelte, suchte sie regelmäßig auf, um ihr seine neuesten und exotischsten Errungenschaften zu präsentieren. Vorsichtig nahm Monsieur Lee zwei Phiolen aus seinem Koffer und überreichte sie Jeanne. Sie waren als Duft für die Blütenblätter des Fests, das sie am Abend geben würde, gedacht.

»Ich habe noch etwas ganz Besonderes, Madame, nur für Sie«, er blickte verschwörerisch zu ihr hoch, »ein Duft, dem kein Mann widerstehen kann.«

Sie lächelte amüsiert. Seine devote Untertänigkeit täuschte nicht darüber hinweg, dass er ein glänzender Verkäufer war. Und sie war ein williges Opfer, denn sie liebte Düfte jeder Art. Sie besaß zahlreiche Potpourrigefäße und sogar Blumen aus Porzellan, in die man ein Duftschwämmchen versenken konnte, sodass die künstlichen Nachbildungen genauso rochen wie die Originale; und sie benutzte je nach

Tageszeit und Anlass die unterschiedlichsten Duftrichtungen für ihre Gemächer und die verschiedensten Parfüms für ihren Körper.

Sie betrachtete die bernsteinfarbene Flüssigkeit und roch an der Phiole, die er ihr hinhielt. In der Tat berauschend. »Mhm, was ist das?«

Er lächelte. »Etwas wirklich Einzigartiges. Aus Persien – die jungen Blütenblätter von Orchideen, der gestoßene Samen des Mohns, Elfenbeinpuder und eine Essenz von indischen Rosen.«

Er brauchte sie nicht zu überreden. Sie kaufte das Parfüm.

»Möge Ihre Schönheit und das, was Sie tun, immer unter einem glücklichen Stern stehen, Marquise«, sagte er, als er zum Abschied seine Stirn zu Boden neigte und dann in seinem langen Gewand wieder auf die Beine kam und rückwärts ihr Gemach verließ.

Einige Stunden später, als sie mit Louis mit einem Menuett das Fest eröffnete, entströmte den Rosenblättern zu ihren Füßen der Duft, den sie bei Monsieur Lee erstanden hatte. Es versprach, ein gelungener Abend zu werden. Als sie nach einigen Menuetten am Rande der Tanzfläche bei einer Säule stand, beobachtete sie zufrieden, wie sich die Höflinge bewundernd in dem kunstvoll dekorierten Raum umsahen.

Auf der anderen Seite des Salons stand Charlotte Rosalie. Die junge Frau hatte im Frühling den Comte de Choiseul-Beaupré geheiratet. Jeanne hatte dem jungen Paar für seine Vermählung das Schloss Bellevue zur Verfügung gestellt. Es war ein rauschendes Fest gewesen, zu dem sogar der König gekommen war.

Charlotte Rosalies Gemahl weilte heute Abend jedoch nicht unter den Gästen, weil er für einige Tage in Paris war. Stattdessen war sein Cousin, der Comte de Choiseul-Stainville, gekommen. Jeanne grüßte ihn mit einem knappen Nicken. Stainville war ein enger Freund des Prince de Conti, und sie mochte ihn nicht sonderlich, aber da er jetzt mit zur

Familie des jungen Paars gehörte, hatte sie Charlotte Rosalies Bitte, ihn ebenfalls einzuladen, nicht abschlagen können.

Ihr Blick glitt zurück zu der jungen Frau. Sie hatte sich verändert. Aus dem naiven, unterwürfigen Mädchen war eine selbstbewusste Erscheinung geworden, der es Spaß machte, den Herren am Hof den Kopf zu verdrehen. Angeblich war sogar der prüde Dauphin völlig von Charlotte Rosalie hingerissen, hatte die Duchesse de Brancas berichtet. Jeanne lächelte versonnen.

Der österreichische Botschafter, Graf von Kaunitz, begrüßte sie. »Erlauben Sie mir zu bemerken, Marquise, dass Ihre Feste immer wieder einzigartig sind«, sagte er. »Ihre Hoheit, die österreichische Königin Maria Theresia, lässt Ihnen ihre freundlichsten Empfehlungen ausrichten.«

Jeanne lächelte erfreut und nickte dem Grafen zu. Auf ein Zeichen von ihr brachte ein Lakai dem Botschafter ein Glas Champagner. Er trank einen Schluck, und sie schlenderten gemeinsam durch den Salon.

Kaunitz' Augen schweiften zum König, der sich mit dem Duc de Richelieu unterhielt. »Ihre Hoheit, Maria Theresia von Österreich, hofft sehr, dass Seine Majestät einer neuen Bündnispolitik mit unserem Land gegenüber aufgeschlossen sein wird.«

Natürlich wusste der Botschafter längst, dass Jeanne insgeheim eine zukünftige Allianz mit Österreich befürwortete. Sie lächelte milde. Sein scheinbar zwangloses Gespräch stellte nichts Geringeres dar, als den Versuch, Frankreichs Politik mit ihrer Hilfe weiter in diese Richtung voranzutreiben.

Jeanne war inzwischen geübt in diesen Konversationen. Gesandte und Botschafter bemühten sich oft, sie als erste Person auf ihre Seite zu bringen, in der Hoffnung, dass sie sich für ihre Interessen beim König verwenden würde.

»Eine Allianz der katholischen Staaten klingt verlockend, Graf. Aber glauben Sie mir, im Moment ist es leider noch zu früh für einen solchen Schritt«, sagte sie. »Die Minister des Königs fühlen sich noch immer an Preußen gebunden. Gleichwohl vermag ich Ihnen zu sagen, dass Seine Majestät andere Pläne hegt und einem Bündnis mit Österreich durchaus Wohlwollen entgegenbringt.«

Kaunitz schaute sie erfreut an. »Marquise, wenn ich nur diese Worte der Kaiserin übermitteln dürfte, so würde ich mich überaus glücklich schätzen.«

Sie lächelte und neigte den Kopf. »Tun Sie das. Und richten Sie Ihrer Hoheit bitte meine untertänigsten Grüße aus.«

Der Botschafter verbeugte sich tief, und Jeanne ging weiter. Sie blieb hier und da stehen, um den einen oder anderen Gast zu begrüßen, während sie gleichzeitig nach Louis Ausschau hielt. Sie wollte ihm von dem Gespräch mit Kaunitz erzählen. Doch sie konnte ihn nirgendwo entdecken.

Sie tauschte ein paar Sätze mit Le Normant de Tournehem, der ungewöhnlich blass war und sich schon seit Tagen nicht wohlfühlte, obwohl ihn die Ärzte bereits mehrmals zur Ader gelassen hatten, wie er ihr berichtete.

Sie sah ihn besorgt an. »Sie sollten sich ein paar Tage ausruhen, Oheim. Ich werde Ihnen Doktor Quesnay schicken. Er hat mehr medizinischen Verstand als die ganze Fakultät der Ärzte zusammen.«

Er nickte müde, dankte ihr und verabschiedete sich.

Sie blickte ihm beunruhigt hinterher.

»Ein gelungenes Fest, Marquise, einfach hinreißend«, sagte die Duchesse de Brancas, die bis eben mit ihrer Freundin, der Duchesse de Mirepoix, geplaudert hatte, und sich nun zu ihr gesellte.

»Danke«, erwiderte Jeanne, deren Augen zu der Comtesse d'Estrades geglitten waren, die sich einige Schritte entfernt von ihnen gerade mit dem Comte d'Argenson unterhielt. Noch immer hatte ihr die Freundin nichts von ihrem Verhältnis erzählt.

Die Augen der Duchesse waren ihrem Blick gefolgt. Sie nippte an ihrem Glas. »Wissen Sie, Marquise, alle Welt hält

Sie für berechnend, doch ich halte Sie eher für, verzeihen Sie … naiv.«

Sie schaute die Brancas offen an. »Warum, Duchesse? Glauben Sie, ich wüsste nichts von dem Verhältnis der Comtesse mit dem Minister? … Nein, auch wenn es mir schwerfällt, sie ist meine Freundin, und ich versuche einfach nur, sie dafür nicht zu verurteilen.«

»Sehen Sie, Marquise … und genau das würde ich in dieser Löwenhöhle als naiv bezeichnen.«

Jeanne zuckte die Achseln. Sie hatte es schon lange aufgegeben, sich Gedanken darüber zu machen, was die Leute über sie dachten.

»Manchmal sind unsere Feinde uns näher als unsere Freunde«, sagte die Duchesse leichthin.

Bevor Jeanne auf diese merkwürdige Äußerung irgendetwas entgegnen konnte, hatte sich die Brancas schon mit einem höflichen Nicken abgewandt.

Was wollte sie damit nun wieder sagen? Jeanne seufzte, während sie weiterschlenderte. Sie wünschte sich plötzlich, einen Augenblick Ruhe zu haben. Unbemerkt von den anderen Gästen, schlüpfte sie durch eine Seitentür in einen anliegenden Salon. Sie trat ans Fenster und sah nachdenklich nach draußen. Der Anblick der Parklandschaft schaffte es nicht wie sonst, sie zu beruhigen. Sie fühlte sich müde. Manchmal hatte sie kaum noch die Kraft, das Bild der Mätresse, die sie im Grunde nicht mehr war, weiter aufrechtzuerhalten. Sie war das ständige Aufpassen und die Vorsicht, mit der man am Hof allem und jedem begegnen musste, leid.

Jeanne zog ihre Handschuhe aus und strich sich eine Haarsträhne, die sich aus ihrer gepuderten Frisur gelöst hatte, aus dem Gesicht, als sie plötzlich ein helles Frauenlachen, das direkt hinter ihr aus dem kleinen angrenzenden Separee drang, zusammenfahren ließ.

Ein erneutes Kichern ertönte. »Aber, Euer Majestät!«

Jeanne erstarrte, als sie die Stimme erkannte. Charlotte Rosalie!

Sie drehte sich um und sah im selben Moment, wie Louis und die junge Frau aus dem Separee traten. Ein Teil ihres Selbst registrierte jede Einzelheit an den beiden so genau, dass sie später hätte ein Bild davon malen können – der Arm des Königs, der die Taille von Charlotte Rosalie eng umschlungen hielt, die in Unordnung geratene Frisur der jungen Frau, ihre geröteten Lippen, der verrutschte Ärmel ihres Kleides – und vor allem und am schrecklichsten – ihr triumphierendes Lächeln.

Jeanne spürte, wie sie eine furchtbare Wut, Entsetzen und eine schreckliche Eifersucht ergriffen, während sie gleichzeitig ein Anfall von Panik überkam. Wie versteinert blieb sie stehen und war nicht fähig, sich von der Stelle zu rühren. Sie wünschte, der Erdboden hätte sich aufgetan, um sie für immer zu verschlingen. Warum ersparte ihr Gott nicht diese Demütigung?

In diesem Moment blickte der König auf und erkannte Jeanne. Entgeistert sah Louis sie an, doch dann hatte er sich sofort wieder gefasst. Er ließ Charlotte Rosalie los.

Mit einer aufreizend langsamen Geste zog die Comtesse den Ärmel ihres Kleides wieder über ihre Schulter hoch und verneigte sich tief vor dem König. »Es wäre mir eine Freude, unser Gespräch zu einem anderen Zeitpunkt fortführen zu dürfen, Euer Majestät«, sagte sie und klimperte aufreizend mit den langen Wimpern. Dann warf sie Jeanne einen hochmütigen Blick zu und verließ hocherhobenen Hauptes den Salon.

Jeanne war noch immer unfähig, sich von der Stelle zu rühren. Wortlos schaute sie Louis an.

»Egal was Sie glauben zu sehen, Madame, es ist nicht das, was Sie zu sehen meinen«, sagte er ohne Regung in der Stimme.

Sie spürte, wie sie aus ihrer Betäubung erwachte. Das Blut rauschte durch ihre Adern. »Ihr schuldet mir keine Rechenschaft, Sire«, erwiderte sie kalt.

Seine Stimme klang fremd, als er ihr antwortete. »Das

stimmt, Madame, denn es gibt nichts, worüber ich Ihnen Rechenschaft ablegen könnte.«

Sie blickte ihn sprachlos an. Erst dann schaffte sie es endlich, sich auf dem Absatz umzudrehen und vor diesem wahr gewordenem Albtraum aus dem Salon zu fliehen.

Sie hätte später nicht mehr sagen können, wie sie die Kraft aufgebracht hatte, mit beherrschter Miene an den Gästen vorbeizuschreiten, und wie sie schließlich – nachdem sie unter einem fadenscheinigen Vorwand das Fest verlassen hatte – in ihre Gemächer zurückgelangt war.

Madame du Hausset sah sie entsetzt an, als sie aufgelöst an ihr vorbei in ihr Schlafgemach stürzte. Wie sie es zuletzt als Kind getan hatte, warf sie sich auf ihr Bett und weinte in ihr Kissen. Die Anspannung, die Ängste der letzten Wochen und Monate überwältigten sie – nun, da es zur Gewissheit geworden war, dass Louis eine andere Geliebte hatte. Und ausgerechnet Charlotte Rosalie! Die Nichte der Comtesse d'Estrades. Das war der Dank dafür, dass sie sie wie eine eigene Tochter behandelt hatte!

Es bestand für Jeanne nicht der geringste Zweifel, dass die Comtesse d'Estrades hinter dieser Intrige steckte. Die Freundin hatte sie verraten. Und sie selbst hatte ihr in ihrer Ahnungslosigkeit auch noch erzählt, dass Louis nicht mehr mit ihr schlief …

Zorn und Verzweiflung über diese entsetzliche Demütigung kämpften in ihr. Die Tränen wollten nicht versiegen.

Schließlich graute draußen irgendwann der Morgen, ohne dass sie auch nur ein Auge zugetan hatte. Jeanne ließ ihre Morgentoilette absagen.

»Es tut mir leid, aber Madame fühlt sich unpässlich, sie empfängt heute nicht«, konnte sie die Stimme von Madame du Hausset vor ihrer Tür hören. Doch die Duchesse de Brancas war hartnäckig.

»Sagen Sie der Marquise, dass ich nicht eher gehe, bis sie mich empfangen hat.«

Die beherzte Hofdame hatte am Abend zuvor ihre eigenen Schlüsse gezogen, als sie die triumphierende Miene gesehen hatte, mit der Charlotte Rosalie aus dem Salon gekommen war.

Jeanne kam schließlich nicht umhin, sie hereinzubitten. Sie gab sich keine Mühe, der Brancas etwas vorzutäuschen, denn man sah ihrem Gesicht ohnehin nur zu deutlich an, dass sie die ganze Nacht geweint hatte.

Die Duchesse seufzte, als sie die Marquise anblickte.

Jeanne schwieg. In ihrer Verzweiflung hätte sie nichts lieber getan, als ihr sofort ihr Leid zu klagen, aber ihr war durch den Verrat der Comtesse nur zu bewusst geworden, wie gefährlich es war, sich am Hof jemandem anzuvertrauen.

»Meine Liebe, so etwas passiert fast jeder von uns einmal«, sagte die Duchesse schließlich warm.

Jeanne musste an den Ausspruch der Brancas denken. *Manchmal sind uns unsere Feinde näher als unsere Freunde.* Hatte sie sie warnen wollen? Wie dumm sie doch war – sie hatte es einfach nicht verstehen wollen. »Sie haben alles gewusst, nicht wahr?«, fragte Jeanne leise.

Die Duchesse schüttelte den Kopf. »Nein, nicht gewusst, aber geahnt.«

»Sie war meine engste Vertraute, und nun verbündet sie sich mit meinen Feinden und scheut sich nicht, ihre eigene Nichte gegen mich auszuspielen«, stieß Jeanne bitter hervor.

»Meine Liebe, Neid ist leider ein überaus menschlicher Zug, und der Comtesse war schon immer anzumerken, dass sie nicht gern in Ihrem Schatten steht. Sie besitzen unglücklicherweise alles, was sie gerne hätte – Schönheit, Geist, Charme, Macht und die Liebe Seiner Majestät ... Wenn Sie die Frage erlauben, was hat denn der König zu der Angelegenheit gesagt?«, fragte die Brancas.

Jeanne dachte daran, dass Louis entgegen ihrer Hoffnung in der Nacht nicht mehr zu ihr gekommen war ... Sie starrte auf ihre Hände. »Er hat alles geleugnet«, sagte sie schließlich.

Ihre grauen Augen sprühten Funken. »Dabei hätten Sie das Kleid und das Haar der Comtesse sehen sollen.«

»Ich bitte Sie, die Frauen bieten sich ihm nun mal alle an. Wer könnte da auf Dauer widerstehen? Er ist auch nur ein Mann«, erwiderte die Duchesse trocken. »Und unter uns. Sie sind seit fast sieben Jahren seine Mätresse, da hat eine kleine Abwechslung hier und da doch wirklich nichts zu bedeuten. Deshalb bleibt er Ihnen doch in der gleichen Weise verbunden, Marquise.«

Unglücklich blickte Jeanne sie an. »Wenn dem tatsächlich so wäre, wäre ich glücklich, doch der König … er verbringt schon seit Monaten nicht mehr die Nächte mit mir.«

Die Brancas schaute sie ungläubig an. »Aber warum?«

»Ich weiß es nicht.«

Die Duchesse schüttelte entschieden den Kopf. »Nun, meine Liebe, die Leidenschaft zwischen Ihnen hat sich vielleicht ein wenig abgekühlt, aber es ist doch mehr als offensichtlich, wie groß die Zuneigung Seiner Majestät für Sie ist. Lassen Sie ihm eine Weile seinen Spaß mit diesem unreifen Ding, und er wird schon schnell so gelangweilt sein, dass er von ganz allein zu Ihnen zurückkehren wird«, sagte sie aufmunternd.

Jeanne spürte, dass die Comtesse es ernst meinte, doch ihre Worte trösteten sie nicht.

Mit dem Leben am Hof war es wie mit dem Kartenspiel, fand der Comte de Stainville. Ein gutes Blatt und einige Joker entschieden noch lange nicht darüber, ob man auch wirklich gewann. Es brauchte Strategie, Intuition, ein Quäntchen Glück zur richtigen Zeit, und nicht zuletzt musste man immer im Kopf behalten, welche Trümpfe die anderen schon ausgespielt hatten und welche sie noch in der Hand hielten.

Und genau um diesen letzten Punkt ging es. Er mochte die Marquise de Pompadour weiß Gott nicht, doch er war sich sicher, dass es ein Fehler war, sie zu unterschätzen. Kaum jemand am Hof hatte es bisher geschafft, das Blatt so oft wieder zu seinen Gunsten zu wenden wie diese Frau. Wie viele

Male hatte man am Hof nicht bereits ihren Untergang und ihre bevorstehende Verbannung prophezeit, doch bisher war dieses Schicksal immer nur ihren Feinden widerfahren. Und es gab keinen Grund, warum es dieses Mal anders sein sollte.

Er schüttelte eine Prise Schnupftabak aus seinem gravierten Golddöschen und schob sie zu einem kleinen Tabakhügelchen auf seinem Handrücken zusammen. Die Szene um ihn herum war wahrhaftig bühnenreif. Sein Cousin, der Comte de Choiseul-Beaupré, stand verloren am Kamin, während dessen Gemahlin Charlotte Rosalie ihrer Tante, der Comtesse d'Estrades, und dem Comte d'Argenson mit siegesgewisser Miene alle Details von ihrem gestrigen Tête-à-Tête mit dem König berichtete.

»... und dann hat er gesagt, wie bezaubernd und schön ich sei.«

Nur mit halbem Ohr hörte Stainville ihrem albernen Geplapper zu und schnupfe schließlich seine Prise. Unverständlicherweise zeigte sein Cousin keine Gemütsregung und schien nichts dagegen zu haben, dass sie ihn mit dem König betrog. Nun, er hatte Choiseul-Beaupré von Anfang an von dieser Beziehung abgeraten.

»... und ich bin sicher, dass er mich zur *Maîtresse en titre* machen wird.«

Er kam nicht umhin, bei ihren letzten Worten skeptisch seine rötlich braunen Augenbrauen hochzuziehen, bevor er sich an den einzigen Menschen in diesem Raum wandte, der über einen Funken Verstand zu verfügen schien.

»Sie glauben, Seine Majestät wird die Marquise tatsächlich verstoßen?«, fragte er den Comte d'Argenson.

Der Minister lächelte. »Ja, Monsieur de Stainville, das glaube ich, denn jetzt, wo er nicht mehr ihr Bett teilt, hat sie ganz offensichtlich ihre Macht über ihn verloren.«

Charlotte Rosalie blickte ihren Cousin mit schräg gehaltenem Kopf herausfordernd an. »Und außerdem ist Seine Majestät verrückt nach mir. Er würde alles für mich tun.«

Stainville verzog die Mundwinkel angesichts ihres selbstgefälligen Tons. »Meinen Sie?«

»Sie glauben mir nicht?«

Er zuckte die Achseln und sah in ihren Augen, wie wütend es sie machte, dass er sie nicht ernst nahm. Je mehr er ihr seine Anerkennung verweigerte, desto mehr lechzte sie danach.

Sie reckte ihr Kinn vor. »Sie sollten sich lieber gut mit mir stellen, Comte. Immerhin sind Sie mein Cousin, und Sie könnten von meiner Position als neue *Maîtresse en titre* profitieren.«

Er neigte in einer nonchalanten Geste den Kopf, ohne sich anmerken zu lassen, dass es gerade diese Tatsache war, die ihm so wenig gefiel.

Nichts an Louis' Verhalten verriet, dass irgendetwas vorgefallen wäre. Er kam weiterhin zu jeder Tageszeit in ihre Gemächer, suchte ihren Rat und ihre Unterhaltung und verbrachte sogar gelegentlich die Nacht bei ihr, ohne dass er Charlotte Rosalie jemals erwähnt hätte, und Jeanne wagte in ihrer Angst, dass er sich nun ganz von ihr trennen könnte, nicht, ein Wort darüber zu verlieren.

Louis schien jedoch nicht die Absicht zu haben, sie aufzugeben.

Jeanne wollte nur zu gern glauben, dass er vielleicht wirklich nur eine einzige, unbedeutende Nacht mit Charlotte Rosalie verbracht hatte, wenn die Anzeichen nicht so sehr dagegen gesprochen hätten. Die Blicke, die Louis bei jeder sich bietenden Gelegenheit mit der Comtesse tauschte, die Art, wie er ihre Hand küsste, sie anlächelte und charmant mit ihr plauderte, und nicht zuletzt der siegesgewisse Gesichtsausdruck von Charlotte Rosalie ließen keinen Zweifel, dass die beiden mehr als nur ein kurzes Abenteuer verband – sie hatten ein Verhältnis.

Als Jeanne schon glaubte, ihre Angst und ihre Eifersucht würden sie umbringen, ereilte sie am Wochenende in Choisy eine Nachricht, die sie mit einem Schlag ihre persönlichen Sorgen vergessen ließ.

Charles Le Normant de Tournehem war überraschend verstorben. Ein plötzliches Fieber, von dem er sich in seinem ohnehin angegriffenen Gesundheitszustand nicht mehr erholte, hatte ihn auf Étiolles ergriffen. Jeanne war fassungslos. Der Mann, der sie ihr ganzes Leben begleitet hatte, der ihr mehr ein Vater gewesen war, als es ihr eigener jemals hatte sein können, und ohne den sie es niemals zu dem gebracht hätte, was sie heute war, war von ihnen gegangen. Sie weinte bitterliche Tränen.

Sie schrieb Abel, der inzwischen von seiner Reise in Italien zurückgekehrt war, und bat ihn, zu ihr zu kommen. Auch Louis war erschüttert. »Es tut mir leid, Madame. Auch ich trauere um ihn. Er war ein guter Mensch und der beste *Directeur de Bâtiment,* den man sich nur vorstellen konnte«, sagte er und nahm sie in seine Arme.

Le Normant de Tournehem wurde mit einem prunkvollen Begräbnis in Paris bestattet. Fast genau ein Jahr nach dem Tod des Maréchal de Saxe war er gestorben, dachte Jeanne. Sie ließ ihren Blick unwillkürlich zum Himmel schweifen, denn sie hatte keinen Zweifel, dass die beiden Männer, die sie so geschätzt hatte, trotz ihrer irdischen Sünden dort von Gott aufgenommen worden waren. Ein trauriges Lächeln glitt über ihre Lippen, als sie im Geist auf einmal ihre tiefen Stimmen hören konnte und sich vorstellte, wie die beiden dort oben jetzt zusammensaßen und über das Leben, das sie hier unten auf Erden geführt hatten, sprachen und lachten.

Doch auch Louis blieb nicht von Schicksalsschlägen verschont. Im Februar, Anfang des Jahres 1752, verstarb unerwartet seine Tochter, die vierundzwanzigjährige Princesse Henriette, nachdem sie plötzlich von hohem Fieber heimgesucht worden war. In seiner Trauer flüchtete Louis sich zu Jeanne und suchte ihre Nähe und ihren Trost, den sie ihm wie kein anderer Mensch zu geben verstand.

Sie war erfüllt von Mitleid für ihn, und trotzdem hoffte und wünschte sie sich zum ersten Mal wie die Kleriker, dass er diesen Tod als mahnendes Zeichen des Himmels verstünde.

Doch sie sah sich enttäuscht. Louis setzte sein Verhältnis fort. Mit Schrecken nahm Jeanne die kleinen Gunstbeweise zur Kenntnis, die der König Charlotte Rosalie weiterhin erwies. Sie versuchte Haltung zu bewahren. Schließlich hatte er Trost bei ihr und nicht bei der jungen Frau gesucht, und offiziell behandelte er sie noch immer wie seine *Maîtresse en titre,* war zuvorkommend und charmant zu ihr. Aber wie lange noch? Es war ein quälender, demütigender Zustand der Ungewissheit, in dem sie nun Tag für Tag lebte.

56

Während Jeanne gegen die Dämonen ihrer Eifersucht und die Angst vor dem endgültigen Ende ihrer Beziehung zu Louis kämpfte, kam es in Paris zu einem Vorfall, der schon bald weitreichende politische Folgen für das ganze Land haben sollte.

Der Abbé de Lemaire lag im Sterben. Die Pariser Frühlingssonne warf ihr helles Licht durch das Fenster der kleinen Schlafkammer, und Lemaire konnte die Vögel zwitschern hören, doch er wusste, dass er den Sommer nicht mehr erleben würde. Es war ein Märztag des Jahres 1752, und er hatte seinen Diener losgeschickt, um einen Priester zu holen, denn er spürte, dass es Zeit war, die Letzte Ölung zu empfangen.

Auf seinem müden Gesicht zeigte sich die Erleichterung, als der Priester Monsieur Bouettin seine Schlafkammer betrat.

»Abbé.« Lémaires abgemagerte Finger griffen nach Bouettins Hand. »Meine Zeit ist gekommen.«

Bouettin nickte und dachte an die Anweisungen des Erzbischofs.

»Hast du ein Beichtbillett, Bruder?«

Der Alte drehte mühsam sein Haupt zu ihm. »Ich brauche eine Bescheinigung?«

Bouettin nickte mit unerschütterlicher Ruhe. »Ja, von einem Priester, der die Grundsätze der Bulle Unigenitus anerkennt.«

Der Kranke sah ihn verwirrt an. Lemaire hatte zwar davon gehört, dass der Erzbischof von Paris seine Priester und Vikare angewiesen habe, dass sie die Sterbesakramente erst dann spenden dürften, wenn sie sich zuvor vergewissert hätten, dass der Sterbende bei einem Priester, der die Bulle anerkannte, gebeichtet hatte – doch er hatte diesen Gerüchten nie Glauben geschenkt.

Er lächelte gequält. »Ich habe kein Beichtbillett und im Übrigen, nehmt es mir nicht übel, halte ich nicht viel von der Bulle Unigenitus.«

Bouettin sah ihn streng an. »Dann kann ich dir auch nicht die Sterbesakramente spenden, Bruder Lemaire.« Der Tonfall seiner Stimme war plötzlich schroff. »Du wirst ohne Absolution und Letzte Ölung sterben.«

Der Alte versuchte, sich mühsam auf seine Ellbogen aufzurichten. Seine glasigen Augen blickten den Abbé ängstlich an. »Sie sind ein Mann Gottes wie ich. Ich war unserem Herrn ein Leben lang ein treuer Diener – Sie müssen mir die Sakramente spenden, ich bitte Sie ...« Ein Hustenanfall schüttelte ihn.

Doch Bouettin hatte schon seinen Umhang gegriffen. Er sah mitleidslos auf den alten Mann. »Nein«, sagte er und ging.

Fassungslos sah Lemaire ihm hinterher. Der Zorn ließ seine Lebenskräfte noch einmal aufflammen. Er setzte unter größter Anstrengung einen Brief auf und sandte einen Boten, um beim Parlament Anzeige gegen den Priester zu erstatten – und damit nahmen die Dinge ihren unheilvollen Lauf.

Die Magistraten – zum größten Teil Jansenisten – waren außer sich vor Empörung. Bouettin wurde vorgeladen, doch der Priester erschien nicht vor dem Parlament. Daraufhin wurde er schriftlich zu einer Geldstrafe verurteilt und aufgefordert, dem Abbé Lemaire unverzüglich die Sterbesakramente zu erteilen, doch der Priester blieb verschwunden.

Inzwischen hatten jedoch die Bischöfe von dem Vorfall erfahren, die wiederum – völlig außer sich über die Anmaßung des Parlaments, das es wagte, sich in kirchliche Angelegenheiten einzumischen – den König aufsuchten.

Louis ließ das Urteil umgehend aufheben und zitierte den Ersten Präsidenten und die zwei Kammerpräsidenten des

Parlaments nach Versailles, um ihnen mitzuteilen, dass es dem Parlament nicht zustand, über religiöse Belange zu befinden.

Währenddessen hatte der unglückliche Abbé Lemaire noch immer keine Sterbesakramente erhalten. Fünf Tage waren vergangen, und als er seinen letzten Atemzug tat, blieb ihm schließlich nichts anderes übrig, als sich selbst dem Herrn zu empfehlen. »Gott hab Erbarmen mit meiner Seele«, betete er inbrünstig mit letzter Kraft und verschied dann ohne kirchlichen Beistand.

Die Kunde von seinem Tod verbreitete sich in Windeseile in der ganzen Stadt. Die Menschen waren außer sich. Tausende drängten sich in den Straßen, um an der Beerdigung des Abbé Lemaire teilzunehmen.

Bei Hof wollte man die Nachricht kaum glauben. Der Präsident des Parlaments trug dem König eine erneute Beschwerde gegen den Priester vor, doch der Erzbischof von Paris verteidigte das Verhalten Bouettins, den die Magistraten trotz der königlichen Urteilsaufhebung weiterhin suchen ließen. Eine erbitterte Fehde war zwischen Parlament und Klerus ausgebrochen.

»Der Abbé de Bouettin muss aus der Gemeinde entfernt werden. Mit seinem Verhalten hat er nicht nur die Gemüter aufs Heftigste erregt, sondern auch den Frieden und die Eintracht willentlich gestört. Dennoch können sich die Magistraten am Parlament nicht einfach über meine Anordnungen hinwegsetzen«, sagte Louis mit finsterer Miene, als er bei Jeanne war. Öfter denn je suchte er in diesen Tagen ihren Rat und das Gespräch mit ihr.

Sie nickte. »Ich gebe Euch recht – eine unerhörte Anmaßung, und gleichzeitig mutet das Ganze wie eine einzige Kinderei an. Man möchte wirklich verstehen, was in ihren Köpfen vorgeht«, sagte Jeanne kopfschüttelnd.

Die Ungehaltenheit, mit der Louis mit seinen Fingern auf den Kaminsims trommelte, verriet deutlich seinen unterdrückten Zorn. Obwohl er es öffentlich nie zugegeben hätte, war er gleichermaßen erbost über das Parlament wie über den Klerus. Ein unnötiger Vorfall, der nichts als Unfrieden stiftete, und umso schwieriger war, weil selbst der König nicht einfach in die Entscheidungen der Kirche eingreifen konnte. Der Klerus nutzte jede Gelegenheit, seine Autorität und seinen Einfluss im Land zu demonstrieren, und das reformbestrebte Parlament mit seinen jansenistisch gesinnten Magistraten war ihm dabei schon immer ein besonderer Dorn im Auge gewesen.

»Die Kommission, die Ihr einberufen habt, wird die Sache klären, und an ihren Entschluss werden sich alle halten müssen«, versuchte Jeanne den König zu beruhigen, denn Louis hatte, um zwischen den Parteien zu schlichten, einen Ausschuss einberufen, der sich aus Bischöfen und Mitgliedern des Staatsrats zusammensetzte, die über die Angelegenheit entscheiden sollten.

Louis war einige Schritte durch den Raum gegangen.

»Wenn die Kommission zu einem Ergebnis kommt, denn die Herren zeigen sich bis jetzt auch nicht in der Lage, zu einer einheitlichen Meinung zu kommen!« Er ergriff ein Holzscheit, das neben dem Kamin lag, und warf es ins Feuer.

Jeanne sah ihn an. In Momenten wie diesen, in denen er das Gespräch mit ihr und ihren Rat suchte, erschien ihr seine Liaison mit der Comtesse unbedeutend. Ihre Meinung war ihm wichtig, und er vertraute ihr – war das nicht der Beweis dafür, dass sie ihm auch noch immer etwas bedeutete? Vielleicht sollte sie versuchen, seinem Verhältnis mit Charlotte Rosalie nicht allzu viel Beachtung beizumessen, dachte sie seufzend.

Doch schon am nächsten Tag, bei einem Staatsempfang im *Salon d'Apollo,* wurde Jeanne klar, dass sie dazu nicht so einfach in der Lage war. Angespannt beobachtete sie, wie Charlotte Rosalie den König mit Blicken verfolgte und ihm, wann immer er nur andeutungsweise in ihre Richtung schaute, ein süßes Lächeln zuwarf. Jeanne konnte es kaum ertragen.

Sie stand mit ihrem Bruder Abel neben der königlichen Familie und dem König und unterhielt sich mit dem sächsischen und dem spanischen Botschafter.

»Ich gratuliere Ihnen zu Ihrem neuen Amt des *Directeur de Bâtiment*«, sagte der spanische Gesandte zu Abel.

»Danke, Monsieur. Ich hoffe, dass der König mit mir genauso zufrieden sein wird wie mit meinem Vorgänger«, erwiderte Abel bescheiden. Er schätzte solche Empfänge nicht besonders, doch Jeanne war froh, ihn an ihrer Seite zu haben. So traurig der Tod von Le Normant de Tournehem war, so glücklich war sie, ihren Bruder wieder öfter zu sehen.

Er hatte viel von Italien erzählt. Obwohl er ihr während der Monate seiner Abwesenheit als Zeugnisse seiner Reise unzählige Briefe und auch Geschenke – Gemälde, Zeichnungen und Stiche von Monumenten und Kunstwerken, kleine Miniaturmosaike und geschnittene Edelsteine – geschickt hatte, konnte ihr doch nichts ein so lebendiges Bild von dem, was er in Italien gesehen hatte, vermitteln wie seine begeisterten Erzählungen. Fast zwei Jahre hatte sich Abel mit seinen Begleitern der Verfeinerung seiner Kenntnisse in den Bereichen der Kunst, der Architektur und der Geschichte widmen können. Er hatte archäologische Fundstätten besucht, die Kunstsammlungen des Königs von Neapel und des Papstes studiert, die Eigenschaften des antiken Baustils kennengelernt und darüber hinaus die Elite der Sammler und Kunstliebhaber von Rom, Florenz und Norditalien getroffen. Jeanne beneidete ihn um seine Erlebnisse.

Der sächsische Gesandte riss sie aus ihren Gedanken. »Madame, ist Ihnen bewusst, dass man über die Grenzen Frankreichs hinaus von Ihnen spricht?«, sagte er mit seinem unverwechselbaren Akzent.

»Ich hoffe, nur im Besten.«

»Oh, selbstverständlich«, beeilte sich der Sachse zu versichern. »Man rühmt nicht nur Ihre Schönheit und Ihre sagenhaften Feste, sondern auch, in welchem Maße Sie die Kunst und Literatur Ihres Landes fördern.«

Sie hob abwehrend ihren Fächer. »Ach, lieber Graf, darin liegt wahrlich keine große Fähigkeit. Gott hat dieses Land mit großen Talenten gesegnet, und mein einziges Verdienst liegt darin, dass ich versuche, diese Künstler ein wenig bekannter zu machen!«

Obwohl sie es zu ignorieren versuchte, sah Jeanne aus den Augenwinkeln, wie auf der anderen Seite des Salons Charlotte Rosalie mit dem König redete. Jeanne konnte bis hierher sehen, wie sie ihn anhimmelte. So direkt und offensichtlich, dass es alle mitbekamen. Was für eine Unverschämtheit! Die Eifersucht bohrte sich wie ein spitzer Speer in sie.

Sie wandte sich wieder dem sächsischen Botschafter zu und lächelte ihn freundlich an. »Dafür beneide ich Sie sehr um Ihr wundervolles Porzellan, das Sie in Meißen herstellen.«

Der Botschafter neigte den Kopf. »Man wird sich in Dresden freuen, das zu hören.«

Plötzlich trat der König zu ihnen. Die Gesandten verbeugten sich tief.

Louis lächelte. »Lassen Sie sich nicht von der anmutigen Erscheinung der Marquise täuschen, meine Herren. Ihre Intelligenz und ihr Verstand sind schärfer als die all meiner Minister zusammen«, sagte er und bedachte Jeanne mit einem warmen Blick.

»Wir hatten bereits das Vergnügen, das festzustellen, Euer Majestät«, erwiderte der sächsische Gesandte.

Jeanne neigte lächelnd den Kopf, als sie spürte, dass jemand sie ansah. Der Comte de Stainville stand nur wenige Schritte von ihnen entfernt und hatte die Worte des Königs offensichtlich mitbekommen. Nachdenklich musterte er sie.

Jeanne erwiderte kalt seinen Blick. Ausgerechnet. Wahrscheinlich überlegte er schon, welches Amt er bekommen würde, wenn seine Cousine erst die offizielle Mätresse des Königs war.

Jeanne war froh, als der Empfang vorbei war. Es fiel ihr immer schwerer, die Fassade aufrechtzuerhalten. Selbst der

Comtesse d'Estrades gegenüber musste sie versuchen, sich nichts anmerken zu lassen, was ihr mit am schwersten fiel. Niedergeschlagen saß sie am Nachmittag vor ihrem Toilettentisch und starrte in den goldumrahmten Spiegel.

Die Duchesse de Brancas, die sie besuchte, sah sie kopfschüttelnd an. »Meine Liebe, Sie müssen endlich wieder Vernunft annehmen. Sie können sich doch von so einem unreifen Ding nicht Ihren Platz streitig machen lassen«, sagte sie resolut.

»Ich weiß, aber manchmal habe ich einfach keine Kraft mehr. Diese ständigen Kämpfe und immer wieder diese Lügen und Intrigen! Einst dachte ich, dass der Hof der Ort all meiner Träume sei ...« Ein wehmütiges Lächeln glitt über Jeannes Gesicht. Sie hielt das Perlenarmband von Louis in der Hand. »Doch hier herrscht nichts als Falschheit und Heuchelei.«

»Nun, das kann manchmal doch durchaus auch ganz amüsant sein ...«, erwiderte die Duchesse spöttisch, doch als sie Jeannes Gesichtsausdruck sah, brach sie sofort ab. »Verzeihen Sie, Marquise. Sie lieben ihn wirklich, nicht wahr?«, sagte sie dann.

Jeanne nickte. Ja, sie liebte ihn. Nie war ihr das so klar geworden wie jetzt, da eine andere Frau seine Geliebte war. Sie war bereit, mit allen Mitteln um ihn zu kämpfen, doch wie sollte sie das tun, dachte sie bitter, wenn die Waffen ihres eigenen Geschlechts ihm gegenüber nichts mehr auszurichten vermochten?

Der Mond warf ein helles silbriges Licht in das Gemach. Eine wohltuende Ruhe hatte sich jetzt am Abend über den Palast ausgebreitet. Der Comte de Stainville, der gerade von seinem Souper beim Prince de Conti zurückgekehrt war, goss sich ein Glas Wein ein und setzte sich an seinen Schreibtisch, um noch einen Brief zu schreiben, als ihm der Lakai seine Cousine meldete.

Stainville warf einen erstaunten Blick auf die Uhr. Es war

fast Mitternacht. Selbst für Verwandte eine unübliche Zeit für einen Besuch.

Der beschwingte Gang und die triumphierenden Augen der Comtesse verrieten ihm sofort, dass die Dinge sich in erfreulicher Weise zu ihren Gunsten entwickelt zu haben schienen.

Er erhob sich von seinem Stuhl. »Comtesse. Wie komme ich zu der Ehre Ihres späten Besuches?«

Sie lächelte, ohne seinen Gruß zu erwidern, und ließ sich mit stolzer Miene auf den Stuhl vor seinem Schreibtisch nieder. »Sie haben mir nicht geglaubt, nicht wahr?« Sie griff triumphierend in ihr Dekolleté und zog ein Bündel Briefe hervor, auf denen das Siegel der königlichen Lilie prangte. »Er liebt mich. Hier haben Sie es schwarz auf weiß.«

Sie hatte zu viel Champagner getrunken, und ein Ehrenmann hätte sie eigentlich nach Hause schicken müssen, bevor sie weitere Indiskretionen beging, doch seine Neugier siegte, als sie die Briefe auf dem Tisch ausbreitete. Die reine Geltungssucht hatte sie hierhergeführt – erkannte er –, das Bedürfnis, von ihm, der ihre Heirat mit seinem Cousin abgelehnt hatte, endlich anerkannt zu werden.

Charlotte Rosalie beugte sich zu ihm. »Er wird die Marquise verstoßen. Was sagen Sie nun?«

Stainville sagte nichts mehr, sondern überflog ungläubig die Briefe. Ein unerwarteter Triumph, dachte er und sah seine Cousine erstaunt an. »Er scheint Ihnen völlig verfallen zu sein – ich gratuliere«, sagte er, während ihm durch den Kopf ging, dass Seine Majestät mit Sicherheit keine Ahnung hatte, welch indiskreter und wenig reiner Charakter sich hinter diesem unschuldigen Engelsgesicht mit den großen Rehaugen verbarg.

Das Unangenehme an den Gerüchten in Versailles war, dass man sie irgendwann zwangsläufig mitbekam, ob man wollte oder nicht. So verbreitete sich auch die Neuigkeit, der König habe der jungen Comtesse de Choiseul-Beaupré versprochen, sie zur neuen *Maîtresse en titre* zu machen und die Marquise de Pompadour zu verbannen, in Windeseile und gelangte schließlich bis zu Jeanne.

Wie schon so oft reagierte sie in den schlimmsten Situationen ihres Lebens mit großer Fassung. Ihr Entschluss stand fest. Nur ein Wort von ihm, und sie würde gehen. Mit Würde und hocherhobenen Hauptes würde sie den Hof verlassen, nahm sie sich vor.

Doch die Duchesse de Brancas, die in dieser Zeit wie ein unerschütterlicher Fels in der Brandung zu ihr hielt, wollte nichts davon hören.

»Pah, das ist doch nichts als Tratsch, Marquise. Wahrscheinlich streuen diese kleine Choiseul-Beaupré und die Comtesse d'Estrades diese Gerüchte ganz gezielt, um sie nervös zu machen. Warum sollte der König Sie auf einmal verbannen?«

Jeanne wünschte, sie hätte recht. Sie sah die Duchesse an. »Sie sind wahrlich eine echte Freundin und die beste, die man sich nur wünschen kann.«

»Na, nun übertreiben Sie mal nicht«, erwiderte die Brancas verlegen.

Madame du Hausset trat in den Salon. Sie reichte ihrer Herrin eine Karte.

Jeannes Gesicht verfinsterte sich. »Ich wüsste nicht, warum ich ausgerechnet den Comte de Stainville empfangen sollte.«

Die Kammerfrau schaute sie verlegen an. »Der Comte sagte, dass Sie genau das sagen würden, und bat mich, Ihnen in diesem Fall auszurichten, dass er leider darauf bestehen müsse, Sie zu sehen.«

Jeanne wollte abwehrend den Kopf schütteln, doch plötzlich siegte ihre Neugier. Außerdem wollte sie nicht, dass es so wirkte, als wenn sie sich vor ihm verstecken würde. »Bitten Sie ihn in den kleinen Salon … Sie entschuldigen mich, Duchesse?«

»Selbstverständlich, Marquise.«

Nachdem die Duchesse de Brancas gegangen war, ließ Jeanne bewusst einige Zeit verstreichen, bevor sie sich in den Salon zu dem Comte begab.

Stainville verbeugte sich tief.

Jeanne musterte ihn. Er war von nicht besonders großer, aber von kräftiger Statur. Seine blauen Augen hatten etwas Streitlustiges. Sie erinnerte sich, dass er sie vor einigen Jahren in der Frage eines Regiments einmal um ihre Unterstützung gebeten hatte, sie ihm jedoch nicht helfen konnte, weil der Maréchal de Saxe bereits anders entschieden hatte. Seit diesem Zeitpunkt verhielt er sich ihr gegenüber merklich reserviert. Es war traurige Ironie, dass er aus seinem Standesdünkel heraus eigentlich gegen die Heirat von Charlotte Rosalie mit seinem Cousin gewesen war. Nun war es ausgerechnet diese Verbindung, die ihm in seiner Karriere weiterhelfen würde …

»Wie komme ich zu der Ehre Ihres Besuches, Comte?«, fragte sie mit kühler Stimme.

Er verbeugte sich erneut. Er war nur wenige Jahre älter als sie, schätzte Jeanne. Seine runden Wangen und vollen Lippen ließen ihn jünger wirken, doch auf seiner Stirn zeichneten sich bereits die ersten Falten ab.

Ungerührt sah er sie an. »Madame, ich will ganz offen sein. Wir sind uns nicht gerade in Freundschaft zugetan, doch ich halte es heute für meine Pflicht, Ihnen das hier zu zeigen …«

Jeanne sah entgeistert, dass er aus seiner Tasche einen Brief hervorzog, der Louis' Handschrift trug.

»Ich möchte Ihnen das hier im Vertrauen geben«, sagte er.

Wortlos nahm sie den Brief entgegen. Noch bevor sie die ersten Zeilen gelesen hatte, wusste sie, an wen Louis geschrieben hatte. Es tat weh, so unwiderruflich zu lesen, wie sehr er den Körper dieser Frau – und nicht nur ihn – begehrte. Es waren Worte, die er einmal in ähnlicher Form auch an sie gerichtet hatte. Sie hatte das Gefühl, dass die Welt stillstehen würde, und sank auf einen Stuhl. Die Weissagung der alten Zigeunerin tönte ihr in den Ohren. *Keine wird je die Macht haben, dir gefährlich zu werden* ... Nun, diesmal hatte sie sich offensichtlich geirrt, dachte sie voller Bitterkeit, als sie auf den Brief blickte und die letzte Zeile erneut las: »... *und würde Ihnen nur zu gern Ihren Wunsch erfüllen, an meiner Seite zu leben.*«

Sie brauchte eine Weile, um sich zu fassen, dann sah sie Stainville verständnislos an. »Sie spielen mir den Beweis seiner Untreue in die Hände. Warum?«

Der Comte deutete erneut eine Verbeugung an. »Verzeihen Sie mir meine Überheblichkeit, Marquise, aber ich würde dem Namen meiner Familie nur ungern dadurch zur Berühmtheit verhelfen, dass die Frau meines Cousins die Mätresse des Königs wird. Zumal ich die besagte Dame weder intelligent genug wähne, Ihnen wirklich eine ebenbürtige Konkurrentin zu sein, noch an die Fähigkeit meiner Cousine glaube, sich über einen längeren Zeitraum in solch einer Position halten zu können.«

Jeanne zog amüsiert ihre fein geschwungenen Brauen hoch, ohne sich von seinen Worten im Geringsten beleidigt zu fühlen. »Mir war bislang entgangen, wie geistreich Sie sind, Comte ... Welche Kunst – eine Ohrfeige und ein Kompliment zugleich auszuteilen.«

Der Comte senkte den Blick. »Darüber hinaus, denke ich, sollten Sie wissen, dass sich die Comtesse in anderen Umständen befindet.«

Jeanne zuckte innerlich zusammen, doch im nächsten Moment hatte sie sich wieder gefasst. Sollte der Comtesse tatsächlich auch noch dieses Glück beschieden sein?, dachte sie bitter.

Sie erhob sich von ihrem Stuhl und gab dem Comte den Brief zurück. Erstaunt sah er sie an.

»Ich möchte nicht, dass Sie in Ungnade fallen, weil Sie dieses Schreiben entwendet haben. Was ich wissen muss, habe ich gelesen. Ich danke Ihnen, Comte. Ich bin Ihnen zu großem Dank verpflichtet.« Ein resigniertes Lächeln glitt über ihre Lippen. »Wenn ich morgen noch bei Hofe sein sollte, wird es nicht zu Ihrem Schaden sein, seien Sie dessen gewiss.«

Der Comte verneigte sich, und Jeanne blieb allein zurück.

Als Louis an diesem Abend in ihre Gemächer kam, erkannte Jeanne bereits an seinem energischen Schritt, dass er in schlechter Stimmung war. Er hatte den Nachmittag wieder einmal in einer hitzigen Debatte mit den Bischöfen und dem Parlamentspräsidenten verbracht.

Sie hörte, wie sich hinter ihrem Rücken die Tür öffnete. »Bei Gott, dieser Streit wird immer schlimmer.«

Sie ließ die Stuhllehne los, auf der ihre Hand ruhte, und drehte sich langsam zu ihm herum.

Irritiert blieb er stehen, als er ihren Gesichtsausdruck sah. »Was haben Sie?«

Sie sank in einen tiefen Hofknicks, wie sie ihn nur bei offiziellen Audienzen zu machen pflegte. »Euer Majestät, ich bitte um Eure Erlaubnis, Versailles verlassen zu dürfen.«

Seine Augen weiteten sich ungläubig. »Was um Gottes willen meinen Sie damit?«

Sie sah, dass er tatsächlich nicht verstand oder nicht verstehen wollte. Tränen traten in ihre Augen. »Sire, ich möchte Eurem Glück mit der Comtesse de Choiseul-Beaupré nicht länger im Wege stehen.«

Unmutig fuhr Louis sich mit der Hand über seine Perücke. »Madame, ich habe Ihnen schon einmal gesagt, dass Sie sich in meinen Absichten täuschen! Weiteres habe ich diesem Thema nicht hinzuzufügen!«

Jeanne reckte den Kopf. »Euer Majestät, als Eure Untertanin schulde ich Euch Gehorsam, aber als die Frau, die an Eurer Seite gelebt hat, habe ich Eure Aufrichtigkeit verdient. Und ich weiß aus sicherer Quelle, dass Ihr der Comtesse de Choiseul-Beaupré« – sie holte tief Luft, als sie seine Worte aus dem Brief zitierte – »alles versprochen habt, *was sie zu ihrem Glück begehrt,* und Ihr ihr den Wunsch, an Eurer Seite *zu leben, nur zu gern erfüllen* wollt.«

Sie ignorierte seinen Blick, in dem deutlich die Frage zu lesen stand, wie sie davon hatte erfahren können.

»Ich hoffe, dass Ihr mir nun zumindest den Stolz und die Würde lasst, selbst zu gehen, bevor Ihr mich dazu nötigen müsst«, sagte sie. Sie versuchte die Tränen, die in ihr aufstiegen, herunterzuschlucken.

»Von wem haben Sie diese Worte?« Er war blass geworden, doch seine Stimme klang streng.

Sie wich seinem Blick nicht aus. »Ihr werdet verstehen, dass mir meine Ehre nicht erlaubt, den Namen zu nennen.«

»Ich verlange eine Antwort, Madame.«

»Nein, das kann ich nicht … Überdies ist es auch nicht von Belang. Es ist nicht zu übersehen, dass Ihr für mich keine Leidenschaft mehr empfindet, Sire«, fügte sie kühl hinzu.

Er sah sie entgeistert an.

»Im Namen dessen, was einmal zwischen uns gewesen ist, bitte ich Euch, den Hof verlassen zu dürfen, Sire.«

Sein Gesichtsausdruck veränderte sich, als er erkannte, dass sie es ernst meinte. »Mein Gott, Jeanne«, sagte er mit brüchiger Stimme. »Das ist nicht wahr!« Er wirkte mit einem Mal müde und traurig. »Ich konnte den Gedanken nicht ertragen, dass ich Sie verlieren könnte.«

Er war auf sie zugegangen und griff sie bei den Armen. »Verstehen Sie denn nicht? Ihr Leben sollte nicht durch eine weitere Schwangerschaft gefährdet werden!« Ein bitterer Ausdruck glomm in seinen Augen. Er ließ sie los und ballte seine Hände zu Fäusten. »Gott weiß, wie viele Nächte ich mich nach Ihnen gesehnt habe!«

Jeanne blickte ihn fassungslos an. Er hatte nicht mehr mit ihr geschlafen, weil er Angst hatte, dass sie wieder schwanger werden könnte?

»Aber … aber woher wusstet Ihr davon?«, fragte sie tonlos.

Louis schwieg. »Ich stand vor der Tür, als Sie mit Doktor Quesnay gesprochen haben, und konnte alles hören … Ich liebe Sie«, sagte er rau. »Ein Leben ohne Sie wäre für mich nicht vorstellbar.«

Nie in all den Jahren hatte er das zu ihr gesagt. Sie weinte – vor Erleichterung und Trauer über das, was ihnen dennoch verwehrt blieb. »Aber warum habt Ihr mir das nicht gesagt?« Sie konnte kaum sprechen. »Dann hätte ich wenigstens verstanden, warum Ihr mich zurückgewiesen habt.«

Er suchte nach Worten. »Ich … ich konnte nicht. Verzeihen Sie mir!«

»Und Madame de Choiseul-Beaupré?«, fragte Jeanne leise.

Er tupfte behutsam mit seinem Finger eine Träne von ihrer Wange. »Eine kurzweilige Abwechslung ohne jede Bedeutung, nicht mehr.«

»Aber … Euer Brief?«

Er zuckte die Achseln. »Diese Äußerungen waren lediglich als Kompliment und als Zeichen meines Dankes für die gemeinsamen Stunden mit der Comtesse gemeint … Ich habe Madame de Choiseul-Beaupré jedoch nie etwas versprochen.«

Jeanne dachte daran, dass die Comtesse ein Kind von ihm erwartete, doch sie sagte nichts. Es war nicht der richtige Zeitpunkt, ihn darauf anzusprechen.

Louis strich ihr zärtlich durchs Haar. »Ich will nur Sie an meiner Seite, Madame … Deshalb kann ich und werde ich Ihnen niemals gestatten, Versailles zu verlassen.«

Sie wischte sich die Tränen aus den Augen und lächelte zaghaft, als er sie sanft küsste.

Charlotte Rosalie betrachtete sich im Spiegel und sonnte sich im Vorgefühl dessen, was die Zukunft für sie bereithielt. Ihre Taille war glücklicherweise noch so schlank, dass man nichts von der Schwangerschaft sah. In einer leichtfertigen Anwandlung hatte sie ihrem Cousin versprochen, dass sie sich in Paris bis zu ihrer Niederkunft zurückziehen würde, um einen Skandal zu vermeiden. Sie wandte sich zu ihrer Tante, die sich in letzter Zeit rührender denn je um sie kümmerte. »Ich werde den Hof selbstverständlich *nicht* verlassen«, sagte sie. »Warum auch? Schließlich kann niemand wissen, ob das Kind vom König ist oder von meinem Gemahl. Also kann es auch keinen Skandal geben.«

Die Comtesse d'Estrades sah sie an. »Nun, ich fürchte, mein liebes Kind, Sie werden sich in diesem Punkt ganz danach richten müssen, was der König wünscht.«

Charlotte Rosalie sah missmutig in den Spiegel. »Hauptsache, er verbannt endlich die Marquise. Überhaupt, warum hat er das nicht schon längst getan, wenn er doch nicht mehr mit ihr schläft?«

Die Comtesse zuckte die Achseln. »Gewohnheit?«

Charlotte Rosalie nahm aus einem silbernen Döschen einen dunklen Schönheitsfleck. Während sie überlegte, ob die Mouche ihre Wange oder aber ihr Kinn vorteilhafter zieren würde, stellte sie sich vor, wie das Leben sein würde, wenn sie erst *Maîtresse en titre* war. Sie dachte an die Juwelen, die Schlösser, die Höflinge, die sich vor ihr verbeugen würden – und an ihren Cousin. Wie ungläubig er geschaut hatte, als sie ihm die Briefe des Königs gezeigt hatte. Er hatte es nicht fassen können.

Ein Klopfen an der Tür riss sie aus ihren Gedanken.

»Ja?«

Die Zofe stand auf der Schwelle. »Madame, der Duc d'Ayen im Auftrag Seiner Majestät.«

Die Comtesse d'Estrades blickte erstaunt auf. Charlotte Rosalie nickte geschmeichelt, denn normalerweise sandte ihr Louis seine Briefe und Billetts immer durch einen Pagen.

»Monsieur d'Ayen, guten Morgen …«, begrüßte Charlotte Rosalie den Duc.

Der Capitaine der Garden erwiderte ihren Gruß nicht. Mit undurchdringlichem Gesichtsausdruck überreichte er ihr einen Brief. »Madame de Choiseul-Beaupré, ich bin angewiesen, Ihnen persönlich dieses Schreiben von Seiner Majestät auszuhändigen«, sagte er.

Charlotte Rosalie brach das Siegel auf und entfaltete das Papier. Sie erstarrte, als sie die Zeilen las, und wurde leichenblass.

Die Comtesse d'Estrades zog ihr entgeistert den Brief aus den Händen. Fassungslos las sie, was dort stand.

Madame,
hiermit verkünde ich Ihnen meinen Willen, dass Sie und Ihr Gemahl den Hof innerhalb der nächsten zwölf Stunden zu verlassen haben. Ich wünsche keine Antwort.
LOUIS

Die d'Estrades sah den Duc schockiert an. »Sie wird verbannt?«

D'Ayen nickte. »Ich soll mich persönlich vergewissern, dass die Comtesse und ihr Gemahl bis heute Abend den Hof verlassen haben.«

Jeanne musste zugeben, dass es ihr ein besonderes Vergnügen bereitete, am Morgen nach Charlotte Rosalies Verbannung durch den Spiegelsaal zu schreiten. Die Duchesse de Brancas, die es sich nicht hatte nehmen lassen, Charlotte Rosalie noch einen Abschiedsbesuch abzustatten, hatte Jeanne voller Freude berichtet, wie in den Gemächern der jungen Frau alle aufgelöst durcheinandergelaufen waren, während die Lakaien und Zofen den Besitz des Ehepaars eilig in Kisten und Kästen packten. Jeanne hatte nur wenig Mitleid, als sie hörte, dass Charlotte Rosalie die ganze Zeit ununterbrochen geweint hätte. Ihr Gemahl und die Comtesse d'Estrades hätten sie nur mit Mühe davon abhalten können, den König aufzusuchen.

»Ich muss sagen, Marquise, es war mir eine Freude, sie da so alle vor dem Scherbenhaufen ihrer großen Pläne zu sehen«, berichtete die Duchesse de Brancas vergnügt. »Die Comtesse d'Estrades hat mich übrigens bekniet, Ihnen zu versichern, dass sie nichts von alldem gewusst hätte.«

Jeanne sah sie ungläubig an. Die Comtesse konnte nicht im Ernst annehmen, dass sie ihr das abnehmen würde …

Doch schon am nächsten Morgen tauchte sie tatsächlich bei Jeannes Morgentoilette auf.

»Himmel, ich habe ja nicht gewusst, wie undankbar und perfide meine Nichte ist, Marquise! Können Sie mir jemals verzeihen, dass ich Sie Ihnen vorgestellt habe?«

Jeanne sah sie an. Sie verspürte nicht die geringste Lust, dieses Spiel länger zu spielen. »Ersparen wir uns dieses unwürdige Theater, Comtesse«, sagte sie kalt.

»Aber Sie glauben doch nicht, dass ich etwas damit zu tun hatte?«

»Sie meinen, so wie ich auch nicht geglaubt habe, dass Sie eine Liaison mit dem Comte d'Argenson unterhalten?«

Die d'Estrades sah sie entgeistert an und rang um Beherrschung.

»Hat Ihnen unsere Freundschaft so wenig bedeutet?«, fragte Jeanne bitter.

Die Comtesse presste die Lippen zusammen. »Ich hätte wohl kaum Ihre Zustimmung erwarten dürfen, wenn ich Ihnen erzählt hätte, wer mein Geliebter ist«, stieß sie hervor.

Für den Bruchteil einer Sekunde sah Jeanne die Feindseligkeit, die in ihren Augen aufglomm. Ihr fiel plötzlich ein, was die Duchesse de Brancas über die Comtesse gesagt hatte. Wie blind musste sie gewesen sein, dass sie den Neid und die Eifersucht, die so deutlich in dieses Gesicht geschrieben standen, nicht gesehen hatte? Sie blickte die d'Estrades an.

»Nein, ich gebe zu, ich wäre nicht begeistert gewesen ...«, sagte Jeanne mit ruhiger Stimme, »doch als meine Freundin hätten Sie es mir geschuldet, die Wahrheit zu sagen! Dass Sie das nicht getan haben, hätte ich Ihnen vielleicht noch vergeben können, nicht aber, dass Sie alles, was uns verbunden hat, dadurch verraten haben, dass Sie Ihre Nichte an meiner statt zur *Maîtresse en titre* machen wollten.«

Die Comtesse war bleich geworden. Sie hob abwehrend die Hände. Eine Maske falscher Freundlichkeit überzog plötzlich ihr Gesicht. »Aber das habe ich nicht, Marquise!

Wie können Sie das nur denken … Ich meine, Sie sind schließlich meine Freundin!«, rief sie aus.

Jeanne musterte sie. Sie hätte mehr Achtung vor ihr gehabt, wenn sie wenigstens jetzt zur Wahrheit gestanden hätte, doch es war der Comtesse nur zu deutlich anzumerken, dass sie es mit der Angst zu tun bekam, welche Konsequenzen ihre Intrige haben würde. Nicht ganz zu Unrecht – wenn es nach Jeanne gegangen wäre –, doch unglücklicherweise würde sie vorerst weiter mit der d'Estrades leben müssen. Die Comtesse war Hofdame der Prinzessinnen und hatte sich offiziell leider nichts zuschulden kommen lassen, was eine Verbannung gerechtfertigt hätte. Vorläufig, denn irgendwann, ja irgendwann würde Jeanne Genugtuung für diesen Verrat fordern.

Sie lächelte kühl. »Nun dann, Comtesse, als meine Freundin wird es Sie sicher freuen, zu erfahren, dass der König mich mehr als ausreichend für sein kleines Abenteuer mit Ihrer Nichte entschädigt hat. Er wird mich zur Duchesse erheben.«

Die Augen der Comtesse weiteten sich. »Ich … ich gratuliere, Marquise.«

Jeanne nickte. »Und wenn Sie mich jetzt bitte entschuldigen würden …«

Die d'Estrades machte einen Knicks, dem es ein wenig an Eleganz mangelte, und lief mit eiligen Schritten aus dem Gemach.

Die zeremonielle Ernennung zur Duchesse war für einige Tage später vorgesehen. Wie damals, als Jeanne bei Hof vorgestellt worden war, drängten sich die Höflinge in den Staatsgemächern, um Zeuge ihrer Auszeichnung durch den König zu werden.

Der Stab des Zeremonienmeisters schlug laut auf den Boden auf, als Jeanne vor Louis in einen tiefen Hofknicks sank und den Kopf neigte.

»Seine Majestät Louis von Frankreich verleiht Jeanne-

Antoinette, Marquise de Pompadour, Baronne de Brette, La Rivière und Saint-Cyr-la-Roche, Dame de Crécy Couvé, Tréon, Aunay, Garancières, Le Boullay-les-deux-Églises, Saint-Rémy-sur-Avre und Boissy-en-Drouais, mit dem heutigen Tage den Rang einer Duchesse«, verkündete der Zeremonienmeister.

Der König machte ihr ein Zeichen, sich zu erheben. »Madame, wir waren nie glücklicher, Sie bei uns am Hofe zu wissen, als am heutigen Tag.«

Ein leises Raunen ging durch den Saal. Weiter hinten im Saal beugte sich Richelieu mit spöttischer Miene zu d'Argenson, der die Zeremonie mit eisiger Miene verfolgt hatte.

»Duchesse! Beachtlich, nicht wahr, Comte«, raunte der Duc. »Damit steht sie im Rang über Ihnen. Sie werden gezwungen sein, sich vor ihr zu verbeugen, und müssen in ihrer Gegenwart stehen.« Richelieu lachte vergnügt auf.

Der Comte, dessen Falten sich an den Mundwinkeln in den letzten Tagen noch ein wenig tiefer in die Haut gegraben hatten, warf ihm einen vernichtenden Blick zu.

Es war schon spät in der Nacht. Louis stand lächelnd vor Jeanne. Er hatte den Arm um sie gelegt. »Und gefällt Ihnen Ihr neuer Titel, Madame?«

Sie blickte den König scheu an. »Er ist wundervoll, Sire – aber all das, es wäre nicht nötig gewesen ...« Tatsächlich waren der Rang und die damit verbundenen Privilegien von keiner Bedeutung für sie. Sie würde sich auch weiterhin nur Marquise de Pompadour nennen. Nur eines war wichtig – dass er sie liebte und sie weiterhin an seiner Seite haben wollte.

Louis legte den Finger auf ihren Mund und küsste sie dann zärtlich. Ihr Herz klopfte, und einen Moment wagte sie zu hoffen, dass sein Kuss nicht alles sein würde. Sie schlang die Arme um seinen Hals. Ihre Sehnsucht nach ihm bereitete ihr fast körperliche Schmerzen. Louis erwiderte ihren Kuss, doch nur kurz, dann löste er sich sanft aus ihrer Umarmung.

»Gute Nacht, Duchesse«, sagte er leise. Er neigte den Kopf, und sie sah ihm hinterher, wie er ihre Gemächer verließ.

Angst und Eifersucht ergriffen sofort wieder Besitz von ihr. War es wirklich allein die Sorge, sie durch eine erneute Schwangerschaft zu verlieren, weshalb er die körperliche Intimität mit ihr mied? Gab es nicht andere Möglichkeiten, die ihnen trotzdem erlaubt hätten, ihre Leidenschaft zu leben, ohne dass sie Gefahr laufen würde, schwanger zu werden? Zweifel quälten sie plötzlich. Natürlich, ein Risiko wäre immer geblieben, aber sie hätte es nicht gefürchtet.

Doch dann erinnerte sie sich, dass er schon einmal seine Geliebte – Madame de Vintimille, die vor der Duchesse de Châteauroux seine Mätresse gewesen war – im Kindbett verloren hatte …

Tief in ihrem Inneren spürte sie, dass seine Sorge echt war und er sie noch immer liebte, und dennoch gelang es ihr nicht, die Angst zu bezwingen, dass sie ihn verlieren könnte.

Sollte sie wirklich nie wieder seine Umarmungen fühlen? Panik erfasste sie bei dem Gedanken, und die Einsamkeit senkte sich wie ein dunkler Schatten über sie und ließ sie frösteln.

57

François Boucher nickte begeistert. »Wundervoll, Marquise«, sagte er, während er den Pinsel in die Farbe tauchte und mit schnellen Strichen an der Skizze, die die Vorlage für ein späteres Ölporträt darstellte, weiterarbeitete.

Ihr Arm drohte in der Haltung, die sie eingenommen hatte, einzuschlafen, doch Jeanne war diszipliniert genug, auf ihrem Gesicht das sanfte Lächeln beizubehalten. Sie saß anmutig mit zurückgelehntem Oberkörper und überkreuzten Füßen wie hingegossen auf einer Chaiselongue und hielt ein aufgeschlagenes Buch in der Hand. Ihre Haltung wirkte entspannt und gelöst, als wenn man sie ganz zufällig beim Lesen überrascht hätte. Doch wie stets war das, was so leicht und mühelos schien, mit Anstrengung und Mühe verbunden.

Erleichtert atmete sie auf, als der Maler ein Zeichen machte und sie eine Pause einlegen konnte.

Leichtfüßig erhob sie sich von ihrer Chaiselounge und trat zu einem kleinen Mann in einem dunklen, goldbestickten Rock, dem Baron de Montesquieu, der soeben den Raum betreten hatte.

»Baron, wie reizend, Sie zu sehen. Wie geht es Ihnen?«

»Oh, vielen Dank, Marquise. Mir persönlich geht es vortrefflich«, sagte er. Montesquieu hatte ein offenes Gesicht, das von einer geraden aristokratischen Nase dominiert wurde.

Jeanne kannte den Schriftsteller noch aus ihrer Pariser Zeit. Sie hatte mit Begeisterung seine *Persischen Briefe* gelesen und später – heimlich – sein umstrittenes staatstheoretisches Werk *Vom Geist der Gesetze,* das auf dem Index der verbotenen Bücher stand.

»Allerdings sorge ich mich ein wenig wegen der Enzyklopädie, in die wir in den letzten Jahren so viel Mühe und Arbeit gesteckt haben«, fuhr Montesquieu fort. »Die Zensur will nicht von ihrem Verbot für die ersten beiden Bände zurückweichen.«

Jeanne nickte. »Doktor Quesnay berichtete mir davon. Nun, wie Sie wissen, Baron, gibt es zurzeit leider kaum etwas, das die Kleriker nicht verbieten lassen wollen. Wenn es mir irgendwie möglich ist, werde ich ein Wort für Ihre Angelegenheit bei Seiner Majestät einlegen, doch versprechen kann ich nichts. Die Partei der Frömmler ist stark, vor allem hier am Hof, wie Sie wissen.« Sie waren ein paar Schritte durch den Raum geschlendert. »Sagen Sie, haben Sie etwas von meinem Freund Voltaire, dem Abtrünnigen, gehört? Wie geht es ihm in Sanssouci?« Nach dem Tod seiner Geliebten, den Voltaire nur schwer verkraftet hatte, und einigen launischen Reaktionen des Pariser Theaterpublikums auf seine neuesten Stücke hatte der Dichterfreund seinen Wunsch in die Tat umgesetzt, für einige Zeit nach Preußen an den Hof von Friedrich II. zu gehen.

»Er sehnt sich insgeheim nach Frankreich.« Montesquieu beugte sich vor, und in seinen Augen blitzte es humorvoll auf. »Im Vertrauen, Marquise, er mokiert sich über den Geiz des Preußen.«

»Das geschieht ihm nur recht, wo er dem König und uns allen so untreu geworden ist«, sagte Jeanne mit gespielter Strenge.

Sie sah, dass Boucher fertig war und darauf wartete, dass sie wieder Platz nahm. »Ich hoffe, dass ich etwas für Sie tun kann, Baron«, versicherte sie ihm ehrlich, als sie sich verabschiedeten.

»Danke, Marquise. Ich weiß, dass Sie die Freiheit des Geistes ebenso hoch schätzen wie wir.«

Jeanne nahm wieder ihre alte Position auf der Chaiselounge ein. Kaum zwei Minuten waren vergangen, als ihr der Comte de Stainville gemeldet wurde.

Zum Entsetzen von Boucher, der gerade zu einem neuen Pinselstrich angesetzt hatte, sprang sie einfach auf. »Aber Madame«, stieß der Maler verzweifelt hervor.

»Monsieur le Comte.«

Stainville küsste ihr die Hand. »Madame, meine Verehrung.«

Sie hakte ihn unter und zog ihn ein paar Schritte mit sich. »Ich hätte fast einen Boten nach Ihnen geschickt«, sagte sie vorwurfsvoll.

Er lächelte, doch er wirkte niedergeschlagen. Der König, der über die verwinkelten Kanäle von Versailles schließlich doch herausbekommen hatte, wer Jeanne den Brief an die Comtesse gezeigt hatte, strafte Stainville seither mit Nichtachtung.

»Würde Ihnen eigentlich der Posten eines Gesandten in Rom gefallen?«

Der Comte blickte sie ungläubig an. »Marquise, das wäre eine überaus große Ehre für mich, aber ich kann mir nicht vorstellen, dass Seine Majestät meine Person für ein solches Amt auch nur in Erwägung ziehen wird.«

Jeanne legte ihre Hand auf seinen Rockärmel und lächelte. »Lassen Sie das nur meine Sorge sein, Comte.«

Sie wusste, dass sie nur die richtige Gelegenheit abwarten musste. Die ständigen Auseinandersetzungen zwischen Parlament und Klerus drückten empfindlicher denn je auf die Stimmung des Königs.

Sie traf Louis am Nachmittag in seinem Arbeitskabinett, als Abel und der Architekt Gabriel dem König die jüngsten Pläne präsentierten für einen in Paris geplanten neuen Platz zu Ehren des Königs und seiner Siege. Louis schätzte Abel, dem es augenscheinlich immer um die Sache und nie um seine eigene Person ging – eine Charaktereigenschaft, die in Versailles selten war.

»Hier würde die Statue Eurer Majestät stehen, und an diesen Gräben entlang sollen Blumenparterres gepflanzt werden.« Abels gepflegte Hand beschrieb einen Bogen über der Zeichnung.

Jeanne schenkte ihrem Bruder ein Lächeln, während der König zufrieden nickte.

»Gut. Haben Sie auch die Plänen für die Veränderungen an der École Royale Militaire dabei?«

»Ja, Sire.« Auf ein Zeichen von Abel reichte ihm Gabriel eine Papierrolle.

»Lassen Sie mir die Pläne hier. Ich werde Ihnen meine Wünsche für die Veränderungen morgen mitteilen.«

»Sehr wohl, Euer Majestät.« Die beiden Männer zogen sich mit einer Verbeugung zurück.

Jeanne wandte sich zu Louis. »Habt Ihr Euch schon die Skizzen für die Statue von Bouchardon angesehen?«

Der König nickte geistesabwesend. Sie waren nach nebenan in einen angrenzenden Salon gegangen. Auf einem Tisch war ein kleines Bufett aufgebaut worden, dessen Speisen kunstvoll in geometrischen Formen angeordnet waren. Jeanne nahm einen goldumrandeten Teller. Sie füllte ein wenig Fasanenpastete mit frischen Oliven, in Honig eingelegte Täubchenflügel und Weintrauben auf und reichte dem König den Teller.

Louis ließ sich auf ein Kanapee nieder, und Jeanne nahm neben ihm Platz.

»Ihr seid in Gedanken bei den leidigen Querelen zwischen dem Parlament und dem Klerus, nicht wahr?«

Louis sah auf. »Ja, es sind schon wieder zwei Priester von den Magistraten verurteilt worden. Diesmal zwar nicht in Paris, aber es macht die Sache nur noch schlimmer, dass nun auch noch die Parlamente in der Provinz diesem unwürdigen Beispiel nacheifern. Ich werde sie ein letztes Mal ermahnen und ihnen unmissverständlich die Konsequenzen vor Augen führen müssen.« Er kostete ohne Appetit von der Fasanenpastete.

Jeanne trank einen Schluck von ihrem Wein. »Wenn die

Magistraten klug sind, werden sie einlenken, denn es würde ihre Position gegenüber den Bischöfen nur stärken …« Sie strich nachdenklich eine Falte ihres Rocks glatt, bevor sie Louis erneut ansah. »Sagt, Sire, stimmt es, dass die Enzyklopädie endgültig verboten wurde?«

Der König stellte unwirsch seinen Teller ab. »Monsignore Boyer hat mir Auszüge zu lesen gegeben – und ich muss ihm leider recht geben. Diese Bücher greifen in unverantwortlicher Weise die Autorität der Kirche und Monarchie an.«

Jeanne war nicht bereit, so schnell aufzugeben. Sie schenkte ihm einen unschuldigen Blick. »Dabei dachte ich, dass dort kluge und nützliche Gedanken aufgeschrieben wurden …«

Der König sah sie misstrauisch an. »Sie brauchen nicht weiter fortzufahren, Madame. Es ist beschlossene Sache. Und Sie sollten sich zurückhalten, sagt man Ihnen doch eh eine geistige Nähe zu diesen ketzerischen Freidenkern nach!«

»Ich werde nichts tun, was Euch missfallen könnte«, sagte sie, denn sie kannte ihn längst gut genug, um allein an seinem Tonfall zu erkennen, dass er in dieser Angelegenheit nicht mehr mit sich reden lassen würde. »Dennoch muss ich Euch noch mit einer anderen Sache belästigen. Wie Ihr wisst, könnte der Comte de Stainville den Botschafterposten in Rom übernehmen …«

Louis unterbrach sie. »Madame, ich wünsche nicht über den Comte zu sprechen.«

Jeanne rückte ein Stück von ihm ab. »Verzeiht, Sire, aber in dieser Angelegenheit muss ich leider darauf bestehen, denn es geht um meine Ehre.«

Er sah sie irritiert an.

»Ist es nicht so, dass Ihr dem Comte de Stainville den Botschafterposten nur verweigert, weil er es war, der mir damals die Informationen über Madame de Choiseul-Beaupré zugespielt hat?«

»Informationen? Der Comte hat einen Brief entwendet und sich damit mir gegenüber als illoyal erwiesen.«

Sie war aufgestanden. »Das hieße, Ihr bereut, dass heute ich hier neben Euch sitze und nicht Madame de Choiseul-Beaupré!«

»Unsinn!«

»Dann gebt ihm den Posten!«

Eine gereizte Falte zeichnete sich auf der königlichen Stirn ab. *»Sonst?«*

Er hatte mit herrischer Miene die Arme über seiner Brust verschränkt. Der private Moment zwischen ihnen war beendet. Normalerweise war das der Zeitpunkt, an dem man wieder auf ihn zugehen musste, doch Jeanne erwiderte kämpferisch seinen Blick.

»Sonst werde ich Versailles verlassen, weil ich dem Comte nie wieder ins Gesicht blicken könnte.«

Ungläubig sah er sie an. Dann brach er in ein lautes Lachen aus. »Bei Gott«, sagte er schließlich, »Sie sind der einzige Mensch, der nie vor mir zurückschreckt. Nun gut, Sie sollen bekommen, was Sie wünschen, Madame!«

»Danke, Sire. Der Comte wird Euch nicht enttäuschen«, erwiderte sie mit einem charmanten Blick, dem man nicht anmerkte, wie erleichtert sie war.

Dunkle Schatten zeichneten sich unter den Augen des Comte d'Argenson ab. Die ständigen Schmerzen zehrten ihn aus. Der letzte Gichtanfall, der ihn jäh und brutal überrascht hatte, lag kaum mehr als eine Woche zurück, und ihm taten noch immer sämtliche Glieder weh. Doch seine körperlichen Schmerzen wurden von seiner seelischen Pein noch übertroffen. Wie konnte er mit seinen Plänen nur so kläglich scheitern! Er hatte fest daran geglaubt, dass der Charme der jungen Comtesse de Choiseul-Beaupré den König derart fesseln würde, dass er bereit wäre, die Pompadour zu verstoßen. Doch stattdessen war die Comtesse nun verbannt und die Marquise vom König tatsächlich in den Rang einer Duchesse erhoben worden!

D'Argenson ließ sich von ihrer freundlichen Zuvorkommenheit nicht täuschen, sondern sah hinter dieser Fassade die Kälte in ihren Augen. Sie wusste, dass er und die Comtesse d'Estrades hinter dem Plan, Louis eine neue Mätresse zuzuführen, steckten, und diese Tatsache ließ ihn kaum noch zur Ruhe kommen.

Er seufzte. Die Comtesse d'Estrades war nach der Verbannung ihrer Nichte tagelang außer sich gewesen vor Angst, dass die Marquise sich auch an ihr rächen könnte. Es hatte ihn viel Mühe gekostet, sie zu beruhigen, dass auch die Macht der Pompadour nicht so groß war.

D'Argenson ließ sich von seinem Lakaien in den Mantel helfen und griff nach seinem goldbeschlagenen Spazierstock, der ihm zurzeit nicht als schmückendes Accessoire, sondern als echte Gehhilfe diente. Mit langsamen Schritten ging er wenig später den Korridor entlang und stieg die Treppe hinunter zum Hof. Seine Kutsche, die ihn zum Palais des Kardinals de La Rochefoucauld bringen sollte, bei dem er zum Souper eingeladen war, wartete bereits.

Wer in Gottes Namen hätte auch ahnen können, dass sich der König gegen eine schöne junge Frau entscheiden würde und stattdessen lieber weiter eine Mätresse haben wollte, mit der er schon seit mehr als einem Jahr nicht mehr schlief?

»Als wenn sie ihn behext hätte«, sagte er später am Abend kopfschüttelnd zu dem Großalmosenier. Die Abendgesellschaft hatte sich in dem großzügigen Salon zerstreut, und sie standen am Fenster und sahen nach draußen in den von Fackeln beleuchteten Park.

»Nun, Monsignore Boyer ist schon lange der Meinung, dass die Marquise mit dem Teufel im Bunde steht. Ich indessen glaube eher, dass sie es auf intelligente Art geschafft hat, eine geistig-seelische Abhängigkeit aufzubauen.« Er lächelte kühl. »Was sicherlich nicht weniger gefährlich für das Seelenheil Seiner Majestät ist.«

Der Comte betrachtete den Knauf seines Spazierstocks, der im Licht der Kerzen glänzte, bevor er La Rochefoucauld schließlich anschaute. »Es wird schwierig, etwas gegen sie zu unternehmen. Sie ist mächtiger denn je.«

Der Kardinal hatte seine Hände vor seiner roten Kardinalsrobe gefaltet und blickte ihn düster an. »Ja, es ist unerträglich.«

D'Argenson nickte. »Wie geht es Ihrem Cousin, Monsieur de Maurepas?«

»Oh, den Umständen entsprechend.« Der Kardinal zuckte mitleidig die Achseln. »Für einen Mann wie ihn gibt es wohl kaum eine schlimmere Bestrafung als die Verbannung.«

»Richten Sie ihm meine Grüße aus«, sagte der Comte, den ein plötzliches Schaudern ergriff bei dem Gedanken, dass ihn eines Tages ein ähnliches Schicksal erwarten könnte.

Ein sanfter Wind strich durch das hohe Gras der Hügel. Die Reiter und die Kutschen der königlichen Hofgesellschaft, die sich einen Abhang hinabwanden, näherten sich dem Schloss Bellevue. Jeanne hatte die Tage dort genau geplant. Sie würden zur Jagd gehen, draußen picknicken, und am Abend würde es als Überraschung eine Theatervorstellung mit einem Ball und um Mitternacht schließlich ein musikalisch untermaltes Feuerwerk geben. Das Wochenende sollte Louis nach dem Ärger der letzten Wochen auf andere Gedanken bringen, denn die Auseinandersetzung mit dem Parlament hatte sich unerträglich zugespitzt.

Der König hatte den Magistraten durch eine Anordnung ein für alle Mal untersagt, sich weiter mit der Angelegenheit der Sterbesakramente und Beichtbillette zu beschäftigen. Seine Verfügung war jedoch von den Magistraten einfach nicht im Parlament registriert worden, wodurch die Anordnung auch nicht gesetzlich in Kraft treten konnte. Dieser Akt der Ungehorsamkeit allein war schon in keiner Weise duldbar gewesen, doch die Magistraten hatten diese Unverschämtheit noch überboten, indem sie damit drohten, ihre Arbeit niederzulegen, bis der König gewillt sein würde, ihre Einsprüche gegen die Beichtbillette endlich günstig aufzunehmen.

Damit war für Louis das Maß voll gewesen. Auf seinen Befehl hin wurden vier der Magistraten verhaftet, den übrigen war ein Verbannungsbescheid überbracht worden, dass sie Paris innerhalb von vierundzwanzig Stunden zu verlassen hätten, um sich an verschiedene Orte der Provinz zu begeben. Auch der Oberste Gerichtshof des Parlaments, der dagegen aufbegehren wollte, wurde kurzerhand verbannt.

Jeanne, die über die Haltung des Parlaments entsetzt war, hatte Louis in seiner strengen Haltung unterstützt.

»Sire, nur Festigkeit und unerbittliche Strenge kann diesen unverschämten Widerstand brechen und die Herren Magistraten wieder zur Besinnung bringen«, sagte sie. Insgeheim wunderte sie sich jedoch über das wenig weitsichtige Verhalten des Parlaments, das durch seinen Ungehorsam die Position des Klerus nur noch gestärkt hatte.

Jeanne lenkte ihr Pferd zu Louis. Obwohl er sich nach außen nichts anmerken ließ, spürte sie deutlich seine Nachdenklichkeit und Anspannung. Auf Dauer würde man das Parlament aus Paris nicht fernhalten können, denn man brauchte es, auch wenn der König vorerst eine Ersatzkammer einberufen hatte, die dessen richterliche Aufgaben übernehmen würde.

Er lächelte, als er sah, dass sie neben ihm ritt. »Ein wundervoller Frühlingstag«, sagte er, und seine Stimme verriet ihr, wie dankbar er war, Versailles für ein paar Tage entfliehen zu können.

Vor ihnen auf den Hügeln zwischen Sèvres und Meudon tauchten die Umrisse von Bellevue auf. Schon von Weitem konnte man das in allen Farben schillernde Blumenmeer sehen. Louis drosselte das Tempo seines Pferdes, als er den geometrisch geschwungenen Blütenteppich des Parks aus Narzissen, Hyazinthen und Tulpen in Weiß-, Violett- und Rosétönen sah.

»Es sieht atemberaubend aus.«

»Gefällt es Euch?«, fragte Jeanne lächelnd. Es war nicht leicht gewesen, die vielen Tulpen zu bekommen, die zwar längst nicht mehr ein solches Vermögen wie vor einigen Jahrzehnten kosteten, aber noch immer sehr teuer waren.

Sie ritten vor den Kutschen in den Hof ein. Ein Page half Jeanne beim Absitzen und reichte ihr einen roten Sonnenschirm. Sie zog ihre eng anliegende Jacke mit dem Spitzenkragen glatt, während von der anderen Seite schon ein Stallknecht ihr Pferd an den Zügeln zu den Ställen führte. Im Hof wimmelte es auf einmal von Menschen. Höflinge und Hofdamen stiegen aus den Wagen. Lakaien luden das Gepäck ab, und Pagen rannten hin und her. Sie waren vielleicht dreißig Höflinge, die das Wochenende auf Bellevue verbrachten, aber mit den Dienstboten und Garden waren es weit mehr als zweihundert Menschen, die ebenfalls untergebracht und versorgt werden mussten.

Jeanne griff ihren Sonnenschirm, als sie auf einmal die junge Frau sah, die gerade aus einer der Kutschen gestiegen war und den König, der kaum mehr als drei Schritte neben ihr stand, anlächelte. Jeanne erstarrte. Sie kannte sie nicht und überlegte, wer sie war, doch dann fiel ihr ein, dass der König eine Cousine des Duc de Duras mit auf die Gästeliste gesetzt hatte. Sie war gerade erst bei Hofe vorgestellt worden.

Jeanne musterte sie. Zugegeben, sie war hübsch. Jeanne spürte, wie die altbekannte Eifersucht jäh wieder von ihr Besitz ergriff. Bei Gott, es würde nie ein Ende haben, dachte sie bitter. Sie beobachtete, wie Louis etwas zu der jungen Frau sagte, die daraufhin affektiert lachte.

Als Jeanne den Klang ihrer schrillen Stimme hörte, entspannte sie sich. Nein, sie hatte sich getäuscht. Diese Frau würde ganz sicher keine Gefahr für sie darstellen.

Sie gaben am Abend eine Vorstellung von *Le Philosophe marié* von Destouches und gingen nach dem anschließenden Souper nach draußen, wo bereits alles für das Feuerwerk vorbereitet worden war. Die kleine Gesellschaft ging die Wege des Parks hinunter zum Ufer der Seine. In der Ferne konnte man schemenhaft die dunkle Silhouette von Paris sehen.

Es war ein lauer Maiabend. Lakaien reichten Erfrischungen, unter Baldachinen luden Sessel und Kanapees zum Verweilen ein. Die Musik eines Kammerorchesters klang vom Ufer her. Louis hatte den Arm um Jeanne geschlungen, und zusammen schlenderten sie die geschmückte Terrasse entlang.

»Sie sind wirklich eine Meisterin, Madame. Bellevue ist ein Traum geworden.«

Sie lächelte. Die Musiker hatten inzwischen aufgehört zu spielen, um den Beginn des Feuerwerks abzuwarten, als plötzlich ein Schrei ertönte. Dann wütende Stimmen.

Im ersten Moment wusste Jeanne nicht, woher sie kamen. Verwundert blickte sie sich um. Im Schein der lodernden Fackeln sah sie schließlich, dass auf der anderen Seite der Seine eine Ansammlung von Menschen stand. Sie schüttelten die Fäuste in ihre Richtung.

»Hure! Verschwenderin!«

Diesmal konnte man die Worte deutlich hören, denn nun waren es mehrere Stimmen, die riefen.

Jeanne fuhr entsetzt zusammen. Auch Louis wandte sich nun um. Sein Gesicht hatte einen Unheil verkündenden Ausdruck angenommen. Auf ein knappes Zeichen von ihm hatten sich der Duc d'Ayen und die Garden in Bewegung gesetzt und stürzten zu ihren Pferden.

»Königsdirne! Verprasst das Geld, während wir hungern«, hallte es im Schein der Lichter erneut zu ihnen herüber.

Die Szene hatte etwas Gespenstisches. Die Höflinge waren bestürzt stehen geblieben.

Etwas flog durch die Luft und landete laut klatschend im Wasser unweit des Ufers. Jeanne schrie erschrocken auf. Obwohl sie wusste, dass die Menschen weit entfernt waren und ihr nichts tun konnten, zitterte sie.

Louis' Gesicht hatte sich verfinstert. Irgendjemand hatte den Musikern befohlen, weiterzuspielen. Eine Bourrée erklang. Währenddessen ritten auf der anderen Seite des Ufers die Garden heran. Man konnte sehen, wie die Menschen in panischem Schrecken über die Felder flohen. Der Comte d'Argenson, der nur wenige Schritte von Jeanne und dem König entfernt stand, nahm einen genüsslichen Schluck von seinem Champagner und wechselte einen kurzen Blick mit der Comtesse d'Estrades. Was konnte Besseres passieren, als dass das Volk seinem König so deutlich zeigte, was es von seiner Mätresse hielt?

Obwohl der König darauf bestanden hatte, den Abend wie geplant fortzusetzen, und man schließlich das Feuerwerk gezündet und getanzt hatte, war die Stimmung nach dem Vorfall gedrückt geblieben. Das Wochenende war verdorben.

Deprimiert sah Jeanne in der Nacht aus dem Fenster. Sie erinnerte sich daran, dass es schon einmal, kurz nach der Fertigstellung der Umbauten von Bellevue, dazu gekommen war, dass sich die Menschen so drohend am anderen Ufer versammelt hatten. Damals allerdings hatte niemand gewagt, sie in dieser Weise zu beschimpfen.

»Diese Menschen werfen mir Dinge vor, die nicht stimmen«, sagte sie mit bitterer Stimme zu Louis, der zu ihr ans Fenster getreten war.

»Einige unzufriedene Taugenichtse, die man für ihre Unverschämtheiten bestrafen wird«, erwiderte Louis. Es war den Garden gelungen, einige der Leute festzunehmen – Tagelöhner, Landstreicher.

»Aber ich habe diesen Menschen nichts getan«, stieß sie verzweifelt hervor.

Louis drehte sie sanft zu sich. »Nein, das haben Sie nicht. Und außerdem – Sie schulden niemandem Rechenschaft. Das Leben, das Sie führen, entspricht Ihrem gottgewollten Stand und Ihrem Platz an meiner Seite.«

Er küsste sie zärtlich. Jeanne zog ihn an sich. Sie brauchte ihn. Sie liebte ihn. Ihr Kuss wurde leidenschaftlicher, doch dann löste sich Louis aus ihren Armen, wie er es jetzt stets zu tun pflegte.

Sie hielt ihn fest. »Bleibt! Bitte!«

Er legte den Finger auf ihren Mund und streichelte ihr Gesicht. Ein wehmütiger Ausdruck war in seine Augen getreten. »Wir können die Dinge nicht ändern. Leider …«, sagte er leise. Zart küsste er sie auf die Stirn. »Gute Nacht, Madame.«

Ohnmächtig sah sie ihm hinterher, wie er ihre Gemächer verließ.

58

Auf den ersten Blick war es eine ganz normale Villa, die dort versteckt zwischen hohen Bäumen und akkurat beschnittenen Sträuchern ein wenig abgelegen in einer gepflasterten Seitenstraße von Versailles lag. Nichts ließ darauf schließen, was sich hinter den Fenstern des zweistöckigen Stadthauses abspielte.

Jeannes Hand krampfte sich um ihren Handschuh, als der Wagen hielt. Sie versuchte, ruhig durchzuatmen. Auf einmal hatte sie Angst, was sie hinter der Tür erwarten würde.

Sie hatte eine Kutsche genommen, obwohl der Weg vom Schloss hierher so kurz war, dass sie ebenso gut hätte zu Fuß gehen können, doch sie hatte sichergehen wollen, dass niemand sie sah. Der Kutscher, ein verschwiegener Mann, der schon seit Jahren in ihren Diensten stand, öffnete den Verschlag.

Jeanne ließ den Schleier ihres Hutes hinunter und stieg aus. Sie trat durch eine Pforte und lief einen verschlungenen, von Sträuchern gesäumten Pfad zu der Villa hoch. Auf dem Weg sah sie, dass sich ein großer parkähnlicher Garten mit einem Pavillon an das Haus anschloss. Sie betätigte die Türglocke.

Es dauerte eine Weile, dann hörte sie Schritte.

Monsieur Le Bel, der Erste Kammerdiener des Königs, öffnete selbst die Tür. Jeanne war erleichtert – es vereinfachte die Angelegenheit erheblich, dass er anwesend war.

»Madame?«

Sie streifte den Schleier von ihrem Hut hoch und blickte ihn an.

Der Schreck, der ihn bei ihrem Anblick ergriff, war offensichtlich. Sein Gesicht erstarrte. »O Gott, Madame … Marquise …«

Jeanne schritt mit kühler Miene an ihm vorbei ins Haus. Dann wandte sie sich um. »Fassen Sie sich, Monsieur Le Bel, und schließen Sie die Tür! Ich weiß schon seit Längerem von diesem Etablissement.«

Beherrscht ließ sie ihren Blick durch die elegant eingerichtete Eingangshalle gleiten. Eine geschwungene Treppe führte nach oben in den ersten Stock. Sie spürte einen schalen Geschmack im Mund. Vermutlich waren dort die Schlafzimmer.

»Ich möchte die Mädchen sehen.«

Le Bel schluckte. Er hatte Angst. »Madame, ich weiß nicht … ich meine, ich kann nicht … Seine Majestät …«

»Es liegt keineswegs in meiner Absicht, dass der König von meinem Besuch hier erfährt, Monsieur.« Sie blickte zu dem Flur, der nach rechts führte. »Hier entlang?«

Der Kammerdiener, der sah, dass sie sich nicht von ihrem Vorhaben abbringen lassen würde, nickte. Er führte sie durch den Gang in ein kleines Separee. Ein Sessel und eine Chaiselongue standen in dem Raum.

Einen kurzen Moment hatte Jeanne ein schlechtes Gewissen, weil sie auf diese Weise in Louis' Intimsphäre einbrach.

Le Bel deutete auf die Wand, in der ein Spion eingelassen war.

»Im Moment sind sie nicht alle da … zwei fehlen«, sagte er betreten.

Sie schob die Klappe zur Seite. Der Spion gab die Sicht auf einen großen, elegant eingerichteten Salon frei, in dem sich sechs junge Mädchen aufhielten. Auf den ersten Blick wirkte es, als wenn sich Freundinnen getroffen hätten. Sie redeten, lachten, tranken Kaffee, spielten Karten. Jeanne schätzte, dass die meisten von ihnen nicht älter als siebzehn, vielleicht achtzehn Jahre alt waren. Sie waren von unterschiedlichem Typus – blond, brünett, dunkelhaarig, einige üppig, andere schlank und grazil. Dennoch war jede auf ihre Art überaus anziehend und attraktiv.

Obwohl Jeanne von ihrer Existenz gewusst hatte, verspürte sie bei ihrem Anblick einen unerwarteten Stich in der Brust. Sie fühlte sich gekränkt und verletzt, obgleich sie wusste, dass die Mädchen, die alle von einfachem Stand waren, niemals eine Konkurrenz für sie darstellen würden. Sie ließ die Klappe mit einem leisen Klicken wieder herunterfallen und drehte sich zu dem Kammerdiener um, der hinter ihr nervös die Hände rang.

Jeanne bemühte sich, ihrer Stimme einen gleichmütigen Klang zu geben. »Mademoiselle O'Murphy befindet sich auch unter ihnen?«

Le Bel schüttelte den Kopf. »Sie ist im Garten.«

Er führte sie auf eine Terrasse. Jeanne erkannte das Mädchen sofort. Es schlenderte in einem weißen Kleid durch den Garten und pflückte verträumt Blumen. Als es ihre Schritte hörte, drehte es sich zu ihnen um und lächelte ihnen aus ihrem engelsgleichen Gesicht zu. Selbst auf die Entfernung erkannte Jeanne die ungewöhnliche Schönheit des Mädchens. La Morphise wurde sie genannt. Sie war die Tochter eines irischen Schusters, der angeblich noch vier oder fünf andere Töchter hatte. Boucher hatte einen Akt von La Morphise gemalt, und der König hatte ihn zu Gesicht bekommen. Er ließ sich das Mädchen daraufhin vorstellen, und seit einigen Monaten unterhielt er nun ein Verhältnis mit ihr.

Jeanne drehte sich wortlos um. Sie hatte genug gesehen.

Sie ging zurück in das Separee. Le Bel berichtete ihr stockend, dass sich Madame Bertrand, die Wirtin des Hauses, zusammen mit einigen Dienstboten um die Mädchen kümmerte. Einige von ihnen blieben nur einige Tage, andere wie Louise O'Murphy verbrachten hier mehrere Monate. Die meisten von ihnen erfuhren nicht einmal, wer ihr heimlicher Liebhaber war, denn der König legte größten Wert auf Diskretion.

»Seine Majestät hat durchaus nicht mit jeder von ihnen eine Liaison …«, versicherte ihr der Kammerdiener.

Jeanne unterbrach ihn mit einer knappen Handbewegung. »Monsieur Le Bel, ich möchte nicht, dass Sie mich falsch verstehen.« Sie musterte den silberbestickten Rand ihrer blauen Lederhandschuhe. »Es ist durchaus in meinem Sinn, dass Seine Majestät hier seine Zerstreuung findet. Wohlgemerkt – rein körperlich!«

Sie griff in ihren Umhang und zog ein Beutelchen hervor. Durchdringend sah sie Le Bel an. »Ich denke doch, dass es für Sie keine Schwierigkeit sein dürfte, dafür Sorge zu tragen, dass diese Damen hier … nun sagen wir … ein gewisses schlichtes Gemüt haben, das von vornherein ausschließt, dass sie jemals bei Hofe auftauchen könnten.«

Jeanne legte den Beutel, in dem die Münzen klimperten, vor dem Kammerdiener auf den Tisch. »Wir haben uns verstanden, Monsieur Le Bel?«

Der Kammerdiener nickte. Er neigte den Kopf. »Ja, selbstverständlich, Marquise. Vollkommen …«

Sie hatte schon fast die Tür erreicht, als sie sich noch einmal umdrehte. »Oh, natürlich hat dieses kleine Gespräch zwischen uns nie stattgefunden.«

Erst als sie in die Kutsche stieg, spürte sie, wie ihre Knie weich wurden. Sie lehnte sich in ihren Sitz zurück. Eine plötzliche Erschöpfung überfiel sie. Müde und traurig sah sie nach draußen, während die Kutsche zurück zum Palast fuhr.

Als sie wieder im Schloss war, zog sie sich in ihre Gemächer zurück und wollte niemanden sehen. Sie brauchte einen Moment allein nur für sich. Es war gut, dass sie diesen Besuch gemacht hatte. Le Bel würde sich an ihre Anordnung halten, das wusste sie. Der König würde im Parc aux Cerfs seine sexuellen Bedürfnisse befriedigen können, und sie konnte sicher sein, dass keines der Mädchen dort eine Gefahr für sie am Hof darstellen würde. Es war alles richtig so – und dennoch fühlte sich Jeanne furchtbar.

Die Gesichter der Mädchen aus dem Parc aux Cerfs schwirrten wie böse Geister durch ihren Kopf – vor allem das Engelsgesicht von Louise O'Murphy …

Sie sah sie vor sich, wie sie nackt und voller Erregung in den Armen von Louis lag … Vergeblich versuchte Jeanne, die Bilder aus ihrem Kopf zu vertreiben.

Sie trank einen Schluck von ihrer Mandelmilch, die ihr Madame du Hausset gebracht hatte. Als sie die Tasse wieder abstellte, fiel ihr Blick auf den Spiegel an der Wand. Ihr Gesicht war noch immer schön, doch das würde nicht ewig so sein. Sie war erschrocken gewesen, wie blutjung die Mädchen im Parc aux Cerfs gewesen waren – mit einunddreißig Jahren war sie dagegen schon fast eine alte Frau …

Jeanne seufzte. Sie trat an ihren Sekretär, um einige Korrespondenz zu erledigen, die schon seit Tagen liegen geblieben war. Das würde sie ablenken.

Der Baron de Montesquieu hatte noch immer keine Antwort von ihr erhalten. Sie setzte sich, schraubte das kleine goldene Tintenfass auf und ergriff die Feder. Zügig begann sie zu schreiben.

Sie teilte erst Montesquieu und dann auch Denis Diderot – er hatte sie inzwischen ebenfalls um Beistand für die Enzyklopädie gebeten – mit, dass sie leider nichts in der Angelegenheit des Universallexikons für sie hatte tun können. Unglücklicherweise behaupte man, dass vieles darin im Widerspruch zur Religion und der Autorität des Königs stünde. Sie hoffe, ihnen bei einer anderen Gelegenheit nützlicher sein zu können.

Den nächsten Brief schrieb sie an ihre Tochter Alexandrine. Sie tauchte den Gänsekiel erneut in die Tinte. *»Wie geht es Ihnen, mein Engel? Ihre Mutter ist voller Sehnsucht, Sie möglichst bald wieder in die Arme zu schließen …«*

Jeanne vermisste ihre Tochter, seitdem sie im Kloster war. Um Alexandrine, wann immer ihr danach zumute war, sehen zu können, beabsichtigte sie sogar, ein größeres Anwesen in Paris zu kaufen, das Palais d'Évreux. Das Grundstück und die

Lage des Stadtpalasts waren bezaubernd, doch das Haus selbst war weniger nach ihrem Geschmack. Sie überlegte deshalb, es abreißen zu lassen, um dort ein Neues ganz nach ihren eigenen Vorstellungen zu bauen. Ein ironisches Lächeln glitt über ihre Lippen, als sie daran dachte, dass der Erzbischof von Paris, Monsignore de Beaumont, ihr schon jetzt signalisiert hatte, dass er sich aufgrund ihres sündhaften Lebens weigern würde, den Grund der dort geplanten Kapelle zu segnen. Sie hatte ihn darauf hingewiesen, dass er damit dann nicht nur ihr, sondern auch ihren Dienstboten, die schließlich nichts für ihre Verfehlungen könnten, den Besuch des Gotteshauses verweigern würde. Die Antwort des Erzbischofs war denkbar knapp ausgefallen: Nur unweit des Palais d'Évreux befände sich eine andere Kirche und es stände ihrem Personal frei, diese jederzeit zu besuchen!

Beaumont war ein fanatischer Frömmler, und Jeanne wusste schon lange, dass er von tiefem Hass zu ihr erfüllt war. Selbst in seinen Predigten in Paris verschonte er sie nicht und prangerte immer wieder öffentlich ihre Sünden an.

Aber natürlich ging es dem Erzbischof und den anderen Geistlichen mitnichten um Fragen der Moral. Das war Jeanne schon lange klar. Sondern es war ihre Person, die ihnen ein Dorn im Auge war, weil sie dem König nahestand, so nahe wie kein anderer Mensch sonst.

Sie faltete den Brief an Alexandrine zusammen und erhitzte nachdenklich das Siegelwachs. Die Kleriker waren ihre gefährlichsten Feinde geworden. Doch sie hatte keine Angst vor ihnen, obwohl sie wusste, dass sie – so wie früher der Comte de Maurepas – versuchten, die öffentliche Meinung gegen sie aufzubringen. Damit schadeten sie jedoch nicht so sehr ihr, sondern vor allem Frankreich und dem König. Jeanne verachtete sie dafür. Glücklicherweise war Louis längst nicht mehr so beeinflussbar durch die Geistlichen wie früher.

Sie musste daran denken, was sich jüngst an Ostern abgespielt hatte. Der König war auf dem Weg zur Messe gewesen, als sich plötzlich ein Mann vor ihm auf die Knie geworfen und ihm eine Bittschrift überreicht hatte. Neben vielen lächerlichen Verleumdungen stand darin, dass der König im Namen Gottes unbedingt die Marquise de Pompadour wegschicken müsse, weil sich sonst die rächende Hand des Allmächtigen über das Land und den König ausstrecken und er die Untertanen für die Schwäche ihres Herrschers bestrafen würde. Zweifellos war dieser Mann weniger von Gott als von der Partei der Devoten geschickt worden. Jeannes Meinung nach gehörte er für solche Unverschämtheiten bestraft, doch Louis hatte dem Mann nur durch einen Boten ausrichten lassen, dass er einen Aderlass vornehmen und sein Hirn zurechtrücken lassen solle, da er augenscheinlich verrückt sei.

Sie drückte ihr Siegel auf das Wachs. Wie würden die Kleriker wohl reagieren, wenn sie wüssten, dass Louis schon lange nicht mehr das Bett mit ihr teilte? Würde es einen Unterschied machen? Sie dachte gründlich darüber nach. Auf jeden Fall wären die Frömmler ihres einzigen Vorwurfs gegen sie beraubt. Jeanne betrachte das Zeichen ihres Wappens – die drei Türme, die sich in dem erkaltenden roten Wachs abzeichneten ... Der Gedanke gefiel ihr.

Die warmen Sommertage waren die schönste Zeit in Versailles. Nie war der Park in seiner blühenden Vielfalt herrlicher anzusehen. Gondeln luden dazu ein, über die Kanäle des Parks zu gleiten, und in dem Amphitheater wurden Schauspiele und Opern gegeben. An den Abenden traf man sich im Schein der Fackeln am Kanal oder an einem der vielen Becken, aus denen grazile Nymphen und mächtige Marmorgötter aus dem Nass aufstiegen, um den Illuminationen, den Feuerwerken und Wasserspielen zuzusehen, die von der Musik der königlichen Streicher begleitet wurden.

Jeanne liebte vor allem die Boskette, diese kleinen Parks im Park, die von hohen Hainbuchhecken umschlossen waren, sodass sie von außen nicht einsehbar waren. Manche wurden belebt von Fontänen, Kaskaden und Spiegelungen, in anderen befanden sich Grotten, Kolonnaden, ja es gab sogar ein Amphitheater und eine Insel mit Steg. Jedes der fünfzehn Boskette hatte sein eigenes Thema, war anders bepflanzt und prunkvoll dekoriert. Diese verschwiegenen Plätze dienten vor allem als Schauplatz von Empfängen und Festen, doch sie wurden auch als Rückzugsort oder heimlicher Treffpunkt von den Höflingen genutzt.

An diesem Abend hatte Jélyotte im Amphitheater ein Konzert gegeben, und die Höflinge zerstreuten sich nun bei einem Spaziergang an den Bassins und Brunnen. Fontänen erhoben sich in sprudelnden Reigen aus dem Wasser, vereinigten sich zu kunstvollen Formen, bevor sie wieder zusammenfielen, nur um kurz darauf erneut emporzusteigen.

Trotz des wundervollen Abends spürte Jeanne, dass Louis in Gedanken bei der Politik war. Die Musik und Jélyottes herrlicher Gesang hatten es nur kurz verstanden, ihn abzulenken, doch nun wandte er sich wieder dem Prince de Conti zu. »Ich möchte, dass Sie sich für mich noch einmal nach Pontoise begeben, Cousin.«

»Ich soll noch einmal mit dem Parlamentspräsidenten reden, Sire?«

Louis nickte. Vor ihnen aus dem Bassin erhob sich ein breiter Fächer von feinen Wasserstrahlen. Der Schein der Fackeln und Kerzen brach sich glitzernd in unzähligen Lichtpunkten.

»Ihr spielt mit dem Gedanken, die Magistraten wieder nach Paris zurückzuholen?«, fragte Jeanne später, als sie schon wieder ins Schloss zurückgekehrt waren.

»Ja, ich denke, dass sie ihre Lektion gelernt haben«, erklärte Louis. Er wollte sich allein unter Ausschluss der Öffentlichkeit mit dem Parlamentspräsidenten Maupeou treffen. Das sei der vorrangige Grund, warum sich der Prince de Conti für ihn nach Pontoise begeben sollte, erklärte er ihr.

»Glaubt Ihr, dass auch die Bischöfe in diesem Konflikt einlenken werden?«

»Ich denke, ja. Ich werde beiden Parteien in Zukunft absolutes Stillschweigen über diese Angelegenheit auferlegen.«

Er war aufgestanden, und sie sah, dass er sich zum Gehen wenden wollte.

»Sire, wenn Ihr mir noch einen Moment Eurer Zeit schenken wollt …«

Er zögerte. Wahrscheinlich wollte er Mademoiselle O'Murphy im Parc aux Cerfs noch einen kleinen Besuch abstatten, schoss es ihr durch den Kopf. Sie überwand ihren Stolz und legte ihm sanft die Hand auf den Arm. »Bitte!«

Widerstrebend setzte er sich.

»Der Erzbischof de Beaumont hat mir signalisiert, dass er sich weigern wird, die Kapelle auf meinem zukünftigen Pariser Anwesen segnen zu lassen …«

Louis sah sie erstaunt an. »Warum?«

Sie lächelte. »Weil ich in Sünde mit Euch lebe, Sire.«

Der König seufzte verärgert. »Bei Gott, als ich Monsieur de Beaumont gebeten habe, das Amt des Erzbischofs von Paris zu übernehmen, glaubte ich wirklich nicht, dass er sich als ein solcher Kleingeist erweisen würde …«

Sie ging auf die Bemerkung nicht ein. »Sire, im Grunde lebe ich aber seit geraumer Zeit nicht mehr in Sünde mit Euch.«

Er schwieg abwartend.

Jeanne drehte nachdenklich den Ring an ihrem Finger, bevor sie fortfuhr: »Ich habe nachgedacht, Sire, und frage mich, ob es nicht das Klügste wäre, wenn Ihr Euren Beichtvater und Großalmosenier davon in Kenntnis setzen würdet, wie es um unser Verhältnis inzwischen wirklich bestellt ist.«

Er setzte sich auf einen Stuhl. »Sie sind die offizielle *Maîtresse en titre,* Madame.«

Sie ging vor ihm in die Knie, bis sie auf seiner Augenhöhe war, und sah ihn an. »Und das möchte ich auch bleiben …« Jeanne zögerte. »Sire, ich weiß von den Mädchen im Parc aux Cerfs«, sagte sie schließlich.

Louis schaute sie befremdet an. »Madame, wie ich Ihnen schon einmal sagte: Diese Frauen haben nicht die geringste Bedeutung.«

Sie lächelte, ohne sich anmerken zu lassen, wie schwer ihr die Worte fielen, die sie leise sprach: »Ich weiß, Sire, und es wird mich nicht stören, solange ich nur weiter die Einzige bin, die Euer Herz besitzt.«

Er ergriff ihre Hand und schaute sie an. In seinen Augen zeigte sich ein Anflug von Bitterkeit, und sie fühlte seinen warmen Atem an ihrem Hals, als er sie zu sich zog und sie umschlang. »Es wird immer Ihnen gehören, Madame«, hörte sie seine raue, leise Stimme.

In dieser Nacht wurde sie in ihren Träumen zum ersten Mal nicht mehr von Louise O'Murphy verfolgt.

Nachdem Louis und sie erst einmal darüber gesprochen hatten, dass es von Vorteil für sie beide sein würde, bekannt zu geben, dass sie kein Liebesverhältnis mehr führten, dokumentierte Jeanne diesen Umstand auch nach außen.

Wann immer sich ihr die Gelegenheit bot, erzählte sie nun frei und offen, dass sie dem König nur noch in zärtlicher Freundschaft zugetan sei. Selbstverständlich liege ihr nach wie vor nichts so sehr am Herzen wie das Glück und der Ruhm Seiner Majestät, beteuerte sie ihren fassungslosen Zuhörern. Die Höflinge staunten, wie sie von den neuen Verhältnissen in dem gleichen plaudernden Ton berichtete, als wenn der König ihr ein neues Schloss gekauft hätte. Der Hof hatte ein neues Tagesgespräch. Eine Mätresse, mit der der König nicht mehr schlief – so etwas hatte es noch nie gegeben! Es war nur eine Frage der Zeit, dass Louis sein Herz wieder einer anderen schenken würde, und die Wetten, wer die Erwählte sein mochte, die die Pompadour vertreiben würde, hatten wieder einmal Hochkonjunktur.

Einzig der Beichtvater des Königs schenkte Louis keinen rechten Glauben. Schon vor einiger Zeit, das erste Mal war es im Heiligen Jahr gewesen, hatte der König behauptet, mit der Marquise kein Liebesverhältnis mehr zu haben. Doch warum hatte er seither immer wieder die Nächte in ihren Gemächern verbracht? Warum besaß die

Marquise immer noch ihre Position und alle Privilegien einer *Maîtresse en titre?*

Im Grund war Père Pérusseau ohnehin völlig einer Meinung mit dem Kardinal de La Rochefoucauld, dass der seelische Einfluss der Marquise de Pompadour auf den Herrscher noch weit verderblicher war als die fleischliche Lust, die dieser mit ihr geteilt hatte.

»Euer Majestät müssen dieser Frau ganz entsagen, wenn Eure Seele von jeder Schuld freigesprochen werden soll«, sagte er mit strenger Miene, doch der Blick des Königs verriet ihm, dass Louis dazu nicht bereit war. Noch nicht, jedenfalls.

Jeanne hatte vom Hofklerus keine andere Reaktion erwartet. Dennoch – den Devoten war fürs Erste der Wind aus den Segeln genommen. »Selbst den Frömmlern dürfte es schwerfallen, in der Bibel eine Stelle zu finden, in der Gott die Freundschaft zwischen zwei Menschen zur Sünde erklärt«, sagte sie mit einem zufriedenen Lächeln über ihren geschickten Schachzug zu der Duchesse de Brancas, die sie am Nachmittag zu einem Besuch der Porzellanmanufaktur nach Vincennes begleitet hatte. »Höchstwahrscheinlich nicht. Aber unterschätzen Sie den Fanatismus der Kleriker nicht«, entgegnete die Duchesse, als sie durch den Ausstellungsraum schlenderten, in dem auf einer Reihe von Tischen die neuesten Porzellanwaren aufgestellt worden waren. Der Direktor hatte sie auf ihre Bitte, sich in Ruhe umsehen zu können, allein gelassen. Jeanne protegierte die hiesige Herstellung schon seit einiger Zeit. Sie träumte davon, eine Porzellanmanufaktur in Frankreich zu etablieren, die der sächsischen in Meißen ebenbürtig war. Schon immer hatte sie eine Schwäche für die Feinheit und Eleganz dieses Porzellans gehabt. Gleichzeitig hoffte sie jedoch auch, dass sich aus dem Unternehmen in Vincennes ein wichtiger Wirtschaftszweig für Frankreich entwickeln könnte.

Nachdenklich begutachtete die Brancas eine rosa Vase mit goldenen Blütenornamenten an. »Das heißt also, dass Seine Majestät nach wie vor keine Sakramente empfangen darf?«

Jeanne nickte. »Weder der König noch ich. Aber ehrlich gesagt, Duchesse, ich kann mir ohnehin nicht vorstellen, dass der König jemals einen Lebensstil führt, der ihn auf Dauer zur Keuschheit verdammt. Er besitzt nun einmal das heißblütige Temperament der Bourbonen.«

Die Brancas nickte. Sie wandten sich einem weiteren Tisch mit Objekten zu. »Und wie steht es um Ihr Temperament?«

»Um meines?« Jeanne hatte eine Tasse hochgenommen, die bereits sehr viel feiner gearbeitet war als die Exponate, die sie bei ihrem letzten Besuch zu sehen bekommen hatte, aber dennoch fehlte dem Porzellan das Schwerelose, das fast durchsichtig Zarte. Sie würde noch einmal mit dem Direktor sprechen müssen.

»Oh, Sie spielen auf die Gerüchte an, dass meine angebliche Gefühlskälte – meine Frigidität – den König aus meinem Bett gejagt hat?«

Die Duchesse fuhr mit dem Finger beiläufig über einen Tellerrand. »Aber nein, Marquise«, entgegnete sie abwehrend.

Jeanne lächelt mokant. Natürlich war das der Grund für ihre Frage. Der Gesichtsausdruck der Duchesse verriet nur allzu deutlich ihre Neugierde.

»Ich leide und vermisse ihn«, sagte Jeanne schließlich ehrlich, denn das war die bittere Wahrheit. »Doch uns Frauen ist es eher möglich, ohne Leidenschaft leben zu können, als den Männern, nicht wahr?«

»Nun, da bin ich mir nicht so sicher. Ich für meinen Teil verzichte nur ungern auf dieses Vergnügen. Aber ich kenne einige Damen, die glücklich wären, auf diese Wonnen mit ihren Ehemännern verzichten zu dürfen«, entgegnete die Brancas spöttisch.

Jeanne betrachte die gelungene bauchige Form der Teekanne. Die Duchesse hatte durchaus recht. Damals mit Charles war es ihr ähnlich gegangen. Wie hatte ihr vor den Nächten mit ihm gegraut! Doch Louis war von Anfang an anders gewesen. Sanft, zärtlich und gleichzeitig so männlich und leidenschaftlich, dass es ihr den Atem geraubt hatte.

Eine jähe Traurigkeit stieg in ihr hoch. Manchmal wünschte sie sich, nur noch einmal eine einzige Nacht mit ihm erleben zu dürfen.

»Dieses Service ist wirklich entzückend«, sagte die Duchesse, die ein Milchkännchen hochgenommen hatte, das die gleiche runde Form wie die Teekanne besaß.

Jeanne nickte. »Ja, und ich mag das Grün.« Sie warf einen Blick auf die große Standuhr an der Wand. »Wenn Sie mich kurz entschuldigen? Ich werde noch einige Worte mit dem Direktor sprechen, bevor wir uns auf den Rückweg machen.«

Sie ließ sich von dem Sekretär, der vor dem Ausstellungsraum wartete, zum Büro des Direktors führen und teilte ihm ihre Veränderungswünsche mit. Einige Farben sollten heller und leuchtender sein, und die Wände der Tassen und Schalen unbedingt noch dünnwandiger, erklärt ihm Jeanne.

Der Direktor, ein untersetzter Mann mit einer großen Nase, versprach, ihre Anregungen aufzunehmen. Sie wusste, dass er glücklich war, sie als Schirmherrin gewonnen zu haben, denn der Manufaktur war es in den letzten Jahren nicht besonders gut gegangen. Jeanne kam deshalb regelmäßig nach Vincennes, obwohl die Fahrt weit und beschwerlich war.

Auf der Rückfahrt, als die Duchesse de Brancas neben ihr eingenickt war, dachte sie erneut darüber nach, den König dazu zu überreden, die Fabrik an einen Ort, der näher bei Versailles lag, verlegen zu lassen.

59

Im Kloster de l'Assomption hatte man die Oberin aus ihrem Mittagsgebet gerissen. Eilig lief sie nun mit wehendem Habit hinter der Nonne den Gang entlang zum Schlaftrakt der Mädchen.

»Seit wann geht es ihr so schlecht, Schwester Agnès?«

»Seit dem Morgen, Mutter Oberin. Sie hat nach der Messe plötzlich Krämpfe bekommen.«

»Kann es sein, dass sie etwas Schlechtes gegessen hat?«

»Nein, bestimmt nicht, Mutter Oberin, die Mädchen haben zum Abend alle dasselbe gehabt.«

Das Gesicht der Oberin verzog sich sorgenvoll. Nicht auszudenken, wenn das Mädchen ernsthaft krank sein sollte.

Agnès öffnete die schwere Eichentür, die zum Schlafsaal der Mädchen führte. Es war ein großzügiges, lang gestrecktes Gemach, das ganz dem Stand der adligen Zöglinge entsprach. Zwei Kamine sorgten selbst im Winter für eine angenehme Wärme, und die Wände waren ebenso wie die großen Paravents, die die Betten rechts und links voneinander abtrennten, mit hellem Tuch bespannt. Auf der Stirnseite des Raums befand sich ein Altar mit Blumen und einem goldenen Kreuz, vor dem die Mädchen ihr Morgengebet verrichten konnten, sobald sie aufgestanden waren.

Alexandrines Bett war das letzte auf der linken Seite.

Es ging ihr schlecht. Die Oberin erschrak, als sie die Kleine sah. Obwohl Schwester Anne-Marie, die neben ihr wachte, dem Mädchen ein kühles Tuch auf die Stirn gelegt hatte, glühten ihre Wangen. Alexandrine stöhnte vor Schmerzen und wälzte sich unruhig in ihrem Bett hin und her.

»Mein Bauch ... er tut so weh ...«, jammerte die Kleine.

»Bringen Sie das Mädchen ins Krankenzimmer, und lassen Sie sofort Doktor Nicolas holen«, befahl die Oberin. Sie strich dem Mädchen sanft über die Wange.

Schwester Agnès war schon losgeeilt ...

Als der Arzt kaum eine halbe Stunde später im Kloster eintraf, war das Fieber des Mädchens weiter gestiegen.

»Gott sei Dank, dass Sie da sind, Monsieur Nicolas«, sagte die Mutter Oberin erleichtert. »Ihre Temperatur macht uns große Sorgen.«

Der Arzt musterte das leidende Mädchen und legte seine Hand auf ihre erhitzte Stirn. Er zog Alexandrines Augenlider nach unten und tastete die Drüsen an ihrem Hals ab. »Wie lange geht das schon so?«

»Seit dem Vormittag. Nach der Morgenmesse hat sie plötzlich Krämpfe bekommen.«

Seine buschigen Brauen zogen sich sorgenvoll zusammen. Er schlug die Bettdecke zur Seite und tastete vorsichtig den Bauch des Mädchens ab. Er war ebenso wie die Drüsen an ihrem Hals stark geschwollen. Alexandrine stöhnte auf.

»Ist schon gut, meine Kleine.« Er tätschelte ihre Hand und deckte sie wieder zu.

Er entfernte sich mit der Oberin einige Schritte vom Bett. Sein Gesicht war ernst. »Sie sollten sofort ihre Eltern verständigen. Sie ist sehr krank.«

Die Nonne sah ihn entsetzt an. »Soll das heißen ...?«

Er nickte. »Es tut mir leid. Beten Sie für sie! Manchmal lässt Gott noch ein Wunder geschehen ...«

Louis hatte den Kardinal de La Rochefoucauld, Monsignore Boyer, Machault d'Arnouville und den Comte d'Argenson zu sich nach Bellevue zitiert, denn die vier Männer standen mit ihrem Einfluss stellvertretend für den Streit zwischen Parlament und Klerus. Jeanne hatte auf einem Schemel neben dem König Platz genommen. Sie nahm inzwischen oft an solchen Sitzungen teil, auch wenn sie sich dabei mit ihrer Meinung zurückhielt und sich nur äußerte, wenn Louis sie direkt fragte. Jeder wusste jedoch, dass ihre Meinungen und Ansichten für den König von Bedeutung waren. Dank dieses wachsenden Einflusses wurde sie sogar von einigen Höflingen heimlich als Premierminister bezeichnet. Es belustigte Jeanne, zu hören, wie viel Macht sie angeblich besaß. Sie ließ die Menschen in dem Glauben, umso leichter konnte sie ihre Feinde in ihre Schranken verweisen. Sie hatte inzwischen ihre Lektion gelernt.

Doch die Wahrheit sah anders aus: Louis war keineswegs der manipulierbare König, als den ihn viele hinstellten. Er fragte sie nach ihrer Meinung, tauschte sich mit ihr aus, weil er ihr bedingungslos vertraute und wusste, dass sie ihm gegenüber aufrichtig war, doch niemals hätte er ihr erlaubt, sich ohne seine Erlaubnis in Regierungsgeschäfte einzumischen.

»Messieurs, ich habe vor einigen Tagen ein Gespräch mit dem Parlamentspräsidenten, Monsieur de Maupeou, geführt und habe beschlossen, dass ich das Parlament in Kürze nach Paris zurückrufen werde.«

Der Kardinal de La Rochefoucauld neigte seinen Kopf. »Euer Majestät, ich habe Verständnis dafür, dass die Rückkehr der Richterschaft des Parlaments notwendig ist, um die Ordnung im Land aufrechtzuerhalten, aber ich hoffe, dass dem Parlament klar ist, dass es dann aufhören muss, unsere Priester verhaften zu lassen.«

Machault d'Arnouville lächelte abschätzig. »Verzeiht, Kardinal, aber wenn sich die Priester nicht weigern würden, ohne Beichtbillette die Sakramente zu geben, würden sie auch nicht verhaftet werden. Seien wir doch ehrlich, diese ganze Hetze gegen das Parlament und die Jansenisten ist nur eine Machtdemonstration Ihres Standes, damit sich niemand mehr traut, an Ihren Privilegien zu rütteln …«

Es war mutig, diese Meinung so offen vor dem König zu

äußern, dachte Jeanne, die seine Ansicht durchaus teilte. Und richtig, das Gesicht von Monsignore Boyer verzog sich vor wütender Empörung.

»Ihr spielt auf die Steuer an? Was maßen Sie sich an! Wollen Sie die gottgegebene Ordnung ...«

»Messieurs! Ich verbiete mir diesen Ton in meiner Gegenwart«, unterbrach sie der König und brachte die Anwesenden mit einer Handbewegung zum Schweigen.

Die Männer senkten die Köpfe.

»Es ist alles gesagt. Ich möchte weder vom Parlament noch vom Klerus ein einziges weiteres Wort zu dieser Angelegenheit hören.«

Ein Kammerdiener erschien in der Tür. Er hielt einen Brief in der Hand. »Verzeiht, Euer Majestät«, sagte er mit einer tiefen Verbeugung. »Dieser Brief traf soeben ein. Er ist für Madame la Marquise. Es sei überaus dringend, sagte der Bote.«

Jeanne stand verwundert auf und nahm das Schreiben entgegen. Er war vom Kloster. Ihre Kehle schnürte sich plötzlich zusammen. Warum schrieb man ihr? Sie riss das Siegel auf und entfaltete den Brief. Er war von der Äbtissin. Ihre Augen weiteten sich, als sie die Zeilen las. Etwas in ihr weigerte sich, zu verstehen, was dort stand. Dann spürte sie nur noch, wie ihr schwindlig wurde. Sie sackte ohnmächtig zusammen.

Louis stürzte erschrocken zu ihr. »Riechsalz, Wasser, schnell!«, befahl er, während er sie auf eine Chaiselongue bettete. Er hob den Brief auf, der ihren Fingern entglitten war.

Paris, Juni 1754
An die Marquise de Pompadour
Madame,
ich muss Ihnen mit diesem unglückseligen Brief die schreckliche Nachricht überbringen, dass Ihre Tochter Mademoiselle Alexandrine Le Normant d'Étiolles gestern einem plötzlichen Fieber erlegen ist. Der Arzt konnte nichts mehr

für sie tun. Wir alle sind untröstlich über Ihren Verlust. Gott stehe Ihnen in dieser schweren Stunde in Ihrem Schmerz bei.

Weder das Riechsalz noch das Wasser schafften es, Jeanne wieder zur Besinnung zu bringen. Louis ließ seine Ärzte rufen.

Man brachte Jeanne in ihre Gemächer und ließ sie unverzüglich zur Ader. Schließlich erlangte sie das Bewusstsein wieder. Doch im nächsten Moment erinnerte sie sich an alles. Der Schmerz war so groß, dass er sie überwältigte. Ein hohes Fieber ergriff sie. Bald schon verwischten sich die Konturen der Wirklichkeit, Jeanne wandelte zwischen den Welten, dem Tod näher als dem Leben. Ein Nervenfieber, ausgelöst durch den Schock, sagten die Ärzte des Königs, und nur Doktor Quesnay ahnte, wie tief sie dieser Verlust wirklich getroffen hatte.

Ihr Zustand war besorgniserregend.

Zwei Tage fürchtete der König in größter Angst, dass Jeanne ihrer Tochter folgen könnte. Unentwegt saß er an ihrem Bett, bis das Fieber schließlich wieder langsam sank.

Die Welt kam ihr fremd vor, als sie das Bewusstsein wiedererlangte. Sie fühlte nichts als Schmerz, Leere und Hoffnungslosigkeit. Man hatte ihr alles geraubt. Gott hatte sie gestraft und ihr mit zweiunddreißig das einzige Kind genommen. Ihre Tochter, ihren kleinen Engel! Unentwegt stiegen Bilder der Erinnerung vor ihren Augen auf. Sie sah Alexandrine vor sich – als Säugling, als ihr die Hebamme die Kleine das erste Mal in den Arm gelegt hatte und Jeanne glaubte, dass es keinen glücklicheren Moment in ihrem Leben geben könnte – später dann, als die Kleine die ersten tapsenden Schritte tat, sie nach ihr rief und sich jauchzend in ihre Arme warf. Und war es nicht erst wenige Tage her, dass sie auf ihrem Schoß gesessen und mit ihrem Haar gespielt hatte? *»Maman, du duftest immer so gut.«*

Jeanne war vor Kummer außer sich. Sie weinte. Leise und unaufhörlich rollten die Tränen über ihre Wangen. Der Tod von Alexandrine riss auch ihre alten Wunden wieder auf, ließ den Schmerz um ihren ersten Sohn und die Fehlgeburten – die ungeborenen Kinder, denen sie nie das Leben hatte schenken dürfen – erneut in ihr emporsteigen.

Louis, der spürte, was in ihr vorging, wich nicht von ihrer Seite. Er hielt sie in den Armen und war still und schweigend für sie da, und sie war ihm dankbar, dass er nicht versuchte, irgendwelche Worte des Trostes zu finden, die ihr Leid doch nicht hätten mindern können. Intuitiv verstand Louis, dass Jeanne nichts tun konnte, als die Härte dieses furchtbaren Schicksalsschlags zu ertragen. Doch es waren seine Gegenwart und Nähe, die sie in diesen Tagen am Leben erhielten.

Sie bekam viele Briefe und Beileidsbekundungen. Selbst die Königin schrieb ihr mitfühlende Worte:

… Nur wer es selbst erlebt hat, kann tatsächlich den Schmerz einer Mutter ermessen, die ihr eigenes Kind verlieren muss. Ich fühle mit Ihnen, Marquise, und hoffe, dass Gott Ihnen in dieser schweren Stunde Ihres Lebens Trost und Hoffnung spendet.
Marie Leszczynska

Ihr Brief berührte Jeanne, und sie dankte ihr. Sie fühlte in den Zeilen das aufrichtige Mitgefühl. Die Königin hatte selbst vier ihrer zehn Kinder zu Grabe tragen müssen. Der Tod von Madame Henriette lag erst zwei Jahre zurück.

Jeanne dachte darüber nach, welch ein seltsames Band sie mit Marie Leszczynska verband. So unterschiedlich sie und die Königin nach außen waren, vieles, was sie emotional erlebt hatten, ähnelte sich. Vielleicht rührte daher der gegenseitige Respekt, den sie einander von Anfang an entgegengebracht hatten.

Alexandrine wurde in der Familiengruft, in der auch schon Jeannes Mutter, Louise Poisson, bestattet worden war, beerdigt. Jeanne ließ den Bildhauer Pigalle einen Engel für ihr

Grab anfertigen, dessen Gesicht einem Porträt ihrer Tochter, das sie besonders liebte, nachempfunden wurde. Das Gesicht der Statue geriet so treffend, dass Jeanne in Tränen ausbrach, als der Künstler ihr das Werk das erste Mal präsentierte.

Mühsam versuchte sie ihre Trauer zu überwinden. Sie war geübt darin, ihren Schmerz zu verbergen. Doch tief in ihrem Inneren blieb eine dunkle schwarze Leere zurück, eine quälende Wunde, die sich nicht schließen wollte. Sie wusste, dass sie nie wieder die sein würde, die sie vor dem Tod von Alexandrine gewesen war.

Als wenn das Schicksal sie mit dieser Prüfung nicht schon genug gestraft hätte, erreichte sie nur zehn Tage später die Nachricht, dass ihr Vater François Poisson gestorben war.

Bestürzt berichtete ihr Bruder Abel von seinem Tod. Die Ärzte hatten schon lange davon gesprochen, dass sein Herz schwach sei und es mit seiner Gesundheit nicht zum Besten stand. Nun war sein Kummer über den Tod der geliebten Enkelin so groß gewesen, dass er nicht darüber hinweggekommen war. Jeanne trauerte aufrichtig um ihn und war am Ende ihrer Kräfte.

Wenn die Duchesse de Brancas es auch gern überspielte, im Grunde war sie ein überaus warmherziger Mensch. Deshalb beobachtete sie mit zunehmender Besorgnis den deprimierten Zustand der Marquise. In der Öffentlichkeit verstand sie ihre Rolle weiter meisterhaft zu spielen – sie lächelte, scherzte und plauderte, als wenn nichts geschehen wäre. Doch dann, sobald sie sich wieder unbeobachtet wähnte – als wenn sie von einer Bühne abgetreten wäre –, schien ihre Niedergeschlagenheit und Verzweiflung nur umso größer zu sein. Die Marquise drohte gänzlich in ihrem Kummer zu versinken. Sie trug dunkle Kleider und Spitze und benutzte zwar noch Puder, dafür aber kein Rouge und Lippenrot mehr. Geradezu gespenstisch wirkte sie. Nicht nur der König, sondern auch ihr Bruder und ihre engsten Freunde waren besorgt um sie.

Die Duchesse konnte es schließlich nicht mehr länger mit ansehen. Dieser Zustand musste ein Ende finden!

»Wir gehen spazieren«, befahl sie. Sie befand sich zu Besuch bei Jeanne und hatte nun schon seit geraumer Zeit beobachtet, wie die Marquise, ohne etwas zu sagen, auf den Saum ihres Rockes starrte und ihre Anwesenheit gar nicht zur Kenntnis zu nehmen schien. Die Duchesse klingelte nach der Zofe.

Jeanne hob den Kopf und bemühte sich um ein Lächeln, das ihr nicht gelang. »Verzeihen Sie mir, aber ich glaube, ich bleibe lieber hier.«

»Keine Widerrede!«

Als Jeanne den strengen Zug um ihren Mund sah, seufzte sie. Sie hatte nicht einmal mehr die Kraft zu widersprechen. »Also gut«, sagte sie.

Die frische Luft tat ihr wider Erwarten gut. Ihre Hunde tobten ausgelassen um sie herum. César verschwand zwischen den Hecken und tauchte kurz darauf mit einem Stock im Maul auf, den er ihr brachte. Sie strich ihm über das karamellfarbene Fell, und er wedelte glücklich mit dem Schwanz. »Sie sind die Einzigen, die mir geblieben sind«, sagte Jeanne in einem Anflug von Bitterkeit.

Die Duchesse blieb vor ihr stehen. Nun war es genug! Sie fasste die Freundin energisch am Arm. »Marquise, Sie wissen, dass das nicht stimmt. Die Liebe des Königs gehört Ihnen. Er ist außer sich vor Sorge um Sie. Um seinetwillen und um Frankreichs willen: So kann es nicht weitergehen!«

Jeanne sah sie erstaunt an. Etwas in ihr wusste, dass die Duchesse recht hatte. Sie stand nicht wie früher an Louis' Seite. Die Politik und der Hof waren ihr gleichgültig geworden. Nichts bedeutete ihr mehr etwas, seitdem Alexandrine gestorben war. Weiterhin ein Leben zu führen wie vorher wäre ihr wie ein Verrat erschienen.

Doch sie verspürte auf einmal ein schlechtes Gewissen. Es stimmte, dass sie Louis, der in ihrem Schmerz so an ihrer Seite gestanden hatte, im Stich ließ. Sie seufzte.

»Sie müssen Ihren Kummer überwinden. Der König braucht Sie, und das wissen Sie«, sagte die Brancas leise.

Jeanne nickte. Die Worte der Duchesse hatten etwas Tröstendes.

Als sie von dem Spaziergang zurückkam, ließ sie sich schweren Herzens von Madame du Hausset ein anderes Kleid bringen.

»Nein, kein schwarzes, sondern das blaue, das hellblaue«, fügte sie hinzu. Sie blickte in den Spiegel und betrachtete ihr blasses mitgenommenes Gesicht, das ihr selbst fremd geworden war.

»Und Rouge, ja ich brauche unbedingt etwas Rouge.«

Eine Stunde später befand sie sich auf dem Weg zum Kabinett des Königs, der sich in einer Besprechung mit seinen Ministern und Beratern befand. Der Comte d'Argenson war anwesend, der Marquis de Puysieulx, der Comte de Saint-Florentin, Monsieur de Machault d'Arnouville und der Duc de Richelieu.

Louis drehte sich erfreut zu ihr. »Wie schön, dass Sie uns mit Ihrer Anwesenheit beehren, Madame.«

Jeanne deutete einen Knicks an. Eine Garde brachte ihr einen Schemel.

»Uns hat gerade die ungute Nachricht erreicht, dass es im Ohio-Tal an der Grenze erneut zu Kämpfen mit den Engländern gekommen ist«, fuhr Louis fort.

Schon das ganze Jahr über hatte es Gefechte an der Grenze zwischen französischem und britischem Territorium gegeben, und es wurde immer deutlicher, dass der Konflikt mit den Engländern nur schwer friedlich zu lösen sein würde.

»Ihr denkt darüber nach, die Flotte zu verstärken?«, fragte Jeanne. Ihr Blick glitt zu Machault d'Arnouville, der erst vor einigen Tagen zum neuen Minister für Marineangelegenheiten ernannt worden war und dafür sein Amt als königlicher Finanzkontrolleur aufgegeben hatte.

»Ja, ich habe bereits den Auftrag dazu gegeben.«

»Vielleicht sollte man die Lage in Kanada gar nicht so ernst nehmen, Euer Majestät. Die Zivilisation dort ist weit weg ...«, wandte der Comte d'Argenson ein, und die Männer nahmen den Faden ihres Gespräches über die möglichen Konsequenzen dieses Konflikts wieder auf.

Das Gefühl, dass Louis sie brauchte, gab Jeanne neue Kraft. Mit dem Tod von Alexandrine war auch ihre Hoffnung gestorben, das, was sie selbst im Leben an Wohlstand und Ansehen erreicht hatte, einmal an ihr eigenes Blut weitergeben zu können, denn Abel wollte nicht heiraten. Wie ein Baum, der keine Früchte trug, würde nichts von ihr der Welt erhalten bleiben.

Louis stellte nun den einzigen Mittelpunkt dar, um den alles kreiste. Allein für ihn würde sie leben.

Schon lange hatte Jeanne die Rolle der Mätresse, die allein für die Zerstreuung des Königs zuständig war, hinter sich gelassen. Über die Jahre war sie immer mehr zu Louis' Vertrauten und Beraterin geworden. Jetzt aber begann Jeanne sich tiefer und eingehender als jemals zuvor mit den politischen Belangen und den Regierungsgeschäften des Landes zu beschäftigen, ließ sich von Botschaftern, Ministern und Gesandten über alle Vorkommnisse genauestens unterrichten, um Louis in seinen Entscheidungen so umfassend wie möglich beraten und unterstützen zu können.

Die innenpolitischen Konflikte bedrohten nach wie vor den Frieden und die Ordnung des Landes. Im September hatte Louis das Parlament nach Paris zurückkehren lassen. Wie er angekündigt hatte, verlangte er sowohl von den Magistraten als auch vom Klerus absolutes Stillschweigen über die Angelegenheit der Beichtbillette. Doch der Erzbischof von Paris, Monsignore de Beaumont, blieb hartnäckig und störrisch und war nicht bereit, sich der königlichen Autorität zu beugen.

Louis' Mund war nur noch ein schmaler Strich, als er mit dem Bericht über die neuesten Unruhen, den er gerade von d'Argenson erhalten hatte, in Jeannes Gemächer kam.

»Auf Anordnung von Monsignore de Beaumont hat sich schon wieder ein Priester geweigert, einem Sterbenden die Sakramente zu spenden.«

Jeanne legte ungläubig den Brief des Comte de Stainville aus Rom zur Seite. »Das ist infam. Selbst der Erzbischof von Paris darf es nicht wagen, sich Euren Befehlen zu widersetzen.«

»Meine Geduld ist am Ende.« Louis hatte in der typischen Haltung, wenn ihm etwas missfiel, seine rechte Hand in die Hüfte gestemmt. Sein Blick verhieß nichts Gutes für den Monsignore, dachte Jeanne. Und sie sollte recht behalten. Der König ließ dem Erzbischof durch den Comte d'Argenson seinen Verbannungsbescheid überbringen. Beaumont habe sich bis auf Weiteres in sein Landhaus in die Provinz zurückzuziehen, lautete der Befehl des Königs.

Das Parlament frohlockte. Doch die Unruhen im Land gingen weiter, denn nun versuchten die Magistraten, die Lage wieder für sich auszunutzen. Die Situation war angespannt und zunehmend beunruhigend, fand Jeanne. Sie hielt das Parlament inzwischen für weit bedrohlicher für den König als den eigensinnigen Erzbischof von Paris. Der aufwiegelnde Geist, der in Paris herrschte, der mangelnde Respekt des Volks, den sie selbst am eigenen Leib hatte erfahren müssen – sie erkannte die Gefahr, die von einem renitenten Parlament ausging. Und sie war in diesem Punkt ausnahmsweise einmal einer Meinung mit der königlichen Familie und den devoten Klerikern – dass man gegen die Magistraten weiter hart durchgreifen musste.

Louis beschloss, dass die Auseinandersetzung um die Beichtbillette durch eine religiöse Instanz ein für alle Mal bindend entschieden werden sollte, und Jeanne bestärkte ihn in seinem Entschluss, dass Papst Benedikt XIV. dieses Urteil fällen solle.

»Die Bischöfe werden natürlich mit allen Mitteln versuchen, den Papst aufzuhetzen, und die Lage so einseitig wie möglich darstellen«, sagte Louis düster.

»Ja, und der Minister für Auswärtige Angelegenheiten wird Euch in diesem Machtkampf kaum eine große Hilfe sein können.« Jeanne verzog nachdenklich das Gesicht, als ihr eine Idee kam. »Vielleicht könnte Euch der Comte de Stainville dienlich sein.«

»Hm.« Louis war mäßig erfreut, als er diesen Namen hörte, der sich für ihn noch immer mit unguten Erinnerungen an die Affäre mit der Comtesse de Choiseul-Beaupré verband.

Jeanne ignorierte seine Reaktion. »Wenn Ihr erlaubt, werde ich ihm schreiben und ihn bitten, eine Möglichkeit zu finden, den Papst in einer Privataudienz unter vier Augen zu sprechen. Streng vertraulich, selbstverständlich.«

Louis nickte zögernd. »Das scheint mir eine gute Idee zu sein«, sagte er schließlich.

»Der Comte wird glücklich sein, Euch zu Diensten sein zu können.«

Louis lächelte spöttisch. »Nun, wenn dem so ist, dann soll Monsieur de Stainville einmal zeigen, wie gut es um seine diplomatischen Fähigkeiten bestellt ist.«

Er nahm ihre Hand und küsste sie. »Sagte ich Ihnen schon einmal, dass an Ihnen ein vortrefflicher Minister verloren gegangen ist, Madame?«

Sie machte einen artigen Hofknicks und lächelte, nicht ohne einen gewissen Stolz. »Nein, Sire, das erwähntet Ihr bisher noch nicht!«

Der Tisch war stilvoll und elegant gedeckt, alles war harmonisch aufeinander abgestimmt, obwohl doch jeder Gast ein unterschiedlich bemaltes Teil des Porzellanservice mit dem schmalen Goldrand vor sich fand.

Die Princesse de Rohan hob entzückt eine dunkelblaue Suppentasse hoch, auf deren weißem Hintergrund zwei Vögel abgebildet waren, die zwitschernd um einen Blütenzweig flogen. »Wie hinreißend, Marquise. Ist dieses Stück auch aus der Kollektion, die Monsieur Boucher entworfen hat?«, flötete sie.

Jeanne nickte und verkniff sich eine spöttische Bemerkung. In dem gleichen Maß, wie die Princesse früher bei jeder Gelegenheit versucht hatte, sie bloßzustellen, bemühte sie sich nun, ihr mit Schmeicheleien zu gefallen. Manchmal wusste Jeanne nicht, was sie unerträglicher finden sollte – die Hochmütigkeit, mit der man ihr früher begegnet war, oder diese Heuchelei. Es gab nur sehr wenige Personen am Hof, deren Gegenwart Jeanne schätzte. Die Duchesse de Brancas zählte dazu und die Duchesse de Mirepoix, jene kleine Frau mit den wachen Augen – eine enge Freundin der Brancas. Ihr Gemahl weilte als Botschafter in London, und sie selbst stand seit einiger Zeit als Hofdame in den Diensten der Königin. Jeannes Blick glitt zur Comtesse d'Estrades – deren Gegenwart sie dagegen nur noch mit Mühe ertragen konnte.

»Die Comtesse hat recht«, sagte der Duc de Richelieu. »Sie sind wahrhaftig dabei, den Sachsen gefährlich Konkurrenz zu machen.«

Sie lächelte. Man konnte dem Duc viel vorwerfen, aber er sagte stets, was er dachte.

»Genau das ist meine Absicht, Duc. Ich möchte ein hochwertiges französisches Porzellan herstellen lassen, das Meißen mehr als ebenbürtig ist.«

Sie warf einen zufriedenen Blick auf das Service. Sie erinnerte sich, wie mühselig die Anfänge gewesen waren. Nichts hatte gestimmt – weder das Material noch die Glasur und die Farben, und das Resultat der ersten Probestücke, die man aus den Öfen geholt hatte, war niederschmetternd gewesen und in der Qualität in keinerlei Weise vergleichbar mit dem sächsischen Porzellan. Monatelang hatte man verschiedene Bodenarten ausprobiert – sogar aus Sachsen hatte man voller Verzweiflung Erde kommen lassen –, hatte die Rezeptur und die Brennstufen der Öfen verändert, bis Schritt für Schritt eine Verbesserung an dem Porzellan zu erkennen war. Für die Farben und das Dekor der Stücke hatte Jeanne Monsieur Boucher und dann auch Monsieur Falconet engagieren lassen. Sie hatten die Vorlagen für die Bemalung des Porzellans entworfen – Landschaften, Kinderszenen, Blumengirlanden und Figurinen –, die den Stücken schließlich zu einer ganz eigenen künstlerischen Qualität verholfen hatten.

Nicht nur der König kaufte inzwischen im großen Stil das Porzellan, sondern auch der Luxusmöbelhändler Lazare Duvaux, der Kunden in der ganzen Welt hatte. Doch Jeanne reichte das nicht – sie hatte Größeres vor.

Sie warf einen charmanten Blick in die Runde. »Ich freue mich, dass Ihnen die Stücke gefallen, denn ich muss Sie warnen, *Mesdames et Messieurs,* ich werde es zu meiner nationalen Pflicht machen, Sie dazu zu bringen, dass jeder von Ihnen Frankreichs Wirtschaft unterstützt, indem er dieses Porzellan kauft«

Richelieu lächelte. »Nun, Madame, da ich aus eigener Erfahrung weiß, dass Sie das, was Sie sich einmal vorgenommen haben, auch durchsetzen, werde ich der Manufaktur in Vincennes gleich morgen meinen Auftrag zukommen lassen.«

»Das nenne ich wahrhaft patriotisch«, lachte Louis, der das Gespräch amüsiert verfolgt hatte.

60

Das Verhältnis zwischen Machault d'Arnouville, dem Minister für Marineangelegenheiten, und dem Comte d'Argenson war von jeher nicht einfach gewesen. Daran war mehr als nur persönliche Abneigung schuld, denn d'Argenson hatte dem ehemaligen Finanzkontrolleur nie verziehen, dass dieser ihm seine Empfehlung beim König, durch die Machault d'Arnouville sein Amt erlangte, ausgerechnet damit gedankt hatte, dass er zu einem Günstling der Pompadour geworden war.

In der Tat hatte Machault d'Arnouville damals schnell erkannt, dass die *Maîtresse en titre* und ihre Protegés, die Brüder Pâris, weit wichtiger für seine Karriere sein würden als der Minister für Kriegsangelegenheiten, und der Umgang zwischen den beiden Männern war seither distanziert und kühl, wenn sie im Staatsrat oder bei persönlichen Besprechungen zusammenkamen. An diesem Morgen jedoch waren ihre persönlichen Differenzen von keinerlei Bedeutung. Jede persönliche Befindlichkeit war in den Hintergrund getreten angesichts der Nachricht, die ihnen soeben ein Kurier gebracht hatte.

»Das können die Engländer nicht gewagt haben!«, entfuhr es Machault d'Arnouville bereits zum zweiten Mal, als er das Schreiben ungläubig noch einmal las. Zwei französische Schiffe waren vor den Neufundlandbänken von den Briten auf hinterhältige Weise angegriffen und gekapert worden. Die *Alcide* und *Lys* gehörten zu einer größeren Flottenverstärkung, die Louis im Frühling vorsichtshalber nach Québec und Louisbourg entsandt hatte, nachdem bekannt geworden war, dass der englische König George von seinem Parlament nicht nur hohe Mittel zum Schutz der kolonialen Besitztümer bewilligt bekommen, sondern angeblich sogar bereits einen Angriffsplan für sein Heer und seine Flotte ausarbeitet hatte.

Die französische Flotte war mit dreizehn Schiffen in Brest ausgelaufen, doch unglücklicherweise waren drei der Schiffe im starken Nebel vom übrigen Geschwader getrennt worden. Wie das Schreiben des Kuriers nun berichtete, waren sie vor den Neufundlandbänken auf dem offenen Meer auf die Engländer gestoßen. Admiral de Hocquart, der die französische *Alcide* befehligte, hatte sich angesichts der derzeitigen unsicheren politischen Lage sein Sprachrohr bringen lassen und nachgefragt, ob sie sich im Krieg oder Frieden befänden.

»Im Frieden«, hatte der englische Admiral Boscawen darauf geantwortet und im selben Moment auch schon die Kanonen zünden lassen und sie angegriffen. Nur das dritte Schiff, die *Dauphin Royal,* hatte noch beidrehen und entkommen können, für die *Alcide* und die *Lys* war es zu spät gewesen. Die beiden Schiffe waren machtlos gegen das Geschwader der Engländer gewesen und waren samt ihrer Besatzung gekapert worden.

»Wir müssen sofort den König informieren«, sagte d'Argenson, der angesichts dieser Ungeheuerlichkeit nicht weniger fassungslos war.

Machault d'Arnouville nickte. Er zog seine Taschenuhr aus seinem Rock. Es war fast neun Uhr. Der König musste bereits angekleidet sein. Da der Hof zurzeit in Compiègne weilte, fiel das *Lever* kürzer als in Versailles aus.

Der Minister für Marineangelegenheiten hatte recht. Louis war gerade dabei, seine Manschettenknöpfe aus einer Schmuckschatulle auszuwählen, die ihm sein Kammerdiener präsentierte, und plauderte mit der Marquise und seinem

Cousin, dem Prince de Conti. Auch der Dauphin, der sich mit zwei anderen Höflingen unterhielt, war anwesend.

Erstaunt blickte Louis hoch, als die beiden Minister in sein Gemach gehastet kamen.

»Euer Majestät!« Der Comte d'Argenson war ganz außer Atem, er verbeugte sich tief. Machault d'Arnouville tat es ihm gleich.

»Messieurs?«

»Verzeiht die Störung, Euer Majestät«, fuhr d'Argenson fort, »aber wir haben just die Nachricht eines Eilkuriers bekommen. Die Engländer haben zwei unserer Schiffe vor Kanada unter Beschuss genommen. Die *Alcide* und *Lys* sind schwer beschädigt und gekapert und achthundert Mann unserer Truppen gefangen genommen worden.«

Jeanne fuhr entsetzt von ihrem Schemel hoch. Das kam einer Kriegserklärung gleich.

Louis schob seinen Kammerherrn, der seinen Rock an den Schultern zurechtziehen wollte, zur Seite. »Was sagen Sie?«

D'Argenson wiederholte seine Worte.

»Es gibt leider keinen Zweifel an dem Wahrheitsgehalt dieser Nachricht, Sire«, erklärte Machault d'Arnouville betreten.

»Achthundert Mann?«

Die beiden Minister nickten. Der König sah sie mit versteinerter Miene an.

Louis ließ sofort den Staatsrat zusammenkommen. Es herrschte allgemeines Entsetzen unter den Ministern und Staatssekretären, als sie die Neuigkeit hörten. Diese Provokation war ein Affront, der nicht unerwidert bleiben konnte.

Der König saß mit undurchdringlicher Miene hinter dem großen ovalen Konferenztisch, auf dem eine große Landkarte ausgebreitet lag, und hatte die Fingerspitzen aneinandergelegt. Die Spitzen seiner Zeigefinger trommelten gegeneinander.

»Wann genau hat sich dieser Vorfall zugetragen?«

»Vor etwas mehr als vier Wochen, am Nachmittag des

8. Juni, Euer Majestät«, berichtete Machault d'Arnouville. »Und die Engländer sind zu keiner offiziellen Entschuldigung bereit.«

Der König wandte sich mit entschiedenem Gesichtsausdruck an den Minister für Auswärtige Angelegenheiten, den Comte de Rouillé. »Ordnen Sie sofort an, dass unser Botschafter, der Duc de Mirepoix, London unverzüglich zu verlassen hat. Ebenso unser Botschafter in Hannover. Alle Engländer werden aufgefordert, Frankreich binnen vierzehn Tagen zu verlassen. Außerdem möchte ich sofort einen ausführlichen Bericht unserer Geheimagenten.«

»Sehr wohl, Euer Majestät.«

Louis war von seinem Stuhl aufgestanden und lief erregt auf und ab. »Wie sehen Sie die Situation, Monsieur d'Argenson?«, wandte er sich zu dem Comte.

»Ein ungeheuerlicher Akt der Piraterie, den die Engländer sich dort erlaubt haben, Sire. Ein Krieg wird unvermeidbar sein. Wir sollten so schnell wie möglich unsere Truppen mobilisieren und hier auf dem europäischen Festland zurückschlagen. Am besten in den Niederlanden.«

Jeanne sah ihn an. »Aber mit den Niederlanden würden wir die österreichischen Interessen und nicht die der Engländer treffen, Comte.«

D'Argenson maß sie mit einem unfreundlichen Blick. »Ja, Madame, denn Österreich war schon immer Englands Bündnispartner und unser Erzfeind. Treffen wir Österreich, treffen wir England.«

Jeanne zeigte sich unbeeindruckt von seiner Erklärung. »Das stimmt, was die Vergangenheit angeht, aber inzwischen haben sich die Machtverhältnisse verändert. Österreich ist längst nicht mehr die starke Monarchie, die es einmal war. Preußen dagegen ist ein Land ohne Grenzen, das zu einer zunehmenden Bedrohung für ganz Europa wird.«

D'Argenson funkelte sie aufgebracht an. »Das ist absurd, was Sie da andeuten, Madame. Eine Allianz mit Österreich?«

Jeanne lächelte. »Ich wollte gar nichts andeuten. Allerdings hätte ich gedacht, dass gerade Ihnen eine Allianz der katholischen Staaten gefallen würde.«

»Sie vermengen verschiedene Dinge, Madame!«

»Keineswegs, Comte!«

Louis hob die Hand. Er wandte sich an seinen Minister für Marineangelegenheiten. »Wie ist Ihre Meinung zu der Angelegenheit, Monsieur de Machault d'Arnouville?«

»Ich denke, dass wir erst einmal Verhandlungen mit unseren möglichen Bündnispartnern aufnehmen sollten. Wir sind nicht auf einen Krieg vorbereitet und sollten meiner Meinung nach versuchen, Zeit zu gewinnen, Euer Majestät …«

Mehr als drei Stunden waren vergangen, als der König seinen Ministern und Staatssekretären schließlich mit einem Kopfnicken für ihre Ausführungen dankte, ohne dass er zu erkennen gab, welche der Meinungen seiner Berater er persönlich favorisierte.

Eine tiefe Nachdenklichkeit hatte den König ergriffen. »Ich wünschte, ich könnte diesen Krieg verhindern«, sagte er zu Jeanne, als er sich in sein privates Arbeitszimmer zurückgezogen hatte. Er saß an seinem Schreibtisch, um die Berichte seiner Agenten und Botschafter zu lesen.

Jeanne sah ihn an. Etwas Unheilvolles stand in seinen Augen geschrieben. Sie ahnte, dass er mit seinen Gedanken weit in der Zukunft weilte und versuchte, die Konsequenzen für sein Land und Volk abzuschätzen, die dieser Krieg mit sich bringen würde.

»Ich verstehe Euch, aber ich fürchte, die Engländer werden keine Ruhe geben, bis sie den Handel in den Kolonien ganz an sich gerissen haben, Sire.«

Louis fuhr sich mit der Hand über die Perücke. »Ich weiß. König George interessiert der Krieg auf dem Kontinent nur insofern, als er dadurch die Möglichkeit erhält, in die Kolonien einfallen zu können, um dort alle Besitztümer und den Handel an sich zu reißen.« Er stöhnte. »Alle meine Bemühungen, einen dauerhaften Frieden für Europa zu erreichen, waren umsonst. Ich werde diesen Krieg nicht verhindern können, und wir werden uns wehren müssen. Doch Monsieur de Machault d'Arnouville hat recht. Wir brauchen Zeit, um uns auf diesen Krieg vorzubereiten.«

Die Situation war weit schwieriger als noch beim Österreichischen Erbfolgekrieg. Eine enge Allianz mit Spanien wie zu Zeiten des verstorbenen Philipp gab es nicht. Preußen hatte sich schon im letzten Krieg als unzuverlässiger Partner erwiesen, und mit der russischen Zarin führten bereits die Engländer erfolgreiche Verhandlungen – wie die Berichte der Geheimagenten zeigten.

»Österreich wäre ein stabiler Bündnispartner«, sagte Jeanne, die seine Gedanken erriet.

Er verzog bedenklich das Gesicht. »Aber wir würden Friedrich II. damit unweigerlich vor den Kopf stoßen und ihn in die Arme der Engländer drängen. Das würde eine nicht zu unterschätzende Gefahr für uns darstellen.«

»Das stimmt, Sire. Aber nehmen wir einmal an, dass Ihr ein Bündnis mit Friedrich schlösset, würde Euch das auch garantieren, dass sich der preußische König daran hält?«

»Nein, und gerade das macht die Entscheidung so schwer«, erwiderte Louis.

Aber Frankreich würde eine Entscheidung zwischen Preußen und Österreich fällen müssen, auch der österreichische Gesandte Starhemberg, der Nachfolger von Graf von Kaunitz, wusste das. Bereits in den nächsten Tagen begann er, Jeanne täglich seine Aufwartung zu machen, und sie berichtete Louis davon.

Der König seinerseits hatte inzwischen Anweisungen gegeben, die Kavallerie, die Infanterie und die Marine aufzurüsten, während er gleichzeitig alles unternahm, um das Unvermeidliche – wenn es schon nicht zu verhindern war – zumindest so lange wie möglich hinauszuzögern.

Eine deutliche Unruhe ergriff ganz Europa – unablässig jagten Kuriere und Geheimagenten zwischen den Königs- und Fürstenhöfen hin und her. Ausländische Gesandte und

Botschafter bemühten sich fieberhaft um Audienzen, um die Interessen ihrer Staaten zu vertreten und mögliche Bündnisse zu schließen, während man in den Kabinetten der Macht schon längst die Generäle und Offiziere empfing.

Fast vier Jahre hatte der Abbé de Bernis als Botschafter in Venedig geweilt, und Jeanne war überglücklich, den alten Freund wieder in Versailles zu wissen. Sie begrüßte ihn überschwänglich. »O Abbé, wie wundervoll, Sie nach so langer Zeit wiederzusehen!«

»Marquise.« Er küsste ihr mit demselben verschmitzten Lächeln wie früher die Hand. Er war rundlicher geworden – das italienische Essen schien ihm zu munden –, aber sonst hatte er sich kaum verändert. Seine Hände waren noch immer genauso gut manikürt, und seine braunen Äuglein funkelten vergnügt wie eh und je unter seiner Kappe. Sie dachte an die Gerüchte, die bis Versailles gedrungen waren. Seinem geistlichen Stand zum Trotz sollte er sich angeblich in das eine oder andere amouröse Abenteuer gestürzt haben. Der Gedanke belustigte sie.

Sie gingen zusammen in den Spiegelsaal, in dem der König erwartet wurde, um für eine halbe Stunde mit den Höflingen und Gesandten zu plaudern, bevor er wieder im Staatsrat tagte. Sie hakte sich bei dem Abbé unter, als sie an den Kristallleuchtern und großen Spiegeln vorbeischlenderten. Menschen grüßten und verneigten sich vor ihnen.

»Sie müssen mir unbedingt von Venedig erzählen. Ist die Stadt wirklich so reizvoll, wie man sagt?«

Bernis nickte. Sie waren an die geöffneten Fenstertüren getreten, durch die die warme Juliluft in den Spiegelsaal drang. »Das ist sie, Marquise. Doch nichts kommt an Versailles heran«, sagte er, als er das Panorama, das sich ihnen draußen darbot, betrachtete. Er lächelte. »Ich muss sagen, nach vier Jahren bin ich glücklich, wieder hier zu sein. Auch wenn es nicht für lange sein wird.« Schon im August sollte er seinen neuen Botschafterposten in Madrid antreten.

»Nun, man wird sehen«, erwiderte Jeanne mit einem rätselhaften Blick, denn sie wusste, dass der König mit dem Gedanken spielte, den Abbé für andere Aufgaben heranzuziehen. Der österreichische Gesandte, der Graf von Starhemberg, kam auf sie zu. Jeanne begrüßte ihn und stellte die Herren einander vor, als sie eine helle Stimme unterbrach.

»Monsieur de Bernis?«

Sie musste sich nicht umdrehen, um zu wissen, dass es die Comtesse d'Estrades war. Jeanne hatte schon seit geraumer Zeit aus den Augenwinkeln mitbekommen, dass die Comtesse sie beobachtet hatte. Nun kam sie mit gut gespielter Überraschung zusammen mit der Princesse de Rohan auf sie zu und begrüßte den Abbé und auch den Grafen herzlich.

Jeanne lächelte höflich. Seit drei Jahren ertrug sie mühsam ihre Gegenwart. Doch sie hatte der d'Estrades nie verziehen. Sie wusste, dass die Comtesse die Nähe zu ihr nutzte, um sie weiter für den Comte d'Argenson auszuspionieren. Schon mehrmals hatte sie beobachtet, wie sie versucht hatte, die Briefe und sogar ein Memorandum, das der König ihr geschickt hatte, zu lesen und außerdem ihre Kammerfrau, Madame du Hausset, auszufragen, die glücklicherweise klug genug war, um die Absichten der d'Estrades zu durchschauen. Auch jetzt war offensichtlich, dass die Comtesse hoffte, irgendeine interessante Information aus ihrem Gespräch mit dem Abbé und dem österreichischen Gesandten aufzuschnappen.

Jeanne erkannte die Gefahr, die von der einstigen Freundin ausging, jetzt, da der König versuchte, über sie, Jeanne, heimlich engere diplomatische Kontakte zu Österreich aufzunehmen – vielen kritischen Stimmen am Hof zum Trotz. Wenn sie nicht aufpasste, würde der Comte d'Argenson selbst aus unwichtigen Details, die ihm die Comtesse berichtete, seine Schlüsse ziehen.

Später am Abend dachte sie noch immer über die d'Estrades nach. Sie ließ sich von ihren Zofen in ihre weißgoldene Abendrobe helfen. Im Park würden am Abend Wasserspiele stattfinden. Sie ließ ihr Haar in lockigen Strähnen in antiker Manier zu einem kleinen Knoten binden und mit Perlen und Diamanten schmücken.

Sie würde mit dem König über die Comtesse reden müssen, auch wenn ihr die Beweise für ihre Indiskretionen fehlten.

Die Gunst der Stunde wollte es, dass Princesse Adélaide, bei der die d'Estrades ein Amt als Hofdame bekleidete, die Comtesse auch nicht besonders schätzte. Mit Genugtuung hatte Jeanne schon seit einiger Zeit beobachtet, dass das Verhältnis zwischen der Prinzessin und ihrer Hofdame angespannt war.

»Man könnte meinen, Hoheit, dass Ihr nicht besonders glücklich mit der Comtesse seid?«, sagte Jeanne am Abend beiläufig zu der Prinzessin, als sie neben ihr dem Fontänenspiel der speienden Neptun-, Fisch- und Nymphenskulpturen zusah. Einige Schritte entfernt von ihnen standen die jüngeren Schwestern der Princesse – Madame Victoire, Madame Sophie und Madame Louise, die vor einigen Jahren aus dem Kloster zurück an den Hof gekommen waren.

Adélaide sah sie von oben herab an. »Es verwundert mich, dass Sie das interessiert, Marquise«, erwiderte die junge Frau, die es in der gleichen Weise wie ihr Vater verstand, hochmütig den Kopf zurückzuwerfen.

Jeanne ließ sich von ihrer Art nicht abschrecken. Ihr Verhältnis hatte sich merklich verbessert, seitdem bekannt geworden war, dass sie nicht mehr das Bett des Königs teilte, und seit sie die Prinzessinnen und den Dauphin öfter zu ihren Soupers und privaten Festen einlud, denn Jeanne wusste, wie sehr Louis seine Kinder liebte. Sie betrachtete Adélaide, die eine silbrig blaue Robe mit jener längeren Schleppe trug, die nur die Prinzessinnen und die Königin tragen durften. Sie war jetzt vierundzwanzig Jahre alt – und eine aparte junge Frau. Jeanne musste jäh und voller Schmerz an Alexandrine denken. Wie hätte sie wohl in diesem Alter ausgesehen? Sie fasste ihre Stola aus der feinen netzartigen Goldspitze, die gekonnt von ihren Zofen um ihr weißes Kleid drapiert worden war, enger und blickte Madame Adélaide freundlich an.

»Wie Sie wissen, habe ich damals um dieses Amt für die Comtesse gebeten!«

»Eben!« Die Princesse nickte einigen vorbeigehenden Höflingen, die sich verbeugten, zu.

Jeanne schlug ihren Fächer zu und sah die Prinzessin offen an. »Hoheit, ich will ehrlich sein. Ich selbst habe mich sehr in Madame d'Estrades getäuscht. Sie ist nicht der Mensch, für den ich sie einmal gehalten habe. Nur deshalb frage ich Sie. Wenn Sie indes zufrieden mit ihren Diensten sind, dann verzeihen Sie meine Nachfrage!« Sie neigte höflich den Kopf.

Adélaide musterte sie. »Ich wäre meinem Vater dankbar, wenn er lieber heute als morgen eine andere Person für dieses Amt auswählen würde«, erklärte sie verdrießlich. Es war genau das, was Jeanne gehofft hatte zu hören.

Schon am nächsten Tag berichtete sie Louis von ihrem Verdacht, dass die Comtesse sie ausspionierte. »Ich weiß natürlich, dass solche Anschuldigungen ohne einen Beweis nicht ausreichen. Aber ich würde mich schwertun und sie nur auf Euren ausdrücklichen Wunsch weiter in meinem Umfeld dulden«, sagte sie. »Ebenso, übrigens, wie Eure Tochter, Madame Adélaide …«

»Meine Tochter?«

Jeanne nickte. »Madame Adélaide wünscht sich sehnlichst eine andere Hofdame.«

Louis' Augen nahmen einen befremdeten Ausdruck an. Dann wandte er sich von Jeanne ab und begab sich in die Gemächer seiner Tochter. Das Schicksal der Comtesse war besiegelt.

Der Comte d'Argenson war ein beherrschter Mann, doch als er von der Verbannung seiner Geliebten erfuhr, ballte er die Fäuste, und sein Gesicht wurde kalkweiß. Nie hätte er erwartet, dass die Pompadour so etwas wagen würde. Nie! Ein gewaltiger, unversöhnlicher Zorn ergriff ihn.

D'Argenson nahm die Ungnade seiner Geliebten persönlich. Diese Verbannung war ein Affront, der einer Kriegserklärung gegen ihn gleich kam. Zwischen ihm und der Marquise würde es von nun an kein freundliches Wort, keine Geste der Versöhnung, sondern nur noch unerbittlichen Kampf geben.

Im ersten Moment erwog der Duc, die Pompadour ein für alle Mal aus dem Weg zu räumen. Er hatte von einem hervorragenden Giftmischer in Paris gehört und einen Moment lang ergötzte er sich mit Wonne an dem Gedanken, sie auf diese Weise verenden zu lassen. Er sah sie bereits vor sich, wie sie sich an ihren schönen schlanken Hals griff und verzweifelt nach Luft rang, während sich das Gift in ihren Eingeweiden ausbreitete ... Doch so verlockend diese Vorstellung auch war, einen Mord zu begehen, war riskant. Und die Marquise war in den letzten Jahren vorsichtig geworden. Sie ließ sogar ihre Speisen vorkosten. Nein, man würde sich ihrer auf andere Weise entledigen müssen, dachte er. Und dazu brauchte man Verbündete.

Zu diesem Zweck traf sich der Comte mit dem Kardinal de La Rochefoucauld.

»Und, wie geht es Madame d'Estrades?«, fragte der Großalmosenier, als sie durch das Bosquet de la Colonnade spazierten, das sich mit seinen vielen, laut plätschernden Springbrunnen zwischen den rötlichen Marmorsäulen besonders gut eignete, um ungestört reden zu können.

»Nun, sie ist am Boden zerstört.«

La Rochefoucauld sah ihn an. »Sagen Sie, Comte, stimmt es, dass die Marquise dem König eine Allianz mit Österreich einzureden versucht?«

D'Argenson nickte düster. Sie spazierten langsam an den Säulen entlang. »Sie scheint es zu versuchen. Auf jeden Fall trifft sie sich regelmäßig mit dem österreichischen Gesandten.«

»Diese Frau ist maßlos, Comte. Sie bekommt mehr Einfluss als ein Premierminister, und Seine Majestät ist zu schwach, um ihr Einhalt zu gebieten.«

»Ja, es ist beängstigend. Sie wird uns alle ins Verderben stürzen, wenn wir nicht endlich etwas gegen sie unternehmen.«

Der Kardinal war neben einer der vergoldeten Brunnenschalen, aus denen das Wasser sprudelte, stehen geblieben und sah den Comte an. »Ich empfange heute Abend Père Desmarets, Monsignore Boyer und einige andere Geistliche. Ich würde mich freuen, wenn Sie ebenfalls kämen.«

Das Treffen fand in einem Palais außerhalb Versailles' statt, das zum Besitz der La Rochefoucaulds gehörte. Fackeln beleuchteten das einsam gelegene Anwesen, das mit seinen zwei Türmen und der schlichten Fassade eher einer kleinen Burg als einem Schloss ähnelte. In einem fensterlosen Kabinettsraum, dessen karmesinrote Wände mit Wandteppichen behangen waren, hatten die führenden Hofgeistlichen um einen runden Tisch Platz genommen. Die Stimmung war angespannt.

D'Argenson wurde zu seiner Meinung über die Pompadour befragt, und die Geistlichen nickten ernst mit den Köpfen, als er von dem immer größer werdenden Einfluss dieser Frau sprach.

Père Desmarets, der neue Beichtvater des Königs, versuchte schon seit einiger Zeit vergeblich, verstärkten Druck auf das Gewissen des Monarchen auszuüben.

»Vielleicht sind Sie in Ihren Ausführungen, was ihn nach seinem Tod erwartet, nicht deutlich genug!«, warf Monsignore Boyer ein.

Père Desmarets zögerte, doch dann schüttelte er den Kopf. »Nein, ich bin sicher, dass Seine Majestät sich insgeheim fürchtet! Er wird von Albträumen geplagt und sehnt sich nach Absolution.«

Der Kardinal de La Rochefoucauld machte ein entschlossenes Gesicht. »Nun, Sie werden dem König auf jeden Fall weiter die Sakramente verweigern, und wir sollten alles tun, um den Druck auf Seine Majestät weiter zu verstärken. Und was die Marquise angeht: Sie ist eine verheiratete Frau – ihre

Anwesenheit bei Hof ist und bleibt ein sichtbares Zeichen der Sünde!«

Im Angesicht der Schwierigkeiten, die auf sein Land unaufhaltsam zukamen, fühlte Louis mehr denn je das Bedürfnis, wenigstens seinen persönlichen Frieden mit Gott zu machen. Er sehnte sich nach der spirituellen Verbindung mit dem Allmächtigen – die allein ihm die Kraft und Stärke geben konnte, Frankreich sicher durch die nahenden Krisen zu führen.

Er war sich seiner Sünden stets bewusst gewesen. Was seine Liebschaften und Affären anging, verspürte er kein schlechtes Gewissen – sie waren zu unbedeutend. Doch in der Beziehung mit seiner Mätresse hatte er Schuld auf sich geladen. Er hatte sein Ehegelöbnis auf einer tieferen Ebene mit dieser Frau gebrochen, denn er liebte sie und hatte mit ihr nicht nur leidenschaftlicher, sondern auch enger und vertrauter als mit seiner eigenen Gemahlin gelebt. Zu keiner Stunde hatte er das jemals bereut. Und darin, das wusste er – bestand sein schwerstes Vergehen.

Doch nun hatte er schon seit einigen Jahren keine körperliche Beziehung mehr zu der Marquise.

»Es will mir nicht in den Sinn, warum Ihr mir nicht die Sakramente geben könnt, obwohl es nur noch Freundschaft ist, die mich mit Madame de Pompadour verbindet«, sagte er ungehalten, als er seinen Beichtvater zum Gespräch in seinem Privatkabinett empfangen hatte.

Père Desmarets' grüne Augen nahmen einen strengen Ausdruck an.

»Es tut mir leid, Sire, bei allem Respekt – es handelt sich hier um keine Bagatelle«, sagte er. »Ihr habt mit dieser Frau über Jahre hinweg schwersten Ehebruch begangen. Wenn Ihr Eure Sünden bereut, soll Euch Absolution erteilt werden und Ihr könnt wieder die Sakramente empfangen, aber die Marquise muss vorher den Hof verlassen!«

»Aber warum, Vater?« Er blickte zu dem kleinen Altar, der in dem Raum aufgestellt war.

»Sire, es gibt keinen Grund, der die Anwesenheit der Marquise hier bei Hof erklären könnte. Ihr Platz ist nicht hier. Sie ist eine verheiratete Frau, und deshalb muss sie zu ihrem Ehemann zurückkehren …«

Die Härte und Unerbittlichkeit in dem Blick des Paters ließen keinen Zweifel daran, dass er es ernst meinte.

Jeanne ließ der erbitterte Wille der Devoten, beim König ihre Verbannung zu erreichen, kalt. Versuchten sie das nicht schon seit Jahren? Sie war sich sicher, dass Louis auch diesmal nicht ihrem Druck nachgeben würde.

Erst als Machault d'Arnouville und der Abbé de Bernis sie in ihren Gemächern aufsuchten, um ihr den Ernst der Lage deutlich zu machen, wurde Jeanne unsicher. Was sie irritierte, war die neue Linie der Argumentation, in der es nicht nur um die Sünden des Königs ging, sondern auch um ihren eigenen Ehebruch und die Forderung, dass sie deshalb zu ihrem Gemahl zurückzukehren habe. Sie stand wütend von ihrem Stuhl auf.

»Seitdem ich bei Hofe bin, lassen diese Männer nichts unversucht, um meine Verbannung zu erreichen. Sie können doch nicht allen Ernstes verlangen, dass ich nach zehn Jahren zu meinem Ehemann zurückkehre?« Ihre Augen funkelten. »Das ist lächerlich.«

Der Abbé de Bernis sah sie begütigend an. »Man sollte glauben nein, aber sie tun es!«

Jeanne versuchte, sich zu fassen, und setzte sich wieder. »Und, was sollte ich Ihrer Meinung nach tun, Abbé?«

»Nun, vielleicht sollten Sie versuchen, sich mit dem Hofklerus auszusöhnen«, sagte Bernis.

Jeanne lachte bitter auf. »Aussöhnen? Sie wissen genau, was das bedeuten würde.«

Machault d'Arnouville lächelte. »Ich bin sicher, dass Sie Mittel und Wege finden, eine Einigung mit der Geistlichkeit zu finden, ohne den Hof dafür verlassen zu müssen.«

Sie sah ihn aufgebracht an. Doch sie wusste, dass er im

Grund genommen recht hatte und dies der einzige Weg war. »Gott allein weiß, wie schwer es mir fallen wird, diesen Heuchlern die Hand zu reichen«, stieß sie hervor und erhob sich, um das Gespräch zu beenden.

Als die Männer gegangen waren, wurde ihr bewusst, wie sehr sich ihr Leben verändert hatte. Früher waren es Le Normant de Tournehem und Pâris de Montmartel gewesen, die sie beraten hatten. Doch ihr Oheim war tot, und Pâris de Montmartel kam, seitdem er älter geworden war, nur noch selten an den Hof. Ebenso wie Abel, der mit den vielfältigen Aufgaben seines Amtes beschäftigt war und den Hof ohnehin mied, wo er nur konnte. Ihr Leben war trotz der Menschen, die ständig um sie herum waren, einsam geworden. Doch den Hof verlassen? Ein Leben ohne Louis? Das war unvorstellbar!

Als sie am Abend auf einem Ball in den Staatsgemächern ein Menuett mit Louis tanzte und er sie aus seinen dunklen Augen ansah, musste sie an vergangene Zeiten denken. Sie erinnerte sich an ihren ersten Tanz, damals beim Maskenball, als er in seinem Eibenkostüm plötzlich vor ihr gestanden und ihr die Hand gereicht hatte …

Als er sie zurück zu ihrem Platz führte, wandte sie sich zu ihm. »Und Sire, werdet Ihr mich jetzt verstoßen?«

»Wovon reden Sie?«

»Euer Hofklerus verlangt es, oder?«

Er zögerte, schließlich küsste er ihre Hand. »Ja, Madame, man fordert es – für mein und Ihr Seelenheil.«

Einen Moment erstarrte sie, als er so sprach. Er beugte sich zu ihr. »Seien Sie unbesorgt, Madame. Da Sie sich in einigen Tagen mit Graf von Starhemberg treffen, werde ich Sie sicher erst danach verbannen«, sagte er.

Der König lachte, als er ihren pikierten Ausdruck sah. Obwohl Jeanne wusste, dass er nur gescherzt hatte, wünschte sie, er hätte ihr eine andere Antwort gegeben.

61

Der Graf von Starhemberg verbeugte sich in dem Salon-Pavillon von Bellevue steif vor Jeanne und dem Abbé. »Marquise, Abbé – es ist mir eine Ehre. Ihre Majestät, die Kaiserin Maria Theresia von Österreich, schätzt sich glücklich, dass Seine Majestät, der allerchristlichste König Louis von Frankreich, gewillt ist, unseren Vorschlägen Gehör zu schenken. Wie wir im Übrigen vor einigen Tagen von einem unserer Agenten erfahren haben, hat der preußische König heimlich Verhandlungen mit England aufgenommen ...«

Weder Jeanne noch der Abbé de Bernis ließen sich anmerken, dass sie davon nichts gewusst hatten.

Man begab sich zu einem runden Lacktisch mit geschwungenen, üppig verzierten Beinen, und nahm Platz. Der Graf reichte ihnen einen Brief seines Wiener Agenten aus Berlin.

»Nun, Friedrich II. hat es schon immer geliebt, ein doppeltes Spiel zu treiben«, sagte Jeanne mit undurchdringlicher Miene. Die Nachricht von den Verhandlungen der Preußen mit England bestätigte ihr nur, dass eine Allianz mit Österreich für Frankreich überaus wünschenswert wäre. Ein Bündnis zwischen Österreich, Spanien und Frankreich – wäre dies nicht die größtmögliche Gewähr für einen dauerhaften Frieden in Europa? Die deutschen Fürsten und Italien würden sich den drei großen Mächten anschließen, sodass Preußen nur noch nach Osten expandieren konnte. England aber würde so keine Unterstützung mehr auf dem Kontinent haben. Es schien als eine wunderbare Lösung, und Jeanne war ehrlich genug zuzugeben, dass sie schon immer Bewunderung für Maria Theresia gehegt hatte. Sie hatte hart und mit viel Mut im Österreichischen Erbfolgekrieg für ihre Krone kämpfen müssen, nachdem die Pragmatische Sanktion, mit der ihr Vater sie als weibliche Thronfolgerin legitimieren wollte, trotz aller Abmachungen von den anderen Mächten doch nicht anerkannt worden war.

Starhemberg öffnete eine Mappe mit einem umfangreichen Dossier. Das heutige Treffen mit dem österreichischen Gesandten war unter strengster Geheimhaltung arrangiert worden. Kein Mitglied des Staatsrates, nicht einmal der Minister für Auswärtige Angelegenheiten, der Comte de Rouillé, war darüber informiert. Louis hatte überraschenderweise den Abbé de Bernis ausgewählt, die Gespräche und Verhandlungen mit dem österreichischen Gesandten zu führen. Es gab Höflinge, die hatten weit wichtigere Stationen und längere diplomatische Laufbahnen hinter sich. Doch das, was den Abbé vor allen anderen auszeichnete, war, dass er das Vertrauen des Königs genoss, weil er nicht in die Intrigen und Machtkämpfe bei Hof verwickelt war.

Der Vorschlag, den Starhemberg durch die Kaiserin unterbreiten ließ, war reizvoll. Danach sollte Frankreich die Niederlande bekommen, über die Philipp von Spanien, Louis' Schwiegersohn, herrschen würde, und Wien würde sich aus den französischen Interessen in Polen heraushalten. Österreich sollte im Gegenzug die italienischen Fürstentümer erhalten. Außerdem sollte das französische Heer den Truppen bei der Rückeroberung Schlesiens helfen.

Louis las am Abend nachdenklich die detaillierten Ausführungen des Plans. Sie gefielen ihm nicht. »Dieser Vorschlag würde Europa wieder über Jahre hinweg in Kriege verwickeln«, sagte er kopfschüttelnd.

»Damit habt Ihr leider recht«, erwiderte Jeanne. »Aber ich glaube, dass es sich hierbei nur um ein erstes Verhandlungsangebot handelt. Der Graf von Starhemberg schien mir für alle Gespräche offen!«

Louis beauftragte den Abbé, den Plan so diplomatisch wie möglich abzulehnen, sich aber offen für weitere Verhandlungen zu zeigen. Er wollte Friedrich II. nicht vorzeitig in den Rücken fallen und ihn so in die Arme Englands treiben. Was ihm vorschwebte, war ein Vertrag, der den Staaten untereinander gegenseitige Garantien zusicherte, die den Frieden in Europa aufrechterhalten würden. Alle Länder außer England sollten zum Beitritt dieses Abkommens aufgefordert werden. Ein solches Bündnis schien die beste Lösung für alle zu sein.

»Und Ihr könntet Preußen vielleicht dadurch zum Einlenken bewegen«, sagte Jeanne.

Louis nickte. Genau das schwebte ihm vor. Doch Jeanne sah ihm seinen Zweifel an. Es war unwahrscheinlich, dass die Staaten Europas einem solchen Defensivbündnis geschlossen zustimmen würden.

Während Abbé de Bernis sich weiterhin mit dem Grafen von Starhemberg traf, nahm Jeanne nicht minder schwierige Verhandlungen auf. Sie wollte der Kirche ihren guten Willen und ihren Wunsch zur Aussöhnung demonstrieren. Man hatte ihr einen Pater empfohlen, an den sie sich in ihrer schwierigen Lage wenden konnte. Der Jesuit Père de Sacy galt als moderater Geistlicher.

Schlicht gekleidet, ohne Rouge und Juwelen, begab sich Jeanne zu ihm in die Kapelle.

Der Pater war ein warmherziger Mensch mit gutmütigen Gesichtszügen. Seine ganze Art flößte Jeanne sofort Vertrauen ein. Sie trug ihm ihren Wunsch vor.

»Sie wünschen zu beichten, Marquise?« Überraschung zeigte sich auf dem Gesicht der Priesters. »Nun, selbstverständlich …«

Jeanne folgte ihm zum Beichtstuhl. Als sie auf dem roten Samtbänkchen niederkniete und die Hände faltete, konnte sie durch das vergitterte Fensterchen die Silhouette des Paters sehen.

Sie senkte den Kopf. »Pater, der König und ich haben schon seit einigen Jahren kein Liebesverhältnis mehr und leben nicht mehr in Sünde. Deshalb … möchte ich um Absolution bitten.«

»Sie wollen sagen, dass das Verhältnis zwischen Ihnen nur noch rein geistiger Natur ist, Marquise?« Seine zuvor so fröhliche Stimme klang nun ernst.

»So ist es.«

»Nun, dann kann ich Ihnen Absolution erteilen. Allerdings müssen wir berücksichtigen, dass Sie verheiratet sind. Deshalb müssen Sie selbstverständlich zu Ihrem Ehemann zurückkehren.«

Jeanne hob entsetzt den Kopf. »Aber Pater, ich hatte gehofft, dass Sie …?«

»Was? Dass ich eine andere Meinung habe als die anderen Geistlichen?«

Selbst durch das Gitter konnte Jeanne sein verärgertes Gesicht erkennen. »Nur weil mein Ruf der eines verständnisvollen Mann Gottes ist? Nur deshalb sind Sie doch zu mir gekommen, Marquise, nicht wahr?« Aus seinem Ton war jede Freundlichkeit gewichen.

Sie seufzte schuldbewusst. »Aber nein«, log sie. »Es ist nur … mein Gemahl wird mich gewiss nicht wieder zurücknehmen.«

»Nun, Sie werden ihn dennoch darum bitten, und dann werden wir weitersehen. So Gott will, wird Ihr Gatte Ihnen verzeihen, Marquise.«

Sie nickte stumm und erhob sich. Sie hatte sich den Verlauf der Beichte anders vorgestellt. Als sie zurück zu ihrer Kutsche ging, überlegte sie, was sie tun sollte. Die Worte des Paters hatten sie beunruhigt. Sie war der Kirche nie sonderlich zugetan gewesen, doch sie glaubte an Gott. Seit Alexandrines Tod betete sie oft, und der Gedanke, ohne Absolution sterben zu müssen, schien selbst ihr unerträglich.

Sie erzählte Louis von ihrem Besuch bei dem Geistlichen. »Ich habe heute gebeichtet«, sagte sie.

Die Art, wie er in seiner Bewegung innehielt und den Kopf hob – er stand gerade über die Bauzeichnungen der Kriegsschiffe gebeugt –, verriet sein Erstaunen.

Sie blickte ihn unglücklich an. »Père de Sacy sagt, dass ich zu meinem Ehemann zurückkehren muss, wenn ich die Absolution erhalten will.«

»Das ist doch absurd.«

Sie nickte. »Aber er hat mir unmissverständlich klargemacht, dass es keinen anderen Weg gibt.«

Louis wandte sich von dem Tisch ab und sah aus dem Fenster. »Vielleicht sollten Sie Ihrem Ehemann schreiben.«

Jeanne sah ihn entgeistert an. Das konnte nicht sein Ernst sein. Wollte er, dass sie den Hof verließ?

»Ich bin sicher, dass er Sie nicht zurücknehmen wird«, sagte Louis in diesem Moment in einem Ton, den sie nicht zu deuten wusste. Tausend Fragen schossen Jeanne durch den Kopf. Doch der König hatte sich schon wieder seinen Plänen zugewandt.

Charles Guillaume Le Normant d'Étiolles schenkte sich noch ein Glas Wein ein. Er war den Freuden des Lebens mit allen Sinnen zugetan und hatte das Essen, Trinken und die schönen Frauen schon immer mehr geliebt als sein Amt als Steuerpächter. Von dem Geld, das er von seinem Oheim Charles Le Normant de Tournehem geerbt hatte, hatte er sich ein prunkvolles Haus in Paris gekauft und unterhielt seine Geliebte Mademoiselle Raime, eine aufreizende kleine Operntänzerin, nach der halb Paris verrückt war.

Er knotete zufrieden seine bauschige Halsbinde. Bei dem Gedanken an den Abend, der vor ihm lag, musste er genüsslich lächeln. Ein kurzer Besuch in der Oper, bei dem er seine Geliebte auf der Bühne bewundern konnte, und anschließend würde er mit ihr und einigen Freunden ausgiebig soupieren. Ein Abend ganz nach seinem Geschmack.

Charles griff nach seinem Rock und wollte gerade in den rechten Ärmel schlüpfen, als er ein Geräusch hinter sich hörte. Er drehte sich um. Entgeistert hielt er inne. Zwei Männer standen vor der Tür seines Schlafgemachs.

Einen kurzen Moment lang fragte er sich, ob er wieder einmal zu viel von seinem Wein genossen hatte. Verunsichert sah er die Männer an. Wie waren sie hereingekommen? Und vor allem, wer waren sie? Der Zopf ihrer Perücken, die Juwelen, die auf den Schnallen ihrer Schuhe prangten, und die Art, wie sie ihren Dreispitz unter einem Arm und gleichzeitig den Degen in der anderen Hand hielten, sagten ihm, dass es sich um hohe Höflinge handelte …

»Verzeihen Sie die Störung, Monsieur«, sagte der eine von ihnen, wobei der gezogene Degen in seiner Hand nicht recht zu seinem überhöflichen, nasalen Tonfall passen wollte. »Sind Sie Charles Guillaume Le Normant d'Étiolles?«

Charles nickte. Er brachte kein Wort heraus, denn er erkannte, dass der Mann unter seinem Umhang die Uniform eines Capitaine der Garden trug. Charles, der noch immer den Rock in Händen hielt, bekam mit einem Mal Angst. Es war ihm nicht bewusst, dass er sich irgendetwas hatte zuschulden kommen lassen.

Der Mann überreichte ihm einen versiegelten Umschlag. »Wir sind vom König beauftragt, Ihnen diesen Brief zu überreichen – von der Marquise de Pompadour.«

Als er den Namen seiner Ehefrau hörte, schnappte er nach Luft. Er hatte von ihr seit über zehn Jahren nichts mehr gehört – abgesehen von den vielen Gerüchten und Geschichten, die in Paris und im ganzen Land kursierten.

Der andere der beiden Männer, dessen Blick langsam durch den Raum geschweift war, lächelte kühl. »Sie sollten ihn lesen – und zwar jetzt!«

Charles wünschte, er hätte nichts getrunken. Ihn schwindelte. Er ließ sich auf dem Schemel, der an der Wand stand, nieder und öffnete den Brief. Das Schreiben war kurz. Als er die Zeilen las, war er sich sicher, dass es sich um einen

Scherz handelte. Er lachte hysterisch. »Meine Frau, die edle Marquise, bittet, zu mir zurückkommen zu dürfen?«, stieß er hervor.

»Sie werden selbstverständlich ablehnen, Monsieur«, sagte der Prince de Soubise.

Charles verstummte jäh und blickte den Mann verblüfft an. Erneut versuchte er zu verstehen, warum die beiden eigentlich hier waren. Dann begriff er. Sein Mund verzog sich zu einem gewieften Grinsen. »Wahrscheinlich ist es meiner Gemahlin einiges wert, dass ich ablehne, was? ... Und wie viel genau?«

Dem Duc d'Ayen riss der Geduldsfaden. Selbst der Degen war zu schade für diesen Menschen. Mit einem Schritt war er bei ihm und zog ihn an seiner Halsbinde von dem Schemel hoch.

Charles sah ihn entsetzt an.

»Genug jetzt, Monsieur«, sagte d'Ayen mit eisiger Stimme. »Setzen Sie sich dort an den Tisch.«

Der Duc d'Ayen versetzte ihm einen unsanften Stoß. »Feder und Tinte?«

»Sie wollen, dass ich ihr jetzt antworte?«, fragte Charles entgeistert. »Niemals!«

»Au!« Die flache Seite des Degen traf ihn schmerzlich am Rücken.

»Feder und Tinte, sagte ich.«

»Nebenan!«, stieß Charles hervor. Schweiß stand auf seiner Stirn.

Der Prince de Soubise verschwand und kam im nächsten Moment mit dem Gewünschten zurück. Er legte einen Briefbogen vor Charles auf den Tisch, schraubte das Tintenfass auf und reichte ihm die Feder. »Schreiben Sie!«, fordert er ihn auf.

»Aber ...« Der Duc hob den Degen. Hastig tauchte Charles die Feder in die Tinte.

»Madame, ich danke Ihnen für Ihre Zeilen ... doch leider muss ich Ihnen mitteilen ... dass ich mich außerstande

sehe ... Ihnen jemals zu verzeihen«, diktierte der Prince. Charles schrieb mit zittriger Hand mit.

»Gut«, sagte der Duc, als sie geendet hatten. »Und nun unterschreiben Sie«, forderte er ihn auf.

Charles tauchte die Feder noch einmal in die Tinte, setzte seine Unterschrift unter den Brief und versiegelte ihn hastig.

Die Männer steckten ihre Degen in die Scheide. Charles atmete erleichtert auf.

Der Duc d'Ayen musterte ihn verächtlich. Er zog aus seinem Umhang einen Beutel Münzen und warf ihn wortlos auf den Tisch, bevor er mit dem Prince de Soubise ohne ein weiteres Wort verschwand.

Père de Sacy war nicht dumm und zog seine eigenen Schlüsse, als ihn kurz nach dem Besuch der Marquise der Großalmosenier, der Kardinal de La Rochefoucauld, höchstpersönlich besuchte. Er hatte von dem Besuch der Pompadour erfahren und erkundigte sich ohne viele Umschweife, warum sie ihn aufgesucht habe.

»Wie die meisten, die zu mir kommen, bat die Marquise um Absolution ...«, sagte der Pater vorsichtig.

Der Kardinal hatte auf einem Sessel Platz genommen und spielte mit dem Messbecher, den der Messdiener zum Putzen aus der Kapelle gebracht hatte. Der funkelnde Rubin an seinem Ring spiegelte sich in dem Gold. »Selbstverständlich haben Sie sie ihr verweigert?« Der Kardinal blickte fragend zu dem Pater auf, der vor dem Tisch stand.

»Ich habe ihr gesagt, dass sie zu ihrem Ehemann zurückkehren muss.«

Ein zufriedenes Lächeln glitt über die Lippen des Kardinals. »Sehr gut, und dabei werden Sie natürlich auch bleiben. Ich danke Ihnen, Père.«

»Ich habe nur getan, was mir mein Gewissen vor Gott befohlen hat, Eminenz«, erwiderte er knapp.

Der Besuch des Kardinals beunruhigte den Pater, und mit gemischten Gefühlen begegnete er der Marquise, die ihn eine Woche später erneut aufsuchte. Wie beim ersten Mal trug sie ein schlichtes hellblaues Kleid und keinen Schmuck. In der Hand hielt sie eine Bibel, doch ihre Bewegungen und ihre ganze Erscheinung waren, ohne dass sie es merkte, so vom Höfischen und Weltlichen durchdrungen, dass selbst das Wort Gottes in ihren Händen nur wie ein schmückendes Beiwerk wirkte.

»Pater, ich habe meinem Ehemann geschrieben, doch er will mich nicht wieder bei sich aufnehmen.« Sie reichte ihm mit einer hilflosen Geste den Brief, und er las schweigend die Antwort, die ihr Gemahl geschrieben hatte.

»Sehen Sie nun? Mir bleibt nichts anderes, als hier zu bleiben, und der König sagt, dass er mich als seine Beraterin braucht … Lassen Sie mich die Sakramente empfangen, ich bitte Sie, Pater! Egal was böse Zungen auch behaupten … ich bereue meine Sünden aufrichtig.«

Sie war vor ihm auf die Knie gesunken, und der Ausdruck, den er in ihren Augen erblickte, erstaunte ihn. Es war eine bittende, fast flehende Verzweiflung.

»Gott hat mich genug gestraft, Pater, indem er mir mein einziges Kind genommen hat«, sagte sie leise. In ihrem Gesicht zeigte sich mit einem Mal ein müder, erschöpfter Ausdruck.

Sie meinte es ehrlich, dachte Père de Sacy. Er sah sie mitfühlend an. »Ich glaube Ihnen, Marquise, und Sie tun mir leid! … Dennoch, selbst wenn ich wollte …«, sagte er mit einem Kopfschütteln, »mir sind nun einmal die Hände gebunden.«

Er beugte sich zu ihr und half ihr auf. Seine Stimme war leiser geworden. »Nicht als Ihr Beichtvater, sondern als jemand, der die Machenschaften in Versailles kennt, gebe ich Ihnen einen Rat. Der König sollte ein offizielles Amt für Sie finden. Nur das könnte Ihre Anwesenheit bei Hofe rechtfertigen … wenn Sie wirklich nicht mehr seine Mätresse sind.«

Jeanne sah ihn entgeistert an. Wie sollte Louis das anstellen? Wäre sie ein Mann gewesen, hätte er ihr ein offizielles

Amt in seinem eigenen Hofstab geben können. Für eine Frau aber gab es keinerlei Möglichkeit, eine derartige Funktion zu bekleiden – sie konnte lediglich als Hofdame in den Dienst der Königin oder einer ihrer Töchter treten, eine Ehre, die Jeanne ganz sicher nicht zuteilwerden würde.

Père de Sacy lächelte warmherzig und stand auf. »Lassen Sie uns jetzt beten, Marquise. Für Ihre Tochter und dass Gott Ihnen hilft, Ihren Schmerz zu überwinden.«

Sie knieten beide vor dem Altar nieder und falteten die Hände.

Marie Leszczynska hatte am Mittag eine Almosensammlung für die Armen an die Franziskanermönche übergeben, als man ihr bei ihrer Rückkehr in ihre Gemächer mitteilte, dass ihr Gemahl, der König, sie zu sprechen wünschte. Sie sah ihre Hofdame, die Duchesse de Luynes, verwundert an. Normalerweise pflegte Louis einfach in ihre Gemächer zu kommen, wenn er ihr etwas mitteilen oder sich nach ihrem Befinden erkundigen wollte. Sie ließ sich von ihren Kammerfrauen aus dem schweren Mantel helfen.

»Seine Majestät bat, Sie unter vier Augen sprechen zu dürfen«, erklärte die Duchesse de Luynes.

Die Königin nickte, nun doch ein wenig beunruhigt. »Selbstverständlich, wann immer es Seiner Majestät beliebt.«

Sie schickte ihre Hofdamen, die Kammerfrauen und Geistlichen aus dem Gemach und ertappte sich dabei, dass sie einen kurzen, nervösen Blick in den Spiegel warf. Sie erinnerte sich daran, wenn er früher zu ihr gekommen war. Ein Hauch von Röte überzog ihre Wangen, als sie an die Nächte mit ihm dachte, in denen sie kaum zum Schlafen gekommen waren. Doch das war lange her, und sie war jung gewesen. Das Gesicht, das ihr heute aus dem Spiegel entgegensah, war das einer alten Frau. Sie zog ihr weißes Häubchen zurecht und seufzte. Man konnte das Rad der Zeit nun einmal nicht zurückdrehen.

Ihre Garde war in die Tür getreten. »Seine Majestät, der König.«

Sie nickte und erhob sich respektvoll aus ihrem Sessel.

Er kam tatsächlich allein.

»Madame«, sagte er, trat vor sie hin und küsste ihr die Hand.

»Bitte nehmen Sie Platz, Madame. Ich danke Ihnen, dass Sie mir einen Augenblick Ihrer Zeit schenken.«

Sie lächelte. »Nun, es ist selten genug, dass Ihr mich allein aufsucht.«

Der König nickte, und Marie Leszczynska spürte, wie angespannt er war. Eine Weile schwieg er und starrte vor sich hin, doch schließlich sah er sie an. »Madame«, begann er, »ich will ganz ehrlich sein! Ich bin gekommen, weil ich eine Bitte an Sie habe.«

»Eine Bitte, an mich?«

»Ja.«

»Sire, Ihr seid mein Gemahl und mein König, es gibt nichts, was ich Euch jemals verwehren könnte.«

»Madame, bevor Sie so sprechen, bitte ich Sie, mich anzuhören.«

Sie nickte.

»Ich möchte Sie bitten ... der Marquise de Pompadour ein Amt als Hofdame zu übertragen.«

Marie Leszczynska erstarrte. Es dauerte einen Moment, bis sie die Sprache wiederfand. »Das verlangt Ihr von mir?«

»Ich bitte Euch darum ... Sie wissen, dass die Marquise und ich schon seit einigen Jahren kein Verhältnis mehr haben. Die Geistlichen verlangen nun, dass sie zu ihrem Ehemann zurückkehrt. Die Marquise hat ihm geschrieben und gebeten, zurückkommen zu dürfen, doch ihr Gemahl hat dieses Ansinnen verworfen. Ihr bleibt daher keine andere Wahl, als hier am Hof zu bleiben, und ich bekenne, dass ich ihren Rat schätze und nicht missen möchte. Da der Klerus aber nun einmal der Meinung ist, dass ihre Anwesenheit unmoralisch ist, bleibt nur die Möglichkeit, ihr Bleiben durch ein offizielles Amt in Ihrem Hofstaat zu rechtfertigen ...«

Marie Leszczynska, die ungläubig seinen Erklärungen zugehört hatte, schwieg. »Ihr verlangt viel«, sagte sie schließlich leise.

»Das stimmt, Madame.«

»Gebt mir etwas Zeit zum Nachdenken.«

Der König nickte. »Ich danke Ihnen, mir zugehört zu haben!« Er erhob sich und ging.

Aufgewühlt blieb Marie Leszczynska zurück. Der Pompadour ein Amt in ihrem Hofstaat geben? Dieser Frau, mit der ihr Gemahl jahrelang in Sünde gelebt hatte? Was änderte es, dass er heute nicht mehr das Bett mit ihr teilte, dachte sie in einem Anflug von Bitterkeit, sie sah doch, wie eng seine Seele noch immer mit der der Marquise verbunden war.

Die Königin versuchte, in der Bibel zu lesen und zu beten, doch es gelang ihr nicht, sich zu konzentrieren. Sie musste der Marquise zugute halten, dass sie sich stets bemüht hatte, ihr mit Achtung zu begegnen. Nie hatte sie versucht, Louis und seine Familie zu entzweien, im Gegenteil. Die Königin wusste, dass ihre Töchter und der Dauphin in den ersten Jahren versucht hatten, der Mätresse das Leben schwer zu machen. Es war erstaunlich, mit welcher Haltung sie die Anfeindungen von allen Seiten ertragen und ihren Feinden getrotzt hatte. Doch sie hatte ihr Glück teuer bezahlt. Marie Leszczynska hatte gehört, wie sehnlich sich die Mätresse ihres Gemahls ein Kind gewünscht hatte, doch stattdessen hatte ihr Gott ihr einziges Kind genommen …

Die Königin fühlte sich hin und her gerissen. Sie seufzte, denn sie wusste, dass dies keine leichte Entscheidung werden würde.

Das Gerücht verbreitete sich in Windeseile in den Fluren und Salons des Palastes. Die Höflinge schüttelten ungläubig die Köpfe. Wann hatte man so etwas Lächerliches schon gehört? Die Königin, hieß es, solle sich mit dem Gedanken tragen, die Pompadour zu ihrer Ehrendame zu ernennen? Eine absurde Vorstellung! Ausgerechnet die tugendhafte, strenggläubige Marie Leszczynska sollte ihre ehemalige Nebenbuhlerin mit der Ehre eines Amts in ihrem Hofstaat auszeichnen? Die Königin, die bei all ihrer unbedarften Gutmütigkeit in den Fragen des Glaubens kein Pardon kannte. Nein, es konnte nicht sein.

Und doch war es eine Tatsache. Das mussten die Höflinge bald einsehen. Jeanne-Antoinette, geborene Poisson, verehelichte Madame d'Étiolles, vom König zur Marquise geadelt und sodann in den Rang einer Duchesse erhoben, wurde am Sonntag, den 8. Februar 1756, im Alter von vierunddreißig Jahren zur dreizehnten Hofdame Ihrer Majestät, der Königin Marie Leszczynska von Frankreich, ernannt.

Der Comte d'Argenson sei beinah augenblicklich von einer Gichtattacke befallen worden, als er die Nachricht hörte, berichtete die Duchesse de Brancas, die Jeanne aufsuchte, kurz bevor diese zum ersten Mal der Königin ihre Aufwartung als neue Hofdame machen wollte.

»Und wissen Sie, was Seine Hoheit, der Dauphin, gesagt hat?«, fuhr die Brancas amüsiert fort.

»Nein.«

»Oh, was für ein Segen, dass Monsignore Boyer das nicht mehr erleben muss«, sagte sie und imitierte gekonnt den getragenen Tonfall des Prinzen.

»Wirklich?«, erwiderte Jeanne spöttisch. Doch als sie wenig später vor der Königin in einen tiefen Hofknicks sank, war sie durchaus glücklich, dass der Bischof, der letztes Jahr verstorben war, sie nicht mehr mit seinen finsteren Blicken und Bekreuzigungen verfolgen konnte. Marie Leszczynska saß bei einer Handarbeit, umringt von ihren Hofdamen und dem üblichen Kreis der Geistlichen, die bei Jeannes Anblick in gewohnter Weise die Gesichter verzogen.

Die Königin nickte ihr zu. »Marquise.« Ein neugieriger Ausdruck blitzte in ihren Augen auf, als sie die zwei Lakaien bemerkte, die hinter Jeanne mit einem Paket standen.

»Euer Majestät, ich möchte meiner unendlichen Dankbarkeit Ausdruck verleihen, dass Ihr mir die Ehre gewährt, mich als dreizehnte Dame in Euren Hofstaat aufzunehmen. Ich habe mir erlaubt, mir die Freiheit herauszunehmen, Euch das neueste Service der königlichen Porzellanmanufaktur zu überreichen, in der Hoffnung, Euch damit zu erfreuen.«

Die Lakaien hatten aus den Paketen Tabletts mit roséfarbenem, goldumrandetem Porzellan entnommen und präsentierten es der Königin mit einer Verbeugung.

Der Kardinal de La Rochefoucauld öffnete ungläubig seinen Mund, als Marie Leszczynska erfreut eine der filigranen Tassen aus dem fast durchscheinenden Porzellan in die Hand nahm. »Wie hübsch und wie elegant! Ich hörte bereits, dass Sie sich um die Porzellanmanufaktur verdient gemacht haben. Die Produktion ist jetzt nach Sèvres umgezogen?« Sie stellte die Tasse zurück auf das goldene Tablett.

»Ja, Euer Majestät. Vincennes lag zu weit von Versailles entfernt, um die Produktion dort überwachen zu können.«

Die Königin nickte und griff wieder nach ihrem Stickrahmen. »Nun, ich freue mich über das Präsent und danke Ihnen.«

Jeanne sank in einen tiefen Hofknicks und zog sich zurück. Als dreizehnte Hofdame war sie nicht in den festen Dienst der Königin eingebunden, sondern vertrat die anderen Hofdamen bei Abwesenheit oder Krankheit. Ihre Aufgabe war es dann, bei der Zeremonie des *Lever* und *Coucher* und wenn die Königin öffentlich speiste, anwesend zu sein und sie außerdem zur Messe zu begleiten.

Sie war dankbar für das Amt, das ihrer großen Unsicherheit und Angst ein Ende bereitete. Ihre Ernennung war ein geschickter Schachzug von Louis gegen den Klerus gewesen.

Jeanne war jedoch klug genug, auf Père de Sacy zu hören, der ihr riet, in ihrem Leben dennoch einige Veränderungen vorzunehmen. Zumindest nach außen sollte sie versuchen, das Bild einer gewissen Frömmigkeit zu vermitteln. Also hielt Jeanne von nun an keine Morgentoilette mehr ab, sondern empfing Gesandte und Höflinge stattdessen bereits angekleidet und frisiert, während sie webte, stickte oder an ihren Kupferstichen arbeitete. Während des Vormittags trug sie ein sittsames Häubchen aus Spitze, und für einen kurzen Moment erwog sie sogar, das Rouge abzulegen, allerdings nur, bis der Abbé de Bernis kopfschüttelnd zu ihr sagte: »Verzeiht, Marquise, aber ich denke, kein Mensch würde Ihnen diese Wandlung wirklich abnehmen!«

Sie musste ihm recht geben – ganz abgesehen davon, dass ihr die reine Blässe nicht stand.

Eine Zeit lang las sie dennoch viel in der Bibel. Sie kaufte bei Lazare Duvaux mehrere kostbare Weihwasserbecken und juwelenbesetzte Kruzifixe, spendete Geld, um ein Krankenhaus in Crécy zu finanzieren, und versuchte sich ins Gebet zu versenken. Sie verspürte einen gewissen Frieden dabei. Ihr war wahrlich an einer Aussöhnung mit der Kirche gelegen, doch Père de Sacy nahm ihr die Illusion, dass ihre frommen Anwandlungen ihr den Weg zur Absolution öffnen würden, solange sie am Hof weilte.

»Marquise, Gott wird Ihre Bemühungen ohne Zweifel anerkennen, doch der Kardinal und die Bischöfe werden weiter darauf bestehen, dass man Ihnen die Sakramente verweigert.«

»Obwohl ich jetzt Hofdame der Königin bin?« Sie sah ihn unglücklich an, denn sie wollte nicht ohne Absolution sterben müssen. Gab es einen Himmel, so wollte sie dahin gelangen. Wo sonst sollte sie Alexandrine wiedersehen?

»Es tut mir leid, Marquise, ich würde Ihnen gern Ihren Wunsch erfüllen, aber, wie ich schon einmal sagte, mir sind die Hände gebunden.«

»Ich verstehe.« Sie erhob sich würdevoll von der Bank in der Kapelle.

Père de Sacy seufzte. »Es gibt einen Pater in Paris, mit dem ich über Ihre Angelegenheit gesprochen habe«, sagte er dann leise, als er sie zum Ausgang begleitete. »Er wäre bereit, nach Versailles zu kommen und ihnen die Sakramente zu spenden – unter der Voraussetzung, dass davon nichts an die Öffentlichkeit dringt.«

Sollte es wirklich keine andere Möglichkeit geben? Ihr wurde einmal mehr bewusst, wie wenig sie gegen die Partei der Devoten am Hof ausrichten konnte. Sie seufzte resigniert. »Also schön … Ja, das wäre eine große Erleichterung für mich, Vater. Ich danke Ihnen.«

Schon am nächsten Tag kam Abbé Daniel, ein junger, freundlicher Priester, der, wie Jeanne erfuhr, in Paris dem Kreis der Enzyklopädisten nahestehen sollte, nach Versailles und erteilte ihr, in aller Heimlichkeit, die Absolution und spendete ihr die Sakramente.

Während man sich in Versailles noch immer über Jeannes Ernennung zur Hofdame und ihre neue Frömmigkeit den Mund zerriss, erschütterten Europa Ereignisse von weit größerer Tragweite.

Im Dezember hatte Louis den Duc de Nivernais nach Berlin entsandt, um Friedrich II. zu einem Beitritt zu dem geplanten Defensivbündnis mit Österreich zu bewegen, aber auch um zu ermitteln, wie Preußen zu England stünde. Die Nachricht, die jetzt aus Berlin eintraf, schlug ein wie eine Bombe: Friedrich von Preußen hatte sich mit den Engländern verbündet! In der Konvention von Westminister hatten die Angelsachsen Preußen Unterstützung gegen die russische Zarin versprochen, während Preußen wiederum England den Schutz von Hannover zusagte. Ungeheuerlich daran war nicht allein die Tatsache, dass sich Friedrich II. mit dieser Zusicherung bereit erklärte, auch gegen Frankreich zu kämpfen, sondern dass er vorher weder den bestehenden Vertrag mit dem französischen König gekündigt noch ihn über seine Absicht benachrichtigt hatte, ein Bündnis mit dem Erzfeind einzugehen. Ohne die Information, die der österreichische Botschafter von Kaunitz Frankreich schon im September über die Gespräche zwischen Friedrich II. und England zugespielt hatte, hätte diese Nachricht das Land gänzlich unvorbereitet getroffen.

Im Staatsrat war man außer sich über den Verrat.

»Bei Gott, das kann man nicht hinnehmen!«

»Eine Infamie!«

»Das bedeutet Krieg!«

Die Minister und Staatssekretäre redeten aufgeregt durcheinander.

»Messieurs, bitte bewahren Sie die Ruhe«, sagte der König streng. Er war von seinem Stuhl aufgestanden. »Ich möchte Ihnen mitteilen, dass mich diese Handlungsweise Preußens in gleicher Weise schockiert wie Sie, doch sie bestätigt meine geheimsten Befürchtungen.« Er räusperte sich, bevor er fortfuhr. »Messieurs, ich denke, es ist an der Zeit, Ihnen mitzuteilen, was einige von Ihnen bereits wissen, dass wir genau aus diesen Gründen schon seit geraumer Zeit in Verhandlungen mit Ihrer Hoheit, der Kaiserin Maria Theresia, stehen!«

Der Comte d'Argenson sah den König entgeistert an und konnte nicht an sich halten. »Aber Euer Majestät, eine Allianz mit Österreich, mit unserem Erzfeind? Das könnte fatale Folgen haben …«

Der ungehaltene Ausdruck von Louis ließ ihn verstummen. Jeanne sah, wie der Blick des Ministers zu ihr glitt. Es war nackter Hass, der in seinen Augen geschrieben stand.

Der Verrat Preußens traf Louis zu einem Zeitpunkt, an dem er ihn am wenigsten gebrauchen konnte, denn die Lage war so ernst wie noch nie. Der englische König George II. hatte im Januar das Ultimatum, das Frankreich ihm gestellt hatte, abgelehnt. Darin hatte Louis ihn aufgefordert, die räuberischen Aktionen in Kanada und Indien zu beenden und die inzwischen dreihundert gekaperten Handelsschiffe und sechstausend Gefangenen herauszugeben.

Nachdem Preußen sich nun mit den Engländern verbündet hatte, brauchte Frankreich die Allianz mit Wien so nötig wie noch nie. Louis war beunruhigt. Obwohl er es nicht aussprach, spürte Jeanne, was er dachte. Würde es nicht zu einem Bündnis mit Österreich kommen und sich Maria Theresia deshalb ebenfalls mit England zusammenschließen, sah sich das Land auf einmal von Feinden umstellt.

Er blickte sie an. »Wie ist Ihre Meinung zu dieser Angelegenheit, Madame?«

Alle Augen waren auf sie gerichtet, als sie zu sprechen begann: »Die Kaiserin wünscht diese Allianz mit Euch unter allen Umständen. Und ich denke, dass dieses Bündnis für Frankreich nur von Vorteil wäre ...«, sagte sie. Sie musste plötzlich husten und brach ab.

Der König musterte sie besorgt und fragte mit leiser Stimme: »Ist Ihnen wohl, Madame?«

»Aber ja. Es ist nichts«, gab sie mit einem Lächeln zur Antwort und unterdrückte ein erneutes Husten. Es stimmte nicht ganz, was sie sagte. Sie litt schon seit Wochen an einer hartnäckigen Bronchitis. Der Winter in den zugigen Fluren und Staatsgemächern war jedes Jahr aufs Neue eine Qual.

Sie müsse sich mehr schonen, hatte ihr Doktor Quesnay immer wieder gepredigt. Doch wie sollte sie das in diesen Tagen? Wenn es erst wärmer wurde, würde der Husten sicherlich von allein verschwinden.

Louis, der mit den Gedanken bereits wieder bei der Politik war, wandte sich an die Minister. »Ich habe Monsieur de Bernis und einige Berater angewiesen, schnellstmöglich den Entwurf eines Bündnisvertrags auszuarbeiten, und kann nur hoffen, dass die Engländer bis dahin stillhalten und uns nicht den Krieg erklären.«

Der Comte d'Argenson meldete sich zu Wort: »Sire, wenn Ihr mir die Frage erlaubt: Was bringt uns ein Vertrag mit Wien, außer dass wir uns damit zum Werkzeug Maria Theresias machen, damit Österreich seine Rachegelüste gegen Preußen stillen kann?«

Louis runzelte die Stirn. »Monsieur d'Argenson, diese Allianz wird nicht nur aus Österreich und Frankreich bestehen, sondern ebenso aus Spanien. Russland zeigt ebenfalls Interesse, ihr beizutreten. Als Minister für Kriegsangelegenheiten werden Sie, wie ich hoffe, sicher erkennen, dass eine solche Isolation Englands von den anderen Großmächten für uns von entscheidendem Vorteil ist.«

D'Argenson nickte schweigend. Jeanne beobachtete ihn. Der Comte lehnte das Bündnis nicht aus politischen Gründen ab, sondern natürlich nur deshalb, weil er überzeugt war, dass die Idee dazu allein von ihr stammte, dachte sie aufgebracht. Sie war es leid. Als die Sitzung beendet war, ging sie auf ihn zu.

»Monsieur, es ist bedauerlich, dass ich Sie darauf aufmerksam machen muss, dass Sie dem König als sein Minister dienen und ihn unterstützen sollten, statt seine Entschlüsse aus persönlichen Gründen infrage zu stellen! … Sie erschöpfen die Geduld Seiner Majestät!« Ihr Ton war scharf geworden.

D'Argensons Augen drohten aus den Höhlen zu treten, als sie so mit ihm sprach. »Es steht Ihnen nicht zu, mich zu belehren, Madame«, zischte er. Er wandte sich abrupt ab und ließ sie einfach stehen.

Jeanne sah ihm hinterher, wie seine Gestalt in dem blauen Rock den Saal verließ. Sie seufzte. Es war eine leidige Tatsache, dass es mit d'Argenson inzwischen nicht viel anders war als damals mit Maurepas. Es würde immer jemanden geben, gegen den sie kämpfen musste. Verschwand einer ihrer Feinde, war auch schon wie aus dem Nichts ein neuer aufgetaucht.

Am 1. Mai 1756 verkündeten Frankreich und Österreich offiziell den Abschluss ihres Defensivbündnisses. Friedrich II. und George II. reagierten – wie nicht anders zu erwarten – empört. England erklärte Frankreich nun auch offiziell den Krieg, der schon längst begonnen hatte. Als Antwort auf die Ablehnung seines Ultimatums hatte Louis bereits ein Geschwader der französischen Flotte unter Führung des Duc de Richelieu nach Menorca entsandt.

»Gott schütze Sie und Frankreich, Maréchal«, wünschte Jeanne ihm vor seiner Abreise mit einem Lächeln, das ihn zu einer galanten Verbeugung veranlasste. Richelieu nahm die Insel erfolgreich ein, doch es war dem König nicht vergönnt, sich lange über diese Eroberung zu freuen, denn kaum zwei Monate später erreichte Versailles die Nachricht, dass Friedrich II. überraschend in Sachsen eingefallen war. Wieder einmal ohne Kriegserklärung.

Die Dauphine, die sächsische Princesse, flehte den König unter Tränen um Hilfe für ihre Familie an, denn die Nachrichten, die aus ihrer alten Heimat eintrafen, waren niederschmetternd. Leipzig und Dresden waren gefallen, und Sachsen hatte kapitulieren müssen.

Louis kam der Bitte seiner Schwiegertochter nach. Ein Heer von vierundzwanzigtausend Mann setzte sich in Richtung Osten in Bewegung. Der Krieg hatte nun auch den Kontinent erfasst.

Das Gefühl war ständig präsent. Es war ein zehrender Hass, der ihn ähnlich wie der nagende Schmerz seiner Gicht zu zerfressen drohte. Der Comte d'Argenson war besessen von dem Gedanken, die Marquise zu vernichten. Seine persönlichen Motive waren längst nicht mehr der einzige Grund dafür. Er war davon überzeugt, dass er Frankreich damit einen großen Dienst erwies. Der König war schwach und ließ sich von dieser Frau manipulieren. Diese verheerende Allianz mit Österreich zeigte das doch nur zu deutlich! Versailles' Politik wurde in dem Boudoir einer Mätresse gemacht, die ihrem Geliebten anders nicht mehr zu Diensten sein konnte.

D'Argenson hatte lange gewartet. Nur genährt von seinem Hass, hatte er in den letzten Monaten die Zurückweisungen des Königs und die Demütigung ertragen, dass die Marquise es gewagt hatte, ihn öffentlich zu maßregeln. Doch nun war der Zeitpunkt gekommen. Die Ablehnung der Pompadour im Volk war so groß wie noch nie. Um den Krieg zu finanzieren, hatte der König für die Dauer der Auseinandersetzungen eine Steuererhöhung erwirkt. Daraufhin war es erneut zu Unruhen und Auseinandersetzungen mit dem Parlament gekommen. Louis hatte die Magistraten nach Versailles beordert und ihnen ungehalten die Registrierung des

Erlasses befohlen. Nur unter Protest war das Parlament seinem Befehl gefolgt.

D'Argenson wusste, dass der König wegen der innenpolitischen Spannungen beunruhigt war. Er lächelte böse, als er an den Inhalt der Akte, die er in seinen Händen trug, dachte. Das, was darin stand, würde seine Sorge hoffentlich noch verstärken. Als Minister der Stadt Paris war es seine Pflicht, den König darüber zu informieren, in welchem Ausmaß man die Marquise hasste und sie für die Misere im Land verantwortlich machte. Diese Stimmung könnte sich leicht zu einer Bedrohung für den König ausweiten, das würde er Seiner Majestät auf geschickte Weise zu suggerieren wissen.

Der König war in seinem Kabinett und unterschrieb gerade einige Anordnungen, die er dem Prince de Conti reichte, als der Comte gemeldet wurde.

»Entschuldigt mich, Cousin, wir machen später weiter«, sagte Louis zu dem Prince, der sich höflich verbeugte und den Raum verließ.

Louis legte die Papiere zur Seite und wandte sich dann zu seinem Minister. »Sie haben um eine persönliche Audienz gebeten, Comte?«

»Ja, Euer Majestät.«

»Nun denn, was gibt es?«

Der Comte d'Argenson tat, als suche er nach Worten.

»Sire ... wie Ihr wisst, erhalte ich regelmäßig Berichte von unseren Agenten aus Paris und von dem Polizeioberleutnant ... und seit geraumer Zeit zeigt es sich nun, dass die Stimmung im Volk sich in erschreckender Weise verschlechtert ...«

Der König nickte. »Monsieur Berryer berichtete mir das ebenfalls.« Er verzog ungnädig das Gesicht. »Das Volk ist in seiner Unwissenheit der Auffassung, dass das Parlament seine Interessen vertritt, wenn es sich gegen die Steuererhöhung wehrt.«

»Ja, Euer Majestät. Indessen glaube ich, dass es noch einen anderen Grund für den Unmut im Volk gibt.«

Louis hatte die Arme verschränkt. »Und der wäre?«

Der Comte zögerte. Er wusste, dass jetzt alles auf die richtige Formulierung ankam. »Sire, ich möchte nicht, dass Ihr mich falsch versteht, und es fällt mir nicht leicht, Euch dies mitzuteilen, aber wie Ihr wisst, gab es im Volk schon immer … nun, wie soll ich sagen, eine gewisse Feindseligkeit gegenüber der Marquise de Pompadour. Inzwischen ist diese Feindseligkeit aber blankem Hass gewichen.« Er räusperte sich verlegen. »Man verurteilt den aufwendigen Lebensstil der Marquise und beanstandet die Demütigung, die die Königin durch sie erfährt. Das Volk gibt der Marquise die Schuld für die Armut und … den bevorstehenden Krieg. Außerdem beschuldigt man sie, dass sie Euch dem Schoß der Kirche entrissen hat und damit Euer Seelenheil gefährdet … Seht selbst!

Der Comte d'Argenson reichte ihm mit einer untertänigen Verbeugung die Akte.

Louis blätterte darin und las einige Sätze. »Das ist doch absurd«, sagte er.

D'Argenson bemühte sich, eilig zu nicken.

»Selbstverständlich ist es das, Euer Majestät, doch angesichts des Krieges scheint mir diese Stimmung dennoch überaus gefährlich …«

Louis blickte ihn kühl an. Er lehnte sich zurück. »Was genau wollen Sie damit sagen, Comte?«

D'Argenson setzte alles auf eine Karte. »Dass es schwierig sein wird, an zwei Fronten zu kämpfen, Sire«, sagte er und neigte den Kopf.

Der Blick des Königs verriet keine Regung, als er ihn ansah.

»Ich danke Ihnen für Ihre Offenheit, Comte! Indessen glaube ich nicht, dass man angesichts dieser Schwierigkeiten verleumderische Beschuldigungen auf einmal als wahr erachten sollte!« Er nickte knapp. Die Audienz war beendet.

»Sie muss mit dem Teufel im Bunde stehen«, sagte Père Desmarets am Abend verbissen. Ein eisiger Wind pfiff draußen an den Fenstern entlang. Trotz der schlechten Wetterverhältnisse hatten sich die Geistlichen von Versailles nach Paris begeben, um zu einem ihrer regelmäßigen Geheimtreffen zusammenzukommen.

Auch Monsignore de Beaumont, der Erzbischof von Paris, hatte sich in der Runde eingefunden. Unter großen Vorsichtsmaßnahmen hatte er sich heimlich aus seinem Exil hierherbegeben.

Die Geistlichen wollten an diesem Abend eigentlich über die Enzyklika des Papstes zur Praxis des Beichtbilletts sprechen. Die Antwort des Heiligen Vaters wollte keinem von ihnen so recht gefallen, am allerwenigsten Beaumont. Der Papst hatte ihnen Zurückhaltung und Schweigen gegenüber der Bulle auferlegt. Das Recht der Sakramentverweigerung komme allein den Bischöfen zu, hieß es. Die Priester dürften kein Beichtbillett mehr verlangen, sondern müssten einem Sterbenden die Letzte Ölung spenden, selbst wenn er des Jansenismus verdächtigt würde.

Beaumont hatte abfällig geschnaubt, als er vom Inhalt des Edikts erfuhr. Was für eine schwächliche Entscheidung des Heiligen Vaters! Es war nur zu offensichtlich, von wem er dabei beeinflusst worden war. Aber was konnte man auch erwarten, wenn selbst der Botschafter in Rom, dieser Comte de Stainville, ein Günstling der Pompadour war! Und so waren die Geistlichen über die Enzyklika zwangsläufig wieder einmal auf die Mätresse des Königs zu sprechen gekommen.

Der Kardinal de La Rochefoucauld gab Père Desmarets insgeheim recht. Ja, sie musste mit dem Teufel im Bunde stehen! Das Pfeifen des Windes klang in seinen Ohren auf einmal wie ein Warnen des Allmächtigen persönlich. Der König war vollständig ihrem Einfluss entglitten. Auch die Hoffnung, dass sich der Comte d'Argenson gegen die Pompadour behaupten würde, hatte der Kardinal inzwischen aufgegeben. Die Audienz des Ministers bei Seiner Majestät war leider ohne Folgen geblieben.

Der Großalmosenier runzelte finster die Stirn. »Seien wir ehrlich«, sagte er schließlich, »die einzigen Momente, in denen Seine Majestät zurück in den Schoß der Kirche gefunden hat, waren die, in denen er sich im Angesicht des Todes befunden hat!«

»Nun, vielleicht muss man die Hölle vor Augen haben, um sie auch wirklich zu fürchten, Kardinal«, sagte Monsignore de Beaumont salbungsvoll in die Stille hinein und lehnte sich in seinem schweren Stuhl zurück. Der Kardinal sah ihn nachdenklich an.

62

Der Himmel, der über Versailles hing, war grau und trostlos. Raureif bedeckte die Rasenflächen und kahlen Blumenparterre des Parks. Auf den Kanälen hatten sich dünne Eisschollen gebildet, die der eisige Wind über das Wasser trieb und leise klirren ließ. Der Winter hatte das neue Jahr genauso kalt und unfreundlich begrüßt, wie er das alte verabschiedet hatte. Kein Ofen und Kamin schaffte es im Schloss, gegen die Kälte anzukommen und die weitläufigen Flure und die Staatsgemächer zu wärmen. Im Palast war es nur noch in den kleinen Privatgemächern, den *Petits Appartements,* erträglich. Der König, der beim *Lever* und *Coucher* im königlichen Staatsgemach jedes Mal befürchtete, dass er sich den Tod holen würde, hatte sich daher entschlossen, sich mit der königlichen Familie für einige Tage ins Trianon auf der anderen Seite des Parks zurückzuziehen. Man lebte dort etwas beengt, aber es war zumindest warm.

An diesem Nachmittag hatte Louis zusammen mit seinem Sohn in seinem Privatkabinett in Versailles für einige Stunden über die Entwicklung in Europa gesprochen und später seiner Tochter, Madame Victoire, die mit einer Grippe daniederlag, einen Besuch abgestattet.

Es war halb sechs, als er nur in Begleitung des Dauphins, gefolgt von seinen Leibgarden sowie dem Capitaine der Garden, die Treppe hinabstieg, um sich zu seiner Kutsche zu begeben, die ihn zurück zum Trianon bringen sollte. Draußen war es bereits dunkel, und Louis zog fröstelnd seinen Umhang enger, als er in den Schlosshof trat.

Ein Spalier von Schweizer Garden leuchtete ihm den Weg. Hinter ihnen hatten sich einige Neugierige angesammelt. Louis schenkte ihnen keine Beachtung.

Weder er noch seine Begleiter sahen den Mann, der, eingehüllt in einen braunen Mantel, seinen Hut tief ins Gesicht gezogen, in der Menschenmenge stand.

Louis hatte schon fast die Kutsche erreicht, als er auf einmal eine Bewegung zwischen den Menschen wahrnahm. Eine Gestalt sprang im Halbdunkel zwischen den verblüfften Garden hervor, versetzte einer der Leibgarden einen Stoß und stürzte auf den König zu. Alles ging blitzschnell. Louis spürte nur, wie etwas mit Kraft in seine Seite gerammt wurde. Er taumelte, rang nach Luft, sah sich Hilfe suchend um. »Monsieur d'Ayen … man hat mich gestoßen …« Er fasste sich an die Seite, wo ihn der Schlag getroffen hatte. Etwas Warmes, Feuchtes drang durch seinen Umhang. Der König sah auf seine Hand. Blut! »Ich bin verwundet …«, stieß er mühsam hervor.

Um ihn herum brach ein Tumult aus. Erschrockene Schreie und Rufe ertönten von allen Seiten. Der Duc d'Ayen und der Dauphin waren herbeigeeilt, um ihn zu stützen.

Louis blickte noch immer auf seinen Handschuh. Er versuchte zu verstehen, was geschehen war. Die ganze Situation hatte etwas Unwirkliches.

»Der Mann dort mit dem Hut, ergreift ihn!«, hörte er die Stimme des Duc d'Ayen brüllen.

Die Leibwachen und die Schweizer Garden waren schon losgestürmt. Der Unbekannte hatte versucht, die allgemeine Verwirrung zu nutzen, um zu entkommen, doch die Garden waren schneller. Man hörte die Rufe der Soldaten, als sie ihn ergriffen.

Louis spürte, wie ihm schwindlig wurde. Der Mann hatte versucht, ihn zu erstechen. Warum hatte er das getan? Er war sein König. Er fasste d'Ayen am Arm. »Nehmen Sie ihn fest, aber lassen Sie ihn am Leben«, stieß er hervor.

Man brachte den König zurück ins Schloss. Gestützt auf d'Ayen und den Dauphin, gelangte er nach oben in sein Schlafgemach. Er lehnte alle weitere Hilfe ab. Als er seinen Umhang und seinen Rock auszog, sah er, wie viel Blut er verloren hatte. Die gesamte linke Seite seines Hemds war rot durchtränkt. Louis wurde schwarz vor Augen.

Man hatte die Pagen losgeschickt, nach einem Arzt und Priester zu suchen. Das Schloss war nahezu leer, da der König und die königliche Familie im Trianon weilten. Nichts war vorbereitet – nicht einmal das königliche Bett war bezogen.

Louis fühlte sich schwach. Er hatte für einen kurzen Augenblick die Besinnung verloren. Furcht ergriff ihn. Was, wenn er starb – ohne den Segen der Kirche? Die altvertrauten Darstellungen vom Jüngsten Gericht, von Höllenqualen und ewigem Fegefeuer traten ihm vor Augen. Er musste beichten! Mit letzter Kraft richtete er sich im Bett auf.

»Ich will meinen Priester!«

Doch weder Père Desmarets noch sein Großalmosenier, der Kardinal de La Rochefoucauld, waren zu finden. In der Not ließ der Duc d'Ayen einen Geistlichen aus der Stadt holen. Louis war mit allem einverstanden. Alles, was er wollte, war, zu beichten und Absolution zu erhalten.

Kurze Zeit später erschien ein Abbé aus der Stadt. Man ließ den Geistlichen mit dem König allein.

»Vater, ich möchte meine Sünden beichten und den Allmächtigen um Vergebung bitten.«

Der Abbé Soldini, der noch etwas verwirrt war von der Tatsache, wo er sich auf einmal befand, nickte benommen. »Ja ... Euer Majestät ...«

Louis gestand ihm seine Sünden und Verfehlungen.

»Bereut Ihr aufrichtig und möchtet ungeschehen machen, was Ihr getan habt?«, fragte der Abbé.

Louis nickte.

»Dann kann ich Euch Absolution erteilen. Doch Ihr müsst die Menschen um Verzeihung bitten, denen Ihr unrecht getan habt, Majestät ... Lasst uns jetzt beten.«

Als sie gebetet hatten und der Priester ihm die Letzte Ölung gespendet hatte, atmete Louis erleichtert auf. Nun konnte er sterben, wenn es denn sein sollte.

Ein Wundarzt war ebenfalls aufgetrieben worden und wurde jetzt ans Bett geführt. Er ließ den König entkleiden und befahl, heißes Wasser herbeizuschaffen. Dann begann er, die Wunde zu waschen.

Schließlich tauchte endlich auch Doktor La Martinière, einer der königlichen Ärzte, auf. Er untersuchte die Verletzung des Königs.

»Die Wunde ist nicht tief, Euer Majestät. Allerdings vermag ich nicht zu sagen, ob das Messer vorher mit anderen Substanzen in Berührung gekommen ist«, sagte er mit bedenklicher Miene.

Louis sah ihn blass an. »Sie meinen, es könnte vergiftet gewesen sein!«

»Das kann ich leider nicht ausschließen, Sire.« Er hatte seinen Assistenten angewiesen, ihm sein Schröpfmesser zu reichen. »Ich werde in jedem Fall einen Aderlass vornehmen, damit sich die schlechten Säfte nicht in Eurem Körper sammeln können.«

Er griff nach der Schale und hielt sie an seinen Arm. Ein kurzer Schnitt, und das Blut tropfte in das goldene Gefäß.

Louis spürte, wie ihm erneut schwarz vor Augen wurde. Er fühlte sich so schwach, und ihm war übel. Hatte man ihn tatsächlich vergiftet?

Er sah die Tränen in den Augen seines Sohnes und hörte die aufgeregten Stimmen im *Antichambre*. Seine Gemahlin und seine Töchter, die man benachrichtigt hatte, waren ebenfalls herbeigeeilt. Entsetzt sahen die Frauen, die in das Gemach stürzten, das viele Blut.

»O Vater!« Princesse Adélaide war stehen geblieben. Ihr schwanden die Sinne. Eilig reichte man ihr ein Fläschchen Riechsalz.

Louis ergriff die Hand seiner Gemahlin. »Ich möchte Sie aufrichtig um Verzeihung bitten, für das Unrecht, das ich

Ihnen angetan habe. Vergeben Sie mir, ich bitte Sie, Madame«, sagte er mit heiserer Stimme.

Marie Leszczynska nickte mit Tränen in den Augen. Dann bat der König auch seine Kinder um Verzeihung.

»Es ist mir eine Beruhigung, zu wissen, dass der Herrscher, den Frankreich bekommen wird, ein besserer sein wird, als ich es war«, sagte er mit einem Blick auf seinen Sohn.

Louis-Stanislas schluchzte. »O Vater, hätte es nur mich getroffen!«

Der Duc d'Ayen war in die Tür getreten. »Euer Majestät, Père Desmarets ist jetzt hier.« Louis nickte. Er wollte noch einmal beichten.

Im ersten Moment, als sie von dem Attentat erfuhr, glaubte Jeanne die Besinnung zu verlieren. Ein Abgrund tat sich vor ihr auf. Sie musste sich an der Kante ihres Sekretärs festhalten, als Madame du Hausset aufgelöst in den Salon gestürzt kam und ihr weinend erzählte, was Schreckliches passiert war.

»O Madame, er hat auf ihn eingestochen, und sie haben ihn in sein Schlafgemach gebracht. Man sagt, das Messer sei vielleicht vergiftet gewesen.«

Louis niedergestochen? Ein Attentat? Einen Moment stand Jeanne wie erstarrt da und versuchte zu begreifen, was Madame du Hausset gesagt hatte. Dann übernahm ihr Instinkt die Herrschaft und schaltete jeden anderen Gedanken aus. »Meine Kutsche, sofort!«

Sie griff ihren Umhang, ließ ihre Kammerfrau ohne ein weiteres Wort stehen und hastete in den Hof zu ihrem Wagen. Eine Ewigkeit schien zu vergehen, bis die Kutsche den Weg vom Trianon zum Schloss zurückgelegt hatte.

Sie musste zu ihm, sofort, nur dieser einzige Gedanke beherrschte sie, als sie in den Palast rannte und ohne Sänfte durch die langen Gänge zu seinen Gemächern eilte. Sie versuchte, gegen die Panik anzukämpfen, die sich ihrer bemächtigte. O Gott, bitte lass ihn nicht sterben, gib ihm die Kraft, das zu überleben!, betete sie. Die Vorstellung, dass er sterben könnte, zerriss ihr das Herz, und sie lief schneller, während ihr die Tränen über die Wangen liefen, obwohl sie kaum noch Luft bekam. Noch nie war ihr der Weg zu seinem Gemach so weit erschienen.

Dann endlich erreichte sie sein Vorzimmer. Vor dem Raum hatten sich zahlreiche Höflinge versammelt, die tuschelnd beisammenstanden. Sie wichen zur Seite, und Jeanne stürzte an ihnen vorbei in das *Antichambre* des Königs.

»Sie können hier nicht durch, Madame.« Zwei Garden stellten sich ihr in den Weg.

»Was soll das heißen? Lassen Sie mich durch!«, herrschte sie die Männer an.

»Madame, es tut mir leid, ich habe Anordnungen, Sie hier nicht mehr passieren zu lassen …«

»Was sagen Sie da?« Sie hörte Stimmen in dem königlichen Schlafgemach. In ihrer Verzweiflung wollte sie sich an den Wachen vorbeidrängen, doch eine der Garden ergriff sie und hielt sie unerbittlich fest.

»Lassen Sie mich, ich muss zu ihm!« Sie weinte. »Bitte, ich flehe Sie an …«

Schritte kamen an die Tür. Der Dauphin und Père Desmarets traten zu ihnen hinaus. Sie wich unwillkürlich zurück, als sie den Ausdruck im Gesicht des Prinzen sah. Der Beichtvater bedachte sie mit einem kühlen Blick.

»Madame, es gibt nichts mehr, was Sie hier verloren hätten. Sie täten gut daran, Versailles zu verlassen.«

»Aber …« Sie wandte sich mit Tränen im Gesicht zum Dauphin. »Hoheit, bitte … Euer Vater …«

Er hob hochmütig das Kinn. »Der König bereut seine Sünden und wünscht Euch nicht mehr zu sehen.«

Sie sah ihn entsetzt an.

Ohne sie weiter zu beachten, wandte sich der Thronfolger zu den Garden. »Geleiten Sie Madame zurück zu ihren Gemächern!«, befahl er.

Im *Antichambre* war es plötzlich still geworden. Alle Augen waren auf sie gerichtet. Sie sah die Genugtuung im Gesicht des Comte d'Argenson.

Widerstandslos ließ sie sich wegführen. Tränen rollten über ihre Wangen.

Machault d'Arnouville war versucht, der Marquise zu folgen. Sie tat ihm leid. Die offensichtliche Befriedigung in den Gesichtern der Umstehenden widerte ihn an. Es waren dieselben Leute, die noch gestern bei ihr Schlange gestanden hatten.

Er wollte sich schon zwischen den Leuten durchdrängen und ihr hinterhergehen, als ihn auf einmal jemand am Arm festhielt. Der Comte d'Argenson neigte sich mit einem durchdringenden Blick zu ihm. »Ein guter Rat, Monsieur de Machault d'Arnouville: Sie sollten nicht auf die setzen, deren Stern bereits am Sinken ist.«

Machault d'Arnouville wusste nicht, warum, doch er zögerte.

»Der Dauphin würde es sicher zu schätzen wissen, wenn er sich Ihrer Loyalität sicher sein könnte«, setzte d'Argenson hinzu.

Machault d'Arnouville hasste sich dafür, doch er blieb stehen.

Der König wünscht Euch nicht mehr zu sehen. Die Worte hallten wie ein Echo in ihrem Kopf wider. Jeanne hatte sich verzweifelt auf ihr Bett geworfen. Am schlimmsten war, dass niemand ihr sagen konnte, wie es wirklich um Louis stand. Sie wusste noch immer nicht, wie gefährlich seine Verletzung war und ob er wirklich vergiftet worden war. Inbrünstig betete sie zu Gott und versprach, ein besserer Mensch zu werden, wenn er den König nur am Leben ließe. Der Gedanke, ihn verlieren zu müssen, beraubte sie jeder Fassung, so unvorstellbar war der Schmerz, der sie überkam. Sie liebte ihn, und sie brauchte ihn. Ein Leben ohne ihn wäre ohne jeden Sinn. O bitte, allmächtiger Vater, flehte sie, bitte, bitte lass ihn überleben …

Madame du Hausset meldete die Duchesse de Brancas und die Duchesse de Mirepoix. Sie waren sofort, als sie von der schrecklichen Nachricht gehört hatten, zu ihr gekommen. Vergeblich versuchten sie, die Marquise zu beruhigen.

»Sie haben mich nicht zu ihm gelassen! Und niemand will mir etwas sagen … O Gott, wenn er nur überlebt«, stieß Jeanne hervor, während sie das von ihren Tränen durchnässte Taschentuch in ihren Fingern knetete.

Stunden vergingen so. Dann erschien Doktor Quesnay. Er war beim König gewesen.

Jeanne sprang von ihrem Stuhl hoch und lief auf ihn zu. »O Doktor, sagen Sie mir, wie geht es ihm?«

»Seien Sie unbesorgt, Marquise. Seine Majestät ist noch geschwächt, aber er wird es überstehen. Wir können mit großer Sicherheit sagen, dass das Messer nicht vergiftet war.«

Sie schluchzte vor Erleichterung und war nicht in der Lage, etwas zu sagen.

Quesnay schaute sie besorgt an. »Marquise, es besteht wirklich kein Grund zur Sorge. Es ist dem Attentäter nicht gelungen, Seiner Majestät eine ernsthafte Verletzung zuzufügen.«

Sie nickte weinend. Er würde überleben. Gott hatte ihre Gebete erhört. Sie dankte ihm.

Später, als sie wieder allein war, stand sie am Fenster, und während sie nach draußen in die Dunkelheit blickte, ging ihr auf, wie ungewiss ihr Schicksal nun war. Louis hatte gebeichtet, die Sakramente empfangen und seine Familie um Verzeihung gebeten. Der Weg zurück zu ihr war ihm damit unwiderruflich verwehrt.

Die Luft im königlichen Schlafgemach war stickig. Wegen der Kälte wagte man nicht, die Fenster zu öffnen. Nicht auszudenken, wenn sich der Monarch in diesem Zustand verkühlen würde. Die Menschen, die sich in dem Gemach aufhielten, sprachen nur flüsternd miteinander. Man machte sich Sorgen um den König. Nicht wegen der Wunde, die verheilte nach Ansicht der Ärzte schnell und war schon lange kein Grund zur Besorgnis mehr. Nein, die Beunruhigung galt mehr dem seelischen Befinden Seiner Majestät. Er lag teilnahmslos im Bett mit einer Miene, als wenn er noch immer dem Sterben geweiht wäre.

»Ihr solltet dieses furchtbare Ereignis von seiner guten Seite betrachten«, sagte der Kardinal de La Rochefoucauld, der neben dem König am Bett stand, mit salbungsvoller Stimme. »Nur dadurch habt Ihr zurück zu Gott gefunden.«

Doch Louis hörte kaum zu. Erst jetzt war ihm recht zu Bewusstsein gekommen, was geschehen war. Ein Mann aus seinem Volk hatte versucht, ihn umzubringen!

Warum? Das war sein einziger Gedanke. Er dachte an den großen Gerichtstag, den *Lit de Justice,* den er im Dezember in Paris gehalten hatte. Mit strenger Hand hatte er dort gegen die ständigen Streitereien des Parlaments durchgegriffen, einige Magistraten ihres Amtes enthoben und die Enzyklika des Papstes gegen das Beichtbillett als geltendes Gesetz verankern lassen. Später, als der königliche Zug durch die schweigende Volksmenge zurück nach Versailles geritten war, hatte er die Ablehnung und den Unmut in den Augen der Menschen gesehen. Eine düstere Vorahnung hatte ihn überfallen. Als wenn er bereits gewusst hätte, was passieren würde, dachte er schaudernd.

Der Mann, der ihn versucht hatte zu töten, hieß Robert-François Damiens. Man hatte ihn mehrmals verhört, doch was er sagte, schien wirr und unglaubwürdig, hatte der Duc d'Ayen ihm berichtet.

Hatte er selbst die Tat geplant oder jemand anderes? Vielleicht das Parlament, das er in seinen Rechten beschnitten hatte? Oder gar die Engländer? Für einen Moment hatte Louis sogar den Erzbischof von Paris, diesen fanatisch strenggläubigen Mann und seine Anhänger im Verdacht, doch dann hatte er den Gedanken wieder verworfen. Beaumont war ein Mann Gottes, ganz sicher würde er nicht auf solche Weise Schuld auf sich laden.

Als er den Duc d'Ayen sah, der gerade leise aus dem *Antichambre* in sein Gemach getreten war, winkte er ihn an sein Bett heran.

»Euer Majestät?«

Der König sprach leise, und der Duc musste sich zu ihm beugen, um ihn zu verstehen.

»Monsieur d'Ayen, warum glauben Sie, wollte dieser Mann mich, seinen König, töten?«

»Sire, meiner Meinung nach ist dieser Mann ein Fanatiker, ein Wahnsinniger, dessen Geist gestört ist!«

»Sie meinen, weil er mich hasst, so wie mich mein Volk zurzeit hasst.«

D'Ayen schüttelte vehement den Kopf. »Aber nein, Sire, das Volk liebt Euch.«

Louis nickte, und d'Ayen trat zurück. Der König starrte einen Moment lang auf die goldenen Paneele an der Wand, dann winkte er den Minister von Paris, den Comte d'Argenson, heran.

»Sire.« D'Argenson verbeugte sich tief.

»Monsieur d'Argenson, was glauben Sie, war der Grund für diese Tat?«

Der Comte zögerte.

Louis wandte mit müdem Blick den Kopf zu ihm. »Sagen Sie mir die Wahrheit, Comte!«

»Sire, die Menschen verehren und lieben Euch ... doch, verzeiht mir, sie hassen die Marquise de Pompadour ... Sie treibt einen Keil zwischen Euch und Euer Volk ...«

»Sie meinen also, das Volk wünscht, dass ich sie vom Hof verbanne?«, fragte der König erschöpft.

»Ich fürchte ja, Euer Majestät.«

Père Desmarets, der auf der anderen Seite des Bettes gewacht hatte, neigte sich mit einem sanften Lächeln zum König. »Sire, die Menschen wünschen sich genau wie die Kirche nur eins: dass Ihr in den Schoß Eurer Familie zurückkehrt.«

Louis nickte stumm. *Ihr seid der gesalbte König, der bei seiner Krönung geschworen hat, die Kirche und Gott zu achten und zu schützen, deshalb wiegt Eure Schuld schwerer als die jedes anderen.* Die Worte klangen noch in seinen Ohren. Damals in Metz, als er plötzlich schwer erkrankt war, hatte der Bischof so zu ihm gesprochen. Louis hatte der Duchesse de Châteauroux, seiner damaligen Mätresse, befehlen müssen, die Stadt zu verlassen, und der Bischof hatte ihn in einer demütigenden Prozedur gezwungen, öffentlich vor allen Anwesenden seine Sünden zu bereuen.

Er war erleichtert, dass er nach dem Attentat die Absolution und die Sakramente erhalten hatte. Ein Gewicht, das immer auf ihm gelastet hatte, war von ihm genommen worden. Doch der Hofklerus würde verlangen, dass er die Marquise verbannte.

Louis schloss die Augen. Er bat Gott um Hilfe bei der Entscheidung, die er zu treffen hatte.

Die Stunden vergingen, dehnten sich zu Tagen. Jeanne konnte weder essen noch trinken. Nachts fand sie keinen Schlaf. Mit jedem weiteren Tag schwand ihre Hoffnung, dass sie Louis würde sehen können oder eine Nachricht von ihm erhielt.

Doktor Quesnay hatte Jeanne über die körperliche Genesung des Königs auf dem Laufenden gehalten. Die Wunde Seiner Majestät sei gut verheilt, berichtete er, aber der König liege noch immer im Bett. Eine schwermütige Stimmung habe ihn ergriffen. Jeanne starrte auf das Medaillon auf ihrem Armband, das Louis ihr geschenkt hatte, und betrachtete sein Konterfei. Wie sehr wünschte sie, jetzt bei ihm sein zu können, um seine düsteren Gedanken und Schuldgefühle zu vertreiben.

Sie hatte sogar versucht, Abel zum König zu schicken, doch er war wie sie mit barschen Worten des *Antichambre* verwiesen worden. Die Macht, die sie einmal gehabt hatte, hatte sich in Nichts aufgelöst. Keine Beziehung, kein Rang, nicht einmal ihr Amt als Hofdame nutzte ihr noch etwas – jetzt, da man endlich ihren Untergang wähnte.

Während Jeanne mit quälender Angst auf eine Nachricht von Louis wartete, drängten sich die Höflinge in ihren Gemächern, um ihr unter einem scheinheiligen Grund ihre Aufwartung machen zu dürfen. Sie weideten sich an ihrem Unglück, an ihrer Angst vor dem drohenden Sturz. Es war nicht schwer, zu erraten, was in ihnen vorging. Jeder wollte berichten, wie es der stolzen einflussreichen Marquise in den letzten Stunden in Versailles ergangen war. Jeanne war es gleichgültig – sie ließ ihnen die Genugtuung.

Dann wurde ihr Machault d'Arnouville gemeldet – und sie schöpfte auf einmal wieder Hoffnung. Vergeblich hatte sie in den letzten Tagen gewartet, dass der Minister zu ihr kam und ihr von Louis berichtete. Sie wusste, dass er gleich nach der Tat beim König gewesen war. Sicher brachte er ihr jetzt eine Nachricht von ihm. Erregt eilte sie auf ihn zu.

»Monsieur de Machault d'Arnouville, oh, wie gut es tut, Sie zu sehen. Erzählen Sie mir, wie geht es dem König?«

»Den Umständen entsprechend«, sagte der Minister knapp, der gerade von einer Unterredung mit dem Dauphin und dem Comte d'Argenson kam.

Jeanne sah ihn verwundert an. Es war ihm ganz offensichtlich unangenehm, hier zu sein. Als wenn er ihre Gedanken erraten hätte, sah Machault d'Arnouville sie ernst an.

»Marquise, wie Sie sicherlich wissen, hat der König seine Sünden gebeichtet und seine Familie um Verzeihung gebeten. Ich bin deshalb beauftragt, Ihnen mitzuteilen, dass Sie Versailles verlassen sollen.«

Jeanne erstarrte. »Das … hat er gesagt?«

Er nickte und deutete eine Verbeugung an, bevor er sich auf dem Absatz umdrehte und hastig den Raum verließ.

Die Duchesse de Brancas, die Duchesse de Mirepoix und der Abbé de Bernis waren auf die ungeheuerliche Nachricht, die sie soeben erhalten hatten, sofort zur Marquise geeilt. Entgeistert sahen sie Jeanne an.

»Ja, er wünscht, dass ich Versailles verlasse«, sagte sie. Sie saß in einem Sessel und starrte ins Leere.

Die kleine Duchesse de Mirepoix blickte ungläubig auf die Zofen und Kammerfrauen, die bereits begonnen hatten, Kleider und Utensilien in Kisten und Truhen zu verstauen. Ihre Gesichter waren kaum weniger niedergeschlagen als das ihrer Herrin.

»Schluss jetzt! Sie werden sofort aufhören zu packen«, sagte sie energisch. »Und Sie, Marquise, werden selbstverständlich nicht abreisen – jedenfalls nicht, bevor der König Ihnen selbst mitgeteilt hat, dass er das wünscht.«

Die Duchesse de Brancas nickte zustimmend. »Verlangen Sie eine persönliche Anordnung vom König! Schriftlich oder mündlich. Ohne die kann niemand Sie zwingen, Versailles zu verlassen.«

Jeanne sah die beiden Frauen verwundert an.

Der Abbé de Bernis nickte entschlossen. »Die Damen haben recht, Marquise.«

»Nun gut«, sagte Jeanne müde.

Sie erhob sich, setzte sich an ihr Schreibpult, nahm ein Billett und schrieb einige Zeilen an Machault d'Arnouville, in denen sie ihm ihre Entscheidung mitteilte, dass sie nur einer direkten Anordnung des Königs Folge leisten würde. Sie gab das Schreiben Guillaume, der es dem Minister bringen sollte. Tatsächlich fühlte sie sich besser danach, obwohl sie sicher war, dass ihr Schicksal längst entschieden war.

Wieder vergingen quälende Stunden. Jeanne vermochte die Anspannung kaum zu ertragen. Würde der König ihr einen Verbannungsbescheid schicken, der mit den Worten *»Ich wünsche keine Antwort. Louis«* endete?

Ein Geräusch hinter ihr ließ sie zusammenzucken. Aber es war nur ihre Kammerzofe, Madame du Hausset, die in den Raum getreten war.

»Keine Nachricht von Seiner Majestät? Noch immer nicht …«

Madame du Hausset schüttelte den Kopf.

Jeanne musste plötzlich husten. Die Kammerfrau schaute sie besorgt an und reichte ihr ein Glas Wasser. Ihr Blick fiel auf das Tablett mit dem Essen, das unberührt neben ihrer Herrin stand. »Madame, Sie müssen etwas essen.«

»Ich kann nicht.«

Jeanne sah wieder aus dem Fenster.

Guillaume trat in den Raum. »Madame, Monsieur Berryer wünscht, Ihnen seine Aufwartung machen.«

Sie nickte. Sie wusste, dass er am Vormittag wegen des Attentats zu einer Audienz zum König bestellt worden war.

»Ich weiß es zu schätzen, dass Sie mir noch immer Ihre Aufwartung machen, Monsieur.«

Berryers Gesicht war ernst.

»Oder bringen Sie mir den Verbannungsbescheid des Königs?«

Berryer schüttelte den Kopf. »Nein, Madame, es war ein kluger Schachzug von Ihnen, den persönlichen Befehl Seiner Majestät zu verlangen. Niemand wagt es, den König in dieser Stimmung um ein solches Schreiben zu bitten.«

Sie sah ihn dankbar an. »Wie geht es Seiner Majestät?«, fragte sie leise.

»Er ist nach wie vor in einer schwermütigen Stimmung«, antwortete Berryer besorgt.

»Das wundert mich nicht«, sagte Jeanne voller Mitleid. Sie konnte sich nur zu gut vorstellen, wie alle versuchten, die Situation auszunutzen, um ihre Interessen durchzusetzen und den König zu beeinflussen. Wenn sie ihn doch wenigstens noch einmal kurz sehen könnte.

Fast elf Tage waren seit dem Attentat vergangen. Louis war wieder aufgestanden und hatte das Krankenlager verlassen, doch seine düstere Stimmung war geblieben. Er verließ seine Gemächer nicht. Schwermütig, fast resigniert, kam er seinen Pflichten nach und sprach nur, um die allernötigsten Befehle für seine Regierungsgeschäfte zu geben.

Es war fast Mittag, und er wandelte im Hausmantel und

auf einen Stock gestützt durch seine Gemächer, während ihn die Höflinge betreten beobachteten. Sein Zustand war besorgniserregend.

»Euer Majestät, vielleicht sollte man zu Ehren Eurer Genesung ein Fest geben?«, schlug die Princesse de Rohan vor. Louis schenkte ihr einen vernichtenden Blick.

Sie verstummte.

Einen Moment lang war es totenstill im Raum.

Schließlich trat der Dauphin vor und blickte seinen Vater an. »Euer Majestät, wollt Ihr uns nicht zum Dîner zu meiner Gemahlin begleiten?«

Der König schüttelte den Kopf.

»Wir würden uns freuen, Euch auf andere Gedanken bringen zu können«, beharrte er steif.

»Nein, gehen Sie nur alle. Ich bleibe hier.« Er gab Ihnen ein Zeichen, dass sie sich zurückziehen sollten, und da ihnen nichts anderes übrig blieb, als seiner Aufforderung Folge zu leisten, verbeugten sich der Dauphin und die Höflinge tief und gingen. Die Duchesse de Brancas war eine der Letzten, die das Gemach verließen.

»Madame de Brancas?«

Die Duchesse drehte sich um.

»Ja, Euer Majestät?« Erwartungsvoll sah sie ihn an.

Seit Tagen hoffte sie, dass er sich nach der Marquise erkundigen würde.

Doch der König war schon wieder verstummt.

»Sire?«

Eine Ewigkeit schien zu vergehen, bis er schließlich sprach.

»Würden Sie mir einen Gefallen tun?«

»Selbstverständlich, Euer Majestät.«

»Leihen Sie mir Ihren Umhang.«

Die Duchesse blickte ihn verdutzt an. Dann nahm sie ihren Umhang ab und reichte ihn ihm. »Was immer Ihr begehrt, Euer Majestät, das sollt Ihr haben«, sagte sie dann ergeben.

Die Andeutung eines Lächelns huschte über das Gesicht des Königs.

Jeanne hatte keine Ahnung, wie lange sie schon am Fenster stand und nach draußen auf den trostlosen winterlichen Park schaute. Sie nahm weder die kahlen Bäume noch die Marmor- und Bronzeskulpturen wahr, die verloren in den leeren Brunnen und Wasserbecken standen. Sie träumte vor sich hin. In den letzten Tagen, als der Schmerz und die Angst, Louis nie wiederzusehen, größer und größer geworden war, hatten sich die Erinnerungen wie ein tröstender Mantel um sie gelegt. Wenn sie jetzt nach draußen blickte, sah sie nicht den Raureif am Rand der Wege und Alleen und die zugefrorene Eisfläche auf dem Großen Kanal, sondern Bäume, deren junge grüne Blätter gerade zu sprießen begonnen hatten. Es war Frühling, und die Sonne schien ihr aufs Gesicht, während sie in einer Kalesche durch den Wald fuhr. Sie hatte die Augen geschlossen und sog den Geruch des Waldes ein. Und dann – brach ein Wildschwein aus dem Gehölz und streifte ihren Wagen. Sie schrie, als die Pferde durchgingen und geradewegs in den Weiher galoppierten. Die Kalesche kippte, und sie wurde herausgeschleudert – das Wasser war furchtbar kalt und sie triefnass. Alles sah sie ganz genau vor sich – wie sie dem Comte die Pistole entriss und die trächtige Wildsau erschoss – und schließlich hinter ihr plötzlich – die Stimme des Königs. Ein weiches Lächeln glitt über ihre Lippen, als sie sich erinnerte, wie er dort auf seinem Pferd vor ihr gesessen hatte. Strahlend schön – wie eine himmlische Erscheinung, wie ein Gott war er ihr erschienen.

Die Erinnerung an ihre erste Begegnung war wieder so lebendig, als wenn alles erst gestern gewesen wäre. Sein Blick, als er ihr durchnässtes Kleid musterte. Von Anfang an war eine Anziehungskraft zwischen ihnen gewesen, die etwas Magisches hatte. Sie strich mit ihrem Finger über das Medaillon an ihrem Handgelenk.

»Madame?«

Sie brauchte einen Moment, um zu begreifen, dass die Stimme nicht ihren Traumgespinsten entsprungen war, sondern aus der Gegenwart stammte. Sie drehte sich wie in Trance herum.

Louis.

Er stand in der Tür, über seinen Hausmantel hatte er den Umhang der Duchesse geworfen, und sah sie an – zögernd, beinahe schüchtern, in seinen Augen einen Ausdruck der Sehnsucht.

Jeannes Kehle war wie zugeschnürt. Sie spürte, wie sich bei seinem Anblick vor Erleichterung und Glück die eiserne Spannung in ihr löste.

»Sire …« Ihre Stimme stockte.

Ihre Blicke trafen sich – sie fanden beide keine Worte –, dann war Louis plötzlich bei ihr und riss sie in seine Arme.

Tränen liefen über ihre Wangen. Sie klammerte sich an ihn – einer Ertrinkenden gleich.

»Oh, Jeanne«, stieß er rau hervor. Er zog sie an sich und küsste sie. »Gott möge mir verzeihen, aber ich kann nicht ohne Sie leben.«

Sie strich ihm zärtlich über das Gesicht. In seinen Augen standen Tränen. Sie schlang die Arme um seinen Hals, und sie küssten sich erneut – so, wie sie sich seit Jahren nicht mehr geküsst hatten …

63

Im *Antichambre* des königlichen Schlafgemachs wartete man auf den Beginn des *Levers*. Unruhig drängten sich die Höflinge aneinander. Die Stimmung war angespannt angesichts der Gerüchte, die man seit gestern hörte. Der Duc de Richelieu wandte sich zum Duc d'Ayen, der neben ihm stand. »Stellen Sie sich vor, gestern Mittag um zwei ist er zu ihr hinuntergegangen, zwei Stunden später wiedergekommen, um seine Anweisungen für den Staatsrat zu geben, und soll dann die ganze Nacht bei ihr verbracht haben.«

Machault d'Arnouville, der Richelieus Worte mit angehört hatte, drehte sich mit leichenblassem Gesicht zu ihm. »Was haben Sie da gesagt? Der König war bei ihr?«

Der Duc nickte. Er warf ihm einen unschuldigen Blick zu, denn er wusste, dass Machault d'Arnouville der Marquise vor einigen Tagen die Botschaft überbracht hatte, dass der König angeblich wünschte, dass sie den Hof verließ. »Oh, Sie haben noch nicht davon gewusst?«

Der Minister schüttelte mit stummem Entsetzen den Kopf. Im Hintergrund hatten die Garden die Tür für die *Première Entrée* geöffnet, doch Machault d'Arnouville drehte sich eilig auf dem Absatz um und stürzte aus dem *Antichambre*.

Richelieu und d'Ayen sahen ihm ungerührt hinterher. »Nun, ich gebe ihm nicht mehr lange«, bemerkte der Capitaine der Garden.

»Nein, es würde mich wundern, wenn er es bis zum Frühjahr schafft«, stimmte ihm Richelieu zu. Sie betraten zusammen mit den anderen Höflingen das königliche Schlafgemach, und in dem gleichem Prozedere wie jeden Morgen trat Richelieu kurz darauf an das Bett des Königs und zog mit einer Verbeugung die Vorhänge auf.

»Guten Morgen, Euer Majestät.«

Der König war in glänzender Stimmung und gab sich nicht einmal die Mühe, so zu tun, als wenn er geschlafen hätte. »Guten Morgen, Duc.«

Richelieu verbeugte sich und trat hinter die goldene Balustrade zurück. Louis streckte sich genüsslich. »Guten Morgen, Messieurs.«

Er sah die mühsam beherrschte Neugier, die Fragen in den Blicken seiner Höflinge, die jede seiner Gesten mit Argusaugen beobachteten und zu deuten versuchten. Er lächelte. Sollten sie. Sie würden ihn doch nie verstehen. Sein Blick fiel auf den Kardinal de La Rochefoucauld. »Ein wundervoller Tag, finden Sie nicht auch, Kardinal?«

La Rochefoucauld, dem anzusehen war, dass er diese Ansicht durchaus nicht teilte, öffnete den Mund. »Nun ... ja, Euer Majestät«, murmelte er und senkte den Kopf.

Louis schlüpfte in seine Pantoffeln und erhob sich mit Schwung aus dem Bett. Der Tag konnte beginnen.

Als Guillaume ihr Monsieur de Machault d'Arnouville meldete, überlegte Jeanne einen Moment, ob sie ihn überhaupt empfangen sollte, doch dann siegte ihre Neugier, was er ihr wohl zu sagen hatte. Sie warf einen Blick in den Spiegel. Obwohl sie kaum geschlafen hatte, waren die Schatten unter ihren Augen wie von Zauberhand verschwunden.

Der Minister stürzte mit einer übertriebenen Verbeugung in den Salon. »Guten Morgen, Marquise.«

Sie legte die Feder zur Seite. Sie war gerade mit der Korrespondenz beschäftigt, die seit Tagen liegen geblieben war. »Monsieur de Machault d'Arnouville! Ich muss zugeben, es erstaunt mich, ausgerechnet Sie hier begrüßen zu dürfen.«

Er verbeugte sich erneut. »O Marquise, ich hoffe doch, Sie haben meinen letzten Besuch bei Ihnen nicht falsch verstanden.«

Sie musterte ihn. »Monsieur de Machault d'Arnouville, ich habe Sie all die Jahre sehr geschätzt, und deshalb gebe ich Ihnen einen guten Rat – erweisen Sie Ihren neuen Verbündeten in dieser Situation wenigstens die Loyalität, die Sie mir gegenüber haben fehlen lassen! Ich wünsche Ihnen einen guten Morgen.« Sie nickte, ohne auf sein vor Entsetzen erstarrtes Gesicht zu achten, und wandte sich wieder ihren Briefen zu.

Am 1. Februar 1757 wurden Machault d'Arnouville und der Comte d'Argenson vom König aus ihren Ämtern entlassen und vom Hof verbannt.

Knapp zwei Monate später fand das Gerichtsverfahren gegen den Attentäter des Königs, Robert-François Damiens, statt.

Mit Beklemmung und Erleichterung zugleich vernahm Jeanne von Monsieur Berryer das Urteil, das die Große Kammer des Parlaments von Paris, der der Fall übertragen worden war, gesprochen hatte. Damiens hatte ganz offensichtlich keine Komplizen und aus eigenem Antrieb gehandelt. Er war von den sechzig Richtern der Majestätsbeleidigung und des versuchten Mordes an seinem König für schuldig befunden und zum Tode verurteilt worden.

Ein Schaudern überlief Jeanne, als sie hörte, wie die Menschen am nächsten Tag in Scharen zur Place de Grève strömten, um dem schrecklichen Sterben dieses Verbrechers zuzusehen.

Louis sprach den Namen des Mannes, der versucht hatte ihn umzubringen, nie aus.

Sieben Jahre später

64

Jeanne blickte aus dem Fenster ihrer Kutsche, eingehüllt in ihren pelzgefütterten Mantel, der sie angenehm wärmte.

Fast vier Wochen war sie nach einer schlimmen Lungenentzündung in Choisy ans Bett gefesselt gewesen. Nun kehrte sie nach Hause, nach Versailles, zurück.

Der Krieg war endlich vorüber. Sieben Jahre hatte er gedauert. Louis hatte eine schreckliche Niederlage erleiden müssen. Frankreich hatte den größten Teil seiner Kolonien in Nordamerika, Kanada und Indien verloren, und England war nun endgültig die führende Kolonialmacht. Es hatte der französischen Armee an guten Militärs gemangelt, dachte Jeanne, an Männern wie dem Maréchal de Saxe.

Sie presste das Gesicht gegen die kühle Scheibe. Die Schmach dieser Niederlage gegen England würde sie niemals verwinden. Das Volk gab ihr daran die Schuld, so wie es ihr immer an allem die Schuld gegeben hatte. Sie habe die französischen Soldaten den Interessen der österreichischen Kaiserin geopfert. Sie hatte es aufgegeben, gegen solche Beschuldigungen anzukämpfen. Zu lange schon gab es all diese Lügen. Niemand würde wohl je die Wahrheit erfahren, würde je wissen, wer sie wirklich gewesen war.

Sie erinnerte sich, wie man nach der Verbannung von Machault d'Arnouville und dem Comte d'Argenson behauptet hatte, dass der König sich von ihrem Hass habe blenden lassen und die beiden Männer nur deshalb in Ungnade verstoßen habe. Dabei hatte Louis genügend andere Gründe, um die beiden Minister ihres Amtes zu entheben … Jeanne seufzte. All das schien eine Ewigkeit her zu sein. Der Staatsrat hatte sich seitdem verändert. Wer hätte gedacht, dass der Comte de Stainville, der sich jetzt Duc de Choiseul nennen durfte, einmal der wichtigste Minister des Königs sein würde? Auch der Abbé de Bernis war für kurze Zeit Mitglied im Staatsrat gewesen, doch er hatte leider wenig Talent für die große Politik gezeigt. Nach kaum mehr als einem Jahr hatte ihn der König wieder seines Amtes entheben müssen. Immerhin mochte es Bernis wohl ein Trost gewesen sein, dass er zur gleichen Zeit als Kardinal nach Rom gerufen worden war.

Jeanne sah, dass sie in die Allee nach Versailles einbogen. In den letzten Wochen war es ihr so schlecht gegangen, dass sie nicht geglaubt hatte, noch einmal hierher zurückzukommen. Sie war dankbar, dass es ihr jetzt etwas besser ging, doch sie fühlte sich noch immer ganz entkräftet. Schon lange stand es mit ihrer Gesundheit nicht mehr zum Besten.

In den vergangenen Jahren waren ihre Macht und ihr Einfluss am Hof unaufhörlich gewachsen, doch die Zeit hatte ihren Tribut gefordert und sie aufgerieben.

Sie war jetzt zweiundvierzig, doch wie viel älter fühlte sie sich nach dem, was sie erlebt und gesehen hatte. Wie sehr hatte sie sich in all den Jahren behaupten und immer wieder kämpfen müssen.

Sie schloss erschöpft die Augen, und in Gedanken hörte sie die Musik, die ihr in den letzten Wochen nie aus dem Kopf gegangen war, von diesem ungewöhnlichen Jungen, der vor einigen Wochen am Hof ein Konzert vor dem König gegeben hatte. *Le petit* Monsieur Mozart. Welche Begabung. Ganz Europa sprach von ihm. Gerade acht Jahre alt war er. Was würde sie darum geben, ihn noch einmal zu hören, dachte sie.

Sie spürte, wie die Müdigkeit sie überwältigte. Im nächsten Moment war sie eingeschlafen.

Nach ihrer Rückkehr schien es, als wenn sie sich noch einmal erholen würde. Der Frühling war dieses Jahr spät gekommen, doch nun blühten endlich die ersten Blumen, und die Vögel zwitscherten. Jeanne war glücklich, dass ihre Kraft reichte, um kurze Spaziergänge im Park zu machen, und sie nahm das neu erwachte Leben mit einer Intensität wie nie zuvor wahr. Louis begleitete sie oft.

In den letzten Jahren hatten sie einem alten Ehepaar gleich zusammengelebt. Seine Affären und seine Geliebten hatte Louis nicht aufgegeben, doch sie war die Frau geblieben, die er liebte, seine engste Vertraute, seine Beraterin und zärtliche Freundin, die sein Herz und seine Seele kannte.

Louis hatte ihre Hand genommen, während sie mit langsamen Schritten die Terrasse entlanggingen. Er hatte es nicht leicht gehabt. Als König war er schwer geprüft worden – die Misserfolge des Krieges, der ständig schwelende Konflikt mit dem Parlament und die immense Verschuldung des Landes waren Niederlagen, die er persönlich nahm. Oft hatte er nur das Beste gewollt und das Gegenteil erreicht, weil man seine Absichten falsch verstanden hatte. Dabei war der einzige Fehler, den er sich hatte zuschulden kommen lassen, nur der, dass er nicht mit der gleichen Strenge wie sein Urgroßvater Louis XIV. gegen diejenigen vorgegangen war, die sich gegen ihn gestellt hatten. So wie es ihrer gewesen war, zu vielen Ehrgeizlingen im fälschlichen Glauben, dass sie Frankreich und dem König gut dienen würden, zu Posten und Ämtern verholfen zu haben.

Jeanne hielt in ihren Schritten inne und betrachtete das Bild des Drachenbeckens und des großen Neptunbassins, die am Ende der Allee vor den Stufen der Terrasse vor ihnen lagen. Es war die gleiche beeindruckende Sicht, die sie in den ersten Jahren aus den Fenstern ihrer Gemächer gehabt hatte. Und sie erinnerte sich auf einmal an die Prophezeiung der alten Zigeunerin, als sie ein kleines Mädchen gewesen war, dachte daran, woher sie selbst einst gekommen war. In schwindelerregende Höhen erhoben sich vor ihr die sprudelnden Fontänen der Bassins gen Himmel. Märchenhaft und unwirklich muteten sie an – genau wie ihr Leben.

Schweigend, nur hin und wieder einen kurzen Blick oder ein kleines vertrautes Lächeln tauschend, spazierten Louis und sie nebeneinander her. Schließlich blieb er stehen. Er strich ihr sanft über die Wange. »Lassen Sie uns umkehren«, sagte er. »Sie sollten sich nicht überanstrengen.«

Jeanne nickte. Es sollte ihr letzter Spaziergang sein.

Eine schwere Atemnot und hohes Fieber befielen sie. Im Liegen bekam sie nur noch mit Mühe Luft. Sie musste sich in einen Sessel neben ihrem Bett setzen, doch selbst so aufgerichtet konnte sie kaum noch sprechen. Sie machte sich keine Illusion. Es ging zu Ende. Sie spürte es und sah es an dem Ausdruck in Louis' Augen, der sie täglich besuchte.

Er hielt ihre Hand, als er ihr schließlich riet, um die Sterbesakramente zu bitten.

»Ja.« Sie fühlte es selbst, dass es so weit war. Solange es ging, hatte sie diesen Zeitpunkt hinausgezögert, denn nach dem Empfang der Sakramente würden sie und Louis sich nicht mehr sehen dürfen. Der Moment des Abschieds war unwiderruflich gekommen.

Sie beichtete, und der Abbé Cathlin spendete ihr die Letzte Ölung. Das Atmen fiel ihr nun unerträglich schwer. Zwei Tage später, am Abend des 15. April 1764, erlöste Gott sie endlich von ihren Qualen. Im Alter von zweiundvierzig Jahren starb Jeanne-Antoinette Marquise de Pompadour an ihrem Lungenleiden.

Allen höfischen Regeln zum Trotz hatte ihr der König das Recht gewährt, auch in ihren letzten Stunden in Versailles zu bleiben, dort, wo es nur Mitgliedern der königlichen Familie gestattet war, zu sterben. Ein letztes großes Zeichen seiner Liebe und Zuneigung.

Es war ein stürmischer und regnerischer Tag, als sich der Trauerzug mit Jeannes Leichnam auf den Weg nach Paris in Bewegung setzte. Mit Tränen in den Augen sah Louis, der auf dem Balkon des Schlosses stand, dem Zug hinterher.

»Madame hat sich einen schlechten Tag zum Reisen ausgesucht«, sagte er leise. Er weinte.

Nachwort

Ich hatte wahrscheinlich wie Viele das Bild einer machtgierigen, verschwendungssüchtigen Mätresse vor Augen, als mir eines Tages einige Briefe der Marquise de Pompadour in die Hände fielen. Fasziniert von dem sprühenden Geist und dem Charme, die sie darin zeigte und die dieser Vorstellung so ganz zu widersprechen schienen, begann für mich eine lange spannende Recherchereise.

Über die Marquise de Pompadour ist viel geschrieben worden. Ihre biografischen Daten sind im Großen und Ganzen gut erfasst, und es gibt nicht nur zahlreiche Quellen in Form von Memoiren, Tagebüchern, Briefen, sondern darüber hinaus ist in den letzten Jahrhunderten eine Vielzahl von Büchern und Biografien über sie erschienen. Gerade in diesem Umstand liegt auch die Schwierigkeit, wenn man sich mit der Mätresse Louis' XV. beschäftigt. Ihre Berühmtheit und das geradezu sensationslüsterne Interesse an ihrer Person – nicht nur zu ihren Lebzeiten, sondern auch in den Jahrzehnten und Jahrhunderten danach – haben zu einer nur schwer zu durchschauenden Vermengung von wahren, aber vor allem auch gefälschten Anekdoten, Memoiren und Briefen geführt, deren Behauptungen bis heute oft auf unkritische Weise einfach übernommen werden, ohne dass man ihren Wahrheitsgehalt wirklich überprüft hätte.[1]

Erstaunlich ist auch, dass man zur Beschreibung des Lebens und der Interpretation des Charakters der Marquise de Pompadour vielfach die Zeugnisse von Zeitgenossen hinzuzog, die zu ihren größten Feinden gehörten. So werden etwa die Tagebücher des Marquis d'Argenson[2] zitiert, der aber schon Anfang 1747 vom Hof verbannt worden war und – abgesehen davon, dass er wohl kaum ein Interesse gehabt haben dürfte, die von ihm gehasste Mätresse in einem günstigen Licht erscheinen zu lassen – nur aus der Ferne Gerüchte und Vermutungen weitergeben konnte.

Die Position der *Maîtresse en titre* am Hof von Versailles war als solche immer Angriffen ausgesetzt gewesen, bei der gebürtigen Jeanne-Antoinette Poisson war das jedoch im besonderen Maße der Fall. Sie war die erste Bürgerliche, die in Europa jemals zu dieser Macht und diesem Einfluss aufstieg, und die breite Schicht des Hofadels hasste sie deshalb genauso wie das Volk, über das sie sich so anmutig in den Olymp von Versailles emporgeschwungen hatte.

Schon zu Lebzeiten hatte die Marquise de Pompadour vergeblich gegen die Verleumdungen und die schlechte Publicity ihrer Person kämpfen müssen. Die vielen Schmähgedichte und Pamphlete, in denen ihre unedle Geburt und ihr angeblich damit einhergehender niederer Charakter thematisiert werden, belegen das eindrucksvoll.

Hinzu kommt, dass die Epoche von Louis XV. eine politisch schwierige Phase für Frankreich war. Nach einer kurzen Zeit des Wohlstandes und Friedens in den ersten Regierungsjahren Louis' wurde das Land von innen- und außenpolitischen Spannungen heimgesucht: die ständigen Konflikte mit Parlament und Klerus, die Auseinandersetzungen um die österreichische Erbfolge und der Siebenjährige Krieg, dessen Niederlage schließlich den Verlust eines Großteils der französischen Kolonien zur Folge hatte. Das Ergebnis dieser Ereignisse waren zunehmende Unruhen und Unzufriedenheit in der Bevölkerung, die später mit zur Französischen Revolution führten.

Der Name *Pompadour* wird bis heute eng mit dieser Zeit assoziiert. In den vernichtenden Urteilen von damals schreckte man nicht davor zurück, sie als geldgierige, machthungrige Frau darzustellen und sie sogar für die Niederlagen des Siebenjährigen Krieges und den Verfall Frankreichs verantwortlich zu machen, weil sie die Allianz mit Österreich initiiert hatte.

Vor diesem Hintergrund erstaunt es nicht sonderlich, dass sich die Pamphletisten und Memoirenschreiber auch nach ihrem Tod weiter bemühten, ihre Person zu verunglimpfen. Eine Flut von Biografien, gefälschten Memoiren und Briefen fand in den Jahren vor und nach der Revolution ihren Weg in die Öffentlichkeit, und mit ihnen verselbstständigte sich das negative Bild der Marquise immer mehr.[3]

Die Biografie der Brüder Jules und Edmont de Goncourt[4], die 1881 veröffentlicht wurde, stempelte die Marquise de Pompadour schließlich endgültig zu einer machtgierigen, vom egoistischen Ehrgeiz durchdrungenen Frau ab, die ihre Position und ihren Einfluss missbrauchte – auch wenn man ihr immerhin noch zubilligte, die Künste in besonderer Weise geliebt und gefördert zu haben.

Obwohl Pierre de Nolhac zwanzig Jahre später (1902) zum ersten Mal eine Biografie mit einem gänzlich anderen und sehr viel positiveren Ansatz verfasste, dem auch eine Reihe von Autoren folgte[5], hält sich das Bild der Goncourts erstaunlicherweise in groben Zügen bis in die Gegenwart. Nicht zuletzt zeigt sich das an dem Umstand, dass das Buch erst 1998 in Deutschland wieder neu aufgelegt wurde und seine Sichtweise nach wie vor häufig von Autoren in anderen Biografien übernommen wird.[6]

Die negative Beschreibung der Madame de Pompadour geht in diesen Biografien stets mit der eines schwachen, vom Leben gelangweilten Königs einher, der die Regierungsgeschäfte auf der Suche nach immer neuen Zerstreuungen vernachlässigt habe und von seiner Mätresse dominiert und auf fatale Weise beeinflusst worden sei. Tatsächlich ist dieses Bild des Königs jedoch falsch und längst widerlegt worden, was zwangsläufig auch das Bild der Marquise de Pompadour verändert. Louis XV. war nach Aussage des französischen

Historikers Michel Antoine »zusammen mit Henri IV. der Intelligenteste der Bourbonen«[7]. Ein nachdenklicher, äußerst gebildeter Mann, der zwar immer wieder von melancholischen Phasen heimgesucht wurde, aber viel gearbeitet hat und sich seiner Verantwortung als König bewusst war. Auch wenn er im Gegensatz zu seinem Urgroßvater Louis XIV. verschlossener und introvertierter war und sich deshalb gern in seine Privatsphäre zurückzog, wusste er doch, seine Autorität zu behaupten. Das absolutistische System hätte zudem nicht nur der Pompadour, sondern auch jedem anderen nur schwerlich erlaubt, neben dem Herrscher reale Macht zu haben. Der wirkliche Einfluss der Marquise de Pompadour bestand daher vor allem in ihrer Nähe zum König und den Möglichkeiten, seine Gunst für eine Person oder Angelegenheit zu erwirken.[8]

Eine zweite Behauptung, die man ebenfalls immer wieder in diesen Biografien findet, ist der Vorwurf der ungeheuren Verschwendungssucht der Marquise, die damit sogar angeblich den Staatsruin Frankreichs mitverschuldet habe. Auch das stimmt so nicht. Man weiß heute, dass die Marquise de Pompadour sehr viel weniger Geld vom König bekam, als gemeinhin angenommen wurde. Nach den Verzeichnissen der Einkünfte und Ausgaben der damaligen Staatskasse lassen sich die Geldmittel, die sie vom König erhielt, genau nachweisen. Neben außergewöhnlichen Geschenken erhielt sie demnach regelmäßige Zahlungen zur Deckung ihrer Lebenshaltungskosten, die sich in den Jahren 1745 bis 1749 steigerten und nach dem Ende des Österreichischen Erbfolgekrieges wieder verringerten. Es ist anzunehmen, dass die angespannte Situation des Finanzhaushalts dazu führte, denn ungefähr zu dieser Zeit, 1750, wurde auch das Theater in Versailles eingestellt. Die Marquise konnte also nicht, wie vielfach angenommen wurde, unbegrenzt für sich oder andere über Geld verfügen und musste ihre Mehrausgaben aus anderen Einkünften und ihren eigenen Besitztümern – bei Bargeldbedarf verkaufte sie beispielsweise ihre Schmuckstücke –

decken. Ihr Rang und ihre Position am Hof zwangen sie jedoch auch in besonderer Weise zur Repräsentation. In der damaligen Gesellschaftshierarchie war man verpflichtet, eine hohe Stellung auch durch hohe Ausgaben und einen aufwendigen Lebensstil zu demonstrieren – und so starb die Marquise wie so viele andere Höflinge hoch verschuldet.[9]

Doch zurück zum Roman – natürlich beruht *Die Favoritin des Königs* zu einem großen Teil auf Fiktion, dennoch sind viele Dinge und Geschehnisse, die darin geschildert werden, tatsächlich so passiert. Die meisten Personen – die Comtesse d'Estrades, der Comte d'Argenson, der Comte de Maurepas, der Duc de Richelieu und viele andere – haben wirklich gelebt. Erfunden sind dagegen die Princesse de Rohan, obwohl es damals eine Hofdame dieses Namens gab, und die Comtesse de Chevreuse. Auch die Zofen Sophie und Valérie gab es nicht. Allerdings stimmt es, dass die Marquise de Pompadour im November 1746 unter den Indiskretionen einer ihrer Kammerfrauen zu leiden hatte.

Die Figur der Zigeunerin ist in Anlehnung an eine Wahrsagerin namens Madame Lebon entstanden, die der Marquise im Alter von acht oder neun Jahren vorausgesagt haben soll, dass sie eines Tages die Mätresse des Königs werden wird. Die besagte Dame wurde zum Dank sogar im Testament von Madame de Pompadour bedacht.

Auch viele der geschilderten Ereignisse sind so geschehen. Die junge Madame d'Étiolles soll dem König das erste Mal in den Wäldern von Sénart begegnet sein, als ihre Vorgängerin, die Duchesse de Châteauroux, noch lebte. Die Details über diese Begegnung verlieren sich jedoch genauso im Nebulösen wie der eigentliche Beginn und Verlauf ihrer Affäre, und es ranken sich einige, ein wenig fantastisch anmutende Legenden darum. Man weiß jedoch, dass die damalige Madame d'Étiolles anlässlich der Hochzeit des Dauphins eine Einladung zum Maskenball in Versailles erhielt und sich einige Tage später inkognito mit dem König auf dem Ball im Rathaus der Stadt Paris traf. Es gibt einige Quellen, die den Kammerdiener des Dauphins, Binet, als Vermittler des Verhältnisses der beiden betrachten. Mir schien jedoch der Ansatz, dass die Marquise überhaupt erst durch die Protektion ihres Oheims Le Normant de Tournehem und der Brüder Pâris in die dafür erforderliche Ausgangsposition gelangte, weitaus wahrscheinlicher.[10] Zumal die Fakten darauf hindeuten, dass nicht nur die Ausbildung, sondern auch die Heirat mit Charles Le Normant von vornherein darauf abzielten, Jeanne in eine gesellschaftlich vorteilhaftere Position zu bringen. Die Brüder Pâris gehörten damals zu den mächtigsten Finanziers des Landes, und gerade zu diesem Zeitpunkt waren ihre Beziehungen zum Hof besonders eng, weil sie im Österreichischen Erbfolgekrieg nicht nur die Armee belieferten, sondern auch die Macht besaßen, die dafür erforderlichen Finanzmittel zu besorgen.

Es entspricht auch den Tatsachen, dass die frisch geadelte Marquise de Pompadour von dem Moment an, in dem sie bei Hofe vorgestellt wurde, in vehementer Weise in Schmähgedichten und Spottliedern beleidigt und angegriffen wurde. In Anlehnung an ihren Mädchennamen sind diese Verse als *Poissonaden* in die Geschichte eingegangen. Das Lied, das der Straßensänger Féro im Buch singt, stammt zum Beispiel daraus.[11]

Für die meisten dieser Verunglimpfungen wurde der Comte de Maurepas verantwortlich gemacht. Es stimmt auch, dass der Minister – ohne dass es allerdings dafür Beweise gab – verdächtigt wurde, die Duchesse de Châteauroux vergiftet zu haben. Ebenso ist überliefert, dass Madame de Pompadour eine Büchse mit einer dubiosen Phiole erhalten haben soll, die explodierte, als man sie öffnete.[12]

Erfunden ist dagegen der Reitunfall der Marquise, der zu der Fehlgeburt führte, obwohl die Mätresse kurz vor der Verbannung des Comte tatsächlich eine solche erlitten haben soll und sich dann mit dem Duc de Richelieu verbündet hat, um Maurepas' Sturz herbeizuführen.

Auch die Affäre des Königs mit Charlotte Rosalie de Choiseul-Beaupré und den damit verbundenen Verrat ihrer Freundin, der Comtesse d'Estrades, hat es gegeben. Ebenso wie den erbitterten Widerstand der Kleriker. Von der Abneigung von Monsignore Boyer und Christophe de Beaumont gegen die Marquise wird immer wieder berichtet – und ich fand es plausibel, bei dem Großalmosenier, dem Kardinal de La Rochefoucauld, der ein Cousin von Maurepas war, von einer ähnlichen Geisteshaltung gegenüber der Mätresse auszugehen.

Der Versöhnungsversuch der Marquise mit der Kirche, der erst zu dem Brief an ihren Ehemann und schließlich – beeinflusst durch den König – zu ihrer Ernennung als Hofdame Marie Leszczynskas führte, entspricht ebenso den Tatsachen wie die drohende Verbannung der Marquise nach dem Attentat auf den König.

In einem wesentlichen Punkt verfolgt der Roman jedoch einen eigenen Ansatz – das betrifft die Liebesgeschichte zwischen der Marquise und dem König. In den meisten Biografien wird das Ende der sexuellen Beziehung zwischen den beiden entweder nahezu unkommentiert gelassen oder einfach mit einer nachlassenden Leidenschaft des Königs erklärt und angeführt, dass die Marquise darüber angeblich nicht besonders unglücklich, sondern sogar erleichtert gewesen sei, weil sie ein ohnehin gestörtes Verhältnis zur Sexualität gehabt habe und frigide gewesen sei. Diese Aussage leitet sich jedoch lediglich aus einer einzigen und zudem äußerst fragwürdigen Quelle ab, dem Tagebuch der Kammerfrau Madame du Hausset.[13] In den Memoiren der Kammerfrau wird eine Episode geschildert, in der ihre Herrin, die Marquise, ihr und der Duchesse de Brancas angeblich verzweifelt ihre sexuelle Kälte gestanden habe, die sie unter anderem mittels Aphrodisiaka wie Schokolade mit Vanille und Selleriesuppen mit Trüffeln, von denen sie sich eine erhitzende Wirkung versprach, zu beheben versucht habe, weil sie Angst hatte, sonst den König zu verlieren.[14]

Abgesehen davon, dass es einer Frau von der Intelligenz

und Bildung der Marquise de Pompadour nur schwer zuzutrauen ist, dass sie sich durch derlei Mittelchen eine Veränderung ihres Gefühlslebens erhofft hätte, ist es absolut unglaubwürdig, dass sie solche Probleme jemals vor ihrer Kammerfrau geäußert hätte. Ein solches Verhalten hätte jedem Standesbewusstsein widersprochen, und die Gefahr, dass sich diese Schwäche von ihr über ihre Kammerfrau vielleicht weiter am Hof herumgetragen und ihre Position dadurch geschwächt hätte, wäre viel zu groß gewesen. Die Briefe der Marquise zeigen, dass sie sich sehr bewusst war, wie wichtig Diskretion und Zurückhaltung in Bezug auf persönliche Angelegenheiten am Hof war.

Bei den Memoiren von Madame du Hausset deutet jedenfalls vieles darauf hin, dass es sich um eine Fälschung handelt[15].

Es ist schwierig, aus der heutigen Sicht zu beurteilen, wie das persönliche Verhältnis zwischen der Marquise und Louis wirklich war, denn selbst die meisten Memoirenschreiber am Hof gehörten nicht zum engen, privaten Kreis von Louis und konnten im Grunde nur eine Einschätzung aus der Distanz wagen.

Der Duc de Croÿ, der zu den wenigen Auserwählten gehörte, die zu einigen privaten Soupers beim König geladen worden waren, beschreibt Louis und die Marquise jedoch wiederholt als verliebt und spricht von der »Zärtlichkeit«, mit der der König mit Madame de Pompadour umging, und der ungewöhnlichen freien Art, in der er sie »neckte«.[16] Leider gibt es keine persönlichen Dokumente wie Briefe, die die Mätresse und Louis sich geschrieben hätten, oder Tagebücher, die Rückschlüsse auf ihr persönliches Verhältnis erlauben. Man kann also nur die belegbaren Fakten, das, was sich an äußeren Ereignissen zugetragen hat, betrachten – doch die scheinen für sich zu sprechen.

Louis wurde von fast allen Zeitgenossen, sogar von Casanova[17], als ein ungewöhnlich schöner Mann mit großer Ausstrahlung und Wirkung auf Frauen beschrieben. Er war zudem ein kultivierter und vielseitig gebildeter Mann, der zu diesem Zeitpunkt bereits mehrere Mätressen gehabt hatte und deshalb auch nicht völlig naiv gewesen sein dürfte, was die Berechnung von Frauen angeht. Vieles spricht dafür, dass er und die junge Madame d'Étiolles, die mit einem durchschnittlichen Steuerpächter verheiratet war, sich damals wirklich ineinander verliebt haben. Mit ihrer Erhebung in den Adelsstand und ihrer Vorstellung bei Hofe hat sich Louis über alle Konventionen hinweggesetzt. Ein Verhalten, das keineswegs typisch für ihn war, denn in den Biografien über ihn wird stets betont, dass er Wert darauf legte, dass Rang und Etikette in ihrer Tradition beachtet wurden, und er das Erbe seines Urgroßvaters hoch achtete.

Angesichts der Anfeindungen und Widerstände, die man seiner neuen Mätresse entgegenbrachte, erscheint es umso erstaunlicher, dass der König – wenn denn seine Leidenschaft nach den ersten vier oder fünf Jahren tatsächlich bereits für sie erkaltet gewesen sein sollte – sich nicht von ihr trennte, sondern ihr Einfluss von diesem Zeitpunkt an im Gegenteil kontinuierlich weiter zunahm und sie sich für alle sichtbar seiner Gunst erfreute.

Nach allen Recherchen erschien es mir weitaus wahrscheinlicher, dass es andere Gründe für das Ende ihrer körperlichen Liebensbeziehung gegeben hat. Es ist bekannt, dass die Marquise seit ihrer Kindheit eine eher fragile Gesundheit gehabt hat, und aus mehreren Quellen weiß man, dass sie in den ersten Jahren bei Hof mindestens drei, manche Quellen sprechen von sechs, Fehlgeburten erlitten hat.[18] Eine weitere soll sie zudem bereits während ihrer Ehe, in der sie auch noch zwei Kinder gebar, gehabt haben. Es scheint mir äußerst glaubwürdig, dass in dieser gesundheitlichen Gefahr, die jede weitere Schwangerschaft ohne Frage für sie bedeutet hätte, das tiefere Motiv für das Ende ihrer sexuellen Beziehung zum König lag. Vor allem, wenn man berücksichtigt, dass Louis seit seiner Kindheit immer wieder Verluste der Menschen, die er geliebt hat, erleiden musste. Als Kind verlor er seine gesamte Familie und später als erwachsener Mann unter anderem zwei seiner Mätressen. Eine davon, Madame de Vintimille, starb im Kindbett, und es wird von Zeitgenossen berichtet, wie sehr Louis, der sich als Vater ihres Kindes für ihr Schicksal verantwortlich fühlte, nach ihrem Tod von schweren Gewissensbissen geplagt wurde. Zwei Tage habe er nicht gegessen und sich danach über Wochen in einem schmerzerfüllten Zustand befunden.[19] Die Angst, einen weiteren Menschen, der ihm viel bedeutete, zu verlieren, ist vor diesem Hintergrund mehr als verständlich.

Louis hat zudem zu keiner Zeit versucht, eine andere Frau in den Stand einer *Maîtresse en titre* zu erheben, obwohl er andere Affären und Liebschaften gehabt hat. Dabei hätte nichts dagegengesprochen, der Marquise weiter freundschaftlich verbunden zu bleiben und dennoch eine andere Frau zu seiner offiziellen Geliebten zu machen. Doch das tat er nicht. Als er ein Verhältnis mit Charlotte Rosalie Choiseul-Beaupré eingeht, und der ganze Hof davon überzeugt ist, dass diese junge Frau nun den Platz der Pompadour einnehmen wird, erhebt er die Marquise im Gegenteil in den Rang einer Duchesse, während seine junge Geliebte schwanger den Hof verlassen muss.

Die Marquise bleibt die engste Vertraute des Königs und wird einflussreicher, zunehmend auch auf politischem Terrain. Selbst als die Kleriker versuchen, mit immer vehementerem Widerstand gegen sie vorzugehen, hält Louis eisern an ihr fest und erwirkt schließlich, dass sie als Hofdame in den Hofstaat seiner Gemahlin aufgenommen wird. Den Memoiren der damaligen Zeit nach soll nur ihre Vorstellung bei Hofe für noch mehr Verstörung gesorgt haben.[20]

Es scheint mehr gewesen zu sein als nur die Erinnerung an eine einstige Leidenschaft und die bloße Gewohnheit, was diese beiden Menschen verbunden hat – und vieles spricht dafür, dass es sich tatsächlich einfach um eine ungewöhnliche und große Liebesgeschichte gehandelt hat.

Personenverzeichnis

Comte d'Argenson	Minister für Kriegsangelegenheiten, später auch Minister der Stadt Paris und der Polizei, * 1696, † 1764
Marquis d'Argenson	Minister für Auswärtige Angelegenheiten, Bruder des Comte d'Argenson, * 1694, † 1757
Duc d'Ayen	Capitaine der Garden, * 1713, † 1793
Beaumont	Erzbischof von Paris, † 1781
Abbé de Bernis	Botschafter in Venedig, später Minister für Auswärtige Affären, * 1715, † 1794
Réné-Nicolas Berryer	Polizeioberleutnant von Paris, * 1703, † 1762
François Boucher	Maler, * 1703, † 1770
Jean-François Boyer	Bischof von Mirepoix, Erzieher des Dauphins, * 1675, † 1755
Duchesse de Brancas	Hofdame und Freundin der Marquise de Pompadour, * 1711, † 1784
Duchesse de Châteauroux	Mätresse des Königs, * 1717, † 1744
Comtesse de Choiseul-Beaupré	Geliebte Louis' XV., Nichte der Comtesse d'Estrades, * 1732, † 1753
Princesse de Conti	Tante des Königs, * 1693, † 1775
Prince de Conti	Sohn der Princesse de Conti, Cousin des Königs, * 1717, † 1776

Père Desmarets	Beichtvater des Königs, * 1700, † 1780
Comtesse d'Estrades	Vertraute von Jeanne, † 1784
Nicole du Hausset	Kammerfrau von Jeanne, * 1713, † 1801
Kardinal de La Rochefoucauld	Erzbischof von Bourges, später Großalmosenier des Königs, * 1701, † 1757
Duc de La Vallière	Höfling, Direktor des Privattheaters von Jeanne, * 1708, † 1780
Le Bel	Erster Kammerdiener des Königs, * 1696, † 1768
Alexandrine Le Normant d'Étiolles	Tochter von Jeanne, * 1744, † 1754
Charles Guillaume Le Normant d'Étiolles	Steuerpächter, Ehemann von Jeanne, * 1717, † 1799
Charles François Paul Le Normant de Tournehem	Generalsteuerpächter, Oheim von Jeanne, später Generaldirektor der königl. Bauten, * 1684, † 1751
Louis XV.	König von Frankreich, * 1710, † 1774
Louis-Stanislas	Sohn von Louis XV., Dauphin, * 1729, † 1765
Jean-Baptiste Machault d'Arnouville	Königlicher Finanzkontrolleur, später Minister für Marineangelegenheiten, * 1701, † 1794
Madame Adélaide	Tochter von Louis XV., * 1732, † 1800
Madame Henriette	Tochter von Louis XV., * 1727, † 1752
Madame Louise	Tochter von Louis XV., * 1737, † 1787
Madame Sophie	Tochter von Louis XV., * 1734, † 1782
Madame Victoire	Tochter von Louis XV., * 1733, † 1799
Marie Josèphe de Saxe	Zweite Gemahlin des Dauphins, * 1731, † 1767
Marie Leszczynska	Königin von Frankreich, Gemahlin Louis' XV., * 1703, † 1768
Marie-Thérèse-Raphaëlle d'Espagne	Erste Gemahlin des Dauphins, * 1726, † 1746

Claude-Henri Feydeau de Marville	Polizeioberleutnant von Paris, * 1705, † 1787
Comte de Maurepas	Minister für Marineangelegenheiten, Minister der Stadt Paris und der Polizei und des *Maison du Rois,* * 1701, † 1781
Duchesse de Mirepoix	Vertraute von Jeanne, * 1707, † 1798
Duc de Noailles	Maréchal und Staatsminister, Vater des Duc d'Ayen, * 1678, † 1766
Philibert Orry de Vignory	Königlicher Finanzkontrolleur, * 1689, † 1747
Jean Pâris de Montmartel	Hofbankier und Patenonkel von Jeanne, * 1690, † 1766
Joseph Pâris-Duverney	Armeelieferant, * 1684, † 1770
Père Pérusseau	Beichtvater des Königs, † 1753
Abel-François Poisson	Bruder von Jeanne, * 1725, † 1781
François Poisson	Vater von Jeanne, * 1684, † 1754
Louise-Madeleine Poisson	Mutter von Jeanne, * 1699, † 1745
Marquise de Pompadour (Jeanne)	Mätresse des Königs, * 1721, † 1764
Marquis de Puysieulx	Höfling, später Minister für Auswärtige Affären, * 1701, † 1770
Duc de Richelieu	Erster Kammerherr des Königs, Maréchal, * 1696, † 1788
Kardinal de Rohan	Großalmosenier des Königs, * 1674, † 1749
Comte de Saxe	Maréchal, später Generalfeldmarschall der französischen Armeen, * 1696, † 1750
Comte de Stainville	Höfling, später Botschafter in Rom, Minister für Auswärtige Affären und Duc de Choiseul, * 1719, † 1785
Graf von Starhemberg	Österreichischer Diplomat, * 1724, † 1807
François-Marie Voltaire	Französischer Dichter und Freund von Jeanne, * 1694, † 1778

Zeittafel[21]

1710 15. Februar, Geburt von Louis XV., Urenkel des Sonnenkönigs Louis XIV.

1715 1. September, Tod von Louis XIV., Louis XV. folgt ihm auf den Thron. Der Duc d'Orléans übernimmt die Regentschaft.

1721 30. Dezember, Geburt von Jeanne-Antoinette Poisson, der späteren Marquise de Pompadour.

1722 25. Oktober, Krönung des zwölfjährigen Louis XV. in Reims.

1725 Verlobung und Heirat von Louis XV. mit Marie Leszczynska von Polen.

1741 Heirat von Jeanne-Antoinette Poisson mit Charles Guillaume Le Normant d'Étiolles.
Beginn des Österreichischen Erbfolgekriegs.

1745 Erste Begegnung zwischen Louis XV. und Jeanne-Antoinette d'Étiolles, die vom König geadelt und am 14. September am Hof vorgestellt wird.

1748 Der Friede von Aachen beendet den Österreichischen Erbfolgekrieg.

1752 Die Marquise de Pompadour wird in den Rang einer Duchesse erhoben.

1754 Louis-Auguste, der spätere Louis XVI., wird als Sohn des Dauphins und dessen Gemahlin Marie Josèphe de Saxe geboren.

1756 Madame de Pompadour wird zur Hofdame der Königin ernannt.
Beginn des Siebenjährigen Kriegs.

1757 5. Januar, Attentat auf den König.

1763 Der Friede von Paris beendet den Siebenjährigen Krieg.

1764 Am 15. April stirbt die Marquise de Pompadour.

1765 Tod des Dauphins Louis-Stanislas.

1774 Am 10. Mai stirbt Louis XV., sein Enkel Louis XVI. wird König von Frankreich.

1789 Beginn der Französischen Revolution.

1793 21. Januar, Louis XVI. wird öffentlich durch die Guillotine hingerichtet.

Anmerkungen

1 vergl. Andrea Weisbrod, Von Macht und Mythos der Pompadour. Königsstein/Taunus 2000, S. 47 ff., 198 ff.
2 Marquis d'Argenson, Mémoires et Journal inédit du Marquis d'Argenson. Ministre des affaires étrangères sous Louis XV., 2 Bd., Paris 1857
3 vergl. u. a. Xavier Salmon, Die Legendenbildung, in: Xavier Salmon (Hrsg.), Madame de Pompadour. L'Art et l'Amour. München 2002. S. 380 ff.; aber auch Weisbrod, a. a. O., S. 48
4 Edmont und Jules Goncourt, Madame Pompadour. Ein Lebensbild. Düsseldorf/Zürich 1998
5 vergl. u. a. Pierre de Nolhac, Louis XV. et Madame de Pompadour. Paris 1902; Jacques Levron, Madame de Pompadour. L'amour et la politique. Paris 1975; Nancy Mitford, Madame de Pompadour. Hamburg 1954
6 Weisbrod, a. a. O., S. 51–52
7 in: Michel Antoine, Louis XV. Paris 1989, S. 411
8 vergl. u. a Antoine, a. a. O., S. 444 und 498 ff.; Jacques Levrons, Ludwig XV. Der verkannte König Frankreichs. München 1987, S. 84; Pierre Gaxotte, Ludwig XV. und sein Jahrhundert. München 1954, S. 111
9 vergl. u. a. Jacques Levron, Les Inconnus de Versailles. Les coulisses de la Cour. Malesherbes 2004, S. 121 ff.; Sylvia Jurewitz-Freischmidt, Galantes Versailles. Die Mätressen der Bourbonen. Gernsbach 2004; Weisbrod, a. a. O., S. 124 ff.
10 vergl. u. a. Caroline Hanken, Vom König geküsst. Das Leben der großen Mätressen. Berlin 1996, S. 191 ff.; Guy Chaussinand-Nogaret, Gens de Finance au XVIIIe siècle. Bordas 1972, S. 62 ff.
11 in: Goncourt, a. a. O., S. 23
12 Etiennes-François Duc de Choiseul, Mémoires du Duc de Choiseul. Paris 1987, S. 86 ff.